U0498943

微信扫码
加入星零朋友圈
与她近距离对话

长江出版社

长江·大风堂书系

我对一个叫任安乐的女子动过心，但我这一世都会护着帝梓元。这句话，你永远都要记住。

晏寒

目录
MULU

第一章

灵位前燃烧的香烛即将燃尽，案桌上烛芯“噼啪”一声响，惊醒了宗祠内沉默而立的身影。

这人一身藏蓝儒服，背影微有佝偻，鬓角隐现几根白发。若不是他腰间挂着的盘龙绿佩，任谁都想不到这个平凡的老者就是大靖的君主嘉宁帝。

一年半前，他还雄心万丈，意气风发。

嘉宁帝回转身，看着不远处的灵位出神。良久，他走上前，将快要燃尽的香烛换了一根。

微风吹进，小鼎内的尘灰被吹散在案桌上。嘉宁帝扶香的手一顿，然后抬手将桌上的尘灰拭净。

于一个帝王而言，这是极其罕见又不可思议的事。

但于一个老父而言，他做的不过是拂去女儿灵位前的一抹灰尘。

案桌上，大靖公主安宁的灵位赫然在列。

嘉宁帝看着灵牌许久，眼底恍惚浮过一抹悲恸。他低低咳嗽几声，手些微颤抖地抬起朝灵牌摸去。

“陛下。”突然，宗祠外赵福恭谨的声音响起。

嘉宁帝收回手，背挺得笔直，双手负于身后，面容肃冷，“进来。”

一息一瞬，他又成了那个君临天下的帝者。

吱呀一声响，沉香木门被推开。赵福悄然走进，在离嘉宁帝三步远的地方停住脚步。

“陛下，西北来战报了。”

“如何？”嘉宁帝未回身，只淡淡问。

“靖安侯和太子殿下一西一东逼退北秦伏兵，十日前连夺两城，鲜于焕溃退三百里。”

至此，一年前被北秦夺去的五座城池已归其三，只剩下云景山下的云景城和北边的军献城仍在北秦手中。

嘉宁帝摆手，“朕知道了。”

看嘉宁帝如此淡定，赵福也不觉意外。自一年前安宁公主牺牲在青南城的消息被送回京后，西北军情再危急，陛下亦不曾失态；胜利再大，欣喜之情也不会溢于言表。

“帝家近来如何？”

靖安侯远在西北征战，嘉宁帝问的自然是洛铭西。赵福微一沉吟，道：“洛铭西虽闭于府中养病，但依奴才所见，朝中有几位大人近日的政见颇合帝家的行事风范。”

原以为帝梓元去了西北，帝家定会阵脚大乱群龙无首，却未想洛铭西竟是明珠暗藏。一年来大靖朝堂风起云涌，帝王旨意已不像之前一般令下如谕，内阁和朝堂时有和嘉宁帝相左的意见出现，那些两朝元老和开国权将因帝家崛起观持而望，使得朝政更加动荡。

到如今赵福才隐隐察觉帝家十年来在朝廷埋下的暗桩怕是不计其数，更是潜藏至深。只可惜知道得太迟了些，如今三国开战，民心不稳，若将朝堂上的帝家势力肃清，不仅大靖国内必乱，亦会牵连到西北边境的战况。如能将洛铭西遣返回晋南也好，偏偏他稳重至极，行事小心，皇家暗卫亦寻不到他半点错处，只能任由帝家势力在朝堂日益坐大。

宗祠里重新安静下来。赵福心底忐忑，不由多说了一句：“陛下，长此以往，待靖安侯从西北还朝之时，帝家威势必会……”

嘉宁帝抬手打断赵福的话。他回转身，面容冷凝，微一沉默后朝外走，“去江南把韩越给朕寻回来。”

赵福精神一振，看来陛下终于准备启用五皇子了。五皇子韩越自小向佛，不问朝事，三国大战前正好离京游历，到如今还未归来。如今嘉宁帝的子嗣，除了远在西北的太子，就只剩下五皇子韩越和尚只有三岁的十三皇子韩云了。

“是。”

赵福应一声，刚挪动脚，行了几步的嘉宁帝又停了下来，像是不经意一般吩咐道：“过几日送些新鲜的蔬果到宗祠。”

未等赵福应答，嘉宁帝已转身匆匆离去。

再过几日是安宁公主的祭日。

赵福回转头，案桌上安宁的灵位前，香烛之烟徐徐盘旋。

安宁公主的亡故，终究成了陛下过不去的坎。

他叹了口气，只是怎么偏偏就是青南山呢？就好像冥冥中有所注定一般。

边塞西北。

一年前夺回尧水城后，帝梓元将唐石留在尧水城，她挥军北上，和山南城的韩烨遥相掣肘北秦大军。战事持续一年，转眼又到初冬时节。半月前北秦连失两城，元气大伤，退守晋河北岸的军献城。帝梓元率军休整，三日前回了青南城。

初冬，几场大雪遮天盖地。西北的天与地银白一片，像是连成一线。这几日天气格外冷冽，寒风瑟瑟。青南城虽不复一年前的战乱之景，却也因这场尚未休止的战争伤了元气，街道上百姓极少，反倒是随处可见的士兵让整座城的气氛愈加肃穆。

帝梓元出了城门，独自朝城外而去。路上遇见她的人像是知道她要去往何处，远远地弯腰行礼，神色中俱是尊崇敬服。

一年时间，连退北秦大军的韩烨和帝梓元已经成了西北民众心中的军神。

帝梓元行行走走，停在一座山下。她一生中来过两回青南山。

第一回是七年前她随帝盛天徒步万里而来，立下必夺韩氏江山的重誓。那时恰是初春，西北大地之上兵戈铁马不再，万物复苏，盛世和乐。唯有山下巨坑里的累累白骨和腐朽残破的帝家旌旗候她到来。

第二回是现在。青南山下，数丈宽的万人坑外，一座孤坟，静静矗立。它沉默地守在山脚，停留在那些十二年前亡于此地的帝家将士尸骨旁。

大靖公主，一代名将安宁，葬于此。

若是可以选择，帝梓元或许一生都不想踏进这座山一步。

今日正好是安宁的祭日。这一年帝梓元辗转战于西北各城，这是她在安宁死后第一次来青南山。

大雪茫茫飘着，埋了厚厚一尺，踩在上面印出清晰的脚印。帝梓元不远不近地立着，一晃便是一个时辰。安静寂寥的青南山下，素白的身影几近被隐没在冰雪中。

一声叹息突然响起，像是突然划破窒息的天幕，毫无生机的世界陡然鲜活分明起来。

帝梓元行了几步，走到墓碑旁。她抬手将石碑上覆着的雪一点点拂去，直到碑上的字重新清晰地现于她眼中。

“安宁，我来啦。”她蹲下身，敲了敲手里的酒坛，笑了起来，“唐石说你当年戍守邺城时藏了不少好酒。你倒是不老实，一个人偷偷藏起了好东西。我这次回来，全给你带来了。咱们好久没一起喝酒了，今儿风景好，我多陪你一会儿，你说好不好……？”

絮叨的声音轻快埋怨，可回答她的却只有风雪的呼啸。

帝梓元收住声，抬眼，愣愣看着墓碑。

这个承载安宁在世间最后一息魂魄的地方，只剩冰冷荒芜。

她恍惚间像是突然明白，安宁不在了。她再也见不到安宁肆意张扬的面容，听不到安宁爽朗的笑声，不能再埋怨她，指责她；也不能再弥补她，保护她。

安宁死了，死在一年前的青南城之战中，死在成百上千的北秦士兵手里。

帝梓元倒酒的手顿在半空，毫无预兆地细细颤抖起来。良久，她稳住手，微微一倾，烈酒洒在地上，酒香散开，青南山下的孤墓前又重新陷入沉默静谧之中。

帝梓元坐在雪地上，重新开了一坛酒，一口连着一口，喝得又猛又急。

“安宁，邺城、临城和惠安城我们已经夺回来了，鲜于焕退守晋河。你再多等等，等收复了军献城和云景城，我带着你的盔甲来见你。净言上个月把东骞的军队逼到了大靖和东骞两国的边境，你放心，我让苑书去看过他，他很好，没有受伤，每天照吃照睡，上战场杀敌比谁都多。你皇兄也很好，每个月都会给我报平安，他现在在惠安城。我也很好，西北民风淳朴，这里的将士都服我，现在我都代替你成为新的战神了……”

她知道没有人会应答她，可是她不愿让安宁的墓前只剩下苍白空洞的沉寂。

安宁一个人在这里睡了这么久，太孤单了。

又沉默许久，一坛酒已入口大半，帝梓元已然微醺。她靠在墓碑上，望向天空，雪花落在脸上，青南山下茫茫一片。

她忽而不甘，闭上了眼："刚才我是骗你的，安宁，我们都不好。苑书回来说净言都不会笑了，打胜仗了不笑，受伤了也不痛。你皇兄他在知道你的死讯后强行出战，鏖战五日五夜，差点死在山南城下。我也不好……"

帝梓元睁开眼，莫名的悲意在冰冷的墓碑前一点点宣泄。

"你就这么死了，我这辈子都不会好。安宁，你知不知道?"

她眼底醉意浓浓，一双眼雾蒙蒙的，嘴角逸出比哭还难看的笑容，整个人毫无预兆地朝雪地倒去。

一双手突然出现，将帝梓元倒向雪里的身体稳稳接住。

藏青的身影半跪在地上，肩头落着厚厚一层雪，不知道已经来了多久。

青年头微垂，一年光景，以往温润的眉眼染上了厚重的凌厉，但望着怀里的女子时，仍只有暖煦。

他端详帝梓元良久，抬首朝身前的墓碑望去，沉下眼底的钝痛。

"安宁，现在我没脸在你面前说任何话。等这场仗打完了，我再来看你。我知道你放不下韩家和帝家的恩怨，我答应你，只要我活着，就绝不让父皇和梓元有兵戎相见的一天。"

话音落定，大山深处，突有鸟鸣，像是应答。终使为着这千里孤坟而来的两人不至太过孤寂寥落。

韩烨朝安宁的墓碑深深望了一眼，把喝醉的帝梓元背在肩上，转身循着来时的路朝青南城而去。

苍茫雪地里，两人的身影淹没在皑皑白雪的尽头。

大靖和东骞的边境，北陲城。

施净言独自立在城头，神色中隐有风霜之意。他腰里别着一支染血的火红长鞭，目光投向的西北，身影萧索而坚忍。

第二章

连降大雪的西北难得出了个晴日。

帝梓元睁开眼，盯着窗外的暖阳有些晃神。她从榻上坐起，额头抽痛感一阵阵袭来，有多少年没这么失态过了？想起自己在安宁墓前说的荒唐话，帝梓元揉了揉眉头，她是怎么回来的……？

“你胆子倒大，连十几岁孩童都不如的酒量，也敢在雪地里喝醉?”脚步声在门外响起，青色人影走进房内。

逆光下，来人的面容有些模糊不清，帝梓元却识得出这个声音。昨日安宁的祭日，他到底还是来了。

藏起眼底的暖意，帝梓元仰头，“是你带我回来的?”

韩烨把醒酒汤放到软榻旁的小几上，不温不火回她：“正确说来你是被我背回来的。”他说完坐在一旁，朝醒酒汤瞥了一眼。

帝梓元难得有几分尴尬，咳嗽一声端起醒酒汤喝下。她的目光逡巡片刻才正儿八经落在韩烨脸上，这一瞧，微微一怔。

沙场喋血一年，韩烨眉间更为冷冽。纵使是她，如今也瞧不出韩烨眼底的深意。初入西北时两人关系正当缓和，如今横亘上了安宁的死，再见面时却只剩沉默冷凝的氛围。

“惠安城如何了？”气氛有些沉闷，帝梓元放下碗问。

“半月前一场恶战，北秦军队退回军献城，鲜于焕伤了元气，半月之内无再战之力。有温朔在惠安城，暂时不用担心。”

一年拉锯战下来，老将牺牲不少，只能让资历尚浅的将领补上。唐石留守尧水城，总握潼关，温朔守惠安，归西驻扎山南，至于苑书，帝梓元把她留在了最危险的邺城。毕竟论起调兵遣将，这几人都比不上自小跟着帝梓元在军中打滚的苑书。

两人都没有提起战乱之时还回到青南城的原因。有时候，不言反而更好。

帝梓元起身走到房间一角的沙盘旁，“鲜于焕毕竟是北秦老将，若不是我们一东一西牵制于他，这一年也难让他退败。西北冬日寒冬长久，对我们两国是善机，也是败机。北秦国内少粮，他们的军队深入西北，粮草不足，这场战争持续一年，北秦朝堂上也不是初战时的铁板一块。但如今的状况对我们来说也非全利，大靖将士多来自南方，不熟悉西北地形，扛不住恶劣的天气，骑兵的战力也不如北秦人。再加上两线作战，兵士不足，去年水灾江南粮仓十损其八，打了一年仗，怕是朝廷的存粮也不多了。”

帝梓元和韩烨身为西北的最高统帅，早在一个月前就知道江南和中原的粮草已经全都运进了西北，如今再也挤不出一点存粮。这个消息一旦被北秦探子得知，西北军心定会涣散。

韩烨神色肃穆，点头，“北秦王的皇叔德王莫云一直觊觎北秦王位，他已经在北秦朝堂上三番四次提出罢黜鲜于焕统帅之位，好让自己手下的将领接掌兵权。如果三个月内鲜于焕未在大靖取得战功，北秦朝堂又内讧严重。梓元，你猜北秦王会如何做?”

将鲜于焕换成莫云的人，就等于将最后的战功和北秦边疆的兵权也一并交到莫云手中，北秦王除非是个傻子，否则绝不会下这种二愣子圣旨。

“还有三个月时间，如果鲜于焕重立战功，北秦王一定会力排众议，将这场仗打下去，也拖垮我们大靖，和东骞蚕食中原。如果鲜于焕不能重整旗鼓，三个月后北秦若还掌控着云景城和军献城……莫天极有可能以这两城为挟，向大靖送来和书，让大靖赔偿数以天计的武器和粮食，以平北秦国内的异议!”

北秦王一向注重大局，如知道大靖短时间内不可夺，定会选择最有利于北秦王朝的决定，当舍便舍。一旦他提出议和，西北战场的局势就不是帝梓元和韩烨再能掌控，必须等千里之外的嘉宁帝颁下御旨，是战是和是两朝统治者才能做下的决议。这场战争伤了大靖的元气，却未动摇晋南的根基，她在西北的军功越大，日后对韩家的威胁也就越大。如果北秦甘心放弃两城，以嘉宁帝如今的处境，未必不会同意议和。

对韩仲远而言，有帝家在，北秦就不是大靖和韩氏皇朝最大的威胁。

帝梓元不是天生的战争狂，也从未想过依靠军功和鲜血来立下夺位根基，可是西北五城无辜枉死的百姓，十来万战死的将士……

如果到最后这是一场战败求和的战争，她如何面对在青南城下战到最后一口气的安宁，又怎么对得起惨死在军献城的施老将军？

“梓元，三个月内我们必须夺回军献城和云景城，否则三个月后等着我们的只是一场战败的议和。”

韩烨的声音重重响起，打断了帝梓元的沉思。她抬首朝韩烨看去，皱起的眉角松开，颔首，“嗯，还有三个月时间，就算是鲜于焕在，我们也不能输。”她顿了顿，又道，“三日前我修书回了晋南，让洛叔在晋南民间以靖安侯府的名义借粮，一个月内粮草便会入西北，这批粮刚好可以支撑三个月时间。”

帝家已经到了以侯府名义向百姓借粮的地步，可见存粮早已告罄。这一年晋南出兵出粮，几乎是竭尽全力来打这场仗。就算是他这个大靖太子，在这场国难里，也未必会比她做得更好更多。只是这些事落在父皇眼底，怕是他只会以为梓元是在拉拢民心，争夺军功。

韩烨心底思绪暗涌，面上却只点点头，道一句“如此便好”后问：“晋南运粮这件事瞒不了北秦探子，以鲜于焕步步为营的手段，为了抓住最后三个月时间，他一定会阻止这批粮草送到西北各城。”

他拿起木条在沙盘上从潼关之处划向惠安城，“粮草过潼关后必须尽快兵分两路送到惠安城和邺城，惠安城一路只经平原之地，且有各城守军接应，并无鲜于焕可乘之机。”木条停在偏北之处，韩烨微一沉吟：“去邺城必过虎啸山，此山在北秦大靖交界处，路径偏僻险峻，如果鲜于焕布兵埋伏，必在此山之中。我修书一封去山南城，让归西去潼关接应运粮队伍，亲自押送这批粮草去邺城……”

“不用，我已经定好了运粮人选。”帝梓元打断韩烨的话，朝自己一指，“我比归西

合适。”

“胡闹!”韩烨神色一凛，心头微怒，“梓元，你是东部统帅，岂能轻易涉险?况且你散去的功力只恢复一半，如今归西的剑术远在你之上，他完全能阻住鲜于焕的伏兵。”

“我自然知道这批粮的重要，邺城百里之外就是云景城，如无粮草，云景城这场仗根本不用打。虎啸山是西北禁地之一，瘴气弥漫，山中小径盘根错节，一个不慎就会迷失其中，不是死于北秦兵的埋伏，就是亡于山中猛兽之口。归西剑术虽高，却只能御敌，不能领路，运粮草的将士若中了瘴气，逃不过一死，凭他一己之力，如何能将几十辆粮车运送出山?”

“你既然知道此行对归西也非易事，凶险万分，遑论是你?”

见韩烨疑惑看来，帝梓元压低声音：“韩烨，我数年前来过西北一次，姑祖母领我自晋南入西北，带我在西北地域上行走三个月，西北各处山地城池，我都亲自走过一遍，也包括虎啸山。”

韩烨神色一震，复杂难辨。行走疆土，记住每一处城池和山地……她早就知道韩帝两家迟早一战，竟连这种准备也做好了。

“你何时来的西北?”韩烨的声音有些低。

“十二岁。”帝梓元匆匆回他一句，不欲再提起这个话题，道，“就由我来运送去邺城的粮草，北秦伤了元气，他们的粮草补给也不足，一个半月内无可战之力，我们正好趁此时将粮草运至各城，以备万全。”

帝梓元意见坚决，且说得在理，韩烨并非不知轻重之人，沉默片刻颔首同意，“此事依你所言，明日我回惠安城让人接应粮草，邺城就交给你。”

他说完朝外走去，临到门口，帝梓元的声音轻轻传来：“韩烨。”

韩烨顿住脚步，回转身。沙盘边立着的帝梓元微微垂首，面容藏进阳光逆影里，看不清表情。他没有出声，等着帝梓元开口。

“如果……”帝梓元抬头，手不自觉握紧沙盘边缘，“如果当时我没有让安宁去青南城，或许她就不会，就不会……”

气氛陡然凝滞下来，让本就沉闷的书房失了最后一丝缓和的余地。

“和你无关。”韩烨截断帝梓元尚未出口的话，“当初是安宁主动请命，没人知道鲜于焕会增兵青南城。战场瞬息万变，她是一军将领，也是一国公主，守护百姓和国土是她的责任，自踏进西北，她就应该有马革裹尸的觉悟。不止是她，就算有一日我们两人亡在西北，也是注定的命道。”

韩烨说这话时，很是平静，不是淡薄血脉亲情的那种冷漠，而是看惯生死的渐渐麻木，还有谈起安宁时对帝梓元突然的漠然。

“况且……人既已不在，多说无益。梓元，她的死和你没有半点干系，不用介怀。”韩烨说完，再也没看帝梓元一眼，转身出了书房。

脚步声渐行渐远，帝梓元唇角轻抿，缓缓松开紧握沙盘的手。

韩烨不是不介怀，安宁和他自小亲厚，连她都无法面对安宁的死，何况是他这个兄长。就算隐藏得再好，帝梓元也能瞧出韩烨眼底隐隐逸出的情绪。他在怪她，不是怪她当初让安宁戍守青南城，而是怪她逼得安宁远走西北，至死都在为韩家赎罪。

韩帝两家恩怨，说到底，又与安宁何干？

安宁死后，帝梓元此生最后悔之事，便是曾经将她卷进两家之怨，逼她在仁德殿前指证至亲。慧德太后再错，嘉宁帝再狠毒，他们之于安宁，就如枉死的帝家先辈之于自己。

只是时至今日，就如韩烨所言——人已不在，多说何益？

终究是她亲手毁了安宁一生……

低低的叹息声在书房内响起，久久难以消散。

小院外，韩烨顿住脚步。他回转头，隔着层层叠叠的梅花浅影，望着书房里背对自己孑然萧索的帝梓元，眼底的冷漠指责一点点消逝，漆黑的瞳孔中瞧不出半点情绪。

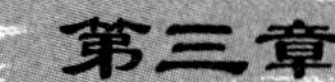

第三章

也是这一日，皇城上书阁。

嘉宁帝望向下首半跪的赵福，神色如鹜，“你说什么？韩越下落不明?”

赵福心中惴惴，忙回：“陛下，五殿下已于一个月前和王妃离开江南，暗卫回禀五殿下和王妃出海游历后一直未回。”

赵福本以为有五殿下帮持，朝廷也可稳妥些，哪知五皇子竟然在这个时候出了海。南海海域辽阔，又一向在帝家把持之下，要想寻个扬帆远洋的五殿下，无异于大海捞针!

“出海未归?”嘉宁帝神情莫测，抬手轻叩在御椅上。

“陛下，奴才已着暗卫入南海寻五殿下……”

“不用了，把人都召回来。”

赵福一愣，“陛下?”

“韩越和太子一向亲厚，他的性子再淡薄，也不会在三国交战时顾自入南海游历，放下大局不顾。这半年朕收到消息，他一直辗转江南为太子搜集粮食和民间兵甲异士，西北的仗没打完，他怎么可能出海!”

“陛下是说五殿下犯了险?”赵福期期艾艾道，不敢直言。

陛下五子已亡其二，太子远在边疆，战事一日不定，性命便一日不得万全。十三皇子还只是一介幼童，成年皇子仅剩五殿下一人，如今五殿下下落成谜，若是太子再出了点事……皇室二十年内难出继承之人!

嘉宁帝颇有深意瞥了赵福一眼，神色微沉，“怎么，韩越怎么出的事，你难道猜不出，还要朕挑明了说不成。”

赵福脸色一白，急忙叩首请罪，“陛下恕罪，奴才，奴才没寻到证据……”

嘉宁帝哼道：“除了帝家，还有谁敢动皇家的人!”

“莫非是靖安侯?”赵福抬首，颇为疑虑，“可靖安侯远在西北……”

嘉宁帝挥手打断他，靠在龙椅上，露出一抹疲惫，“是她入西北前就做好打算，或是洛铭西瞒着她动的手，有什么区别?他们所做，皆为帝家。”

赵福默然，惴惴开口：“陛下，奴才这就派暗卫去寻五殿下。”

“不用了。整个晋南铁板一块，韩越既被掳到了晋南，除非他们放人，否则就算是皇家宗师去了，也带不回韩越。”

有帝盛天在，皇家的人在她有生之年怕是都不能再入晋南。

“那五殿下的安危……”

“看在太子的分上，韩越性命无碍，不过……韩帝两家相争尘埃落定前，帝家不会让他回朝。赵福，再派一组暗卫入西北保护太子，太子出了事，你和你一手训练出来的暗卫提头来见朕。”

浓浓戾气迎面而来，赵福知嘉宁帝因五皇子一事震怒，越发看重太子安危，肃眼领命退了下去。

上书阁内，嘉宁帝行到御桌旁置放的沙盘处，右手在沙盘上拂过，抬手握起一把细沙，任细沙从手上落下，在沙盘上从晋南一路洒向一座地势险峻的山坳，然后停住。

嘉宁帝盯着那处，神色莫测，沉吟良久。寒风吹进书阁，他重重咳嗽几声，收回手入了暖阁休憩。

御座上一纸密信被冷风扫落在沙盘上展开，密信上北秦王印正好落在嘉宁帝刚才抬手停驻的山坳上。

安静的上书阁内，那封秘密送来的议和书和虎啸山重重叠和，风吹过，信纸随风而动，沙沙声中含着说不出的轻描淡写，仿佛在嘲笑着西北仍在固执雪恨的数十万大靖将士。

其实所谓天下，不过皇者博弈，权者握盘，如此而已。

西北战局虽缓，却暗流涌动，大战一触即发。两人统筹万军，都不是能缓口气的主，帝梓元本以为韩烨祭奠完安宁后便会回惠安城相助温朔，哪知他像忘了西北局势，在青南城住了下来。两人这一年奔波西北各城，难见一面，安宁死后两人心结更甚，三月后战局便会结束，将来结局难以预料，是以纵知局势严峻，她亦罕见地忘了一军统帅的职责，没有将韩烨轰回潼关。

青南城的将营驻扎在城外半里处，帝梓元以往皆在军营里操练士兵传达军令，非必要很少回城。这半月，青南城的将士百姓们发现他们重令如山的统帅不再喜欢泡在军营里了，总是在正午操练完士兵后便匆匆扛着一摞子令折快马回了城主府，骏马上那冻了半年的冰冷肃穆的脸总算化了开来。

若不是处在这严肃的战局内，靖安侯君又是个实打实的大姑娘，这一城百姓恐都以为他们的统帅藏了个佳人在府里头！

其实这猜测，虽不中，亦不远矣。韩烨不是佳人，却是天下女子梦寐以求的佳婿，除了帝梓元。

韩烨的安危干系大靖朝堂安稳，潼关兵力最盛，也有保护他的意思。他来青南城是桩秘事，除了戒备森严的城主府，他也不能随便乱跑。

每日帝梓元顶着寒风抱着一叠密折回府的时候，总会在内院长长的回廊放缓脚步，漫不经心朝屋檐下抱着暖炉练字画的人瞅上一眼，再匆匆折到对面的书房里推演兵法。

自从上次谈及安宁后，即便韩烨仍留在城主府里，两人却再也未说过话。

书房和韩烨休憩的小院，隔着一条回廊和一片盛开的冬梅树。透过书房的窗户和稀疏的枝条，总能瞧见那抹青色身影。帝梓元说不清自己每日跑回府的原因，就跟闹不明白她每日坐在窗下不时回头望上一眼到底是为了哪般。

明明她最清楚，她和韩烨在十二年前就只剩下一场死局，此生无解。

但历经了这么多事，她更明白自己没办法憎恨这个人。她只是不知道，韩烨之于她，到底是个什么样的存在。

帝梓元有个优点，一贯想不明白的事儿总是懒得折腾清，觉着到明白的时候自然能明白，现在心里头痛快就好。所以她每日里照旧在府里和军营里来回折腾，习惯地抱着一大叠兵书密折奔波匆匆，不经意又频繁地偷瞄对面屋檐下懒懒散散不知道在干些啥的韩烨。

他们只隔着一院之地，仿若一体，却又如相隔天堑。

帝梓元那样唯我独尊盛气霸道的性子，竟也这样一日日忍了下来，心底还有些隐秘的高兴和安心。

直到半个月后，她在青南城外摘了几颗冬枣打算扔给院里每日悠闲沉默的青年试着说说话，却在跨过回廊那一瞬生生顿住脚步时，才知道自己终究放纵了些。

屋檐下，画笔纸卷仍在，茶具犹冒着热气，但那木椅上，却没了侧身而坐低眉执笔的青年。

韩烨走了，早该如此，却又毫无预兆，连声告别也没有。

怀里抱着的密折太多，手里捏着的冬枣不小心掉落在地。帝梓元低头，看着冬枣在安静的回廊里滚过，垂下眼，良久，一声叹息落下。

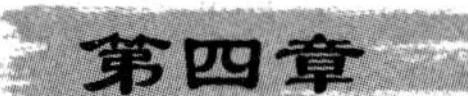

第四章

韩烨走后，帝梓元照旧厉兵秣马，照旧会在同一个时辰回城主府，照旧坐在书房的窗下推演兵法，照旧不时抬头望向梅树后的屋檐下，就像韩烨仍在时一般。

直到三日后，归西的一纸密信送到她手里。

“太子出潼关了？”帝梓元眉一皱，眼扫向送信的侍卫。

“是，侯君。太子殿下昨日已过潼关，一路未停向北而去。”将士被扫得心底一怵，木着脸回道。

潼关以北是军献城，乃北秦重兵把守之地，韩烨怎会突然出了潼关？

“军献城出了何事？”帝梓元合上密信，摩挲着边角，淡淡问。

密信只写韩烨出了潼关，却不言原因。归西受姑祖母之令保她平安，任何险地都不会主动让她介入。可他和韩烨七年君臣，同样担心韩烨安危，若不是韩烨此行涉险，他不会无缘无故送密信来青南城。

传令将士一怔，不想帝梓元猜得如此通透，立马回：“侯君，五日后是北秦霜露节，连澜清十日前在军献城贴下告示，说他会在军献城举办祭奠大会，把北秦战死士兵和……”这将士顿了顿，才干涩着声音把话说完：“施老将军的骨灰一齐置于城墙上供大靖的百姓和北秦将士瞻仰，等祭奠完后一同运回北秦王城安葬，以示他北秦敬重施老将军、体恤军献城子民之意……”

连澜清是近几年北秦军中崛起的新秀，用兵狡猾如狐、恶毒如蛇，深受北秦王器重。

他话音还未落，“砰”的一声巨响，帝梓元身前的木桌连着她掌中的密信一齐碎成粉末。

将士神色一重，抿紧嘴不再言语。即便他只是个小将，也知一年前被破的军献城是何等惨状，五万将士守城而亡，四万百姓被坑杀，守护西北二十余年的老将军战死在城头。

北秦之罪，罄竹难书！

如今他们竟将施老将军骨灰置于城墙上任人观赏，还要带回北秦王城，若真如此，施老将军的骨灰永远都难归故土！

“回潼关告诉归西，就说这件事本侯知道了。”

良久，传讯的将士只听到这么一句过于平静的吩咐。他点头称是，退了出去。

书房里归于安静，帝梓元起身，跨过一地碎末，行到窗边。

停歇了战歌号角，一年后的青南山重回安乐，可这和平之景是安宁用命换来的。

安宁在青南城外咽下最后一口气时，这一生若还有遗憾，必只有施诤言。

“梓元，诤言向我求亲了，他说要带我回西北过日子，我没有答应。”

那时帝家冤案昭雪，安宁身为长公主知冤情而不报，受京城百姓口诛笔伐，却未应下施诤言的求婚，只一心留在京城缓和她和韩烨的心结。

帝梓元走出书房，踩着积雪停在梅树前，透过满枝梅花，神情渐渐恍惚。

“梓元，刚才送走他的时候，我总觉得这是我们最后一面了。”

一年前三国大战，入潼关前，安宁望着施诤言领军远走的背影，只说了这么一句。

一语成谶，潼关一别，等着他们的竟是生离死别。

帝梓元回过头，望向书房正中殷红血迹未散的银白盔甲，缓缓闭上眼。

“梓元，答应我，无论将来如何，你和皇兄，都要好好的。”

“替我告诉诤言，如有来生，我不为大靖公主，必与他相携一生。”

我不为大靖公主，必与他相携一生！相携一生！

安宁离世一年，施诤言驻守东骞战场未离半步，如今他亡父尸骨难安，九泉下的安宁何以安息！

帝梓元猛地睁开眼，折断一枝寒梅朝书房走去，停在那副银白的盔甲前，将花放在盔甲面前。半晌，她拿起一旁悬挂的佩剑朝外走去。

韩烨或许要全施老将军教导之恩、施诤言兄弟之情。可她为的，只有一个安宁。

这一生，只要是安宁所愿，就是她帝梓元所愿。

军献城是西北重城，城池坚厚，兵甲凛冽，拥五万大军，八万百姓。大靖立国二十年，此城得施元朗镇守，御北秦大军于国门外无数次，得“大靖第一铁城”的美名。

云夏曾有言，军献不破，大靖永安。

可惜一年前，北秦东骞以两国皇室子嗣丧命大靖都城之名讨伐大靖，二十万北秦铁骑一夜突袭军献城，城中副将叛变，于深夜大开城门迎敌。施老将军匆促迎敌，只来得及在城破之际布兵御敌护送一部分老弱妇孺离开，三日后军献城破，五万将士战死城头，尸骨埋了城外三尺高，七万百姓除却一万幼童，四万壮年被坑杀，昔日繁盛向荣的军献城，如今只存活不足两万老弱妇孺，以及那气势汹汹占据满城的数万北秦铁骑。

只是倒也奇怪，两个月前军献城守将连澜清大开城门，开始允许临近村庄逃亡的大靖子民回城寻亲，并贴出告示不再屠杀大靖子民。到底血脉连心，这些日子不断有牵挂家人的百姓从其他地方赶回军献城寻找亲人，只要能说出曾住在军献城何处，且有亲族来接，守城的北秦副将并不为难，一律放行。

是以最近军献城百姓脸上多了不少笑容，连带着整座城池都焕发起生机。直到八日前连澜清决定将施老将军的骨灰放在城墙上祭拜并要带回北秦王城的告示贴出，留在城内的百姓欢喜之心顿时灭得一点不剩。但北秦五万铁骑守城，城内的百姓除了愤怒，一点办法都没有。

这一年军献城被北秦占领，城内着异族服饰从漠北而来的北秦人也多了不少。站在街上放眼看去，沉默颓丧行色匆匆的大多是被困围城的大靖百姓，嚣张狂妄横行霸道的皆是北秦子民。

两国积怨已久，血仇难解，除非一者亡国，否则世代难相容。

军献城内有一家君子楼，掌柜姓君，祖传的君子茶香飘十里，乃西北一宝，往年这家茶楼吸引云夏之上的访客不知凡几。连澜清好茶，对此楼手艺独独欣赏，城破之际下令不得为难君家人和君子楼，是以君子楼得保，并在森严萧条的军献城还能经营下去。

此时，君子楼二楼。一布衣男子在厢房内临窗而坐，望着街上稀落的大靖百姓和不时挥着马鞭扬长而过的北秦人，眉微微拧住，摩挲茶杯的手一直未停。

这人模样普通，衣饰简单，却偏生生了一双威仪深邃的眼，只这么随便一坐，便令人心生忌惮，不敢在他面前放肆胡为。

厢房门被推开，一侍从悄然走进，朝坐着的男子低声回禀。

“殿下，暗卫传来消息，连澜清把老将军的骨灰置于施府大堂，只留下五个侍卫把守。”

“施府怕是早就布满重兵，只等孤自投罗网。”男子将瓷杯放下，碰出清脆的响声。说这话的人正是带了面具的韩烨，他只带了一个侍卫，三日前星夜兼程赶至军献城。

韩烨眯着眼，心有所想。三国交战已近一年，连澜清若想把施老将军的骨灰带回北秦王城多的是机会，根本不必拖到这个时候。漠北局势大变，三个月内这场战争必出胜负，否则只有议和一途，这不是韩烨和帝梓元乐于见到的结果，也不是一心逐鹿中原的北秦大将所想的结局。连澜清想扭转战局，最好的方法自然是将他这个大靖太子生擒军献城，进则摧毁大靖士气，继续南下，退也可手握他的性命增加两国谈判的筹码。

连澜清有这个打算非一日之计，数月前允许大靖百姓入城寻亲便是第一步，韩烨比谁都清楚，可他却不能不来。

施老将军待他，如子侄；施净言于他，是兄弟，还有安宁……

连澜清设下一个天下人都能瞧明白的棋局引他入瓮，怕是任谁都以为他不会来。

韩烨站起身，望向城北施府的方向，手负于身后，眉峰凛冽。

他有什么不敢的，这是大靖的国土，他是大靖太子，有何不敢踏进这座城池，带他的师长回故土！

这时，二楼大堂临窗处，一男子饮下一杯清茶，看向一旁笑道：“阿清，果然是好茶，不枉你心心念念这么些年，破城之际还想着保下这座茶楼。”

他身旁立着的青年长身如玉，面容俊秀，一双眼极为内敛，一观便不是常人，听到这话神情未有波动，只对着坐下的人恭谨行礼。

“陛下，军献城虽有重兵把守，但这些日子不太平，您身份贵重，还是先回王城吧。”

第五章

二楼大堂里除了他们这一桌，未有其他客人，是以两人言谈倒也放心。

“怎么？你怕擒不住韩烨，还把朕给赔进去了？放心，谁会猜出朕会亲自来军献城？”北秦王莫天笑笑，不以为意。

莫天不像大多数北秦人一般粗犷蛮横，他模样俊美，一双眼很是冷沉凌厉。他着一身北秦锦衣，承袭生母的祖绿色眸子乃塞外人独有，一观便不是中原人士。如今出入军献城的北秦贵族不在少数，他的打扮并不显眼。

连澜清皱眉，劝道：“陛下，臣听说山南城守将归西是中原第一剑客，即将踏进宗师之列。当年他化名宋简在东宫七年，和太子韩烨情谊深厚，这次韩烨如果来军献城，他或许会跟随，您此趟未带国师出行……”

莫天抬手，打断他的话，笃定道：“如今两国正值交战，以韩烨素来的行事做派，如果他真的入军献城，必会独身前来，绝不会调遣守将，何需担心？再者……”他抬眼扫向连澜清，“韩烨一个大靖太子敢踏进驻扎五万铁骑的军献城，难道朕会因为顾忌一个中原剑客就逃回王城？”

莫天君威向来甚重，此话一出便有些不轻不重的怒意。连澜清心底一怵，低头就要跪下：“臣妄言，请陛下责罚。”

莫天随手托住他，朝楼下饮茶谈笑的客人和厢房内扫了一眼，淡淡开口：“人多，嘴杂。”

连澜清知自己差点露了行迹，立在一旁不再言语。

“阿清，等霜露节祭奠完后，你把施元朗的骨灰就埋在城北外郊的施家陵园里吧。”

静了片刻，莫天的吩咐突然传来。连澜清神情未变，朝他看去。

“施元朗虽是大靖悍将，但朕向来敬服他，把他埋在军献城，也算了他心愿。”莫天话止，微叹，“十年前你父亲战死沙场，朕知道施元朗和你有大仇，所以当年才没拦着你潜伏在大靖，化名秦景留在军献城。不过这些年他悉心教导你，总归于你有恩。他既已死，你便当世事皆过吧。”

此话石破天惊，却能解韩烨和帝梓元将近一年的疑惑。

世人只知连澜清是数年前的北秦统帅连宋之子，十年后横空出世得北秦王看重。一年内从三品副将爬到一军副帅之位，在北秦军中的地位只在老将鲜于焕之下。

一年前军献城城破，世人皆知除了北秦倾举国兵力逼近城池让施元朗猝不及防外，也因为军献城周郊和城内的布兵图被盗，城门被叛将秦景打开所致。

军献城一役后，帝梓元和韩烨曾遣探子细查秦景，得知秦景十年前投奔施家军，因天资聪颖被施老将军重用，且亲自教他兵法谋略。数年前施老将军将山南城交予他驻守。秦景在山南城一待就是五年，直到施净言随安宁回京，军献城无副将可守，施元朗才将他调回。当初韩烨入西北统兵三年，只听闻此人，未曾见得一面。却不想数年后这个施老将军曾引以为傲的弟子竟会背叛大靖，毁了军献城。

当时探子查出秦景战死在破城之日，帝梓元和韩烨以为没了手诛此人的机会。但听莫天刚才此言，连澜清就是秦景，秦景就是北秦副帅连澜清。

此人到底如何倒也难下定论。国仇家恨里，孰是孰非，孰对孰错，本就不易说，亦难说。

毕竟权谋博弈里离间乃是常事。一朝他身份大白，受大靖子民唾弃辱骂不假，可他同样也会成为北秦人的英雄。只不过他与施元朗虽有滔天大恨，也有十年师徒之谊。北秦为其故土家国，可这些年他在大靖也有知己良朋。

至少十年时间，他不是连澜清，而是秦景。

连澜清一惯清冷的眼底闪过一抹和缓，只是悄然而逝，微不可见。

“臣本就没打算将他的尸骨迁往王城，不过是激将之法，让韩烨自投罗网。”他低头，沉声道。

莫天一愣，瞥了他一眼，抬手替自己续满茶，“你是为了朕和德王的三月之期？”

连澜清点头。

大靖内乱不休，帝家崛起威胁皇权，这次两国联手攻下大靖本是十拿九稳之事。德王莫云想拿下大靖后扩充领地，方才甘心将手中的西军投入战场。哪想帝梓元竟舍了帝家仇恨奔赴西北，和韩烨联手抗敌，生生止了韩家大厦将倾的灭国之势。如今战局僵持，北秦国内耗损巨大，朝野中渐有停战之声，德王觊觎兵权，上书鲜于老将军领兵无方，欲撤回西军。若此时撤军，北秦必败无疑，一年之战毫无意义。莫天无奈下只得同意三月内战局若无寸进便停战议和，除将西军统辖权归还外，还将德王的领地扩充三城。但如此一来，莫天的皇权定遭削弱，北秦内乱必生。

连澜清和莫天一起长大，情分深厚。当年连父战死沙场，连澜清潜伏大靖一去十年，连家无人支撑门庭，只剩一母一女，亏得莫天扶持才未败落。连澜清对莫天忠心耿耿，为了守住兵权，想出此法并不为奇。

“没有你，军献城百年难破。如你肯坦诚这十年的身份和经历，以你对北秦之功，朕封你为侯也不为过。就算德王想夺鲜于焕的军权，朕也能让你顶替，朝堂上无人会反对。”莫天抿了口茶，道。

鲜于焕是先皇留下的老将，莫天虽倚重，但显然更信任连澜清。

连澜清皱眉，“陛下，您答应过臣不再提这件事。”

莫天放下瓷杯，沉默半晌，开口道：“阿清，军献城一战大靖死了几万百姓，你可是不忍了？”

军献城一直是大靖防御北秦的壁垒，城中百姓自来悍勇。一年前开战时施元朗虽送走了大部分老弱妇孺，但城里的年轻人却没有一人离开。这些百姓扛着大刀跟着施家军守城，北秦大军攻入时，虽下令不杀平民，却不得不将护城的青壮年坑杀，否则北秦绝无掌控军献城的可能。

这数万大靖百姓，曾是秦景过往十年守护的子民，也是曾经将他奉若战神、忠心爱戴的子民。

连澜清眼底瞳孔猛地一缩，身体有瞬间的僵硬，他望向军献城外朝北而去的方向，眉间带出凌厉的刚硬，冷声回："十年前施元朗攻入景阳城，父亲拼死一战，让副将护卫连氏族人逃命，最后连家五十余口全都惨遭施家军残杀，最幼者才三岁。当年他们没有半点仁心，今日臣又何须顾惜。陛下放心，臣是北秦人，绝不会对大靖任何一人心慈手软，误了大事。"

连澜清一席话落定，莫天面上划过一抹复杂神色，半晌颔首道："算了，不必多言，朕信得过你。走吧，先回城主府。"

他说完起身，率先朝楼下走去，连澜清一声不响跟在他身后。

两人刚下楼梯，一楼内堂里走出一名女子。这女子着一身素衣，模样柔婉，观其步履颜态，却似有一份铿锵的韧劲契在骨子里。

这名女子便是君子楼如今的掌柜，君玄。

君子楼传家已有百年，在西北产业雄厚，历任掌柜宽厚仁德，凡遇灾害便会开仓赈粮救济百姓，战事告急之时亦会送粮入军营，与百姓同进退。君家虽巨富，仁义之名却广传西北，乃西北第一好善之家。

一年前连澜清攻城时言他久慕君子楼大名，令军队不能损君子楼一人一瓦。两军交战，北秦铁骑攻破城池，难免误伤百姓。君玄得知此令后，大开君子楼楼门，凡入君子楼避难的百姓，她皆护入羽翼之下。此一战后，军献城内保住性命的老弱妇孺，多为当日君玄所庇。

只可惜君玄纵使救了不少百姓，君家名声却不如当初。无他，只因君玄三年前说的一门亲事——她是军献城曾如日中天的副将秦景未过门的妻子。

君家家大业大，上任家主君鹤发妻早逝，未曾续弦，膝下只得发妻留下的一女君玄。君鹤对其悉心栽培，待百年后将家业交付她掌管。君玄虽是女子，因少执家业，养成了坚忍有主见的性子。君老爷为其遍寻佳婿，皆不入她眼，只得将婚事搁置。

君家和施家乃军献城两大家族，因君家乐善好施，两府自来关系亲近。三年前施老将军做主，为爱将求娶君家小姐，君老爷这些年也算看着秦景长大，见他才智非凡又忠心为国，便应下了这桩亲事。

两年前两人本该成亲，奈何成亲前三月君老爷猝然病逝，君玄守孝，将婚事押后三年。三年之期未到，秦景却一夕叛国，让军献城为北秦所夺。

秦景虽死，百姓亦感念君家庇佑之恩，活下来的人一开始却无法谅解君家。毕竟数万百姓、五万大靖军士、施老将军满门皆因此人血染军献城，谁能在一时间释怀。

但因连澜清对君子楼的格外开恩，使君子楼成了军献城唯一的清净地。活下来的大靖百姓为了躲避嚣张跋扈的北秦人欺辱，只得来这里。当初城破时众人愤愤难平，一股余怒发在君家身上，来君子楼时难带善色。如今百姓心绪平复，念着君家百年来的恩绩和君玄对百姓坚持不懈的善意，总算无人再提此事，待君家也渐渐回到当初。百姓如今也想明白了，说到底君家也是受了秦景连累，君玄至今未嫁，一介孤女掌管家业，还要承受满城骂名，也是悲凉。

君玄从后堂走出，和座上客人打过招呼，看见连澜清陪着一人走下楼梯，朝他微一颔首后径直走向柜台，未有太多寒暄。若非连澜清对君子楼的看重能让城中的北秦人和士兵忌惮一二，以君玄素来的性格，不让厨子拿大刀把他砍出门已是怪事。

连澜清在瞧见君玄冷漠的面容时步履一顿，他朝君玄看了一眼，默不作声随在莫天身后出了君子楼。

上了马车，莫天朝连澜清笑道："阿清，听说施元朗为你说的媳妇儿就是这位君家小姐，难怪你对君子楼多有照拂。你要真喜欢她，把她带回北秦做个侧夫人也不是不可，芷冉向来大度，不会介意。"

连澜清幼时便和吴王长女芷冉郡主定亲，待这场战事完结，便是二人成婚之期。

连澜清垂下眼，摇头，轻描淡写回："陛下多虑了，这桩亲事完全是施君两家一厢情愿，当时臣在山南城来不及拒绝。臣一向不愿欠人恩义，君玄因我受累，臣才下令护君子楼一二。"

听见此话，莫天笑笑，如有所思看他一眼，并未再多说。

马车驶离君子楼，在前柜专心致志查账的君玄突然抬头望向街道尽头快要消失的马车，她翻动账本的手猛地握紧，娴静的面容冷寂下来。

二楼，厢房门被推开，两人从里面走出，行出了君子楼。为首的一人一脸市侩，跟随的侍从木讷卑微，再普通不过。这些日子从南边进入军献城的人都会有暗卫跟着细查，但这两人面目太过卑微，实在和大靖太子搭不上半点关系。君子楼门口的暗卫望了他们一眼，未瞧出不妥，不再跟踪两人，转身回了城主府复命。

人群中，韩烨回转头看了消失的北秦暗卫一眼，佝偻的身躯挺直，嘴角卑微的笑意敛起，和侍卫消失在街道尽头。

离霜露节只剩两日，按北秦庆祝三夜的传统，这日夜里就有不少北秦人在城内狂欢。大靖百姓虽不喜，但如今形势比人强，大靖人不能出城，为了生存，他们只能从北秦商贩手中购买粮食，没有银子只能活活饿死。而这种举城同庆的日子，正是赚北秦人银子的好机会。

月上枝头之时，军献城的大街小巷里已是一派热闹之景。

莫天瞒着连澜清领了一名侍卫出府。他着一身常服，在挤满北秦人的军献城街头并不显眼。

"陛……"侍卫被莫天一瞥，忙改口道，"公子，今晚街上人多，连将军又去了军营，只有属下跟在您身边……"

"无妨，走走便回。"莫天摆手，一派淡然。他其实并不信韩烨会来军献城，韩烨为一国太子，若为了区区一个老将的尸骨冒险犯难，就让整个西北战局逆转，实在有些荒唐！他来西北有他的打算，连澜清设下这个局虽不在计划内，但总归有些用处。

正街上有一处人潮汹涌，叫好吆喝声不断。莫天循声前往，瞧见一群北秦人围在一个小摊前。莫天一身华服，气度非凡，一双祖绿眸子乃北秦贵族所有，众人见他走近，自觉让开一条道让他进到摊前。

摊主是个粗犷利落的北秦汉子，写了些字谜挂在布线上，小摊上摆放着几把弯刀，想来便是彩头。倒不是彩头有多好，只是北秦人素来不善中原文化，难得有北秦人能出个字谜，即便题目粗俗简单，也引了不少人驻足。

"公子，还剩最后一题，您也来凑个热闹?"莫天气度不凡，那摊主当即生了交好之心，只是莫天对桌上的彩头明显不敢兴趣，他只得忍痛拿出点好东西来，"公子，连将军后日在城主府里办宴，我兄长在里头当差，赠了张请帖给我。我这种粗人去了也没用，干脆给公子拿出来当彩头算了。"

"哦？还剩什么题目?"莫天纯粹只是闲来无聊才凑个热闹。

摊主拿来一张白纸放在桌上，又取下布线上的最后一题字谜摊开，笑道："不是啥难题，人人都能猜得出，公子您正赶巧了。”

一道字谜能猜出不难，可要人人都能猜出，却不是个简单事。众人被勾起了兴趣，闻言朝桌子上瞧去，观那字谜，皆大笑出声。

“牝鸡司晨”——这四字虽歪歪斜斜，却清晰无比。

果真是个人人能答的谜题，何须用猜，三国里如今女子能干涉朝政的，不过一个大靖帝家的靖安侯君帝梓元。云夏女子地位虽高，但女子掌政百年来未有。两国交恶，帝梓元在西北战场上战无不胜，北秦子民惧她恶她，便将她作为谜题让人笑话。

莫天挑眉，来了点兴趣，抬手欲提笔答题。

恰在此时，一只手出现在他视线里，这只手修长白皙，指尖微拈握起笔杆起势径直将笔尖挥在纸上。

不过一瞬，“帝梓元”三字跃然而出，笔力如铁划银钩，墨迹沁透纸背。那握笔的手轻轻一提，笔身在半空划了个圈被重新放在桌上，整个动作强势凌厉，又如行云流水般自然。

笔杆轻叩砚台的声音清脆有力，惊醒了视线仍停留在那双手上的莫天。莫天做了这些年皇帝，从未被人如此自然又强势地抢占过先机，他按下心底淡淡的别扭，循着那只手朝上望去。

只一眼，莫天收回的手在半空中不自然地一顿，眼底浮现毫不掩饰的意外。

第六章

莫天面前立着一位容貌盛华的女子，但这不是他这个堂堂北秦帝王错愕的原因。这女子负手侧身而立，墨黑的眼深不见底，身姿清俊如松。唯观一眼，如此气势凌锐之女，乃他平生仅见。

连莫天都被帝梓元渲染出来的浓浓霸道之气唬住，更别论其他普通百姓。众人纷纷将目光落在帝梓元身上，赞叹之余亦只敢小心打量。

莫天朝女子身上奢华的戎服瞧了一眼，暗自诧异北秦公侯之家里何时养出了这样一位闺秀。

若是韩烨在此，怕是抡起袖子就把这不怕死的闺女拧回去了。这个霸气侧漏立在军献城街头耀武扬威的女土匪不是帝梓元又是谁！

韩烨入城好歹易装换容，她倒好，顶着一副真容大刺刺地立在北秦皇帝面前，坦荡自在得不得了！

“怎么？我答得不对？”

这声音慵懒七分，霸道三分，毫不软绵地传进耳里。莫天抬首，见那女子轻飘飘指着摊主手中的请帖，下巴微扬，眼带愠色，整个人袭着漫不经心的随意和强势。奇妙的审视感直传心底，他竟只因一个女子的一句话、一个动作便生出了对她毫不掩饰的探寻之意。

“小姐答得对，只是……”摊主巴巴地在莫天和突然出现的女子间张望，面色惶恐不知如何作答。两人一看都是北秦贵族，他先攀附了莫天，此时将彩头易主，自然怕引莫天不悦。

“无妨，既是这位小姐答对了，彩头便该归她。”莫天向前迈一步，接过摊主手里握着的请帖，递到帝梓元面前。

一旁的侍卫见莫天这般和气忍让，暗暗稀奇，悄悄打量着帝梓元。

“多谢割爱。”帝梓元接过请帖，敷衍地道了声谢。

这时，她身后窜出一个不知何时出现的侍女，替她系上乌黑柔顺的狸毛大裘，复又安静地立在了一旁。她出现时无声无息，很有些内功底子。莫天和那侍卫瞧得分明，更是诧异。如此稀罕的丫鬟，一般的人家可调教不出。

帝梓元倒是一副坦然受之的模样，弹了弹手中的请帖，随意朝一旁的丫鬟丢去，然后正眼都没瞧莫天一眼转身便走。

居然敢这样对陛下！那侍卫望着帝梓元目瞪口呆，见莫天神色古怪，他一贯养成的护主心态瞬间爆发就要呵斥，摊主却抢先一步朝帝梓元喊去。

“哎！这位小姐，霜露宴是连将军举办的盛宴，易换请帖要提早报送将军府，您这请帖是从我手上领走的，循例我得给将军府说一声，您留个名讳府第给我，也让小人好去交差。”摊主从摊位里跑出，朝着远走的帝梓元使劲招手。他喊这话时，浮于表面的惶恐微微收敛，倒是眼底精光一露，溢出几分谨慎和探寻。

能拿着将军府请帖的人，想来不只是个寻常商贩如此简单。为引韩烨入局，连澜清可谓煞费苦心。

众人一听，这摊主倒说了实诚话，连澜清定的规矩军献城中尽人皆知。这姑娘若想持帖参宴，还真得留下只言片语自报家门才行。

也不知是哪家养出的尊贵女儿？

“极北朗城，西家云焕。”

灯火闪烁的街道尽头，女子懒散的身影即将消失在拐角处时，翘首盼着的众人终于等到了这句随意又爽朗的回答。

西云焕，乃此女之名。

大靖百姓还好，北秦子民却几乎是在听到这个名讳的一瞬间，便对那远走的背影露出了肃穆之色。不为其他，朗城的西家在北秦的地位一如施家之于大靖。百年间，西家朝朝代代的嫡系子弟皆入军为将，北秦帅令就是西家的掌印，西家是北秦名副其实的将门世家。只不过二十多年前中原大乱，当时的西家家主受北秦王所令征伐中原，却败在了帝盛天和韩子安手上。此一战后，西家嫡系子弟大多战死中原，西家血脉自此凋零，无力再执掌三军，西家族老便辞了帅令领着剩下的族人回归领地朗城。

朗城位处北秦极北之地，虽偏远，民风之悍却是北秦最盛。二十几年时间西家休养生息，秣马厉兵，朗城如今坐拥的五万铁骑已是北秦最精锐的军队。只不过当年一场大战致使西家族人伤亡殆尽，这一辈的家主西鸿淡了争斗之心，只安安稳稳守在领地，再未率领西家军队踏足战场。这次北秦东骞齐攻大靖，莫天本有意令西鸿挂帅，却被他委婉拒绝。西家在北秦声望极高，当年惨烈亦举国皆知，莫天无法强求，只得作罢。

西鸿得一子一女，长子早年死于疾病，现今膝下仅一女西云焕。

难怪此般芳华，虽意外了些，西家养大的女儿，倒也说得过去。见那身影即将隐没在街角处，莫天身形一动，抬步跟了上去。

哎，一个甩冷脸的姑娘居然就把陛下的人给勾走了，虽说那姑娘威严了些，不凡了些。侍卫想起连澜清这几日的嘱托，苦着脸忙不迭跟上了前。

临近北秦霜露节，连澜清有意将整座城池营造得安宁和乐，故军献城虽经战乱，却依旧有热闹之象。只不过……威武慈和的军献城到底已经不在了。失了施家和大靖将士，没了王朝的庇佑，国已不国，这座曾经无坚不摧的城池已有衰败之景，更随处可见哀容落魄。

帝梓元行得极慢，她整个人裹在大裘里，只露出一双漆黑又沉默的眼打量着这座城池。当年她行至漠北时同样来过军献城，经年不见，已差之千里。

帝梓元懒懒散散沿着街道走了半个时辰，横跨大半个城池，她身后的丫鬟始终离她三步远。

冬日的漠北很是严冷，寒风刮过，沁进人骨子里。几人且行且走，不知为何，莫天从那墨黑的背影上，竟觉出了点点悲凉之意。脚步声突然和呼啸而过的冷风一齐停住，万籁俱静。他抬头，看见西云焕驻足的地方，微微一愣。

这里是军献城这座城池最古老的所在——护城城墙。

百年雨雪风霜，在这座边境城头上，最显眼的就是墙上的将士之血、兵刃之痕。

西云焕望着的，正是墙上日渐沉染的血渍和印痕。

她的眼比刚才更沉更冷，莫天一语不发，心底明了。西家大半族人尽丧于沙场，西云焕想必如她父亲一般极厌烦战争血戈。既是如此，她又何必万里迢迢入边境城池？西鸿又如何放心独女只身涉险？

莫天到底是帝王，即便久闻西家之名，也不会尽信这突兀出现的女子就是西云焕。

“你跟着我做什么？”

莫天被这声音打断思绪，抬首望去，见那女子转身抬眼，淡淡看着他。

“你真的是西家的小姐西云焕？”莫天一点未被西云焕的冷淡骇住，反倒直接将疑惑问出。

“我是或不是，干你何事？”西云焕眉一挑，有些不耐烦，像是没瞧见莫天眼底的犹疑，很是有几分傲气道，“我西家纵退极北二十年，也不是谁人都可随意冒充的。”

这口气神态，倒真不是冒充之人能说得出口的。莫天心底疑虑放下一分，笑道：“小姐莫气，我父亲和令尊早年有过几面之缘，听闻西家族人久不出朗城，今日突闻小姐来了军献城，有些诧异，故冒昧一问，无意冒犯，小姐见谅。”

虽未行礼道歉，但这话已经是莫天难得的低姿态了。他身后的侍卫诡异地瞥了一眼淡然受之的西云焕，默默缩到一旁，假装自己不存在。

“哦？父亲二十年不见外客，竟还有人记得我们西家。你府上是……”听见此言，西云焕眉角的冰雪消融，眼底露出一抹意外和缓和。

“小门小户，早已没落，不敢攀谈老将军交情。西家满门皆烈，我素来敬重，有此机缘遇到，小姐若不弃，不如以友相交，如何？”莫天淡笑回答，虽是自贬之话，神态却极是自然坦荡。

莫天一身打扮浑不似个没落贵族，这么一说便是不肯言明身份了。北秦派系复杂，西家又手握重兵，子弟间不言身份相交倒也正常。

帝梓元此时是西云焕，就要有西云焕该有的反应，她笑了笑，“即是有缘，不无不可。不过你跟着我走了大半个城池，就是想问一句我到底是不是西云焕？”

“自然不是。”莫天摇头，道，“我只是想知道，小姐为何要在灯谜下写帝梓元之名？牝鸡司晨的真意并非弄权如此简单，而是……”

“替代皇权？”西云焕打断莫天的话，唇角一勾，轻描淡写接了四个字。

莫天目光一凝，“你既知道，为何要选帝梓元？云夏中原之地的风俗不比我朝和东骞开化，数百来所建之国从无女子承权的先例，比起对皇权的把持，我朝的莫霜长公主和东骞太后更胜于她。帝梓元如今在大靖一呼百应，民心尽得，她不过二十岁便有如此成就，确实天纵奇才。但她只是一介臣子，若争位，便是谋逆，有动荡王朝之罪，帝家几代忠君卫国的名声难再，帝家若失了朝臣百姓的拥护，如何争权？”

“更何况论威望才智，大靖太子韩烨半点不输于她，又是名正言顺的储君，她要如何越过韩烨去谋帝位？帝梓元为臣容易，要颠覆朝堂，或是想更进一步坐拥皇位，根本不可能……”

莫天将手负于身后，走近西云焕几步，审视的目光落在她身上，不自觉拿出了平时帝王的威严霸道，以绝对肯定的语气朝沉默立着淡望向他的女子盖棺定论了一句。

“在我看来，纵帝梓元有遮天之能，也无逆天之命。”

第七章

“天命啊……”似有若无的叹息从西云焕口中逸出，她忽而问，“不知公子说的天命究竟为何?”

被西云焕墨黑的眸子凝视，莫天突然豪气干云，负手于身后，定声回：“普天之道，帝为尊，自然帝王令即是天命。”

他是皇帝，一直遵行的天命还能为何？但即便是他那个功绩远超北秦历代皇帝的父亲也不会随意在这个由氏族构系天下的时代说这句话。此时的莫天，毫无疑问充满了马踏中原开疆辟土的野心和自负！

这话落地，对面立着的女子并未如他想象中般动容惊讶，西云焕只是若有所思望了他一眼，转眼眺望热闹喧嚣灯火璀璨的城中，道了一句：“你说得没错，帝为天，黎民众生都信天命，尊天命。看来公子你也是遵循天道之人。”她回转头凝视莫天片刻，开口：“却也有些人不信命，我觉着那帝梓元就不是个信命的人。”

“哦?”莫天声音微挑，饶有兴趣问，“小姐久居朗城，帝梓元乃大靖朝官，你们二人素未蒙面，何以对此人有如此定论?”帝王皆多疑，他说这话的时候，眼底带了一抹自己都未发觉的警惕郑重。

西云焕像是没看到一般，稳稳当当道来：“当年我西家大军败于帝盛天之手，族人死伤无数，这些年西家虽居极北，但一直在意帝家动向，帝梓元是帝家孤女，对于她我打听了不少。她若真尊天命帝命，做个服服帖帖忠忠诚诚的一品上将足矣，何必用回帝家姓氏在大靖和嘉宁帝打擂台？”

听及此，莫天心底疑窦渐消，回得却颇为冷沉：“帝梓元确实是三国异数，若非她把晋南十万大军调入漠北，和大靖太子韩烨东西相持，我北秦早已夺下潼关，长驱直入中原，拿下大靖了。”

莫天遗憾的声音伴着湿冷的寒风回响。西云焕抬眼拂过印着战火痕迹沉寂冷暗的古城城头，瞳中的冰冷一闪而过，回转头时已是风轻云淡的赞同：“公子说得不错，若无这二人，大靖边塞已破。但……”她略一沉顿，却道：“即便破关，北秦要亡大靖也绝非朝夕之事，而且北秦也未必能做到。”

“哦？”莫天虽不是刚愎之人，但作为北秦帝王，当他野心勃勃意欲一统云夏、在朝堂指点江山时，附和的大臣股肱绝不在少数，或者说几乎从来没人敢对他说要完成一统大业是件不可能之事。

“我北秦蓄国十载，兵强马壮，将士铁血彪悍，只要能破潼关，必能长驱直入，缘何不能亡大靖，夺中原？你为北秦子民，如何能长他国士气，灭本朝威风！”或许因为说这话的是西云焕，莫天话里便带了隐隐怒意。

西云焕头一次收了云淡风轻的笑容，正色道：“公子，天下兵灾，覆巢无卵。西家虽居朗城，不理朝事，可动乱若至，西家岂能真正置身事外？西家不兴兵，并非不解天下事。公子说北秦若叩关必能灭大靖，在我西云焕看来，就算是国主言此话，却也是妄自尊大，过于张狂了。”

或许是西云焕眼中那一抹否定激怒了莫天，他神情一冷，朝西云焕的方向大跨两步，一把握住她的手腕紧紧握起，怒视她：“你！”

盛怒的话语在西云焕皱眉低头凝看的墨瞳下悄然定格，触手的肌肤温热细腻，莫天循着她的眼望去，瞧见西云焕手腕处被他勒出的红痕，正欲放下手，西云焕已先他一步将他甩开，冷冷看着他。

西云焕这一甩带了几分劲道，莫天在毫无预兆下被震得有些发麻。他也不在意，讪讪收回手，咳嗽一声：“我一时失态，西小姐莫怪。只是……”他一顿，继续道：“妄议国主，小姐这话也太放肆了。不知小姐为何言之凿凿说北秦不能灭大靖？”

西云焕后退一步，没半点回应解释，一本正经地开始揉捏手腕处的红印来，摆了一

副老子不想理你你有多远滚多远的冷脸色。

横看竖看这西家的闺女也不是个娇弱的主，莫天对着她却撒不出半点脾气，但却有话相激："西小姐，你既然能说这种话，就要说个明白，小姐难道今日要毁了西家门人耿直忠君的名声？"

西云焕脸色微变，凌厉出挑的凤眸一挑，扫了莫天一眼，声音终于有了起伏，带着明显的怒意："如你所言，北秦叩关，踏马中原，可即便如此又如何？二十年前西家早在中原尸骨尽埋折戟而回，你忘了不成？"

"当时大靖有帝盛天和韩子安……"莫天神色一正，就要辩驳。

二十年前韩子安和帝盛天如双星升空，威震云夏，有此二人在，谁能撼动大靖一寸山河？

"中原一战前，先帝在云夏之威并不弱于他二人。"西云焕截断他的话，不让半步。北秦先王莫景十五岁即位，诛佞臣、兴科举，安内攘外，二十年时间将羸弱蛮荒的北秦中兴至顶峰，如今莫天有底气打进中原，还不是得了他老子当年兴国的福荫。

莫天被噎得说不出话来，先王莫景得北秦万民敬仰，在他心里就是神一般的存在，这位神祇唯一一次被拉下神坛，便是二十几年前令西家兴兵南下，却让帝国军队被帝盛天韩子安联合中原氏族打得灰头土脸，狼狈而回。

莫天不语，西云焕却没有就此打住的意思，她冷哼一声："韩子安和帝盛天虽有盖世之才，却也只是人，当年西家统三十万铁骑南下，又岂是他两人、韩帝两族就能屠尽？公子莫不是忘了中原除了这两家，还有那另外传承数百年的五族？"

云夏古来三分，极北蛮族，极东骞族，中原夏族。三族朝代兴衰、帝国交替乃常事，但三族之中流传下来的氏族虽此消彼长，却鲜有灭绝。到了这一代，蛮族以莫家独大，骞族以东姓为尊，中原尊韩氏为帝、帝家为贵。但中原除了韩帝两家，还有其他五族——漠北施家，岭南云家，阮东白家，晋西梅家，蜀中赵家。

此五族二十年前实力不如韩帝两族，中原逐鹿时选择依附两家，皆有从龙之功，韩子安建国时分封天下，除诸王外，便是这五家异姓侯。其中施、梅、白世代行伍，赵、云诗书传世，子弟满天下。

当年大靖朝未立，西家领军南下，破潼关时先遭施家阻挠，入关后在晋西被梅白两家夹击，仓皇御敌后于峡天谷被韩子安帝盛天联手诛之。说到底对夏族而言，非我族类，其心必异。中原大乱时北秦入侵，反倒让动荡不安的夏族拧成了一股绳，共同御敌于国门外。北秦二十几年前其实是败在了整个中原氏族的手上，只不过北秦人宁愿他们举世称颂的皇帝是败在了名声盖世的韩子安帝盛天之手，也不愿承认这是一个族类对另一个族类的彻底击败。

西云焕声音不大，却让莫天整个人都沉默下来。他并不是不明白当年北秦失败的原因，但他踏马南下的野心却不允许他有半点迟疑，否则年复一年，他会如他父皇一般失了争霸天下的雄心，只能在冰天雪地的北秦皇宫内日益苍老，抱憾终身。

莫天沉沉盯着西云焕，藏起了眼底的复杂。他从未想过，他想瞒尽北秦子民大臣甚至是自己的真相会被西云焕这样毫不留情地揭开。北秦国内，能把这一切看得这么透彻的怎么偏偏是西云焕呢？不过，也幸好是她。看来她还还不知道那道密旨，否则也不会任性得在这个时候远走边境。

好半晌，莫天才沉声开口："你说得不错，当年一战，西家确实不只是败在韩子安和帝盛天之手，但……"他话锋一转，"先帝是先帝，当年先帝犯过的错，今上未必会犯。况且二十几年前中原动乱，各族善战，我北秦才功亏一篑。如今这些大靖人过了几十年舒坦日子，又被大靖皇帝打压，早就没了当初的血性，你看施家和我朝作对，又得了个什么结局！"

莫天少与人争论，他说得掷地有声，却没瞧见西云焕眼底瞬间的冰冷和藏在身后突然紧握的双手。

施元朗是怎么死的？军献城是怎么破的？面前的这个人难道不知道吗？他亲手主导了这场战争，害死了无数大靖子民，害死了安宁，居然还敢在她面前说出这种话！

她微微抬眼，终于认真朝莫天看去。莫天生了一副好相貌，锐眼如鹰，眉目如峰，唇薄而凛冽，但西云焕瞧他的时候，却几乎看不到这些，落进眼底的只有他那双充满野心的祖绿色眸子。

这是一个帝王，和韩仲远一样坐在皇位上坐拥皇权的真正帝王。十七年前，为了将帝家威胁消除，韩仲远一手主导了帝家惨案，就和如今的莫天一样。对他们而言，天下万民不过蝼蚁，谁阻了他们登上权力顶峰的路，谁就不该存于世上。

西云焕面上依旧是冷冷的，好像丝毫未被莫天信誓旦旦的话感染，"不管公子如何说，我都不认为攻破潼关灭大靖是一朝一夕之事。"

她说完这句话便不再开口，连刚才和缓的口气也不在。若非知道莫天死在军献城只会让整座城池的大靖百姓陪葬，她早就挥剑劈了这个皇帝。

看来西云焕还真是极厌烦战争，只可惜她生在了西家，却又最不可能逃避。莫天难得生了计较之心和人争论，却遇上一个油盐不进的西云焕，着实有些泄气。瞧着西云焕微冷的面容，他叹口气转移了话题："西小姐既然不喜战乱，又在朗城避世已久，何必在两国交战时来边境？西家主又怎会放心小姐独身出朗城？"

西云焕微微眯眼，听着莫天漫不经心的询问，心底道这个狡猾的皇帝铺陈了半天终于问出了口。西云焕作为西家唯一的女儿，在那道密旨下后还远赴边境实在太不正常了。如今军献城波谲云诡，莫天从一开始就对这个横空出世的西云焕抱了极大的疑心，若不是帝梓元坦荡得浑身上下找不出半点疑点，恐怕她早就被擒回去审问了。

"父亲一向不拘束我，这次我来军献城，是为了……"西云焕微一停顿，像是有所避讳，道，"解决一件旧事，见一位故人。"

她回得迟疑，一点不似她刚才利落的性子。莫天挑眉，开口："西小姐有何旧事要解决，在下虽不富贵，倒也在皇城继承祖上家业行商了几年，和城中几位将军是旧识，有几分交情在。西小姐不如说一说为何而来，看在下能否尽一份心力？"若真是西家小姐，这个时候奔赴敌国边陲要见的故人倒真让他有些好奇。

西云焕眸光一闪，"公子来自皇城？"见莫天点头，她抬首一挥道："多谢公子好意，不过我刚才拿了请帖，两天后就会见到那人，不用公子再操心了。"

莫天一愣，这请帖是连澜清的，难道西云焕千里迢迢来军献城要见的是北秦故人是……

"西小姐是为了见连将军而来？"莫天的声音里有着自己都未察觉的低沉摄人。

西云焕毫不避讳点头，笑道："公子猜得不错，我这次出朗城，正是为了见连澜清。"

瞧见西云焕提起连澜清时的笑容，莫天俊逸的面容有瞬间的僵硬不快。

这个该死的连澜清，在皇城有个青梅竹马的郡主媳妇儿、在大靖有个藕断丝连的君家小姐还不够，怎么连藏在朗城十几年的西云焕也和他扯上了关系，他难道不知道这个西家的闺女是他内定下的皇后吗！

帝梓元没有错过莫天面上的神情，她唇角微勾，露出点点弧度。

第八章

"我倒是没听过西家和连将军府上有交情，不知道是因两位老将军是旧识，还是西小姐认识连将军？"

还真是个做皇帝的，对自已所有物的掌控一点不含糊，明晃晃把疑问给摆了出来。西云焕瞧着莫天压下不快貌似云淡风轻地询问，便道："都不是，我这次来，与战事无关，也不是两家之事。"

"那西小姐见连将军……"听这口气，西云焕莫非根本不识连澜清？

西云焕道："也不算什么不能说之事，公子可还记得当年景阳城一战？"

莫天神色一动，朝西云焕看去，"当然记得，当年连老将军败于此战，死在施元朗手里。西小姐来军献城莫非和老将军有关？"西云焕怎么会突然提起十年前景阳城的旧战？罕见地，莫天心底升起莫名不安。

"公子猜对了一半。"西云焕点头，面上露出零星追忆，怅然开口，"我来军献城，是为了一份嘱托。"见莫天神情惊讶，她拢了拢被风吹散到额前的碎发，盯着莫天徐徐道："我九岁那年在无名山下打猎，遇到一群人被贼匪追杀……"她清晰地瞧见莫天眼底重重一沉，西云焕面上沉痛，心底却越发舒坦。哪朝皇室没有一点阴私鬼魅不能见人的东西，大靖有诛杀忠良的皇帝，北秦自然也有构陷栽赃的君主。

西云焕停顿的时间不长，恰好在莫天可忍受的时限内，"可惜等我带领护卫赶到时那群人已被劫杀，只剩个奄奄一息藏在死人堆里的老者。我上前询问才知他们是景阳城连家的族人，景阳城一役施家破城而入，连老将军让族长领着幸存的连家妇孺回皇城避难。哪知众人离城不过两日就死在沿路追来的大靖铁骑之手。那位族老临死前把连家家主掌印托付于我，恳请我入京交还到连家幼主连澜清手上。当年我尚年幼，遇此事后生了一场大病，被侍卫带回朗城休养，待养好病后想起那位族老托付，本欲入京亲手将掌印送回，哪知京城传来消息说连家败落后连澜清离家潜心拜师，行踪不明，我便将此事搁置下来。一年前连澜清受陛下令随军出征，我方知他回了王城，但那时三国交战我不便寻他，最近我父亲为我定了一门亲事，再过数月便要嫁人夫家，以后不便相见，故我才亲自走这一趟，将掌印交回，遵守当年对连家族老的承诺。"

连氏族老的临终嘱托，这个理由足够重要，也确实光明正大，占了这份大义，即便西云焕远赴边疆会连澜清的事传出来，世人也只会称赞她守诺重义。

可本该大感欣慰的莫天却半点轻松之意都没有，他实在料不到西云焕千里而行居然为的是这桩事。他定定瞧了西云焕半晌，心底一叹，颇为唏嘘，这桩往事终究是被翻了出来。

此事虽过十几年之久，莫天却最不愿提及。十年前，连氏妇孺在无名谷死于大靖铁骑之手的消息被送入宫后，先皇连夜召见连澜清，之后这件事便被北秦皇室有意压制下来，是以这件事并未被天下人所知，只连家人知晓。世人不知道，他却清楚当初先皇曾言连氏众人离城一日被截杀于无名谷，并非西云焕所说的两日。

一日、两日，看似毫无干系的时间差，于这桩事里却是不能提的秘辛。当年景阳城在连氏妇孺离城后只混战一日便分出了结果，施元朗夺城的消息于次日凌晨传入北秦，北秦各城随即戒备森严，飞鸟难过，更何况是数百追杀连氏妇孺的大靖铁骑，按这个时间算，连氏族人根本不可能在两日后死于施家军之手。

莫天微微眯眼，如果连澜清见到带着连氏族老遗命而来的西云焕和家族掌印，知道两日之期，连澜清必会相信西云焕所说为事实，那当年的真相……莫天沉沉思索，竟罕见的有些晃神。

北秦建国百年来，因鼎天城附近的无名谷方圆百里之地人烟稀少茂林密布，一直为盗匪肆虐。数年前鼎天城守将肖荣在景阳城城破的第二日送密信入京，奏捕获一支冒充大靖军士的盗匪。肖荣审出这群盗匪前一日在无名谷烧杀掳掠，劫杀了一族人，肖荣认出抢来的珠宝中有连氏族印，感事态重大，遂将连氏妇孺被劫杀之事连夜奏达天听。先帝在知晓此事一个时辰后，同时下了两道密旨。第一道令暗卫首领桑岩率一队暗卫密赴鼎天城秘密处置这群劫匪，第二道便是将连澜清召入皇宫。

没有人知道先帝到底对连澜清说了什么，只知三日后，据连府中人说，连澜清离开王城学艺，此后十年销声匿迹，直到一年前横空出世依托连氏先辈威名接掌先锋之位，一年时间连败大靖名将，官拜二品征南少将。

至于鼎天城守将肖荣，也是从那一年起受先帝重用，一路升迁，如今已位极人臣，和鲜于焕在北秦军中两分天下。

莫天垂下眼，当年真相不必明说也能猜出，先皇有心将连澜清送入大靖潜伏，为怕他在大靖时日长久忘了本分，才将连氏满门之死嫁祸于施家，激起连澜清的滔天仇恨。这件事算是北秦皇室近十年来最大的秘密，莫天也是在先皇弥留之际才得晓。

只是他们都未想到连澜清竟能被施元朗看中，还收为入室弟子亲自教养，待他如子，更是亲授兵法韬略，将他培育成不世名将。莫天也曾想过，当年若不是先帝布下这局棋，怕是连澜清就算愿意回归北秦执掌三军，也不会偷出布兵图，打开城门让二十万北秦军长驱直入，让北秦军队不费吹灰之力拿下牢不可破的军献城。

当年连老将军死于施元朗之手不假，可连澜清同样也受施元朗十年教养之恩，若他知晓连氏族人被灭的真相，以他的心性，怕是再难领军迎战，在大靖沉寂了十年之久的连澜清对备战数十年即将马踏中原的北秦而言太重要了。更何况如今正是两国交战的危急时刻，德王亦蠢蠢欲动，他决不能在此时失去左膀右臂。

这个西云焕，出现得太不是时候了！莫天眼眸深处一抹杀意顿现，他沉吟半晌，见西云焕面色毫无变化才将这份微不可见的杀意敛去。

西云焕，不能动。西云焕乃西鸿独女，唯有娶她为后才能将朗城数万铁骑纳入羽翼，来抗衡日益坐大的德王和上将军肖荣。况且她迟早要嫁入皇室，皇室的权柄就是她的尊荣，夫显妻荣，到时告诉她真相后她自然知道轻重，必会为皇室和西家以后的荣耀掩住此事。但现在又绝非和盘托出之机，现在的西云焕还不值得相信。

决不能让西云焕在嫁入皇室前见到连澜清，一瞬间莫天就做出了决定。

“想不到只为了一句嘱托，西小姐便奔波千里，小姐确乃重义守诺之人。只是近日边疆战事连连，军献城原本又是大靖属城，城内危机四伏，小姐今晚得了连将军请帖，明日小姐的身份便会传得满城皆知，若被大靖探子得知，少不得会横生波澜……”莫天朝西云焕身后的丫鬟看了一眼，“小姐身边的人武艺高超，若小姐相信在下，不如将掌印交给她，两日后的晚宴在下定将这位姑娘引至连将军面前交还连氏掌印。小姐身份贵重，不宜久留军献城，免得西将军担忧。”

这话说得漂亮，像是个实心实意为人打算的。但西云焕也没错过莫天眼底那一抹极快沉下的杀意，但她却像毫无察觉一般，只看着莫天摇头，淡淡加了一句：“多谢公子好意，不必了。我身受十年前年氏族老临死托付，实不能将连家族印托于他人，别说我身边有西家护卫，即便没有，军献城已是我北秦囊中之物，有数万大军驻于此城，护我一个小小的女子，应是没有问题。”

莫天一怔，不想西云焕拒绝得如此直接，毫不给人留余地。但他贵为一国之主，总不能反驳说他的几万铁骑拦不住几个大靖探子和刺客吧……还未想好转圜之词，利落的脚步声毫无预兆响起，他抬首，看见西云焕领着那个木着脸功夫深的丫头已经在朝城中行去。

“公子既无事，西云焕便告辞了。相遇即是有缘，后日将军府晚宴，待还了连家族印，对连将军有所交代后，定和公子你喝上几杯。”

西云焕的声音不轻不重传来，莫天望着她懒洋洋摆着的手和愈行愈远的背影，沉下了眼。

看来为了让西云焕不出现在两日后的宴席上，必须得用点手段了。

“桑岩。”莫天随意抬了抬手，一个黑衣人悄无声息地出现在他身后。这人四十岁上下，唇下有髯，生得又白净，温文尔雅，倒有几分谋士之态，但若观他天庭，便知此人定是不世出的高手。

此人为北秦暗卫首领桑岩，一身功夫惊人，即将跨入宗师之列，在北秦的功夫仅次于国师之下，是北秦的第二高手。他是先帝留给莫天的保命符，一直隐于皇宫，莫天身为一国之主远赴边疆，身边自然有些倚仗。

“你看这个西云焕，如何？”莫天问。

“这女子眼神坦荡，不似作伪之人。陛下刚才以内力试探，她并未遮掩会武的事实，她一身军伍之气，确实像是将门世家能养出的小姐。况且陛下和西家定下婚约之事尚只有西将军和几位重臣知晓，寻常人根本不会得知，她刚才言家人已为她定了亲，想必说的是和陛下的婚事。”

这话便是认同刚才的女子十有八九便是西云焕无疑了。莫天皱眉，“但她这个时候来军献城，还和当年连家的事有牵连……”

当年是桑岩领人去鼎天城将那群盗匪灭口，他自然知道莫天的顾虑，“或许只是凑巧，若她真的有所图，又怎么会在陛下面前毫无隐瞒地道出此事？”

莫天点头，他刚才试探半晌，也和桑岩想法相同。如果这个西云焕真是大靖人所扮，她直接将先帝栽赃施家的消息在军献城散布出去，便能动摇连澜清领军之心，何必多此一举，打草惊蛇。

“桑岩，去为朕做一件事。”莫天开口。

“陛下有何吩咐？”

“西云焕身边的那个丫鬟是个高手，寻常侍卫恐怕近不得她的身，你去跟着西云焕，后日晚上之前将她擒住………”

“陛下，此乃边疆重地，臣不能离您半步……”桑岩不赞同地摇头。

“无妨，朕知道轻重，你不在时，这两日不会离开将军府，你只管去便是。此事事关重大，需你亲自去办。”莫天声音一重，沉声道。

桑岩知道连澜清对这场战争的重要，略一沉吟后点头，“是，陛下，那西云焕擒住后可要……”

他话还未完，莫天已摆手打断了他：“西家重兵对朕至关重要，你擒住她后不要伤她，朕会修书一封，你派人将信和西云焕一起交给西将军。”

莫天这话说得有点急，不似平常那个喜怒无波的帝王。桑岩一怔，悄悄朝神情异样的莫天看了一眼，心底微微一动，看来陛下对西家小姐上了心，他还要小心去办此事才行。桑岩心底有了决断，低声应是，隐在月色中，朝西云焕远走的方向追去。

城中，一座灯火华盛人声鼎沸的茶楼里。

已换下一身北秦华服的帝梓元对着推门而入的人扬起了唇角。

第九章

来人闲步走进，一身湖绿长裙，琥珀色的眸子里透出的清冷矜持和帝梓元有些骨子里的相似。这女子不是旁人，正是君家的掌舵人君玄，帝梓元入城后落脚之地正是如今军献城最繁华的君子楼。

君玄挥手,刚才一直跟在帝梓元身后的丫鬟向她行了个礼,将门掩住后守在门外去了。

满堂热闹被隔在门外，厢房里一时安静下来。君玄直到没了旁人，脸上的寒意褪去，眼底露出几分真切的暖意和善，她三步并作两步走到帝梓元身前，仔细打量她半晌，拾起帝梓元的手用力握住，隐隐有些激动："梓元，自从七年前一别，我们有好些年未见了，你都长这么大了。"

君玄不过比帝梓元长上两岁，这口吻倒有些长辈的意味。帝梓元颇为哭笑不得，倒也没反驳。

"阿玄，是八年。"帝梓元朝君玄笑道，眼底因她的关心荡开浅浅的涟漪。帝梓元生性孤傲难驯，极少有人能近她身，观她待君玄的态度，两人显然很是亲近。

君玄一怔，颇为怅然，颔首，"对，有八年了，这一年经的事多，我都忘了。"她唇角牵出一抹苦笑，又极快掩住，一脸常态朝帝梓元看去，"君叔说你到后只领着如意一个护卫就出了门，军献城如今陷于北秦图圄，你一人身系我们整个帝家，万不可再这样马虎大意!"

若是有人听见君玄此话，定觉石破天惊。帝家十一年前遭劫后除了一个帝梓元和生死不明的帝盛天，死得干干净净，这个犄角旮旯里蹦出来远隔万里的君家家主居然自称是帝家人，也太荒谬了些。但帝梓元却未对这话有半点反感，她默默听着君玄埋怨也不恼，心底有淡淡暖流划过，这世上除了帝盛天会这样指责她，也只剩一个君玄了——不，应该是帝君玄。

云夏之上能相传几百年而不倒的氏族总会有些不为外人所知的隐秘或守护一族的手段，帝家也不例外。帝家最大的底牌除了用铁血铸造的十万雄兵和隐于大山深处的安乐寨外，便是这支百年前自帝家嫡系秘密分离出来的支族。

帝梓元往上数三代，也就是她曾祖父一辈，排行乃一“君”字。这一代族长帝君楠高瞻远瞩，未免百年后帝氏养出狂妄无知为家族带来灭顶之灾的后人，将帝氏一小部分实力连同幼弟帝君贤一起送至漠北边境。他如此做既是为了壮大拱卫帝家的力量，也为了有一日若帝家大厦将倾，还能有一支帝氏血脉能传承下去。

帝君贤在军献城落地生根后改换门庭，自称君氏，并留下君氏祖训，君家传承家业者男女皆可，只一点禁忌——决不能登堂入科，踏足朝廷。这是帝君楠和帝君贤两兄弟在帝北城分离时定下的约定，帝家已是军伍传家，树大招风。君家若要安稳传承，必然要走一条截然不同的路。

之后百年时间，君家在帝家源源不断的财力相助下扎根军献城，经商版图囊括整个西北，甚至远至北秦东骞，成为闻名云夏的殷商世家。君家后人一直谨守君家祖训，家族传承者从无功名在身，因君家这个规矩，且世代家主乐善好施，厚德仁义，历朝封疆大吏对这个家族都颇为照拂。西北不少以武入朝的将军贫困时大多受过君家恩惠，遂君家和西北各城守将的关系也很是融洽。到了大靖这一朝，施元朗和君鹤相交于韩帝两家称霸云夏的动乱年代，彼时两人都是半大的少年，在西北这块地界上相扶相持，几十年交情莫逆，这是整个西北都知道的事儿。当初施元朗便是考虑到君家财力雄厚，君鹤膝下只有一个女儿继承家业，为了好友百年后君家有人支撑门庭，才会以一军统帅的身份为手下爱将求娶君家女儿。只可惜，他并不知道他一心栽培的秦景是北秦连氏遗孤，更没想到君家即便不靠外力，也有足够的能力自保。

当年君玄亲口答应这桩婚事，不过是因为秦景是她甘愿托付终生的人。

这百年来，君家虽不入朝堂，却通过强大的经商版图在西北建立了盘根错节的地下情报网和拱卫君氏族人的暗卫，但君家的壮大也遭受过一次沉重的打击。

十一年前，帝家一夕崩溃满族被灭。事发突然，嘉宁帝又动用整个皇朝的力量涤荡帝家势力，为了保存实力，君家断了一切和帝家明面上的干系，只暗地里照拂帝梓元长大，扶持帝家东山再起。当年整个晋南遭受重创，哀鸿遍野，洛老将军免了晋南十年赋税，若非君家强大的地下情报网和财力支持，帝梓元不可能在短短十年内重建帝家，甚至实力更甚于初。

这十年帝家一直低调内敛，所有人都以为这个昔日执掌一半江山的家族早已没落。帝梓元重回朝堂后为了震慑嘉宁帝和公侯世家，将封守得铁板一块的晋南暗藏的实力若有似无地展现了出来——二十万雄兵，繁盛的商业，清明的吏治，晋南的十一座城池早已自成一国。嘉宁帝对这样奇迹般重生的帝家曾感到不可思议和恐惧，尽管知晓得太迟，但他仍然动用一切力量来查明帝家崛起的原因，可最后却止步于安乐寨后帝家暗藏的秘密水师，再难有半点收获。

嘉宁帝并不知道，云夏之上有两个帝家，此消彼长，共生存亡。

但到了这一代，除了还未认祖归宗的帝烬言，也只剩下帝梓元和帝君玄二人了。

帝梓元想着当初那位祖爷爷瞒尽世人的安排，颇为唏嘘。她拉着君玄到木桌旁坐下，拍拍她的肩，替她倒上一杯清茶，“放心，如意身手不错，一般人伤不了我。北秦内功高手桑岩半步不离莫天左右，莫天和连澜清也是心思缜密之人，我要是带着一群高手出去，他们又岂会相信我是离家出走的西云焕。”

听见帝梓元提及连澜清，君玄眼底极快地拂过一抹情绪，“你太胡闹了，这一年战乱你事事冲在前也就算了，这次还一个人跑来军献城，如今军献城势力混乱，你也不怕北秦王将你认出来……”帝梓元以本来面貌入军献城，实在太冒险了些。

帝梓元好整以暇地弹弹绣摆，“没事，我在莫天面前折腾了一个时辰他也没认出来。”

“除了北秦王，城中还有其他北秦将领……”君玄不赞同道，话到一半又戛然而止，额头轻皱。

“连北秦皇帝都没有我的画像，何况其他北秦人？”帝梓元过往十年都以任安乐的身份现于世人面前，恢复身份时已位高权重，这一年在战场上也多以盔甲示人，北秦探子难近其身，自是不知其容貌。

阿玄怎会如此担心？帝梓元挑眉朝君玄看去，疑惑问：“难道北秦军中有人熟知我大靖国事朝员？”

“没有，我不过是担心万一有人能识得出你，徒生事端。”迎上帝梓元深沉的瞳孔，君玄摇头，端着茶杯的手一顿，抬手抿了口茶。

她在决定继承君家的时候才知道自己本姓帝，是晋南帝家的一支。君玄骨子里有着不输于男子的骄傲刚烈，她选择继承家门，也就等于扛起了她们这一支的对帝家的拱卫之责。帝梓元这些年过得有多艰难她比谁都清楚，原以为否极泰来，两家相扶相持下度过嘉宁帝灭族的危机后她会相夫教子，代替父亲守住君家，在军献城安稳地过一世。但谁能料到，十年后，她竟和当年的帝梓元有着无比相似的遭遇。

入口的雨前龙井微甘，淡淡的涩意在口中弥漫，君玄垂下眼，看着青瓷杯中飘荡的茶叶，有些晃神。

一年前军献城被北秦攻破，遭北秦屠城，这样突然爆发的举国之灾，并不是平时以经商传承的君家能抵抗得了的，除了帮施老将军尽可能将老弱妇孺送出城，君玄什么都做不了。秦景叛国的消息传来时虽人心惶惶，可城中百姓并不相信，君玄也是，秦景虽然沉默寡言，却正直善良，仁义爱民。十年相处，君玄知道秦景是一个怎样的人，否则又如何值得她托付终生？

秦景怎么可能背叛国家和恩师，把守护了十年的百姓亲手送进死地。君玄初闻时，只觉得这个消息荒谬到可笑！

但一封薄薄的书信，短短的十九个字摧毁了她所有坚持和活下去的勇气。

城破之日，施老将军临死前命亲卫将遗信交到副将赵云海手中。

那封遗信里，只有十九个字。

——逆徒秦景，叛国害民，施元朗误收贼子，一生大错！

君玄到如今都记得自己展开遗信时颤抖得难以自持的双手和那股仿佛被人掐住脖颈时无法言喻的窒息。

那个一世枭雄半生戎马守护边疆的老元帅，最后的遗言里未提及父母妻儿半分，战死前还向一城百姓忏悔认错，何等悲凉？

君玄握着茶杯的手缓缓收紧，仿佛自己手中握着的仍是那封重如千钧的遗信。她低下头，神色痛苦难抑。

这是她的错，所有的一切都是她的错。

那个十年前把秦景带回军献城的人，是她帝君玄。

第十章

那封信出现的时候，君玄心如死灰。

尽管君玄什么错都没有，可她仍然一声不吭地代替那个已经死在大靖将士手上的秦景背负了满城骂名。无论她有没有嫁进秦家，满城百姓故土被毁亲人遭屠皆因秦景而起，这是血淋淋的事实。

城破之时，已经麻木的君玄在护走最后一批百姓、吩咐如意给帝梓元送去诀别信将君家托付于她后，只身一人守在君子楼大堂里静静等着和军献城的共同灭亡。

她能做的都已经做了，她只想去问问那个死了的秦景，他怎么能冷血到背叛国家、恩师和百姓，打开城门，把十万北秦铁骑放进城池，将满城妇孺送到了一群屠夫的手上？

这是他生活了十年的故土，守护了十年的百姓，他怎么能……怎么能做出这种人神共愤丧尽天良的事！

窗外寒风吹进拂在脸上，冰冷的触感将君玄从回忆中拉回。她稳了稳颤抖的手，轻轻吐出一口气。

她是为什么活了下来呢？君玄眉眼里的脆弱痛苦化成一层层坚硬的冰，直到她的手不再颤抖，内心无穷无尽的痛苦被掩埋至最深处。

如果不是连澜清那道不准动君子楼的军令，她早就以死谢罪了。秦景铸成大错，施老将军被连累战死，她能多护一个百姓，便能多赎一份罪。

一开始，君玄想的只是如此。但她毕竟不是一般的闺阁女子，在连澜清口口声声言仰慕君子楼茶道，却在入城三个月后从未踏足君子楼时，君玄就察觉到那道军令的奇怪。君家雄厚的财力尽人皆知，若是能夺到手，至少能让北秦军队的补给再耗半年。一个铁血的异国将军，怎么会在摧毁一座城池后仅因微不足道的理由便放过如此巨大的利益？

那时将军府探子传回的消息说，连澜清进城的三个月内，至少驳回了手下各路副将数十道将君家产业充公的进言。

连澜清的举动太过违背常理，得知此事后，君玄便动用君家的探子开始查探连澜清的一切过往。

一个月后，一封薄薄的密信自北秦送到了君玄的案桌上。

连澜清，北秦连家嫡子，十一年前父亲战死，族人尽殁于无名谷，之后十年消失无踪，传闻拜得隐士高人潜心修习武功兵法。三个月前北秦叩关时手持北秦王皇印现于北秦军中，接掌冲锋前营，领北秦大军征南而下，历经十五战，未曾一败。

这个北秦大将的平生仅寥寥几句，君玄却盯着这封密信静默无言。

连澜清消失于北秦王城的时间，正好是她救下秦景的那一年。

在看到这封密信的第三日，君玄扮成一个浆洗丫鬟混进了将军府。隔着施府熟悉的回廊木栏，她抱着一盆污水跪在地上和一众下人迎接领军归来的连澜清。

年轻的北秦将军眉眼冷冽，步伐匆匆，华贵的锦戎大裘划出凌厉的弧度消失在回廊转角处。寥寥一眼，君玄瞳中印着的那人有着完全陌生的容貌和风姿。

可也只需一眼，她便知道，连澜清就是秦景。

她怎么会认不出？哪怕那人面目模糊垂老腐朽，十年朝夕相对倾心爱恋，秦景一个背影，一个步伐，甚至是垂首沉浸于军书时的专注眼神都足以让她识出。

她找到了秦景，但数个月来那么多不甘心愤怒质问甚至绝望的话，却再也问不出，也不想问了。

何必去问？他是连澜清，生而为北秦人，已是答案。

“阿玄，你怎么了？”

略带担忧的声音传来，指尖的触感温暖柔和，把君玄从冰冷的回忆里拉回。她垂眼，看见帝梓元正小心地把她紧握着杯盏的手指一节节松开。

不知道从什么时候开始，她的双手无法自抑地颤抖，滚烫的茶水溢出洒在她手背上，早已一片晕红。

“没事儿，只是想起一些往事，走神了。”君玄笑笑，满不在乎，“我们刚才说到哪了？”

“我问你北秦军中可有人熟知我大靖国事朝员？”

秦景和君玄的婚事帝梓元一早便知，早些年君玄送来的家信里但凡提到秦景时，总会有些小女子的倾慕欢喜。帝梓元原本想着君玄寻了个值得托付的人，总算婚事顺遂，不似她这般，哪知……竟也兜兜转转，这番结局。

君玄如今……也不知能不能放下了？看她这个样子，怕是没有。

帝梓元暗暗叹了口气，想到一年前收到的那封诀别信，话到嘴边又咽了回去。

“没有。”君玄摇头，迎上帝梓元墨黑的眸子，仍是一样的回答。

君玄从来没有瞒过帝梓元任何事，这桩除外，她瞒下秦景的身份不是为了保下那个人。

十年前，是她把秦景带进了军献城。

十年后，也只能是她亲手从这座已经沾满血泪背叛的城池里驱逐连澜清——无论他是生是死。

“好了，不提这事了。”君玄避过帝梓元探寻的眼神，声音一扬，“太子前几日进了城，你是为了帮他而来？”

帝梓元前几日飞鸽传信托他寻找韩烨，君家在军献城的地下情报网远非北秦暗卫可比，韩烨只进城一日，君玄便知道了他藏身之处，只是还未等她将韩烨的消息送到帝梓元手中，帝梓元居然就亲自出现在了军献城。

“也不全是。”帝梓元若有所思地看了君玄一眼，绕过了这个话题，道，“安宁的兵法是施元朗所教，算她半个师父，为了她我也要走这一趟，而且施诤言如今在东骞边境御敌，我们总不能放任施老将军尸骨不安，让他寒了心。”

说到夺回施元朗的尸骨，君玄比任何人都心切，她当即颔首道：“理当如此。不过你扮成西云焕去见莫天是准备利用连家那桩事？”

君家每日的暗报汇聚到君玄手中后，她都会将有用的讯息秘密遣人送至帝梓元处。君玄花了数月之功动用君家所有暗探抽丝剥茧寻出了连氏族人惨死的秘密，阴差阳错知道了西家小姐西云焕竟然是这桩往事的唯一人证。她瞒下连澜清的身份，但将连氏族人真正的死因送到了帝梓元手中。两国开战，儿女情长和国破家亡同族被屠比起来微不足道，以帝梓元如今的能耐，她能利用这些情报做到的，远比她君玄要多。

如君玄所想，帝梓元得知韩烨出潼关、西家和北秦王室联姻的消息后，便吩咐她将西云焕从朗城引出给秘密拘了起来。

“鲜于焕被温朔牵制在惠安城，其他各路骑军皆被驱逐回两国边境处，如今只有军献城在连澜清的领军下未现败绩，德王又在北秦朝内对莫天步步紧逼，莫天怎么舍得在这个时候失去左膀右臂？西云焕是莫天拉拢朗城西家的棋子，他动不得，我正好利用西云焕的身份掣肘于他。”

帝梓元朝夜色染尽的窗外看去，“恐怕现在桑岩正满城寻我这个西云焕的踪影。”今夜军献城内焰火纷飞人群如潮，如意早就领她换了装扮寻小路潜回君子楼，桑岩纵使一身好功夫，在君家的阻挠下也难寻她踪迹。

“莫天会相信你就是西云焕？”君玄仍有些担忧。

“不需要他相信。”帝梓元嘴角勾起一抹莫测的笑意，“现在的连澜清对他太重要了，只要莫天生了疑心便足够我们行事。”

帝王最是多疑，哪怕莫天不会尽信，也一定会竭尽全力阻挠她见到连澜清。

“连澜清耗了这么多功夫才引了太子入城，就算你牵制住北秦王，要夺回施老将军的骨灰也非易事。将军府内必有重兵把守，若是太子落入北秦军手中，于我大靖将是一场灾难。”君玄皱着眉分析如今的景况，沉声道。

太子素得民望，军中威望亦极高，他若被俘，必会举国动荡，朝堂百姓难安。况且嘉宁帝极为看重太子，若北秦王以太子为质让大靖割城赔款，这场战争将走向无法预料的境地。

说到底，以韩烨和帝梓元如今身系一国的身份，独闯龙潭虎穴的军献城，却非明智之举。

半晌未等到帝梓元回答，君玄抬首看去，却见她起身行至窗边。

帝梓元眺望夜城的背影凛冽肃穆，袭着一往无前的豪情。

“阿玄，人活于世，有些事总归要为。”帝梓元声音轻轻一顿，又沉沉落下，“纵使万难也无妨，我陪他护他便是。”

她望向夜空，焰火璀璨，银华漫天，冲破黑暗，仿若破晓。

帝梓元忽而想起一年前临溪河畔漫天焰火下的韩烨。

那时候，韩烨对着尚是任安乐的她曾经说过一句话。

我对一个叫任安乐的女子动过心，但我这一世都会护着帝梓元，任安乐，这句话，你永远都要记住。

她听见了，也记住了。

或许，她和韩烨终其一生都是死局，无可化解，但只为了他那句一生相护，这辈子，帝梓元就不能看着韩烨死去。

无关韩帝两家十年冤仇，无关朝堂权力纷争，无关百姓天下，这只是她帝梓元和韩烨的事。

君玄曾经想，这世上能护着韩烨的人可以有很多，大靖的皇帝、朝臣、将士，甚至是手无寸铁的百姓……都可以，可唯独不该是帝梓元。

这些年她是背负怎样的人生活过来的？她怎么能让韩家的太子成为她前行路上的绊脚石？但君玄静静望着已经长大的帝梓元眼底毫不动摇的坚定认真时，终是没有把这句话说出口。

“梓元，太子藏身在城西沐合别院。”

君玄轻柔的声音飘散在漫天烟火下，流淌着淡淡的温情释然。

她的人生已经被最爱的人下成了一场死局，或许，若是梓元肯放下，会有和她截然不同的命运。

城西，沐合别院。

天微亮，破晓之光堪堪照进庭院，寒梅盛开，花瓣洒落地面，满院芬芳。

披着雪白大裘的帝梓元静静站立在寒梅中，白裘下露出大红曲裾的一角，衬得她肌肤胜雪，华贵无双。

风吹过，梅花自树上跌落，帝梓元伸手去接……

这时，身着里衣的青年推开房门，看着庭院中的身影，顿住了脚。

第十一章

半个月前韩烨离开青南城时，将军府内的寒梅也开得正好。那些日子，他抱本破书握着支笔巴巴地坐在回廊上装得仙风道骨，不过是为了每日里能正大光明地守着帝梓元匆匆回府的一瞬。

即使天寒风劲，从无相谈，他却甘之如饴。

但现在，看着俏生生立在他面前的帝梓元，韩烨眉头紧皱，三步并作两步行到她面前，一把握住她的手腕，怒道："你来军献城做什么？不知道如今这里是什么地方吗？"

没有问她是如何知晓他的藏身之处，只想着军献城根本不是她该来的地方，青年眉眼间的淡定顷刻破裂，只剩担忧。

这样的韩烨啊……

帝梓元眼底的冷沉洗去几分，不知怎的心底忽然就软了一下。她反手把韩烨的手托住，将刚才接下的花瓣放到他手上，眉眼一弯，向来凛冽的面容上带了一抹难得的戏谑之意，"听说军献城这时节的寒梅最是好看，我赏花来了，喏，送你。"

听听，这是什么理由！

清越的声音传入耳，韩烨正准备训帝梓元几句，却在抬首看见她嘴角的笑容时，突然就怔住了。

巧笑倩兮，眉目焕兮。

他从来没有见过这样的帝梓元。

世人谈及帝梓元这个名字的时候，总会有一连串的代名词——当年的大靖太子妃、几年前的晋南女土匪、如今的靖安侯君。就连韩烨也忘记了，她其实只是个十九岁的半大姑娘。

他很稀罕这样的帝梓元，稀罕到不知所措，连呼吸声都怕重了。

或许，只有身在敌军绝地，远离朝堂，生死不知的时候，他才能见到这样的梓元。

韩烨脸上的小心翼翼太过明显，帝梓元垂首看去，两人隔着花瓣的手细细密密地重在一起，竟格外契合。

她眼底不知名的情绪闪过，云淡风轻地将手抽回，负在身后，状似无意问："我这样如何？"

"什么如何？"韩烨显然还没回过神，只愣愣跟着问。

"我就这般样子去见莫天，他可会相信我是西家大小姐西云焕？"帝梓元脸上刚才的笑意敛了起来，一瞬间就成了韩烨熟悉的那副无所谓的模样。

原来是这样啊……触手可及的温暖不再，韩烨微叹，收回仍僵在半空中的孤零零的手，摇头，"不用如此，西云焕长在军武之家，你平时的样子反而更似她。"

"也是。"帝梓元摸摸下巴，颇为赞同。

韩烨却听懂了她这话的意思，神色一沉，"西家和北秦皇室已经联姻，莫天来了军献城，你准备在一日后的晚宴上扮成西云焕去引开莫天？"未等帝梓元回答，他又道："这个办法不行，连澜清和北秦王本就是为设局引我而来，这个时候西云焕出现太过蹊跷，定会让北秦王生疑。莫天身边的桑岩即将跨入宗师之列，归西不在你身边，你不能冒险。梓元，大靖统帅不能同时失去我们两人，我让暗卫护着你，你马上离开军献城回潼关去。"

韩烨倒是个聪明的，一下就猜出了她的打算。帝梓元打断他的话，"你不也打算混进明晚的宴会夺回施老将军的骨灰？就准你为施诤言而来，我就不能为了安宁而来？况且你明知道如今的军献城进来容易，要出去难如登天，我怎么出去？"

像是和韩烨唱反调一般，帝梓元丝毫不领他的情，问得一针见血。韩烨敢领着几个侍卫就这么闯进了军献城，想必有所依仗。不过君玄曾说过，连澜清领军入城后搜城三个月，寻出所有出入军献城的秘密小道以重兵把守，就算君玄早已知晓这些出去的通道，也不敢贸然去闯。

听见帝梓元提起安宁，韩烨一腔怒意被灭得干干净净，他沉默了一会，声音微哑，“梓元，当年我以储君的身份来西北戍守，施老将军并不赞成，北秦东骞一向多战乱，为防万一，在我入军献城的那一年，老将军以修葺府邸为借口，在将府书院后园秘密修了一条暗道，这条暗道直通城外五里亭，连净言都不知道。”

见帝梓元神情讶然，他从腰上解下一块玉佩，递到帝梓元面前，“城西军营里有北秦粮仓，我会让暗卫在晌午放火烧粮，你趁这个时候混进将军府，拿着这块玉佩去后厨找一个名唤李忠的聋哑老奴，他看到玉佩，自会领你去后园带你离开军献城。”

帝梓元沉默地看着递到面前的玉佩，上面刻着的“施”字凌厉厚重，应是施元朗亲笔所刻的信物。

帝梓元接过玉佩，摩挲着上面晶莹剔透的纹理，垂眼问：“那你呢?”

“你先出城，待连澜清出了将军府，我拿回老将军的骨灰后随后就来。”

计划很好，韩烨的声音很稳，一点都听不出异样。

帝梓元微微眯眼，墨黑的瞳中瞧不清情绪。

这条施元朗当年为韩烨准备的秘密通道就是韩烨的倚仗。但将军府内重兵密布，一旦通道被打开，定会生出动响引人生疑，也就是说……这条路只能走一次，之后再无所用。韩烨入军献城其实并没有十成把握，只不过只要有一线希望夺回施老将军的骨灰，他都会来。韩烨并未料到自己会来军献城，可他却在看到她出现在军献城的一瞬间就放弃了之前的所有计划。

帝梓元何等通透，她把玉佩朝韩烨扔去，微微眯眼，“韩烨，连澜清布的局是为了擒你，别说是粮仓被烧，就算是大靖军队打到城门下来了，他也只会让副将迎敌，自己绝不会离开安放施老将军骨灰的将军府。”她声音微扬，目光如炙，“你根本不会去将府，而是会去城西军营放火，暴露身份来引出连澜清和莫天，对不对?”

若是韩烨在军献城内现了踪迹，连澜清守在将府里也就无用了。韩烨是要以自己做饵。

如果不是这种危机时候，韩烨几乎都要为帝梓元的聪明叫声好，可偏偏……

见韩烨皱着眉一副挖空心思逼她出城的模样，帝梓元突然向前大跨一步行到韩烨面前唤他。

“哎，韩烨。”帝梓元声音轻扬。

韩烨抬首朝她看来。

“你以为我是谁？”不等青年回答，帝梓元唇角一勾，神情肆意，“我可是帝梓元，你真当我奔波千里来这军献城是送死不成。连澜清想要擒我，看他的本事。他敢把主意打到你身上……”

帝梓元瞳中的墨色一点点渲染开来，卷成凌厉的漩涡缓缓散开，她眉眼盛然，一字一句道：

“得看本侯君答不答应。”

第十二章

“他敢把主意打到你身上，得看本侯君答不答应。”

寒风吹过，梅园内唯有帝梓元清越有力的声音在寂静中回响。

韩烨怔住，抬眼朝她看去，只瞧见帝梓元眼底一览无余的认真和笃定。韩烨轻轻叹了口气，“梓元……”

话还未落音，帝梓元已摆摆手朝书房走去，“我如今的身子骨可不比当年做土匪的时候经折腾，外面天寒地冻的，你也不怕冷着我，咱们里面说。放心，莫天现在还不会动我，你不必急着赶我回去。我这么千里万里地跑来，你还真当我是来给你添乱的！”

帝梓元话里话外对韩烨的不满溢于言表，兼态度坚决，一副随你折腾我死活不走的无赖模样。韩烨拿她没办法，只得跟在她身后朝书房里走。

只是，帝梓元没瞧见，韩烨悄悄负在身后的手心里，小心翼翼藏了一朵雪白沾露的寒梅。

或许，她只是随手一掷，可于韩烨，却珍若珠宝。

一个时辰后，待帝梓元将心里的计划合盘托出，书房内一阵静谧。

她盘腿坐在软榻的一边，杵着下巴拈着小瓷盏里的葡萄往嘴里扔，朝韩烨瞅，“我这个计划怎么样？”

韩烨坐在她对面，两人之间隔了一张摆满吃食的小几。此时韩烨正垂着眼替她剥着葡萄上薄薄的皮，听见这话手上动作没停，只眼底多了一抹沉思。

帝梓元想以西云焕的身份出现在晚宴里引出莫天，只要莫天深陷危机，连澜清就不得不为了北秦国君的安危调动将府守卫，将府出现混乱就是他们唯一的机会。

“若是如你所说，有西家和德王对皇室的制衡，莫天确实不会动西云焕。而如今连澜清对莫天至关重要，他也绝不能让知道连氏族人灭亡原因的西云焕出现在连澜清面前。”韩烨顿了顿，道，“让莫天自毁长城，拖住连澜清的手脚，这确实是我们最好的机会。”

连澜清虽聪明绝顶，但他有一个弱点。他是臣子，且对莫天忠心耿耿，在抓住大靖太子和保住莫天性命的选择题上，他会毫不犹疑地选择后者。

“你已经在北秦王面前露了脸？让他知道西云焕是为连氏族人的死而来？”

帝梓元颔首，“若不如此，他怎么会着急。”

韩烨朝洋洋得意的帝梓元看了一眼，若有所思：“你在北秦大军控制的军献城堂而皇之地惹了北秦王，还能在我面前优哉游哉地放狠话……”他微微拖长了腔调，突然问：“梓元，你是如何知道西云焕掺和到十年前连家人惨死之事中去的？又是如何在不惊动西鸿下将她从朗城引出的？”

韩烨俯身，狭长的凤眼一勾，眼底露出一抹适时的疑惑，他把剥好的葡萄递到帝梓元口边，“来，张开。在军献城里，你是如何甩脱桑岩的追踪，寻到我这里来的？”

这张英俊又轮廓分明的脸离帝梓元不到半尺，墨黑的眸子里带着星星点点的疑惑，薄唇适时抿住，让他整个人看上去十分纯良里带了三分魅惑，竟格外好看。

就如韩烨从来未见过巧笑倩兮小家碧玉的帝梓元一样，帝梓元也从来没看到这样温柔魅惑的韩烨。她一时没反应过来，只就着面前骨节分明的手，嘴一张，低头把葡萄吃了进去，一个不小心，舌头轻轻扫到了韩烨拈着葡萄的指尖。

韩烨一怔，半空中的手顿住，整个人保持着俯身的姿势完全僵硬，耳朵后一瞬间就燃起了一片火红。

自作孽，不可活，说得便是此时的韩烨。

“西云焕知晓连氏族人的死这件事我早些时间就知道啦，这次西家、北秦王室联姻的消息和你出潼关的事一起送到我这里，我就觉得这是个好机会，我让……”

咂吧完葡萄、话说了一半的帝梓元突然觉着不对劲，韩烨这个杀千刀的小白脸居然敢以男色魅惑她套她的话！当她十几年刀口上舔血的日子白混了不成！

帝梓元全然忘了自己刚才差一点就把君家的存在卖给了韩烨，若是那位老祖宗帝君楠知道帝君两家守了百来年的秘密是这么泄露出去的，恐怕得气得从九华山上蹦出来饱揍她一顿。

这么一想，帝梓元头一抬就准备怒斥韩烨的无耻做派，却撞上了一双沉沉的看不清情绪的眼，她不知怎么，张牙舞爪恶狠狠的话突然就说不出口了。

两人就这么大眼瞪小眼看了一会，帝梓元终是气不过，嘴张了张，攒了一点底气，正准备开口……

韩烨却不知道为什么笑了起来，他意犹未尽地摩挲了一下指尖，伸过手，把帝梓元被风吹乱的发丝拢到耳朵后，在她额上点了点，对上帝梓元怒气满溢的眸子，笑道："嗯，这确实是个好机会，亏得你早就查出了连家族人惨死的秘密，还扮成西云焕来制约莫天，要不我这个大靖太子恐怕就要折损在军献城，落在连澜清手上回不去了。"

韩烨这话温温柔柔，又有诚意，最重要的是他皮相好，笑起来格外让人心软又不忍苛责。

难怪那些京城贵女们看到韩烨就跟野狼觅食似的舍不得挪眼，还真是有原因的。帝梓元心底用了个阴暗又极不妥当的比喻，让自己舒畅了点。

这么被人觊觎着，一大把年纪了连个正妃也没有，倒是有些不容易。

帝梓元冷心冷情了十几年，也不知怎的突然就想起韩烨还因为她做了这么一件老不容易又实诚的事，刚攒的一点儿底气顿时就破了，她重重咳嗽一声，嘟囔道："你知道就好，我难得亲自救人，你不感恩也就罢了，还要赶我走，这可是救命的恩情，你以后要还的。"她顿了顿，又补了一句："谁家里没点撑家底的活计，咱们帝家也是老一代的世家了，有点手段办法有什么奇怪的，北秦和漠北纵使远了点，咱家也不至于查点隐秘事的能耐都没有。"

韩烨笑着听她解释，没继续刚才的话题，也没再继续问下去。

他在军献城曾领军三年，本就熟悉西北各城。施诤言赴东骞边境前又将施家在西北经营了几十年的暗探和地下势力尽数交付于他，可即便如此，他也从来不知道北秦王朝的这段秘辛，更不能在连澜清的截杀下将计划布置得如此完美。

从北秦朝堂到漠北军献城，梓元在短短半月内撒了一张漫天大网，几乎毫无疏漏。这远不是一个晋南的世家力所能及，尽管早就知道帝家深不可测，但这样以一个皇朝之力都无法轻易做到的事，她究竟是如何做到的？

父皇当年做下的决定到底几近摧毁了一个什么样的存在，又给韩家子孙留下了怎样的隐患？

帝梓元的能力，帝北城的深浅，帝家将来可以做到的……究竟能到哪一步呢？他和帝梓元在历经了这场战争后，等着的又会是什么结局？

这一切几乎是韩烨身为大靖太子本能地就出现在心底的想法。这一刻几乎是最好的去套出帝梓元的话或是恳求她心软放下仇怨的机会。

帝梓元撇下青南城的十万大军，不去在意这千里相救是否还有回程，殚精竭虑地谋划一切不惜将帝家底牌现于人前来保他性命……

他的生死，在帝梓元心里，或许远比他想象得要重。

这真的是最好的机会啊，发现敌人的弱点，一击即中。

但韩烨偏过头，朝窗外看去。

晨曦已现，西北冬日的天空澄澈透明，天地一线，仿似斩破雾霾，驱走黑暗。

他回过眼，帝梓元正埋着头伸着爪子在瓷盏里折腾着找吃食。

这一刻，他期待了十一年，却未想到会是在这北国边境生死不知的大战之中。

韩烨突然就不想问了。

如果帝梓元背负着十年谋划和帝家仇怨也能为他做到这一步，他还有什么可问呢？无论他们最后结局如何，无论她将来如何抉择，帝梓元对他韩烨，对他这个韩家的太子，都已仁至义尽，做到极致了。

尽管帝梓元从来没有说过，或许连她自己也不知道为什么做下这一切。

可韩烨知道，他十一年的心心念念，突然在这一日，有了结果。

如此，足矣。

第十三章

“梓元。”韩烨轻唤，只是两个字，却带了低低沉沉的余韵。

帝梓元一怔，抬头朝他看来。

韩烨对上她黑白分明的眸子，噙着笑意认真颔首，“是，你救了我的性命，我一定日日记着，不敢忘记。”

他说着从瓷盏里又挑了一颗饱满剔透的葡萄递到帝梓元面前。帝梓元眼一眯，一回生二回熟地张嘴吃了进去。啧啧，这模样，倒似个颐指气使的山大王。

哦，差点忘了，这闺女在安乐寨做了十年女土匪，韩烨一时的好脾性，只是把她囫囵藏着的老底给勾了出来。

“放心，有我在，定会让你保个完整样回潼关。”韩烨不再追问帝家暗棋也让装了半天傻的帝梓元松了口气，她摸了摸下巴，朝韩烨挑眉，“桑岩是莫天的秘卫不是秘密，你既知道桑岩在军献城，想必带了应对之人来？”桑岩即将跨入宗师之列，若不牵制住他，有再多计划也是白搭。

韩烨不待她多想，已经点头，“我带了吉利来。”

“吉利？他是你的暗卫？功夫怎么样？”这颇为福气化的名字让帝梓元瞬间想到了深宫大院里那成排的小太监们……韩烨身边的高手，取名字怎么是这么个调调？

"吉利根骨奇佳，是个练武奇才，他年龄尚轻，造诣虽比不上桑岩，但足可拖他一段时间。"韩烨回答，朝窗外打了个响指，"吉利，出来见过靖安侯君。"

韩烨话音落定，窗外回廊上突然蹦出个小厮模样的青衣少年，他步履轻盈，一观便是高手，眉目清秀，只是长相略阴柔了些。

"吉利见过侯君。"少年半膝跪地，很是规矩守礼，声音出口有点尖细。

一般的高手即便居于人下，也不会完全失了傲气，对主人如此信服。帝梓元正在疑惑，听见韩烨淡淡的声音传来："吉利不仅是我的暗卫，也是我在东宫的内侍。"

原来真是宫内的小太监，帝梓元明悟，朝吉利摆摆手，"起来吧，我没什么规矩，平时见礼随意就行。"

"是，侯君。"吉利毕恭毕敬地回答，立起身，却并未逾越半步。

皇宫里出来的总是格外重君命皇恩，帝梓元是个自己舒服就成了的人，提点过就是了，也懒得去勉强吉利改习惯。

"吉利，你记住，以后靖安侯君的命令就是孤的谕令。"韩烨吩咐这句的时候，清清淡淡的神色，手里仍不停歇地剥着葡萄。但不知怎地，另外两人都听出了他话里的认真和毋庸置疑。

吉利倏地抬头，愣了愣，才点头应是。有了韩烨这句吩咐，他对上帝梓元的时候更为恭谨。

"下去吧。"韩烨摆手，吉利应声消失在回廊里。

"韩烨……"帝梓元看着仍认认真真低着头替她剥着葡萄皮的韩烨，喉咙里仿似被堵住了一般。

让东宫内侍听令于她，等于大开东宫方便之门于帝家。以她如今和嘉宁帝公然对立的立场，难怪连这个小内侍都觉得不可思议。

韩烨没有应她，只是笑着将剥好的葡萄又递到帝梓元面前。这回帝梓元没有一口吃下去，而是用手接住递到韩烨面前，"挺甜的，我吃够了，给你。"

韩烨一怔，嘴角勾出更大的笑容，学着刚才帝梓元的样子一口吞进嘴里，咂吧了两下，眯着眼道："是挺甜的。"

这些破格的举动帝梓元自己做的时候正大光明心安理得的不行，轮到韩烨也这么一来，她倒是腾地闹了个大红脸，手一溜就给收了回去。

帝梓元咳嗽一声，眼不尴不尬地挪了挪，“明日的晚宴还不知道会生出什么波折来，咱们还是合计合计，别给折在将府里头了。”

她絮絮叨叨的声音在书房内响起，韩烨杵着额角看着她，不时地搭着她的话点头，眼底温煦如海。

书房外，寒梅飘香，醉人千里。

书房内，和睦初现，温暖如春，被两人隔出了一方世界。

又是一日，将府中院。

连澜清攻下军献城后直接住进了施府，入府时他力排众议将施元朗居住的后院给封了起来，自己住在了中院兰亭居，这里是当年秦景戍守军献城在施府逗留时所居之处。后来莫天入了城，即便他身份贵重，连澜清也只是在中院靠里的地方替他择了更安全隐蔽的梧桐阁。从始至终，除了每日入后院打扫的仆人，施府后院从无闲人踏足。

莫天显是知道连澜清不动施家主房的原因，梧桐阁隐于中院一大片梧桐树之后，比内院更为安全。他不是计较小节之人，也没将此事放在心上。

日暮降临，在将府内等了一整日消息的莫天立于窗边眺望着梧桐阁外层层叠叠的叶子，眉头紧锁。

以桑岩的功力居然花了一天一夜都未将西云焕带回来，这也太蹊跷了。桑岩半只脚跨 入宗师之列，在北秦武力位居第二，西云焕即便会武，在人生地不熟的军献城又如何能摆脱得了桑岩？

正当他凝神沉思之际，一阵劲风拂过树叶的瑟瑟声突然响起。

桑岩仍是一身黑衣，他出现在莫天不远处的回廊上，衣袍略皱，满是灰尘，带了些许狼狈，脸上神色亦不复一日前的倨傲，多了一抹沉郁不甘。

桑岩急走几步，在莫天冷沉的注视下半跪于地，忐忑回禀：“陛下，臣无能，没有找到西云焕。”

“没有找到？”莫天声音微扬，“以你的身手也能跟丢一个闺阁小姐？”

莫天试探过西云焕的功力，虽然不俗，但远不如桑岩。等了一天一夜居然是这么个结果，莫天脸色立时便沉了下来。

这哪里是一般的闺阁小姐，西云焕可是要继承朗城西家的硬茬子！

桑岩头垂得更低，低声解释："陛下，臣昨夜一路跟着西家小姐，刚入内城便有高手出现阻了臣的去路。那人虽身手不敌臣，却善轻功，臣被他拦住，失了西小姐踪迹，后来寻了一日，也未再寻到她。"

"可看出是何人拦你?"莫天眉角一挑，眼底露出一抹怀疑。西云焕的出现本就疑点重重，还正好有高手出现挡了桑岩，这一切就如计划好的一般，让人不得不疑。

"虽然看不清面貌，但那人身着胡衣，朗城口音。"见莫天对西云焕的来历生疑，桑岩倒是说了句实话，"那人并未隐藏踪迹，发现我跟着西小姐后直接现身，警告我不得打他家小姐的主意，臣猜应是西将军派在西小姐身边的护卫。陛下，有这样的高手在西小姐身边，臣要在不惊动连将军的情形下强行将她擒住，恐怕有些困难。"

帝梓元狡猾又惜命，除了让如意护着，还让君府管家君战扮成西家护卫缠了桑岩一宿。君战帮助君玄掌控君家的地下暗探，善轻功，且因常年经商北上，对北秦各地方言了若指掌。

听见桑岩的话，莫天神色并未和暖，反而更加冷沉。

西家如今就这么一根独苗，西鸿爱女，在她身边安排个把高手也是常事。

只是……为了拿下韩烨，整个军献城外松内紧，北秦将士乔装的平民几乎遍布大街。这本是他当初和连澜清一起定下的安排，如今却掣肘于他。

若是不计生死……莫天突然记起在冷清悲凉的城墙下西云焕那双遥望天际的墨色深瞳，他眸色一深，几乎是立时就打消了这个想法——为了西家的五万铁骑，西云焕也不能死。

莫天抬手在回廊上敲了敲，沉闷的响声在安静的梧桐阁内响起。

桑岩小心翼翼瞥了一眼莫天桀骜疏冷的背影，不敢再进言。

"桑岩，明日晚宴不必留在朕身边，你带着暗卫守在将府外，只要西云焕一出现，便让暗卫牵制住那名朗城护卫，然后再擒住西云焕，带她回梧桐阁。"

要瞒着连澜清，自然不能大张旗鼓满城搜寻西云焕，如今看来……只有在明晚将西云焕截在将府门外这个方法最妥当。

"陛下，那您身边?"桑岩当即觉得不妥。如此一来，莫天身边几乎再无可护之人。

"无妨，明晚将府守卫森严，澜清也在府中，你不必担心朕的安危，待擒了西云焕，你让人传信于朕，朕自会回梧桐阁。传闻帝梓元善易容术，韩烨和她关系匪浅，想必也习得几分真传。明日入府参宴的人……”莫天摆手，眼微微眯起，坚毅的脸上划过一抹凌厉的杀意，“除了西云焕，谁都不能再走出这座府邸半步。”

桑岩瞬间明悟了莫天话语中的意思，活着的韩烨虽然能给北秦带来更大的利益，可若实在无法活捉，让大靖太子死在军献城，也会动摇漠北军心，重创大靖皇室。北秦素来尚武，若能诛杀韩烨，陛下在北秦的威信数年之内将无人能及，也能立时消弭德王对朝廷的影响和控制。

桑岩悄悄朝莫天的背影瞥了一眼，压下心底的胆寒。

一个月前，陛下才给嘉宁帝送去密信和谈，如今却在两人达成共识后在边境诛杀他的嫡子。不愧是帝者，审时度势心狠手辣没有一丝手软！

仿似感觉到莫天淡淡扫过的眼神，桑岩一凛，垂下眼，不敢再抬眼。

“记住，以西云焕守诺的脾性，晚宴前必会出现在将府外，你亲自擒住她，带回梧桐阁来见朕。”莫天转身行了几步，顿住，漫不经心地又重新吩咐了一句，待桑岩应声颔首后才回了房。

咔嚓声响，房门被合住，桑岩直起身，若有所思。陛下让他在晚宴之前将西云焕带回梧桐阁，是想护住这位西家小姐吧……一旦将府陷入混乱，被连将军布下重兵保护的梧桐阁会是军献城里最安全的所在。

他们这位只会权谋算计开疆辟土的陛下，竟也对一个女子生了回护之心，这也实在太难得了！

桑岩摸了摸胡子，暗叹一声：好在陛下看上的姑娘是西家的小姐，早已选定的北秦国母，不至于惹出什么幺蛾子来。

不知怎的，桑岩突然就想起明日那位即将被诛杀的大靖太子来。听说那位太子爷早些年定下的太子妃是个连天都能捅出个窟窿的厉害角色，如今还成了大靖的一品侯君，大靖太子韩烨折腾了十来年也没把这位太子妃娶回东宫。

如此一看，他们的陛下在姻缘一途上倒是比那位太子爷幸运了不少！

桑岩这么想着，脚步轻了几分，念念叨叨地走远了。

这小老头倒是喜欢操些闲心，也不知他知晓真相的时候，心里头会是何种光景。

与此同时，君子楼，夜已至深，街上行人寥寥无几，宁静的夜晚渐渐现出清冷之意来。

君子楼里除了连澜清，早没了其他客人。连澜清靠在二楼窗边，看着这座一年光景内由安乐到冷寂，由繁盛到哀戚的城池，仿佛陷入了深深的回忆中。

这时，一个托着命盘的算命老人蹒跚行过，他手上的铃铛荡出清脆的铃声，悠远而孤独地回响在寂静的街道上。

连澜清被惊醒，他回过眼，看着早已见底的茶盏，嘴角露出一抹极细微的苦涩之意。

明日就是收局之时，他居然还能在这里磨掉一夜光景，明明这一年来，就连一个眼神他都不敢放在那人身上。

连澜清轻轻叹了口气，从袖中掏出个银锭放在桌上正打算走，却不想……

一盏青玉白瓷杯突然落在他面前，女子修长白洁的手映在他瞳中。

“连将军，这是君子楼的一品茶，当初将军入城时言仰慕本楼茶道，为此护了君家满门。君玄感恩将军庇佑，一直无以为报，今日亲手为将军煮茶一盅，权当谢恩。”

轻冷的声音在耳边响起，那只手轻轻波动杯盖，让杯中幽香的茶韵弥漫在堂中。

连澜清几乎是用尽所有力气才能克制自己的失态和全身的僵硬。

他，已经整整四百五十一日，没有听见过这个声音了。

入眼的杯盏中热气腾腾，熏得人眼眶发涩。

声音低低入耳，是千回百转的熟悉。

他紧紧掩住膝上微微颤抖的手，循着那双白玉无瑕的手一点一点抬首望去。

第十四章

连澜清领军占领军献城的一年里只有北秦商人出入军献城，城中买卖的货物服饰多以北秦风俗为主。北秦士兵悍勇粗暴，平日里百姓未免多生事端，也多着胡衣，以求乱世中一丝喘息的机会。

但此时，君玄却着一身云夏汉人最正统的素白晋衣，坦然又无惧地立在连澜清面前。

她眉眼中有着帝家人独有的桀骜，墨黑的长发大片散落在肩上，极致的黑白在晕暖的烛火下有种惊心动魄的瑰丽。

君玄立着的时候懒散而悠闲，偏她弄茶时的神态手势又极为认真。她似真的只是在对一个敌国的将军以茶报恩，但又像是在为最熟悉的挚友弄茶，极端迥异的态度在君玄身上奇异融合，让人无法分辨。

连澜清从未见过这样锋芒毕露又风华内敛的君玄。

他静静看着她，从额角到眉眼，从眉眼到嘴唇，十足珍惜又小心翼翼。

清雅熟悉的茶香和君玄弄茶的模样让连澜清以为……他仍是秦景。

他战场浴血杀敌而归，她在君子楼翘首以盼，为归来的他煮一壶清茶。

连澜清想，若时光能静止，他这一生，只求这一瞬。

连澜清仿佛陷入了迷蒙中，他合在膝上的手缓缓抬起，朝君玄拨弄茶盏的手伸去。

“阿……”玄。他嘴唇微张，干涩的喉咙还未发出声音，一声极低的笑声却突然响起。

“将军既熟知我君家的茶艺，不知可听说过这一品茶还有个名字?”

连澜清猛地清醒，他不露痕迹地收回自己已堪堪触到君玄衣袖的手。他见君玄全神贯注烹茶，仿佛没察觉他的失态。连澜清轻轻舒了口气，“君……”他顿了顿，一时不知该如何称呼君玄。

说她是一家小姐，可君家偌大的家业早已由她掌舵；唤一声君掌柜，又实在太陌生了。

“将军不必拘小节，唤我君玄即可。”明明君玄连眼都未抬，可她偏偏只听了一个字，就知道了连澜清的窘状。

连澜清心底有些奇异的微妙感，颔首，“我曾听闻此茶以晋南千竹叶制成，又名君子。”

君玄拨弄茶盏的手一顿，抬眼朝连澜清看去，自进屋后第一次将目光放在他身上，“连将军好本事，仅凭气味便知此千竹叶来自晋南……”她眉宇轻扬，仿佛意有所指，“将军果然是爱茶之人，更对我君子楼知之甚深。”

千竹叶性微甘，长于苦寒之地，云夏之上北秦、东骞、大靖皆有，不同地域生长的千竹叶制成茶时味亦不同，是以即便漠北大地上人人皆知君子楼的一品茶以千竹叶制成，却无人知晓这茶到底采自何处，更无一家可仿出相似的味道。

说起来晋南乃帝家属地，自然只有君家有这个能耐从晋南的十万大山里采叶。

连澜清瞳孔一缩，却面不改色，回：“我不过听得传闻如此，胡乱一猜罢了。”当初君玄曾告诉他君家千竹叶取自晋南，他随口一答，差点露了形迹。

“看来君家的生意做不长久了。”君玄笑笑，也不在意连澜清的敷衍，将茶盅放在他身前，自己端了一杯坐到他对面。

“为何?”

“做生意讲究个独门独道，生财路的秘密被人窥了去，还怎么做生意?”君玄朝后仰了仰，下巴微扬，“咱们家老头子是个实诚人，早些年遍天下的交友救人，也不知对谁这么诚心，竟连家底都给说了出去。”

她说得漫不经心，仿佛真的是在谴责她那个早已故去的老父。

“算了，如今这乱世，能多活一日都是奢求，还想其他做什么。连将军一年前保我君家满门，说起来君玄还从未向将军道过谢。”她将连澜清面前的杯盏推近他几分，“将军品一品，我一年未烹此茶，技艺生疏了不少，恐怕会让将军失望。”

连澜清望着面前热气萦绕的君子茶，未动，反而沉着眼朝君玄看去。

他入君子楼半年，君玄遇见他的机会不知凡几，却从未有过半句交谈，更别提亲手替他烹茶道谢。他虽护君家满门，却屠君玄一城同胞，他认识的君玄嫉恶如仇，怎会谢他？

为何偏偏在今日对他和颜悦色？这杯茶……

连澜清沉默的意味太过明显。君玄自嘲地勾了勾嘴角，她一点点收回手，沉默无言地端起自己面前的茶杯抿了一口。从始至终，她的目光静静地放在连澜清身上，恍惚有种莫名的悲凉。

面前坐着的是北秦的大将，侵占她故土、屠戮她袍泽的死敌。

从相爱相守到相背相离，不过一年光景。

君玄到如今，看着连澜清陌生又熟悉的眉眼，才如此真切地感受到——那个她爱了十年托付一生的秦景是真的不在了。

或许，那个人从来不曾存在过。

君玄的目光明明是淡漠甚至安静的，可连澜清却在她的注视下狼狈地挪开了眼。几乎毫无犹豫，他端起面前的杯盏一饮而尽，因为太仓促，甚至还洒落了几滴出来。

竹叶茶入喉而过，温热微甘，是君玄一贯的手艺。

“将军是不是好奇，你入君子楼半年，为何直到今日我才谢恩于将军？”君玄细细摩挲着杯盏，低低的询问声传来。

连澜清默然不语，等着君玄继续说下去。

“除了谢恩，我有件事一直想问将军而不敢问，所以才等到今日。”

连澜清不知怎的，心底突然一慌。

君玄声音更轻，她抬头，看着连澜清，一字一句，问：“不知将军可认识秦景？”

这一句犹若石破天惊，连澜清轻叩在桌沿上的手猛地一动，倏然抬眼。

君玄正抬手替他将茶添满，她垂着眼，额前的碎发落下，在她脸上投下一片侧影，连澜清看不清她的表情，只能听见她的声音。

“将军想必听说过，我以前定了一门婚事，那婚配之人是这军献城的副将秦景……”

“我确实识得此人，他不过是个大靖亡将，叛国在先，背信在后，且已故去，你何必再问?”连澜清断然打断君玄，硬邦邦开口。

秦景背叛大靖引北秦军入城连大靖百姓都知道，他一个北秦统帅难道还能推诿说不知此人？明明知晓如此回答会让君玄怀疑，但他仍然不愿在君玄面前提起被他亲手掩埋的自己。

“为何不能问?”

长久的静默后，君玄悄然坐得笔直，凌厉的凤眼扫向连澜清，“将军恐怕不知，秦景原是个孤儿。十一年前，是我把他带回了军献城，也是我让父亲领着他拜施老将军为师，教他武艺兵法，甚至连终身我都托付给了他。若不是父亲骤然离世，四年前我就已经是他的妻子。连将军，我待此人有救命之恩、相助之谊、结发之情，他十年的命都是我给的，为何我不能问!”

君玄凛然的目光让连澜清无法直视。

十年前连澜清受皇命潜进大靖边塞，却在沙漠里遭遇沙盗抢劫，临死之际是领着商队路过的君玄让侍卫救了他。君玄把奄奄一息的连澜清带回军献城君家照顾，足足花了半年才养好他的伤。

君玄说得不错，他的命都是君玄给的，她有什么不能问?

到如今，或许他能为她做的，不过是以连澜清的身份，给她几句回答，让她忘记她生命里曾经出现过一个叫秦景的人。

“君玄，你想知道什么？秦景的身份？还是……”

“为什么?”恍若未听到连澜清所言，君玄打断他，只低低吐出这三个字。

连澜清露出复杂的神情，揉着额角，低低问：“是想问……他为什么会背叛大靖，引兵入城吗?”

“不是。”君玄抬首，在连澜清惊讶的目光中用手撑起身子俯向他。

她的挽袖拂过桌面，那素白的颜色和城破之后挂满全城遮天蔽日的白幡一般无二。

连澜清突然想起，在北地风俗里，只有送故友亲眷入土时才会洗尽铅华，白衣着身。

“这一年，我无数次想过他到底是谁，到底为什么叛国？到如今，我却不想知道了。”君玄立起的身子刚强笔直，但声音却止不住地细细颤抖。

“如果他还活着，我只想问问，为了泼天的权势富贵也好，为了难以释怀的血仇也罢，他做下这一切的时候，为什么不想想施老将军十年教养之恩，为什么不顾念和他同生共死浴血沙场的袍泽，为什么忘记了和我相濡以沫的诺言，他打开城门的时候……”

君玄的声音猛地拔高，一只手指向窗外暮色笼罩安静祥和的军献城，“为什么不睁开眼看看他身后……这座生活了十年的城池和亲手护下的一方百姓！”

君玄声声质问，到最后，只化成了一句。

“连将军，如果你是那个死了的秦景，能不能告诉我，这十年光景十年恩义对他而言，究竟算什么？”

第十五章

君子楼里，烛火明灭，茶香缭绕。楼外街道里时远时近的打更声传来，在安静的夜晚里格外清晰刺耳。

连澜清宁愿自己今晚没有来过君子楼，宁愿和他心心念念的人再也说不上一句话，宁愿永远喝不上这杯君子茶。

一年前亲手打开军献城城门的那一日起，他就不该再回到这座城池，不该再奢求见到君玄。

连澜清木然地看着君玄那双近在咫尺满是悲凉的眼睛，陌生的寒气毫无预兆地涌进四肢百骸。他想抬手抹掉君玄眼角一点点聚拢的雾气，可却发现，连挪动指尖的力气他都没有——他不敢，也早就没有了资格。

这么些年，连澜清以为他这一世活着的时候再痛苦也敌不过父亲战死族人被诛的那一夜。

明明这十年他都在告诉自己，他没有错，他本就是为了摧毁施家踏平军献城而来。可在君玄声声质问下，他连一句可以为那个可怜的秦景辩驳的话都没有。

他是连澜清，生而为北秦战士，他为了北秦王朝、百姓和他连家做下这一切，有什么错？十一年前大靖不也在景阳城掀起腥风血雨，他连氏满门不也惨遭施家军屠戮，以眼还眼以牙还牙，他到底有什么错？

这些年，他面对着施元朗和君玄时，一日又一日地如此告诉自己。

可现在，对着君玄的眼睛，连澜清只想逃。

为了复仇，他选择了欺瞒背叛，忘恩负义，血染城池……

就算他告诉自己千遍万遍，也不能否认——他就是秦景，秦景就是他。

他无愧故土家国，可却利用了施元朗慈父之心，君玄爱慕之意，袍泽生死交付之信！

连澜清垂下眼，看着自己缓缓摊开的手，明明洗得干干净净，他却仿佛看见上面染满了军献城数万百姓身上磨灭不去的血渍。他神色中的冷静自持一点点碎裂，眼角染上了血丝。

他终是没有抑制住，沙场上从不退却的身影竟微不可见地颤抖起来。

“罢了。我问这些干什么，将军不是他，又怎么能告诉我答案。”

落针可闻的二楼大堂里，低低的自嘲声传来，俯在上空的身影骤然抽离，素白的衣袍从余光里拂过。

“夜已深，茶凉了，君子楼不留外客，将军请回吧。”

只是多了一点光亮，连澜清却像突然活过来一般兀地抬眼朝声音消失的方向看去。他低低喘着气，即使狼狈到了这般境地，他也想再看看君玄，或许这场战争之后，他们此生不能相见。

温柔的月光从大堂顶端的窗口倾泻而下，洒满整个楼阁。

君玄慢慢行着朝楼阶转角处而去，她走得很慢，就好像每行一步就在斩断一段过往和牵绊。

在君玄即将转过墙廊走下楼阁的那一瞬，不知为何她突然停下，侧身朝连澜清望来。

连澜清坐着的方向，只能看到月影下她微抿的唇角和凛然的眉眼。

“我恩情已报，冤仇未消。你与我终归有屠城之仇，他日相见不知会是何般光景……”

君玄的声音顿了很久，她的目光落在连澜清身上，仿似透过他追忆过往十年不知世事的无忧岁月。

“你，保重。”

终归，她留给连澜清的，只是这样一句话。

京城。

近些时候，大靖的朝臣们发现他们的陛下多了些人情味。这人情味儿来自那位已经牺牲在漠北青南城的安宁公主身上。

自安宁公主战死后，隔个两三日，嘉宁帝总会到宗庙和这位大公主生前显贵得硌硬人的府邸里坐坐，独来独去，很有些风雨无阻的意味。

这发现对陪嘉宁帝度过了漫长帝王生涯的朝臣和后宫嫔妃们而言其实是个很惊悚的事儿。嘉宁帝是个冷血而睿智的帝王，往远了说，他年少的时候跟着太祖出入疆场，鏖战几个日夜杀上上千人眉头也没皱过，诛杀挚友帝氏一门更是雷霆手段。往近了说，去年太后和沐王相继离世，嘉宁帝除了帝王之态更威严了些，没甚太多哀容。可不知怎地，搁在安宁公主身上，这个冷血一世的帝王倒破了例。

人心都是吃软不吃硬，帝家案出后，向来注重礼信廉仪的仕林儒生对嘉宁帝的铁血统治多少生出了些隐晦不满的言论。这场战争嘉宁帝亡一子一女，安宁公主更是无比惨烈地战死在当年帝家军埋骨的青南城，让沉积在暗处的流言停歇了不少。

这绝对是替帝梓元留在京城掌控帝家大局的洛铭西不愿见到的，但几乎是难以理解的，在怀念安宁公主这件事上，洛铭西选择了沉默。

若是帝梓元在，以她的脾性，说不得会把安宁那根染得血红的鞭子扔到嘉宁帝面前，哼哼一句：你这父亲真是有趣，花了半生时间用最冷血无情的方法设计了长女的一生，在她死后却又稀里糊涂装模作样惦念得厉害。

很多年后恐怕帝梓元最懊悔的就是没早些回来在嘉宁帝身上吐些唾沫星子，为那个长眠在西北的挚友出一口气。

但，也只是说说罢了，若是她在，也会如洛铭西一般。

韩家欠她晋南八万将士和一百多族人的性命，她欠大靖王朝一个公主。

皇帝整这么一出，于是，整个皇城的人都知道了，陛下在思念着长女，以从未有过的柔软的姿态。嘉宁帝这番举动难免让人忍不住感慨，皇宫虽是全天下最尊贵的地儿，可人命在这里头也最是难被留住的。

皇帝思念亡人是个折腾人的事儿，对活着的人而言。譬如，在齐妃被圈禁冷宫后那些使着劲儿想重夺圣宠觊觎着皇贵妃位子的宫妃们。

后宫里头的争斗比朝堂更阴私诡谲，在嘉宁帝从朝堂各番势力和西北战局的空隙里察觉时，宫里头这些平时娇弱妩媚的女人们已经争得有些不成体统了，甚至隐隐影响了朝堂的平衡。

这其实不怪旁人，短短时间内沐王昭王皆死，越王韩越远走南地不知所踪，太子身处性命危旦的西北疆场，等大靖朝的朝臣们反应过来的时候才发现他们的皇帝陛下身边除了一个三岁的小皇子韩云，竟已没有一个在王朝危难时可以继承江山的成年皇子了。所以这种机遇下，于朝臣而言，皇宫内和自家沾亲带故的宫妃诞下皇子变得格外重要。

是以，嘉宁帝到了中年奔头儿的时候，重新享受了一把被一宫女人竞相追逐的滋味。皇帝最近不是格外稀罕儿女骨血吗？没关系，陛下龙马精神，再多生几个出来稀罕稀罕不就成了。

起先嘉宁帝还忍耐着，懒得理这些干系朝堂各派势力的宫妃，可在他大半夜处理完朝事回寝宫都能遇到十来个娇滴滴或跳舞或端吃食或肚子疼或崴脚的妃子后，闷不作声地在上书阁内摔破了三套上好的琉璃夜光杯。

他的嫡子还没死呢！这些混账东西想干什么！这是在诅咒他的太子回不来，上赶着让他给宫里头有宫妃的世家播种吗！

一个人闷头满脑把嫡子看重了二十几年的嘉宁帝终于出离愤怒了，雷厉风行地干了一件实诚事——他把年仅三岁的幼子韩云的生母谨昭仪直接晋升两级，封为谨妃，位居四妃之首，和贤妃共同管理后宫。

谨妃名王瑾，是个本分的女人，性情温和，她生于江南一府县丞之家，温婉敦厚的小家碧玉。早些年不过是个有些品阶的宫女，二十老几快出宫的时候被嘉宁帝看中临幸，若不是有了龙种，恐怕嘉宁帝都不会记得后宫里还有这么个女人。事实也是如此，嘉宁帝在她生下皇子后只封了个昭仪，并未格外恩宠，起初还有些爱怜她，后来见她木讷老实，实在不解风情，新鲜劲也就淡了下来，这两年也就年节众妃朝拜的时候见过几次。

这次皇宫内院里乱成一团，等嘉宁帝回过眼整顿后宫发现这个唯一有着儿子却安安

静静待在自己那一亩三分地儿的谨昭仪时，便格外顺眼了。

这一顺眼，就直接让她成了四妃之首。

众妃争得头破血流得了这么个结局，虽愤怒难堪，却也实在无话可说，谨妃有着皇宫里仅存的一个宝贝皇子这个理由，足够封满朝臣子之口。

好在谨妃是个温和老好人的性子，她被封妃后并未跋扈张扬，反而更内敛端华，持重守礼，这让嘉宁帝很满意，再加上三岁的小皇子韩云生得和韩烨小时候有几分相似，是以嘉宁帝对这对母子更为看重。

如今皇宫内院里头，常常能听见嘉宁帝逗弄小皇子的笑声，谨妃母子在皇室的登场也驱散了安宁大公主故去和三国混战笼罩在皇室中的沉重阴影。

这一日，虽是冬日，难得出了个日头，暖洋洋照着很是舒服。

嘉宁帝如今记挂着幼子，谨妃虽低调，却也不敢拂逆皇帝，隔上两三日便会领着韩云前来觐见，今日日头正好，她便领着韩云去了上书阁。

韩云才三岁，正是粉琢玉砌似个软绵绵团子的时候，嘉宁帝见着稀罕，一把牵过幼子去了御花园赏雪景。谨妃安静地跟在他们身后不远处，温顺的眉眼带着淡淡的笑意和满足。

即便有太阳，御花园里比暖阁也要冷上许多，韩云才走了几步便噘着嘴扒拉着嘉宁帝的大腿哼哼唧唧地要抱。谨妃面带惶恐上前一步就要接过他，却被嘉宁帝摆手制止，“无事，他小着呢，朕还抱得动。”

嘉宁帝笑着俯下身就要抱起幼子，却被一阵急促的脚步声打断了动作。他眉头一皱，转身朝鹅卵石铺成的小径看去。

“陛下，陛下，不好了，殿下他……”

赵福匆匆跑进御花园，脱口而出的话在看见谨妃后生生卡在了喉咙里。他滑稽地停住脚步，朝嘉宁帝和谨妃行了个礼复又巴巴朝嘉宁帝看去，一向稳重的脸上满是着急神色。

瞧见眉头带着薄汗的赵福，谨妃很是一愣，这位权握禁宫几十年的内宫大总管，皇宫里除了皇帝外最是深沉难懂的人，居然也会有如此忐忑不安的时候。

殿下？怕是干系到……那位远在西北的太子爷吧。

过了一会，谨妃竟未听见嘉宁帝的回应声，有些诧异，正要抬首看去，却听见韩云突然而出的哭泣声。她急急抬头，微微一怔。

嘉宁帝立在雪地里，面容冷沉而凛冽，一双眼狠狠盯住赵福，牵着韩云的手因为用劲而暴出青筋。韩云手腕上极快地现出大片的红痕，疼得他小声啜泣直掉眼泪。谨妃虽着急，却不敢言半句，只恳切地朝嘉宁帝看去。

韩云的哭声同时惊醒了嘉宁帝和赵福，赵福见嘉宁帝这模样，兀然想起一年前安宁公主战死沙场的消息送来时他便是这般惶急地禀告，怕是陛下以为太子殿下他……知道自己戳中了嘉宁帝的痛处，赵福忙低下头请罪，“陛下，殿下尚还安好。”

赵福这么简简单单一句话，却像救心丸解救了院中的所有人。嘉宁帝早在韩云哭的时候就察觉到自己的失态，他把韩云朝谨妃递去，“朕还有事，你带着云儿回定云宫。”

谨妃舒了一口气，忙不迭接过韩云的手行了一礼就欲朝外退去，却撞上嘉宁帝有些淡漠而深不可测的眼神。

“刚才爱妃听到了什么？”

这眼神太过陌生，和这半年对她温柔宠爱的那个帝王仿似不是同一个人。谨妃瞬间便明了，浑身一颤，稳了稳心神镇定道：“臣妾今日看着日头好，带云儿和陛下逛逛园子，云儿人小好动，在地上磕了一跤伤了手，臣妾只能先带他回去召御医诊治。”

谨妃答非所问，嘉宁帝却眯了眯眼，满意地摆摆手，“下去吧，爱妃一向谨言慎行，朕很放心，把太医院院正召进宫替云儿好好诊治。”

谨妃连忙谢恩，牵着韩云朝外走去。她垂下的眼底极快地闪过一抹复杂和黯然。

虽下着恩旨请太医院院正，却连眼神都没放在韩云受伤的手腕上过。日日里说着疼爱幼子，却在只是事关嫡子一句半句消息的时候便失态到这个地步。

直到今日，谨妃才知道，他们的陛下，待那位太子爷和其他子女的真正区别，怕是已经故去的安宁公主也是万般弗及。

待谨妃出了御花园，嘉宁帝才一步步踱到赵福面前，龙纹黑底长靴在雪地上踩出极深的印痕。

他几乎是咬牙切齿的，以一种极冷沉的声音开口：“赵福，给朕提着脑袋回答，什么叫‘太子尚还安好’？”

第十六章

赵福虽然已位列宗师，但他在嘉宁帝身边服侍近四十年，对嘉宁帝的臣服深入骨子里，在嘉宁帝发怒喝问的瞬间，他已跪倒于地，低声回："陛下，北秦大将连澜清放出消息说要把施老将军的骨骸带回北秦王城，暗卫没能拦住殿下，殿下他领着几个侍卫独自去了军献城。"

军献城驻扎着数万北秦铁骑，即便是宗师闯进去了也难蹦跶出来，用"尚还安好"这么个稳妥词儿来报信，还真是为难赵大总管了。

赵福清晰地听到嘉宁帝的呼吸声在他话语落地后猛地一滞，然后毫不出乎所料，帝王盛怒的咆哮声在御花园内响起。

"混账东西，要抢回施元朗的尸骨，夺回军献城就是，大靖上下几十万大军他不用，自己跑到军献城巴巴去送死，他是一国储君、一军统帅，不是逞英雄的绿林草莽！"

赵福跪在地上实不敢言。

陛下为了把韩氏天下传承给太子，几乎用尽了手段和心血。这半年来，西北战局波谲云诡，希冀太子阵亡于西北的朝臣不在少数，这都是些宫里头有嫔妃的世家，这些世族在军中有着千丝万缕的姻亲干系，若他们在西北那处动点阴暗手段，太子可谓防不胜防。

从龙之功外戚之尊古来便能蛊惑人心，后宫这一年的争斗说到底也是为了东宫之位。陛下以雷霆之怒降罪几位品阶不低的宫妃，将谨昭仪捧上妃位，宠爱十三皇子，还不是为了将世族朝臣的目光引到宫里头来。

可如今，太子全然不顾储君和一军统帅的身份闯进九死一生的敌城，也难怪陛下会气成这个样子。

“陛下，那毕竟是施老元帅的尸骨，老元帅素得军心，如今施小将军远在东骞，殿下如此做是为了不寒万千将士的心，倒也情有可原。再者殿下向来心思稳重，他既敢去，断没有回不来的道理。”

赵福可不敢在背后戳韩烨的刀子，只能尽量消着嘉宁帝的怒火。西北远隔千里，消息传到他们手上的时候太子早已闯进了军献城，如今说不定太子已夺回施元朗的骨灰回了潼关，若是没有回来，遣人去救也于事无补……赵福压下心底的念头，连提都不敢提。

“哼。”嘉宁帝轻哼一声，显然怒火未消，冷声问，“可知道太子带了什么人一同去？”

得，总算问到了这句。赵福没向刚才一样急急忙忙回答，垂眼回：“殿下把吉利和您派去的暗卫都带上了。消息里说靖安侯君也赶去了军献城……”他顿了顿，才斟酌道：“靖安侯君也是个聪慧的，有她在，殿下的安危也可得几分保障……”

赵福没有再说下去。这是句实诚话，但绝非嘉宁帝想听到的。短短几年快把大靖朝的天给翻了过来，靖安侯君何止是聪慧，权谋御心之术毫不逊于金銮殿上的帝王。她若真心去护着太子殿下，殿下这趟或许有惊无险。但如今韩帝相争已摆上明面，西北局势也接近尾声，韩帝两家可是隔着灭门的仇怨，她若想让大靖失了储君陷入朝堂之争，那太子……

如此想着，赵福背上生出密密麻麻的冷汗。果不其然，嘉宁帝听到此言后呼吸一缓又一重。

半晌赵福才听到皇帝有些低沉的声音：“飞鸽传书给唐石，让西北的人全都到军献城去接应太子。”

赵福一惊，抬头愕然道：“陛下，唐将军可是……”

赵福脱口而出的话很有些让人遐想的意味。

唐家兴起于先帝争霸天下之时，在军中一直坚守中庸之道，为军中众将所信，朝臣对唐老将军和唐石的印象皆只有四字：守成厚重。

可若按下心来看，波谲云诡的嘉宁一朝里各派系世家起起伏伏，太祖崩逝后嘉宁帝肃清朝野，大力扶植心腹接掌兵权，军中被打压褫夺军权的老将们不知凡几，唯有西北边境的唐家安安稳稳。

这些年众臣皆以为是唐家低调老实，如今看来，显然别有内情。能秘密掌控嘉宁帝在西北的暗卫，且屹立多年不倒，唐家显然是皇帝在西北地界上选出的暗中制衡施家的利器。若西北暗卫皆动，唐家暗棋之位怕是会被人察觉，那陛下筹谋多时的计划……

嘉宁帝皱着眉，深沉的双眼瞥过赵福，拂袖于身后，“帝梓元的命再重，何比得过朕的储君。太子若逝，朕二十年内，再难后继有人。”

他说完转身离去，未有半点拖拉迟疑。不得不说，嘉宁帝确实是个睿智的帝王。他看重韩烨，不仅因韩烨是他嫡子，更因为韩烨是他耗尽二十年心血一手锻造出来的皇朝继承者。天下太平时，他尚可压制东宫，巩固帝权，可在帝家以势不可挡的姿态崛起后，韩氏皇朝内，威望和权谋之术能和帝梓元相比肩者唯有太子。

或者说，帝梓元的出现，让韩烨成了嘉宁帝皇位继承人的唯一人选。

赵福远远目送嘉宁帝利落而去的背影，轻舒一口气，低声应了声是。

又是一日，夜，军献城。

今夜是北秦霜露节，连澜清前些时日颁下谕令在今夜将北秦战死将士和施元朗的骨灰置放在城墙上供北秦大靖军民祭拜。祭舞开始前，成排的骨灰盒被透明的琉璃樽罩着安静地摆列在城头上，施元朗的骨灰盒置放在最高处，也最显眼。

在全城百姓欢庆霜露节的这一晚，连澜清广邀在军献城的北秦显贵和大靖乡绅在施府举办盛大的晚宴。祭舞开始时，连澜清只在城头匆匆露了个脸。上马前，他朗声朝护守的将士落下一句“半个时辰后将施元帅骨灰单独送回将府”后便赶了回去。

城头人群攒动，听到他这一句的实不在少数。

施府大门口守卫的将士和往常一般并无增加，也无刻意减少以掩人耳目。门前两盏大红灯笼照出暖光，从正门口铺陈的绛红毛毯一直延伸至回廊深处，老远看来施府喜庆而热闹。

转过回廊，大堂内灯火璀璨，杯酒交错。内堂门口立着一位五十开外的长者迎接宾客，他一身显贵胡服，白髯虬曲，精神矍铄。这人是连府管家连洪，他一直随军照料连澜清起居，这次晚宴也由他一手操办。此时，连洪正噙满笑意地招呼每一位入堂的宾客，众人只觉连府管家和善，却未察觉他接过请帖细细摩挲分辨真假时的慎重精明。

连洪细心地打量堂中众人，不时朝堂外望上两眼，等连澜清回府。

为引大靖太子入局，他知道自家少主筹谋多时，从数月前颁令允大靖百姓入军献城寻亲开始，到今日的晚宴，可谓耗尽心力。

军令颁布后，军献城外松内紧，进来了不少大靖人。最近半月，为防探子，军献城的布防更是三日一换。今夜，小小的施府内暗藏三千铁甲军，一旦发出的所有请帖尽数归于他手，城外军营的两万精锐便会立刻包围施府。施府的所有宾客有进无出，只要韩烨敢入府，定会插翅难飞，沦为瓮中之鳖。

但有些状况也未在连洪预料之中，他暗暗叹着气，不时扫一眼临窗处端着酒杯小酌的莫天，有些头疼。陛下不是前几日就和将军商量好行动这日留在梧桐阁，那里有桑岩守着，安全无虞，他怎么会出现在这里？桑岩又去哪里了？若是韩烨已经混进内堂，等会混乱之中误伤陛下或是识出了陛下横生枝节……

他一边愁绪万思，一边在心里过了一遍收到的请帖数目。还差一张，应该是那位朗城西家的小姐西云焕了，西云焕出现在军献城并拿走一张请帖的事早已不是秘密。这个西云焕出现得古怪蹊跷，主子吩咐过，要等到此人进来，才能封府。

连洪皱眉，正准备去劝说莫天回到梧桐阁，突然被一人拦住。

“连总管。”来人一副暗哑的嗓子，听着有些让人硌硬。连洪抬头，见一三十左右身着绸衣的青年走到他面前，这人脸上两撇小胡子特别醒目，目光浮夸，神情谄媚，向他作了个揖，“连总管留步。”

连洪识得此人，是城东绸缎庄李家的表少爷李瑜，这一年北秦大军驻扎于军献城，虽粮草有国内送来，但连澜清并一众武将的常服却是由李家的绸缎庄提供，李家久居漠北，熟知北秦服饰的样式，正因如此，军献城虽陷落，李家的日子倒也还过得去。

自从数月前军献城解禁后，李瑜从附近城池投奔舅父而来，算是最早入军献城的大靖人，他入城后，李家把和将军府打交道的生意交给了他。连洪起初很是防范此人，但几次交道打下来，他观出此人只是个趋利避害的势力生意人，实不像大靖太子假扮，当时将军还未将谕令颁下，韩烨也用不着潜进城内。况且将军府每一月半购置衣袍的时候

李瑜皆在场，那时韩烨远在惠安城坐镇指挥，又如何能出现在军献城。

如此重要的时候连洪自是懒得理会一介商贾，遂懒懒问：“何事?”

李瑜脸上挤出的笑意带了一抹讨好，“连总管，上次跟您提过，我和舅父想在景阳城和兰朔城里也开两间咱们李家的绸缎铺子……”他搓着手有些局促，“但如今这光景，这两座城咱肯定进不去，所以想请您在连将军面前提一提，看能不能为我做个引荐。您放心，要是能把生意做到北秦去，以后我免不得会多孝敬孝敬您老。”

李瑜说着拉拉连洪的袖子，朝自己宽大的挽袖里一指，露出一方半揭开的木盒，里面卧着的两颗东珠发出莹莹之光。虽不是上好的货，但在如今却也算是好东西了。

连洪脸上当即露出一抹不耐烦。国土沦丧战乱之时还只想着倚靠敌军发财，果真半点骨气都没有。他挥手道：“将军今夜主持霜露晚宴，忙得很，此事以后再说。”

他说完就准备越过李瑜，却不想一串溜的大靖商人今夜入府参宴都是打着这个主意，见李瑜启了头，一起蜂拥而上拉着连洪送礼说情，一下便把他隔在了内堂中间，好不热闹。

一时大堂内的北秦人望着堂中的情景皆嗤之以鼻，小声嘲笑起来。李瑜满头是汗地被众人挤出连洪身边，他连着声叹气显然有些无奈着急。

被团团围着的连洪也正憋着气，若不是为了不打草惊蛇，他早就将这群人给拖出去了。他透过缝隙朝莫天坐着的窗口望去，却不想正好瞧见莫天提着酒壶走出了内堂。

他神情一顿，当下便有些着急，却未发现一旁立着的李瑜凝着的目光轻描淡写地落在莫天的背影上时，带了一抹深意。

第十七章

黄金有价，沉木难求，云夏之上，尽人皆知。即便是显贵侯门之家，平日里得了几尺见长的沉木，也会视若珍宝，供于宗祠祭祀祖先庇佑后人。

是以，当灯火通明的街道上远远驶来一辆完全由沉香木制成的黑色马车时，走南闯北有些见识的人皆不可置信地瞪大眼，满是惊愕地驻足朝马车望去。

啧啧，这种战乱时候，军献城里还能出这种大手笔，也不知是哪家勋贵？待望见马车头上插着的名声赫赫的血红贪狼旌旗时，众人才回过味来。不愧是老牌军武世族，朗城西家的西云焕大小姐，一出手便是泼天的富贵和派头。

帝梓元懒洋洋斜靠在软枕上，一双眼半阖半闭，车外热闹之景对她犹若助眠的夜曲。如意偏着头打量她，倒是满心佩服。这么单枪匹马地闯进龙潭虎穴，也真亏侯君能耐得住性子。

自从帝梓元承袭帝家爵位后，漠北帝家这一支对她的称呼也从梓元小姐换成了侯君。

“侯君，桑岩正在满军献城地捉咱们，咱们这么大张旗鼓地去将军府，还不得被他逮个正着？”如意和苑书的性子有些相似，但不比苑书内里藏着的弯弯肠子，她耿直得很。

帝梓元睁开眼，合指敲着膝盖，“就是要让他知道咱们来了。”见如意满脸疑惑，她笑了笑，拿出待苑书时未有过的耐心来，“擒西云焕之事是个秘密，要在偌大个军献城寻人也不是桩简单事，桑岩必定将莫天的护卫队也给带了出来，我若偷偷摸摸入府，就凭你们两人还拦不住北秦的十几个高手。若我招摇过市，满城的百姓看着，桑岩只能按捺不动。”

如意摸着头问：“侯君，咱们不是要把那桑岩引走，若他跟着咱们回了施府，以他的本事，我可擒不住那北秦国君。”

帝梓元摆手，眼一眯，“无妨，咱们大张旗鼓让他动弹不得，桑岩奉皇命拦我，情急之下必会露了行迹。君叔的轻功在西北地界上无人能及，有他拦住桑岩，桑岩一时半会内回不了施府。”

未等如意点头，马车外醇厚的男声隐隐传进：“小姐，连家的护卫把施元帅的骨灰盒送回来了。”

帝梓元闻言眉头一皱，掀开马车布帘一角，朝窗外望去。

身着锦色盔甲的护卫队延绵百丈，刀戟横握，神情肃然。队伍中间两人抬着琉璃樽盖着的墨黑骨灰盒缓慢踏步从街道尽头而来。

施元朗此人，于大靖边陲子民，是悍死卫国的军神；于北秦百姓，是闻风丧胆的敌帅，但无论于何国，他的死，皆是憾事。

是以当他的骨灰盒从城门上被送回的时候，刚才还热闹繁华的街道突兀地安静下来。拥挤纷闹的人群自觉而沉默地分开了一条道，让这队护卫通过。

当或悲伤或敬重的目光自临近的百姓重重投来时，不知怎的，护卫着这位传奇将帅骨灰的北秦护卫竟不自觉地微微偏过头，躲过了这些目光。以过世之人的骸骨引敌而出，对将士而言总归过于阴暗。

帝梓元的目光在施元朗的骨灰盒上逡巡了片刻才收回，她放下布帘，神情微凝。明明可以快马走近路将骨灰送回将府，却偏偏安排重兵绕过半座城的街道，这段回程分明是引韩烨出手的第一步。好在韩烨布下的探子一早便查明施元帅的骨灰早已藏于施府书房密室之中，书房四周的守卫并不算多，如今招摇而过的不过是个假货。等引开桑岩制衡住莫天，连澜清投鼠忌器，韩烨抓住时机夺回施元朗的骨灰离开将府并非不可能之事。

念及此，帝梓元低声朝外吩咐：“长青，转道向右。”

“是，小姐。”马车外执鞭的青年应道，手一挥，调转马头朝偏僻的小道而去。西北局势日益紧张，洛铭西放心不下帝梓元的安危，将长青遣到帝梓元身边，他恰逢此事，跟着帝梓元入军献城护卫她的安全。

去往施府的大道本就百姓众多，护卫队的出现更是堵死了这条路，眼见着一时半会是通不过了，是以这辆沉木马车另行换路也没引起旁人怀疑。人群中的桑岩也是如此想，见马车拐进偏僻的小道，他眼中精光一闪，露出一抹如释重负的笑意，领着十来个内廷暗卫悄悄尾随而去。

百姓被霜露节和护卫施元朗骨灰的队伍吸引，其他街道不免冷清。帝梓元拐进的小道上隐约能听见不远处的热闹，只有两三个老者露出浑浊的双眼倚在门边抽旱烟。车轱辘的声音由远及近，他们疲懒地打量了马车一眼，复又垂下头漠不关心。

桑岩领着人隐在屋檐后观察了片刻，没发现异样，想着这段路是唯一的机会，见马车正好行至小道中间，他打了个手势，屋檐上的暗卫将容貌遮住，分成两股向下拦去。

数道人影夹着强烈的战意袭向马车，那马昂头嘶鸣，陡然停住向前的四蹄，惊慌地朝后退去，惹得马车一阵颠簸。

长青用内劲握住缰绳，安抚住马儿，才稳住了马车。车内，帝梓元在车身颠起的一瞬拿起小几上的茶盅一口抿尽，敛住神情坐直了身子。如意全身紧绷，抬手扶在一旁的长剑上，眉重重皱起。

那数个身着普通百姓服饰、看不清容貌的人手握弯刀团团围在马车周围。恰在此时，桑岩蒙住脸，一声爆喝，挥着一柄乌金弯刀从屋檐上跃下直直向长青额心刺去。莫天要活捉的只有西云焕，他可不会顾及一个护卫的性命。解决了此人，西云焕自然手到擒来。

桑岩生了一击必中之心，这一刀刺来雷霆万钧，青年仿似被强大的杀意笼罩，直愣着眼一动不动，桑岩唇角勾起志在必得的笑意。

弯刀临近眉心的一瞬，出乎所有人意料，垂眼坐在车架上仿佛已经吓傻的青年猛地蹿起，一根铁棍突然出现在他手中，竟毫不躲避地朝桑岩手中的弯刀迎去。

棍、刀雷霆相撞，强大的内劲引得一声巨响，飞沙走石中，只看到两个人影急速分开。长青借着内劲在空中回旋几步才重重踩在马车上，他脚下的车架现出几条碎裂的细纹。长青眼神一暗，藏起握着长棍的颤抖的手，把口里涌上的鲜血又咽回了喉咙里。

长青微不可见的沉哼声传进车内，感觉到刚才马车外凌厉的一击。帝梓元抿紧唇，眼里的担忧一闪而过。如意拿起长剑就要冲出去帮忙却被帝梓元压住手，她朝如意摇摇头，隔着布帘望向车外的眼底犹若覆上了一层寒冰。

桑岩要活捉的是西云焕，只要西云焕不在，他并不会耗费内力节外生枝去伤长青的性命。

桑岩落在地上只退了一步就稳住了身形。他望了不动如山的长青一眼，神色很是难看。那晚拦他擒西云焕的人轻功虽好，内功却平平。这个护卫内劲虽不如自己，可他想在片刻内活捉西云焕也绝无可能，想不到西云焕身边居然高手如云！

“阁下是何人？朗朗乾坤当街行凶，莫不是欺我朗城西氏无人！”略带薄怒的女声自车中传来，不怒自威。

桑岩被压得气势一滞，暗自叫苦，出声不得。西云焕是未来的北秦皇后，若是知道自己曾经劫持过她，还对她的贴身护卫毫不留情，日后自己定会成为中宫之主的眼中钉肉中刺。

隔壁街道上抬着施元朗骨灰的护卫队愈行愈远，渐有脚步朝这条街道走来。不能再耽误时间了，桑岩微一抬手，不顾前辈的身份领着暗卫挥舞着弯刀再次向马车攻来，一时间，被包围的马车在漫天刀影下犹若孤舟……

正在此时，街道门店前浑浊无神的三个老头突然眼中精光毕露，将手中的烟斗朝攻向马车的暗卫扔去。

劲风扫过，看似轻巧的烟斗自背后打在暗卫肩胛处，骨头碎裂的声音响起。凄厉的惨叫声此起彼伏，那三人身形一滞，手中的弯刀自空中落下，整个人也朝地上落来。三个老头身形一动，从不同的方向踩着落地的暗卫合成围攻之势将其他暗卫拦住。没了其他人合围，长青迎向桑岩，把他牢牢拦在马车一步之外，让他再难寸进。

场面优劣之势瞬间持平，桑岩朝那几个突然冒出来搅局的老头瞥了一眼，一眼识出为首之人便是那晚拦住他的人。他心底陡然一惊，生出荒谬的感觉来，明明是他来擒西云焕，怎么如今的景况竟像是他被设计了一般，还来不及细想，烈马长嘶声在身下响起——那晚跟在西云焕身边的丫鬟不知什么时候坐在了车架上，挥舞着马鞭从几人打斗的空隙中驾着马车向街尾奔驰而去。

桑岩脸色大变，身形一转就要去拦，却被长青死死困住，他只得眼睁睁看着马车飞速转过街角，失去了踪影。

君家书房内，君玄正坐在书桌前查看这几日探子传回的密信。

此时，一只信鸽从窗外飞进，扑哧扑哧落在她手边。

这个时候怎么会有密信传来？她神情一凝，拆下鸽子脚边的密信展开。君玄扫了一眼，猛地起身，慌乱之下竟将桌上的杯盏掀落在地，清脆的琉璃片在地上打转的声音惊醒了她。

“来人，备马！”君玄大跨几步，匆匆朝书房外走去，一向冷静自持的声音里划过一抹颤抖。

那封密信打着旋儿落在地上，只零星瞧见潦草的两句话。

“骸骨埋近郊，今夜之局乃引君入瓮。”

“城郊两万北秦铁甲军半刻前受令：围施府，凡闯出者，立诛！”

施元朗的骸骨早已埋在城外的施家坟冢里，书房内秘密藏好的骨灰也是陷阱，韩烨只要出现，断无机会再从地道而出。连澜清机关算尽，倾举城兵力围杀韩烨，从一开始，他布下的就是一场毫无活路的死局。

帝梓元陪韩烨同赴此宴，无异于共赴黄泉！

第十八章

载着帝梓元的马车在驶离北秦暗卫围追阻截的街道后急速朝施府而去。如意拐角时朝身后回看了一眼，她见长青尚能困住桑岩，才抿住唇握住缰绳引着马车离开。

不过片刻，马车便只隔施府大门数百步，这条街道人声鼎盛，即便桑岩追到也不敢再轻易动手。如意舒了口气，远远望见连澜清从马上跃下进入大门，才朝马车里低声道："小姐，咱们来的时间正好，刚刚连澜清回府了。"

"等半刻钟后再进去。"帝梓元沉稳的声音传来，带了一丝不易察觉的冰冷。

施府大堂内，连洪被一众商人围得团团转，眼见着莫天离了护卫保护一个人在庭院里越走越远，这群平日里低眉顺眼谦和低调的大靖商人也不知怎么回事，今日力气格外的大,脸皮也格外厚，他急得吹胡子瞪眼扒拉着围着的人却有意无意地被阻在原地。

施府的修建格局传承西北建筑的大开大合，堂外跨过庭院连着正府大门，左边一条回廊直通梧桐阁，右边穿过拱门踩着鹅卵石小道拐个弯儿就是书房。

此时，莫天隐在回廊的阴影后，负手沉眼望着庭院入口处。

晚宴已经开始半个时辰，桑岩带了十几个禁宫高手，怎会带不回一个西云焕？除非……莫天摩挲扳指的手一顿，连澜清去城头主持祭祀大礼的消息数日前就已传出，难道西云焕去城头拦他了？

"将军到！"莫天心底的念头刚刚冒出，大门口侍卫的喊声传来，连澜清的身影远远可见，莫天轻舒口气，皱起的眉头展开，看着连澜清大步朝内院走来。

连澜清入府半刻钟后，如意掐着时间赶着马车向施府大门驶去。甫一靠近，便被守门的侍卫拦住。

“里面的可是西小姐？”高大的北秦侍卫朝马车上迎风而展的贪狼旌旗看了一眼，脸上的神色从谨慎变成了敬重。这是今晚入府的最后一张请帖，想不到竟是西云焕持帖而来。

如意沉稳地点头，将请帖递出，一副大家风范，“连将军威名远传朗城，我家小姐也有所闻，前日夜里小姐赢了一封连将军晚宴的请帖，今日特来拜见连将军。”

侍卫接过请帖，没有利落地把如意请进去，反而迟疑地开口道：“我家将军一向仰慕西老元帅，小姐既有心见将军，寻个空闲时候来就是，不必拘于今日……”

他话还未完，身旁的侍卫已经重重戳了他一下，眼底露出一抹不赞同。

这侍卫自知失言，移开身子，朝里一摆手：“将军刚刚回府，小姐来的正是时候，请西小姐下车入府。”

他话音刚落，一只修长的手掀开布帘，帝梓元已经从马车上走下，立在他面前。

帝梓元披着一件藏青大袭，衬得一双手洁白如雪。门口的几个侍卫由下及上，未及在心底评判这位远在朗城的西小姐的容貌，便不由得都愣住了。

说句实诚话，这位西小姐是个不折不扣的美人，只是当望见她那双茶墨色微微上挑的眸子时，便没人敢在她身上再用上“美人”如此肤浅又轻薄的词儿。

怕是疆场上浴血数年的普通将军亦没有眼前这位西小姐气势盛然。这几个愣着神连脚步都挪不开的守卫如是想。

“怎么？”低低的女声响起，帝梓元眉眼微沉，朝挡在门口的守卫扫了一眼，“递了请帖，我还是不能进？”

被这清冷的语气一震，几个守卫回过神，慌忙朝一旁挪开，愣是给帝梓元足足腾出了一整个儿大门的道出来。

“西小姐，请。”领头的侍卫毕恭毕敬低下头，朝大门内抬手引去。

帝梓元未及抬步，突然风起，寒风冷峭，吹得门前的大红灯笼左右飘摇。她低低咳嗽一声，脸上浮现一抹不正常的红晕。一年前散功之时她损耗过大，虽有姑祖母拿来老头子的丹药疗养，却伤了根基，这一年征战沙场，未得片刻休养时间，顽疾也就落了下来。每逢寒日，受损的心脉必会隐隐作痛，影响功力。

如意闻声朝帝梓元看来，眼底划过一抹担忧。

帝梓元朝她安抚地摇摇头，拢了拢大裘，对着门口的侍卫抬了抬下巴，“上前带路。”

这几个字儿从帝梓元嘴里吐出来，满是不容置喙的威严。领头侍卫怔了怔，竟真的低眉顺眼默默领着帝梓元和如意朝内院而去。

拐过石拱门时，盔甲摩擦的铿锵声从身后传来。如意用余光朝后扫了一眼，见一队手握长戟的黑甲侍卫从内门涌出将大门四周严严围住。

连家的黑甲军皆有一夫当关万夫莫开之勇，如意心底陡然而生一阵寒气。她垂眼看了看帝梓元气势若闲的脚步，慢慢平静下来。

大门重重闭合的声音隐隐入耳，领头侍卫见帝梓元和如意神情如常，未有半点慌乱，将心底最后一丝怀疑彻底放下。

一主一仆两个女子走进这龙潭虎穴插翅难飞的将军府，若不是真的西家小姐，决计不会如此坦荡。

大门外，领着护卫一路飞奔而来的君玄看着缓缓闭紧的施府大门，神情凝重。

“传令下去，计划提前。”

“小姐？”君玄身后的护卫君汉一惊，“大靖的军队还没来，咱们要是现在动手……”一年前城池陷落后，君家便着手将暗棋埋入北秦军内部，只等大靖军队攻城之时里应外合，一举摧毁北秦大军，助大靖夺回军献城。若是如今贸然动手，这一年的筹谋隐忍岂不前功尽弃？

“举国之乱，岂是一个君家能力挽狂澜，韩烨和梓元要是死在军献城里，边疆大靖军队群龙无首，不出三年，大靖必亡。”君玄声音冷沉，果断地摆手，“去吧。”她顿了顿，又道：“君汉，城内的事由你做主，挑十五个死士跟我去五里亭。”

“小姐？”君汉提马欲回，听见此话，忙勒马停住，“侯君若从施府内逃出，必走五里亭，届时连澜清势必率大军围堵，您留在城内坐镇，让我去接应侯君……”

“不用。”君玄摇头，朝施府内遥遥望了一眼，眼底晦涩不明，“和连澜清的最后一战，我一定要亲自去。”

这一战，无论生死，都是她君玄对施家上下几十口和满城百姓的交代。

她不去，此生难安。

“成什么体统？”连澜清走进内院，望着大堂内被团团围住的连洪，沉喝一声。

连澜清的喝声杀伐果断，带了几分铿锵的军伍之气来，堂中的生意人哪受过这等威压，一下便被骇得从连洪身边散开。

连洪舒了口气，抹抹额上的热汗，快走几步行到连澜清身旁，“将军，只差最后那封在西小姐身上的请帖了，今日拿帖子进府的人都在这儿。只是……”连洪朝外小心翼翼指了指道：“公子今日宴席一开便出来了，老奴怎么劝都不肯留在梧桐阁。咦，公子去哪了？”

连洪回禀的声音被噎在嗓子里，连澜清循着连洪的手望向院子，没有看见莫天的人影，当即眸色一沉。为了擒韩烨，施府里头入了这么多身份不明的大靖人，虽有黑甲军相护，但若有人识出了莫天的身份……他一边想着一边朝大堂内看去——一屋子纸醉金迷谄媚不安的大靖商人，哪个瞧上去都不像大靖太子韩烨。

连洪随着连澜清的目光也朝堂内望了一眼，总觉得满堂战战兢兢的大靖商人里头看上去缺了点什么，可一时之间却又想不出来。

“连某入城一年，多得诸位平日里的照拂，今日晚宴，诸位尽兴便是。”连澜清随意摆了摆手，转身朝堂外走，去寻莫天。韩烨如真入了府，自然会出现。只要陛下的身份不被识破，他们便没有任何弱点。

“只有那个西云焕还未入府？”连澜清低声问，眼底若有所思。

“西小姐到！”连澜清话音刚落，外院门口侍卫的喊声已经传入耳中。

已行到门口的连澜清一挑眉，抬眼朝外院入口看去——一个气势凌厉的女子披着藏青大裘恰好走进。分明这人步伐缓缓，却漫步之间袭着势不可挡的锐气。

“小姐可是朗城西家云焕小姐？”连澜清掩下神色中的惊讶，迎步上前。

帝梓元正好也瞧见了他，隔着数步远一甩绣摆朗声笑道：“正是。”

“边疆混乱动荡，小姐身份矜贵，西将军怎会允许小姐来军献城？”这话从连澜清嘴里问出，带了明晃晃的怀疑。

“我爹一向管不着我，国内百姓都说边疆有将军在，定会稳若磐石。我正好有一事

要拜见将军，便来军献城一趟，恰逢将军举办霜露宴，便赢了一张请帖冒昧而来了。”帝梓元站定在连澜清几步之远的地方，拱手正色道，“将军莫怪。”

连澜清眉角一挑，神色里带了一抹意外。此女气质端华，行事爽利，确实像军伍世家之女，但朗城西家的小姐和他素无瓜葛，有什么事需要见他？莫非是韩烨派来的……

“哦？不知小姐要见本将所为何事？”连澜清却未停下，径直朝帝梓元走来。

余光里扫见一道人影从一旁的回廊中走出，帝梓元嘴角一勾，“我今日来见将军，是为了十几年前的一桩旧事……”

她话音未落，颀长的身影插一脚跨进两人之间，把帝梓元挡得严严实实。

莫天低头，朝帝梓元看去，目光灼灼，声音薄怒又漫不经心：“以你如今的身份，纵使西老将军再娇惯你，还能让你千里奔波来见一介外臣？”

第十九章

内堂依旧杯筹交错，只是不期然地会有一些好奇打探的目光悄悄探出，外院内却是静默异常。

莫天的声音很低，只他们三人能听见。连澜清神情讶然，朝帝梓元走去的脚步生生止住，默默退了一步，重新隔出了一点距离。

莫天能在他面前挑明这女子如今中宫待嫁的身份，可见在此之前便已确定她是西云焕。

北秦皇后因病早亡，这些年中宫空悬，惹得各大世家觊觎。陛下为平衡世家势力一直未曾择后，如今看来已经选定了这位西家小姐。朗城铁骑天下闻名，西鸿威名犹存，西氏一族确实是震慑王城世家和德王的最好选择。

只是……连西两家早些年老一辈有交情，西云焕登门拜访也不算出格。但以她如今皇室待嫁的身份，还亲自来见自己未免说不过去。

十几年前的旧事？有什么旧事值得未来的北秦皇后千里远行边疆来见一介外臣？

连澜清是何等聪明之人，几乎是立时间就察觉到不妥。

“你怎么知道……”帝梓元微微挑高的声音带着适时的疑惑和警惕，她顿了顿，看向莫天，微怒，“你是皇室中人？”

北秦皇室择定皇后后由宗室亲王送婚书是一贯的传统，如今这桩婚事也只有皇帝和

皇室中几位王爷知晓。君王自古不处危境，她如此猜测合情又合理。

莫天瞥见连澜清眼底的疑惑，心底一沉，未等他问便道："西小姐的身份不宜待在此处，事情办完前好好守着梧桐阁。"顿了顿，又吩咐："只让服侍的人进来，侍卫一律守在阁外。"

"是。"看来陛下不是一般看重这位西皇后。有旁人在，连澜清不便行礼，略一点头应下。

莫天说完一把拉着帝梓元的手腕径直朝左边的回廊走去，如意垂眉顺眼默默地跟在他们身后。

她们的目的是牵制北秦王为太子创造机会偷回施老元帅的骨灰，越少人在梧桐阁内对他们越有利。

转过回廊时，帝梓元不经意朝后看了一眼。

人声鼎沸，满院身影，她却一眼就认出了庭院桑树下立着的李瑜。韩烨说过会扮作一人潜入施府，想来准备妥当，不会被轻易揭穿。

两人目光交错，韩烨朝她颔首示意。

帝梓元偏过眼，跟着莫天毫无所觉的步伐朝梧桐阁走去，神色却在转过头的瞬间微微凝住。刚才韩烨的目光一直放在莫天身上，难道……帝梓元轻轻摇头，大靖军队未攻到城下前，北秦皇帝绝不能死在军献城里，否则城中数万无辜大靖百姓在群情汹涌的北秦士兵面前只能成为莫天的陪葬。

满城兵卒一年前为保护这座城池尽数而殁，如今乱葬岗上亡将尸骨未寒、城墙上鲜血未尽，被他们用命护下的家人绝不能再成为这场战争的牺牲品。

韩烨此行，应只为了施元朗的骸骨。弃一城百姓，诛一国帝王，不是韩烨这个大靖太子会做的事。

庭院里，连澜清敛住神色，朝一旁的连洪道："多派一重侍卫守在梧桐阁外，如有人闯入，格杀勿论。"

连洪郑重点头。陛下不让侍卫进梧桐阁，也只能在阁外加强守卫了。

"将军，府里的人来来回回寻了好几回，还是没有发现和大靖太子相似的人。"连洪压低声音，凑到连澜清耳边道。

"不用急，他迟早会出现。"连澜清说着，朝院内扫了一眼，瞧见桑树下神情鬼祟的李瑜，眉一皱朝他指去，“那是何人？”

连洪循着他的手望去，提起的心复又放下，语气里带了一分轻蔑，“将军不用在意此人，他是城中一衣坊老板的侄儿李瑜，我曾见过几次，身家倒是青白，就是有些攀附心思，做派不正。”

两人正说着，李瑜瞧见契机朝连澜清走来，还未靠近就已连连朝两人鞠躬行礼，“小人李瑜，见过连将军。”

连澜清身上带着常年领兵的军伍煞气，今晚入施府的大靖商人众多，却没有一个敢近他的身。看着李瑜由远及近，连澜清微微眯眼，任由他卑躬屈膝地弯着腰，未应付一句。

半晌，直到李瑜半抬的肩膀忍不住颤抖，小心翼翼抬起的眼底露出清晰可见的惊惶畏怯时，连澜清才颔首开口，“连洪，这位是……”

“将军，这位是李家衣坊的少东家李瑜公子，平日里府里的衣绸都是李公子遣人送来的，和咱们府上老交情了。”连洪心里头不屑，话里话外却不表露一分，若一般平头百姓，只怕会百般惶恐。

“李公子，今日府上宾客众多，连某无暇顾及，还请担待。”连澜清虚抬一手，若有所思。他做了十年大靖属臣，当年在施元朗帅下时便听说过大靖太子韩烨尊贵出尘，一身铮骨，从不屈于人下。这种生来便坐拥万里江山的储君，怎么可能对着灭了他师长的敌军统帅卑躬屈膝？简直笑话！

连澜清瞧见李瑜脸上的惶恐，没再把他放在心上，抬步欲走，却不想李瑜疾走两步停在他面前，“连将军，将军慢走。”

“何事？”被拦住了脚步，连澜清也不恼，温声问。

李瑜从袖中掏出一方锦盒半开呈上，“将军，小人家中有一对夜明珠，小人是个粗人，宝物留在手中也是浪费，今日有幸得见将军，小人一点心意，还请将军收下。”

李瑜说得情真意切，一副被拒绝了天就要塌的模样。连澜清看了锦盒中的夜明珠一眼，不过有个几十年的成色，虽上品，却不珍稀。他随意开口：“李公子美意，连某却之不恭，连洪，收下。”

李瑜脸上露出一抹喜色，将手中锦盒小心翼翼朝连洪递去，“将军，这是小人祖上所传，绝非凡品，定能为将军护身定家。”

连洪还来不及接，连澜清却在这句话里听出了些许讲究，他开口打断了连洪的动作："连洪，既然这对夜明珠是李公子祖上所传，本帅理应郑重以待，免得辜负了李公子一番美意。去，你领着李公子去后院书房，把这对夜明珠妥善收好。"

连澜清和颜吩咐，模样神色不起一点变化。连洪却是一愣，书房不是在后院，后院明明只有一间甚少有人打理的书阁，将军为什么会这么说？况且书房内藏有施元朗骨灰的消息早已被秘密传扬出去，这时候书房里外的侍卫严阵以待，只等韩烨送上门，把李瑜这么个草包牵扯进来，若是坏了事？

连洪跟随连澜清数年，思绪翻转间便明白，虽然他不把这个草包放在眼底，可将军却开始怀疑这个李瑜了。

大靖太子韩烨重情重义，一身孤胆，若他已经混进府中，唯一想要的，不过是书房中那供着的施元朗骨灰罢了。

第二十章

主仆两人都在等李瑜的反应。青衣长衫的青年却是一脸感激涕零，像是丝毫没有察觉到连澜清的试探，弯腰一揖到底，声带惶恐：“不过是一点家传物什，不敢得将军高看，李瑜必随连管家好好置放此明珠，为将军护得家宅平安。”

连澜清沉默地看他片刻，终于一拂袖摆，吩咐道：“连洪，你领李公子前去。”

如果真的是韩烨，不会不知后院只是一处荒芜的书阁，根本不是施元朗藏骨之地。两地南辕北辙，大靖太子不必如此卑躬屈膝来浪费时间。

连洪知自家公子释了怀疑，对着李瑜朝后院一指，笑道：“李公子，书房在后院，这边请。”

李瑜朝连澜清又行了一礼，复才亦步亦趋跟着连洪而去。

待两人身影消失在后院小径深处，连澜清才毫不显眼地招了招手。

一直跟在连澜清身后不远的统领屠海走近几步，低声问：“将军，可还是对此人不放心?”

连澜清颔首，慢条斯理地理了理袖口，“你派几个侍卫守在书阁外，如有异动，立刻将人擒住。”

屠海领命而去。

李瑜不会是大靖太子，最多不过是个韩烨丢出的诱饵。堂内依旧杯盏交错，笑声不绝于耳。

连澜清负手于身后，背对着内堂。此时的他，既无对着莫天时的拘谨严肃，也无疆场上的肃杀凛冽，甚至连刚才善疑的神情亦不在。他抬首望向漆黑的夜空，神情平和，反而更像这十年掩埋过往以秦景之身守候着这座城池的大靖将帅。

连澜清低头，眼底深处不知名的暗流一闪而过。

这座将军府，太过风平浪静了。

离了内堂大院和连澜清的视线，莫天又变成了那个万事在握的帝王，闲庭散步般拉着帝梓元朝梧桐阁而去。

帝梓元身上藏青的大裘拂过地面，如主人一般深沉平静。

如意跟在两人身后，始终隔着三步之远的距离。

梧桐阁外的守卫是连澜清的亲兵，个顶个的膀宽腰粗，对连澜清和北秦王室的忠心一级棒。莫天甫一入城，连澜清便将莫天的安全交给了这群沙场里头淬过血的汉子们。这群亲兵对莫天的身份早已知晓，在他们过往的认知里，皇帝陛下威严冷漠，更是出了名的对后宫宫妃不假辞色，像这样在边境战时之地里抓着一个大姑娘的手乱晃简直是能炸翻天的稀罕事儿。

服侍在梧桐阁内的小丫头显然也被惊得不浅，瞅着迈进院门口的两人还踉跄了一步，差点打翻一盅滚烫的茶水，好在帝梓元用尚还自由的一只手扶了她一把。

“小心点，小姑娘烫着了可就嫁不去了。”

调笑的声音清冷又带点揶揄，一点不拘束，混似自己是个主子。

小丫头脸色涨得通红，喏喏又感激地朝帝梓元看了一眼，请罪行了一礼飞快地躲到一边，为两人腾出了院门口。

这么一打岔，莫天步履一缓，看见帝梓元待小丫鬟平易近人，眼底拂过一抹意外和满意。

贵而不娇，强而不横，百年西家所出的世女足以为一国之母。

西鸿，教了一个刚柔并济的好女儿出来。

被闪瞎了眼的北秦大汉们看着他们的陛下神情愉悦地拉着那位传说中的西家小姐走进了梧桐阁内院，然后陛下那拂袖一摆，门“砰”的一声，忒坦荡地被关上了。

得，这是明晃晃的要亲近佳人呀！

如意皱着眉头守在门边，一副寸步不离的模样。瞠目结舌的侍卫顾自瞅了瞅，觉着自家陛下忒猴急露骨，实在不好意思拉开西家小姐的贴身丫头，便假装没瞧见。

半晌后领头的侍卫朝还没回过神的小丫鬟努了努嘴，“卓玛，去，给公子和小姐再泡壶好茶、做点点心端进去。”

这个叫卓玛的小丫头半年前在大街上卖身葬父，连澜清的这群亲兵正巧遇见，便发善心买了回来。卓玛性格活泼又机灵，泡得一手好茶，兼又被众人所救，抱了一份感恩的心做事，很是亲近他们。这伙子亲兵入驻军献城一年，平日里见到的大靖人不是一脸仇深似海就是惊惧惶恐，难得有个单纯又伶俐的小丫头不仇恨他们，他们便对卓玛格外宽容。

卓玛弯着眼点点头，抱着快凉的茶水一溜烟跑远了。

梧桐阁是施元朗生前执帅掌印之地，大片梧桐林笼罩着院落，安静而清幽，此时院外守了一溜肃杀的亲兵，更是飞鸟绝迹，人烟不识。中院的丝竹管弦饮酒作乐之声丝毫影响不到此处。

书房内，只一张白杨木雕刻的书桌横在太师椅前，椅后墙面上挂着一面绒布所制的西北地图，入门左首软炕上摆了一个小几。房内摆设简单利落，一贯的军伍之气。

梧桐阁和一年前没有任何改变。应该是说，北秦军队占领军献城一年来，这座城内四处充斥着北秦人生活的气息，唯独施府内，除了主人的变更，里头的一草一木、一室一门，没有丝毫改变，即便是莫天的到来，也没能改变连澜清对这座府邸的态度。

书桌上的莹莹碧灯散着柔和的光芒，帝梓元的目光在墙上挂的地图上一闪而过，而后落在自己的手腕上——莫天修长健魄的手仍稳稳握着，没有丝毫松手的迹象。

“你不过一介宗室子弟，既已知道我的身份，何敢如此放肆？”清亮的女声不带半点骄奢傲慢，透着慢条斯理的华贵沉韵，仿佛她已经嫁入皇室，贵为北秦国母。

莫天深绿色的眸子一闪，透出一股子极为隐秘的愉悦，他带着薄茧的指腹轻轻摩挲着那光滑的手腕，又在帝梓元皱眉发怒的瞬间抽手而出。

“西家隐于极北朗城久不出世，莫非是忘了北秦传统？”莫天唇角带笑，走到书桌前拿起银匙拨动着灯芯。

“噼啪”一声，房中大亮，映着莫天深邃的轮廓。他转过头，对着帝梓元朗声开口：“在我北秦国内，兄死弟及之事比比皆是，你是我皇兄择中的皇后不假，可若有一日……"

"你是楚王莫凌？"帝梓元打断莫天的话，这一代北秦王的兄弟，只有一个楚王莫凌。莫天既然要隐瞒身份，帝梓元乐得配合他。她眉眼微挑，一眼都似懒得放在莫天身上，转身行到窗边，推开木窗，漫不经心开口："若有一日你敢在你皇兄面前说出这句话，我便受你"兄死弟及"四个字。"

莫天被她一句话堵住，也不恼，道："哦？你就这么看好我皇兄，算准他长命百岁？你要知道，咱们皇室里头的男子可是向来都活不上多大岁数的！"

一百五十年前中原大乱，漠北之中的沙漠世家莫氏一族乱世称雄，十来年间迅速收拢漠北大小部落，建立北秦王朝。莫氏一族天生好战，多为励精图治之辈，之后百年，王朝的版图在历代北秦王的扩张下日益壮大，国力已远胜东骞。只不过莫家自古男丁不旺且大多寿命难过五旬，只是莫氏已为帝皇之家，如今的云夏之上，这件事多少算个忌讳，极少有人会去提起，想不到莫天竟会轻轻松松说出这般话来。

倒也是坦荡大方、不拘小节之人，放在平时，莫天的为人也对帝梓元的脾性，未必不能成一见如故之友，奈何国破家亡之间，根本没有惺惺相惜一词能言。

帝梓元心底喟叹一声，拂去淡淡的遗憾，"活不长久又如何，到底还有经年岁月。若是命中注定的缘分，即便只剩一夕一朝，和数十年又有何区别？"

"一朝一夕？说得好听。"莫天神情微凝，竟和帝梓元计较起这句话来，颇为不信她的说辞，"这可是皇室联姻，只一朝一夕时间，哪够你西家重返朝中勋贵之列？你又哪来的时间孕育皇子，保你后半生的荣华尊贵？"

北秦皇室男子早亡是惯例，那些世家女子入后宫后一天到晚想的便是及早留下子嗣好为自己留条退路。莫天在宫中长大，自小耳濡目染，如今自个儿又成了那砧板上成天受人觊觎的猪肉，遂最为厌烦那些视他为种猪的后妃。

"你是在抱怨那些后妃将你皇兄当作配种的那啥？看不出来你还挺替你兄长抱不平的。"帝梓元难得看见莫天失态，戏谑地抱手于胸前，"这有什么好抱怨的，你们皇室纳妃，要的不也是这些王宫世家手中的兵权和名望，不过各取所需罢了。那些女子一入深宫终身难出，不得个子嗣又如何耐过漫漫人生？"见莫天沉着脸不言语，帝梓元好整以暇道："不过你放心，我西家自当年退居朗城后便没了争权夺利之心，别人难说，不过我西云焕不会为了个娃娃成日里腻歪着你皇兄的。再言我有西家五万铁兵为盾，即便不受宠也没人敢轻待于我，我上赶着要个子嗣干什么？"

帝梓元是个随性的人，尤其随了她姑祖母的霸道和真性情，这话一出，莫天直接就愣住了，好半晌才压住眼底的异色转身道：“你倒实在。”他顿了顿，朝背面墙上挂着的地图指去，“不说这些了，听说你自小是西老将军养大，想必也知晓些兵法韬略，不如对我说说你对如今三国之战有什么看法？”

在莫天转头的一瞬，帝梓元敛了面上的漫不经心和散漫，飞快地将手中揉成一团的纸条展开，只一眼，她的眉紧紧锁住，破天荒地露出一抹冷凝之色来。

——施元帅尸骨早埋坟冢，书房骸骨是圈套，将府被围，速离！

纸条上只这么潦草的一句话，看得出送信之人的急切。帝梓元没有怀疑这条讯息的真假，落笔的“君”字足以证明是君玄遣人送信而来。

帝梓元将纸条藏起，抬头朝莫天的背影看去。

骸骨之乱，满城惊哗，到最后数万铁骑围府，只是为了诛杀一个大靖太子。

计是好计，戏也是好戏，但以亡者之骨相诱，简直下作之极！

好一个北秦王莫天，好一个连澜清！

他们怕是还不知道，这个局里，引来的除了韩烨，还有她帝梓元！

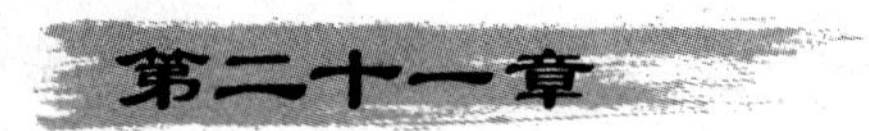

第二十一章

北秦人性子粗犷，少有人善诗书，施府后院的书阁难得有人踏足，主人故后，此处更是格外清冷安静。

连洪领着李瑜一路行到后院，一边推开书阁的门一边朝里指着说："李公子，这地儿安静偏僻，将府里又守卫森严，公子家传的宝物放在此处必不会出岔子。"

李瑜唯唯诺诺点头，跟着连洪走进了书阁。他跨进时不过轻轻一掩，极平常的动作，木门却正好合住，遮住了书阁外的视线。

屠海站在院外，见李瑜没有任何异处，放下心来等两人出来。

阁内，连洪径直走到最里头的书架处，他在墙上敲了敲，墙面上出现一方暗格。李瑜见此情形，眼眯起露出一抹意外。

这处书阁在施府内最不起眼，是施老将军收藏兵符所用，想不到连澜清竟然能寻出此处。

不待连洪开口，李瑜已经懂眼色地将手中捧着的木盒朝他递来。

连洪没有错过李瑜面上的诧异，他接过盒子朝暗格里放，忍不住得意道："李公子，你们大靖人在机关一术上确实有些能耐，不过最后也是为他人做嫁衣，为我们北秦所用……"

他话音未完，端着木盒的手一顿，忍不住掂了掂，突然面色一变，猛地转身一掌朝身后之人袭去，但有人比他更快，连洪的掌风还未扫出，就被一股浑厚的内劲封住了穴道不能动弹。

身后的年轻人脸上谄媚讨好的神情不再，他随意立着，伸展开佝偻卑微的身躯，立时变得颀长英挺，他撕掉脸上的人皮面具，露出英武的面容。

连洪张了张嘴，发不出一点声音，只僵硬又不可思议地盯着李瑜。

“能跟在连澜清身边，倒也不算太蠢。”韩烨拿回连洪手中的木盒，随手将里面的夜明珠扔在地上，盒底夹层中露出一把墨黑的匕首，他拿出来放在手中把玩，“东海玄铁所铸，自然不是夜明珠的重量可比。”

见连洪眼神不善，韩烨行到他面前，背对着墙壁，目光如炙，神色冷沉，卓然凛冽之势扑面而来，“我们大靖的东西，就算你们能窥得一二又如何？不过鼠目寸光、不知所谓！”他说着，在暗格上方一尺处不轻不重敲击三下，身后的墙壁悄无声息朝两边移开，露出一条深不见底的暗道来。

连洪眼中露出荒谬的神色，这座将军府他彻查了数遍，想不到居然还藏着这样一条暗道！

韩烨转身朝暗道中走去，冰冷笃定的话语伴着脚步声冷冷在通道中久久回旋。

“告诉连澜清，今日你们占孤国土多少，夺孤百姓将士血命几何，他日孤必加倍奉还，绝不姑息！”

他竟然就是大靖太子韩烨！连洪睁大眼，死死盯着青年消失的身影，心底生出强烈的悔意，自己竟会如此大意，亲手把机会送到韩烨手中，只望千万不要误了将军大事！

梧桐阁内，帝梓元沉默半晌，面对莫天的询问对着莫天的背影开口回了一句：“父亲早些年不愿西家再入战场，兄长死后更是不让我沾染兵事，云焕一介闺阁之女，兵法韬略不过尔尔，不敢在殿下面前妄谈三国之战。”

帝梓元面色如常行到案桌前，端详墙上悬挂着的西北地图。她声音里透出一抹不易察觉的冷凝，莫天狐疑地朝身旁的女子看去，却不期然撞进那双比前几日城墙下对谈时更清冷的眸子。

帝梓元以一种极有深意又漫不经心的目光朝莫天一扫而过。

莫天还来不及诧异，帝梓元已从桌上拿起一叠宣纸，右手抬笔蘸墨，顺滑而细腻的笔尖在砚台上重重一蘸，随着帝梓元的转身在半空中滑过利落的痕迹。

莫天几乎是赏心悦目地看着帝梓元以闲散又霸道的姿态握着纸笔重回窗边。

身着藏青大裘的女子俯下身，清俊的身影整个被笼罩在沉沉的衣袍下，只露出了一截握笔疾写的雪白手腕，他循着微弱的光亮，一点点朝上瞧去。

半张侧颜，眉轻如岱，发黑如墨，眼深如海。

不知他日凤冠后袍加于身，这等女子，与他携手共立北秦朝堂，会是何等风姿，何般光景？

不可预测地，莫天沉着眼看着这一幕，心底陡然生出莫名的柔软和豪情万丈的雄心，若是西云焕，他的帝国，愿与她共享。

他这个北秦帝王，冷心冷意地在王权之巅独立了半生，突然在这一刻，对这个出现在边境之城、以不可拒绝的霸道之姿打乱他所有部署的未来北秦皇后，动心了。

“不过既然殿下问了，云焕亦不敢不答。”声音传来，微微清冷，在莫天晃神之际，帝梓元兀然转身，随手将小几上的宣纸朝莫天扔来。

莫天抬手接住，定睛一看，怔住。

“山河表里潼关路，

宫阙万间皆为土。

兴，百姓苦；亡，百姓苦。”

宣纸上龙飞凤舞书着数行草书，千钧嘲讽之感迎面而来。莫天心底大怒，将手中纸张随手一捏，负手于身后，沉眼朝帝梓元看去，喝道：“西云焕，你好大的胆子，我问你如何看待三国之战，你竟言陛下昏庸无道，祸百姓之苦！”

“一将功成万骨枯。”帝梓元迎上莫天犀利的眼神，回，“殿下，对云焕而言，天下兵灾就是百姓之苦。北秦大军是策马南下连夺大靖数座城池不假，可殿下也不要忘了，这一年我们有多少北秦战士亡在大靖的国土上，永远不能魂归故里！”

又有多少大靖百姓，无辜惨死在你永无止尽的王朝野心里！

若不是此般境地，以帝梓元的脾气，早一脚踹飞这个北秦皇帝，揪着莫天的领袍喝问于他了。

“西云焕！”莫天戎马半生，开疆扩土，威慑北秦王朝，从未有人敢对他付诸此般话语，况且说这话的人还是他看重的女子，未来的皇后。他脑袋里冷静的弦陡地被拨动，一步跨到帝梓元面前，狠狠握住她的手腕，一把将她拉到面前来。

“你说得好听，倒是体恤百姓，怜悯世人。三日前我便告诉过你，我北秦无粮，气候艰难，不入主中原，百姓又何以有饱腹安乐的一日？”

莫天的力气极大，这一握更是怒竭而使，帝梓元被拉得步履踉跄，撞上莫天刚硬的身躯。她眉头一皱，借力站定，毫无所惧，“这不过是皇家兵临天下拓展疆土的借口，我们明明可以和大靖东骞互通有无，以物易物，不是只有战争和杀戮才能让百姓安乐。士兵死了，他们的家人吃得再好，穿得再暖，心也热不起来。”

帝梓元迎上眼，眼底拂过一闪而逝又浓重得难以让人忽略的悲痛：“殿下也是活生生的人，哪日殿下高坐朝堂，听闻亲族故友战死沙场，是会为坐拥冰冷的城池而高谈阔饮，还是会为惨死的亡者黯然自责？”

帝梓元眸中的目光比莫天沉冷的声音更坚定，那股子气势竟震得莫天不由自主地松开了她被握住的手腕。

若为战胜而高歌，是为不重亡者；若为亡者而殇，那战争的意义又何在？

他是皇帝，两者都不能选。莫天眯起眼，暗自沉吟，还好今日质问他的是西云焕，若是德王一系以士兵战死引起民怨为借口在朝堂上诘问于他，倒是一桩麻烦事。

房内气氛一时僵硬又尴尬下来，莫天还未想好如何回答，秀里秀气的敲门声恰合时宜地响起。

“公子，茶泡好了。”

卓玛的声音传来，莫天轻舒口气，“进来。”

卓玛推开门，见两人不似刚才一般从容，神情忐忑地朝房里挪了挪，却不敢有动作。

“把茶替西小姐泡好。”关着门两口子自己怎么吵都成，但不能被旁人看了笑话。莫天特好一口帝王面子，即便刚才争得面红耳赤差点拔刀相向，他还是摆出一副风轻云淡两人相处特和睦的模样。

卓玛挪到小几前替西云焕泡茶，正好横在两人中间，挡住了两人剑拔弩张的视线。

帝梓元见莫天服软，亦不再激怒他，她行到软榻上坐下，转了转被莫天捏得已经淤血的手腕。

莫天瞧见这一幕，自知理亏，不自在地咳嗽一声，气势一下就软了下来，把目光放在房内旁的东西上乱晃，“你也是学过武的，下次用内力躲开就是。”

“下次?”帝梓元横瞥他一眼，“你到底有几个胆子，等我做了你皇嫂，你还敢如此待我?”她的目光一直放在莫天身上，见他视线避开，飞快掏出个纸团放到卓玛手中。刚才她刻意以纸作答，便是为了将这道真正的命令写下来。

卓玛反手将纸团扔进袖子里，对着手中的茶朝帝梓元使了个眼色，泡茶的姿势行云流水，一点儿看不出异常。

背着身的莫天摸了摸鼻子，没看见两人的动作，破天荒地没计较帝梓元的嚣张霸道。

第二十二章

卓玛替帝梓元泡好茶，又端了一杯递到莫天面前，“公子，这是昨天将军从君子楼带回来的一品茶。”

莫天挑了挑眉，放在鼻尖闻了闻，神情里透出一股说不出的古怪，“他倒是跑得勤快，如今这等情形，就算见了又能如何？”说着边摇头边将茶一口饮进嘴里。

“不知殿下什么时候将连将军唤来，我想亲手将连家族老托付的东西交予连将军。”帝梓元的声音从身后传来。

莫天眉一皱，朝卓玛挥了挥手，“你下去吧。”

卓玛朝两人行了一礼，退了出去。

“连将军正在外堂大宴宾客，哪有时间来此处。如今你已经知道我的身份……”他说着朝帝梓元伸手，“我自然不会贪了这块连家令牌，你交于我便是，我一定转给连将军。”

莫天费了这么大的功夫就是为了拖住西云焕不让她单独见连澜清，可他没想到帝梓元自始至终的目的也是如此。

“殿下莫怪，我前几日便说过这是连家族老临死托付之物，除了连将军，我不会交给其他人。”帝梓元摇头，拿起小几上的茶抿了一口。

此时，将府外的小巷里。

君汉从一只飞鸽里取下密信递给君玄，“小姐，城外的军队有异动，已经集结朝城内而来，这是侯君命卓玛送出的消息。”

君玄闻言舒了口气，“看来卓玛已经把北秦王和连澜清的计划告诉梓元了，有卓玛在梓元身边，我也能放心一点。”她说着打开纸条，挑了挑眉，“梓元和我想的一样。君汉，令君家死士在一刻内倾巢而出，尽全力阻挠铁甲军围府。两刻内，我要见到狼烟燃遍所有城郊军营。”

“是，小姐。”君汉领命疾奔而去。

君玄朝不远处的施府看了一眼，调转马头，领着十五个死士朝五里亭而去。

如今她能做的只有相信梓元和韩烨能活着抵达五里亭，那之后，才是她的事。

与此同时，后院书阁内，久等不到连洪和李瑜出来的屠海终于察觉出不妥，冲进了书阁。

阁内，保持着僵硬姿态的连洪满头大汗。

屠海冲上前，朝连洪身上的穴道点去，却不想他纹丝不动，脸色更加惨白。

“好强劲的内力!”屠海失声道，“连管家，出手的人功力远高于我，属下只能用狠辣一点的方法了。”

连洪朝他眨眨眼以示同意，屠海把内力注入连洪周身大穴上。半刻后，连洪一声闷哼，嘴里吐出一口血，踉跄着朝地上倒去。

屠海连忙接住他，“连管家，出了什么事？李瑜呢？”

连洪朝身后的地道指去，“屠海，李瑜进了这条地道，告诉将军，李瑜就是大靖太子韩烨，你速速领人封了这条地道，把大靖太子找出来。”

屠海神情一重，朝外喝道：“来人。”几个侍卫推开门冲了进来。

他朝其中两个一指，“你们两个把连管家送回去见将军。”又对另两人道，“你们两个跟我去捉大靖太子。”

说着一马当先领着人闯进了暗道。

梧桐阁内，莫天神色冷沉地看着帝梓元，“西云焕，若是我皇兄在这，你也会如此大胆地拒绝？”见帝梓元就要摇头，他一拂袖摆，垂下身靠近她几分，“如不是以夫君言，而是天子令呢？”

帝梓元眉头一皱，没有回答。她要的是拖延时间，而不是彻底激怒莫天，惹他怀疑。真正的西云焕即便再狂傲不羁，也不会公然违抗一国之君的圣旨。

“她当然可以拒绝，你北秦王的天子令，对我大靖子民何用？”

毫不逊于莫天威仪的男子声音在房中突然响起，两人神情皆是一变，抬头朝右首的屏风处望去。

绣满漠北风情的金缕屏风后，一道挺拔的人影若隐若现。那人负手于身后，在帝梓元和莫天的注视下缓缓走了出来。

“韩烨！”北秦收藏着大靖皇室成员的画像，虽从未见过，莫天仍一眼就将韩烨认了出来。想不到他和连澜清设局诱捕韩烨数月，布下一个严防死守的施府，韩烨还是轻而易举地闯进了梧桐阁！

但此时韩烨的出现反而不及另一事能让他上心。莫天转过身，朝软炕上坐着的女子看去，若如刚才韩烨所言……

他看着帝梓元，缓缓开口：“你不是西云焕？你是大靖人？”他连问两声，一声比一声更冷更沉。

见西云焕只皱眉盯着韩烨，莫天更是恼怒，一把朝西云焕的手腕抓去，“告诉朕，你究竟是谁？”

他已怒急，这一伸间便带了七成内劲出来。只是不管是帝梓元还是韩烨，都似没看到一般，对莫天的攻势毫不忌惮。

凌厉的掌风没有如意料中落在帝梓元身上，反而是莫天身体一软，借力撑在软榻小几上才免掉了倒在地上的狼狈。他看着自己泛青的掌心，望向帝梓元，犹有几分不可置信，“你何时对本王下的毒？这茶明明你刚才也喝了。”他每日的饮食都有专人试毒，除了刚才这盅热茶！

莫天的目光在地上尚还冒着热气的茶杯上逡巡而过，“毒下在了杯子上。”莫天眼底露出一抹冷意，看向帝梓元，“卓玛是你们的细作！”

“陛下真聪明，一切如陛下所言，除了一点，我下的不是毒药，只是让陛下不能动用内力的麻沸散。”帝梓元端起杯盏抿了一口，答。

“你早就知道朕的身份，你好大的胆子，不仅用连家人临死托令的秘密来愚弄朕，还敢以北秦未来皇后的身份出现在朕面前！”虽受制于人，可莫天的帝王派头一点没少，喝问起帝梓元来威仪怒气不减半分。

“身份？我大靖王朝的靖安侯君，难道不比你一个北秦将军之女来得尊贵？”韩烨淡淡扫了莫天一眼，冰冷的眼神犹如逡巡死人。

“帝梓元？”尽管心中已有猜想，莫天仍是心头一震，他望着帝梓元，脸上露出复杂的神色。

面前这个让他动心又愚弄于他的女子居然就是一手打破大靖皇室十年构陷、和嘉宁帝两分天下的晋南家主，帝梓元。

“陛下不是也一直以楚王的身份来示人，不过立场不同罢了，谈不上什么愚弄。陛下最好安安静静地待在房里，梧桐阁外守着的侍卫再多，也不及我和太子两人手中之剑快。”

帝梓元没有理会莫天的讶异，只随口敷衍了他一句就朝韩烨看去。

她的目光在韩烨腰间墨黑的匕首上顿了顿，半晌，她迎上韩烨深沉难辨的黑瞳，缓缓开口：“韩烨，你不应该出现在这里。”

尽管刚才她想尽办法也只想把韩烨带到最安全的梧桐阁，但现在……她把玩着手中的杯盏，转了个圈放在小几上，碰出清脆的响声，终于站起了身。

“施老将军的骨灰藏在书房，你来梧桐阁干什么？”一刻钟前她收到君玄的密信才知施元朗的骸骨藏近郊，按照两人原本的计划，她拖住莫天，韩烨此时应该出现在书房才对。

“我看着北秦王喝下了卓玛送来的麻沸散，所以知道他伤不了我。你不可能知道我的安排，为什么你刚才也没有动？”

刚才莫天看起来只是怒急之下欲拉住帝梓元质问，其实两人都明白莫天用了七分内力，明显是想拿下帝梓元为质，可刚才韩烨连一点救她的动作都没有，分明韩烨也笃定北秦王使不出内力。

帝梓元站定在韩烨面前，掩在挽袖中的手微微握紧，压住瞳中几欲喧嚣而出的怒意，冷冷开口：“你是什么时候知道施老将军的骸骨不在施府的？又是什么时候对北秦王下了麻沸散？你入军献城究竟要干什么？”

明明此时施府危机四伏，府外两万铁骑围诛，两人命悬一线危在旦夕，可她却偏偏只想问个明白。前日夜晚两人相处的温情历历在目，她原本以为，纵使他日朝堂对垒韩帝必亡一家，可在这生死不知的西北边境里，她仍可将全部信任和自己的性命交付韩烨之手，但没想到……她放下边境城池安危，不顾洛铭西和君玄的劝诫执意来军献城，到最后却连韩烨一句真话都没得到，更甚者，在这场局里，她或许也只是韩烨运筹帷幄决胜千里的一枚棋子罢了。

最凉不过人心，原来便是如此。

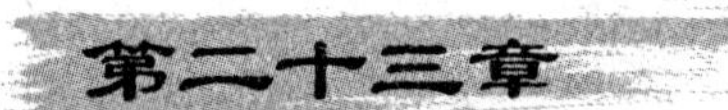

第二十三章

"出潼关前我就已经知道老师的骸骨埋在郊外施家陵园，同时也收到了北秦王秘密抵达军献城的消息。从一开始我就不是为老师的骸骨入城，他们以亡者之骨相诱围诛我，我为何不能将计就计潜回军献城？"韩烨缓缓开口，算是回答帝梓元的疑惑，"北秦王的吃食有侍卫试毒，但他每日饮的一品茶是连澜清亲自从君子楼带回，所以从无戒心。"

"你在茶叶里动了手脚？这不可能。"帝梓元皱眉。君子楼的一品茶茶叶从建楼起就分了等级置于大堂中随宾客自选，每日买茶的客人川流不息，韩烨又如何猜出连澜清会选中哪一盒？他总不能在所有茶叶中全下毒吧？

"茶无毒，但一品茶是热物，只要每日配上雪莲和鲟鱼相食，十五日后周身运功大穴就会被封，只要动用内力，体内沉毒就会发作，发作后三日内无法运功。"

莫天想到这半月厨房日日送来的鲟鱼和雪莲，神情更冷。原以为施府被守得铁桶一般，想不到竟有如此多的漏洞，看来他不止小看了帝梓元，更小看了这个大靖太子的能耐。

"为什么没有跟我说实话？"

"你不会答应。"韩烨墨黑的眸子里微弱的情绪一闪而逝，他避过帝梓元质问的视线，带着冰冷的目光朝莫天看去，"梓元，我太了解你了，如果知道我的目的，你一定会阻止我来军献城。”

帝梓元循着韩烨的目光落在莫天身上，“你是为了北秦王而来？”

韩烨真正的目的不止出乎帝梓元意外，就连莫天也颇为诧异。

北秦王干系三国兵戈之乱，以如今的局势，他就算自绝在军献城里，也不会甘心被带回大靖做俘虏。

一个被俘虏的帝王，日后断无资格再回北秦登上皇位。况且以北秦国内错综复杂的朝堂势力和彪悍的国风，恐怕莫天还没回北秦，江山就已易主。

“施府外屯兵数万，你如何把他带出去？就算能带他回去，北秦也未必会退兵投降？”

“谁说我要带他回大靖，一个死人，何必值得我费心。”

这话一出，帝梓元神情猛地沉下来，“韩烨，你在说什么混账话，你知不知道莫天如果死在军献城会有什么后果！”

“梓元，时不我待，如果不能尽快夺回军献城和云景城，三个月后这场战争只能以议和收场，我们在西北浴血一年，死了多少将士……”韩烨说着抽出腰中的匕首朝莫天看去，神色冰冷。

帝梓元拦住他，抓住他的袖摆的一角，“那也不行，你别忘了军献城内除了北秦铁骑，还有数万手无寸铁的大靖百姓，北秦王如果死在军献城……”无异于让这些无辜的百姓一起陪葬！

“梓元，我不能让安宁死不瞑目！”韩烨猛地打断帝梓元，声音莫名冷沉，又重复了一遍，“我不能让这场让安宁连命都丢了的战争只落个议和的下场！”

帝梓元神情一怔，眼底浮过一抹悲恸，拉住韩烨的手不自觉松了松。韩烨寻住这个契机，匕首出鞘，猛地朝莫天攻去。

莫天不自觉朝后一躲，瞳中只剩那飞快袭来的匕首银光。

“砰”的一声响，匕首插入额头的一瞬，雪白的瓷杯带着凌厉的内劲打断了匕首的攻势，只在莫天额头留下一道伤痕。

房间内死一样的沉默，鲜血循着额角溅落在地，韩烨看着挡在莫天面前的帝梓元，眉角带怒。

"我们的将士在西北浴血一年，为的是这块国土上的百姓，安宁战死在青南城，为的也是她的子民，如今你为了一场战争的胜负置满城百姓的生死于不顾，就算安宁地下有知也不会安息！"

帝梓元冷冷开口，迎上韩烨的目光，眼底袭上一抹极浅的淡漠，"韩烨，你要莫天的命不是为了安宁，你只是要一场属于韩家人获胜的战争，不要拿安宁来敷衍我。就连我来军献城，也在你意料之中，如你不陷入绝境，我亦不会入城，军献城内帝家积蓄数年的暗力又怎会倾巢而起，为你诛杀莫天逃离军献城扫清道路？此一战后，帝家在西北再无力可藏。"

她身后立着的莫天看见帝梓元藏在背后用力掷出杯盏的手微微颤抖，眼眸一深，望向帝梓元的神色带上了复杂之意。

如此聪明果断的女子，偏偏是大靖的靖安侯君，太可惜了。

帝梓元低叹一口气，看向沉默不语的韩烨，"好一个算无遗策，不愧是嘉宁帝的儿子。"她低低咳嗽一声，脸上现出一抹不正常的晕红，"韩烨，西北之战，是我输了。"

无论最后战局如何收场，君家和帝家的关系以及实力都无法再隐藏。本以为是生死相托的并肩而战，她为三国之战倾尽了全力，却在这场韩帝两家的博弈里满盘皆输。

铭西说得对，她和韩烨从十一年前开始就是死局，早已无法可解。

她和韩烨的情意终究赢不过天下江山和至尊帝位。

是她心存希望，与人无尤。

帝梓元眼中的淡漠伤感似是触动了韩烨，他薄唇紧抿，一句辩驳都没有。

面对事实，他亦无话可说。

恰在此时，无数道刺耳的惊雷声在府外同时响起，响声划破天际，整座城池都似被撼动。

三人同时透过窗户上细小的缝隙朝外看去，绛红的雷光染遍了半城天空，烈马嘶鸣和剑戟兵戈之声在府外依稀传来。梧桐阁外，本该闻讯而报的侍卫们却不见一点动静，安静窒息得莫名诡异。

"府外的铁甲军暂时被拦住了，现在是我们逃出去的最好机会。"不过瞬间，帝梓元便恢复了平时的冷静自持，她朝韩烨扬了扬下巴，眼微微眯起，“我不会让一城百姓死在我们手里，要么你取莫天性命，我立即让帝家死士退守城外，不再管城内之事，待铁甲军腾出手来围府，你失了北秦王为质，我们必死无疑。要么我们以北秦王为质出城，他活，我们活，满城百姓也活。”

“韩烨。”帝梓元轻叹一口气，“我最后一次把命交给你来定。”

从此以后，对你，我帝梓元再无半分信任。

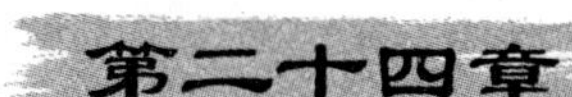

第二十四章

军献城位处漠北边境，百年来无论王朝更迭，其边塞要地的防守地位从未改变，当年建城之人考虑此点，把主帅府建在主城最后方，以图将其最后的抵御之力发挥至完美。城内只一条官道可由城外长驱直入主帅府，其余路径皆分散于城内各民府商宿中，军献城为漠北最难攻克的城池，除其高达数丈的城墙和护城河外，城内错综复杂的地形与建筑亦是原因。

是以城外的主将屠峰在接到连澜清的密令后当即下令让两万铁甲军化整为零，分散成小股迅速从各巷道赶赴主帅府。

但出乎所有人意料，这只北秦王和连澜清最为依仗的助力却在奔赴施府的途中遇到了出其不意又惨烈至极的阻挠。每只北秦骑兵所过的巷道上都埋满了火药，火药被引，烈马受惊，奔驰的骑兵惊惶中从马上跌落，军队顿时被冲散开来。

恰在此时，数道长啸声在城内此起彼伏呈接应之势接连而起，还未等深陷轰炸中的北秦骑兵回过神，巷道四周的房顶上无数道铁箭已成罗网状朝地上飞射而来。不过片刻，惨死在马蹄和铁箭下的北秦骑兵就已不计其数。

偌大的军献城在绛红的火光下陷入了爆炸和惨叫声中，原本因霜露节出门在外的大靖百姓除了最初的惊慌外，都在极短的时间内回过神镇定地躲回家中或附近安全的宅所，不少尚有武力的大靖青年在脸上抹了块黑布，躲在角落里悄悄对落单的北秦骑兵敲起了闷棍。

对于在敌国占领下屈辱又战战兢兢生存了一年的百姓，这一刻，他们等得太久。几乎是顷刻间，被掩藏在这座城池下将近一年的虚假和平被两国百姓毫不留情地用鲜血和屠戮撕碎。

主官道上，四周巷道里的爆炸声和惨叫声不绝于耳，屠峰一刀劈退一个黑衣死士，抹掉脸上的血水，黑沉的脸上满是愤怒和意外。

官道上厮杀的黑衣死士不过数百，却个个以一敌十，勇猛无畏，这群突然冒出来的死士简直犹如幽灵一般。况且提早埋下满城火药绝非一日之功，阻击的飞箭更是用精铁铸成，合纵袭击之势连一般的军队都难以做到。这群人不止是死士，更像一只强大无比的军队，如果施家一开始就有这股私兵，一年前的夺城之战不可能如此顺利！

“将军，军营传来消息，咱们的粮仓被烧了，战马也被人在混乱中放走，还有不少黑衣人潜进了军营，他们不止四处放火，还专门挑咱们百夫长以上的将领截杀，元副将说不能弃军营安危于不顾，还说连将军只下令两万铁骑入城，他不能随便动用驻兵。”回营调兵的小将一身是伤地退回屠峰身边，满脸沮丧。

元硕是德王的妻舅，平时好大喜功，最爱打着德王的旗号作威作福。虽平日里受连澜清制衡，却从不把屠峰放在眼底，想不到如此关键时刻却阳奉阴违坏了大事。

屠峰气得咬牙切齿，他看着官道上越战越勇不见半点退缩的黑衣死士大吼一声，“传本将令，全力前进，围诛主帅府，生擒大靖太子！若遇阻挠，杀无赦！”

他就不信，两万悍勇骑兵，还杀不绝区区千来个死士！就算是用命填，他也要填出一条到施府的血路来。屠峰一边怒吼，一边挥舞着大刀朝正在厮杀的黑衣死士冲去。

屠峰的悍勇和活捉大靖太子的豪言感染了彪悍的北秦将士，他们体内的血性被唤起，一扫刚才的惊惶，慢慢集结成队恢复了平日的战斗状态。

整座城池陷入了血战的泽海中，让两方人马拼死而战的旋涡中心却平静得诡异。

施府内，身披银白战甲手握长戟的将士层层围在梧桐阁外，肃杀的气息笼罩着整座主帅府，骇得阁外茂密的梧桐林里飞鸟绝迹。

梧桐阁内院的院门处，肃杀的铁甲军前，置着一方木桌木椅，桌上清香的一品茶袅袅生烟。连澜清一身湛蓝长袍，一手轻叩桌沿，一手端杯轻抿。他神色平静，半点未受府外延绵不绝的爆炸声和砍杀声影响。

连澜清身后，原本奉命守卫梧桐阁的侍卫统领屠山满脸沮丧地跪着，垂着头小声向连澜清禀告北秦王入阁后发生的事："将军，陛下拖着那位小姐入了阁，严令我们不得靠近，期间卓玛送了一回热茶进去，里头就没有动静了，门口守着的那个丫鬟在将军您来之前说要去方便方便，就，就再也没有回来了"。

屠山越说头低得越厉害，都快把脖子给埋进头盔里了。

连澜清朝阁门口跪着的卓玛看了一眼。脸色苍白的小丫头骇得瑟瑟发抖，不住地点头，"将军，我进去的时候，公子和那位小姐都好好的……"

连澜清沉着眼，一声未吭，半晌冷冷下令："屠山，救回陛下后，去你兄长处自领三十军棍。"

连洪立在连澜清身旁，舒了口气。屠海屠峰屠山三兄弟是北秦朝内有名的将门屠家的子孙，三人因仰慕连澜清而归于他麾下，屠家是如今连氏崛起的最大助力，如此处罚，虽重却不伤命，也算没寒了屠家的心。

他朝安静得诡异的阁内看了一眼，俯下身低声进言："将军，咱们为何不令高手从地道而入潜进阁内，杀他个措手不及，若是他们从地道内逃走，那陛下和西小姐……"

屠海领了两个侍卫入地道截杀韩烨，不仅没寻到韩烨的踪迹，反而身中数箭被亲卫给抬了回来。连澜清接到消息后没有搜府，而是在第一时间就下令调集所有铁甲军围了梧桐阁。

实事证明连澜清的猜测是对的，阁外数千铁卫围诛杀气震天，阁内却连一点动静都没有，显然是出了事。

连澜清摇头，"你看见屠海的伤势了，地道内机关丛生，以他的功力闯进去也是九死一生才逃出来，其他人又能如何。地道的出口已经被封住，有陛下为质，他们会用最正大光明的方法出来，至于那位西小姐……"连澜清眼一眯，声音沉了几分，"陛下警觉心非常，功力又不在我之下，能在阁外侍卫毫无所觉下制住陛下，你以为一个韩烨就能做到？她的丫鬟莫名其妙失踪又如何解释？桑岩从不离陛下身边，这次却不知所踪，也很是蹊跷。"

连洪一听此话，神情讶异，"将军是说西小姐有问题？"

连澜清颔首，"那个自称朗城西云焕的女子，恐怕不简单。"

那般气韵神采，还敢单枪匹马闯进龙潭虎穴，绝非常人。

连澜清话音未落，吱呀声响，梧桐阁正房的木门被推开。

漫天红光下，三道人影从里面缓缓走出。莫天脚步虚浮，额角血迹未干，神情苍白却不带半点狼狈。在他身后，韩烨和帝梓元并行而出，神色沉静，仿佛已经达成了某种默契。

三人脸上对阁外连澜清领重兵所围的现状未有半点意外，想来早已猜出阁外局势。

看见三人走出，连澜清轻舒口气，站起了身。他向莫天遥行了一礼，"陛下……"

莫天打断他，朗声道，"连澜清，朕受制于人，从现在起朕赐你调令城内军队以及营救之权，必要之时，可以不用顾忌朕的性命。"

连澜清神色一重，颔首回："是，臣遵命。"他说完抬眼朝莫天身后的韩烨看去，顿了顿，笑道："想不到太子殿下如此能屈能伸，为达目的，竟不惜向连某这个敌国臣子卑躬屈膝、委屈示好，为了今日之计，殿下用心良苦，瞒尽世人，真是好心计、好手段。"

韩烨仿佛没听懂连澜清话中的嘲讽，淡声回："比不得连将军用老师骸骨引孤回城的高义，北秦破城屠民弑师之恩，孤必不敢忘，他日……"他朝莫天微一抬眼，颔了颔下巴，"定加倍奉还于将军。"

漫天火光下，韩烨漠然而立，他的目光清冷，对着围诛他的连澜清和数千铁甲军，如是开口。

阁内阁外，都因这分外冷沉的目光和话语而心底一寒。未来大靖帝君的绝杀之言，绝对重若泰山，言出必践。

连澜清负于身后的手猛地一握，又缓缓松开。

不愧是施元朗用心教导拿命来尽忠的大靖太子，得此一言，施元朗泉下有知，也算能瞑目了。

帝梓元扫了韩烨一眼，眼底微弱的情绪一闪而过后只剩淡漠。

她从不怀疑韩烨的卫国尊师，可却再也不敢忘……他的野心和忠君。

"殿下好气魄，深陷我大军围诛也敢说出此等狂言，好，殿下今日如能逃脱，他日连某恭候陛下复仇之师。"

连澜清大笑，转头望向帝梓元的方向，狭长的凤眼微扬，突然开口："如果连某猜得不错，阁下该是那位名震天下的前大靖太子妃，如今的靖安侯君吧？"

第二十五章

"晋南帝梓元。"

帝梓元朝连澜清颔首，只淡淡这么一句。既不应连澜清前大靖太子妃称号的挑衅，也未应嘉宁帝所赐的靖安侯君之位。

莫天听见此话，神情一松，嘴角勾起嘲讽的弧度朝韩烨看去。韩烨神情未变，瞳中却拂过一抹极淡的异色，又转瞬不见。

连澜清若有所思地看向帝梓元，恍然大悟般开口："瞧我这记性，帝家主见谅，连某这一年征战沙场，身有旧疾，脑子犯了糊涂，有些事儿一时没记起来。连某只记得大靖的皇帝陛下让帝家主承袭了靖安侯位，倒忘了帝家一门百多口人命和那八万帝家军是死在大靖慧安太后的手上……"

他笑了笑，俊美的脸上实在瞧不出善意，"只是连某实在想不通，帝家坐拥晋南数城，帝家主雄才伟略，一声高呼足以自立为王，何必为了灭门仇人卖命？若三国大战后大靖皇帝效仿其母过河拆桥，帝家主岂不是落得个和令尊一样的下场？"

一年内连澜清在北秦朝堂连跃数级，于武将中只位于鲜于焕之下，除无可撼动的军功外，其心智权谋之术亦不可小觑，他三两句话便将韩帝两家血淋淋的嫌隙和血仇摆在了台面上。韩烨当即神色更沉，眼底的冰霜之意让院里的温度都冷了几分。

这话杀伤力实在太强，就连一向沉稳的莫天在为自家狡猾的心腹大将赞了句好后也忍不住朝帝梓元瞧去。

几万条人命堆砌起来的两家仇怨，帝梓元怎么会甘心为了韩家皇朝在漠北边境里出生入死，毫无怨言？

梧桐阁内一时安静下来，帝梓元眼底有一瞬间的晃神，她突然想起父亲生辰那年她从千里之外的京城赶回晋南时，枫叶燃遍的九华山上靖安侯立在山巅对她说的话。

君重不如国，国重不如民。梓元，此话，你当谨记。

十几年过去，这句靖安侯留下的遗言，帝梓元从不曾忘。

“当年种种是非孰对孰错，韩帝两家恩怨几何，我帝家自有决断，还轮不到你来置喙。君重不如国，国重不如民，帝家庇佑的是整个大靖，我帝梓元保护的也不是韩家，而是在我身后这方国土上的大靖百姓。”帝梓元轻扬眼角，负手于身后，瑰丽的脸庞上袭着睥睨天下的不羁，“昨日你屠我同胞，破我城池，今日你就是我帝梓元必诛之人。连澜清，我大靖的国事，连北秦王都无资格插手，遑论于你？”

我没有忘记家仇，却永远不会将氏族权谋之争置于国家百姓之上。

谁都没有想到帝梓元会说出这样的话，但偏偏她说出来，却仿佛生而为此，一生践诺。

帝梓元的回答让韩烨紧绷的身体一点点放松下来。

莫天的目光落在帝梓元身上，全新而审视，从今以后，帝梓元于他，已不再是敌国属臣如此简单。

她身上有着不逊于一国皇帝的胸襟和智慧。莫天怎么都没料到，那个有着大宗师实力却龟缩在晋南一隅的前帝家家主帝盛天居然花十年时间造就了一个帝王之才。

帝家有此二人在，百年兴盛已成定局。

梧桐阁院落里静默半晌，连澜清收了脸上的挑衅嘲讽，略微怅然笑道：“侯君好气魄，连某汲汲小计，看来是入不得侯君之眼。”

他此时已知帝梓元心智之坚远胜常人，寻常的挑拨离间在帝梓元身上没有半点作用，反而会落个自讨没趣的下场。

不过连澜清是何等心性，他脸上不见半分尴尬，朝帝梓元拱手道："可惜连某和侯君各为阵营，连某虽仰慕侯君高义，今日也要留下侯君和殿下，请两位去我北秦王宫做客。"

随着连澜清话音落地，四周院墙上身负羽箭的铁甲军跃然而起，他们手握长弓，齐齐将森冷的箭矢对准了韩烨和帝梓元。

前路被封，空中被围，任谁看来韩烨和帝梓元都已是瓮中之鳖，只能任人鱼肉。

"连将军，别忘了，莫天陛下的性命也在孤的手中。"韩烨向前移一步，抵在莫天腰间的匕首更进一寸。他所立的位置，不偏不倚正好将帝梓元护于箭矢所射的死角中。

帝梓元瞳中极快划过一抹情绪，又归于沉静，但到底沉于眼底的郁色淡了些许。

"若不是顾及我王安危，这些利箭早已射在殿下和靖安侯君的身上了。大靖失了统帅，边关千里之里守不过三个月，这场仗打下去我不会输，又何需一个活着的殿下和贵国皇帝谈判。"

韩烨只要被留在军献城里，是死是活，对连澜清而言根本就不重要。

"若是殿下审时度势，放了我王，连某保证不伤殿下和侯君的性命，还奉两位为上宾。殿下是大靖正统的继承人，贵国皇帝必会不计代价救您回朝，殿下何必争一时义气，毁了将来君临天下的机会。"

韩烨嘴角上扬，半点不为连澜清的话所动，"好一个舌灿莲花的连将军。孤不过太子之位，朝堂有帝君，边关有守将，就算孤死在军献城，大靖也不会乱。不过若是莫天陛下死在军献城里头，怕是北秦国内再无宁日，将军能否继续领兵都是未知之数，又如何赢这场战争？"

他朝一直神情淡定的莫天看去，"有莫天陛下相陪，军献城为孤埋骨之地，又有何妨？"

连澜清被反将一军，凤眼微眯，挥了挥手，他身后的铁甲军让出一条路来。

一个身着布衣的老汉被侍卫用刀架着踉跄而出，这人头发花白，满是皱纹，老朽的眼底带着一丝寻常百姓没有的坚毅。他看见韩烨，眼眶一红，本来执拗又沉默的神情一变，顿时激动起来，但他口不能言，努力昂着被统领刀压着的脖子看着韩烨，胡乱地用手比画，看上去狼狈又心酸。

见老人这副模样，韩烨脸上的冷静裂开，神色明显有了怒意。

“这是施府的老仆人，听说殿下曾在军献城驻守过三年。想必还记得此人吧？”连澜清抬手指了指地上跪着的老人，却又只匆匆扫了一眼。

“李叔……”韩烨低声唤道，神情自责。

李忠懂唇语，看见韩烨唤他，敛了激动的情绪，执拗的老人默默跪在地上，朝后缩了缩，极恐自己会掣肘韩烨。

“一介老仆，手无缚鸡之力，不能损将军分毫，想不到也会成为连将军用来威胁孤的筹码？”韩烨冷冷看向连澜清。

“施老元帅曾经最信赖的近身侍卫，当年冠勇三军的先锋，即便是老了，本将也轻视不得。如没有这位潜伏在府内，殿下又怎会对将府内的布兵了如指掌，提早知晓施元帅骸骨早埋园陵之中。”

当年李忠追随施元朗征战天下，为施家军里头最悍勇的先锋，以他的军功封侯亦有可能。只可惜一次追敌途中他遭受埋伏，被敌军重伤头部，虽然捡回了一条命，却从此口不能言，耳不能听。施元朗有心送他回乡颐养，却被他拒绝，执意留在施家。

自此以后当年的先锋李忠成了施家的忠仆李叔，一晃就是二十五年。施元朗早已将施府的暗桩交给李忠掌管，在外人看来，李忠不过是施家伙房里一个不起眼的聋哑老头，没有半分威胁。

韩烨皱眉，眼底极快拂过一抹疑惑。这些年知晓李忠身份的不过一掌之数，连澜清又是如何得知？若不是极笃定李忠的身份不会被人知悉，他绝不会让这个在施家尽了一辈子忠的长者接应如此危险的事。

李忠在看见连澜清说出这番话后脸上同样露出了犹疑之色，他紧紧盯着连澜清，陷入了沉思。

随着连澜清的话落下，压在李忠脖子上的刀又近了几分，他脖子上落下鲜红的刀印。

“你想如何？”韩烨眼中神情一沉，朝连澜清看去。

韩烨少年时戍守军献城住在施府时便是李忠负责他的饮食起居，每每夜里和施元朗推演兵法时，也总有李忠挑灯照料相陪。一年前施府里的人在守城之战里死了个干净，如今剩下的不过这么一个李忠。

帝梓元意外于韩烨对李忠的看重，却没有对他欲救下这个老仆出声反对。

“只要太子殿下和侯君束手就擒，放了我王，连某绝不伤……”李忠……连澜清话音一顿，滑到嘴边的“李忠”两字生生咽回了口中，“这位老仆一分一毫。”

他停得极快，却没有被一直紧盯着他又善读唇语的李忠错过，在清晰地看见连澜清嘴中出现自己的名字时，跪在地上的李忠神情大变，猛地起身朝连澜清撞来。

押住他的侍卫一时不察，竟让李忠冲到了连澜清身前三步远之处。

屠山从连澜清身后跃出，手中刀柄扫出击在李忠肩上，本就狼狈的李忠连退几步，一口血吐出，肩上骨头碎裂的声音在梧桐阁内格外真切，但他死死望着连澜清，像是没感觉到疼痛一般重新不要命地扑了上来。

此时李忠眼底除了滔天的怒火和愤恨，再无其他。

就算连澜清能查出他暗桩头子的身份，可自二十五年前他入施府开始就抛却了自己的姓名，这些年来，除了施家父子和太子，他的本名只写给一个人看过——

那个十岁就养在施家，他和老元帅用尽心血教导、报以最殷切希望却背叛了军献城的弟子！

他活着，他居然还活着！在害得施家满门尽丧、一城百姓被屠后，他居然还活着！

李忠眼底的疯狂让所有人震惊，屠山神色一正，手上长刀未停，直直朝李忠而去，眼见着就要卸掉他两条胳膊。

韩烨神情大变，就要出手相救，却有人比他动作更快。

一双修长的手稳稳地托住了屠山手中的长刀，挡在了两人之间。

第二十六章

屠山乃北秦军中赫赫有名的猛将，他这么一劈力若千钧，但凌厉凶猛的刀刃却被人用手生生截住。

连澜清神情冷然，挡在了愤怒癫狂的李忠身前。

屠山看清拦刀的人，神情错愕，他朝刀刃上一瞥，急忙松开手，后退一步有些不知所措。

鲜血顺着刀刃滴落在地，那柄华丽锋利的长刀仍被连澜清握在掌心，他低垂着眼，眼中的情绪被尽数藏住。

清俊的身影立在李忠面前，恍惚间竟有种守护的意味。梧桐阁内外一阵沉默，除了北秦王莫天，所有人面上都浮过显而易见的疑惑。

莫天眯着眼远远凝视连澜清，眼底讳莫如深的情绪一闪而逝。

终究是被大靖养了十年，人心这个东西，最是难测。

清冽的一声响，连澜清把刀扔到屠山面前，淡淡开口："屠山，你难道忘了我军中禁令？无论北秦大靖百姓，凡我军中，不得伤老弱妇孺性命。"

屠山连忙跪倒在地，丈高的汉子面上涌着委屈，"将军，末将是看这人要伤你，这才，才……"

十一年前云景城被破，连氏一族老少被劫杀于无名谷，连澜清执掌帅印后颁下的第一道军令便是不得伤两国妇孺老幼。

“他伤不了我，起来吧。”连澜清开口打断屠山的话，转身看向被侍卫压在地上的李忠。

身形佝偻的老人四肢伏倒在地，头发散乱，衣袍沾满尘土，口中鲜血喷涌在脸上，整个人狼狈不堪。

连澜清迎上李忠癫狂的眼，声音清冷，“你杀不了我，何必螳臂当车，自毁性命。”

连澜清这句话犹若丢进沸水里的冰石，一下子让疯狂的李忠安静下来。他死死看着连澜清，一点点垂下头，眼中愤怒的神采消失，悲寂的眼底只剩死寂。

见李忠不再自残性命来反抗，所有人都松了口气。

“太子殿下，连某还是刚才那句话，只要你和侯君束手就擒，连某定将两位奉为上宾，也会留这位李老将军一条命。”

连澜清看向韩烨，朝一旁摆摆手，示意侍卫将李忠架起来面向韩烨。

看着半跪在地上的李忠，韩烨唇角轻抿，向来果敢的眼底露出一抹凝重迟疑。

于他而言，天下战局绝对重于一人生死，可若连李忠也保不住，偌大的施家就只剩诤言一人，一年前他没能保住安宁……

“韩烨，罢了。”帝梓元的声音响起，透着一股难言的萧索，“人死了，一切成空，有些事不必成日后遗憾。即便被擒，我们只要活着，就还有机会。”

帝梓元的话让韩烨的神色愈加松动，莫天和连澜清同时松了口气，想不到一直不肯退让半步的两人最终竟会为了一个老奴甘愿被擒。

韩烨深吸一口气，心底有了决断。他看向连澜清，推着莫天向前一步，“连澜清，孤答应……”

韩烨话音还未落定，一直望着地面的李忠突然伸出手抓住抵在自己脖上的长刀，刀刃入掌，鲜血直淋，压着他的侍卫被他的动作静得一怔，下意识松了松手里的长刀。

李忠抓住机会用头狠狠撞向仍握着刀柄的侍卫，未等众人回过神，他已经硬生生徒手将刀夺下脱离了北秦侍卫的压制，踉跄着站在对峙的两方人马之间拿刀指向了北秦王。

一切变故只在一瞬之间，连澜清几乎是反射性挥手，屋顶上成百上千支森冷的箭矢立时齐齐指向李忠。

阁内的形势因为李忠夺刀瞬间逆转，连澜清失了威胁韩烨的棋子，但李忠身负重伤，韩烨想要带着他逃出城也几乎是不可能的事。

箭矢齐发，但连澜清的手停在半空，却始终没有挥下。

李忠仿若未注意到箭矢齐围的胁迫，只是将目光放在了大靖太子身上。

他一身是伤，肩骨碎裂，却握着带血的长刀立得笔直。他眼中的戾气和愤怒不知从何时起尽数化去，只剩下遗憾和平静。

死有何惧，数十年后，谁人不过一抔黄土。

韩烨突然明白了这一眼的含义，这个守护了军献城一生的老将怎么能容忍自己成为这一城百姓的拖累？

韩烨沉默地看着李忠，他神情中看不出一点异样，眼底却掀起能席卷一切的悲恸。

帝梓元几乎是立时间就感受到了韩烨的情绪，她看了李忠一眼，心里划过一抹了然。

李忠以手抚肩行下臣礼，对着韩烨的方向无声地动了动嘴唇。

“殿下，保重。”

您保重性命，也请保重这一城百姓的性命。

万千箭矢数千铁甲军下，这一句，非沉埋施府二十年的老奴对曾在这座府里受过他三年照拂之恩的韩烨开口，而是二十年前的虎贲之将对大靖太子的恳求。

突然，李忠脸上浮过一抹决绝，握刀的手猛地向上一抬。

这一切不过瞬息之间，连澜清神色一变，立时抓起一旁小几上的茶杯朝李忠握刀的手腕击去。

这一击，甚至带上了微不可见的急切。

恰在此时，一直若隐若现的爆炸声和刀剑相碰声在施府门外骤然而起，屠峰率领的铁甲军终于杀到了府门前，同时他也遇到了这一战里最为惨烈的阻挠。

漫天火光，刀戟铿锵，却没有长刀划过脖颈鲜血冲向半空的惨烈直指人心。

连澜清扔出的茶杯终究迟了半步，没能阻住李忠的必死之志。

从半空跌落砸成碎片的杯盏染上汹涌而出溅落在地的鲜血，一地赤红。

李忠最后朝连澜清望了一眼，回转头用最后一口气把手中的刀无声地在半空挽过一个刀式。

砰一声响，李忠直直朝着韩烨的方向跪下，他手中长刀杵地，支撑着身体。他始终不曾闭眼，也始终未曾倒下，却已没了声息。

这位老将，到最后也没有放弃守护这座城池。

这场景太决绝、太惨烈，梧桐阁内外唯剩死一样的沉默。

连澜清亦是，他仿佛没有回过神，死死望着李忠跪在地上的背影，脸上现出不正常的苍白。

过往十年，这个身影曾视他如亲子，一手照拂他长大。

没有人看见，他掩在袖袍中的手难以自抑地颤抖。

“尔等记住，他叫李忠，嘉宁帝十七年受封于孤，是我大靖王朝的二等虎贲将军，不是无名无姓的聋哑老奴。”

冰冷又威严的声音突兀响起，韩烨朝满园北秦士兵望去，凡他目光逡巡之处，北秦士兵无不呼吸一滞躲开了眼，最后，韩烨的目光停在了连澜清身上。

“连澜清，你与孤的血仇又增一桩，他日，孤必加倍奉还。今日就算孤死在军献城，也绝不如你所愿。”他话音落定，放在莫天腰间的手猛地划向脖颈，在莫天颈间留下一道血口。

“你想要孤的命，就用北秦王的性命来陪。如果你不想让北秦王死，就退兵出府容孤出城，五里亭孤自会放北秦王归来。”韩烨每说一个字，莫天颈间的血口便越深，鲜血自他颈间流下，竟和刚才李忠自尽的伤口极其相似。

李忠的死让北秦一方失了压制韩烨的筹码，连澜清神情冷凝，难以决断。

“没有朕的谕令，铁甲军不准退出施府。”连澜清踟蹰间，莫天的声音淡淡响起，他面上因失血过多而愈加惨白，却不见一点慌乱。

“朕两万铁甲军围诛你二人，若因受制于你让你和帝梓元毫发无伤地走出军献城，朕岂不成三国笑柄。韩烨，你不怕死，难道朕会怕。”

莫天转头迎向韩烨，任由匕首使颈间的伤口加深。

“朕若不顾忌性命，你又能耐朕何？朕登位数载，从不受制于人，今日亦是。韩烨，朕给你两个选择，一是和朕一同血洒施府，此后云夏之战、天下疆土，皆与我二人无关，朕只当天命亡于此，皇图霸业随朕一起长埋地底。”

莫天好整以暇顿了顿，“当然，既然朕不能活，只得可惜靖安侯君这条性命了，她为你而来，倒让朕在黄泉路上多了个伴，倒也不算寂寞。”

韩烨神情一冷，开口：“陛下不惜以性命相胁，好气魄，孤想听听第二个选择是什么？”

“第二个选择……只要你答应朕一件事，朕不仅不取你性命，更会立即下令打开城门亲自送你出城。”

韩烨眉眼一扬，“你要孤应允何事？”

莫天朝帝梓元的方向看了一眼，俊美的脸上露出一抹意味不明的笑意。

“韩烨，朕要你大靖的靖安侯君帝梓元。”

第二十七章

莫天的话一出，梧桐阁内的气氛一时莫名凝滞下来，就连连澜清眼底也拂过讶异之色。

帝梓元在大靖虽位高权重，亦是用兵奇才，但绝对比不上大靖太子对西北局势的重要。用一城兵力围诛二人，结果弃韩烨而留帝梓元，岂不荒唐？

莫天像是没看到韩烨陡然沉下如有实质的冰冷目光，转头去瞧帝梓元的反应，神情却一怔——帝梓元一双墨黑的眸子放在韩烨身上，显然正在等他的答案。

随着韩烨沉默的时间越久，帝梓元眼底泛上了淡淡的自嘲。

韩烨虽重江山，却或许未想过取她性命，但倘若自己被北秦所俘，国内局势便会瞬间扭转，洛铭西和帝家属臣受掣肘，断不敢再在朝堂上制衡嘉宁帝，也无力再颠覆韩氏江山，对韩烨这个大靖太子而言恐怕是最好的结局。

一腔情意奔赴军献城，却落了这么个答案，尽管帝梓元心性非常人，终是意难平。她垂眼，胸中浊气难吐，疲惫地叹了口气。

满园静谧，施府外却是火光震天，战斗持续了半宿，白昼将至。将府大门口的撞击声和打杀声愈加激烈，仿佛顷刻间这座府邸便会被战火所席卷吞没，君家的暗卫死伤殆尽，将前来和连澜清汇合的北秦骑兵始终阻在了门外。

没有人注意到，一道不起眼的火箭从府偏门方向上空射出，消散在漫天火光和厮杀声中。

除了一个人，韩烨。

突然，毫无预兆般，韩烨在满园之人的等待下，迎上莫天的挑衅，终于开了口：“莫天陛下可听过我朝太祖的遗旨？”

帝梓元的叹气在韩烨的话语中悄然停下，她抬首朝韩烨看去，那道遗旨？

“韩太祖的遗旨？”莫天一愣，忆起十几年前那道曾天下闻名的谕旨……

“上承于天，斯得重任。”未等莫天回答，韩烨清冷的声音已响彻在梧桐阁内，“我朝太祖传诏遗旨中曾为靖安侯留下此言，陛下当知靖安侯于我大靖之重与我父皇继承韩家天下一般郑重。”

他对着莫天，一字一句矜然开口，带着睥睨天下的理所应当和霸气：“我大靖的靖安侯君，莫天陛下，你，要不起。”

你，要不起。

天下间居然有人敢对他堂堂北秦帝王说出这种话！莫天神情一冷，眼底生出冰冷的杀意和怒气。

如此情景，如此话语，偏生是为了夺帝梓元，也偏生这四个字出自韩烨之口，于莫天而言，恐怕数前往后这一辈子，再难对一个人生出如此凛冽的杀心。

帝梓元负于身后一直紧握的手微微松开，她静静看着韩烨如刀削一般的侧颜，始终未曾言语。

上承于天，斯得重任。

那个长者曾赐她一世荣耀的话语，也是她过往十年从不愿提及的过往，她从未想过，这八个字，于韩烨而言，受此重，是此意。

可就算如此，又如何呢？

她和韩烨终究隔了一朝天下，两族血仇，在被这么算计一次之后，哪怕是在这生死与共的沙场，也再难托付信任和情意。

“吉利！”

满园士兵还未从韩烨霸道的话语中回过神，随着韩烨一声冷喝，十来道剑光突然升腾在梧桐阁上空化成剑阵，无可比拟的剑气从半空落下朝梧桐阁屋檐上围诛的羽卫军而去。

轰然声响，碎石漫天，这一剑之下，梧桐阁右侧的屋檐竟然倒了一半，连哀号声都来不及响起，那些身着盔甲手握重弓的羽卫军就已血肉模糊，死伤无数，惨烈无比。

这一击太过震撼，剩下的羽卫军无需莫天开口便将手中的百支森冷铁箭指向了空中，园中的铁甲军迅速化成方阵，以盾护身，刀戟朝天。就连连澜清也抽出了腰中软剑，冷沉地望向半空。

不过一击，整个施府内便化成了战火核心，两方人马互相对视，杀气四溢。

尘土散去，梧桐阁上空的光景现于众人眼前。

十道蒙面身影如幽灵般伫立半空，这些人赤衣裹身，眼神冰冷孤傲。在他们前面，一道瘦高的人影远远朝韩烨的方向行了一礼，显然便是韩烨所唤之人。

虽只有区区十人，但这些赤衣人身上的威压竟毫不逊于两万执戟而待从战火中浴血而出的铁甲军。

“你们这些混蛋！还我弟兄们的命来！给我射！”赤衣人完全现于空中的那瞬间，被属下惨死所刺激的羽卫军首领红着眼就要下令百箭齐发。

“住手，给朕停下！”莫天一声冷喝，打断了箭在弦上的攻击。

他和连澜清脸上的神色在这些人出现的时候，完全沉了下来，甚至隐隐有些苍白。他们不是普通的士兵，自身武艺本就不凡，但这些人出现前他们丝毫没有察觉，而且他们手中无剑，可刚才那十道剑光化成的绝杀剑阵明明出自这十人之手……

以气御剑，准宗师，十位准宗师。

区区一个军献城内，居然出现了十位准宗师！

莫天长吐一口气，压下眼底的震撼。

云夏大陆从几百年前开始就有个不成文的规矩，凡入大宗师之列者，超脱世人，天下纷争皆不可插手，宗师和准宗师却不受此例约束。二十几年前云夏大乱时，韩子安能在十年内平定北方，也和其准宗师的武力脱不开干系，更何况他还得到了当时已入宗师之列的帝盛天的鼎力相助。可天下间宗师和准宗师屈指可数，倾他北秦之力召集十位准宗师都是难事，但在如此一座边境之城里，韩烨竟能轻易为之，简直匪夷所思。难怪韩烨身为一国太子三军统帅竟会亲自涉险，原来是有此依仗。

十位准宗师，除非两万铁甲军死伤殆尽，否则绝对留不下韩烨和帝梓元。他和韩烨手中的底牌都已亮出，他五万军队围城，终究也没占了半点上风。

好一个大靖太子！

“陛下惜命，孤也非不将自己和靖安侯的性命放于眼中之人，刚才孤所提议的五里亭之约，不知陛下此时可有决议？”

韩烨将匕首从莫天颈间拿下，负手于身后，道。

此时两方人马实力相衡，莫天内力被禁，他无需再以匕首相胁。

虽有十位准宗师压制，莫天依然未露半点惊慌，坦诚开口：“你本就是为取朕性命而来，如今更有这十人相护，朕若随你至五里亭，这条命岂不随你拿捏，朕，如何信你？”

韩烨沉默半晌，道：“孤以一国储君的身份作保，五里亭外，绝不伤你的性命，定安然放陛下归来，但……”

莫天脸上的神情还来不及缓和，韩烨朝地上早已冰冷的李忠看了一眼，铮然之声复起，“自此日之后，将来两军对垒，国家相争，孤即便穷一生之力，也必取你性命。你北秦王莫天，此生，必亡于孤之手。”

铿锵之言，以内劲之力响彻梧桐阁内外，那十位准宗师和两万铁甲军的杀气皆被韩烨眼中浓浓的战意逼得气势一滞。

君王之诺乃立鼎天下之言，韩烨身为大靖太子、未来的一国之君，当着两军之下所说的话，必为天下所知所重，莫天原是想逼得韩烨在众人面前以储君之名立下承诺，却不想竟听到了这样一句话。

此生，必亡于他之手。——大靖太子韩烨，给他递上了一封不死不休的战书。

“好，好！”一声长笑从莫天口中而出，他灼灼看着韩烨，骨子里北蛮勇士的好斗之血被韩烨唤醒，“韩烨，你这封战书，朕应下了！朕就等着，看你有生之年，如何取朕性命！”

他说罢转身，朝连澜清一挥袖摆，豪气干云半点不输韩烨，“澜清，开府，吹停战号角，朕亲自送太子离城！”

连澜清颔首，打了个手势，他身旁的传令小兵拿出一只号角朝天吹去。

高亢凌厉的号角声呼啸入天，一道道此起彼伏朝府外传去。号角响起的一瞬，君家独制的烟花从施府中隐蔽地射向天空，不过半刻，战火满溢的城池中酣战一宿的两方同时收到了这两道意义相同的命令。

议和，停战。

第二十八章

府门外，屠峰刚刚扛下领头黑衣人凌厉的一刀。他甫一收到此令，连退两步才稳住心神，虽神情惊讶，但仍皱着眉猛一挥手，大喝一声："鸣金，收兵！"

君汉朝天空看了一眼，一声长啸，领着黑衣人朝四周掠去，顷刻间退得干干净净，城内各街道中激战的两方大多如此，只留下零星几处战斗。

天空泛白，满地狼藉的军献城在战斗了一夜后重新恢复了安静。施府门外，屠峰领着铁甲军将府门围住，神情紧张慎重。

施府里到底出了什么事，竟然能让陛下在五万大军围城的绝对优势下选择罢手言和？

吱呀声响，厚重的施府大门被缓缓推开，晨曦之下，门内的光景现于众人面前。

韩烨、帝梓元、莫天齐身而出。他们身后，吉利背着李忠的尸体领着十位准宗师和连澜清的铁甲军隔着十步之远的距离分随两边。两方人马看似偃旗息鼓，却犹若箭在弦上，紧绷之感十足。

连澜清先走出府门，朝屠峰挥手，"传令下去，开城门，准备马匹，让开一条道让太子和靖安侯离去，其余之事无需多问。"

"是，将军。来人，牵马过来！"屠峰只朝脸色苍白略带狼狈的莫天和那十道赤衣身影看了一眼便明白了局势，他压下心底的不甘，一边吩咐士兵，一边带着铁甲军退到一旁。

不过片刻，十几匹健硕的北秦马匹备妥。连澜清让到一旁，沉默地等着府门前的三人决议。

莫天一马当先跨上马，略带挑衅地朝韩烨和帝梓元望去，到这时他都不愿落韩烨半点下风。

局势已尘埃落定，有十位准宗师在莫天也掀不起大浪。帝梓元挽袖一折朝莫天身后的马走去，还只迈出半步就被一股大力拉住，待她反应过来，已被韩烨拢在怀里坐在了马上。

帝梓元眉头一皱就要下马，手腕上被握住的地方却被钳制住，她动了内劲亦完全挣脱不开，她低低咳嗽一声，苍白的脸上现出一抹不正常的红晕。

“韩烨。”从十位准宗师现身梧桐阁起便未曾言过半句的帝梓元低唤一声，淡漠的声音里带了一抹警告。

听见帝梓元咳嗽，韩烨的手微不可见地松了松，却始终未放开，他叹了口气，安抚道：“梓元，北秦的羽卫军天下闻名。”

帝梓元朝施府四周的房檐上扫了一眼，暗藏的羽卫军不计其数，森冷的箭矢万箭待发。

两人动作虽细微，却被莫天瞧了个真切。他难得的心里不是个滋味，沉哼一声，一扬马鞭率先朝城外而去。

韩烨见帝梓元不再固执下马，抬腿一夹马肚跟上了前，吉利和赤衣人紧跟其后，连澜清领着十来个亲兵不远不近地跟在两拨人马之后。

不过片刻，一队人前后疾奔至军献城城门下，早收到消息的守城将领大开城门。莫天越门而出时没有半分停顿，直奔五里亭方向，倒是韩烨在出城门百丈远时收住缰绳朝后望了一眼。

巍峨的军献城烽火狼烟、沉默哀鸣，北秦的旌旗在城头上空肆无忌惮地飞扬。

“我们会回来的，梓元。”

韩烨的神情沉默得异常，帝梓元循着他的目光望去，不知为何，心底有些悲凉，她没有出声，但被韩烨拢住的身体终究不再像刚才一般僵硬。

军献城在众人身后远去，逐渐消散在风沙中。半个时辰后，被一片梅林包围的五里亭已隐约可见，五里亭在方圆百里内也算小有名气，漠北气候干旱，难得有如此胜景，战火虽甚，却未将此处破坏。

莫天和韩烨几乎同时抵达，赤衣人一直紧跟在韩烨身后。连澜清率领的亲兵围拢成半圆跟在百步之外。

“莫天陛下，孤并非不讲信用之人，日后相争，你我自有输赢，你走吧。”韩烨朝后挥手，吉利领着赤衣人散至两旁，让出一条道来。

莫天眼底一直紧绷的沉色缓了缓，笑道：“听太子殿下此意，倒是笃定会赢朕。”他眼一扫，不知怎的瞧见了韩烨放在帝梓元腰间的手，眼一深，竟在如此关键之时生出了挑衅之意。

莫天意味深长朝那十位准宗师看了看才将目光放回帝梓元身上，回得意有所指，“也对，太子殿下如此轻松便有这等助力，怕是暗藏的势力更是不浅，大靖江山确实无人能有资格与殿下一夺，太子你做朕的对手，倒也没有辱没于朕。”

十位准宗师，三国帝王也难轻易驾驭，仅凭这点，韩烨确实有资格问鼎大靖帝位。这句话对韩烨和帝梓元而言离间意味十足，但罕见地，面对莫天的挑衅，韩烨只皱了皱眉，却未有半句反驳。

莫天见韩烨没有反应也觉索然无味，一提缰绳就要回去。

“莫天陛下。”清冷的声音在莫天御马离去的一瞬响起，莫天猛地停住，循着声音看去。帝梓元一个跃身从韩烨的马上跳下，韩烨留之不及，眼睁睁看着她走到莫天马前。

韩烨既然放人，莫天这个时候稍微头脑冷静点都该挥鞭回到自己阵营，但出声的偏偏是帝梓元，他鬼使神差地从马上跃下，尽管内力被禁，还是用了个潇洒利落的姿势落在了帝梓元面前。

远处的连澜清当即眉头皱得死紧，靖安侯若有言，又怎会留到现在才说？如此好的离开辖制的机会竟横生枝节，陛下傻了不成？

“西……”莫天一开口才发觉唤错，他笑着摇头，双手负于身后，对帝梓元道，“靖安侯君，何事留朕？”

帝梓元微不可见朝梅林中一瞥，几抹雪白之衣在远处梅林中若隐若现，甚是隐秘。

“无甚大事，只是……”帝梓元收回眼，将目光落回莫天脸上，声音微微一扬，带着她一贯的懒散，“陛下长居北秦王城，和本侯不熟，怕是没听说过我的一些传言。”

“哦？靖安侯君的传言？”莫天眉角扬了扬。

“我这个人以前做惯了土匪，养了副不太好的性子出来，别人如何与我无关，但就是看不得自己受委屈。”看着莫天，帝梓元眼一眯，眼底的霸道不容置喙，“我和韩烨的恩怨，自有我自己断定，无需他人插手。莫天陛下堂堂一国之君，日后这等不入流的离间之言，就不必再说了。”

莫天被帝梓元一番话噎得活像吞了团隔夜饭，憋屈愤怒得紧，可偏偏一句话都说不出来。

居然敢教训他这个北秦帝王不入流，还如此堂堂正正，莫天见过霸道的，还真没见过像帝梓元这么横的！

“但陛下既然说了这等话……”帝梓元轻轻一顿，眼中眸光一闪，突然伸手朝莫天脖颈上劈去，“若让陛下就这么轻易走了，也坏了我晋南土匪之王的名声。”

变故陡生，莫天暗道不好，但帝梓元的掌风已至，他使不出半点内力躲避，只觉颈上一阵剧痛，随后头一沉，朝地上倒去。

“莫天陛下，好好保重，他日待我查出三国始乱之因，再与陛下算青南山之怨。”

“陛下！”

黑暗中，莫天耳边恍惚传来帝梓元极淡的一句和连澜清焦急的呼喊声。

莫天倒地的一瞬被帝梓元挥掌用内力抬了一下，虽结结实实摔在了地上，但好歹得了个囫囵全，没把脑子摔坏。

帝梓元把莫天一掌劈了个灰头土脸，韩烨心底解气得很，顿时神清气爽，嘴角忍不住勾了起来。

“梓元。”见连澜清领着亲兵朝这边奔来，韩烨就要从马上跃下，却被帝梓元一个手势拦住。

“我自有分寸，不用担心。”

“若再前十步，我必取莫天性命。”帝梓元抬眼，朝连澜清的方向看去，内力发声响彻梅林。

连澜清拉住缰绳，眉头紧皱，“靖安侯，我皇信任于你和太子，大开城门送你二人出城，你如今反复意欲何为？”

连澜清不是蠢人，如今大靖一方有十位准宗师压阵，要反悔易如反掌。但若帝梓元真要动手取命，刚才便不会留有余地只击昏莫天，她如此做自然有所图。

“我不意欲何为，只是我平生最不耐两种人，一乃挑拨离间之人……”帝梓元淡漠抬眼，看向连澜清，“二为背信弃义忘恩负义之徒。”

帝梓元的话掷地有声，连澜清迎上这双睿智而通透的眼，嘴唇紧抿，沉默着不言半句。

话罢，帝梓元反身跃上莫天的马匹掉头离去。

梓元这话分明意有所指，韩烨疑惑地朝连澜清的方向望了一眼，领着十位准宗师调转马头离开了五里亭。

马蹄声渐远，连澜清叹了口气，从马上跃下朝地上躺着的莫天走去。

陡然，一道亮光夹着凌厉之势从天际划下，连澜清连退两步，朝梅林中望去，一把长剑伴着厉风径直插入莫天前方，挡住了他的去路。

天已大亮，恰在此时，今日头一抹鹅毛大雪伴着晨曦之光从空中落下，雪花散落在锋利的长剑上，被横空劈成两半，天地之间更添冷寒之色。

一道素白的身影迎着风雪从梅林深处走出，逆光下，她的容颜瞧不大真切。

银白的长剑发出清越的声音，脚步声熟悉如斯，连澜清迎着光，无需去辨便知来者是谁。

难怪帝梓元要将自己阻在五里亭，原来是为了她。

连澜清突然想起，十一年前他在大漠深处被那孩子救起留在君府养伤，一躺半年。她知他无聊至极，伤愈后带他出府游玩，来的就是这方梅林。

那也是深冬，可那日即使他被冻得腿脚僵硬，却依旧觉得温暖。

这十年，她的笑容和信赖是他背负血仇的人生里唯一的慰藉。

他对莫天说了假话，四年前，他若执意，本可推掉和君家的婚事。

他明明不是秦景，故土家国里有他的骨血亲人和自小订婚的女子。他为复仇而来，原就不该有任何羁绊牵挂。可他舍不得，舍不得她嫁作别人妻，哪怕只是曾经能与她缔结姻缘，都让他甘之如饴。

四年前施元朗问他可愿娶君玄，他点了头。

可终究，他毁她君家百年名声，绝她一世幸福。

连澜清抬头，看着大雪中缓缓走近的女子，眼底深处满是涩然。

君玄，你知道我是谁了吗？

你是什么时候知道的？

如果，你知道的时间不长就好了。

秦景还活着，对你而言，怕是不如早就死了，对不对？

第二十九章

五里亭数百丈外，一处山谷下，疾奔的韩烨勒马停住。

“吉利，你和五位先生继续向前，一路朝东而去，一日后再回程。梓元，我们弃马，连夜绕过湖山赶回潼关。”

韩烨挥手让众人弃马。除了帝梓元，其他人皆一副疑惑的模样，连那十位孤傲清冷的准宗师眼底也露出些许不耐。

“殿下，这是为何？来时归西将军说过，上个月虎贲营的将士发现了一条小路，我们只需半日便能抵达潼关。湖山山路陡峭，终年积雪，不甚安全。”吉利担忧道。

“连澜清若是个简单角色，又怎么能在一年内统帅三军，和鲜于焕平分秋色，你们往后看。”韩烨摇头，朝北秦马匹踏过的路指去。

草丛上被马踏过的地面上不露痕迹地零星散着一道细小的银粉，不仔细看根本无法察觉。

“他定然遣了擅长隐藏行迹的细作跟在我们身后，如果骑着这几匹马回潼关，日后的行军路线会被他们摸得清清楚楚。连澜清恐怕早已将我和梓元不在潼关的消息传到边塞诸城了，我们必须及早赶回。”

“殿下，奴才明白了。”

吉利知道战场上情势紧急，肃然领命，也不多话，带着五位准宗师朝东方疾驰而去。

韩烨从马上跃下，朝帝梓元伸手，“梓元，下马，我们上山，绕过湖山回潼关。”

“不用了，你回潼关便是，我回青南城。我已出来十日，晋南的军粮想必已经运到，我要亲自护送这批粮食过虎啸山去邺城，否则苑书难再守一个月。”帝梓元回绝，调转马头欲走。

韩烨忙拉住帝梓元的袖摆，“不可，此处地境还在北秦巡视范围内，你一个人太危险了，跟我回潼关，绕境内而回，虽然慢几日……”

“有何不行？”帝梓元打断韩烨的话，声音一扬，“屯兵数万的军献城我都闯了，还怕这边境两军的交锋之地？倒是太子身系三军之危，还是在诸位高人的护送下速回潼关吧。”

“梓元。”帝梓元显然为军献城一事动了真怒，韩烨听出她话语中的嘲讽淡薄，却难说出一句辩驳的话。

远处马蹄声响起，一骑青衣飞驰而来。

两人望去，正是受帝梓元令拖住桑岩、在君家高手帮助下顺利脱身的长青。

“小姐！”长青进到两人面前，先察看帝梓元有无受伤，见她无碍才朝韩烨拱了拱手，“长青见过太子殿下。”

韩烨颔首，欲继续劝帝梓元经湖山回大靖国界。

“韩烨，如今只剩下云景城和军献城尚在北秦之手，你留在潼关。等军粮送到各城后由我去攻云景城，军献城交给你。大靖北秦停战之前，我们不必再见了。长青，我们走。”未等韩烨开口，帝梓元只留下这么一句，然后一扬马鞭，朝青南山的方向而去。

一骑飞尘，再未回首。

不必再见吗？梓元。

直到那抹深衣化为黑点消失在天际韩烨才收回眼，他敛住神色里的落寞，转身领着剩余五人朝湖山深处而去。

天下和帝梓元，既已做了抉择，又何必不舍？

与此同时，军献城外，五里亭。

大雪之下，一身素白的女子蒙着面纱从梅林中走出，她站定在利剑前，静静看着连澜清，而连澜清，却始终未曾看向她。

万物俱静，唯雪花落地绽开，冰封之景恰如素衣女子瞳中之色。

天地间，仿佛只剩这沉默对峙的两人。

“将军！”两人气氛太过诡异窒息，数十步外的连澜清亲兵首领连羽大呼一声就要奔来，却被连澜清抬手拦住。

“骁骑卫听令。”

连澜清一声令下，众亲兵从马上跃下半跪于地。

“今日所见之人发生之事，出此林后，永不再落他人之耳。”连澜清仍是垂眼看地，只沉声吩咐，“骁骑卫退后百步，无论发生何事，皆不可上前。”他说着运动内力将倒在地上的莫天身体吸起朝连羽扔去，“照料好陛下。”

连羽一怔，但仍领众卫拱手，“是，将军！”

骁骑营的人都是连澜清从战场的死人堆里救出来的，对连澜清忠心耿耿，凡连澜清所令，他们莫不从。连羽一个跃身接住昏过去的莫天，领着骁骑卫后退百步，直到梅林边缘。

“你是谁？”梅林深处，君玄终于开口。

连澜清负于身后的手猛地一颤。

十一年前的漠北沙漠，一身绒衣的小君玄曾弯着一双澄澈干净的眼笑着问他：你是谁？怎么会一个人在这大漠深处？

当年，他说，他是大靖人，叫秦景。

数日前的君子楼，君玄问他，如果他是那个死了的秦景，能不能告诉她，这十年光景十年恩义对秦景而言，究竟算什么？

那一夜，他没有回答。

“回答我，你到底是谁？”安静的梅林里响起了第二声质问，比刚才更冷更静。

连澜清终于抬首，他一字一句，朝君玄开口：“连澜清，北秦人。”

两国争端，国仇家恨，别无选择。

这六个字，是连澜清这十一年过往的所有回答。

这世上从无秦景。

“你入施家门下，是因为当年景阳城大战，你父亲战死于施老将军之手？”

“杀父之仇，不共戴天。”

“那你偷军献城布兵图，打开城门引北秦军队入城呢？满城百姓，他们敬你尊你，与你何仇？”

“我全族老幼皆无辜，十一年前大靖骑兵在无名谷屠戮之时，可曾想过他们也是手无寸铁的妇孺？”

连澜清眼底现出血丝，嘶哑的声音里唯剩干涩。

君玄眼底猛地一恸，君家密探数日前查出的连氏族人惨死的真相和连澜清所说的南辕北辙，毫不相同。很显然是老北秦王把连氏族人惨死一事栽赃施家，把连澜清养成了一颗满心只剩下复仇的冷血棋子。

连澜清这一世，可怜可悲可恨。

“我呢？连澜清，我不问国仇，不问家恨……”君玄开口，“这十年，你可有一刻是真心待我？你当初在我父亲和施老将军面前许下的娶我承诺，又可有一分……是真心？”

国仇家恨连澜清尚能回答，可君玄这一问，他再也开不了口。

“罢了，你不必回答。事到如今，我竟还执念这些，实在可笑。”

君玄悲凉一笑，“十一年前是我带你回城，说到底，军献城破是我一手造成，满城百姓尽丧我之手，如此罪孽，我一世难赎。连澜清，你有无真心，此生于我，又有何意义？”

“秦景既已死，连澜清，你本是他，又何必活？”君玄话音落定，抬手执剑指向连澜清，剑声清鸣，“施家和军献城百姓的冤仇，今日由我来还，连澜清，拔剑，与我一战！”

银白的剑尖离连澜清不足一尺，浓烈的战意从君玄身上涌出。

君玄少年时便喜经商，从不爱修习武功，一年前的君玄，连他十招都接不了，可如今她身上的内力和战意……俨然已不逊于他。连澜清眼底露出震惊之色，脸色猛地变得苍白无比。

世上确有内力速成之法可以一年之功换别人二十年内力所成，可这至少要付出二十年阳寿作为代价。

君玄她……根本就不是复仇，这和以命博命何异！

“阿玄……”熟悉的称呼从连澜清口中唤出，却被淹没在一片银白的剑光中。

他抬眼，只听到君玄无比冰冷的一句。

“秦景，你活着，对我而言，不如死了。”

第三十章

银剑劈下，凌厉的剑锋堪堪触到额头之际，连澜清仿佛才从君玄冰冷的话语中回过神，他唇角紧抿，展开手中折扇，挡住了君玄毫不留情的必杀一击。

“将军！”百步外的骁骑卫脸色一变就要冲上前，却被连羽抬手拦住。

“刚才将军有令，无论发生何事，我们都不得上前。”他脸上担忧之色更甚，但仍沉声吩咐。

尽管君玄蒙面示人，连羽仍能一眼瞧出这素衣女子是君家小姐。连羽是老管家连洪之子，是连家内少有的几个知晓连澜清这些年身份的人，自然也知连澜清和君家小姐的恩怨纠葛，连澜清秘密下令照拂君家之事也是他一手执行。

哎，造化弄人，自家将军和君家小姐，说起来也真是一段孽缘。

将军早就吩咐过，若有一日他和君家小姐拔剑相向，自己绝不可插手。将军他……怕是早就料到会有这一天了吧。

梅林里内劲横飞，刀光剑影，连澜清早已弃了折扇抽出腰中软剑和君玄对峙。梅花被两人剑气扫落散于空中和漫天大雪相融，若不是两人为招招取命之势，远远望去，倒是一幅绝妙好景。

突然，君玄一剑劈下，直取连澜清颈间，连澜清险险接住，两把剑以内力相衡，紧紧缠绕在一起。

剑身相抵，两人呼吸交错，自从连澜清以秦景之名消失后，他从未离君玄如此近过，只可惜相认之机，却是两人搏命之时。

“阿玄，你当真要取我性命？”连澜清迎上君玄冰冷的眼，低低开口，“我不愿伤你，你走吧，回军献城，不会有人知道你和帝家的关系。”

见君玄眼底露出惊讶之色，连澜清解释：“当年君伯父辞世之时，不放心你，把君家的秘密告诉了我，让我护你万全，护君家平安。”

“我父亲信你托你，可你又做了什么？”君玄猛地闭眼，又瞬间睁开，眼底仍是冰冷一片，“连澜清，我说了，你不该还活着。”

她冷声开口，心硬如铁：“我不用你施舍好心，拿出你一年前打开军献城城门的狠心来，今日我们两人，只能活着离开一个。你不死，我如何走？”

君玄虽在一年内功力突飞猛进，可比起在沙场浴血数年的连澜清，终究差了些许，君玄知道即便自己招招取命，连澜清也未尽全力，可她最痛恨的便是他如此。

世间悲痛和甜蜜，砒霜与良药，全是他一人赠予。

她爱不能，恨不得。

君玄猛然拔高剑势，她跃至半空，以燃尽内力为代价将全身功力催至极致，人剑合一，朝连澜清而来。

君玄分明已经做好了剑毁人亡的准备，她知道凭自己的功力终究杀不了连澜清，早就打算宁愿一死也绝不给连澜清对她手下留情的机会。

君玄刚烈如斯，倒真和帝梓元一般的性子，是帝家的女儿。

连澜清看出君玄全力一击的决然，不敢轻易待之，他将内力注入软剑，将剑身化成半圆挡在身前。

阿玄，这是绝杀之剑，你竟宁愿死，也不愿再给我半点补偿的机会。他抬眼朝半空看去，风将君玄脸上的面纱吹开一角，黑发素颜，一如往昔，只是那抹初遇时仿若朝阳的笑容再也不在，只剩下冰冷紧抿的唇角……

君玄的剑已经近到身前，由不得连澜清再迟疑，他举剑朝君玄迎去。

两剑在空中相遇，剑尖相抵，强大的内劲让梅林半里内飞沙走石，难以直视。

尽管尽了全力，半息之后，银剑的光芒仍是弱了下来。似是做了某种决定，君玄深深地看了连澜清一眼，猛地闭上眼，左手突然在胸口穴道上一点，用尽最后一分真力注入剑中，银剑的光芒陡盛。

即便连澜清手下留情，只要她不撤剑，最多半刻，真力耗完的她便会力竭而亡。

对她而言，杀不了连澜清，能以这种方法赎罪，是最好的结局。

雪花卷起微风吹过，君玄脸上的面纱在这一瞬被完全吹开，除了眉角化不开的冰霜，她闭眼之前眼眸深处那一抹悲恸清晰地现于连澜清眼中，大概是知道这一剑就是终结，君玄任由这份痛楚肆虐，不再深藏。

这一眼太悲凉无奈，连澜清呼吸一滞，连心脏似乎都停止了跳动。

以二十年阳寿换一个复仇的机会，宁愿死也不愿活着受我的恩惠……

阿玄，我竟把你逼到了这一步吗？

若不遇我，若不救我，若不爱我，你这一生，断不会到如斯境地。

罢了，罢了……

梅林边缘凝神望着两人相斗的骁骑卫看到一直不相上下相持的剑心之处突然破开了一抹缝隙，两把长剑错身而过，直直朝对方刺去。

真力圈陡破，一声巨响，在这一瞬银剑的光芒照耀梅林，几个呼吸后，飞沙走石跌落在地，梅花不再飞扬半空，梅林里恢复了平静。

骁骑卫定睛朝梅林中心看去，不可置信的一幕出现在他们面前。

君玄的银剑在连澜清身上穿胸而过，殷红的鲜血从剑尖滴落，溅在雪地上，一滴一滴，触目惊心。

众人循着连澜清手中的剑望去，软剑如锋，笔直地落在君玄眉心之间，明明那剑尖只要再进一寸，受剑之人便无力回天，可那剑尖却只落在眉心之间，再也不动分毫。

风吹过，面纱从眉心断成两截朝地面落去，露出了一张苍白如纸的脸。

君玄嘴角犹带血迹，眼底卷起惊涛骇浪。骨肉碾碎，血脉逆流，鲜血喷涌，明明这每一份痛楚都属于连澜清，可望着那把停在眉心的软剑和连澜清平静的眼，所有的伤痛她都仿佛更甚十倍。

君玄整个人无法自抑地颤抖起来，连带着那只刺入连澜清胸膛的握着银剑的手。

“将军!”

梅林中胜败已分，看到林中之景，就连连羽也失了镇定，抽出腰间弯刀朝林中跑来，可不过两步，他和骁骑卫就红着眼硬生生停在原地，再难挪动分毫。

远处，连澜清左手微抬，用手势颁下了不得靠近的军令。

一剑破心，连羽知道，若是他们家将军还有一丝力气，都不会只用手势来阻止他们。

“我知道，你不会走。”

梅林中，连澜清看向君玄，将软剑从她眉心一点点挪开，神情温柔宁和，“所以，阿玄，我选择让我走。”

软剑落地，插入雪地中。连澜清震断君玄手中的银剑，用内劲将银剑从身体内逼出，鲜血猛地喷涌而出，落在他的青色长衫上。他的身体朝地上倒去，如同那把再也握不住的软剑。

连澜清终究没有倒在地上，君玄接住了他。她的神情依旧淡漠，可她不知道，她的唇角早被自己咬出了血，接住连澜清的手颤抖不已，眼底只剩一片空茫。

“为什么?”君玄低头，看着怀里的连澜清，声音碎成一小块一小块，“为了复仇，你连施老将军十年恩义都不顾，现在又为什么要放弃?北秦不是还没胜吗?连家不是还没位极人臣吗?你如今这么死我手里，又算什么?”

“阿玄，我的仇已经报了。”连澜清低低开口，“一年前军献城破，施元朗战死城头，施家满门给我连家族人抵命的那一日，我的仇就报了。我从来不是为了让北秦入主中原走上战场，连家也从来不需要位极人臣。从军献城破的那日起，我活着，就只是为了还债……我连澜清这辈子，为了报仇，欠下太多债了……”他的声音逐渐低下来，“施元朗十年教养之恩，军献城满城百姓信任之义，你十年光阴、十年深情……我欠下的债太多了，可是阿玄，我身不由己，阿玄，我不想走到今天这一步，我没的选择……”

“我知道。”连澜清口中溢出的鲜血把君玄胸前染得血红一片，她一遍又一遍地擦拭连澜清嘴角的血迹，喃喃回道，“我知道。”

她知道连澜清就要死了，不管他做过多么罪恶滔天的事，他终究就要死了，死在她怀里，死在她手里。

可是连澜清不知道，连氏老幼根本不是死在施家军之手，他和施元朗只有战场杀父之仇，从来没有满族被屠之恨。

若从一开始连澜清就知道真相，他一定会选择堂堂正正走向战场，正大光明地战败施元朗，而不会隐姓埋名十载受尽折磨去做一个背信弃义忘恩负义的人。

可人生不能回转，连澜清大错铸成，他这一生，太可怜悲凉了。

“阿玄，我知道不管我今日是死是活，你都不打算活了。”连澜清用沾满鲜血的手朝君玄眉间抚去，一点点从鼻尖唇角而过，这世间最后一刻他只想将她的面容契进心底。“我们两个，总得有一个活着，你肩负着君家百年传承和帝家血仇，你要活下去。我欠了太多债，阿玄，我没资格还，你别原谅我，但你替我活下去吧。”

连澜清的眼底尽是宽佑温柔，恰如这十年的秦景，他的眼缓缓阖上。

君玄紧紧地抱住他，惶恐地垂下头，连澜清微不可闻的声音落在她耳边。

“阿玄，你问我为什么……你是我妻子啊，从四年前我在老师和你父亲面前点头的那一刻开始，你就是我连澜清这一世认定的妻子。”

抚在发间的手猛地落下，声音戛然而止，再也不闻片缕。

从我四年前在老师和你父亲面前点头那一刻开始，你就是我这一世认定的妻子。

这是君玄这一生听到的连澜清对她说的最后一句话。

不管家仇国恨，不论是非对错，你是我妻子，我护你，仅此而已。

大雪纷飞，早已将二人身上覆满，君玄用最后一点真力注入连澜清胸口，可他的身体却越来越凉。无力回天，她其实是知道的。

君玄抱着连澜清的手紧了又紧，空茫的眼始终回不过神来。

“君小姐。”低沉干涩的声音突然在一旁响起，连羽走到她面前停住。远处，骁骑卫跪了满地，尽管各个神情悲痛，可他们始终没有闯上前来。君玄只扫了一眼又低下头，对周遭的一切都漠不关心。

“莫天陛下和大靖的皇帝早几年就已经怀疑西北藏着一股暗中势力，这些年一直不断派暗探入西北各城探查，是我们家将军动用连家的势力替你扛住了。”

从五年前开始，为了暗中支持梓元，君家很多人脉势力不得已动用，几年前君鹤猝然辞世，君玄当时只是个半大姑娘，初掌君家，不如君鹤老练持重，自然会惊动莫天和嘉宁帝。

君玄怔了怔，听连羽继续说下去。

“君小姐放心，除了我，就连连家处理这些暗卫的死士都不知道他们抗衡的是谁，保护的又是谁。三个月前，莫天陛下察觉出端倪，派出大量暗探入西北想要一探究竟，将军知道他快瞒不下去，才想了一个办法……”

君玄猛地抬眼，眼底的荒谬惊讶掩都掩不住。三个月前，正是连澜清大开城门引韩烨入军献城计划的开始。

“想必君小姐也猜出来了。”连羽颔首，“将军知道除掉陛下和嘉宁帝的暗探太难，若正大光明等他们查到军献城再动手就等于告诉他们这里有他们想要的东西，除非军献城内出现一场谁都无法阻止也不会怀疑的混战。大靖太子韩烨，就是将军为了保全君家引来的筹码。”

为了捉拿韩烨，莫天一定会暂时将西北诸城的暗探尽数交予连澜清统御；而嘉宁帝为了救儿子，也一定会放下查西北暗势力一事，让暗探倾巢而出赶赴军献城营救储君。

普天下能让两国帝皇走进棋局的唯一诱饵，只有大靖储君韩烨。

施元朗和君鹤花十年时间教出的弟子，虽然破了这座城池，犯下不可饶恕的罪过，却用自己的方式，护下了君家。

君玄垂下头，朝连澜清紧闭的眉眼看去，喃喃开口，却终究说不出一句话，只有零碎的呜咽。

“施老将军的尸骨是将军亲自从城头上背下敛入棺的，他从来没有想过把老将军的骨灰带回北秦王城。昨晚大战之前，将军令我带人将两国暗探刻意引至一处，两方人马厮杀，没有留下一个活口。日后他们查起来，也只会查到对方身上。君家一切暗中的痕迹这一年我已经全部抹去了，莫天陛下和嘉宁帝不会再查到君家头上，君子楼从头到尾只是一间乐善好施的茶楼，永远也不会再卷入两国纷争。君小姐，我们家将军这一年南征北战，出入沙场几经生死，要的只是得到陛下的信任，拿到北秦暗探的统辖权，这样他才能保全君家和你。我们将军他这一辈子活得很痛苦，也做错了很多，可对你，他只能做到这一步了。就算是为了他，你好好地活下去吧。”

连羽半跪于地，朝君玄伸出手，丈高的汉子眼眶泛红，却始终强忍着不让热泪流出，“君小姐，我们家老夫人就将军这么一个儿子，不论是生是死，我总归是要带将军回连家的。”

君玄一直抱着连澜清没有松手。

连羽始终半跪于地，安静而又沉默地等着她。

大雪始终未停，君玄一直将所有风雪拦在连澜清身外，直到雪越来越大，大雪飘进君玄怀中连澜清的眉心时，她整个人才活了过来。她小心翼翼地把连澜清身上的雪全部拂尽，她低头和他眉心相抵，喃喃说了句话，然后起身把怀里的连澜清递给了连羽。

“你带他回去吧，他既已死，守城将领也会更换，你身为他的亲卫，新任将领不会信任于你，战场上九死一生，你撑不了多久，以后不要再来西北了。”

君玄说完转身离开，从始至终，再也未看连澜清一眼。

素衣女子一步一步消失在梅林深处，和漫天飞雪融为一体，终不可见。梅林重归宁静，万物被大雪掩盖，仿佛什么都不曾发生。

连羽轻轻叹了口气，沉默地背着连澜清朝军献城的方向而去。

“阿景，我会活下去。”

这是君玄对自家将军说的最后一句话。

将军他这一生，到死，怕是求的也只有这一句了。

世间万事从来没有对错，只有错过。

第三十一章

绕过湖山山脚，才刚从韩烨等人的视线中消失，帝梓元挥鞭的速度便慢了下来。她低低咳嗽几声，身体僵硬得有些不自然。

长青觉着奇怪，正要策马上前，却见帝梓元直直朝地上倒去，他急忙一跃接住了就要倒地的帝梓元。

“小姐！”帝梓元脸色苍白，嘴角溢出血迹。长青探向帝梓元脉门，神情一变，自家小姐体内内劲乱窜，分明是受了伤。

“小姐，殿下一直在您身边，他平安无事，您怎会受了内伤？难道您没告诉殿下这几日您不能运功？”

自从帝梓元一年前为救韩烨散功后每逢极冬之日必定气息混乱，不能动用内力，除了帝梓元身边的人，无人知道这个秘密。

帝梓元眼底的异色一闪而过，嘴角泛起一抹自嘲。

梧桐阁里逼她动手的就是韩烨，她何必再开口。

“走吧，我们尽早回青南山。”半刻后，长青注入的内力让帝梓元脸上恢复了一点血色，她起身上马，没有半点迟疑。

两人为了赶回青南山运粮，一路快马加鞭从湖山绕边境诸城而回。一日一夜疾驰，回程途中长青几次开口，都没能劝得帝梓元休息一二。直到青南山下埋骨的巨坑出现眼前帝梓元才拉住缰绳，停了下来。

帝梓元望着坑冢前那座孤独的墓碑，低低咳嗽了几声，脸色因长途跋涉愈加苍白。

“小姐。”长青连忙驱马上前，急道，“您还是回城请个大夫入府抓药……”

“不用了。”帝梓元摇头，从马上跃下，她把缰绳朝长青一甩，朝坑冢走去，“你先回城，把粮草点好，明日一早我们押运粮食去虎啸山。”

明日一早？岂不是毫无修养的时间，小姐的身体……长青眉头一皱，望着帝梓元沉默的背影摇了摇头，并未如帝梓元吩咐的一般离去，而是下马立在不远处的树下静静等待。

军献城内定是发生了自己不知道的事，如今还能如此影响小姐的，怕是只有太子了。

安宁的墓碑前，帝梓元如往常一般拂掉石碑上的落叶积雪，她抬眼，目光在坑冢里帝家军残破的旌旗上落了很久。半晌，她回过神，拂着石碑的指尖在“宁”字的最后一笔上顿住。

“安宁，我和韩烨怕是不能如你所愿了……”

平安喜乐，一世无忧，平民百姓家最朴实不过的愿望，于他们难若登天。她这一生都不信命，为了帝家逆天下逆山河，唯一一点私心付于韩烨，到最后，只落得个一身疲惫，满心空。

风吹过，墓上的落叶被卷起，盘旋着落在帝梓元手上。

落叶泛黄，犹如渐枯的心境，帝梓元合拢掌心，转身离开了坟冢。

第二日一清早，一支运粮的队伍从青南山顶着寒风大雪出发，朝虎啸山而去。

韩烨领着五位准宗师也在一日后抵达潼关，进了温朔戍守的惠安城。他随守将赵磊入城主府时正巧碰上了得到消息从城外兵营匆匆赶回的温朔。

韩烨出潼关前一直驻守山南，已有小半年未见过温朔，御马而来的少年褪去了京城世家公子的轻佻浮华，沉淀出沙场浴血的坚毅沉着来。

“殿下。”远远见到韩烨，眉角上下都焕发出神采的温朔扬起惊喜的笑容，从马上跃下，跑到他面前，“殿下，您总算回来了。”

韩烨眼底露出欣慰之色，却道：“你如今也是一城副将了，如此跳脱成什么体统。”他说着拍了拍温朔肩上的灰尘，替他把铠甲扶正。

一旁的赵磊瞥见这一幕，心底有数，对温朔的神态愈发微妙。早就听说太子殿下阁外重视这位十五岁就状元及第的状元郎，看来不是传闻。温朔初入惠安城时虽是兵部侍郎之职，但他年纪太轻，又是个没上过战场的京城公子，大战在前马虎不得，看在太子的分上赵磊给了他一个军师的闲职好生养在城里，本没打算他能有所建树。没成想温朔很是能吃苦头，头几次大战混在先锋营里冲阵在前，屡立战功，赵磊自此对他刮目相看，一年内将他连升三级，一个月前惠安副将重伤归乡后，赵磊便奏请嘉宁帝，擢升了温朔为守城副将。

大靖朝堂上文武两派一向泾渭分明，温朔以文入仕，如今能得到赵磊的肯定，已是极为不易。

“赵将军。”温朔朝韩烨打完招呼才看见一旁立着的赵磊，脸上有些讪讪，忙抱拳问好。

“温将军和殿下许久未见，些许失态乃人之常情，无妨无妨。”赵磊自然不会计较他一时的失礼，摆手一笑而过。

赵磊这话让韩烨心底舒坦，连带着冷肃的脸也柔和下来。

“殿下，侯君怎么没和您一起回来？”温朔眼底划过一抹担忧。

温朔这一年不再像以前一样唤帝梓元“姐姐”，而是以侯君相称。帝梓元以为他入了军中不大好意思撒娇便也没放在心上，但只有韩烨才明白温朔更改称呼的深意。

帝烬言的生死牵连过大，一个不慎将祸连东宫上下，温朔是在护他。

才一日时间，大靖太子和靖安侯君闯入驻守五万北秦雄兵的军献城、掀起惊天大战又全身而退的消息已经传遍了西北诸城。如今韩烨平安归来，却未见到同行的帝梓元，温朔自然要问一问。

“她回青南城了。”

听见韩烨回答，温朔舒了口气，但见韩烨眉头微皱，他心底一咯噔，生出些许不安来。

“赵将军，惠安城的粮食可送到了？”韩烨不再提帝梓元，转身朝府中走去。

“回殿下，五日前晋南的粮食入西北后，唐将军就差人从尧水城送了一个月的军粮过来。”赵磊是西北的老将了，虽一心效忠皇室，但也敬佩靖安侯的大义，这场仗耗光了皇室，却也倾晋南所有。在保家护民的国家大义上，靖安侯倒无半点私心。

“据臣所知，青南山的军粮三日前也送到了，想必靖安侯会尽快安排兵士送粮去邺城。”邺城和云景城遥遥相望，路途最为艰险，青南城与之比邻，唐石便将运送粮食入邺城的重担交付了靖安侯。

唐石？运粮？赵磊无意一句话让韩烨神情微顿，他脚步未停，像是什么都没听到一般入了将军府。

安排休憩时赵磊碰到了难题，跟在太子身后的五人一直蒙面示人，看上去个个孤傲冷僻，又不肯离太子左右，实在不知该如何安排。倒是韩烨瞧出了他的尴尬，要了一间书房领着五人进去门一关自个儿解决难题去了。

“是父皇遣你们去的军献城？”明灭不定的烛光下，坐于上首的韩烨对着立在堂中的五位准宗师淡淡开口。

为首的准宗师颔首，“陛下有令，命我等护殿下万全。我们十人到军献城后以大靖暗探联络之法见到了吉利公公，由他领我们入城，才能在关键之时为殿下添力。”

“取下你们的面巾。”

即便这些人的武力值足够把韩烨捏成渣，但他储君的气势半点不输人。

五人相视一眼，取下了脸上的面巾。

韩烨看着面前这五张平凡无奇的脸，提起茶壶为自己酌了一杯：“我既已从军献城平安而回，诸位各自散去就是……”

“殿下。”

为首的准宗师迟疑开口，韩烨却抬眼朝他看来：“你们是父皇的人，孤用不动你们，也不敢用你们。这点自知之明，孤还是有的。孤入军献城是临时起意，但你们十位入西北却是父皇一早安排，否则也不会如此短的时间便能赶赴军献城救孤。父皇有什么打算孤不愿插手，也插不了手，诸位有皇命在身，还是尽早离去吧。孤已经嘱咐过吉利，甩掉北秦探子后自然让另五位离去，诸位不必担心孤强留你们在身边，坏了你们的事。”

为首的准宗师眼底精光一闪，对面前这位大靖储君头一次生出敬服之意来。难怪能得陛下如此看重，除开尊贵的身份不谈，他们这位太子殿下倒是真的聪慧睿智。

“陛下确实只让我等将殿下从军献城中救出，既然殿下已经安全，我们也没必要再跟在殿下左右，明日一早我们便会离去。”为首之人颔首，算是默认了韩烨的说辞。

"只是殿下……"他顿了顿，像是不经意般开口问，"如今我朝仍有云景城和军献城在北秦之手，昨日听靖安侯君的意思，将来军献城一战是由殿下亲领大军前往……"

"是又如何？"韩烨抬眼朝他扫去，回得也是漫不经心，倒茶的手未停。

"倒无大事，只是陛下将殿下的安全托于我等，军献城一战必定艰险万分，若殿下需要，随时可招我等前来护驾。"

这话听着倒有诚意，只是说的人和听的人都知道这话只能听听而已，除了嘉宁帝，还有谁能对这十人招之即来挥之即去。

"诸位有心了，若是有缘，这西北战场上孤定能和诸位再见。"韩烨朝五位准宗师笑道，摆了摆手，算是送客了。

五人相携退去，书房里恢复了安静。

半晌，韩烨待杯中的茶饮尽，才淡淡开口："温朔，出来吧。"

书房屏风后，一直屏息藏着的温朔走出来，疑惑地问："殿下，这些就是陛下派去军献城救您的人？"区区数人，破了莫天五万铁骑，想想也太夸张了些。

"五位准宗师。"韩烨淡淡回。

温朔眼睛一瞪，神情复杂，"不愧是陛下的手笔。"

温朔对嘉宁帝的感情很是复杂，既有十多年的敬畏孺慕，也有家破人亡的痛恨。

"温朔，明日一早待这五人离城后你和我一同出城，告诉赵磊的说辞是我二人巡守诸城。让他告知唐石，我会守在惠安城，一个月后亲自领兵攻下军献城。"

"是，殿下。"温朔颔首，转身朝外走去，行了两步复又停住疑惑道，"殿下，那我们究竟要去哪里？"

见韩烨不肯答，温朔也不再多问，行礼退了出去。

韩烨低下头，从挽袖中拿出一朵梅花。

这花乃帝梓元数日前在军献城那夜相聚中赠予，奈何时日变幻，早已枯萎。

恰如伊人犹在，温情已绝。

韩烨望向窗外，大雪纷飞，天地似被淹没。

他细细摩挲着手中的花瓣，喃喃开口。

"安宁，我和梓元，这一世怕是不能如你所愿了。"

第三十二章

北秦王宫，英武殿内。

御医替莫天换完额头上和颈间的纱布，小心翼翼退下御阶道："陛下，您体内的毒已经排完，内力虽未恢复，但也暂时可用。您身体底子好，身上的伤再隔半月便能大好，只是……额头上怕是要留疤了。"

大靖太子和靖安侯独闯军献城全身而退的消息早已传遍三国，立绝境而重生，那两人的名头在云夏上更是响亮。自家陛下这一战里吃了些苦头，就是不知伤了陛下的是太子韩烨，还是那位闻名天下的靖安侯君。

莫天眉头一皱，韩烨手持匕首欲取他性命的场景电光火石地在脑海里溜了一圈，脸色不免更沉。

"无妨，一点伤疤而已，你下去吧。"莫天朝御医摆摆手。

"是。"御医长舒一口气，不敢看自家陛下的表情，麻溜地退出了英武殿。

一旁的内侍官吴赢待御医走远，才端着一盅刚熬好的药递到莫天手边，"陛下，趁热把药喝了吧。"

"阿清怎么样了？"莫天摆手，手扶着额头，沉声问。

"连将军还没醒过来，国师说……"吴赢顿了顿，才委婉道，"就算连将军服了陛下您的回命丹，如果七日内醒不过来，也难续一个月的命。"

北秦历代国师都善丹药，为王炼制回命丹是国师的职责，只是这丹耗天地瑰宝，大多穷每任国师半生精力，故历来每代王都只得一颗用来在危急时刻续命，回命丹实可算得上北秦皇室的珍宝。

那日莫天被帝梓元一掌劈昏，在军献城醒来时将军府已是一片素缟白幡悬挂。连家管家回禀连澜清带他回城途中遇大靖死士暗袭，一剑穿胸。莫天赶至灵堂时连澜清已被置于棺木，只待他醒来为他合棺。

骤失兄弟兼臂膀，莫天大恸，合棺之际以北秦王侯送葬之仪亲自为连澜清扶冠，无意间触到其胸竟发现连澜清尚存一息。明明那一剑穿胸而过，回天乏术，连澜清在回程之前便已停止呼吸。

莫天惊讶之下将连澜清带出棺木请军医入府，军医仔细诊治后才道连澜清天生异于常人，心长于右侧，那一剑自左胸穿透，虽身受重伤，但被最后传进体内的一抹真力护住，保住了最后一口气。漠北气温极低，连澜清又身受重伤，失血太多，故在回程前出现了假死停息之兆。只可惜这一战连澜清真气尽散，伤势过重，即便尚存一息，也无力回天。

军医诊治连澜清伤情后当即跪下请罪，言连澜清无救，请莫天降罪。

那日灵堂外，莫天对着沉睡着如同死去的连澜清看了许久，终是叹了口气带他入房为其服下了回命丹，然后带着连澜清回王城交给国师诊治续命。

禁宫内知晓莫天将回命丹用在连澜清身上的，只有当朝国师净善道长和内侍官吴赢。

那日净善修行的崇善殿内，净善曾问莫天。

“贵为一国之主，拿续命的机会来换一介臣子的生死，可否值得？”

莫天沉默良久，终是坦然一笑，回了一句。

“北秦欠连家太多。”

先王一念之差让连氏一族灭族的真相永埋地底，连澜清枉背仇恨潜伏大靖十年，弑师背信换来了军献城一战的胜利。

北秦和王室，都欠连家一个真相，欠连澜清十年生死不如的岁月。

“陛下……”

吴赢的呼唤声惊醒了陷入沉思的莫天，他抬头，朝吴赢摆摆手，“把宫里的好药材都送到崇善殿去，让国师好好照料阿清。”

“是。奴才已经让赵御医守在了崇善殿外，随时听候国师吩咐。”

“莫霜如何了？还在使性子？”莫天问了连澜清的状况，不免关心一下自家性子刚烈的妹子。

吴赢迟疑了一下才回：“陛下，大公主将您派往怀城的侍卫全赶出了城，如今怀城里只剩大公主往日的亲卫护城。您看奴才需不需要再派侍卫去护着公主？”

说是护卫，其实是在三国之战结束前禁止莫霜公主回王城。

“不用了，她怨恨朕骗她才会将侍卫赶出城。莫霜心里有数，三国之战尘埃落定前，她不会回来。”莫天顿了顿，叹了口气，“怕是以后就算朕亲自去请，她也未必愿意回来。”

“陛下一心为了北秦，公主日后会明白的。”吴赢宽慰着莫天，想起一事又道，“陛下，按您去军献城前的吩咐，英武殿的死士半个月前就出发了，现在已经到了虎啸山。这次定能如陛下所愿，除去大靖靖安侯这个心腹大患。”

吴赢的忠心表得铿锵有力，却不想莫天眉头一皱，脸色奇怪地沉了下来。

莫天并未接过药盅，反而抬指轻叩在鎏金沉木床沿上，神情颇有些古怪，“嘉宁帝的消息可准？去虎啸山为邺城送粮的当真是帝梓元？”

“陛下放心，刚刚探子传来消息，已经确定压粮去邺城的是靖安侯帝梓元。虎啸山地形陡峭，气候恶劣，咱们派去围诛的死士足足有一百，又有大靖的人暗中接应，那靖安侯定不能活着出山。”吴赢以为莫天担心暗杀帝梓元一事难成，连忙开口。

“砰”一声，莫天无意识的一敲正好碰在吴赢端在他面前的药盏上，药盏落在地上，汤药泼了一地。

吴赢脸色一白，急忙跪倒在地，“陛下恕罪，奴才……”

“重新去煎一碗过来就是。”莫天摆手，看着地上一片狼藉，敛去眼底的神情。

“是，陛下。”见莫天心不在焉，吴赢躬身退了出去，把想说的话吞进了喉咙里。

自家陛下从军献城回来便有些魂不守舍，提到大靖的靖安侯君时更是如此，军献城里不会出了什么幺蛾子吧？操透了心的内侍官浑然不知军献城内的纠葛，忧心忡忡地退了出去。

殿内，躺在床上休憩的莫天摸了摸后颈处犹自钝痛的地方，神情莫测。

下手时没半点留情，倒是下了狠劲，看来那人就算杀不得他，也想给他留个教训。

虎啸山是他和嘉宁帝早就布下的局，两人各取所需，只是没想到他心心念念要斩杀的女子竟会那般出现在军献城内，给他留下一个永生难忘的念想和教训。若是那日在军献城内他能将她带回王城，或许她能活下来吧。

帝梓元那样的人，没有坦坦荡荡马革裹尸，没有将一身才学付诸朝堂天下，终究太过可惜了。

英武殿内，淡淡的叹息声响起，直至终不可闻。

虎啸山这块地儿自古毗邻两国，本为兵家必争，但此山中沼泽瘴气密布，猛兽出没，路径犹若迷宫，危险万分。漠北数朝前曾有一悍勇大将领铁骑数万穿越虎啸山突袭中原，却因迷于山路，受困于沼泽，活生生将数万人马饿死山中。此后百年，再也没有一国兵士敢随意进出此山。

此时，虎啸山内，帝梓元一马当先，身负一支火红的红缨枪。入山三日，她已经领着押送粮草的先锋军踏尽了一半的山路。有她身先士卒，入山的士兵抛却了刚入山时的惶恐不安，俱都憋足了一口气，个个士气高昂。

第四日已近暮色，山顶隐隐可见，至多一个时辰，便可登上山顶。待过了山顶，下山便容易得多。按帝梓元的打算，今晚登顶后在山顶休息，明日一早再整装待发。赶了一天路，帝梓元下马，下令休憩一刻钟再走。待队伍一停，长青便驱马至帝梓元身旁，避过众人的眼握住她的手替她传了一道真气过去。

“小姐，以您现在的身体状况，如果路上遇到北秦的军队，根本无法动武，您应该在青南城内好好养伤……”长青忧心忡忡，眉头皱得死紧，这番话已经在帝梓元耳朵旁念叨了三日。

银白的盔甲下，帝梓元苍白的脸衬得她那双眼愈加黑得分明，透着不知畏的淡漠。“无妨，我们已经过了沼泽和迷宫路，待过了山顶，你拿着地图也能领他们出去。如遇北秦散兵，我挡着，你先走。”

“这怎么行，万一遇上我挡着，小姐你……”

“三日内这批粮送不到邺城，邺城必破，苑书还在邺城死守，你想让她跟安宁一样战死在邺城，到最后都等不到援军吗？”帝梓元朝长青看去，“你也知道，以我现在的身体，没办法单独带领他们抵达邺城。”

长青沉默良久，始终没有点头，最后道：“小姐，虎啸山百年来无人敢踏进，根本不会有人想到咱们会走虎啸山运粮，这一路，未必会遇到北秦军。”

帝梓元朝被暮色笼罩的山顶看了一眼，没有再言。

这座山太安静了，十年前她跟随帝盛天曾走过这座山。当年即便这座山终年不见人迹，可也不会安静得如此诡异。

一刻钟后，帝梓元上马，领着运粮军朝山顶而去。不过片刻这支军队便被夜色所笼，隐进了虎啸山的无边黑暗中，再难寻得半点踪迹。

第三十三章

虎啸山顶地形奇特，一半平坦，一半骤起山石，浑成半圆，山石绝壁间只天然而生一个可足马车而过的孔洞。此处易攻难守，帝梓元本不欲将营帐驻扎于此，奈何刚至山顶便落起了鹅毛大雪，本就寒冷的深山气温骤降。马匹不能进山，这二十来车军粮乃是将士一车车拉上来的。整个山顶唯有此处的半面山壁能阻挡风雪，可让将士休憩一夜。帝梓元一行遂将营帐布于此处。

夜半，虎啸山顶寒风瑟瑟，不同于以往的布置，帝梓元将中军大帐设在最前，二十来车粮草被置于其后，二百来人的运粮先锋军裹着厚厚的盔甲团团围坐在粮草周围休憩。

中军大帐内早已熄灯就寝，漫天大雪下，虎啸山顶似是极静而安宁。

三更，绝壁周围参天大树上扑扑声响起，数十个黑衣蒙面人从树上跃下，极快地朝营地而来。黑衣人的身影被淹没在大雪中，几乎无人察觉。

这一行人潜行至大帐前悄然停住，为首之人打了个手势，众人抽出手中弯刀，银白的刀刃映着皑皑白雪，折射出冰冷森寒的刀光。弯刀出鞘的一瞬，黑衣首领并着身后两人猛地劈开大帐布帘，直直朝帐中帝梓元休息的床上刺去。弯刀夹着浑厚的真力毫无阻碍地刺进棉被中，没有意料中的惨叫，却是毫无声息。

“不好，中计了。”黑衣人拔出弯刀就欲退后，却被一棍袭来。三人仓促间拔刀相抗，却不想这一棍威力惊人，合三人之力也被逼得连退三步。

一切都在电光火石间，还未等三人退出大帐，帐外双方刀剑激烈交碰的声音已经传来。

“诸位既然来了，又何必急着走。”烛火被点燃，清冷的女声在大帐中骤然响起，三人抬头看去，一身银白盔甲的帝梓元吹熄手中的烛台，端坐在中军大帐的高位上，眉眼冷然地望着他们。她身旁，长青握着一根铁棍凛然而立。

“北秦人？”帝梓元在他们的兵器上扫了一眼，懒懒道，“你们的莫天陛下倒真是光明正大得紧。”

“战场上兵不厌诈，侯君好本事，不知侯君是如何知道我等在此围诛？”黑衣首领沉声开口。这次暗杀乃绝密，他们一日前便潜伏在此，不可能会走漏风声。

“你是想问是谁替我报信？”帝梓元随手将烛台抛在桌子上，碰出清脆的声音，“十年前我来过此山，山顶虽无人烟，却飞鸟群集，今日入山顶，却不见百兽飞禽之迹，若无人藏于其中，又怎会飞鸟绝迹。你们自认潜伏隐秘，实则漏洞百出。说，你们是如何拿到虎啸山的地形图，又是如何得知本侯将会亲率粮队经过此山？”帝梓元眉目一凛，自椅上站起，目光灼灼，“若不说，今日你们一个都走不下这虎啸山！”

黑衣首领被帝梓元的威压逼得倒退一步，他勉强稳住心神，朝帝梓元看去，眼中露出一抹凶狠和决绝，“侯君既然如此好本事，何不自己猜上一猜。不过侯君真以为我北秦无人？今日走不下这虎啸山的，恐怕是你！”

随着黑衣首领话音落定，他身后的黑衣人突然从怀中掏出一支袖箭朝天射去。袖箭冲破大帐，直射空中。

“砰”的一声，五彩烟花在半空中燃起，点亮了半座山壁。与此同时，山壁周围的大树上突然涌出数十个弓箭手，银白的箭矢几乎是顷刻间朝营中遮天蔽日地射来，落在营中正在厮杀的北秦死士和大靖将士身上，简直是一场无差别的屠杀。

外面的声响传入帐中，帝梓元瞳色猛地一沉，她终究还是小看了莫天，除了这样一支武艺高超的死士，他居然还遣了一整支羽卫军前来。

“我们都是死士，今日来这就没想过活着下去，只要靖安侯你亡在虎啸山，我们就算全军覆没，又有何妨。上！”黑衣首领说话间已经领着身后两人挥舞着弯刀朝帝梓元而来。

“长青，杀了所有羽卫军，一个不留！”

长剑出鞘，杀气四溢，帝梓元朝身后的长青沉声吩咐，拔剑朝这三人迎去。

"小姐!"长青知道现在只有自己才能阻止外面羽卫军的屠杀，他朝帝梓元担忧地看了一眼，转身出帐劈开羽箭朝半空而去。

有长青出手，被箭矢所劫杀的大靖士兵得到了喘息的时间，他们在先锋官的指挥下在粮车前竖起盾牌迎战黑衣死士。

虎啸山上激烈的战斗足足持续了半个时辰，不断有哀号声自周围的参天大树上响起，粮车前劫杀的黑衣人和树上的羽卫军越来越少。

突然，大帐内数道激烈的真气划过，一声爆响，整个中军大帐被剑气划破，四散开来。三道黑衣人影从大帐中心跌出，落在周围的雪地上，大口的鲜血从他们口中吐出，瞳孔扩散，显然功力已散。

帝梓元立在大帐残骸的正中心，以剑触地。

"你们全军已殁，何必做垂死挣扎。说，到底是何人告诉你们的行军路线!"帝梓元冰冷的目光在黑衣首领身上逡巡而过。

黑衣首领朝四周望去，雪地上北秦死士倒了满地，周围亦再无羽卫军的箭矢射出，北秦这一支潜伏军只剩下他们三人。他一把扯掉面上黑纱，露出一张平凡无奇的脸，他抬头朝帝梓元望去，眼底现出悲愤与疯狂之色，"靖安侯君，我们是将死之人，你又何尝不是?"他一眼眼扫过帝梓元身后的大靖将士，诡异地开口："想要你命的又何止我北秦!"

他猛地起身，朝天喊去："我北秦人重诺守信，我们该做的已经做完，若今日靖安侯不能亡于此山，他日我北秦死士必将追杀阁下至天涯海角!"

随着黑衣首领的最后一字落下，他和身后的黑衣人仿佛约定了般，手中弯刀一齐从脖颈划过，鲜血涌出，三人倒在地上，即刻毙命!

大雪漫天而落，刚经历了一场大战的虎啸山顶一阵诡异的安静。黑衣首领临死前的呐喊捏紧了每个好不容易活下来的大靖将士的心。

帝梓元眯着眼朝黑压压的密林深处看去，半晌，一只飞鸟从林中惊出，一道灰影以闪电之势朝营地扑来。帝梓元神情猛地一变，长剑从雪中拔出朝灰影的掌势迎去!

两人一触即开，巨大的内劲碰撞将帝梓元身下一尺来深的雪全部卷走，她脚下的土地裂开深陷一尺。帝梓元手中的长剑断成两段，她握着半柄短剑半跪于地，嘴角鲜血溢出，染红了半面银白盔甲。

长青浑身浴血地扫荡完树上的羽卫军赶回大帐的时候，看到的便是这触目惊心的一幕。

第三十四章

帝梓元嘴中的鲜血沿着银白面具一滴滴溅落在雪上，殷红灼目。

长青一步跃至她身旁，神色冷凝手执长棍护在她身前，盯着灰衣人满目凛然，握着长棍的手青筋暴起。

“侯君！”帝梓元身后的将士红着眼就要冲上来，却被帝梓元抬手阻止。

“护好粮车，不要靠近半步。”帝梓元沉声吩咐。她抬眼朝灰衣人看去，扔掉手中断剑，抬手于空，朝身后朗声一喊，“长枪！”

不远处的先锋官拔起雪地上一支长枪朝帝梓元扔去，樱红长枪在空中横空划过落在帝梓元手中。她以长枪杵地，一寸寸离开半跪的雪地，笔直地立了起来。

帝梓元脸色苍白，一双墨黑的眼却冷厉逼人，虽狼狈至此，气势却半点不逊刚才。

她看向灰衣人，眼底现出一抹郑重，凛声开口：“想不到为了诛杀我区区一个帝梓元，竟能让大靖的准宗师不顾国难和北秦死士勾结，阁下此来，就不怕今日所为他日为故土百姓所知，半生名节尽毁于此山？”

“不过一招，你便知我来自中原，不愧是帝家传人。”灰衣人眼底闪过一抹不知名的光，声音嘶哑，显然是刻意藏住了本声，“老朽活了几十载，有些事能为，有些事不能为尚还自知，不需要你来说教。当年天下始乱，群雄逐鹿，帝家自此把持晋南二十几载，如今风水轮流，你帝家人丁凋零，早已不复往昔，晋南偌大的疆土和城池，早该让给其他氏族了。”

帝梓元神情一冷，垂下眼，难怪可以让如此多准宗师甘心效命，原来是拿帝家晋南二十一郡为诱饵！就是不知道为这些氏族准宗师许下二十一郡的是金銮殿里坐着的那位，还是那个曾许诺护她一世万全的……

寒气逼入心脉，心底隐隐作冷，帝梓元低低咳嗽一声，还未等她开口，已听到灰衣人胜券在握的声音。

“至于名节……”灰衣人笑了笑，眼底满是不在意，“侯君倒是多虑了，老朽今日倒也没打算让这虎啸山上还能有人活着离开。”

帝梓元抬首，见灰衣人长啸一声，朝身后打了个手势，两道人影从林中而出，横空掠过落在了灰衣人身后。

踏雪无痕，以气御行，又是两位准宗师！

长青神情更加凝重，眉头皱了起来。

平日里整个云夏也找不出几个准宗师，如今这西北地界上，准宗师怎么跟不要钱似的往外乱窜！

这两人着衣一蓝一红，同样蒙面示人，以三角之形立在灰衣人身后，一看便是围诛之势。

灰衣人双手负于身后，看着帝梓元摇了摇头，长叹一声，似是很惋惜：“区区双十之龄便在朝堂翻手为云覆手为雨，让嘉宁帝如临大敌，帝家女果然不负盛名。你若活着，怕是将来二十载云夏再无其他世家出头之日。可惜了，实在可惜了……”

突兀间，灰衣人最后一句“可惜”尚还未消散在风雪中，他已拔地而起挥起掌风朝帝梓元而来。在他身后，那一蓝一红两位准宗师始终负手而立，并未插手。

想来对于这两人而言，虽受命诛杀帝梓元于虎啸山，却始终碍于准宗师的身份，做不出三人合击围诛一身受重伤的年少晚辈之事。

凌厉的掌风化成数十只幻影朝半跪于地的帝梓元击来，轰然巨响，真气碰撞，一只铁棍挡住幻影巨掌，震得灰衣人倒退了一步。连续两次出手被震回，灰衣人脸色冷沉，抬眼朝挡在帝梓元身前的青年看去。

长青握着长棍，面色发白，却神情坚毅，死死地立在帝梓元身前。

“年轻人，好本事。”灰衣人背在身后的手微微发麻，眼底划过一抹冷光。他朝天望去，最后一抹月色隐进云中，天快亮了。

“两老，这两位小友不简单，还请两老同我一齐出手，速战速决后尽快离开此处。若是心慈手软，顾虑太多，怕是会夜长梦多。”灰衣人沉声开口，所说之话却是对着身后两人。

他身后蓝红两人对视一眼，颔首。红衣人开口：“天快亮了，解决完尽早离开吧，我们的行踪不能暴露，否则他日若帝盛天得知，宗门必受灭顶之灾。”

另两人一听帝盛天之名，神情俱是一凛，相继点头。

若是这三人一齐动手，怕是今日难以活着走下虎啸山。帝梓元垂眼，叹了口气。她料到北秦会派死士阻截，却没想到大靖朝堂里竟会有人和他们联手。用三位准宗师来诛杀她一人，也算是高看她了。

到最后……对金銮殿里的那位而言，她的性命竟比国破家亡还要重要。当年那八万将士被故国同胞屠戮、父亲拔剑自刎的时候，是否就和她现在一样悲凉。

“长青，我还能挡他们半刻，你带着其他人从绝壁后的洞口离开，按我之前吩咐你的去做。”

长青护在帝梓元身前，正好挡住了那三人的目光，帝梓元极低的声音在他身后传来。

长青眉头皱起，“小姐，让我来……”

“混账，除了你，谁还能带他们回到邺城！”

帝梓元的呵斥声响起，长青却依旧不为所动。他背对着那三人极快地朝身后的先锋官打了个手势才回转身看向帝梓元。

“小姐。”长青嘴角勾起微小的弧度，“地形图我已经给了先锋官，他会带着粮车去邺城为苑书解围。”木讷的青年一年到头都挂着一张木头脸，却不想笑起来却格外灿烂，“先锋官会按照我们之前商量的去做，我不走，我陪着你。小姐活，我活。小姐不在了，我也没有一个人回晋南的必要。”

帝梓元天生一颗七窍玲珑心，扎营此处前早就做了最坏的打算。她让长青在此处秘密埋下了火药，若是被逼到绝境就由她断后，长青则引燃火药后带粮车离开。火药被埋在营帐下，引线藏至绝壁洞口后，火药点燃后定能将洞口封住，只是……虎啸山顶终年积雪，地形特殊，留下断后的人必定会被断裂的山体和雪崩所埋，再无活命的可能。

长青留下来，就等于陪她赴死。

身后的先锋官接到指令，不动声色地指挥士兵将粮车往绝壁的洞后撤退。立着的三位准宗师瞧出端倪，互相对视一眼缓步朝帝梓元和长青走来。

帝梓元瞧着长青眼底的坚持，一直紧抿的唇微微翘起，握紧长枪。

“好，长青，我帝梓元临到死了还能有你陪着，也不算憾事。”她抬眼朝缓步走来的三人看去，大笑一声，“纵我今日身死又如何，尔等想要我晋南二十一郡，痴心妄想！长青！”

帝梓元话音落定，长青手中长棍和帝梓元的长枪同时拔地而起，三人见帝梓元和长青出手，冷哼一声，抬掌迎去，完全不屑。

出乎所有人意料，长棍和长枪化成的浑圆真力圈将迎来的三位准宗师竟然挡在了绝壁前。三人完全未想到，帝梓元和长青师承永宁寺净玄大师一派，混元真力合璧会有如此大的威力。

“先锋官，带粮车走，速去邺城！”真力源源不断注入长枪内挡住三人，帝梓元脸色愈加苍白，却不动如山，沉声朝后喊。

先锋官不再犹疑，快速领着活下来的将士推着粮车从绝壁的洞后往山下走。他们若不知轻重强行上前，不仅救不了帝梓元，更枉费两人的拼死相护。运粮军训练有素，不过片刻，绝壁前便只剩断后的先锋官和几个兵士。

三位准宗师被帝梓元和长青耗损真力活活拖住，好几次都想冲破真力圈拦住运粮军，却都被帝梓元和长青不顾性命地阻拦住，只能眼睁睁看着运粮军离开。

绝壁洞口下，细长的火药引线露出一角，先锋官吴非看着拼死相护的两人，尚还青涩的唇角狠狠抿紧。

一旦火药点燃，山体雪崩，洞口会被大雪掩埋，他们能逃出生天，可侯君和长青将军……

他手中的火折子捏得死紧，眼眶红得充血，始终没有点燃。

“吴非，按本帅的吩咐去做，这是军令，动手！”

运粮的军士已经离开，身后却始终没有动静，熟知自己先锋官秉性的帝梓元沉声朝后下令。

她体内的真力已经耗空，随时都有倒下的可能，再继续耗下去，这些将士一个都不能活着离开。

三位准宗师看出帝梓元是强弩之末，只靠一口气息撑着，掌中真力十之八九用在了帝梓元身上。

帝梓元手中的长枪隐隐颤抖，一口血喷在了银白的长枪上。

身后的先锋官始终没有动，眼看着面前的三人就要冲破真力圈，帝梓元猛地转头朝后。

“吴非，你想让邺城落得个和军献城一样的下场吗！我大靖死的百姓和将士还不够多？混账东西，你给我动手！”

帝梓元嘴中大口大口的血吐出，连握枪的手都被鲜血染红，她眼底血红一片，盯着吴非满是哀恸。

吴非手一抖，嘴唇咬出了血，终于忍不住，大滴大滴的泪从眼中涌出来。吴非是军献城旧民，一年前城破，他满族被屠，只剩他一个人逃出来。

“侯君，末将绝不辜负侯君所托，一定会守住邺城！”吴非猛地跪地，朝帝梓元和长青的方向拜下。他立起身，将手中的火折子点燃，朝埋在雪地里的引线点去……

“不好，这里埋了炸药！好狡猾的小娃娃！”灰衣人怒吼一声。

终于看出了帝梓元安排的三位准宗师神情一寒，三人掌心同时以真力化出长剑朝帝梓元和长青而去。

三剑合璧，毁天灭地，真力圈之外大雪骤止。

帝梓元回转头，眼睛里流淌出殷红的鲜血。

她已经模糊到看不清近到眉间的长剑，却能感受到冰冷森寒的死亡气息，她这一世已经走到了尽头……

时间仿似停止了流逝。不知为何，帝梓元在这一刻，突然想起了在漫天烟火的临西河畔对她许下一世承诺的那个人。

临西河畔，漫天烟火，那人对她说——

“我对一个叫任安乐的女子动过心，但我这一世，都会护着帝梓元。任安乐，这句话，你永远都要记住。”

韩烨，你不知道，我爱上你，从这句话开始。

只是可惜，这一世，我都不会告诉你。

也没有机会再告诉你了。

第三十五章

千钧一发，一剑寒光，已成定局的生死之战被突兀地打断，银白的软剑以不可阻挡之势驱散了帝梓元眉间的死亡气息。腰上温热的触感传来，她落入一个温暖熟悉的怀抱，被人整个拢在怀里朝后极速地退去。

她用最后一分力抬头望，韩烨坚毅的侧脸透过血雾落在她眸中。抱住她的人颤抖着把真力源源不断地输进她经脉里。

“韩烨……”她终于看到韩烨低下了头。

这些年，她见过韩烨很多模样，睿智、宽宏、清冷、隐忍，却唯独没见过他眼底此时惶恐到极致又愤怒到席卷万物的惊涛骇浪。

韩烨，为什么你会在出现这里？

江山、百姓？

亲情、仁义？

你的选择究竟是什么？

我能统御人心、掌控天下、扭转乾坤，唯独你，我永远都看不透。

如有机会，这一次你来告诉我，你想要的究竟是什么！

刀剑铿锵急切呐喊都在耳边散去，帝梓元失了所有力气，终于闭上眼，陷入沉沉的黑暗中。

雪地之上，归西、吉利、苑书相携而立，手中兵刃尽出守在韩烨和帝梓元面前。

绝壁后的先锋官吴非见韩烨等人出现，眼疾手快地收回火折子丢在地上猛踩几脚，长舒了一口气。他知晓轻重，当即向韩烨行礼后领着剩下的几个将士追着运粮车而去。

温朔沉默地望着雪地上的两人，双眼泛红唇角紧抿，垂着的手轻轻颤抖，望着帝梓元神情里带了一抹失而复得的庆幸。

三个被震得连退几步的准宗师望着雪地里立着的几人，脸色彻底沉了下来。他们盯着神色冰冷的归西几乎要瞧出一朵花儿来，眼底的讶异藏都藏不住。

二十岁上下的准宗师！若不是涵养好，这三人几乎都要大呼一声“绝无可能”！

小太监和女娃娃的功力虽不及他们，却浑厚正统，很是难缠。还有那个极难解决的木头护卫，光是这几人，别说杀掉帝梓元，他们想顺利离开虎啸山便已是难事。

更何况那人竟也来了这里……

当三个经受了几十年世事沉浮的准宗师将目光落在雪地里的那个身影上时，同时感到了一股难以言喻的寒意。

大雪下了整晚，山顶早已一片雪白。

韩烨半膝跪地，紧紧拢着怀里的人，一语未言。

整个虎啸山顶自他持剑出现的那一刻就突兀而诡异地静默下来。

世人眼中那个温润和善的大靖储君好像突然消失了，即便他垂眼半跪于地让人瞧不清表情，可众人依旧能从他身上感觉到那股毁灭一切的暴虐杀意。

龙之逆鳞，不可触。

此言自古有理。

“孤说过，若是有缘，这西北战场上孤定能和诸位再见。”背对着众人的韩烨起身，小心翼翼地将怀里的人送到温朔怀中。他回转身，对着三位神情不定的准宗师，如是开口。

灰衣人沉默半晌，摘下面纱，赫然便是数日前那十位准宗师的带头首领。

韩烨终究是韩烨，帝梓元的伤势让他方寸大乱，却没让他失去理智。真正让他忌惮的不是这三人，而是那七位行踪不明的准宗师。

若这十人联手，除非大宗师横空出世，否则西北地界上无人可阻。

“殿下，我等遵令而为。殿下何必忤逆君父，阻拦我等？难道区区一个女子比殿下的江山社稷更重要？”

虽然早已猜出这三位准宗师受命于谁，但亲耳听到的震撼依旧让人动容。高坐金銮殿的大靖帝王竟真的是那不顾国难、勾结北秦、诛杀三军统帅的幕后之人！

众人不约而同地将目光放在了沉默而立的韩烨身上。

“何为江山？何为社稷？大靖的天下乃大靖百姓所有，不是我韩氏一家独占。他日城破国亡，江山倾颓，百姓覆灭，我韩家还哪里来的天下？哪里来的社稷？三位历经沉浮数十载，当年也曾助韩帝两家征战天下，匡扶社稷，如今安稳日子过久了，便忘了当初天下大乱的血流成河和民不聊生吗？”

“我等又岂不知勾结敌国将丧一世之名，可我等遵的是君令！”灰衣人被韩烨一席话斥责得哑口无言，怒然开口。

“君令也会错！”韩烨断然打断他，深吸一口气，重复了一遍，“就算是帝王又如何，君令也会错！若国破家亡山河覆，又何来中原百姓和氏族的覆巢完卵？”

笔直而立的储君沉沉开口，墨黑的眼底蕴着兼容苍生的慈悲和睿智。

如此之话，铿锵有力，不可谓不动容。

或许韩烨的话触动了三人，灰衣人默然盯着韩烨良久，突然开口询问：“老朽曾听说过一件往事，不知是否是传言？”

“何事？”

“听说殿下幼时曾师承帝家主帝盛天？”

“不错，孤曾被帝家主教导三年。”

“难怪。”灰衣人颔首，眼底罕见地露出一抹情绪和追忆，“殿下的品性不似陛下，和那位倒有九成相似。”

但这一抹情绪也极快地消逝，灰衣人盯着韩烨缓缓道：“殿下，陛下为君，您为臣；陛下为父，您为子。老朽想知道，就算殿下您觉得陛下做错了，您又能如何？如今的朝堂上，陛下不会放过帝梓元，也不会放任帝家壮大威胁韩家江山，您如何保全帝家？难道要弑父夺位、弑君夺权，拱手山河让予帝家不成？”

“父皇错了，孤不能错。他做错的，孤会替他为帝家、百姓和天下还回来。至于如何保全帝家，那是孤的事，与尔等何干。”

韩烨缓缓开口，神态间没有半点犹疑。

灰衣人微微一怔，看着韩烨，恍然叹了口气。

“难怪……难怪太祖会留下那样一道传位遗旨，原来如此，原来如此。殿下您……和陛下当真不一样。”

十七年前太祖韩子安崩逝，留下了一道传位遗旨，里头除了立韩仲远为帝外，亦同时立皇太孙韩烨为太子、帝氏女帝梓元为太子妃。若当年未曾发生帝家冤案，如今看来，如韩烨和帝梓元为帝后，大靖一统云夏、延绵国祚盛世百年几乎已成定局。

可惜……

“三位既知有些事不可为，何不放下执念，尽早回头。若不回头，无论诸位前来受谁之令，对孤而言诸位都犯了勾结外族、诛杀统帅、祸国殃民之罪！依大靖刑法，按罪当诛，孤亦不会手软！”

韩烨沉声劝降。这半刻时间，韩烨已经猜出虎啸山上只来了这三位准宗师，其余七人并不在此。

“殿下既处宫闱，便知有些事身不由己。”灰衣人摇头，“陛下若不能辖制我等，又怎会放任我十人来这西北战场。今日一战，生死由命，无可化解。”

三位准宗师对望一眼，神情沉重。

“若是我等今日战败而亡，他日殿下荣登大位或是帝家掌权于天下之时，还请殿下和靖安侯君念及我等当年追随匡扶之义，免我十族满门之罪。”

三人向韩烨拱手执半礼，几乎同时开口。

苍茫天地，这三个行下半礼的准宗师身上恍惚间袭上了浓浓的悲凉落寞之意。

当年骁勇护国，如今迟暮祸民。这十人被权位蒙了心智犯下大错，一世名节尽毁，不是不想回头，只是到了这一步，再无回路的可能。

半晌，韩烨转身，接过温朔手中的帝梓元朝绝壁后的洞口走去。

"孤许诸位承诺，今日西北之事，将来绝不祸及十位前辈的族人。归西，送三位前辈上路。"

韩烨步履未停，却留下了储君之诺。

三位准宗师未起身，朝韩烨远走的方向又拜下半分。

"是，殿下。"归西受令，拔出手中长剑，和长青、苑书、吉利联手朝这三位准宗师而去。

身后的刀戟拳脚声在耳边隐去，虎啸山上大雪始终未停，韩烨抱着帝梓元走过绝壁，一路朝山下步行而去。

怀中沉睡的人安静而温和，恍惚间让他想起当年那个跟在他身后弯着眼叫她太子哥哥的小小孩童。

韩烨紧紧抱着她，如整个世界在握。

梓元，不要放弃。

不要放弃活下去，不要放弃相信我。

我们这一世如此艰难，可那又如何？

只要你还在，纵使命运十倍厄难于我，这一生，我甘之如饴。

他们身后，温朔远远望着，始终未曾上前。

皑皑白雪，映着孤孑的两人。

青山原不老，为雪白头。

温朔想，或许这句话，等待了他们半生。

第三十六章

漠北冰雪连天，邺城位处北方，城墙上的寒冰覆了三尺厚，刀戟难破，长梯难攻。邺城和云景城遥遥相对，云景山将两城联袂而生。当初云景城作为塞北第一大城抵御北秦，相比之下邺城不过一边陲中型城市。

鲜于焕统率八万铁骑戍守云景，对邺城虎视眈眈，却偏偏奈何此城不得。苑书靠着三丈高的冰墙硬生生扛了三个月，当初带来的十万帝家军也只剩五万，且大多是疲惫之师，若不是三日前补给的粮草入城，恐怕再难支撑下去。

鲜于焕日日在城外秣马厉兵，只待春暖花开冰墙融化，便是他们攻城之日。

“这一年多亏你守在邺城，才没让鲜于焕和连澜清东西两线联手成功，辛苦了。”韩烨一身盔甲，看着不远处的云景城，朝一旁的苑书道。

韩烨和帝梓元是秘密入城，除了苑书等一干将领并无他人知晓，故韩烨入城后一直一身盔甲，从未在人前露出相貌。

苑书和帝梓元一块儿在晋南安乐寨长大，行军布阵两人都得帝盛天真传，极是难缠。三国混战之初帝梓元把帝家十万大军交付苑书后便再也不曾过问军队里细枝末节的事。苑书独自一人领着十万大军一路向北，三个月便收复了邺城，她将邺城周边逃出的青壮年收拢入军，壮大守城力量，在入冬前疾风扫落叶地把邺城周边北秦边防小城的粮草抢掠一空，从此未再向韩烨和帝梓元要过一粒粮草，囤积粮草后她遣人将二丈半高的城墙补修至三丈高，硬生生靠着一个边陲小城把气势汹汹率十五万大军前来夺城的鲜于焕在城外足足堵了三个月。

半年来大仗小仗打了不少，北秦十五万之众消耗了七万，帝家军也由十万精兵锐减至五万。

鲜于焕恐怕做梦也没想到，他二十几年前输给了帝盛天和韩子安，二十几年后大靖的后起之秀会毫不逊于两位开国帝者，将他御于中原之外。

“殿下你言重了。”苑书大大咧咧一笑，“我读书不多，大道理不懂，但我们武者习武，护百姓保国家是本分，城里的都是大靖百姓，但凡我还有一口气，我一定竭尽所能，不让他们死在我前面。”她一身布衣，眉眼利落，话语里带着晋南女子独有的爽朗大气和战乱里一个守将的视死如归。

这话忒实在，两人身后的归西朝苑书看了一眼，嘴角勾起淡淡的弧度，若仔细看，还带了一丁点儿藏得紧紧的骄傲。

即便是韩烨，在听到这句话后也收回眼将目光放在了苑书身上，他笑了笑，眼底带着欣慰感慨，“懂大道理的人多，能做到的少之又少。苑书，你不必自谦，这一年你做的比金銮殿里那些成日喊着保家卫国却一步都舍不得出京的酸腐书生要强得多，他们不及你万分之一。”

韩烨不是个成日里夸人的主，又素来高冷惯了，猛地被他这么一褒奖，苑书难得老脸一红，眼底露出几分局促和不好意思来。

“也不是我能打仗，今年邺城这一块儿也是奇怪，足足下了几个月雪，比往年都冷，算是百年难遇了。如果没有这道冰墙，鲜于焕早就打进来了。”苑书朝云景城的方向抬了抬下巴，“殿下，再过半个月便入春了，到时天气回暖，恐怕冰墙一化，鲜于焕就要攻城。我们的兵少，这批粮草也只够再扛上两个月，再这么耗下去，怕是胜算不大。”

“两个月足够了。”韩烨淡淡开口，“我们耗了这么久，北秦又何尝不是。北秦国内贫瘠，本就少粮，供养数十万大军整整一年，国库怕是早就掏空了。”

“两个月足够？”苑书一愣，问，“殿下是准备咱们先攻云景城？”

“一年前北秦从我大靖国土上夺走多少，现在孤便让他们还回来多少。”韩烨朝云景城城墙上的北秦图腾远远望了一眼，转身朝城头下走去。

“殿下！”苑书期期艾艾叫住韩烨，扭成麻花的手昭示着她心底的急切，“您，您准备什么时候带小姐回青南城，小姐她不能再在邺城留下……”

苑书话语未完，韩烨已回过头淡淡地扫了她一眼。

“梓元的事，我自有安排。”

说完他转身下了城头，留下不知所措的苑书和若有所思的归西。

“放心吧。”苑书肩头被轻轻拍了拍，归西走到她身旁，温声道，“没有人比殿下更在意侯君的安危，他把侯君留下来一定有他的理由。”

苑书点头，望着韩烨远走的背影轻轻叹了口气。

将府内，帝梓元已经昏睡了整整三日，仍然没有醒来的迹象。

她数年前在无名谷内为救韩烨曾耗尽一身功力，后多得帝盛天相助才勉强养好身体。这一场大战几乎耗损了她体内所有的元气，再加上邺城经受了一年战乱，药材奇缺。帝梓元伤势过重，军医也只敢用温和的药材护着她的心脉不断，要想在邺城得到好的治疗几乎是不可能的事。若是病情再无好转，帝梓元极有可能活生生地耗尽心力而亡。

帝梓元的病情在抵达邺城的当晚就被军医确诊，众人以为韩烨送粮后会带着帝梓元飞速赶回青南城救治，却不想韩烨竟不顾众议，把帝梓元就这样不生不死地留在了邺城。

若不是他领着一群人在虎啸山上救下帝梓元，众人几乎都要以为他没把帝梓元的生死放在心上。

书房内，帝梓元安静地睡在榻上，一身墨黑对襟深裙衬得她的脸庞越发精致剔透，沉睡的她敛了凌厉的眉眼，柔和得出奇。

韩烨脱下盔甲，换上一身儒服在一旁的书桌上批阅军务，他写几个字总会不由自主地朝帝梓元望去，这一望便极容易出神。

桌上的檀香在房间里盘旋缭绕，窗外凋零的花瓣透过窗缝卷进来飞舞，明明是战火燃烧数九寒冬的疆场，却让人有置身于温暖柔情的江南之感。

急促的脚步声在走廊外响起，房门被轻扣了两下便被径直推开。韩烨抬头，看见温朔皱着眉走进来。

“殿下，您怎么还不带着姐姐回青南城？”三日前抵达邺城后温朔负责调度粮草，今日才得空回府，知道韩烨把重伤的帝梓元留在了邺城，他连口水都没喝就闯了过来。

其他人也没拦着他，想着也只有温朔能在韩烨面前肆意妄为，说得上话。

“粮草都安置好了？”韩烨半点没把温朔的态度放在心上，朝桌上泡好的温茶指了指，“几天没睡了吧，先喝口水，润润嗓子。”

韩烨的淡然让温朔情绪缓和了些，他朝榻上的帝梓元走去，见她面色尚还红润，比苑书形容的要好上许多，心底的讶异一闪而过。温朔拿起一旁的薄毯替帝梓元盖上后才走到书桌旁倒了口热水喝。

“嗯，粮草都安置好了。我已经把您的密令传给赵磊，说您去青南山和靖安侯君商量调兵布阵之事，一个月后再回惠安城，让他严守机密，做出您还戍守在惠安城的假象。”温朔眼底浮过一抹疑惑，“殿下，您身在邺城，为何要如此安排？难道您真的要一个月后再回去，姐姐她可等不了那么久。”

闻温朔此言，韩烨拿笔的手一顿，他搁笔于砚台上，缓缓开口：“温朔，虎啸山上梓元受北秦大靖两国高手围诛，你有什么看法？”

温朔稍一沉默，抬头朝韩烨看去，回答得很坦然：“殿下，这十位准宗师入西北是为了取姐姐的命而来，虎啸山是陛下为姐姐安排的龙潭虎穴，如果不是殿下您，姐姐已经死在山上了，姐姐亲自运粮去虎啸山是军中机密，军中将领里有陛下的人。”

嘉宁帝要杀帝梓元已经是不争的事实，自虎啸山后，两人也没有再遮掩的必要。韩烨的态度让温朔觉得两人讨论的只是金銮殿上的帝王，而不是面前之人的君父。

“你觉得是谁？”韩烨右手食指轻叩在书桌上。

“这十万担粮食从晋南运来的消息，军中提前知道的不过四五人。掌管粮草调配，让姐姐负责运送的人只有一个。”

韩烨叩桌的手停住，抬头，叹了口气，“尧水城，唐石。”

温朔没有回答，眼底的沉郁同样明显。战乱伊始大靖将领多守城而亡，他们入西北时多得唐石引导，这一年也算并肩作战生死与共。但他们没料到这样一个在西北守了几十年的老将居然眼都不眨地在决战前把统御三军的同袍送进死地。

“姐姐想必也猜到了。殿下，您打算怎么办？唐石如今守着尧水城，掌控十万大军，如果他临时叛敌，我们腹背受敌，这场仗必输无疑。”

韩烨神情平静，摇头，“他不会叛敌，他效忠的是父皇，而不是北秦。父皇虽然想要梓元的命，但却不会眼睁睁看着西北落入北秦之手。一旦涉及战争成败，唐石会毫不犹豫地站在我们这边，就像这一年他所做的一样。”

“那又如何?”温朔苦笑一声，神情中带着说不出的苦涩，“即便这场仗胜利了，有那七位准宗师在，姐姐恐怕难以活着走出西北地界。殿下，你还是早些带着姐姐回青南城养伤吧，我留在邺城帮苑书。”

两人谈论的话题太沉重，以温朔的才智在绝对的武力值和一国帝王的诛杀前也感到一阵心灰意冷。

他说完转身朝外走去，背影完全失了前几日的朝气昂扬。

第三十七章

“殿下。”

待温朔走远，窗外一直候着的吉利才扣手敲了敲门。

“进来。”房内响起韩烨淡淡的声音。

吉利端着一碗药盅推开房门，看见韩烨已经离开书桌立在了软榻前。

韩烨左手腕上的袖子朝上卷，露出匀称有力的小臂，那手臂上或深或浅地印着几道刀痕，伤口处的纱布透着血迹，一见便知是新伤。他朝吉利抬了抬右手。

吉利沉默地走上前，将托盘上红绸掩起的匕首拿出递给韩烨，揭开药盅的盖子搁到韩烨的左手腕下。

若有人在此，定会大吃一惊，吉利每日为帝梓元端来的药盅中竟空无一物。

韩烨接过匕首，眼都不眨地在左手臂上划了一刀，这一刀比往常更深，鲜血顺着伤口喷涌而出落在了药盅里。一主一仆沉默地立着，谁都没有出声。

吉利朝榻上的靖安侯君看了一眼，心底明白，不管他如何反对，殿下也不会改变主意。众人只知道埋怨殿下强留重伤的靖安侯君在邺城，却不知靖安侯君若是早早被送回青南城，早就在路上伤重而亡了。

吉利自小在东宫作为韩烨的贴身太监兼统领长大，知道很多不为外人所知的宫廷秘辛。太子的母后过世得早，嘉宁帝极为看重嫡子，知宫廷争斗凶险，自太子幼年起便秘密搜罗珍稀药材加入太子的膳食中服用，多年调理下，一般的毒药对太子毫不起用。当年就连太医院院正也曾感慨殿下的血液珍贵无比，药效堪比蕴养数十年的珍稀良药。

邺城药材奇缺，若不是殿下用血为靖安侯续命，她又哪能恢复得如此之快。

书房外，温朔走出院子不远，正巧遇上了采药回府的军医。他连忙迎上前，“赵大夫，侯君的伤怎么样了？”

赵军医三十开外，随军数年，医术过硬，平日里性格也沉稳。温朔这一问却让他眉头微微皱起，一时没有作答。

看赵军医脸上的表情，温朔心底一咯噔急了起来，“莫不是侯君的伤情更严重了？”

“温将军别急，下官不是此意。”赵军医连忙摆手，“这几日侯君的伤情大有好转，暂无性命之危。”他顿了顿才道：“只是下官对侯君的伤情也有些疑惑，一时间不知道该如何回答将军。敢问将军这几日可曾给侯君服用过什么珍稀奇药？”

温朔一愣，“赵大夫何意？”赵军医每日给姐姐抓药治伤，何来的疑惑，又为何有此言？

“侯君送进城的时候心脉受损严重，下官虽然知道如何诊治，可邺城里头没什么好药材，下官也只能给侯君开一些固本培元的方子，按理说伤情不恶化都已经极难得了，现在侯君的恢复状况完全在下官的意料之外，以侯君的伤情，也只有那些极难采得的珍稀药材能有回天之力。或许是老天开恩，知道咱们大靖少不得侯君，才出现这等神奇之事吧……”

赵大夫摇头晃脑地感慨了一阵，抱着一篓子药材匆匆出了院子奔药房去了。

温朔立在原地沉默半晌，突然想起刚才书房里他问及帝梓元病情时韩烨风平浪静的神情，眉头一皱，回转身朝书房而去。

书房内，往日接了小半盅便会停下，今日一盅将满，韩烨面上眼见着现出苍白之色也没有收手的打算。

吉利握着药盅的手抖了抖，一急，唤道：“殿下！”

韩烨朝他摆手，目光清冷地看着一盅血满满当当装好才收回手。

吉利忙不迭放好药盅，拿起一旁的纱布替韩烨缠伤口。

“吉利，等会你去把药盅里的血分好，每日给梓元服用，应该可以撑到回青南城替她寻其他药代替。”

“殿下，您这是……”

“你们今日启程，把梓元送回青南城。”

“殿下，您不打算和我们一起回去?”

“以梓元现在的身体，没办法再领军攻打云景城，这座城，孤亲手去拿回来。”

吉利神色微不可见地一变，他摇头道：“殿下，云景城有天险可守，易守难攻，此战过于凶险，有归西和温朔公子送侯君回青南城即可，奴才留下来。”

“不用了，西北地界上还有七位准宗师，他们是为梓元而来，孤冒不起这个险，你留在梓元身边。”

吉利缠纱布的手顿了顿，他放好纱布半跪于地，开口：“殿下，奴才不走，请殿下让奴才留下来保护您。”仿佛怕韩烨拒绝，他又急急开口：“奴才当初入东宫时答应过孝仁皇后，无论何时都要护殿下万全。”

孝仁皇后是嘉宁帝元后，韩烨的生母。

吉利是韩烨的贴身侍卫，从他到韩烨身边起，从来没有拂逆过韩烨的任何命令，这是第一次。

韩烨沉默半晌，破天荒地，他扶起跪在地上的吉利，嘴角勾起微小的弧度。

“吉利，你不信孤可以夺回云景城?”

吉利被韩烨这一扶弄得手足无措，连忙摇头，“不，奴才相信殿下，只是……”

“那你就替孤好好护着靖安侯君。”

韩烨加重了放在吉利肩上的力道，然后朝他摆摆手，“你下去吧。”

吉利神情一黯，端着药盅退了出去。

窗外，温朔沉默地看着韩烨挺拔的背影，心里想，这一世，就算殿下为姐姐做得再多，或许终究也不会告诉她。

温朔眼眶微红，悄悄转身离开了书房，把这一方净土留给了两人。

书房内，韩烨坐在榻边，安静地望着沉睡的帝梓元。

许久，他拈起帝梓元散在肩上的一缕青丝，“上一次你这么听话，还是你七岁那年跟着我在东宫里头跑的时候了。我当时想，靖安侯把养得这么鬼灵精怪又淘气的闺女送进京，难道真觉着我满帝都的勋贵里寻不出一个像样的贵女?”

他笑了笑，有些无奈，“你不知道吧，你还没进京，你在帝北城撒泼耍赖赌咒发誓不肯嫁我的话就已经传遍帝都了。听说是靖安侯挥着鞭子把你从军营里绑出来送进京的，我着实被那些兄弟笑话了好一阵，心里恼得不行，就想瞧瞧到底是个什么小姑娘，敢嚣张到这个地步。梓元，我起初没把皇爷爷的赐婚圣旨当回事儿，没想着一定要娶你。我是大靖皇朝的太子，整个天下都是我的，我有什么要不到。”

“你进宫那天下着大雪，整个皇宫被冰雪覆盖，我从父皇的上书阁退出来，在御花园里见到了护着安宁的你。那时候，你才这么高……”韩烨一边说着一边比画，眼底的温柔似水拂过，“裹着一身火红小袭，把比你还高的安宁护在身后，才七八岁的小姑娘，哪里来的胆子，敢在天家的皇宫里训斥后妃无德。或许整个大靖帝都里还真寻不出一个贵女能似你这般性子，梓元，那时候我就想，皇爷爷他给我选了个好媳妇儿回来。”

“那时候你还太小，我没来得及告诉你这些你就回了晋南，后来……”韩烨顿了顿，声音有些嘶哑，“后来发生了太多的事……”

韩烨半垂下身，他的黑发和帝梓元的缠绕在一起，他们额头相抵，呼吸交错，韩烨在帝梓元苍白的唇上吻下，复又抬首，指尖在她眉角划过，他看着帝梓元，眼底温醇，深情似海。

“梓元，这辈子，我最感谢的就是皇爷爷那道赐婚圣旨，你是我韩烨昭告天下、世人皆知的东宫太子妃，这一世，我没什么好遗憾的了。”

“你问我究竟想要什么，天下？权位？人心？都不是。这世上，我只求你一个帝梓元。”

你是我韩烨这一生的执念。

北风吹过，韩烨从未言过的低语被吞咽在呼啸的风中。

榻上的人静静沉睡，或许这一生，她真的不会知道大靖太子韩烨究竟是如何待她，又为她做过多少。

韩烨要留下夺云景城的决定让所有人意外，毕竟一开始要留下夺城的人是帝梓元，但他是三军统帅，做出的决定无人可以改变。

傍晚，韩烨安排归西、长青护送帝梓元和温朔回青南城。

韩烨把一行人送到后城门口，临到出发时，他突然走到马车旁立着的温朔面前。

“温朔。”

温朔抬眼望他，神情有些疑惑。

“你还记得我替你取名字的时候对你说过的话吗？”

温朔一怔，摸了摸头，一年来头一次笑得腼腆，“殿下您希望我将来能温仁冠雅，仁德兼备，如朔朗辰星一般。”

“嗯。”韩烨颔首，看着面前他一手养大的少年，眼底拂过淡淡的骄傲和欣慰，“烬言，这些年你不负孤所望。”

温朔猛地抬头，眼底满是讶异。

这是韩烨第一次唤他帝烬言。

韩烨在神情满是讶异的少年肩头拍了拍，望向城外。

黑夜尽头，那是大靖边关，回中原的方向。

“烬言，你带梓元回去吧。”

第三十八章

帝都，上书阁。

“结果如何?”嘉宁帝立在窗前，负于身后的手缓缓摩挲着大拇指上的白玉扳指，声音冷沉。

他身后，赵福垂着头，回得有些小心，“陛下，龙老传来密信，上虎啸山的俞老等三人都没有下山，日前送往邺城的补给已经到达，密探言是靖安侯君亲自送粮入城。”

摩挲扳指的手顿住，嘉宁帝眼底寒芒闪过，长叹一声：“三位准宗师都难取其命，到底是帝盛天亲手教出来的……”

“陛下，那接下来的计划……”赵福小声问询。

嘉宁帝摆手，淡淡道：“继续进行，帝梓元身边的高手不少，朕原就没指着那三人能取帝梓元的性命，虎啸山是帝梓元送粮的必经之地，唐石命她送粮的事将来肯定瞒不住有心人，她若真在虎啸山上死于北秦杀手和大靖准宗师之手……三军阵前诛杀统帅，你说将来天下人会如何言朕?”

赵福心底一惊，陛下竟早就做好了此次诛杀靖安侯君会失败的准备。

“太子如今在何处?”嘉宁帝话锋一转，问道了韩烨的行踪。

“龙老刚传回的消息，殿下如今在宋瑜戍守的山南城练兵，他说前次相见，殿下有言会夺回军献城。”

嘉宁帝颔首，“元朗战死在军献城，以太子的心性，他想亲自夺回来倒也是常理。”

“赵福，下去吧，这些准宗师入西北前朕就已交代过他们该如何做，诛杀帝梓元之事你不用再过问了。帝梓元……”

嘉宁帝望向窗外漠北的方向，凛冽的杀伐之气充斥在眼底，“帝梓元不可能从西北活着回来。”

北秦王宫。

将近半月修养，莫天功力恢复得七七八八。此时，他立在英武殿外的石阶上，和嘉宁帝一样望着漠北的方向沉思。

“陛下。”吴赢正在寻莫天，匆匆走上石阶立在他身后。

“阿清怎么样了？”

“连将军昨日夜里醒了一次，又昏睡过去了。国师说连将军伤势过重，怕是之后的几个月都是这副样子，但没有性命之忧了。”

莫天舒了口气，紧皱的眉头舒坦了些才沉声问：“虎啸山上结果如何？”

吴赢要禀的正是此事，他声音低了低，“陛下，派往虎啸山的人一个都没能回来，大靖的靖安侯亲自把军粮运到了邺城，咱们的死士失手了。”

意料中的帝王之怒没有出现，吴赢甚至奇怪地从莫天的神情中感觉到了一丝如释重负。

吴赢不作他想，从袖中掏出一道折子拱手呈上，“陛下，德王爷在殿外等陛下传诏。”

莫天眉头一挑，“他此时进宫干什么？”说着接过吴赢手中的奏折。他随手翻开，眼底冷沉之意更甚。

“陛下？”

“他想让努昊领兵五万增援云景城。”

努昊是德王内侄，也算北秦的一员猛将。德王觊觎北秦王位多年，一直不肯把手下精兵尽数交由莫天调遣，这五万人马算是他的老本儿。

吴赢一愣，“陛下，德王爷是想……”

“邺城只有五万残兵，鲜于焕现率七万大军驻扎在云景城，努昊若再增援五万，邺城必破。夺取邺城、诛杀靖安侯的军功，他必定不会轻易错过。”

这一年帝梓元在西北战场上连破数城，斩杀了无数北秦将领，让北秦子民闻风丧胆。北秦人崇尚武力，若谁能诛杀帝梓元，这份军功必定让其在北秦国内声望大涨。

尽管他猜到德王的用心，可却无法拒绝。有帝梓元在邺城，即便鲜于焕统御七万强兵，胜负也是未知之数，德王的五万人马却能扭转战局。

三国掌权者都知道这场战争已经接近尾声，既然谁都无法吞灭谁，那在将来的谈判里谁掌控得更多，谁就能拿到更多的主动权。

这场战争莫天绸缪数年，几乎耗北秦所有，作为一国之主，他没有第二个选择。

只是，邺城破也意味着帝梓元……

莫天垂眼朝英武殿外石阶下候着的德王看去，负于身后的手缓缓握紧。

“吴赢，传德王进殿。”

“是，陛下。”

吴赢转身就走，却被莫天唤住。他回过头，看见莫天立在初阳下，颀长的身姿沐着流金的光霞。他几乎看不清莫天脸上的表情，却听到年轻的帝王轻轻一叹又无可奈何的声音。

“告诉鲜于焕，帝梓元朕还有用，邺城之战若是时机允许，生擒帝梓元回王城。”

战场擒主帅何等为难，更何况又是靖安侯君那般刚烈的性子和手段！吴赢神情讶异，却也不敢违逆莫天的旨意，低声应是后退了下去。

莫天眺望西北，终不再言。

异族异国，结局早已注定。他和帝梓元，或许不如从来不见。

一日后，努昊率五万铁骑从德王领地出发，浩浩荡荡朝邺城而去。

半月后，邺城。

苑书望着云景城外攒动的北秦狼旗眉头紧皱。三日前，北秦援军抵达，鲜于焕从三日一次的出城练兵换为每日一次。天气渐暖，邺城城头的厚冰已有雪化迹象，鲜于焕迟迟没有发兵攻城，等的也是冰雪融化。

苑书转身下了城头直奔城主府内韩烨的书房。

苑书走进书房的时候，韩烨正立在沙盘前。

苑书在帝梓元身边时没大没小，在韩烨面前却矜持沉稳得很。她清了清嗓子，先朝韩烨行了个礼才沉声开口："殿下，努昊领了五万援军过来，臣猜最多不过三日鲜于焕就会攻城，待冰墙融化，邺城将无险可守。邺城内还有三万百姓，臣恳请殿下马上带着百姓离城，并向青南城求援。"

苑书久战沙场，从不做以卵击石的无谓牺牲。鲜于焕只有七万兵力时她尚能一战，可如今十二万大军，邺城必破。

青南城里还有帝梓元一手操练的八万帝家军。如今帝梓元昏迷，也只有韩烨能以兵符调遣这八万大军。

韩烨抬头朝苑书看去，"你让孤带着百姓走，那你呢？"

苑书眼底的坚毅一览无余："臣会死守邺城，等殿下带着援军回来。"

韩烨一怔，眼底一抹感伤极快划过，他缓缓开口，沉声道："一个安宁就够了。"

"殿下！"苑书眼底露出急色。

"苑书，不必再言，孤不会离开邺城。况且半个月前温朔离城时孤让他带走了兵符，如今青南城的八万大军已经随温朔去了山南城。"韩烨朝苑书摆手，面上恢复了冷静，转身朝沙盘看去。

苑书神情讶异，"殿下，臣还以为您会亲自……"

"军献城才是我大靖第一铁关，当初若不是秦景偷开城门，盗走布兵图，军献城绝不会失守。只要重新夺回军献城，北秦短时间内再难叩关，可保我大靖子民十年无忧。"

韩烨望向沙盘上大靖的疆土，"苑书，谁夺回军献城并不重要，重要的是我们要替那五万被坑杀的百姓拿回故土，给施家和无辜惨死的大靖子民一个交代。如今连澜清生死不明，新任将领远没有连澜清善战，是我们夺回军献城的最好时机。两日之后，归西会在潼关出兵和温朔的十五万大军汇合，兵发军献城。"

"殿下，那我们邺城？"

一旦军献城的烽火点燃，鲜于焕必会同时燃起邺城的战火，那岂不是连最后三日时间都没有。后无援兵，面对北秦大军的疯狂攻势，别说夺回云景，保住邺城都很艰难。韩烨如此做岂不是根本没给邺城留下退路？若是如此，即便夺回军献城，邺城这条攻入中原的极北之路一样会被北秦撕开口子。

苑书安静地等韩烨回答，若不是有其他方法，韩烨不会做出这样的安排。

"苑书，如今云景城内是否还有大靖子民？"

果不其然，韩烨问出了苑书根本没想到的问题。她摇头，“殿下，云景城是最早被北秦占领的城池，除了当初死于战乱的百姓，所有大靖子民都被北秦蛮夷驱逐出城，如今的云景城只剩下北秦大军。”

“如此便好。苑书，你可听过云景城的传言。”韩烨突然开口。

苑书面上露出一抹疑惑，忽然想起当年在安乐寨时帝梓元时常为她和苑琴说的野史，道：“臣听说咱们大靖建国时北秦王曾遣使来贺，宴席上北秦使者酒后大放厥词，言北秦兵强马壮，总有一日将马踏边关，取走我们大靖军献和云景两城。”

“你可知太祖当时是如何回他的？”

苑书点头，“臣知道，太祖命人将那北秦使者绑了起来，并修了一封国书给北秦王。”

“大靖军献，永不可破，若破，大靖必取之。大靖云景，永不可夺，若夺，大靖必毁之。凡朕有生之年，大靖国土，若失一寸，十年之内，大靖塞外诸国，永不复存。”

若犯我大靖一寸国土，必以国来还！

当年韩子安立国，一封国书昭告云夏，自此边疆安稳数年，他有生之年，北秦和东骞未敢再兴战火。

如今，韩烨立在漠北边疆战场，以大靖储君的身份重新立起了韩子安二十几年前的这道响彻云夏的护国国书。

第三十九章

凡夺云景，大靖必毁之。

一座无坚不摧的边塞城池，被他国所夺后，如何能轻易摧毁?

“殿下，如今云景城有北秦十二万大军，非普通人力可抗。”世上能以一己之力摧毁一城的只有传说中的大宗师，但大宗师早已超脱世俗，无法插手俗世中事。

“韩家兴起于北地，云景城自古是韩家领地，乃韩氏先祖一百五十年前所建。云景城下沃野千里，韩家先祖却依托地势险峻的云景山山体建造了云景城。你可知为何?”

苑书眉毛一挑，摇头。云景城建造数百年，从来无人关注它到底是如何建成。

“云景城城下曾是西北之地上最大的河床，韩家先祖花费数十年之工填平河床，在河底支起十二根鼎城石柱，开凿山体才建成了如今的云景城。”

河床？十二根鼎城石柱？太子是想……苑书神情猛地一变，朝韩烨看去。

“只有韩家代代相传的嫡系才知道云景城那十二根鼎城石柱埋藏的位置。如果云景山山体和那十二根鼎城石柱同时断裂……”

“殿下!”苑书神情一变，失声开口。

韩烨颔首，目光冷沉，“鲜于焕想三日内攻城，孤便让他北秦大军走不出云景城一步。军献城属于大靖，云景城也是，孤就算毁了这座百年城池，也绝不交到北秦人手里。”

云景城失去基石，整座城池将会毁于一旦，彻底坍塌。难怪太祖会说天下谁人敢夺云景，大靖必毁之，原来竟是如此！

城内十二万北秦大军……苑书长吐一口气，神色复杂无比，却没有反对韩烨的决定。这场战争下大靖无辜惨死的百姓和战亡沙场的将士又何尝没有十万之众？若让北秦夺下邺城，大靖百姓一样会死于北秦人的屠刀之下。

战争造成的杀戮，从来没有对错。

“殿下，那十二根鼎城石柱都分布在何处？若臣猜得不错，应至少有半数是在城内吧。”苑书心性果敢，明白韩烨的打算后便开始为他分析云景城的现状。

韩烨点头，“十二根鼎城石柱中有八根以星罗状分布在四面城墙之下，剩余四根在城中心。”

“城中心？可是在城主府？”城主府守卫森严，就算暗探混进城，也难以接近。

“不是，韩家先祖怕万一有一日云景有毁城之祸，那四根鼎城石柱的上面修建的并非是城主府，而是宗祠。”

宗祠位于城主府往西五百步处，平日里只用于祭祀。过往百年宗祠虽受百姓尊崇，却守卫松散，如今云景城落入北秦之手，更无人守卫此处。

“殿下，臣马上去安排潜进城的探子……”

“不用了，朝廷安插在北秦军营的死士并不少。一个月前孤就下令让潜伏在云景城的死士在祠堂和城墙内埋满了火药，三日后军献城烽火燃起之时，就是我们毁城之日。”

一个月前？苑书神情愕然，那时虎啸山之难还未发生，小姐没有受伤昏迷，原本戍守在邺城的应该是小姐，太子怎么会颁下这道命令？难道太子会提早知道自己会独守邺城？这怎么可能？

苑书压下心底的疑惑，总觉得有什么不对劲的地方，却又一时半会想不起来。

“殿下，云景城被毁虽会重创北秦大军，但北秦兵个个骁勇善战，武力不低，臣认为至少有半数能逃出城去。有鲜于焕在，剩下的北秦军仍有一战之力。”

韩烨颔首，欣慰苑书没有把整场战争的胜负全压在毁灭云景城上。

“剩下的战场，孤陪你一起扛。没有夺回云景城的后顾之忧，孤相信你不只可以守住邺城，还能重创鲜于焕，让他再不敢犯我大靖疆土分毫。”

“是，殿下！”苑书守家卫国的豪情瞬间被韩烨点燃，她狠狠朝韩烨点头，朗声回，“臣必不负殿下所望，臣这就去步兵操练，等两日后的决战。”

她说完转身朝书房外走去，跨过门槛时突然想起一事，回转头看向韩烨，“殿下……”

韩烨抬头朝她看去。

“近来小姐戍守邺城的消息传遍了西北，可是殿下有意为之？”苑书觉得奇怪，就算小姐重伤昏迷的消息必须保密，也无需说她戍守在邺城，如今就连邺城的将士也以为每日在书房里颁下军令的是靖安侯君。

“决战之前孤的身份不宜暴露。至于原因，苑书，孤有必须这么做的理由。凡城中有人问及此事，你只需告诉他们留在城主府的是靖安侯君。”

“是，殿下。”韩烨不愿言明，苑书也不宜再问下去，转身退了出去。

书房内，韩烨望着沙盘上的云景山兀自出神，久久未言。

与此同时，山南城，城郊军营。

温朔刚操练完将士，顶着满头大汗一脚跨进营帐便看见了沉着脸立在帐中的山南城守将宋瑜。

温朔连忙行礼，“见过宋将军。”

宋瑜摆摆手，并不在意这些虚礼，只问：“温朔，我问你，殿下去哪了？”

温朔取下盔甲的手一顿，笑了笑，道：“末将不是给将军带了殿下的密信，这几日殿下正在临近几城巡视。”

“半月前你也是如此告诉我，我三日前遣人去各城打探，并无一城将领在半月内见过殿下到访。”宋瑜沉眼看向温朔，“温朔，殿下和你在一起，如今只有青南城八万大军随你而归。殿下究竟去了哪里？”

见温朔不答，宋瑜上前一步，厉声喝问：“温朔，太子殿下贵为储君，又是三军统帅，他的安危关系重大，若他出事，我们如何向陛下交代？”

如今满西北都在传韩烨戍守山南欲亲自掌旗夺回军献城，宋瑜作为山南城守将，半月来根本连太子的影子都没见过，自然坐不住。

帝梓元昏迷的消息不能为人所知，太子留在邺城也是为了隐瞒此事。见宋瑜怒发冲冠，温朔知道今日不给他一个交代必定糊弄不过去。他从大帐案桌后拿出一方墨盒，递到宋瑜面前。

“宋将军，殿下临走时吩咐，无论将军有何疑问，将来他会为将军解惑，现今将军只需见此符听令。”

宋瑜打开墨盒，白玉雕镌的三军虎符置于其中，他端着墨盒的手一抖就要跪下行礼，却被温朔稳稳抬住。

“将军不必如此，不过一些虚礼。”

主帅不在，掌有虎符者有暂代统帅调遣三军的权力。宋瑜看了看温朔，把虎符递还给他，着实有些尴尬。

温朔接过虎符收好，从怀里拿出一封信递给宋瑜，“将军，这是殿下的密信，殿下吩咐我在合适的时候交给将军。”

宋瑜急忙接过展开，阅完信，他神情一重，“温朔，殿下说三日后就是攻城之期？”

温朔点头，“三日后，总守潼关的归西会出兵北上，和我大军合拢进攻军献城。有唐石将军戍守尧水，可保后方无忧。”

如今大靖在北秦手中的城池只有军献和云景两城，太子集全力进攻军献，难道是要放弃云景？

“努昊领了五万骑兵增援鲜于焕，我们若用所有兵力进攻军献，那邺城……”戍守邺城的是靖安侯君，皇室和帝家渊源纠葛颇深，嘉宁帝对靖安侯君帝梓元一直态度不明，是以宋瑜这话也问得颇为迂回。

果不其然，宋瑜瞧见温朔眉头一皱。

“将军不用担心，邺城有靖安侯君在，出不了事。”

见温朔不愿多言，宋瑜也是个聪明人，只问：“那殿下何时回来，三日后的攻城战……”

满西北皆知，自施元朗亡于军献城后，太子对亲手夺回军献便有着常人难以撼动的执着。

“将军不必担心，殿下有言，三日后统御三军进攻军献的统帅必定归来。”

宋瑜得到了温朔的保证，满意地走出营帐回城布兵。

大帐内温朔面上的神色却不如面对宋瑜时的淡定自如。他望向帐中沙盘上邺城的方向，心底的疑惑和担忧一日比一日更甚。

殿下每一道命令都剑指军献城，却唯独没有派兵支援邺城的打算。如今邺城不过五万残兵，如何抵挡鲜于焕十二万虎狼之师？

就连温朔也不知道，在太子戍守邺城、帝梓元昏迷不醒的情况下，谁会是那个三日后统御三军夺回军献城的统帅。

青南城。

城主府内，长青送走了问诊的大夫，在书房外走来走去愁眉不展。他素来心性坚定，若不是发生的事太多，也不至于如此焦急。

邺城被鲜于焕十二万大军包围，温朔拿着太子的虎符带走了帝家八万大军却没有支援邺城，反而直奔山南。对长青而言保住有苑书戍守的邺城绝对比夺回军献城更重要，可帝梓元自邺城回来后一直昏睡，他只是帝梓元的侍卫，根本无法左右大局。

说来也奇怪，请来的大夫都言帝梓元伤情已好转，就算不能运功，也不至于一直昏睡不醒。

回廊上，吉利端着药盅走过来。他受太子令留在帝梓元身边，平日里和长青井水不犯河水。

这一次，长青却把他拦在的书房外。

“吉利公公，太子殿下究竟有何打算？”长青性子木讷，不善和宫廷中人打交道，倒也问得直接。

吉利眉毛一挑，推开长青的手，“殿下的用意，岂是我等可以窥探。”不同的人教出不同的性子，吉利教训长青教训得一板一眼。

长青被这话堵得不行，却也没堕了帝梓元平日里的调教，他看向吉利，“吉利公公，你守在我们侯君身边做什么，如今邺城情势危急，怎么看都是太子殿下更需要你保护。”

吉利被抓住了痛处，他眯着眼朝长青看去：“长青，你不要忘了那七位准宗师的存在，就凭你一人能挡住他们？殿下让我留下侯君身边自然有他的道理。”

长青面色一变，虎啸山上的大战历历在目，他神情凝重，任由吉利推开他走进了帝梓元的书房。

房内，吉利为帝梓元服下汤药，神情复杂地叹了口气。

整个西北风雨欲来，第二日，在帝梓元书房外守候了一日的长青又拦住了吉利，这一回大有不问出个结果誓不罢休的劲头。

“吉利，殿下和苑书还在邺城，他们五万残兵如何对抗十二万大军，殿下到底有什么打算?”

“都说了殿下自有主张，你一个侍卫关心这么多干什么!”吉利皱着眉，不耐烦摆手，就要躲开长青往书房里去。

“长青不能问……”

吱呀声响，清冷的声音在两人身后响起，沉寂了数日的书房被人从里头打开。

两人愣愣地回转头去。

“那本侯呢?”

帝梓元一身青衣，眼深如墨，看着吉利如是问。

第四十章

帝梓元醒了，决战前日帝梓元竟然毫无预兆地醒了。

用如今的话说，这叫幸福来得实在有点儿太突然。

回廊上的两人一下子没回过神，盯着帝梓元半晌没出声。

“怎么？韩烨让温朔带走了本侯八万大军，本侯连过问一句的资格都没有？”

帝梓元倚在门边，眼微微上挑，看着吉利的眼底带着淡淡的威压。

吉利端着药盅的手一抖，腿一软半跪于地，“吉利不敢。”

吉利眼观鼻鼻观心，大气都不敢出，直到帝梓元踩着黑纹鎏金长靴行到他面前。沉木托盘上的药盅被一双修长的手端走，他听见药盖被人揭开，甘苦的药味弥漫在院子里。

帝梓元将药一饮而尽，把药盅拿在手里把玩，“说吧，韩烨到底有什么打算，他把你留在本侯身边，难道还真只是为了每日为本侯端药送茶不成？”

听见帝梓元此话，杵在一旁的长青不由得一愣，望向吉利神情带了点儿微妙，他还真以为这个脾气倔强又张牙舞爪的小太监被派来也就是端端药倒倒茶什么的。

却不想帝梓元话音落定，吉利已经站起了身，他神色一正，从怀里掏出一封信恭恭敬敬递到帝梓元面前，“侯君，这是殿下的谕令。”

这话一出，帝梓元眉毛一挑，眼底的讶异显而易见。

自她恢复帝梓元的身份后，韩烨对她，还从未用过“谕令”二字。

她接过信展开，神情渐渐凝重，抬眼看向吉利声音微沉：“太子让本侯统领三军攻下军献城？”

“是，侯君。您在虎啸山里受伤太重，殿下决定代替您留守邺城，半月前殿下已调令归西将军前往山南城和温朔公子汇合，奴才临行前殿下有吩咐，若侯君您在决战前醒来，便让我将此信交予侯君。侯君不用担心，调令三军的虎符殿下已经交给了温朔公子，如今小公子正在山南城等您。”

“那邺城呢？他让温朔带走八万帝家军驰援山南，邺城只剩下五万残兵守城。就算他韩烨神通广大，难道还能以一己之躯抵挡鲜于焕十二万虎狼之师？”

帝梓元神色冷沉，把韩烨的密信揉成一团扔在地上一脚踩过，苍白的面色泛出大病未愈的潮红，眼底的怒意澎湃而出，“他想做什么，逞什么英雄，他要当第二个安宁不成！长青，备马！点齐城中剩余兵士，随我即刻北上，修书给温朔，让他调三万兵力驰援邺城。”

帝梓元说着抬步就朝院外走，她足下生风，拦都拦不住。

若不是吉利有准宗师的武力值，怕是已经被帝梓元这股骇人的气势逼得溃不成军。他连走两步，堪堪压下心神急忙拦住帝梓元：“侯君息怒，侯君留步。”见帝梓元状若未闻，他高声道：“侯君，殿下调了尧水城唐石将军的六万大军去邺城！”

帝梓元脚步顿住，她负手于身后，眉头高高皱起，“唐石？韩烨调了尧水城的大军？”

“是。”吉利急忙回道，“殿下已修书去往尧水城，向唐将军言明戍守邺城的是殿下自己，并令唐将军领兵驰援。”

帝梓元眼一眯，知道韩烨此举的用意，唐石是嘉宁帝的人，他不会调兵救援自己，却一定不敢怠慢韩烨的生死。

见帝梓元冷静下来，吉利行了两步立到她面前，“侯君，临行前殿下让我给您带句话。”

“说。”

吉利朝仍有怒意的帝梓元看去，正了正声音才缓缓开口：“殿下让奴才转告您，邺城里不仅有苑书将军，还有五万守兵和三万大靖百姓，他不会把这八万人的性命当儿戏。殿下说他会守住邺城，把北秦人从云景城内驱逐出去，只愿侯君您能以大局为重，前往山南城接掌三军。”

吉利向帝梓元行下一礼，“侯君，殿下让我问您，可还记得数月前在青南城和他的约定，殿下言他必不负当初所约，也请侯君守诺，夺回军献，以全他和施老将军的师徒之义。”

三个月前，韩烨在青南城和帝梓元约定，这场战争结束之时决不让军献、云景两城留在北秦之手。

“唐石当真领兵去了邺城？”帝梓元看向吉利，眼底的质问犹若利剑。

若唐石已领军前往，韩烨便有和鲜于焕一战的兵力，邺城之危可解。待她拿下军献城再去驰援也不算迟。

“事关一城之危、殿下生死，吉利不敢妄言。”吉利眼底一派坦荡，“只是此事事关重大，唐石将军北上会造成守军减弱，殿下有吩咐，除了侯君，任何人皆不能言。”

见帝梓元沉默不语，吉利又道：“侯君，再有一日就是军献城决战之期，此去山南城尚有百里，非一日不可达……”

“他既代替我戍守邺城夺回云景，那本侯便替他拿回军献。长青，备马，即刻启程前往军献城。”帝梓元朝吉利摆手，转身朝书房走去。

一刻之后，一队人马从青南城而出一路向北而去。

帝梓元一骑当先，她银白的盔甲沐在阳光下折射出耀眼又霸道的光芒。铁骑踏过青南山，帝梓元握住缰绳，抬眼望向青南山下埋着八万帝家军的巨大坟冢。

又是一年寒冬过去，当年的累累白骨如今已化作腐朽，不屈的帝家旌旗也早已残破，岁月的年轮把当年那段悲烈无比的历史掩埋在这座大山深处。

安宁的墓碑矗立在帝家军的坟冢旁，安静而执着地守候着。

历经无数道战火的百年城池在帝梓元身后耸立，这一刻，她突然明白一年前安宁选择长眠于此的真正原因。

或许直到那场战争的最后一刻，安宁不是不可以活，只是她选择了战死在青南山亡于疆场。那时的安宁，以一个大靖公主的血性和鲜血在向帝家请罪，为韩家救赎。

北风呼啸而过，帝梓元眼底染上莫名的湿意。

这么多年，帝梓元一直无比孤单地走在这条复仇的道路上，她从来没有想过，当年那场劫难毁掉的不止是她帝梓元的一生。韩烨和安宁又何尝不是……他们陪她走在这场十年仇怨轮回里，从未远离。

“你问我究竟想要什么，天下？权位？人心？都不是。这世上，我只求你一个帝梓元。”

韩烨在她耳边低喃的话语言犹在耳，她始终没有看透那个人，她有太多的疑惑要去解开。

待这场战争结束，她会去见他，所有的一切她都会亲手找到答案。

或许，她执着了十年的死局会有解开的一天。

她是帝梓元，她能背负一族之冤孑然前行十年，她能执掌三军手握朝堂乾坤，她连江山都可以颠覆，这盘死局，她为何不能解？

终究，这世上，只有一个安宁就够了。

第二日清晨，帝梓元一行抵达山南城，此时距离军献决战之期，不足十二个时辰。

与此同时，云景城城主府。

鲜于焕决定两日后攻打邺城，故将一众副将召于府内设宴。

大堂上，鲜于焕一身戎装坐于首席，他身后挂着巨大的行军图。鲜于焕在北秦军中威望极高，即便是德王一派的努昊领着五万大军前来驰援，在他的宴席上也只敢抱着酒坛嬉笑怒骂，不敢多言朝堂是非半句。

饮酒作乐到一半，努昊帐中侍卫匆匆走进，在他耳边小声禀告了几句。不知听到了什么，努昊脸色一变，眼底的讶异狂喜一闪而逝，他朝四周看了一眼，见无人察觉，老神在在地朝侍卫摆手让他尽快退下。

“慢着。”

那侍卫退出大堂之际，鲜于焕突然发声喝住了那人的离开，大堂内陡然安静下来。

“努昊，这是你帐中亲卫？”

努昊神情一凝，他放下手中酒坛，抹了把胡子上的残酒，看向高座之上的鲜于焕笑道：“元帅好眼力，这确是我帐中武士。”

“本帅的宴席从来都是副将之下不得入宴，他来做什么？”

平时一个武士的进出绝对不会让老谋深算的鲜于焕发难，只是如今乃决战前夕，刚才努昊面上的神情他观在眼底，他自然不能放过任何隐患。

“不过是我帐下的一些琐碎事，哪里值得元帅亲自过问，还不快退下。”努昊一边朝鲜于焕请罪，一边朝那武士呵斥。

“努昊，这是本帅的宴席，他来或去，还轮不到你替本帅做主。”鲜于焕猛地起身。

努昊被这气势压得一滞，垂首瓮声回：“末将不敢。”

“努昊，说，此人入席，究竟所为何事？”鲜于焕从高坐上走下，他行到努昊面前，面上不怒自威，沉声开口，“此战事关重大，本帅绝不允许出一丝纰漏。努昊，瞒军情而不报，即便将来有德王责难，本帅也可依军法将你立斩于此！”

瞒军情而不报？努昊心底一惊，难道鲜于焕已经知道了？他心下几转，终究敌不过鲜于焕的威慑，垂首恭声道：“元帅，末将帐下探子来报，说……如今在邺城里守城的不是靖安侯君帝梓元，而是那大靖太子韩烨！”

第四十一章

此言一出，满座皆惊，就连老成持重的鲜于焕都忍不住面色一变，声音猛地拔高，“你说什么，守在邺城的是太子韩烨？这是哪来的消息？”

见鲜于焕如此反应，努昊当即便有些懊悔说了出来，但又不能不回，他只得道：“元帅，末将的探子在云景山附近打探时正巧碰见了外出巡视的大靖太子。末将想那帝梓元从入城至今都以盔甲示人，行迹实在可疑，那应是太子假扮，而非她本人。”

鲜于焕神情凝重，一时没有回答。戍守邺城的若是大靖太子韩烨，那这场仗就非胜不可。如能生擒韩烨，以嘉宁帝对嫡子的看重，大靖西北诸城皆可取之，对北秦朝堂更是不世功勋。

可戍守邺城的为什么是韩烨？他又为何会出现在云景山？那山南城里的三军统帅又是谁？

因为韩烨的突然出现，鲜于焕陷入了一团迷雾之中。

见鲜于焕不语，努昊朝堂中的将领望了一眼，抢先一步道：“元帅，末将请命为先锋，必擒那大靖太子回来！”

努昊嗓门忒响，震得堂中众将蠢蠢欲动，鲜于焕抬眼朝诸将一扫，沉声道：“努昊，不要鲁莽，此事事关重大，待宴会结束，诸将来本帅书房从长计议。”

一场战争最忌人心不齐，若诸人都只想着擒韩烨邀功，那此战必毁。韩烨选择这时候现身，未必没有此意。

努昊悻悻坐下，面上露出一抹愤然，他这副样子瞧在众人眼底，又是一番计较。鲜于焕摸了摸胡须，并未多言。待众人将视线转移，努昊眼底极快地划过一抹暗光，露出狡黠之意来。

他刚才所说的不过一半，鲜于焕只知韩烨戍守邺城，却不知韩烨为何会出现在云景山。活捉大靖太子的功劳，必只有他一人独享！

山南城城主府，宋瑜从大营里头回来看见斜坐在大堂里把玩着虎符的帝梓元，差点一口气没顺上来，吃了一旁立着的温朔的心都有！

说好的殿下三日内必回呢？说好的开战前殿下统御三军呢？说好的还他一个平平安安活蹦乱跳的太子殿下的呢！

原本应该戍守邺城的靖安侯君杵着个大活人在这，那太子如今所在宋瑜用脚趾头都想得出来。除了被鲜于焕十二万大军包围的邺城，根本不作他想！

太子可是大靖的储君，他要是出了点幺蛾子，陛下灭了他九族的心都有！

宋瑜冒火的目光终于让咱们的温小公子找回了点儿良心，他摊摊手，颇有些无辜地睁大了眼："宋将军，末将只说三日内统帅必回，可没有说回来的会是太子殿下。"

帝梓元的归来带回了唐石驰援邺城的好消息，温朔卸了几日来的不安，顽劣的性子一起，逗起了将军乐子。

宋瑜眉毛胡子一瞪，还来不及发火，帝梓元清冷深沉的声音从上座传来。

"宋瑜、归西、温朔，传本侯军令，三更鼓起，进攻军献城！"

这场久待了一年的决战，终于在帝梓元的最后一道命令下拉开了序幕。

前两日本已春意渐浓，今日又下起了大雪，融化的城墙被重新覆上冰雪，这对守城的苑书而言是个好兆头。

韩烨从云景山上下来一路策马入府，苑书守在书房门口，见他平安回来才松开紧皱的眉头，"殿下！"

韩烨解下身上的大裘，抖了抖雪，笑道："你不守在城头，在这里等孤做什么？"

"殿下您这样乱跑，臣怎么好好守在城头？"苑书一脸不赞同，"去炸云景山山体的人臣已经安排好了，殿下您不必亲自过去看这一趟。"

韩烨笑笑，看了看天色，“待三更一到，军献城的战鼓就会敲响，苑书，我们二更行动，要在军献城的烽火点燃前杀鲜于焕一个措手不及。”这场战争终于快结束了。

苑书点头，看见韩烨淡然的神色，一直紧绷的心突然就安稳下来，爽朗的笑容重新出现在她脸上，“是啊，殿下，等赶走了北秦蛮子咱们就回京，我都一年多没看见苑琴……和聚贤楼的折云糕了！”

苑书的埋怨十成十的率真，韩烨忽而一愣，眼底淡淡的情绪淌过，笑道：“好，等回了京，让归西带你去吃个够。”

剑术超绝又冷心冷情的青年这时候被提起让苑书罕见地老脸一红，她一边嘟囔着“那人和我不对盘还是殿下您请吧”一边飞快地溜走了。

待苑书出了院子，韩烨脸上的笑意敛起，朝身后沉声开口：“安排妥当了？”

一道人影从阴影中走出，低声回：“殿下，那人是咱们潜在努昊身边的死士，他已向努昊回禀在云景山上瞧见了您，殿下放心，他会挑个好时候让鲜于焕也知道您在城中。”这人话音顿了顿，又道：“殿下，何不让咱们的人把消息直接放给鲜于焕，马上就要迎战了，咱们的时间不多，为何绕这么大个圈子？”

“就是因为时间不多才要如此，鲜于焕老谋深算，这个时候如果是他自己得到的消息，即便是真的，他也不会信，更有甚者还会将孤在城中的消息压下来以保这场仗的胜利，可如果孤的行踪是在大庭广众之下出自德王一派的努昊之口，意义就会完全不同。孤的命，可比邺城重要得多。”

“那努昊怎么会心甘情愿把这大功拱手让给鲜于焕？”

“他自然是不会。”韩烨抬眼望向天际，夕阳西下，他清冷睿智的声音静静在落日中响起，“他太小瞧鲜于焕了，能和太祖在战场上分庭抗礼的老将岂是他能比拟，鲜于焕才是云景城的统帅，掌控着云景城的调兵大权，努昊的五万铁骑一样归他调度。孤这则消息从头到尾要告诉的……”韩烨负手于身后，墨黑的眸里若有繁星，“只有一个鲜于焕。”

“若不是孤以命相诱，怕也不能动他心智分毫吧。”低低的叹声在院中响起。

韩烨身后的侍卫怔住，还未来得及听清，韩烨已朝书房内走去。

夜幕初上，努昊从帅府走出。府门外，宴席上为他报信的武士正焦急等待，见他出来急忙迎上，“将军，元帅可将擒太子的先锋之位交予您？”

努昊朝四周望了一眼，刻意提高了声音：“元帅把这重任交给了达赤将军，既是元帅吩咐，我也只能从命。”

和他一同出府的将领听见此言纷纷宽慰了数句便相继散开。

努昊朝那武士摆手，待两人上了马车才压低声音问：“韩烨果真打算扎营在云景山?”

“是，将军。”这武士神情笃定，言之凿凿，“属下听到那太子吩咐身边侍卫将中军大帐设在云景山上。”

“韩烨倒是聪明得紧，知道我们十二万大军攻城，早早为自己准备了退路。”

“将军的意思是?”

“西山小径直通南地，他将营帐驻扎于此，还不是准备城破之前逃走。”

“太子留在城中，随时可以撤退，何必要从云景山上走?”武士眼底闪过一抹狡黠，状似无知，问。

“邺城里守城的副将是靖安侯帝梓元的人，韩帝两家可是隔着深仇，那副将会让太子早早离城才怪。我在王城时听说那大靖太子清高得很，像他这种极重名誉的皇族最是受不得天下人说他临阵脱逃，把中军大营设在云景山上，进退都有路。哼，他倒是好打算！不过人算不如天算，他肯定猜不到自己的行踪会被本将军发现。”

“还是将军睿智，平日里让我注意城外动向，否则也不会有这种机缘。”

“是你中用，把本将军的话放在了心上。待活捉了大靖太子，本将军一定重赏于你。”努昊脸上的兴奋抑制不住，露出志得意满的笑容。若能把韩烨活捉回王城，定震动朝野，到时候德王得势，北秦军中哪里还有鲜于焕和连澜清立足之地，必是他努昊的天下！

“可是将军，咱们五万兵马的调动权也在鲜于元帅手里……”

“无妨。”努昊挥手，“待得一更到，你领着我的三千亲兵出城直奔云景山，对守城的人就说外出练兵便是。三千人马，足够抓住一个大靖太子了。”

“是，将军。”

马车外，驾车的马夫模样憨厚，专心握着马鞭挥动，对车里的一切恍若未闻。

马车慢悠悠晃进努昊的府邸，半刻后，毫不起眼的马夫从后门走出，隐入人群中朝帅府而去。

“昊真，韩烨真的把中军大帐设在了云景山上?”帅府书房，鲜于焕立在沙盘前，老成的眼底划过一抹讶异。

“是，元帅。努昊把三千亲兵交给了贴身侍卫，属下觉得这消息应是不假。”从努昊府上走出的马夫吴真沉声回答，神色清明，哪里是刚才憨厚无知的模样。

鲜于焕颔首，目光在沙盘上的云景山逡巡而过，“韩烨在云景山不假，但一定不是为了逃离邺城。”

“元帅的意思是……”

“韩烨当年随施元朗戍守军献城时就名声在外，这一年大小数十战，哪一战不是凶险万分，你可见过他临阵退缩过一次？努昊这个蠢货，当韩子安和帝盛天当真教出了一个废物不成！以韩烨的手段，他若不是故意为之，努昊又怎会恰巧知道他的行踪。”鲜于焕眼底精光一闪，“怕这云景山的中军大帐本就是韩烨为了引努昊的兵力而设。”

“元帅是说云景山上有埋伏？”

鲜于焕点头，“南人惯会用这些伎俩，他必是知道努昊是德王的人，和本帅异心，又贪功好胜，才会故意将消息放出来引他上钩。”

“元帅，努昊手下毕竟只有三千人，即便是韩烨将其全剿，也影响不了咱们的大局，韩烨设此局何用？”

“一个努昊乱不了大局，可若本帅手下的将领个个都将亲兵派往云景山，个个都只想抓住云景山上的大靖太子争功，那这场仗本帅还用不用打？你太小看韩烨对西北战局的影响力了。”

鲜于焕转身，望向窗外云景山的方向，眼底晦暗不明，“大靖太子韩烨的生死，比我们对面的这座城池更重要。”

他转头朝向吴真，负手于身后，“韩烨想以身为饵祸乱我三军，本帅就让他再也回不了邺城。来人！”鲜于焕提高声音朝外唤。

他随身副将达赤走进书房听命。

“达赤，等会你率军随努昊的三千亲兵出城，切记不要被他们发现。”

“元帅，末将此去是……”

“韩烨在云景山上，待努昊的三千亲兵被剿灭两方松懈时你再出手，努昊想吞功，本帅就让他鸡飞蛋打，赔了夫人又折兵。”他看向达赤，沉声道，“达赤，你听着，清早本帅就会攻城，你带兵出城后无论云景和邺城之战谁胜谁败你都不能下山，你的任务就是活捉韩烨！只要韩烨归于本帅之手，这场仗就是本帅赢了，本帅给你三万铁军，只要你带回一个大靖太子！”

鲜于焕的声音在书房久久回响，最后消逝在月色里。

以三万铁军擒一人，云夏数百年战争史上，恐怕从未有过此等先例！

第四十二章

一更至，努昊三千亲兵趁着夜色出城，静悄悄朝云景山而去。半刻钟后，云景城西门被悄悄打开，达赤率领三万铁兵随后而出，漫天大雪成了这只军队最好的掩护。与此同时，云景城内早已潜伏的死士趁军队调动之利不动声色地潜进了埋满炸药的宗祠和四面城墙下，大战一触即发！

待努昊和达赤出城后，鲜于焕急招众将于城主府商议大战提前之事。

离二更敲鼓只剩半刻，苑书在城头下清点大军整装待发，本该替她在城头压阵指挥的韩烨却迟迟未曾出现。眼见约战时间将至，苑书派人去城主府请韩烨，士兵还未领命而去，韩烨身边的东宫侍卫骑着一匹快马从官邸大道的方向而来。

那侍卫转眼疾驰至苑书身前，他从马上落下，将一封密函递至苑书面前，“将军，这是殿下的密信。”

大战将至，难道还会有什么变化不成，苑书皱眉展开，将信上内容掠过，神色大变，一把将这侍卫的领子拧起，怒道：“混账东西，殿下去了云景山，怎么现在才告知本将！”

苑书力大无比，这侍卫一张脸被憋得青紫交错，但到底是韩烨身边的人，仍沉声回：“将军，殿下说开战按计划进行，有他在云景山上钳制住鲜于焕的数万大军，将军必能保住邺城。还请将军以大局为重，鲜于焕战败撤兵退出云景城前，将军绝不能率兵踏进云景山一步。”

这么一会时间，足够苑书缓和情绪，她松开侍卫，缓了口气。大战在即，她身后还有五万大靖将士等着她，她绝不能乱了阵脚。

可太子仅凭身边的三百亲卫，如何抵挡鲜于焕的数万大军？这不是以卵击石绝无活路？

一边是太子，一边是邺城的三万百姓，苑书长吸一口气，一时不知该不该听这道荒谬的命令……太子为了小姐才留守邺城，万一出了事，她将来又如何跟小姐交代？

“将军。”那侍卫见苑书始终未言，沉声道，“殿下有言，他既能引鲜于焕大军入山，便能有将他们留在云景山上的办法，请将军安心出战。”

听见这话，苑书神情松了松，若殿下无把握，确实不会将这数万人引进山，她长叹一口气，颔首，朝身后副将沉声开口：“周放，跟本将去城头。”

苑书刚立上城头，对面的城池中猛地响起数声巨响，以毁天灭地之势向四面传递开来。与此同时，云景城西面城墙所倚的云景东山轰然而动，整座山体以肉眼可见的速度倾斜坍塌下来。

整个云景城里的北秦兵士都被这毁天灭地的一幕震惊得不能言语。

城主府内，鲜于焕和众将刚将攻城的时间敲定，便感受到了城内延绵不断的爆炸声和动荡！

这种整座城的震动绝非人力可为，他神情巨变，领着一众将领朝府外冲去。

邺城城头上，苑书眯眼，心底喟叹，这一刻终于来了。

除了少数知情的将领，她身后的兵士亦为云景城内境况而动容。

毫无预兆的，黑夜里，伴着接连不断的爆炸声和漫天火光，云景城所依托的山体碎裂，城内的建筑一座连一座轰然倒塌，大道裂开，浑浊奔腾的石流从地底涌出，咆哮着仿佛要将整座城吞灭，这座享誉西北百年的城池以肉眼可见的速度向地底陷去！无数碎裂的山石从山体上滑落，和倒塌的房屋一起砸在了惊惶不定的北秦兵士身上，惨叫声响彻整座城池，不过片刻，云景城内犹若人间炼狱。

鲜于焕率着一众将领从帅府内跑出，落入眼底的正是这一幕。

“元帅，这究竟是怎么回事？”鲜于焕手下的将领护着鲜于焕，看着面前的场景，神情惊惶地喊道。

“云景城是韩家百年前所建，这座城下是暗河！一定是韩烨炸了建城石柱和云景山体，他想毁了这座城！”鲜于焕一生跌宕起伏，见多识广，几乎在见到城中境况的瞬间便明白发生了何事。看着不断惨死的兵士，他声音嘶哑，双目赤红，“韩家小儿，居然如此有伤天和，我鲜于焕必不饶你！”

“屠鹰，传本帅令，让所有士兵退出云景城！”

除了跟随达赤上山的三万及守在城后的两万，城内八万大军在半刻内损失数万，让兵士活着逃出云景城才是鲜于焕当务之急。

与此同时，二更至。邺城城头，苑书看着犹若炼狱的云景城，手猛地一抬，震天的怒吼响彻数里之外。

“听本将令，鼓起！”

随着苑书令下，邺城城头响起军鼓，声震于天。

她回转身，看着身后的将领和满城军士，扬声开口：“今日一战，云景城再不复存，从今日起，邺城就是守护大靖边疆东北之地的第一座城池。不要忘了，你们若战败，故土沦陷，邺城就会变成第二座云景城！”苑书猛地朝云景山上指去，“太子为了你们，独留云景山牵制鲜于焕三万大军，这场战争，只能胜，不能败！你们败了，就是本将和太子的耻辱！听到没有！”

“此战不胜，誓不为人！末将等定不负太子大义，不负将军所望，不负云景毁城之难！”

苑书身后，满城将领和兵士对着云景山的方向猛地跪下，震天的怒吼声在城头响起，直冲云霄。

“好，周放，擂起战鼓，打开城门，随本将迎战鲜于焕！”

苑书点燃了大靖北秦交战的战火。在北秦将领指挥下从云景城中逃出的兵士还来不及收拢队形便遇上了苑书的军队，两军陷入了惨烈的厮杀中。鲜于焕这一战，失了先机失了后招，注定难如他所愿。

云景山山顶，东宫三百亲兵以一当十，把努昊的三千兵士始终拦在山顶中军大帐的百步外。

足足一个时辰血战，二更之时云景城的火光燃起前，北秦三千军士全灭，而韩烨身边的亲兵，亦不足五十之数。

云景山雪白的山顶，覆满了鲜血。

云景山今夜注定不能安眠，守营的东宫卫士还来不及喘气，连绵不断的北秦士兵伴着山下的炙火惨叫声毫无预兆地在山顶四周之处围拢，密密麻麻，一眼望去，来军延绵至半山腰间，便知至少有三万之数。

北秦士兵让出一条路，达赤一身戎装，行至大营五十步处，朗声道："大靖太子，可在此营之中？"

山下云景城的惨状显然让达赤压力沉重，在面对这区区五十人时也没有轻松之意，擒捉韩烨迫在眉睫。

营中未有半句声响，就连那五十名东宫亲卫在大军压阵下也没有半点慌乱。达赤双目一沉，怒道："兀那韩家小儿，快快出来投降，本将可留你一条性命，否则本将大军攻顶，即便你有通天之能，如何对抗我三万大军！"

达赤的怒吼在云景山上回荡，他身后的将士长刀出鞘，在冷硬的盔甲上敲出震慑的兵戈之声来。

震响间，只闻一道清冷的声音从营中传出，贵不可言。

"北秦大军攻顶，孤的性命危在旦夕，今日恐不得保，七位纵想下山，怕也要先保孤之万全。"

随着帐中之声落定，大帐帷帐被拉开，韩烨一身银白盔甲坐于帐中，他望向云景山的四周旷野，唇带笑意，稳若泰山。

显然他口中之语，并不是对达赤和北秦士兵所言。

达赤愣神间，只听得数道苍老的叹息声响起，七道人影从半空掠来，毫无声息地落在山顶营帐和北秦大军之间。

以气御行，落雪无痕，难道是准宗师？端这七人的武力便让达赤如临大敌。难道大靖太子孤身留在云景山，依仗的便是这七人！

只是这怎么可能，西北地界上怎么会有如此多的大靖准宗师？

"那封指引我们来此的密信，可是殿下所为？"为首的灰衣人望向韩烨，神情凝重，

问。

他们十人武力虽高，却并不熟悉偌大的西北战况，嘉宁帝自他们入西北起便给他们安排有一应服侍和打探消息的暗探。帝梓元留守邺城、韩烨攻打军献城的消息两日前才送到他们手中，他们从休整地赶来，便得知统帅独留云景山顶，哪知刚到山顶便看到了北秦三万铁兵围捉韩烨。

这一切如此凑巧，时机分毫不差，若不是独留在云景山山顶的韩烨有意为之，又有谁能做到？

韩烨颔首，“龙老多智，孤瞒不过你。”

灰衣人摇头，眼底竟多有赞赏，只道：“殿下好能耐，竟能让陛下为我等安排的暗探为您所用，我们十人，怕是自入西北起便被殿下耍得团团转。俞老折损在虎啸山，怕也是殿下的手笔吧？”

“已过之事，何必再谈。孤答应过俞老，西北之事，绝不祸及其满门。”韩烨淡淡开口，一派坦然。

“既然殿下坦陈，我也不多言。我等入西北乃领命而来，并不受殿下所制，殿下应知我七人要离开此处去往军献城也不过一日时间，只要靖安侯君仍在西北，她便注定难回中原。殿下还请保重！”灰衣人开口，沉着冷静，仿佛丝毫不受韩烨所制。

灰衣人转身便欲离去，达赤还来不及欣喜，便见那为首的灰衣人猛地飞身朝大帐中朝韩烨擒去！

只是有人比他更快，灰衣人飞身入账，擒拿韩烨的双手却堪堪停在其半步之处，再难寸进。

灰衣人面前，韩烨以剑持于颈间，淡淡的血丝从颈间流出，一字一句沉声开口：“孤的命，对你们而言，永远比靖安侯君重，如孤死在云景山上，就算你们诛杀了帝梓元，对我父皇而言又有何用。”

当初韩烨被困军献城时便知对这入西北的十人而言，诛杀帝梓元虽为死命，可有一道命令，绝对在诛杀帝梓元之上——那就是保住他这个大靖太子的性命！

韩烨若死在西北，大靖二十年内后继无人，又有谁能抵抗日渐强大的帝家。

若这世上有绝对了解嘉宁帝的人，便只有他一手养大的嫡子。

这七人绝不会放任韩烨留在山顶被北秦人活捉，刚才他们所言不过松懈韩烨心神，擒住他带他下山才是这七人的目的。

可韩烨竟宁愿自绝于云景山顶，也不愿活生生地随他们下山。

灰衣人脸色冷沉，眼底涌出怒火，“殿下，你何必如此咄咄逼人！我等也不过忠君之事！”

“孤知诸位领君命而来，但孤要的是这场战争的绝对胜利，你们三军阵前诛杀统帅，难道就没想过后果吗？”韩烨从椅上站起，神情卓然，“只要邺城得保，你们拦住这三万人，孤向诸位承诺，当初答应俞老之事，也必允诺诸位！”

灰衣人神情数变，见韩烨手中长剑始终未离颈间半分，他朝帐外的北秦大军看了一眼，回转头，叹声开口。

“殿下，您心机算尽，这三万北秦军本就是您为我等准备的，否则就算今日有您相劝我等也会赴山南城诛杀靖安侯君，为了帝梓元，您不惜违抗父命，以命将我等困在这云景山顶，如此牺牲，究竟为何？将来帝家崛起，你们两家血海深仇，您真当帝家会留韩氏宗族一条生路？那时您又当如何自处？”

灰衣人收起擒拿韩烨之势，朝后退去，直至退至营帐外，他朝韩烨深深一躬，沉声开口。

“殿下，您是大靖的太子，我十人之命不足挂齿，可您将来如何在帝家崛起下保住韩氏江山？那帝梓元一条性命，当得您如此？”

连声质问，大帐内半晌未言。韩烨放下手中之剑，望向这七人。

“诸位说得不错，孤首先是大靖韩家的太子，所以韩家之错，就是孤之错。韩家的罪，就是孤的罪，犯了错就要认，有罪就要赎。如何保大靖江山，那是孤的事，如何保韩氏宗族，那也是孤的事，孤既然敢保帝梓元，就一定也能保下韩家百年太平。至于帝梓元当不当得孤救她一命，你们说了不算，孤说了也不算，她值不值得，日后天下百姓自有公论！”

云景山顶，韩烨朗朗之声，响彻云霄。

如此之言，方端得上是大靖储君，一国太子！

第四十三章

营帐内外，久久未言。那七人立在皑皑云景山顶，竟一时无法反驳。

韩烨自帐内走出，迎着奉嘉宁帝之命而来的七位准宗师，声音铿锵冷静："孤有言在此，靖安侯君的命，孤保定了，她若亡于诸位之手，西北亦是孤埋骨之地。她若能活，孤答应诸位，只要诸位这一战能拦住这三万北秦大军，孤便能保大靖江山的安宁和诸位氏族十年荣华！"

韩烨之声铿锵有力，这七人神情一变，他们看向身后的三万北秦军，神色沉重，太子不仅要帝梓元活，还要保下邺城！他们七人自被引入云景山起，便失了选择的机会。

事到如今，已毫无选择。这七人对视一眼，互相颔首，朝韩烨的方向执手行礼。为首的灰衣人沉声开口："我七人跌宕半生，武达准宗师，本不该再涉皇室争端，奈何皇命难为，我们此次入西北皆为氏族存活而来，殿下既允诺，我等便相信殿下，今日之战，不论我七人生死如何，还请殿下将来护我等氏族万全，不要祸及无辜。"

不远处的达赤听见这话，不由得面色大变，来的居然真的是七位准宗师！山下爆炸声接连响起，云景城的惨状犹若压死骆驼的最后一根稻草，不能再等了，他猛地拔刀挥向天际朝身后吼。

"众将士听着，只要活捉了大靖太子，这场仗我们就胜了！凡活捉大靖太子者，连升三级，赏黄金千两，良田万顷！"

达赤的怒吼响彻在云景山山顶，如此诱人的厚赏下，北秦士兵体内的好战血性被挑起，双目赤红疯狂地朝中军大帐涌去。

大帐外的七位准宗师围成半圆，齐齐飞跃数丈，将如潮水般涌来的北秦士兵拦在了营外五十步处。

准宗师虽武力超绝，但北秦兵士个个悍勇，又不畏生死，云景山上一时陷入了胶着之中。

云景城下，鲜于焕领着尚存的三万军队和城后两万大军合拢，和苑书展开了生死夺城之战！

此时的双方，在韩烨毁城诱敌之下，竟都只剩下五万之数。

这一战，韩烨以一人之智毁鲜于焕七万大军，足以重新书写云夏大陆的战争史。

恰在此时，连天烽火伴着云景城的交战声从远处延绵而来，军献城的决战终于拉开了序幕。

营帐外，七位准宗师围成的半圆内，韩烨一身盔甲，长剑在握，他的目光逡巡着落在远处山间的军献城烽火上，眼底的神情却沉静得不似置身于一场生死之战里。

这一刻，这一战，他究竟等待了多久？

是从他知道帝家满门冤死真相的那刻起？还是仁德殿外帝梓元当着满朝文武质问帝家叛国的真相起？是从他爱上任安乐起？还是从他立誓这一辈子都要护着帝梓元起……

可是这重要吗？不重要。韩烨只知道这一刻他等得太久了，久到青南山下八万将士的尸骨都已腐朽，久到安宁被逼得只能战亡西北，久到天下人都忘却了十一年前的那场屠戮，久到整个大靖山河从无人知晓他韩家的罪！

八万人命，大靖八万子民，他如何能赎？整个韩家又如何去赎？

纵死，亦不能赎。

韩烨知道，他和安宁这一生，从帝家军惨死在青南城的那一刻起，命运就已注定。

只因他是韩家太子，嘉宁帝的儿子。

韩烨缓缓闭眼，疲惫的眼掩尽了世间光景。

激烈交战的云景山顶，他那低低一叹竟格外清晰，久久回响不能消逝。

西北长达一年的动荡从这一天起走到了尽头，但这时谁都不知道，云景山上这惨烈的一战会彻底改变云夏大陆未来百年的历史。

西北广袤的大地上四处可闻大靖沦陷于北秦的两座城池的反攻号角，开战三日后，军献城在帝梓元的兵力压制及君玄的里应外合下，除西城门未被彻底攻陷外，北秦九万守城军几乎尽数被歼。

军献城内外，战争之势犹若水火，帝梓元立在军献城城头，银白的盔甲上血迹累累，她右肩处的盔甲被劈开，肩上绑着厚厚的绷带。

宋瑜从城墙石阶下跑来，向来持重的老将脸上意气风发，“侯君，温朔从西城来报，最多还有一刻便可拿下西城门，歼灭北秦全军！”

出乎意料的，帝梓元面上并未露出欣喜的神色，只能从她沉静的眼底瞧出一闪而过的感慨，“他们还是守到了最后一卒，也算不负北秦铁军血性之名。”

宋瑜一怔，明白帝梓元说的是北秦守军。连澜清被刺杀昏迷带回北秦王城后，戍守军献城的是北秦老将武陟，这场攻城战几乎倾大靖边境所有兵力，又有帝梓元压阵三军，大靖兵士士气高昂，一战怒，二战捷，三战胜！

不过尽管大靖势如破竹，武陟仍旧没有放弃守城，他遣走城内的北秦平民，带领九万大军守了三天三夜，直至被宋瑜一刀斩下马，壮烈战亡在北城城头！

不过两日，这座沦于北秦之手久达一年的大靖边关第一铁城的城墙上已经重新竖起了大靖鲜红的旌旗。宋瑜看着风中扬展的旌旗上那厚重古朴的“施”字，压下了眼底的酸涩，望向帝梓元敬意更甚。

开战前，帝梓元特意命人将一年前战场上被北秦军挑落的施家旌旗带上，攻城战里她始终冲杀在前，这施家旌旗，就是帝梓元登上城头后亲手插上的。

在死后仍被如此记挂，他们这些一生戎马的老将，也算无所求了。

西城的冲杀声越来越弱，想来负隅顽抗的北秦兵士所剩无几。帝梓元走到城墙边，鲜红的旌旗从她脸边拂过，她垂眼，盔甲腰腹处沉淀着一处从未消逝的暗沉血迹。

一年前，安宁战亡在青南山下时，身披的就是这副战甲。

帝梓元抬手在盔甲上轻轻地摩挲，她望向军献城外的千里平川，无尽的战火下，整个西北大地上满目疮痍，难见安宁之地。

“安宁，军献城我替你拿回来了。”帝梓元摩挲盔甲的手在腰间顿了顿，待触到那薄薄的纸笺时，她眼底的悲恸一闪而逝，她身上一直带着安宁最后的诀别信。

梓元，答应我，无论将来如何，你和皇兄都要好好的。——这是安宁留在世上的最后心愿。

夕阳在天幕尽头落下，整座城池染上了金黄的暖色。帝梓元眼底的沉重悲痛淡淡化去，直至最后变成了浅浅的希望。

安宁，我答应你，等韩烨从邺城回来，纵使两家仇怨不是一日可解，但我一定会告诉他我的心意，我绝不会为两家之争兴起大靖兵戈，我会和他一起好好守住染满了你们鲜血的大靖山河。

身后铁骑奔驰的声音传来，帝梓元转过头，看见温朔一骑当先，意气风发的少年手中长戟指天，勾着北秦的旌旗一路从西城门绕城而回，凡他踏马之处，大靖士卒的叫好声皆响彻云霄！

肆意张扬的温朔恍惚间让帝梓元想起了当年晋南战场上无往不胜的父亲帝永宁。

那眉眼和神情……竟是格外的相似。帝梓元心底划过淡淡的异样，待仔细去看温朔时，少年已大笑着来到了她面前。

温朔从马上跃下，三两步立于帝梓元不远处的石阶下半跪于地，他手中的长戟在空中划过利落的半圆，笑声威武响亮，“禀侯君，西城门已拿下，城内北秦大军全灭，军献城重归我大靖国土！”

他身后，一路跟随而来的年轻兵士脸上写满了骄傲，望向温朔的眼底满是拥戴和敬服。

帝梓元唇角勾起，看向温朔满是宽慰，她走下石阶，把温朔扶起，声音里有止不住的骄傲，“温朔，这一仗，你做得很好，等韩烨回来……”

帝梓元话音未完，整齐的兵马之声从城外浩荡而来，在战火已熄的军献城城头上一时显得格外刺耳。

从山南城的方向来的兵只会是大靖的军队，众人面上泛起疑惑，回转身朝城门外望去。

这一望，宋瑜和温朔俱是面色大变，就连一向情绪不动如山的帝梓元眼底也露出了不可置信的神色。

旷野上，本该举兵驰援邺城的唐石，正朝着军献城的方向而来。

不过片刻唐石已来到众人面前，他身后，跟着一整支尧水城的军队。唐石从马上跃下，眼睛沉沉地放在为首的帝梓元身上，一向温厚的目光除了同样的不可置信外，竟带上了凌厉的质问之意。

这场面着实有点诡异，两边身后本该欢欣鼓舞重聚的兵士都有些摸不着头脑。温朔沉不住气，立马上前就要问个究竟，却被帝梓元摆手拦住。

“唐将军，军献城已经夺回，西北诸事繁多，我们回帅府再议。”她说完竟也不管唐石如何回答，已率先朝施府走去。

温朔瞧得仔细，见帝梓元虽步履沉稳，但她腰间那把染血的长剑剑柄处，竟被她活生生按出了指印来。

两方各自带着疑惑不敢怠慢地相继朝施府走去。

军献城刚经历了一场大战，施府还来不及修整，大堂里勉强能议事，但显然没人关心这点，帝梓元立在大堂里，背对着众人，没有人能瞧见她的表情。

未等众人坐下，温朔已经一个箭步冲到唐石面前，神情焦急，“唐将军，你怎么会来军献城？邺城之战如何了？殿下可还平安？”

温朔的问题一个连着一个，唐石却一个都没有回答。半晌，他才沉声道：“本将不知道太子殿下是否平安。”

温朔一怔，声音猛地拔高，“怎么会，你为何不遵殿下令驰援邺城？”

“温朔！”唐石声音一重，沉眼扫向他，沙场老将的铁血之风显露无遗，声音里带了掩不住的愤怒，“本将连太子戍守在邺城都不得而知，又怎么会有太子谕令，更别说驰援邺城！”

整个大堂里只剩下唐石的怒吼声，不再管温朔和宋瑜面上的震惊，唐石看向那个始终背对着众人的身影，缓缓开口：“若不是靖安侯君大破军献城威震西北的消息传到我尧水城，本将恐怕到这场战争结束都不会知道攻打军献城的是侯君您，更不会知道戍守在邺城的是太子殿下。五万残兵对鲜于焕十二万大军，殿下会不会安好，靖安侯君还需要问本将？”

浓浓的指责之意朝帝梓元而去，却未得到半点回应，直到温朔忍不住想要朝唐石问个究竟时，帝梓元终于回过了身。

“那十人入西北，可是你一手接应？”清冷的声音在堂中响起，帝梓元的目光冷若寒冰，她看着唐石，眼底没有一丝情绪，“唐石，虎啸山之难，也是你一手谋算。”

这句，不是询问，已是笃定之言。

唐石气势被压得一滞，一时难以回答。他没有想到西北之战未完，韩帝两家在明面上仍是君臣的景况下帝梓元居然直接揭开了十位准宗师的刺杀之事。

“那七人，你可还有他们的消息？”帝梓元根本不需要唐石否认或回答，而是问出了最关键的问题。

唐石神情一变，脸色更是难看，“从五日前开始，我便再也联系不上他们。”

唐石会来军献城而不是直接去邺城也正是因为如此，这七位准宗师在数日前失去了行踪，他不知道太子戍守在邺城的消息到底是真是假，但至少有一点他能肯定，无论太子在做什么，都应该和靖安侯君脱不了干系。

“你从来没有接到过韩烨让你带兵驰援邺城的谕令？”

帝梓元向唐石问出了最后一句，而唐石的回答只是沉默地摇头。帝梓元长吸一口气，闭上眼，几个呼吸间，她猛地睁开朝虚空中看去。

“吉利，给本侯出来。”

一道人影鬼魅般出现在众人眼前，吉利一身青衣，立在帝梓元三步之远处，头微垂。

帝梓元微微低头，冷厉的眉眼落在他身上，“吉利，你来告诉本侯，这究竟是怎么回事。”

这个韩烨身边向来古灵精怪又啰唆的小太监却罕见地沉默着，他面上看不出半点被帝梓元质问的惊惶，反而他身上沉静得自有一股让人无法轻视的气势。直到此时，众人才真的感觉到这不只是个普通的东宫太监，而是一个和归西一样武艺超绝的绝顶高手。

“你什么都不说……”帝梓元从堂上台阶上走下，行到吉利面前，以剑抬起了吉利低垂的头，一字一句开口，“是想要眼睁睁地看着韩烨死在邺城吗？”

第四十四章

“你什么都不说，是想要眼睁睁地看着韩烨死在邺城吗？”

帝梓元的声音很轻，却比刚才的质问来得震撼得多，吉利嘴唇抖了抖，猛地握紧垂下的手。

整个大堂里也因为帝梓元的这句话陷入了不安的沉默中。

“侯君想知道什么？”许久，吉利的声音在堂内响起，却嘶哑得吓人，他朝帝梓元看去，“奴才不是不说，只是不知道该如何说，也不知该从何说起。侯君如此聪慧，想必殿下时至今日的所为，侯君应该能猜得一二。”

帝梓元眉角高高蹙起，“我决战的两日前才醒过来也是你动的手脚？”

“是，殿下有吩咐，侯君必须来军献城。我在侯君的药里放了安神药，您若提早醒来，必会赶回邺城换回殿下，只有决战在即，您才会以大局为重掌山南城帅印。”

“韩烨寻了什么法子守住邺城？”帝梓元沉声问。邺城尚有三万百姓，韩烨若不是有信心守城，必会让唐石增援。

“侯君，云景城下是西北最大的暗河。”

“韩烨打算毁了云景城？”帝梓元虽震惊于这个答案，却没有意外，以五万兵力对鲜于焕十二万大军，毁城是唯一的方法。

吉利颔首，“殿下一个月前令人潜入云景城，在十二根守城石柱下埋满了炸药，攻城前殿下会炸城。”

听见吉利的话，堂中人松了口气。为了不让大靖国土沦入北秦一毫，毁了这座百年之城，实在太过无奈。但毁城后北秦一方定会损失惨重，如此一来两方兵力相差无几，邺城之危暂时可解。

唯有帝梓元沉默异常。一个月前正是韩烨和她被困军献城之时，如果韩烨一个月前就有这样的安排……帝梓元瞳色愈加冷凝，韩烨从来就没想过亲自夺回军献城，他从一开始要去的就是邺城！

“韩烨留在邺城，是为了将那七人引去？”

“是，殿下早已将唐石将军派在十位准宗师身边的人纳为己用，否则上次也不能及时赶到虎啸山救下侯君您。五日前，殿下令我将那七人引上了云景山。”

唐石神情略有难堪，沉哼了一声。

“云景山？为什么是云景山？”帝梓元眉头一皱，一丝不安从心底划过，她猛地走到吉利面前，声音更冷，“准宗师日行千里，他们发现我不在邺城定会再来军献城拿我的命，吉利，韩烨到底拿什么把他们留在云景山！”

如不能留下那七人，韩烨所做的一切毫无意义，可他到底有什么办法？

回答帝梓元的是吉利长久的沉默，她心底头一次生出了无法掌控的不安来。

“吉利，韩烨他……”

帝梓元话音未落，吉利已经跪倒在地，他的头碰在青石大堂上，磕出沉钝的响声，“侯君，您去救救殿下吧！您快去云景山吧！殿下他……”

吉利声音哽咽，明明有准宗师的功力，却硬生生磕得头破血流！

这一幕让众人一下子愣了神，浑不知韩烨到底遇到了什么事。云景城被毁，鲜于焕元气大伤，以太子的兵法谋略撑到他们驰援并非难事。

“说。”帝梓元一剑挑在跪在地上的吉利肩上，眼底郁色惊人，“韩烨到底做了什么？”

“殿下用自己的性命为饵引三万北秦军上山，逼得那七位准宗师不得不留在云景山上退兵。那七人武力虽强，但交手的到底是北秦三万铁军……”吉利眼底的担忧完全无法隐藏。

帝梓元终于明白了吉利的恐惧。

人力有时尽，七位准宗师迎战三万大军，如沧海一粟，迟早有力竭之时，没有援军，云景山顶就是绝境。

可整个西北能够驰援的人都在军献城里，韩烨从头到尾就没有想过派兵增援邺城，他甚至没有打算从云景山上走下来。

韩烨他……终于知道韩烨想做什么的帝梓元整个人好似被划过钝重的一刀，这疼痛直击心脉，让她瞬间难以呼吸。

韩烨，你主宰了整个西北的战局，夺回了军献和云景，让逝者所安生者可胜，却唯独，没有给自己一条活着下山的路。

我不知道，你竟从来没有想过再活着见我。

“为什么不拦住他?”帝梓元的声音仿佛从地底深渊而出，嘶哑暗沉，仔细听来，竟不可思议地带着一丝颤抖，她俯下身，沉沉盯着吉利，“你既然什么都知道，为什么不拦着他?”

“侯君，殿下心意已决……”吉利垂下头，磕在地上，额头碰出触目惊心的红，一字一句回答，“奴才拦不住。”

大堂里外，死一般的沉默，这个时候任是谁都猜到了韩烨的用意。

“宋瑜，军献城交给你，紧守城门，谨防北秦来犯。温朔，点兵，去邺城!”

长久到让人无法再忍耐的沉默后，帝梓元猛地起身，肃声吩咐了众人后抬步朝堂外走去。

“靖安侯君!”唐石的声音在堂中响起，叫住了踏门而出的帝梓元。他神情沉默，却没有下言。

帝梓元回转身，看他许久，终是开口：“只要他还活着，就算灭尽北秦十二万大军，本侯都会带他回来。唐石，帝都里高坐金銮殿里的那位，本侯的话，你如数告知!”她顿了顿，头微微昂起，“你替本侯问问他，数十年过往，到头来我们韩帝两家走到今日这步，他可曾后悔?”

逆光下，帝梓元银白盔甲上殷红的血迹未干，手中长剑还带着大战后的凛冽煞气。她身影倔强而孤桀，她的质问声伴着过往数十年的累累历史，袭着悲恸的苍凉。

没有人可以回答她，即便是那个屹立在山河之巅一手酿成今日苦局的帝者，到了如今这一步，也早已不知道答案，更不知对错。

经历了军献城生死之战的大靖将士们还未等到属于他们的狂欢，太子独守邺城对抗北秦十二万大军被围的沉重消息就已传来。

这一次，没有庆功，等待他们的只有留守和驰援。

军献城城头，留守的将士沉默地望着远行驰援的大军，那消逝在夕阳下一骑当先的背影格外悲默，久久难以让人忘怀。

开战已有三日，云景山下苑书和鲜于焕的大军仍在激烈交战，双方皆死伤过半战况惨烈，但云景山上的战局之惨却毫不逊于山下的混战。

七位准宗师，已亡三伤二，现在唯有龙老和朱老仍有一战之力。韩烨早在两日前就提剑杀进了战局中，他身边的亲卫，活着的只有八人。

而以数位准宗师的性命换来的，就是堆积如山的北秦将士的尸骨，达赤座下三万铁军，已不足八千。

中军大帐外的方圆之地，早已血流成河，尸横遍野。

大雪仍在纷飞，往日能覆了整座山头的白色却被血色湮灭。

此时的达赤杀红了眼，他身后的将士也早已在连续不断的厮杀和同袍的惨死中变得麻木，没有人选择后退，对他们而言，唯有活捉大靖太子韩烨，才能告慰战死在云景山上的北秦铁军的亡魂。

七位准宗师凭借强横的武力建立的隔离圈早已支离破碎，重伤的两位准宗师正在大帐内调理真气，龙老和朱老拦在大帐十步开外，始终不离韩烨左右，韩烨的八名护卫守成半圆，将大帐的侧翼牢牢护住。但他们对面的北秦士兵仍旧一眼望不到头，甚至拼杀上山巅的战意越来越猛。

战局内，非死即生，每个人都拼尽全力毫无保留。即便是龙老这等人物，他一掌劈下，将冲进韩烨身旁的十来名士兵活生生毙于掌下，这凶猛的一掌震慑住了不要命冲上前的北秦士兵，让他们暂时胆寒地停在了数丈开外的地方。

龙老趁着这个空隙一把抓住韩烨的肩膀，大声喊："殿下！"

韩烨收回插入北秦士兵腹部的长剑，那剑尖上仍滴着鲜血，他回转头，眼底冰冷的杀意敛住，看向龙老。

即便是经受了几天血战的准宗师，在看见韩烨眼底的杀意时都忍不住生出了寒意。

到此时，龙老才算看清韩烨身上的伤，不由倒吸了一口凉气。

即便有众人相护，但韩烨一直是北秦人群攻的主要目标，他身上大小伤口数十处，尤其肩膀一刀深可见骨。他脸色苍白，却墨瞳凛冽，毫无惧色。

"殿下，我们十人入西北，如今死的死，伤的伤，只剩下我们四人。殿下，靖安侯君的命我们不取，死的只是我们十人。但您若出了事，陛下不会放过我们十族满门，您下山吧！"龙老看着丝毫不将生死放在心上的韩烨，神情恳求，带着隐隐哀恸。

他让韩烨下山，必然已做好四人战死在这云景山上的准备。

韩烨眼底隐有波动，他的目光落在山下已经毁于一旦的云景城和战火弥漫的邺城平原下，摇头，"孤毁了云景城，就是为了邺城能保，孤若走了，这八千人必会下山支援鲜于焕，孤不能走。"

他看向大帐中死伤殆尽的准宗师，缓缓道："龙老，你带着另外两位准宗师下山吧。"

龙老神情一怔，还未等他回答，韩烨已回转身朝重新冲上来的北秦士兵迎去，他冷沉的话语从铿锵的剑戟声中传来，落在众人耳中。

"你放心，无论孤能否活着走出云景山，你们十族孤都保下了！"

储君之言，一诺千金，韩烨既然开了口，那他们十族必然得保，他们四人确实没有留下来白白丧命的必要，两位准宗师留在原地，相视一眼，未再冲上前。

韩烨的八名护卫见这四位准宗师不再御敌，也未有所恐惧，他们冲进北秦的包围圈，紧紧护在韩烨身侧。

不过一会儿，韩烨周身方寸之地就被淹没在汪洋一般的北秦士兵中。

不远处的达赤见那四位准宗师不再援手，面色狂喜，手中旗帜高举，怒吼："吹响号角，进攻，全力进攻，给本将活捉韩烨，以祭我北秦战亡将士亡……"

最后一个"魂"字还未来得及吐出，他面色惊恐，高举的大刀从手中脱落，不敢置信地看着面前的人。

龙老神情沉郁，脸色潮红，显然强行催动真力瞬行百步也让他真气大损。他坚硬的铁手抓在达赤脖颈处，冷冷开口："祭你北秦人亡魂？那我大靖子民的亡魂谁来祭奠！我大靖的太子，岂是你等蛮夷可以侵犯！今日纵使我等身死于此，也决不让尔等动我储君分毫!”

他话音落定，手中内力大增，在达赤惊恐的眼神中一把捏断了他的喉咙。

韩烨远远看见这一幕，冷凝的神情微动，眼底现出一抹温色。

杀声震天，剑戟声不绝于耳，可他却在这一瞬的空隙中回头望了山下一眼。

梓元，若这云景山是我的绝地，那我们的死局，可否能解?

若这一世我还有什么遗憾，大抵便是永远都听不到你的答案了吧。

因为主帅惨死，北秦营中陷入了短暂的恐慌，奈何达赤死前进攻号角已经吹响，他的惨死更是激起了北秦士兵的复仇血性，剩下的北秦士兵不顾生死朝韩烨的方向涌去，把剩下的四位准宗师吞没在茫茫兵海中。

云景山顶这一战，剩下的胜负未定，还活着的人生死亦不知。

第四十五章

一日后，邺城平原上的交战已经进入最后关头，反复交锋的大靖和北秦都只剩下一万残兵。

夺城之战，已在眼前。

又是一轮短暂休战，北秦中军大帐内，鲜于焕一身戎装，盔甲上拼杀的血迹亦未干。他麾下的十员大将经此一战，仍能安然坐在帐中的，只剩三人。

鲜于焕神情早已不见平日的沉稳，眼底隐有焦躁，短短几日时间，头发已近花白。

北秦最精锐的十二万大军几乎尽数折于云景城，饶是他这个身经百战的沙场老将，也觉得心有戚戚，被苑书用相同的兵力始终拦在邺城外，更让他挫败无比。如今他所期望的便是达赤能将云景山上的韩烨活捉回城，否则他亦无颜再回北秦王城。

可三日时间已过，三万铁兵至今毫无消息，云景山上发生的事他一无所知。以鲜于焕的心智，已经猜到韩烨独守云景山是为了引他大军上山以牵制山下之战。只是无论他如何设想，也猜不出韩烨如何凭区区数人之力来拦住他的三万大军？

帐外大靖的战鼓重新擂起，鲜于焕神情一正，下令升起大旗，走出大帐准备迎战。

“元帅！”恰在此时，一匹快马从营地外冲进，朝鲜于焕而来。

鲜于焕面容一肃，停住了脚步。马上之人是随达赤入云景山的副将洪显。

见他一人归来，鲜于焕面沉似水。

洪显跌跌撞撞从马上落下，满脸是血跪在鲜于焕面前。

鲜于焕蹲下抓住他的肩膀，“洪显，达赤呢？云景山上如何了？怎么只有你一个人回来？”

“元帅。”洪显抬起头，声音都带着颤抖。这时众人才从那满是血迹的脸上看到他眼底深深的恐惧。

“达赤将军死了，都死了……元帅，都死了。”

听见洪显的话，所有人面上都露出不可置信的神情。都死了是什么意思？大靖太子不过区区百人，他们三万大军上山，居然只一个人活着下来？

鲜于焕抓住洪显肩膀的手猛地用力，怒吼道：“什么叫都死了，本帅三万铁军交给达赤，他这个蠢货，还捉不回一个韩烨？”

洪显像是丝毫感觉不到肩膀上的疼痛，只一个劲地摇头，他抬手朝百丈外的云景山顶指去，“不只是大靖太子，那山上有七位大靖的准宗师！”

此言一出，满场俱惊。即便是北秦一国也难寻出七位准宗师，一个小小的云景山，怎么会出现七位？可除了武力强横的准宗师，又有什么可以留得住北秦三万铁军？

“达赤将军就是死在他们的准宗师手里。”洪显声音嘶哑，满是悲意，“准宗师太可怕了，我们几万将士都死绝了，才诛杀了五位，重伤其他两人，整个云景山顶上，大靖那一方，只剩下一个重伤的大靖太子……元帅，三万人啊，到最后只剩下我们一百个，到处都是咱们将士的尸骨。”

“那大靖太子呢？”鲜于焕声音拔高，问出了所有人关心的问题。

折了三万人在云景山上，大靖的准宗师都快死绝了，那个大靖的太子难道还不能活捉？为什么只有洪显一个人下山？那最后的一百个大靖士兵又去了哪？

洪显被问得一怔，他神情虚无，像是回忆起了山上的惨状，猛地一抖，声音都颤了起来。

“元帅……”他眼底露出丝丝恐惧，缓缓回答，“大靖太子韩烨，死了。”

两个时辰前，云景山顶。

又激战了一日，七位准宗师接连折损了两位，如今只剩下龙老和朱老身受重伤躺在大帐旁，若不是韩烨让身边仅剩的两名亲卫护在他们身旁，这唯二剩下的两位准宗师早已成了北秦士兵的刀下亡魂，而北秦八千将士，亦只剩下最后一百之数。

云景山巅一帐一枯树。深冬，山巅的枯树纵十丈之高，却繁叶落尽，尽显凋零。

此时，韩烨退战到枯树旁，他脸色苍白，银白的盔甲几乎尽数破碎，难见一处完好，十来道刀剑伤痕在他身上隐隐可见，甚有几处深可见骨。他嘴角溢出鲜血，手中长戟杵地，虽重伤，却始终不倒。

他身后，是万丈悬崖，他对面，五步之远的地方，洪显领着最后一百北秦军，将他的生路死死堵住。

中军大帐在两方身侧十来步远，韩烨下了死命让两名亲卫守在两位准宗师旁，两位准宗师内力散尽，只能眼睁睁看着韩烨被堵在了万丈悬崖前。

况且他们也不敢轻举妄动，洪显身后的这一百人是北秦大军里最精锐的长弩营将士，此时，十支长弩对着韩烨，冰冷的长箭泛着森寒的光芒。

若不是要活捉韩烨，这一百人也不会等到现在才将长弩抬出。

“太子，你没有退路了，跟我们下山，你还有一条活路！”达赤死了，洪显就是这只北秦军的将领，尽管这一战早已不是他能承受，但他别无选择。

“孤要走，还用等到此时？”韩烨冷冷扫了洪显一眼，他即便被逼进了死地，身受重伤，但神情依然淡然清冽，凛不可犯。

“别不知好歹，你活着跟我们下山，我们北秦还会将你奉为上宾，你若死在这里，谁还管你是不是大靖太子，到时候，本将必将你悬尸城下，给天下人看看你这个大靖太子死后落得个什么田地！”

活的捉不到，死的毫无作用，洪显也是被逼得没有办法，对着韩烨口不择言。

“混账东西！居然敢口出狂言，侮辱我们殿下！”不远处的龙老神情激愤，起身就要飞来，却一个踉跄喷出一口鲜血，显然他早已是强弩之末，再也不能运功。

“郑云、赵重，护着两位前辈！孤说过，无论发生何事，都不准离两位前辈左右！”韩烨怒喊一声，喝住了要冲上前的两名亲卫。

这一运功怒喊，韩烨身上的伤口流血更甚，他沉沉吸了口气，以内力点在周身大穴处，强行止住流血的伤口。

他转身，朝龙老和朱老的方向轻轻颔首，竟行了晚辈之礼。

“十位前辈入西北，是受君命而来，终究错不在诸位，因孤已亡八位在这西北之境上，孤，有愧！”韩烨的目光在其他几位准宗师的尸首上掠过，现出一抹沉痛，“诸位前辈，你们该做的已经做完了，无论孤是生是死，绝不会牵连到诸位前辈的氏族。”

龙老和朱老面色一变，心底猛地生出不安。

韩烨说完朝洪显的方向看去，凛冽之声响彻山巅。

“孤的命，岂是你能取！孤的尸骨，又岂是你能动！我云夏韩氏一族，纵死，不败；纵亡，不输！”

他话音落地，长戟猛然从手中脱落，带着不可阻挡的杀意直直朝洪显而去！

洪显面色大变，被韩烨的杀意牢牢锁住，骇得顿在原地忘了动弹。

“将军！小心！”他身旁的士兵一把将他推到在地，却被韩烨的长戟穿胸而过，口吐鲜血惨死当场！

“呼延浩！”洪显睁大眼，看着惨死的将士，眼底亦泛出血红之色，他失了理智朝韩烨指去，“给本将军杀了他，射箭，给我射箭！”

同袍的惨死刺激了还活着北秦士兵，随着洪显一声令下，十张长弩尽数开启，数十支长箭以不可阻挡之势朝韩烨射去！

“殿下！”千钧一发之际，龙老和朱老同时从地上跃起朝韩烨护去。

只可惜，终究是迟了。

两人尚还跃在半空，长箭射进身体的声音无比清晰地响起，整个云景山顶，突然安静了下来。

就连下达射箭命令的洪显和那尚存的百名秦军都愣愣地睁大了眼。

云景山颠，枯树下，十来支箭矢被扫落在地，但那仍不屈站着的人身上，依旧中了三箭。

一箭右膝，直断筋骨，一箭入腹，重创内腑，一箭左心，直毙心脉。

回天乏术，几乎所有人在看到这三箭的时候，都只想到这个词。

洪显神情复杂又惊慌，回过神来的他显然已经不知道该如何是好。

三万人上云景山上就是为了活着的大靖太子，韩烨如死了，他们的牺牲又有什么意义？

龙老和朱老一落地就朝韩烨扑来，却被他一个眼神止在了原地。

“不用过来。”大口大口的鲜血从韩烨嘴中喷出，他脸上苍白得已经没有一点血色，“孤的情况，孤知道。”

“殿下，老朽带您回大靖。”龙老神情悲愤，眼底竟有了一点湿意。

“不用了。”韩烨摇头，“孤……不愿她看见孤这个样子。”

韩烨这话说得极低，却不知为何龙老竟在这一瞬明白了韩烨所说的她究竟是谁。

能做到这个地步，他们的太子殿下对帝家女的是何种感情，已无需再言。

重于国君，重于江山，重于性命。

韩烨每说一句话，嘴中的鲜血都大口涌出，龙老不再顾及韩烨的命令，就要走过来扶他。

韩烨朝他摇头，他望向山下的方向，瞳中的神采一点点消逝，终是开口：“他们不会放过孤的尸体，孤是大靖的储君，就算是死，也不能折了大靖的颜面。龙老前辈，若是她来，烦请前辈为孤带句话……”

龙老一怔，喃喃道：“殿下！”

韩烨抬头，望向中原的方向。

“孤毕生心愿就是大靖安宁百姓和乐，你告诉她，这万里江山，孤拜托给她了。”

清冷的声音戛然而止，还未等众人回过神，韩烨猛地抽出右膝中的长箭用尽全力插在了不远处的枯树上，然后转身朝身后的悬崖跳下。

“殿下！”龙老和朱老睚眦欲裂，伸手去拦，却只来得及撕下韩烨衣角。

不过一瞬，韩烨的身影消失在万丈悬崖，再也寻不到片缕。

云景山顶死一般的沉默和安静。

第四十六章

两个时辰后，邺城平原的北秦大帐外，洪显回忆起山上的一幕，仍旧忍不住颤抖。

“韩烨中箭跳崖后，那两个准宗师和亲卫跟疯了一样朝我们冲过来，要不是他们护着我，我也死在云景山上了。”洪显神情恍惚，头上的鲜血滴下，落进眼底一片模糊，他抓住鲜于焕的腿，“元帅，只有我一个人逃出来，我连一个将士都没能活着带下山……”

云景山上的惨烈超出所有人预料，大帐外站着的人沉默难安。大靖太子死在了云景山，无论这场仗他们是输是赢，北秦和大靖两国从此势必结下死仇，非灭国不能解！

恰在此时，之前休战的大靖战鼓在城外重新响起，更猛更烈，仔细一听，完全不同于前几日。

这个方向……鲜于焕神情一凛，起身朝远处望去，面色大变。

不远处，一支军队朝邺城平原疾奔而来，殷红的旌旗上厚重的“帝”字迎风而展，凛冽而霸道！

“元帅，帝家军驰援了！”鲜于焕身后的副将面容惊恐，他一下冲到鲜于焕面前，跪倒在地，“元帅，您撤走吧！”

“混账东西，你说什么！”鲜于焕大怒。

“元帅，帝家军驰援，邺城这场仗咱们赢不了了，我们已经折了十二万人在这里，

您不能出事。咱们和大靖结下了死仇，您要是不在了，以后谁还能挡住大靖的军队！”

营帐外的北秦副将跪了满地，鲜于焕的目光在他们身上扫过，沉沉一声叹息，“本帅带十二万大军出征，却尽数折在云景城下，本帅有何面目回王城面对陛下和北秦子民！”

他的声音猛地一沉，望向帝家军奔来的方向，“本帅一生戎马，仰无愧于天，俯无愧于地，即使战死沙场，也决不做那临阵脱逃之人！传本帅令，敲响战鼓，出营迎战！”

北秦大营的战鼓被重新敲响，鲜于焕领军冲出营地，和苑书及前来驰援的帝家军决战在邺城平原。

几乎没有人注意到，领着帝家军前来驰援的统帅并未在邺城下停留，而是直接弃马奔上了大雪覆盖的云景山。

这一日奔波帝梓元未曾休息，不过换了一件黑色晋衣，堪堪隐去了她尚在淌血的肩上触目惊心的伤势。温朔和吉利跟在她身后，半句亦不敢言。

三人朝云景山巅极速而去，却在半山腰时生生止住。

尸骨，漫山遍野的尸骨。

鲜血，染遍半座山头的鲜血。

往日云雾缭绕秀美似画的云景山，在他们眼前活生生变成了一座炼狱。

帝梓元唇角紧抿，朝山顶望了一眼，不顾伤势飞速朝山巅掠去。

半个时辰后，帝梓元终于踏上了云景山顶。

没有兵戈之声，不见激烈的交战，此时的云景山顶安静得毫无声息。

整个云景山顶，落入眼底的，只有一帐一枯树。

北秦士兵的尸体几乎堆满了山巅，但中军大帐周围十步，却没有一个死去的北秦士兵。

帝梓元立在不远处，目光在帐中已经死去的六位准宗师尸体上掠过，然后落在了帐外枯树下半靠着的几乎毫无声息的最后一位准宗师身上。他身旁，还剩最后一个精疲力竭的东宫亲卫赵重。

没有韩烨，整个云景山山头，都没有她心心念念的那个人。

压下心底的焦躁和不知名的惶恐，帝梓元连一步都不敢挪动。

她死死盯着枯树下的准宗师，隔了许久，帝梓元终于走上了前。

尚有五步之远，半靠着的准宗师突然睁开眼朝帝梓元看来。两人沉默对视许久，他缓缓开口，“靖安侯君，你终于来了。老朽姓龙，乃晋北龙氏之人。”

晋北龙氏，大靖王朝开国元勋，十大氏族之一。

帝梓元恍若未闻，终于说出了离开军献城后的第一句话：“韩烨呢？”

她的声音嘶哑无比，若仔细听，甚至会听到声带破碎的痕迹。

龙老沉默着没有回答，直到帝梓元按捺不住要上前喝问，他才抬起手朝身后的悬崖指去，“侯君，殿下跳下了悬崖。”

温朔和吉利神情大变。

帝梓元整个人因为龙老的这句话顿在了原地，她眼底染上血红之意，猛地逼到龙老面前，低低嘶吼，“不可能，我不信！这天下谁能取他韩烨的命！”

“是啊！谁能取我大靖太子的命？”龙老面带悲意，看着帝梓元眼底露出一抹沉重和苦涩，“靖安侯君，太子走到今天这一步，你当真不知缘由？世上是无人可取他性命，但他若自己不想活，这天下又有谁可以留住他？”

活了一世，龙老何等通透。像韩烨这种人物，恐怕连他自己死在这云景山上，也是早就算好的事。

“我能！”帝梓元迎上龙老的眼，眼底已成了血红之色，“他凭什么死，他韩家欠我帝家一百多条人命，冤枉我帝家十年叛国之罪，这些他都没有还，他凭什么死！”

帝梓元猛地起身朝悬崖边走去，“谁说他死了，不就是万丈深渊吗？我没有允首，谁都不能要他的命，他也不行！我说他能活，他就能活！”

不过一瞬，帝梓元已经冲到了悬崖边，只要再行一步，便会落得和韩烨一样的粉身碎骨的下场。

“侯君！”

“姐！”

吉利和温朔发现她的异状，急急地朝她跑来。

“靖安侯君！”龙老在赵重的搀扶下猛地起身，朝帝梓元吼去，“太子跳下山崖前已身重数箭，一箭直入心脉，回天乏术！”

听见这一句，帝梓元顿住了脚步，回转头。

“太子知道自己活不了了，他跳下悬崖，只是不想让尸骨落在北秦人手里，侯君，殿下他……”龙老声音哽咽，好不容易才对帝梓元说出最后两个字，“死了。”

这两个字不仅击溃了帝梓元，也让一路跟来的吉利和温朔面上毫无血色，两人眼底俱是不可置信的悲意。

帝梓元愣愣抬首，目光在枯树上的铁箭上凝住。

身重数箭，直入心脉，回天乏术。

韩烨，你疼吗？

这世上，我怎么会允许有人这样对你？我怎么能允许有人把你逼进这样的死地？我怎么能迟到这么久，不仅没能救下你，就连你的尸骨也护不住。

“侯君，殿下托我给您留句话。”

龙老的声音在一片死寂中响起，帝梓元朝他看去，神情茫然而空洞。

“殿下说他毕生的心愿就是大靖安宁百姓和乐，他让我告诉您，大靖的这万里江山，就拜托给您了。”

龙老话音落定，帝梓元眼底的神采一点点回拢，出乎所有人意料，帝梓元嘶哑的笑声突兀地响了起来，这笑声响彻山巅，带着难以自抑的狂乱。

帝梓元转过身，望向万丈悬崖的方向，“江山？你临到死，还把大靖的江山托给我，你都死了，我要那江山还有何用？我帝家的仇，谁来还？我安下的山河、护住的子民，谁来看？”

她喃喃开口：“韩烨，你欠我的……”

“侯君！”吉利的声音在帝梓元身后突然响起，“殿下他能做的，都做了。您只是不知道，您只是不知道……”

不管其他人的反应，吉利从雪地上爬起，跪在了帝梓元的身后。

“殿下曾说这世上最了解陛下的是他。他知道这场仗无论是胜是败，陛下都不会让您活着回京。帝家这几年虽然在晋南只手遮天，但到底在帝都的情报和势力越不过皇家和东宫。十位准宗师被陛下派往西北的第三日，殿下就知道了这个消息。”

“军献城被围，殿下不是为了擒北秦王，而是为了逼十位准宗师现身，否则他根本无法在他们身边安插人手。之后的，您都知道了，殿下知道云景山是陛下最后为您准备的死地，所以从一开始，他就没打算让您留下。即便您不在虎啸山受伤昏迷，殿下也会想其他的方法让您离开，今日的结局不会有任何改变。”

“侯君。”吉利以头磕地，声音哽咽，却又坚定无比，“我们家殿下用他自己的命来换了您的，他能做的，真的都做了。他只是想让您活下去……”

帝梓元许久未有言语，当所有人都以为她接受了韩烨已经离去的现实时，她冰冷淡漠的声音却缓缓响起。

“谬论，人死了，做的一切都没有意义。他做的再多又如何，我帝梓元不承他的情，我帝梓元不需要他来护，我帝家的复仇，也无需他来施舍！”

“我要去问问他，我帝家枉死的人，凭他区区一人之命，如何来换！”帝梓元仿若没有听到吉利的话，她神情空洞，眼底的狂乱未减分毫，抬步朝悬崖走去。

“侯君！”

“靖安侯君！”

吉利和龙老面色大变，就要伸手去拦，却见一道青色的人影猛地冲上前，死死地抱住了就要落下悬崖的帝梓元，两人滚落在地。

温朔一把扶起帝梓元，两人跪倒在雪地上。

“姐，我是烬言！殿下已经走了，你别做傻事。姐，我是烬言！”温朔抱着帝梓元一遍又一遍地喊，直到帝梓元愣愣地抬首看向他。

“温朔……”

“姐，我不是温朔。我是帝烬言，我是你弟弟，帝烬言！”

帝梓元不敢置信地看着面前的少年，嘴张了张，吐出两个字，“烬言？”

温朔使劲点头，眼眶泛红，强忍住眼泪没有落下，“姐，我是烬言。”

帝梓元抬手在温朔眉间眼角拂过，到最后，手一点点颤抖起来，轻轻开口：“是韩烨救了你，是他救了你。”

这句几乎不是疑问，当年帝烬言重病亡于东宫，若温朔就是烬言，那这世上能偷龙转凤做下这一切的，唯有韩烨。

温朔点头，“殿下把我悄悄带出了东宫，后来又安排右相收我为弟子，殿下他一手把我养大。姐，做错的是陛下，殿下他没有错。我们帝家的仇怨，不该算在他身上。”

帝梓元看着温朔，眼底苦涩难言。她几乎做梦都想看到当年那个惨死在京城的小弟，但她永远都没想到，烬言失而复得的这一天竟然会是韩烨离去的日子。

长久的沉默，突然，云景山顶冽冽寒风骤起，已经停了一日的大雪突然又重新落下。

"我知道，他没有错，从头到尾，他都没有做错任何事。"疲惫不堪的声音在雪中响起，帝梓元闭上眼，道，"烬言，带龙老下山，你们走吧。"

"姐，你……"温朔神情一急。

帝梓元摆摆手，望向悬崖的方向，"你们走吧，我陪陪他。"

帝梓元向来一诺千金，见她恢复了冷静。温朔吉利不敢再言半句，他们对望了一眼，抬起龙老缓缓朝山下走去。

云景山顶，转瞬间只剩下帝梓元一个活人。

她缓缓起身，朝悬崖的方向走去，堪堪停在了悬崖边上。

她垂眼，悬崖下深不见底，沉黑一片，似能吞噬万物。

"这世上，真的有我做不到的事。为什么不等我来……"帝梓元闭上眼，大滴大滴的眼泪从眼中滑落，滴在雪地上，溅出纷乱之景。

"为什么不等我来，我都听见了，韩烨，你对我说的话我都听见了，为什么不等我告诉你，我不怪你了，我们之间不是死局了，为什么不等等我……"

帝梓元这一生，永远都会记得两句话。

当年的临西河畔，韩烨曾对任安乐说——

我对一个叫任安乐的女子动过心，但我这一世都会护着帝梓元，任安乐，这句话，你永远都要记住。

很久以后的漠北邺城，韩烨对着重伤昏迷的帝梓元说——

梓元，这辈子，我最感谢的就是皇爷爷那道赐婚圣旨，你是我韩烨昭告天下、世人皆知的东宫太子妃，这一世，我没什么好遗憾的了。

韩烨这一生想说的话，终究说出了口，可他却永远都不知道……
那个他守候等待了一生的人，早已爱上了他，原谅了他。
他到死都以为他们是死局，却不知，他早就亲手解开了他们之间的这场十年死局。

这世上唯有生死能化解生死。
但，也唯有生死让人穷极一生都无法跨越。
帝梓元，终究错过了一生所爱。
这世上，再也没有韩烨。

嘉宁十八年。
大靖太子韩烨亡于云景山。
自此，云夏之后百年历史，从此而改变。

第四十七章

嘉宁十八年春，北秦东骞举国来犯的西北之战终于画上了终点。

云景城一战后，北秦铁骑耗十之六七，三年内无再战之力，与此同时，施诤言统御的东军驱东骞军于大靖国土外，奠定了东境国界线的胜利。

但于大靖而言，这是一场惨胜。二十万将士八万百姓亡于此战，数十座城池沦于战火，非数年之力不可恢复。戍守边疆二十年的老帅施元朗护军献而亡，大公主安宁守青南而死，太子韩烨夺云景而殇。

这是一场大靖震慑云夏大陆的大战，也是大靖立国以来最惨烈的一场战争。

兵乱之灾，无论输赢，这场战争三国之中没有胜者。

云景之战后北秦东骞送来降书，愿割城以平息战火。春末，三国在大靖军献城议和，施诤言受令接两国降书，并以这场战争的胜利重新划分了三国的国界线。

而此时，因西北之战名震云夏的大靖靖安侯君早已返回了中原。

战争的结局和储君战亡的消息是同时被送回帝都的，自那天起，整个王朝似乎都陷入了一场静默。

大靖王朝的继承人没有了，以太子韩烨在百姓心中的威望和皇室子嗣凋零的现状，这个现实的隐忧堪比两国入侵江山倾颓。

大雨倾盆不息整整三个月，覆了整个帝都。

大靖王朝建朝以来最大的一场胜利和储君的丧礼都是在这场仿佛下不完的大雨中度过的。

出乎所有人意料，储君的丧礼由宗室中最德高望重的安王一手操办，却缺了最该出席的两个人。

天子嘉宁帝，靖安侯君帝梓元。

靖安侯君自班师回朝的那日起便以久历战阵顽疾发作为由休养在侯府，不入朝，不参拜，不迎客，不出府，太子丧礼依然。

至于天子，太子战亡的消息送来的那日，天子哀恸过度昏于后宫，太医院忙活了三日才把嘉宁帝救了回来。自那日起天子卧病乾元殿，连三日一次的朝会也是右相主持。

天子病重，储君战亡，皇室内只剩一个无外戚支持刚满三岁的十三皇子韩云，对手握权势的勋贵外戚而言，这时的从龙之功简直是千载难逢的机会，但本该风起云涌的大靖朝堂却出乎所有人意料的平和与安静。

无他尔，入西北之前帝梓元已拥文臣赞颂，一场西北之战后救国救民的帝家军更是得三军拥护，如今满朝文武提起不计前嫌派兵御敌的靖安侯皆赞不绝口崇敬有加。若不是太子韩烨忠烈护国，怕是帝家声势早已越过皇家。

更何况西北之战后戍守边疆的将士战亡二十万有余，边塞不少城池缺兵防守，帝家二十万大军除十万回守晋南外，剩余十万尽数留在了西北各城。帝梓元回朝前在军献城颁下了这道军令，此举无异于将大靖西北诸城的兵权独揽于手，消息传回帝都时嘉宁帝已卧病在床，纵满朝哗然，却无人敢在这件事上触靖安侯威势，况天子对此事始终未有半句指责，甚至在养病之中还颁下了唯一的一道圣旨。

靖安侯君忠心护国，功在社稷，赐食邑万户，黄金万两，可见皇族而不跪。

帝家已是一等侯爵，在权位上已封无可封，这最后一道谕令便格外令人遐想。

大靖王朝立国史上，有此等殊荣的不过两人。二十年前和太祖创立大靖的帝盛天，二十年后战退北秦守住边疆的帝梓元。

云夏帝制等级森严，君臣有别，见皇族而不跪，分明是等于告诉群臣，对韩家皇室而言，靖安侯君已不再是普通的朝臣。

独占晋南，把持西北军权，得文臣武将拜服，虽如今的帝家早已无需嘉宁帝承认，但天子的这道圣旨还是将帝家的声势推至了顶峰。

在皇室式微帝家如日中天的现在，虽帝梓元称病休养在府，但她若无异动，也没人胆敢越过帝家去妄言储君之位。

更何况，任是谁怕都知道太子对于靖安侯君而言，并非只是储君那么简单。

当年天下侧目的两族国婚，太子执着十年的东宫空悬，靖安侯君任安乐时的嚣张求嫁，西北之战的并肩作战，牵牵绕绕这些年，太子之于靖安侯君的重要，端看靖安侯君这三个月的闭门不出便知道了。

因着天子和靖安侯君的忌讳，在云景山战死的太子韩烨几乎成了满朝上下不能提的禁忌。

又是半月，大雨渐止，夏至，帝都只下着淅淅沥沥的小雨，天气渐暖。

靖安侯府。

苑琴送走了一群前来拜访的大臣，正巧看见温朔骑马而来。她看着不远处剑眉朗星的少年，神情略有复杂。

天子脚下，皇城重地，即便是一般侯爵也不敢策马奔驰。温朔从西北回来后锋芒毕露，以雷霆之势毫不避讳地将一干东宫属臣收于麾下。那个两年前在太子庇佑下只知道附庸风雅踏马吟诗的纨袴少年，终是再也不见了。

烈马长嘶一声，温朔把缰绳抛给门口的侍卫，提着一盒糕点朝苑琴走来。

“喏，聚贤楼的折云糕，刚出炉的，苑琴，快尝尝。”温朔自然地把糕点盒递到苑琴面前，打开盒盖就要献宝。

苑琴朝一旁憋着笑的侯府侍卫看了一眼，脸一红，转身朝府内走去，“大门口成什么体统，进来吧。”

两人打打闹闹了一路，入了后府书院。苑琴朝没心没肺的温朔看了一眼，低声开口：“温朔，你如今掌着东宫属臣，成日里往侯府跑，陛下那头……”

果不其然，提起这些，温朔眉目一肃，脸上的笑意淡了下来，“这些人是殿下托付给我的，与他何干。”他话锋一转，朝书院里的书房走去，“姐姐她这两日如何了？”

“还是老样子，公子昨日来了一趟，陪小姐说了会儿话，小姐多醒了一个时辰。”

三个月前帝梓元从西北回京，一身是伤，头一个月，几乎很难有醒过来的时候。靖安侯君顽疾复发休养在府，其实是句实话，只是朝中无人去信罢了。

书房的门半开，温朔停在门口，仿佛怕惊醒房中的人，不再踏进一步。

“你先叫醒小姐，我给她端药过来。”苑琴朝他看了一眼，叹了口气转身离去。

苑琴的脚步消失在回廊转角处，温朔望向房内，眼底划过一抹难以言喻的痛楚。

窗下躺椅上浅睡的人一身晋衣，神态安宁。

唯有一头及腰黑发，肩以下，尽白。

温朔的目光在帝梓元雪白的发尾上一晃而过，吸了口气，压下喉底的哽咽，移过发红的眼。

温朔永远无法忘记三个月前的那一幕。

天地化为一端，风雪把云景山掩盖，帝梓元一身是伤独自留在了云景山巅。

后来他放心不下上山寻她，再见之时，不过三日，她肩下之发，已化雪白。

那一双黑瞳淡漠冷澈，仿佛世间一切魑魅魍魉，再难撼她分毫。

那一眼回望里，温朔明白，当年肆意张扬的任安乐，疆场上热血沸腾的帝梓元，都不在了。

从此以后还剩下的，只是那个肩负着帝家和天下，守着故去的安宁和太子嘱托的靖安侯君。

温朔这一世若有什么拼尽全力也想去挽救和弥补的事，就是那日在云景山上，如果那个跳崖战亡的人是他，不是太子就好了。

他的姐姐和太子，尽了半生努力，不该是这种结局。

"什么时候来的？怎么不进来？"

慵懒的声音在房里响起，温朔抬头，才看见不知道什么时候帝梓元已经醒来，身上的薄毯掉了半地。他藏好眼底的情绪，脸上挂满笑意走上前，"刚到，姐，你醒啦！"

温朔拾起薄毯为帝梓元盖在膝头，坐在她身旁。

帝梓元朝窗外看了一眼，"这雨倒是下得没尽头了，也不见有歇的一日。"她淡淡感慨半句，望着窗外的雨滴半晌，突然开口，"如今东宫如何了？"

温朔一怔，这是帝梓元回京以来头一次提及东宫之事。他神情一敛，露出一抹郑重，"东宫属臣十二人，两位尚书、三位侍郎、七位侯爵世子已尽归于我之下。"

帝梓元回过头，朝温朔看去，眼底有些惊讶，"哦？为何？"

东宫的这十二人是韩烨积蓄了十年的中坚力量，算得上小半个朝廷的势力。他们忠于储君情有可原，可温朔失了韩烨的庇佑，有什么理由值得他们追随？

温朔沉默片刻，才道，“帝家，帝烬言。”

轻轻五个字，帝梓元一怔，眉头猛地皱起，却又缓缓落下。

烬言还活着的事牵连过多，她未昭告天下前温朔不会泄露半句。东宫属臣会知道，只有一个可能——韩烨的安排。

东宫已亡，天子势微，帝家崛起，曾经忠于太子的这些人不会贸然投于帝家门下，但拥帝家嫡子之名却是太子一手养长的温朔会是他们最好的选择。

韩烨从来没有想过把烬言的身份永远瞒住，竟连这些也早就做好了安排。

“告诉他们，朝局定下来后，我自会给他们一个交代。”帝梓元颔首，朝温朔吩咐。

温朔点头，犹豫了片刻才道：“姐，我听吉利说，宫里的赵福来请了您好几趟，您都没有见……”

赵福是内宫大总管，他来请，自然是嘉宁帝召见。帝梓元自回京后，尚还未入宫面圣。

可一君一臣，纵使再不愿，他们也总归有见面的一日。

“他一个宗师，手脚麻利得很，多跑几遍又如何？还能累着他不成。”帝梓元回得云淡风轻，瞥见温朔担忧的眼神。她起身走到窗边，窗外小雨渐止，雨后彩虹在天幕尽头浮现。

“烬言，不必担心，我不见嘉宁帝，不是因为韩烨……不过是时候未到罢了。”

帝梓元清冷的声音似是跨过十数年的岁月沉浮，如沉砺的宝刀出鞘，染上了锋利而深沉的印痕。

“嘉宁帝为安宁、韩烨和我做了这么多，我不郑而重之地还上，如何对得住他这十年为我们安排的那些足以铭记一生的盛宴？”

第四十八章

涪陵山寺外，十里桃林。

两道人影正在林中石桌旁弈棋。

同样雪白的长发，相似的容颜，一轻狂，一沉寂。

“这么久没见，棋艺长了不少啊。”帝盛天捏着黑棋把玩，瞅着对面的徒弟打了个哈欠。

“您的棋艺这些年都这样，怎么就知道我的棋艺见长了？”

帝盛天是个古怪的，她兵法韬略无一不精，唯棋艺一道，十数年来无一点长进。

帝盛天朝棋盘上扬了扬下巴，哼了声：“两年前你只能赢我两子，如今怕是四子都绰绰有余，不是长进了是什么。年纪轻轻的，怎么不知道让着点长辈？”

“姑祖母，我十三岁那年就能赢您四子了。”帝梓元唇角微勾，笑了笑，混不觉这话着实有些伤老祖宗的自尊。

帝盛天眉角一扬，看向帝梓元。她棋艺不佳自个儿知道，徒弟让她她也知道，可这个贼聪明的弟子从来不会把这事儿摆到明面儿上来。说到底帝梓元这些年不管在什么人面前嚣张霸道，却始终会在她面前敛下锋芒。

如今，看来已经到了束缚全无的时候了。

帝梓元被她注视，仍一派坦然，眉目浅笑间犹带凛然，一双墨瞳桀骜深沉，在帝盛天面前毫不收敛。

威慑天成，已有帝皇之意。

这般的帝梓元，像极了当年在泰山之巅和她指点江山的韩子安。

帝盛天微微晃神，眼底追忆一闪而过，敛了嬉笑神情，正色道："梓元，你已经做决定了？"

帝梓元颔首。

"你如今应知，这条路不好走。"帝盛天望向涪陵山脚的皇宫禁苑，压下怅然之意，"韩家为了这条路，已经折了三代。纵历经西北之战，你仍坚持？"

"弟子等这一日，足有十二年。"帝梓元神情间不见半分退意，仍坚若磐石。她起身朝帝盛天行下半礼，"梓元拜谢姑祖母十年教导之恩，纵历西北之战，梓元的选择仍一如当初。韩仲远必须为十二年前晋南的八万将士之死付出代价，否则梓元有何面目面对晋南数十万百姓的殷殷期盼和帝家的列祖列宗。"

她抬首，目光眺望而去，涪陵山下帝都巍峨，江山如画，她神色悠远，复又回首看向帝盛天，言语铮铮，"姑祖母，韩仲远不配为皇，亦不配坐拥大靖江山，为天下之主！"

炙热而铿锵的话语在山巅桃林中回响，帝盛天沉默许久，终是叹了口气，眼底担忧散去，只余宽慰。她摘下右手拇指上的碧玉扳指，朝帝梓元扔去。

"拿着，见了这枚扳指，那些老家伙知道该怎么做。"

帝盛天手上的碧绿扳指，又名通天玺，当年天下有传，韩子安手中的玉玺执掌江山，帝盛天指间的通天玺号令群臣。

"是。"帝梓元神情一重，肃然领命。

帝家二十几年前半分天下，归于帝盛天麾下的侯爵世家占了半个皇朝。十二年前嘉宁帝的那场大清洗虽然折了帝家羽翼，可对当初和帝家交好的开国三公五侯仍不敢妄动。这八大氏族底蕴深厚，乃大靖半壁江山的基石，八大世家另拥他主定会引起江山动荡，波及天下百姓，即便这些年帝家只剩一个帝梓元，在帝盛天未确定她能肩负起整个天下前，她亦未将这枚通天玺轻易交付。

自此，帝家数百年传承，自帝盛天一代，正式交予帝梓元手中。

见帝梓元接过通天玺，帝盛天把手中的黑棋朝棋盘上一丢，复又一副懒散面孔，提了点心问了问另一个帝家小子，“烬言你打算如何安排？”

“他是帝家人，当恢复帝姓。”帝梓元沉声道。

帝盛天对这个回答尚算满意，伸了个懒腰朝走到一旁朝开得灿烂的桃树上一靠，摆手，“去吧去吧，你以后的事儿还多得很，没事少来惹我清净。”

帝梓元眼底露出一抹无奈，行了个礼退下，刚走几步，帝盛天的声音飘飘忽忽传来。

“梓元，云景山上，你可曾后悔？”

自云景山巅一战韩烨战亡，帝梓元华发半白，再未有人在她面前提过半句韩烨。

上百日夜，夜夜不得寐。姑祖母问她，可曾后悔？

后悔什么？后悔与韩烨相识相知？还是后悔半生执于世仇将他阻于心门外？抑或后悔永失所爱后才终明心意？

世间万事皆能解，唯生死不能。

纵她半生追悔莫及，付与谁看？

“您呢？”帝梓元回转头，目光落在帝盛天寂寥的背影上，轻声问，“这些年，您可曾后悔？”

后悔执于情谊，在那人有生之年都未吐露过半句心意，以致那位虽坐拥万里江山，却带着遗憾故去。

风起，卷起桃树边那人一头雪白长发，帝梓元始终没有等到回答。

山脚，长青已等了帝梓元半日。

帝梓元一脚跃上马车，难得朝长青投了一眼。

“出了何事？”这块木头脸雷劈下来也不动于色，现在脸上的踟蹰不安也太明显了些。

待帝梓元坐上马车，长青犹豫半晌，才低声禀告：“小姐，刚刚苑书传了消息过来，晋河下游十城，都未有殿下踪迹。”

下游十城，已是千里之远，足足三月，动边塞数万守军，倾帝家在西北所有隐藏之力，仍……毫无所获。

掀着布帘的手微不可见地一顿，听不出感情的声音从马车里传来：“知道了。长青，不用回府，去皇宫。”

“是，小姐。”车架上的长青面上露出一抹意外，却半句未言，一甩缰绳径直入城朝皇宫而去。

不通报，不奏禀，靖安侯府的马车一路毫不避讳地朝皇宫而去，还未抵达宫门，靖安侯君入宫觐见的消息几乎被半个京城的权柄晓得了个透。

重阳门前，闻讯前来的内宫总管赵福坚持而又委婉地请靖安侯君下车步行入宫。即便如今帝家的声势泼了天去，嘉宁帝好歹还是帝位上高坐的那位。帝家再狂，也不能堂而皇之越过皇权。

帝梓元何等心性，赢都赢了，从不在意小节，当即一甩袖摆从马车上走下，甚至还贴心地吩咐长青解下佩剑。

在重阳门前踏车而出尚是帝梓元西北而回后首次现于人前，她一身沉墨晋衣，衬得肩下白发如雪。赵福见她这模样，神色一愣，一时竟连请安问好的话都顿在了嗓子边。

帝梓元恍若未见，步履未停径直朝禁宫内走去。

赵福匆匆赶上，来时眼底的防范和敌意到底浅了些。太子亦是他看着长大，比一般皇子情分更深，如今早逝，皇室子嗣凋零至此，太过可惜了。

赵福引着帝梓元停在了乾元殿前。

乾元殿是内宫第二大殿，虽不若朝会大殿巍峨宏伟，却华贵典雅，更显皇室尊贵。

照理说，久卧病榻的嘉宁帝在上书阁接见帝梓元倒更妥当些。

帝梓元朝赵福玩味地看了一眼。

内宫大总管眼观鼻鼻观心，躬身朝前引，“侯君，陛下在殿内等您，您请入殿。”

“长青，留在殿外。”帝梓元一拂袖摆，吩咐一声，负手于身后，朝乾元殿内走去。

吱呀声响，古老的宫殿被推开大门，逆光下，帝梓元抬步而入，殿门随即而关，藏住了里面一切光景。

乾元殿内，一把御椅，嘉宁帝高坐其上。

纵面容苍白，眼底帝王威慑仍不减半分。

他御座之下五步之远的地方，布一臣椅。

君臣上下之分，一览无遗。

帝梓元入殿之初便瞧出了嘉宁帝的安排，她抬步入内，停在殿内臣椅旁毫不犹疑地坐下，然后朝嘉宁帝看去。

半晌，悠悠之声自她口中而出。

“天下权柄，帝王之势，不是区区一把龙椅就能定论，否则何来百年王朝变迁天下改姓，陛下做了几十年皇帝，竟也信权柄之物，当真令梓元失望。”

嘉宁帝俯眼，看向坦然而坐的帝梓元，苍老的眼底瞧不出情绪。

不过二十之龄，短短两年，这个年轻的靖安侯就已经超越她的父亲，手握西北兵权，独掌朝廷乾坤。

这样的帝梓元，竟是他韩家曾昭告天下的儿媳，大靖最盖棺定论的皇后。

不论仇怨，不究对错，太祖当年为大靖选择了一个足以延绵国祚百年的太子妃。

可惜，世事往往不如人愿，韩帝两家到头来竟走到了这一步。

“朕当年少时，鲜衣怒马、沙场御敌、指点江山，曾比你更狂更傲十倍。少年人，这把椅子朕和太祖倾韩家之力都坐得不甚安稳，遑论是你。”嘉宁帝半点未怒，看着帝梓元，眼底带些许怅然，“帝梓元，等你在这天下之位上坐个十年，享天下权柄后，再来论朕亦不迟。”

高坐皇位的帝者褪掉了平日的强势冷酷，低沉的话语在乾元殿内回响，竟带着劝诫和指点。

帝梓元眯眼，半晌，冷斥一声，“谬论，权位固重，人心更重。不得人心，何以得天下？”

嘉宁帝迎上帝梓元挑衅的眼，沉声回：“人心固重，权谋亦重，不善权谋，何以平朝堂？”

无言的对峙停滞在乾元殿内，大靖王朝里权力最盛的两人各不服输，仿似以天下对问。

“擅权谋又如何？”帝梓元微微朝后一仰，目光轻抬，“陛下，如今是你输了。”

帝家人心得尽，权柄在握，韩家如今之势已不如帝家。

“那又如何，就算朕输，我韩氏依旧是大靖之主，韩家数十年权力沉浮在这皇城上，八方诸王仍在，帝家纵如今威势逼人，难道还能冒天下之大不韪改朝换代，篡权取国？”

嘉宁帝声音沉沉："帝梓元，一朝为臣，你帝家将永远为臣。"

乾元殿内寂静无声，唯春风从窗外拂进，将帝梓元的衣摆吹起，晋衣袖摆内，露出一截明黄的卷轴。

"陛下，不知于天下百姓、朝堂百官而言，是你的旨意有用，还是太祖的圣旨更胜一筹?"

嘉宁帝瞳孔紧紧一缩，露出一抹冷厉来，朝帝梓元望去，"你此话，何意?"

太祖圣旨？已经故去十八载的先帝还能把这天下留给帝氏不成!

帝梓元缓缓起身，抽出袖中卷轴，印着太祖谕旨的圣旨在两人面前展开。

"陛下，太祖元年，先帝曾下过一道圣旨，圣旨中言忠王和靖安侯同享储君之位，陛下善记，想必没有忘记此事。"

当年的忠王就是如今的嘉宁帝，当年太祖这道圣旨颁下后曾令满朝哗然，帝永宁请辞数次，但直至太祖驾崩，这道圣旨始终未从帝家收回。

嘉宁帝面色微变，左手在御椅上摩挲而过，藏住眼底的惊涛骇浪。

"直到先帝驾崩，这道圣旨都未被废除。陛下……" 帝梓元清冷的声音在乾元殿内响起，掷地有声，睥睨天下。

"帝家靖安侯享储君之位乃太祖之旨，如今帝家仍在，帝家的靖安侯君亦在。"

帝梓元朝嘉宁帝看去，手中太祖遗旨跃入眼帘。

"臣若请陛下允先帝之旨，不知可算是篡权取国，冒天下之大不韪?"

第四十九章

乾元殿内，朗朗之声，清澈无垢。

嘉宁帝有一瞬间的晃神，这样的帝梓元，和当年在昭和殿对着太祖质问的他何等相似。

“我乃大靖嫡子，名正言顺的大统继承人，缘何我不能登天下位，掌大靖乾坤?”

当时，太祖是如何回答的？十八年前，太祖一语未言。只三个月后在其弥留之际，将传位圣旨和传国玉玺一并交到他手上。

“从此，大靖、朝臣、百姓一并托付你手，朕大行在即，只望你无愧大靖天下和韩氏列祖，百年之后尚有面目来见朕。”

如此重托，如此重嘱。

数十年前，他意气风发，只觉天下尽握；数十年后，嘉宁帝早已不知，他可还有面目去见九泉之下殷殷嘱托的先帝。

不止是太祖遗旨，帝梓元扬手的瞬间，她指上碧绿的通天玺亦跃入嘉宁帝眼中。

帝家之权已经传承。嘉宁帝心底重重叹息一声，面上却半点未露。

“要朕允先帝之旨？”嘉宁帝望着龙椅下凛然而立的帝梓元，缓缓起身，目光如炽，“帝梓元，你想为皇?”

帝梓元抬首，眼微扬，“若臣想，陛下又能如何？”

帝梓元话音落定，嘉宁帝负于身后的手猛地一抬，眸中瞳色几变，复又轻轻放下。

窗外，一直守着的赵福见嘉宁帝把诛杀令收回，赶紧打了个手势，四周已露锋芒的银色寒光悄悄退了回去。

乾元殿外等着的长青眉目冷沉，早已将身后负着的铁棍握紧。

这一切发生在电光火石间，待嘉宁帝重新开口时，仿似一切都未发生。

“先帝之旨当然算数，只是朕在位已有十八载，比起先帝遗旨，朕的子嗣更有继承大统的资格。”未等帝梓元开口，他已道，“即便朕四子亡三，仍有第十三子韩云，他虽年幼，亦不是不可立为储君。你帝家当年虽有禅让天下之德，如今亦有忠君护国之功，但臣就是臣，你若登位，当年和韩帝两家共同逐鹿天下的五侯皆会生出篡权之心，韩氏镇守江山的八方诸王也会兴兵而起，届时大靖必乱。三国之战刚刚结束，大靖已不能再起兵灾，否则会有亡国之险。帝梓元，作为大靖的靖安侯君和三军统帅，这一点你应该比谁都明白。”

“所以……”帝梓元朝嘉宁帝看去，“臣就应该以大局为重，隐忍宽厚，对过往不咎，做一个忠君爱国的靖安侯君？”

帝梓元的质问一声比一声更沉。

“那帝梓元，你，想如何？”

“我想如何？”帝梓元负手于身后，眉宇肃冷。

“晋南十万百姓失怙之痛，帝家十年叛国之冤，我帝家和晋南百姓的怒火……”帝梓元朝高台龙椅走去，一步一句，停在嘉宁帝五步之远，掷地之声响彻乾元殿，“陛下，非大靖天下不可平。”

非大靖天下不可平。

这句话落入嘉宁帝耳中的时候，他骤觉二十年大靖江山起伏，恍若黄粱一梦。

二十二年前帝盛天禅让半壁江山，称臣于韩氏时，大概从未想过有一日帝氏子孙会站在韩天子面前说出这样一句话。

“朕是韩家天子，大靖皇室起于韩。”嘉宁帝话语沉沉，终是一句落定，“朕可以给你挟天子令诸侯的权力，也可以让帝家凌驾诸王侯和百官之上，和韩家共享皇权，但朕纵愿大靖亡，也不会让江山在朕手中改姓。”

韩云只有三岁，外戚垂弱，诸王侯人心难测，纵立韩云为太子，非二十年之功他难以握权亲政。让出监国之权，让诸侯百官和帝家互相辖制，反而能让年幼的储君安然长大，护住韩氏江山。

见帝梓元不答，嘉宁帝目光一沉，徐徐开口：“若监国之权都无法让你满意，那右相和前太医院院正的两族性命呢？”

帝梓元眉眼一凝。看来烬言的身份嘉宁帝知道了。

“朕会恢复他帝家嫡子的身份，对当年牵扯进东宫掉包之事的人既往不咎。”嘉宁帝摩挲着指间扳指，神情晦暗不明，“他好歹也是太子教养长大，朕也曾对他寄予厚望，他如今掌着太子留下来的东宫势力，朕顾念着太子旧情，也未曾为难与他。”

“帝梓元，朕如今所能做的，皆已做到。你要如何？”

以二十年皇权换韩氏江山的延续，恐怕也只有嘉宁帝有这个心性魄力。

至于烬言，不过是他顺水推舟的一份人情。如今朝野不稳，右相为三朝元老，门生满天下，即便是嘉宁帝也轻易动不得，至于太医院前院正，嘉宁帝一身顽疾还要靠他续命，更是不会动他。

帝梓元抬眼，对上嘉宁帝烁烁龙目，一扬手将圣旨收拢，负手于身后，在嘉宁帝的注视下干脆利落地开口：“摄政皇权交给帝家，我给你韩氏十年喘息时间。”她说完转身朝乾元殿外走去，“我帝氏族人忍受了十年冤屈和丧家之痛，这份窒息和恐惧，陛下，你也该尝尝。”

帝王之座上，嘉宁帝面上露出一抹怒意，他的目光在帝梓元半白的发上一晃而过，终是忍不住开了口。

“帝梓元，你何须嚣张，朕输给的不是你，而是朕的太子。”

“朕输的也不是天下，而是朕最优秀的嫡子，大靖王朝将来最睿智的国君。”

这句话落在乾元殿内，看似平静无波，却又惊涛骇浪，走出乾元殿的脚步声戛然而止，帝梓元闭上眼，指上温润的通天玺都无法抹淡指间的冰冷。

她能昂然立于嘉宁帝前问鼎帝位，斥责帝君，却在这句质问前无可辩驳。

若无韩烨，西北之境十位准宗师截杀下，她早已命丧黄泉。

若无韩烨，韩帝两家早已陈兵对垒，亦无今日两家掣肘的暂时太平。

无论嘉宁帝做错多少，无论韩家欠帝家多少，都无法抹杀韩烨为她做下的一切。

“你既知道，又何必逼他至此。”

满是疲惫的声音从消瘦的身影处传来，帝梓元推开乾元殿大门，再也没有回头。

帝梓元的身影消失在逆光下，嘉宁帝失了所有力气，脸色惨白吐出一口鲜血朝王座上倒去。

“陛下！召孙太医进宫！”赵福从窗外跃进，看着昏倒的嘉宁帝，面露恐慌，急忙唤道。

是夜，被孙太医救回来的嘉宁帝半躺在乾元殿的软榻上，他一丈远处跪着风尘仆仆从西北赶回来的禁宫暗卫。

暗卫自半个时辰前入宫禀告，却始终未听到天子开口询问。

直到赵福端着汤药入殿，嘉宁帝嘶哑的声音才响起，“说，结果如何？”

暗卫低垂着眼，不敢看嘉宁帝的表情，“陛下，臣率五百侍卫遍寻北河下游诸城，都没有殿下的下落。”

这话已经是说得委婉了，实诚话应该是太子韩烨早已埋入河底、尸骨无存才对。

软榻上重重的咳嗽声响起，一声急过一声，赵福急忙上前帮嘉宁帝托背顺气，“陛下，您宽着心，这不是还没找到吗？殿下他……”

“下去吧。”嘉宁帝朝暗卫摆摆手，待暗卫走出，他苍白的脸上愈加疲惫，叹了口气，满是悲凉。

“朕这个儿子啊，朕把他教得太好了，到头来他一身计谋满腔谋划全用在了朕身上。他没有给自己留退路，也没有给朕留退路，朕和帝梓元都被他套在了这座皇城里。”

“陛下。”赵福眼底泛红，却不知如何去劝，没有人比他更明白太子韩烨对嘉宁帝的意义。

“只是不知道他用命换来的两家太平，又能持续多久。赵福，替朕拟旨吧。”

帝梓元入宫见皇的事不算秘密，嘉宁帝昏倒在乾元殿急招太医院院正入宫的事却被瞒了下来。

三日后，久居乾元殿养病的嘉宁帝颁下一道圣旨，立第十三子韩云为储君，右相为太子太傅，靖安侯君帝梓元为摄政王，统率百官，摄政监国。

这道圣旨后，嘉宁帝还特别拟了一道旨昭告天下，言前状元郎温朔乃帝家嫡子帝烬言，从此不必再居侍郎府，回归帝姓。

至于嘉宁帝，称自己年事已高，重病缠身，故退居西郊别苑，不再理朝政之事。

这几道圣旨一道连着一道，轰炸得百官应接不暇，但总算理明白了两个理儿，一是大靖后继有人，储君位上总算有人了；二是这韩家江山往后数十年，怕是要由帝家当家做主了。

自此，大靖朝堂翻天覆地，顺明白了路的满朝文武在圣旨颁下的第二日，潮水一般地涌进了靖安侯府。

这倒不怪他们墙头草，嘉宁帝眼见着日薄西山，小太子将将三岁，谁又知道如今这位在摄政王位上坐得尚还舒坦的靖安侯君将来的打算呢？

毕竟帝家尚还有一位嫡子在世，将来大靖江山姓哪家，还真是说不准的事儿。

这一次，帝梓元没有像一年半前帝家恢复侯位时闭门谢客，她大开靖安侯府，受众臣叩拜，更是广邀城中三王五侯入府而宴，擅权之术毫不逊于嘉宁帝，直令一众朝官大感意外，不过半月，帝家在朝堂之势犹若星火燎原，凡摄政王令，在朝堂上已当于皇令。

自此，大靖权力交迭，正式进入了帝梓元的时代。

与此同时，西北偏隅一城内，昏睡了数月的人堪堪睁开了眼。

第五十章

“我以为你回京之日，就是帝家入主皇宫之时，为什么改变了主意？”

靖安侯府，后院假山石亭里，洛铭西摇着蒲扇躺在美人榻里纳凉，一双凤眼半眯半阖，晋衣锦带，极尽风流。

混迹京城两年，洛铭西“智绝无双、艳冠帝都”的名头早已盖过了一众王侯世子，洛家掌晋南十万大军，他在朝中日居高位，又未成亲，成了人人哄抢的香饽饽。连风头正盛的新晋帝家嫡子帝烬言也难以分薄他半分风采，洛铭西如今在京城的名号，怕是只有当年的太子韩烨能越过几分。

帝梓元懒懒靠在凉亭内的石椅上，正擦拭着一把软剑，她闻言朝洛铭西投了个颇为不屑的眼神，回得吊儿郎当，“嘉宁帝还活生生地杵在宫里头呢，我现在去拿帝位，怕是他拼着最后几口气也不会让帝家好过，你当拱卫京城的八方诸王和五侯是摆设不成？”

洛铭西听着她唠嗑，也不打断，只朝她扬扬下巴，示意她继续说。

“如今这天下还姓韩，储君也是正儿八经的皇子，八王发兵名不正言不顺，才按捺下来，那五侯顾忌着姑祖母当年的情分和威慑，看着我监国尚可，可我要真改朝换代，你觉得他们还能像如今一样对帝家一团和气？”帝梓元在剑锋处拭过，眼微微眯起，“如今可不是当年韩帝两家半分天下的乱世了，这几年韩帝两家争斗，又用兵西北，可八王五侯的实力半点未损，嘉宁帝若不是也顾忌他们，又怎么会把摄政权交得如此爽快。他这是让我盯着京城外的那些虎狼之师，护着他的小崽子长大呢！”

洛铭西啧啧两声，摇了两下扇子，“你看得倒是透彻。”他朝帝梓元手中的长剑扫了一眼，漫不经心开口：“就这么简单？八王虽权在外，可嘉宁帝不是个吃素的皇帝，这十几年诸王兵权一直势弱，五侯虽然根基深厚，却被富养在京，族兵早已懈怠，无征战之勇。不过花上数年，八王五侯之势可解。待嘉宁帝驾崩，放眼大靖，唯晋南帝家称雄。”

洛铭西眼微沉，目光一移，望向帝梓元瞳中，“梓元，你是打算永居摄政王位，还是打算改朝换代，帝氏替韩？”

这一问，不是洛铭西私心而问。十二年筹谋，追随帝氏之人遍布天下。如今帝烬言身份明朗后，更换门庭改投在靖安侯府门下的文武朝官勋爵世家，哪个打的不是从龙之功的主意。若是帝家从头到尾要的只是短短十年的摄政之权，往后又有谁敢会效忠帝氏？

洛铭西这一句，是为了帝家身后立着的王侯氏族朝官布衣而问。

擦拭长剑的手顿住，帝梓元眼底褪了轻慢和心不在焉，将软剑入腰收好。她端起茶壶，满上一杯温茶，递到洛铭西面前，“京城处北，向来天寒，你身体一向不好，洛伯母前几日还来信，让我叮嘱你吃药静养，少耗心神。这两年我领兵在外，京城诸事多亏有你在。”

帝梓元一向不正经懒散惯了，难得有这种温言持重的时候，她眼底的感激真挚郑重。洛铭西愣了愣，接过她递到面前的茶，杯身温润，格外暖人心脾。

因着这杯茶，洛铭西略微苍白的脸色都显得红润起来。“帝伯父辞世前把你交给我，这些不算什么。”他如儿时一般，拍拍帝梓元的头。

帝梓元摇头，沉声道：“我父亲的托付太重，他托付的不只是我，还有整个帝家。”

洛铭西摩挲茶杯的手一顿，抬头。只一句话，他便明白了帝梓元话中之意。

“父亲用命换来的帝家，我一定会守住，无论在西北发生过什么，无论我将来做什么，铭西，我以青南山下八万亡骨的冤魂向你起誓，绝不会让帝家重蹈十二年前的覆辙。”

帝梓元抬手把洛铭西肩头的枯叶拂去，将手伸到他面前，“以后帝家和晋南要走的路还很长，我希望你能和我一起走下去。”

就如过往十数年，你照拂我长大，陪我开始征程，以后帝家漫长的道路，我仍希望你留在我身边，始终如一地相信我。

帝梓元从不求人，从不示弱，唯有洛铭西，她敬如长兄，值得她俯身请求。

洛铭西墨黑的瞳中隐藏至深的温情淡淡淌过，他唇角勾起，似春风拂过，和伸到面前的手击掌而过，在帝梓元额上敲了敲，一仰身倒回了他的美人榻。

“小兔崽子，我不过问上一句，闹这么郑重做什么。”他闭上眼，摇着蒲扇，“劳碌了十几年，好不容易如今东家发达了，怎么，你想撵我走？门儿都没有。你要是不保我这辈子飞黄腾达富贵无忧，我老洛家往上数三代的祖宗都不放过你。”

洛铭西聒噪得起劲，一副受了大委屈的样子。帝梓元见他说得越来越没边，忍无可忍地打断他，“你迟早是要娶妻成家的，老是赖着我是哪来的道理？我这侯府大门敞开才一个来月，上门游说我做媒想把闺女嫁给你的一等侯爵没有十个也有八个。这些年你为了帝家没心思想也就算了，如今大事初定，你赶紧着挑一个，别让我愧对洛伯母，躲她跟躲猴似的。”

洛铭西闭着眼打哈欠，朝帝梓元摆摆手，“我好歹也是晋南第一公子哥，晋南的姑娘不挑，在这帝都选什么，日后我回了晋南，帝北城还不得泪流成河。”

“这么说你是喜欢咱们晋南的姑娘？京城的闺女就这么瞧不上？”帝梓元挑挑眉。

摇着蒲扇的手早就歇下了，帝梓元半晌都没等到洛铭西的回答，不远处帝烬言从回廊处走来。

“是，我喜欢咱们晋南的姑娘。”

她转首看向帝烬言的瞬间，洛铭西正好睁眼朝她望来，瞳中万千温情，惊鸿而过。

“嗯？你说什么？”帝梓元回过头，洛铭西已闭上眼，仿佛刚才一幕从未发生。

“我说你太聒噪了，早些离去，免得叨扰到我。”

懒懒的声音自美人榻中传来，帝梓元眉角抽了抽，实在懒得理他，拂袖而起，和帝烬言一起而去。

亭中，洛铭西睁开眼，望向两人离去的方向。他的目光落在帝梓元半白的发和腰中软剑上。

无论将来做什么，都不会让帝家重蹈十二年前的覆辙吗？

梓元，你可知道，你选择的这条路，比当年在九华山上对帝前辈的承诺更难百倍？

我不知道，让你入京，让你们重逢，竟会让他成为你这一生的劫数。

沉沉的叹息声在亭中响起，风吹过，再无痕迹。

北秦，王城。

三国之战结束已有四个月，这场战争几乎耗空半个北秦。德王一派以此战不利为借口动摇臣心，在朝堂上势力大涨。若不是莫天宣布迎娶朗城西家嫡女西云焕为后，借助西家的兵力和声望，一时还难以压住德王的气焰。

西家女进宫大婚定在了一个月后。皇宫里张灯结彩，喜气洋洋，新主子入宫，满宫上下都格外上心，唯有那个即将迎娶新皇后的北秦王每日在上书房处理政事，极少过问封后大典的进程。

自莫霜大公主亡故、三国大战后，北秦宫里很久没有这样的喜事。吴赢瞅着宫里这么愁云惨淡的也不行，这一日一大早就领着小太监们捧着备好的皇后额冠进了上书房。

"陛下，这些都是王城最好的匠师打造的，您挑一顶，到时皇后知道是您亲自选的，必定喜欢。"吴赢朝小太监们手里端着的额冠努努嘴，又道，"听说西小姐继承了西将军的脾性，性格飒爽，一定和陛下您合得来。"

莫天批阅奏折的手一顿，记忆中帝梓元那张睥睨天下傲慢得不行的脸一闪而过。他顺着吴赢的目光瞥了一眼，随意朝中间一指，"就这顶吧。"说完摆摆手，"都退下。"

内侍官忙活了一大早没得到半句夸奖，垂头丧气领着小太监朝外退去。

"吴赢。"莫天想起一事，问："阿清这几日如何？"

数月前，连澜清醒了过来，然一身内功尽失，身体虚弱，莫天准了他从崇善殿搬出，回连府休养。

"奴才昨日才登府看望过连将军，将军这半月好了些，勉强能下床走动。不过……"吴赢叹了口气，"大夫说将军耗损过重，这一身功力怕是找不回来了。"

莫天眉头高高皱起，身为武将，不能再征战沙场，便失了立足朝堂的机会。就算他百般提携，连澜清也只能止步在二等勋爵上。

"陛下，将军还说……"吴赢朝莫天看了一眼，见他面色尚还和缓才道，"他如今功力全失，不能再入主朝堂，养病时日不知深浅，怕是会耽误芷冉郡主，请陛下您做主退了这门婚事，让郡主另觅佳婿。"

莫天一怔，芷冉是手握重兵的吴王嫡女，若是娶了她，连澜清就算不入朝堂，连家在京城也可以挺直了腰杆子过日子。

怕是为了那个君家小姐吧，一代悍将，终是走不过情关。莫天摇摇头，"算了，替朕拟旨，取消这门亲事，郡主的郡马让吴王自己去挑。"

吴嬴颔首。

“国师呢？朕有些时日没看到他了。”

国师净善道长长居崇善殿，轻易不出殿门，但隔上一两月，总会来英武殿为莫天拿脉问诊，算算时间，莫天足有四月未见过他。

“崇善殿的小道士前两日来传了话，说是国师前几月在连将军醒后就云游四海去了，要隔上些时日才回来，请陛下不用担心，国师会在陛下每半年一次的问诊调养时及时赶回。”

净善道长是北秦第一高手，早二十年前就已跨入宗师之列。当年云夏百姓最敬畏的不是三国君主，而是另有三人，佛宗之祖净闲大师、武达天下的帝家家主，还有医术神鬼莫测的净善道长。

莫家子嗣大多早夭，静善在北秦地位超然，从不介入朝堂争斗，唯一所做之事就是护卫王君，为每一任北秦王调理身体。

莫天点头，他知道静善说到做到，不再过问他云游之事，抬手让吴嬴退了下去。

第五十一章

北秦境内中部，怀城。

北秦境内民风彪悍，百姓大多悍勇，唯有怀城地处北秦内陆，少涉战争，民风淳朴百姓慈和，在北秦境内素有宽宥之城的美名。十九年前先代北秦王将此城送给了刚出世的嫡长公主莫霜为封地。

约一年半前莫霜公主亡于大靖后，此城便由北秦王莫天做主，交给了公主在宫中时的贴身丫鬟翎羽打理。

翎羽一年前入城，秉承宫中规矩，遮面示人。她武艺高强、通达豪爽，御下的手段更是一流，这一年多在怀城内威望极高，几乎代替了当年的长公主莫霜。城中百姓敬重于她，又听说她和莫霜公主情同姐妹，便尊称她一声“二小姐”。

怀城在翎羽的治理下井井有条，安宁平和，丝毫未受战争祸乱的影响。三国之战结束后为严防大靖探子入城，怀城的守卫严密了起来。城中百姓也不觉不便，他们的莫霜长公主死在了大靖，现在好不容易盼来了这个造福百姓的翎羽城主，倒也希望她的安危能保。

只是，本应在城主府的翎羽却出现在城外一座竹林里。

北秦地寒，这十里的竹林是方圆百里内有名的盛景，却因属长公主所有，鲜有人来。

莫霜幼年时曾居怀城，特意在竹林深处修了三座竹坊用来休憩。

此时，竹坊外立着两人。一仙风道骨，一素衣蒙面。

正是北秦国师净善道长和传闻中早亡但以翎羽身份掌城的长公主莫霜。

“国师，他还是上个月睁过一次眼，这个月一直没有醒来，不会……”

“说不好，他这种状况老道也是头一次遇见，我虽尽了全力，但也不能确保他安然无忧，有性命活下来。”

净善道长摸摸胡须，朝莫霜看了一眼，道：“老道能做的，也只有这些了，老道的续命丹药只够他再服两个月，如果这段时间内他还醒不过来，也是他的缘法了。”

净善道长看了一眼天空，北秦帝星昏暗，国道衰落。他叹了口气，北秦的存亡，全看坊中之人能不能活下来了。

莫霜点头，眼底满是担忧，却也只能听净善之言安心等待。她透过竹窗望向里面昏睡的人，怎么也没想到短短几个月竟是这般光景。

四个月前，在韩烨亡于云景山的消息传遍三国时，净善道长带着重伤的韩烨突临怀城，那时距云景城大战已有十日。莫霜虽惊慌诧异，却果断地把他们安置在城外竹坊里。刚到时韩烨满身箭伤，毫无气息，休养的四个月中才睁过一次眼，之后便一直沉睡。

传闻韩烨在云景山上身中三箭，一箭入膝、一箭入腹、一箭入心，净善道长究竟是用什么方法救的韩烨？还有……身为北秦国师，他为什么要救大靖太子？

“国师？您当初为什么去云景山？”迟疑半晌，莫霜开口问。

净善摸着长须笑道：“长公主是想问老道为何会救大靖太子吧？怎么？公主不愿老道救他？”

莫霜面容一红，好在遮在面纱下瞧不太清。

净善未再取笑莫霜，继续道：“数月前老道夜观天象，算出大靖储君的帝星将在云景山陨落。”

净善道长医术超绝，但一身星术除了北秦皇室，鲜少为人所知。

“老道便知韩烨云景山之行凶多吉少，是以老夫在大战前便守在了云景山下，并在山谷里设了一个草庐。韩烨跳崖后老道在河中将他救起，然后将其带到草庐疗伤。老道虽能算出韩烨此战危险至极，却未料到他竟受一箭穿心之伤，回天乏术！”

“那国师您如何救的他？”莫霜着实好奇。

净善叹了口气，“我早年间得了一本古书，上面记载着一些罕有的医术，只是太过霸道诡谲，我从未尝试。韩烨危在旦夕，并无其他方法可救，我只能在他身上冒险一试。”

“到底何种医术？竟让国师您都不敢尝试。”

净善眼底一抹哀恸拂过，沉默半晌，才吐出两个字：“换心。”

莫霜睁大眼，眼底露出匪夷所思之色，“换心？这怎么可能做到？”

“古书只有记载，从未有人尝试，老道本已放弃，却未想到老道的药童灵枢甘愿放弃性命，剖心换命，救了韩烨。”

听见此言莫霜这才想起凡净善出宫，身边总会跟着的小药童灵枢这次没见到踪影，却没想到个中竟有这般缘由。

“公主是否想问大靖太子的陨落和我这个北秦国师有何干系？竟会愿意让嫡传弟子以心换命？”瞧见莫霜眼底的狐疑，净善望向天空，神情莫测，沉声开口，“老道那夜观出韩烨帝星陨落的同时，西北之上另有帝星升空，随着这颗帝星的出现，其他三国皇城的帝星，同时走向了衰落。”

此言犹若惊雷，莫霜神情一滞，猛地转头朝净善看去，连声音都变了调，“国师，您是说……”

净善看着她道：“就连当年的韩子安和帝盛天双星当空之时，也没有此星耀眼。”

西北之上唯一人有帝星之势，她的崛起居然能让三国帝君帝运衰退，那将来云夏必有一统之局。若是如此，北秦岂不是有亡国之势？

“国师，此帝星可有解法？”莫霜急声问。她虽和莫天置气，反对他兴兵而起，但身为北秦长公主，也绝不愿看到北秦亡国。

“里面的人，或许是唯一的变数。”净善望向竹坊内，神情平静，目光深邃，“若是两个月内他还不醒，老道再无回天乏术之能，将来的一切就只能看天意了。”

莫霜一怔，看向竹坊的眼底露出复杂之意。

京城，皇家西郊别苑。

谨妃，噢，不对，如今应该是谨贵妃才对。韩云被立为太子的那日，谨妃擢升为谨贵妃，和原本的贤贵妃共同执掌后宫。

谨贵妃牵着韩云的手被赵福一路引进了别苑的华宁阁。虽成了皇贵妃，又是太子亲母，但她脸上不见一丝骄纵之色，仍是温婉宁和。

韩云被立为太子后，嘉宁帝便入了皇家别苑休养，内宫总管赵福一并离宫。前朝归帝家把持，她和贤贵妃早两个月也曾召过命妇入宫品茶，不论是她，还是那些命妇，都是一副战战兢兢的模样，连着几次后她和贤贵妃觉得无趣憋屈，便只管安静地待在各自的寝宫里。

赵福瞧了懵懂的小太子一眼，脸上露出一抹宽慰，有个懂事又聪慧的母妃，也算是小太子的福气。赵福在宫里待了一辈子，伺候过几代君王，又岂会相信谨妃是个无知平凡胆小懦弱的人，若真是如此，韩云早就死在宫廷阴谋倾轧里，何能成为大靖的太子。嘉宁帝离宫别居，还敢把唯一的子嗣放在谨贵妃身边养着，便是相信她能护住自己的儿子。

"娘娘，陛下就在里面。"华宁阁下赵福推开门，将两人引进了阁。

阁内弥漫着浓浓的药味，软榻上躺着的人形若枯槁，头发花白，宽大的帝王龙袍穿在他身上，仿佛一阵风就能把他吹走。

谨贵妃看见嘉宁帝这模样，眼一红扑到软榻前，握住嘉宁帝的手眼泪直流，"陛下！您怎么病成这般样子了！"

嘉宁帝神情平静，拍拍她的手，"不必如此，人寿有时尽，一切早有定数。"

"陛下，您说什么胡话！臣妾，臣妾和云儿还日夜期盼着您早日回宫，您可不能有事，没了您，我要这贵妃之位何用？云儿没了父亲，没有您看着他长大，那他做这个太子还有什么意义？"

第五十二章

谨贵妃真真是个妙人，说出来的话即便是赵福这个老江湖都不免动容三分，更何况是不久于人世、唯一的子嗣又只有三岁稚龄的嘉宁帝了。

嘉宁帝朝谨贵妃身边懵懵懂懂的韩云看了一眼，眼眶不免有了湿意，他花了二十年时间精心打磨嫡子，却没想到垂暮之年接连丧子，到最后身边活着的儿子只有这个三岁的孩子。

他做了一辈子皇帝，却护不住自己的儿女。

“放心，韩云是朕唯一的子嗣，朕的天下还等着他来坐，韩家的江山要靠他延续下去。纵然朕不在了，这天下也无人敢欺他辱他。”他握紧谨贵妃的手，将手上扳指取下放在她手心，瞳中猛地燃起一片宏光，“朕的天下只能由朕的儿子来坐。”

谨妃怔怔看着嘉宁帝，碧绿的扳指温润冰凉，却在一瞬仿佛灼烧了她的手心。

嘉宁帝抚摸着韩云的头，眼底温情淡淡浮现，他重重看了韩云几眼，朝谨贵妃摆摆手，“回宫吧，无朕召见不必再来别苑，右相乃股肱之臣，有他教养辅佐太子，你可安心。”

右相和摄政王交好满朝皆知，右相也从不避讳。因为如此，虽嘉宁帝封右相为太子太傅，近一个月来谨贵妃却一直以太子尚幼无需启蒙为由推辞了右相的入宫教导。如今嘉宁帝这话，显然是为了给她一颗定心丸。

谨贵妃颔首，“是，臣妾听陛下的。”

嘉宁帝神情疲惫，闭上眼，朝她摆摆手，不欲再言。谨贵妃牵着韩云躬身行了一礼，小心翼翼地退了出去。

两人离去时赵福并未相送，退出华宁阁，谨贵妃没了阁内时的悲凉感伤，她握紧掌心的扳指，露出一张坚毅的脸，挺直腰牵着韩云一步步朝外走去。

为母则强，从今天开始，她的人生只剩下一件事——护着她唯一的儿子，拥他成皇。

嘉宁帝入别苑养病后从不接见臣子求见，皇权交得彻底。谨贵妃奉召进别苑起先还让一众观望的大臣卯足了劲看热闹，岂料身为太子亲母，她回宫后仍本分安静，不见半点动作。

靖安侯君更直接，摄政之日起便在上书阁处理政事，繁忙时休憩在当年嘉宁帝为太子准备的华宇殿，对嘉宁帝的两宫贵妃不拜见不打压，底气十足地选择了无视，正大光明地把禁宫南边归成了她自个儿的地方。

云夏史上少有女君摄政，她又是个泼天了的性子，霸占皇宫霸占得理所当然，帝家正是鼎盛之势，她又是个女子，明明是件忤逆十足的事，偏偏满朝文武没一个人劝谏半句，是以帝梓元长居皇宫便成了惯例。

也自她入主华宇殿开始，整个皇城便无人再称她一声靖安侯君，从此以后，大靖帝都只有摄政王帝梓元。

四五月雨季一晃而过，这一日帝梓元上朝时有些心不在焉，在摄政王椅上晃了好几次神，七老八十的右相特不满意地咳嗽了几声提醒她，她反而一摆手，打着哈欠直接散了朝。

这事有些稀罕，还是任安乐时的帝梓元性格懒散是满皇城都知道的事，但自她摄政以来，处理政事虽不若嘉宁帝兢业认真雷厉风行，却会听取每位臣子的建议，并善纳谏言，这般敷衍的早朝还真是头一遭。

奇怪的是从不缺席早朝的靖安侯世子帝烬言这一日也不见踪影。

瞧着拂袖而去的摄政王，有些思旧的大臣想起了今天这日子的深意，回过神来有几分理解，悄悄叹着出了大殿。

嘉宁帝看重嫡子，往年的这日东宫必张灯结彩，群臣相贺。

帝梓元出了大殿在宫里乱晃了小半个时辰，走走停停没个章法。吉利跟在她身后，不敢相劝，只得想法子替她解闷儿。

"殿下，今日十五，皇城里摆了灯会，反正也无事，您不如和苑琴姑娘出去瞧瞧，就当解解闷了。"

帝梓元正无聊得紧，一听吉利的建议便点了点头，"也好，备马车，去侯府接上她，到皇城里逛逛乐子。"

她说着转身朝重阳门的方向走，吉利转身朝身后跟着小太监交代让他们备马，也就是这一口气的工夫，帝梓元行得急，心不在焉地撞上了几个搬着物什的小太监。

帝梓元虽说生了场大病又散了不少功力，可终究是战场里走出来的，下盘稳得很，小太监们被撞得东倒西歪，抱着的东西散了一地，她却立得笔直笔直。

小太监们瞧见撞着的人，骇得脸色惨白伏倒在地。

吉利见状忙小跑过来，他先是围着帝梓元紧紧张张看了三圈，见她没伤着才板着脸朝地上的小太监喝道，“莽莽撞撞成什么体统，哪个宫里的人？”

小太监们哆哆嗦嗦，说不清楚话，帝梓元却突然开口：“你们是东宫里的人？”

小太监懵懵懂懂点头，脸上满是惊讶和受宠若惊。

吉利一愣，他都不能完全识得东宫里的下人，摄政王怎么会认出来？

“他十几年前有一次随姑祖母去晋南，说咱们晋南的长思花清雅秀丽，花开之时盛若繁星，花香十里，他那时候还少年心性，找我母亲讨要了些回来。后来他写信告诉母亲在东宫栽了满园，那时候我还没有入京，不过才几岁，连听母亲念信的耐心都没有。只是后来听说他种的长思这些年从来没有在东宫开过。”

帝梓元从地上的花篓里拾起一株长思，喃喃开口：“想不到，这花今年竟开了。”

吉利想起这桩往事，眼眶一红，忘了安慰帝梓元。

太子殿下少时随帝家主游历，有一次从晋南带了长思的种子回来，起先只是喜欢这花，闹着好玩。帝家出事后，殿下每年都亲自培种，但北地天寒，长思不耐京城的气候，从未开过花，就连吉利也不知道地上这些湛蓝若繁星瑰丽半透的花束就是晋南有名的长思。

长思长思，长思不易长相思。

殿下当年从晋南带回长思的时候，怕是从未料到这一生竟会和摄政王有这样的羁绊和渊源。

“他把长思种在了东宫何处？”

吉利躬身，半晌才回：“当年先帝为殿下和您赐婚，让太子殿下自行择一处为您在东宫修建寝宫，殿下怕您久离晋南思念故地，便把北阙阁建在了长思花之处。”

帝梓元一怔，喃喃道：“北阙阁？”

“殿下您两年前入东宫北阙阁时，长思还未花开。”

“吉利，备马，去东宫。”

吉利还未回过神，帝梓元已经抱着一大束长思朝宫门处走去。他看着帝梓元越走越远的背影，叹了口气。

他终究没有完成苑琴姑娘的嘱托。苑琴姑娘说过，摄政王在西北伤势过重，伤了心脉，少忆往事方能养身，否则郁结于心，心脉耗损，迟早会有早夭之兆。

他还是拦不住摄政王，今日是太子殿下的生辰，她还是去了东宫。

嘉宁帝看重嫡子，帝都内除了禁宫巍峨壮丽，第二便数太子东宫古朴大气。即便是太子北征的这一年，东宫依旧华贵。但失了主人的殿宇就算照顾得再好，也难免生机不复。

今日虽是太子生忌，但陛下重病，朝政又是摄政王把持。东宫总管想着就算有人记得也不会在这日入东宫祭奠太子触帝家霉头。他一清早便召集内侍宫女打扫殿宇，本想安安静静自个儿给太子过个忌辰，却没想到早上东宫宫门尚未开启，靖安侯府的世子就杵在了门外，祭奠太子的强硬态度不言而喻。

靖安侯世子在东宫长大，念这份旧情也让东宫总管唏嘘不已，便恭恭敬敬地把世子请进了宫。哪知靖安侯世子一入宫便自个儿在净池内打了一桶水直奔东宫后院打扫书房，总管骇得脸色发青，战战兢兢一路跟着小心伺候，生怕哪天让摄政王知道世子做了这等下人事，祸连整个东宫。

但今天注定不太平，总管在书房外苦着脸候着帝烬言的时候，摄政王亲入东宫直奔北阙阁的消息插着翅膀飞到了他面前。瞅瞅书房里的靖安侯世子，东宫总管苦着脸一路小跑着朝北阙阁而去。

未近北阙阁，他便被摄政王身边的内侍总管吉利给拦了下来。

“老总管。”吉利朝他行了一礼，朝远远入北阙阁而去的帝梓元看了看，“摄政王今日入宫只是来凭吊太子殿下，不想惊动他人，免了总管迎接。还请总管吩咐下去，今日北阙阁里外，一应不准打扰。”

吉利出身东宫，和东宫总管有些交情，便直接说明来意。

东宫总管只瞥见玄黄的朝服在北阙阁外一闪而过，那凌厉的背影早不复两年前的懒散，连忙点头，领着一众侍从悄无声息地退了下去。

太子东宫形方正，原本是八座殿宇环绕东宫拱卫太子麒麟殿，当年修建北阙阁时，太子做主把北阙阁南方的两座宫殿齐皆拆掉，至今都未有人知晓当年太子如此做的意图。北阙阁以八角玲珑之局修建，古朴宏伟，为其余六殿巍峨之首，比起太子的麒麟殿亦不遑多让。帝梓元立在北阙阁外，第一次正儿八经地打量这座为她修建的殿宇，才知道韩烨当年竟为她造了一座宫殿出来。

深吸一口气，稳住有些颤抖的手，她猛地推开北阙阁大门，朝里望去。

北阙阁内后窗未关，大片的长思花透过窗栏吹进，阁内一片蓝色花瓣浮影。逆光下阁内南海红木上的凤凰浮雕栩栩如生，西域进贡的琳琅毯铺陈在地，旋转木阶上的琉璃灯映出淡淡的光芒，数十颗深海明珠拾阶而上。

这只是一座太子妃殿而已，北阙阁自建成之日起便被太子严令不准外人进入，就连嘉宁帝都不知道当年不过十二岁的嫡子竟然在东宫内建出了一座比皇后寝宫更珍稀的殿宇。

帝梓元走进阁内,北阙阁大门在她身后缓缓关闭,她行了几步,立在窗栏前朝外看去。

十里长思，盛开在整座北阙阁后。

当年被太子拆毁的两座宫殿之处，全成了长思栽种之地。

湛蓝的花海，一眼望不到头。

花海的尽头是南方，帝北城的方向。

北阙阁，竟是这般的模样。

她不知道，当年那纸她弃若敝屣的婚约，韩烨却努力了半生。

他日你嫁我为妻，世间你所思所念所想，我穷尽一生，必为你做到。

十六年后，帝梓元站在韩烨为她修建的北阙阁内，终于听到了当年那个少年想对她说的话。

韩烨，这些年，你究竟为我做过多少？

我帝梓元不惧天，不畏地，不敬鬼神。但往后余生，却害怕听到这世间有人再对我提及你的名字。

从你在云景山上跳下去的那一日起，你一世深情，我再也还不起。

帝梓元眨眨眼，一滴眼泪从眼角划过，落在地上，卷起尘埃。

十数年后，她恍然回首，望向漫天湛蓝花海，十里长思中，韩烨正缓缓朝她走来。

就如那一年晋南城里，冬日暖阳，俊雅的少年一身白衣，抱着满怀盛开的长思花立在她面前，扬起眉角，笑容温暖清澈。

如此之景，恍若一梦，再难复还。

与此同时，北秦怀城外的竹坊里，昏睡了半年的人终于睁开了眼，望向这世间。

微信扫码
听独家番外音频

微信扫码
加入星零朋友圈
与她近距离对话

长江出版社

我帝梓元八岁那年曾经喜欢过青涩而懵懂的大靖太子，但我这一世，都会爱着那个名唤韩烨的大靖帝王。这一句，你永远都要记住。

安宁

目录
MULU

微信扫码
听独家番外音频

第五十三章

又是一年寒冬。

淅淅沥沥的大雨下了三日，帝都笼罩在一片薄雾中。

上书阁里生了火炭，倒也温暖舒适。

这一日例行朝会后帝梓元召了右相魏谏和礼部尚书龚季柘入上书阁议事。

这两年吏治清明，两位老臣子身子骨愈加硬朗，越干越起劲儿。

帝梓元早两年撤了嘉宁帝的龙椅，把自个儿侯府里的藤木椅搬进了上书阁。她坐在藤木椅上翻着御案上的折子，道："春闱还有两个月就又要开始了吧?"

大靖科举，选天下才，三年一次。

右相摸了摸花白的胡子，点头，"明年开春就是春闱，各地士子要入京赶考了。"他神情颇为感慨，朝帝梓元看去，"三年前的恩科让殿下在大靖朝堂上一鸣惊人，这转眼都过去三年了。"

三年前大靖科考舞弊案震惊天下，女土匪任安乐也是因为这桩案子得了文官和士子的敬服，正式踏进了大靖朝堂。

"老相爷，龚大人，本王想让二位做这次科举的主考。"帝梓元合上奏折，抿了口茶道。

右相若有所思，龚季柘却面有犹疑，道："殿下，历届恩科都会选出一位崇文阁大学士为主考官，臣……"

帝梓元摆手，道："龚大人历经两朝，耿直清廉，做恩科主考再合适不过了。"

帝梓元显然已经有了决定，龚季柘便不再推诿，颔首应是。

三人唠嗑了些闲话，魏谏和龚季柘相携退出了上书阁。

"相爷，这次科举不同往常，殿下怎会安排下官来做这个主考？"一出上书阁，龚季柘拉住了右相问。

靖安侯世子出身东宫，当年太子把温朔放在崇文阁里拜师，里头的大学士和温朔皆有师徒之谊，这两年崇文阁的大学士和靖安侯府也亲厚。这是帝家掌权后头一次恩科，恩科主考对历届士子都有知遇之恩，他素来中立，既不偏颇如今的小太子一系，也不为帝家摇旗呐喊，更是嘉宁帝选出来的礼部尚书，怎么想摄政王都不应该选他为主考官才对。

"怎么个不同往常法？"魏谏笑了笑，看着愁眉苦脸的龚季柘，道，"怕是摄政王没有龚大人想得多。"

"相爷何意？"

"龚大人可还记得摄政王三年前在大理寺说的话？"

龚季柘一愣，想起三年前那桩往事。

三年前，科举舞弊案震惊帝都，大理寺奉命彻查。彼时忠义侯嫡子古齐善、户部尚书长子杜庭松皆被卷入此案，大理寺上下一众官员以官位为赌注敲响青龙钟，逼得嘉宁帝把审案权交给了当时尚是大理寺少卿的任安乐。

公审之日，任安乐巧施手段让古齐善和杜庭松当堂认罪，结案时对杜庭松的一席话更是振聋发聩。

"杜庭松，你口口声声愧对皇恩，愧对恩师，愧对父母……那你的同袍和天下百姓呢？若此事未被揭发，你高中三甲，那因你舞弊之故而落选的考生一生坎坷难平之时，他们向谁求个公道？你心不正、人不直，又如何能为父母官，造福百姓？科举乃大靖举贤选才之根本，科举乱，国本亦乱，若无科举之制选才纳良，我大靖安能有数十年太平之世？科举于大靖百姓而言重于天！"

“相爷……”龚季柘想起帝梓元当年所说的话，老脸一红。

“龚大人，对摄政王来说，谁为这些士子的恩科之师并不重要，为大靖选才才是最重要的。至于为什么会选择你，刚才摄政王已经说过了。”魏谏拍拍龚季柘的肩膀，朝石阶下走去。

“龚大人历经两朝，耿直清廉，做恩科主考再合适不过了。”

刚才上书阁内帝梓元只说了这么一句，常人听来只觉是敷衍之词，唯有魏谏知道，帝梓元唯一的这句解释就是她的行事本意。

科举选才关乎国本民生，公平廉明地对待每一位科考士子，胜于一切。

帝梓元在上书阁里批了半日折子，人闷得慌，撑了个懒腰朝一旁的吉利招招手。

“天头不错，出去逛逛园子解解闷。”说完她径直出了上书阁。

吉利朝外面下得眼都睁不开的大雨天看了一眼，脸色特别不好。这个祖宗最近越发任性，什么时候才能懂点事，惜着点自己的身体，要不怎么对得起当年殿下……他叹了口气，苦着脸跟着不懂事的摄政王出了上书阁。

帝梓元一路行得飞快，吉利举着伞亦步亦趋地跟着她，雨水吹进伞下，落在帝梓元肩头。帝梓元咳嗽一声，面上神情却满不在乎。

吉利眉头皱得老紧，自西北之战回朝后，这位这两年积威更重，旁人轻易不敢开口。还有半月便是云景毁城之战两年之期，吉利更是不敢劝。

“去请洛大人进宫。”吉利朝身后的小太监吩咐了一声。这时候能劝上这位一二的，只有洛家公子。

帝梓元一路未停，她绛红的盘龙晋袍衣角被雨水溅湿，或是神思不宁，经藏书阁回廊的时候，被个软软糯糯的团子绊住了脚。她一个趔趄，被手忙脚乱的吉利稳稳扶住，小团子却四脚朝天，手上的东西撒了一地。

“哎哟，我的小殿下，您慢点儿！哪个不开眼……”侍奉公公尖利的嗓音卡在半空，翻了个回旋儿落在地上，连糯米团子都未及扶就已瑟瑟跪地。

无论历经几代皇朝，集天下权势为一身的皇宫永远都是最崇尚权力的所在。作为宫内唯一仅存的皇子，大靖王朝如今最正统的继承人，即便是摔了个四脚朝天，也没人敢在权势滔天的摄政王面前把他扶起来。

帝家和皇家几十年的恩怨纠葛已是公开的秘密，摄政王犹对皇家后嗣格外冷淡。至少在陛下病重休养别苑摄政王把持朝堂的两年里，她从未举办过一场皇家宴席，除了嘱咐当年的太子太傅右相教导小太子外，平时更是毫不过问。在如今的皇宫里，怕是众人心中摄政王身边的大太监总管吉利，地位都要比太子高上那么几分。

侍奉太监仍旧伏倒在地，帝梓元看着地上几乎被埋在书里的娃娃，眉头皱了起来。西北一战后，韩越被洛铭西留在了晋南，宫内只剩下一个不满六岁的皇室子嗣。

书堆里的糯米团子尽管摔了个十成十，见没人扶他也没哭，扑腾了两下把书从身上捣腾开，自己利落地爬了起来。看见他的相貌，帝梓元一怔，墨瞳淌过淡淡的情绪。

吉利小心地朝她看了一眼。这两年小皇子长开了些，倒是越发像太子殿下了。

小团子瞅见面前的帝梓元，先是一愣，大眼里的惊慌一闪而过，复又昂着头，朝她挺着小胸脯，甚是认真又不失礼仪地朝帝梓元行了一礼，“韩云见过摄政王。”

他虽为太子，但当年嘉宁帝有旨，太子成年前由摄政王监国。

孩童清脆稚嫩的声音带着不甚明显的惊慌和颤抖，帝梓元朝地上的书扫了一眼。

果不其然，小团子更是慌乱，小小的身躯挪了两步，妄图把地上的书遮住。五六岁大的孩童身处大靖王朝的权力中心，心智远超同龄人。

“皇十三子，韩云？”清冷的声音低低沉沉，格外慵懒随意。

帝梓元也是个有意思的，韩云两年前就被立为太子，偏偏帝梓元仍只叫他“皇十三子”。从她口中这样喊，竟也格外理所当然。

糯米团子显然没想到这个传说中专权跋扈的摄政王有这样一副好听的嗓子，怔怔点了点头。

“如此大雨，你在这里做什么？”

“天气冷，太傅受了风寒，我来找找古籍药方……”韩云小声回，小脸上写满了紧张。

“早点回去，免得受了寒。”帝梓元像是没看到散落的药方书籍里掺着的那几本论国策，朝团子颔了颔首，抬步绕过一地狼藉朝回廊外走。

她这一抬步远去，一连串的松气声小心翼翼响起，恰在这个时候，被风吹着了又受了点小惊吓的团子一下子松了神，连打了几个喷嚏，不知道是不是太紧张，止都止不住，一张小脸上挂满了眼泪鼻涕，着实可怜得很。

跪在地上小太监们心里头都跟电闪雷劈似的，刚刚摄政王才嘱咐小皇子照顾身体，小皇子这脸也打得忒响亮了点。不过还好，殿下不喜皇室后裔，想必不会责难他们……

侍奉太监们的自我安慰还没落地，沉稳的脚步声去而复返，已经走出回廊的帝梓元领着一群人浩浩荡荡走了回来。她站定在糯米团子面前，神情冷冷淡淡。

小团子被这么盯着，心里头发毛，不自觉瑟缩了一下。

“抖什么，站好。”许是瞧不得肖似韩烨的容貌上露出唯唯诺诺的神情，帝梓元喝了一句。

这话一出，韩云顿时挺直了胸脯，看向帝梓元，站得颇有模样。

两人大眼瞪小眼约有半刻有余，帝梓元突然朝吉利伸出了手，众人实在不知道她打的什么主意，但谁都看得出她这一伸伸得格外勉强，她皱着眉把手坦坦荡荡落在吉利面前，等得久了还哼了一声。

吉利回过神，默默翻了个白眼，从袖里掏出一方绸巾递到帝梓元手中。

在众人瞪大眼睛的惊讶中，帝梓元弯下腰，在小团子脸上一顿乱揉，她动作看上去粗鲁，却十分轻柔，放下手时韩云脸上被擦得干干净净，连他头发丝上沾的雨水和摔倒时额上蹭的灰尘也被帝梓元一并拭去。

韩云睁着一双黑白分明的大眼珠子瞪着帝梓元，显然还没明白是个什么情况。

帝梓元把众人直接当成了空气，一把抱着茫然的糯米团子接过吉利手中的伞朝回廊外走去。

软软糯糯的，倒也舒服称手，也不知道韩烨小时候是不是也是这样一副模样。

回廊远处，帝梓元这样想着，把怀里的小团子抱得更紧了些。

第五十四章

吉利虽说年岁不大，但是是宫里的老人了，韩云前脚被帝梓元抱走，他后脚就差身边的小太监福海把消息送到了绮云殿。福海进宫禀告的时候，谨贵妃正立在殿前剪花，一个没注意，剪刀扎破指间，鲜血涌出来落在娇艳欲滴的白牡丹上，触目惊心。

“娘娘！”贴身侍女芍药连忙上前拿了手绢替她止血。

“一下晃了神，一点小伤口不碍事。”谨贵妃挥退芍药，捂着手绢转身朝传话的福海笑得一团和气，“云儿不懂事，大雨天里到处跑，难得摄政王有心，帮我照顾他，请福海公公替本宫向摄政王道个谢。劳烦你跑这一趟了，芍药，去取谢礼。”

没等芍药转身，福海已朝谨贵妃拱手行礼，“奴才不过传句话，当不得娘娘重礼，如果娘娘没有别的吩咐，奴才就告退了。”

福海回得礼貌而客气，谨贵妃半点也不恼，只笑道：“本宫没别的事儿了，福海公公请回吧，摄政王若是喜欢云儿，不妨让他在华宇殿多待些时间。”

福海点头应是，恭谨地退出了绮云殿。

“娘娘，您倒是心宽，太子殿下才是个几岁的娃娃，身娇肉贵的，被那人带了走，还不知会出什么事儿。”略带担心埋怨的声音在屏风后响起，一女子从殿后婷婷走出，素衣长袍，一副居士打扮，正是帝承恩。

两年前她被嘉宁帝送入东宫做了太子孺人，太子战亡在西北后，两位出身勋爵世家的侧妃被其氏族领回，离了帝都远居避世，唯有她向嘉宁帝请命搬出东宫，言愿为太子终身守节，为太子祈福。嘉宁帝悯她对太子重情重义，允她居于城郊国庵少言庵，并赐她可出入皇宫的权利。

嘉宁帝虽重病休养，但终归是一国之君，数十年积威犹存，有他的庇佑，兼之帝承恩为太子守节，京城勋爵贵妇，都给她几分薄面。而摄政王帝梓元，对京城里这个唯一留下来的太子旧人，给予了对待韩家皇室时同样的态度。不过问，不打压，不在意。

“朗朗乾坤，光天化日下带走太子，除非她是想反了皇家，否则太子少不了一根头发丝。”谨贵妃把染血的绣帕扔到芍药手里，神态一派从容。

“她想反皇家的心又不是一日两日了。”帝承恩挑了挑眉，顾自坐到窗边，“十万帝家君拱卫帝都周边四城，陛下被她逼得离宫休养，满朝皆是她帝家属臣，只是个区区摄政王，却居于华宇殿，强占一半皇宫……娘娘，恕承恩见识少，如果这还不叫反，那大靖天下就全是忠臣了。”

谨贵妃眉头皱起，未再反驳。除了还未称帝，帝梓元如今在大靖的权势与帝君何异?

“以帝梓元的手段，堂而皇之谋害储君，被天下人口诛笔伐的蠢事，她还做不出来。”谨贵妃在帝承恩面前，少了人前的温顺恭良，多了人后的威仪矜贵。

帝承恩笑了笑，端起一杯茶递到谨贵妃面前，“娘娘说得是，是我太担心咱们的太子殿下了，不免多虑了些。”

“咱们的太子殿下”这几个字让谨贵妃眉头舒展。她朝帝承恩瞧了一眼，摸摸指上的玉扳指，但笑不语。

两年前嘉宁帝离京养病，把调动宫中禁军的大权交给她，却把皇宫暗卫统辖权交给了帝承恩。如今想来，怕是陛下知道这个女人对靖安侯君的执着，才会把天底下最阴私也是最锋利的一把刀交到帝承恩手中。

两相制衡，陛下也是下了一步暗棋。

当年帝梓元亲手把帝承恩送上泰山代替她时，怕是怎么都没想到将来两人会有这般恶缘。

谨贵妃接过茶抿了一口，“你担忧的也不无道理，帝梓元在土匪窝长大，谁知道她无法无天起来会做出什么事。芍药……”她转头吩咐，“吩咐御膳房做几道太子殿下和摄政王爱吃的点心，你亲自送到华宇殿去。”

“是。”芍药颔首退了出去。

帝承恩眼底露出疑惑，“娘娘您这是……”

谨贵妃笑了笑，眼底露出一抹刚硬，“本宫就算再是个面揉的，也是太子亲母、当朝贵妃。总得让摄政王知道，太子纵小，也是有人护着的。”

崇阳楼上的崇阳阁为皇宫第一高处，帝梓元抱着韩云一路上了崇阳阁。

跟来的宫女妥妥帖帖地在阁内替韩云换了小棉袄，戴了顶瓜皮帽，牵着他走到阁外石亭里。

石亭里吉利早就备好了姜茶点心，帝梓元正立在亭边远眺，目光向北。

她神情冷凝，宫女不敢惊扰，留下韩云后默默退了下去。被留下的几岁娃娃亦不敢出声，握着小拳头安安静静立在一旁。

风起，韩云打了个喷嚏，帝梓元回过神，转过头来。韩云捂着嘴巴，张大眼无措地看着她。

这孩子真是像极了韩烨。

帝梓元眼底的冷凝化开，朝桌上的姜茶看了一眼，抬了抬下巴，“姜茶可喝了？”

韩云揉了揉冻得发红的鼻头，摇摇头。

“喝掉。”帝梓元的话简单而直接，近于命令。

从未有人对韩云用这种口气说过话，即便他知道如今站在他面前的是整个大靖最有权势的人，仍是几乎习惯性地皱起了小眉头。

“我……孤，孤是太子。”韩云支支吾吾半天，对着好整以暇看着他的帝梓元挺了挺胸脯，声音微微弱弱，说话磕磕绊绊，但总算完整地表达了他的意愿，“摄政王，你，你不能叫我皇十三子，也、也不能命令孤。”

韩云说完视死如归地闭上眼，却不想听到一声淡笑，他睁开眼，帝梓元已经走到了他面前。

“哦？孤？本王不能命令你？”帝梓元望着才及她腰部的小萝卜头，朝皇城外扫了一眼，“本王的大军守在拱卫京城的四城和西北边疆，帝家的属臣掌着大靖的朝堂，连你父皇也被本王逼得只能休养在别苑，你区区一个小毛头，本王为何不能命令你？”

帝梓元这话可谓嚣张至极，韩云小脸憋得通红，猛地抬头迎上帝梓元的眼倔强地开口：“我不是小毛头，我是……”

“大靖太子？!”帝梓元冷冷打断他，眼微眯，“从今以后本王不希望再听到你在本王面前说出这句话。大靖太子这四个字……”她弯下腰，和韩云目光平齐，“你，受不起。”

帝梓元的目光太冷冽深沉，小娃娃狠狠打了个寒战，缩了缩身子，眼睛里燃起的火焰被帝梓元冰冷的目光瞬间浇灭。

“我，我……”他朝后退了两步，自称硬生生转成了“我”。

帝梓元伸出两个指头捏着韩云的小衣襟把他拖到面前，“韩云，你现在不懂，总有一天会知道一国太子究竟是什么。等你知道了，再看你有没有本事在本王面前道寡称孤。”

她说完，在小娃娃惊惧的目光中端起姜茶施施然摆到他嘴边，“现在，给本王喝完。”

帝梓元声音冷沉，神情漠然，递到韩云面前的手却格外轻柔，正好落在他嘴边。韩云低头，听话地一口把姜茶喝完。刚刚好的温度让他一怔，他重新抬首时帝梓元已经回转身，正双手负后望向西北的方向，仿佛刚才这一幕从来没有发生。

想起刚才雨中回廊里帝梓元替他拂去身上尘土一路抱他回崇阳阁的画面，韩云露出复杂的神色，尚还懵懂的眼底写满了疑问。

大靖摄政王帝梓元，究竟是个什么样的人？

傍晚，韩云被福海抱着送回了绮云殿，翘首以盼了一整天的谨贵妃等在绮云殿门口，没让韩云落地便接在了手里。

“有劳福海公公了。”谨贵妃细细查看韩云的胳膊腿儿，见没半点损伤才暗暗舒了口气，朝福海道了声谢便欲转身。

“娘娘。”福海唤住她，显然是有事儿要说。

“公公何事？”

福海微一弯腰，道：“贵妃娘娘，摄政王有吩咐，自明儿起除右相为太子殿下授课外，靖安侯世子亦为太子师。”

靖安侯世子？帝烬言？谨贵妃眉头一皱，抱着韩云的手紧了紧。京城里谁不知道韩家的江山坐得不安稳，更有甚者言帝梓元如今安居摄政王位就是为了给亲弟帝烬言铺路，他日好让帝烬言一登帝位。

帝烬言是前太子韩烨照拂长大，本和韩云一个辈分，如今帝梓元让帝烬言为太子师，那不是硬生生让韩云晚了一辈，成为京城的笑话，帝梓元简直欺人太甚！

谨贵妃压住心底的怒意，勉强挤出一点笑容，“摄政王挂念太子学业，本宫谢谢摄政王好意，还请福海公公替本宫转达摄政王，太子年幼，得右相教导已足够，不需再劳烦世子……”

“殿下说了，老丞相年事已高，又要兼顾朝堂，怕老丞相身子骨受不住。世子一身学识传于先太子和老丞相，又是当年的恩科状元，教导太子殿下应是无碍。”福海笑意吟吟，把帝梓元的话传得似模似样。

谨贵妃沉默半晌，终是开口：“既然摄政王已经有了决断，本宫并无异议。”

“既然娘娘同意，那自明儿起，每逢单日，世子爷便在崇文阁明安楼为太子殿下授课。”

“崇文阁？”一听到韩云要被带出皇城，谨贵妃声音一冷，“太子从不出皇宫，平日里也是右相入宫教导，让太子出皇城，怕是不妥。”

皇城内有嘉宁帝留下的禁卫军和死士，对谨贵妃而言，只有这座皇城才是安全的。

“娘娘。”福海仍是笑得和和气气，“殿下也说了，规矩是死的，人是活的。就因为殿下身份尊贵，才不能只养在皇城里头，不出去走走，将来何堪大用？”

谨贵妃这些年只在当年的惠安太后寿宴上远远见过帝梓元一次，纵知她性子狷狂，也未想到她放肆到这个地步，却偏偏对她无可奈何。

谨贵妃抱着韩云的手握紧，神色铁青，道：“本宫知道了，明儿本宫会送太子去崇文阁。”她说完转身进了绮云殿。

第五十五章

入夜，华宇殿内，琉璃灯下，帝梓元正在批阅奏折。

吉利端了一盅雪莲进来放在她案头，把谨贵妃今日下午送吃食和傍晚对韩云入崇文阁学习的态度说了一番。

帝梓元握笔的手收住，揉了揉额头，“她倒是个有胆子的。不过终归深闺妇人，小家出身，虽沉稳有余，却不能教导韩云。”

吉利一顿，“殿下，您是想调教韩云殿下?”吉利随了帝梓元的称呼。

帝梓元眼眸一深，朝吉利看去，笑得有些玩味。

“怎么，怕我给帝家教出一个可堪为敌的大靖储君出来?”

吉利神色一凛，忙垂下头。

帝梓元让帝烬言为太子师的消息才半天就传遍了京城，她对韩家子嗣的态度让京城勋贵摸不着头脑，不少大臣托他这个摄政王心腹打听打听，也好窥窥上意。

“当年韩烨教导烬言成才，我不过还他一份恩义。他当初不怕教出了帝家子孙夺他江山，难道本王会怕不成?”

吉利颔首，不敢再问退了下去，跨门之际，帝梓元清冷的声音在身后淡淡传来，“再说，他那张脸，本王看不得不成大器。”

吉利一个踉跄，终是被大靖摄政王的别扭绊倒在了殿门前。

我的殿下哟，思念太子殿下就是思念太子殿下，您犯的着找那么多借口吗。

北秦，怀城。

北秦多荒漠，唯此城四周为绿洲。怀城百姓丰衣足食，这两年有翎羽掌管，更是民风淳朴。怀城城郊的竹林为长公主莫霜休憩之用，翎羽来后对此处喜爱依旧，鲜有百姓敢踏进此处。

寒冬已过，正是初春。莫霜每过两三日，总要来此处。

这日她踏马而来落于院门前时，竹坊里的门正好被推开。她看着踏门而出的人，停在原地，不敢惊扰。

竹坊门口，青年一身布衣，淡然而立，手里握着一根翠绿的竹竿。

一如当年她入大靖皇城见到他的那一日，卓然风姿，经年不改。

哪怕他早已不是一国储君，哪怕他已不能视物，看不见这锦绣山河。

两年前净善拼尽全力，不惜以弟子之命相换，虽救活韩烨，但他仍失了一身功力和一双眼睛。

当年他伤势过重，又坠入河底，双眼皆废，自此看不见这世间任何美景。

韩烨身后跟着一个十二三岁道士打扮的小少年，看见莫霜，他眼底露出喜悦就要张口，却见莫霜摇了摇头。

“既然来了，为何不入门?”淡淡的声音在竹坊内响起，韩烨看着莫霜的方向，嘴角挂起一抹和煦的笑意。

“我隔个两三日总来串门，怕打扰你。”

两年相交，莫霜已不唤韩烨“殿下”，早以姓名相称。

“林中无人，日子乏趣，若无你时常打扰，怕是也难过。进来吧，今天又带来了什么好东西?”

竹坊院子里长着棵大树，枝繁叶茂，韩烨在树下摆了个棋盘，平日里来了访客，也能打发时间。

尽管他的访客两年来也只有两人，北秦国师净善道长和长公主莫霜。

当年他便猜测大靖帝都里那场大火是莫天蓄意为之，三国之战是北秦挑起，只是没想到他一心死于云景山，却被北秦国师和莫霜所救。莫天虽是侵略大靖的罪魁祸首，但莫霜和净善无辜，于他有救命之恩，韩烨并非不明事理之人，对二人一直很尊重。

一觉醒来，距云景山之战已过半年，他不再是大靖的储君，不能视物，功力尽散，成了不能出世的隐居人，而昔日的靖安侯君已经成了大靖的摄政王。

所有的轨迹都按照他在云景山上所想，只是仍有世事沧桑、物过境迁之感。

他没什么遗憾，重活一回，大靖太子韩烨已经是过去，更是不能存于这世间的人，他便安然在这怀城的小小竹坊里安静度日。

他和莫霜境遇相似，这两年又得她照顾相伴，便成了老友。

“没什么好东西，前两日有大靖的商队途经怀城，我从他们那买了些江南的梅子酒，今日正好无事，便给你带些过来。”

“哦？倒有几年不曾尝过了，你倒是有心。灵兆，拿两个杯子出来，今日我陪公主尽尽兴。”韩烨脸上露出一抹怀念，说着杵着竹竿朝竹坊院子里的竹椅走去。

“是，公子。”

灵兆是净善道长的弟子，当初为韩烨换心之人的师弟。他两年前被净善带来照顾韩烨，此后便留在了竹坊。

既得了韩烨邀请，莫霜拴了马走进竹坊，把两坛梅子酒放在竹桌上，她朝院子里看了一眼，目光落在屋檐下几盆空空的花盆上。

“咦？你倒有闲情逸致摆弄这些花花草草来了？怎么？你不打算再过问尘世，回大靖了？”

尽管看不见，韩烨也知莫霜所言为何事，他笑了笑，未有答复。

这两年莫霜话里话外多有打探他日后的意愿，他从不开口应承，即未言永远避世，也未有回大靖帝都之意。

北秦国师拼尽全力救下他这个大靖太子的命，总该是有所图。

这时正巧灵兆拿了杯子倒好梅子酒放在竹桌上，韩烨摸索着端起一杯递到莫霜面前，“怎么，公主这是嫌我占了你休憩的地儿，打算赶我走？”

自不能视物后，韩烨的一双眼褪了过去的凛冽威仪，多了一抹清冽醇和，他带着笑容朝莫霜望来的时候，不过这么轻飘飘的一句，就让莫霜红了脸，若不是带着面纱，怕是她一国公主的脸要在灵兆面前丢光了。

“不是不是，我不过随口问问，这园子你爱住多久就住多久。”莫霜忙不迭地接过韩烨递过来的酒解释，她按了按额头，瞳中多了一抹黯然，“反正我如今的身份也出不得怀城，这张脸也就能在你和国师面前解下面纱。你要是走了，我连个喝酒下棋聊天的人都没有。”莫霜解下面纱，饮了一口梅子酒。

竹坊里气氛一时有些凝重，灵兆看着神情黯然的长公主，心里颇不是滋味。

当年的长公主性子豪放，风云北秦王都，满国上下儿郎敬服。如今只能龟缩在小小的怀城，再不能以真面目示人，想来也是感慨。

“人生际遇就是这样，我们两个本都是已死之人，还能坐在这里品酒谈天，已是幸运。若是你不嫌弃，我怕是还会在这里叨扰些时间。”

“咱这旮旯地儿，你还愿意屈就待着，我怎么会嫌弃。”莫霜在韩烨举高的杯子上碰了碰，“来，韩烨，干，敬我们往事皆过!”

莫霜解下面纱，杯中梅子酒一饮而尽。

韩烨颔首，答：“往事皆过，也好。”

“你真的不想回大靖？”梅子酒饮来清洌香甜，后劲却足，莫霜喝了大半壶酒，眼底有些迷蒙，终是开口问了韩烨，“你可是大靖太子，将来的帝君，你就真准备在这个小小的怀城过一辈子？”

“如今的大靖太子，是韩云，不是我。”

“那不过是个几岁的娃娃，能堪什么大任？你还真指望他能代替你扛起韩家？再过个二十年还差不多。”莫霜撇撇嘴，满脸无语

“我看不见了，莫霜。”韩烨一句话让竹坊里安静下来，“大靖朝堂和百姓能接受一个几岁的皇太子，因为他终归会长大，但没有人会需要一个什么都看不见、连一杯酒都不能倒的大靖太子。”

莫霜听见这话，有些不忍，却不肯轻易服输，趁着醉意道：“即便你看不见了又如何，大靖上下谁不服你，你不在，你父皇居于别苑，皇城里只剩个五岁的小太子，你就不怕哪日帝梓元不甘居于摄政王位，夺了大靖天下？那时候你韩氏皇族上下，会落得个什么结局？”

能说出这话，莫霜显然喝得有些多了。她摇头晃脑，连看韩烨的视线都有些模糊。

竹坊里安静了很久，久到莫霜以为韩烨不会再回答了才响起他的声音。

“无论她将来是否为皇，无论大靖天下姓韩或帝，这些问题，我从云景山上跳下来

时便没有资格再过问了。将来如何，由大靖的摄政王来定，而不是一个已经死去的人。灵兆，公主喝多了，你送她回府吧。”

韩烨朝莫霜的方向颔了颔首，起身，杵着竹竿朝竹房内走去。

“是，公子。”灵兆走过来扶莫霜，却见她早已坐直了身子，神色清明，哪里有半分醉意。

灵兆是净善的弟子，虽说照顾韩烨起居，但到底效忠的还是北秦。他安静地立在莫霜身旁，一语未言。

院子里，莫霜面上失望中又带着隐隐的喜悦。

她是北秦公主，和国师救下韩烨就是为了让他重回大靖制约帝梓元的帝星之位，让北秦可以逃过亡国之祸。

韩烨初醒时四肢经脉不通，莫霜足足花了一年时间为韩烨运气疗伤，才让他能下床行走。初失光明，即便韩烨性格沉稳，也难免浮躁不安，韩烨不能见外人，莫霜便请了盲人回府教自己如何打理平日里的生活琐事，她再手把手把这些教给韩烨。足足两年，凡韩烨所需所用，皆由她亲手打理，从不假手于人，就连韩烨身上穿的布衣，也是她辗转从大靖买来。

她本该早就送韩烨回大靖，可这两年，她陪着他一点一点这么活过来，却越来越舍不得。哪怕韩烨不会爱上自己，她也希望他能生活在自己看得见的地方，只要寻常时能下几盘棋，饮几杯酒，便好。

可她终究不能这么任性，如果韩烨不回大靖夺回帝位，那北秦只有亡国一途。

莫霜望着韩烨的背影神情复杂。

韩烨，你当真宁愿做个平平凡凡的普通人，也不愿再回大靖为皇吗？

把天下和韩氏皇族的生死交到帝梓元手中，你真的甘心吗？

第五十六章

大靖头两代帝王掌权时，朝廷被氏族勋贵把持，崇文阁只是朝中大学士研究经文典籍的地方，纵拥有整个大靖最睿智的头脑，但这些满腹经纶智商超高的人除了被高高闲养在崇文阁编纂典籍外，并没有什么实用。按帝梓元的说法，这些年大靖糟蹋了一群最好使的老师。

帝梓元入主朝廷后，让崇文阁院正每三日择一位大学士在崇文阁后堂为世族子弟授课，起初这道命令颁下时，勋贵们乐开了怀，却很是惹了一群老学士不满，想他们寒窗苦读数十载，到头来教一群小毛头上课，即便是世家子弟仍觉着自己掉了价。帝梓元做惯了土匪头子，匪气得很，设宴召满朝勋贵和崇文阁大学士入宫，一边摆着勋爵，一边摆着崇文阁学士，只举着酒杯轻飘飘对着两方人马道了一句——“凡入崇文阁进学的世家子弟，除拜师外，每年当封千两白银束脩赠予师长。”

这一下满朝金贵的大学士们都不吭声了，一边一本正经又有涵养地说着“皇朝的未来全在这群聪慧子弟身上，是该多栽培栽培”，一边施施然接受了帝梓元的安排。

文官大多出于百姓之家，素来清贵，千两白银可当三年俸禄，又来得名正言顺，既得名又得利，何乐而不为。况且这些大学士俱是当年的状元探花出身，学识上各有千秋，谁都不想教的弟子落了下乘，各个卯足了劲倾囊相授。

当然，至少有秀才学识且十二岁以下才能入崇文阁拜师，这一要求极为苛刻，筛选下来，帝都内亦只有八位孩童被送进阁内学习。一年下来，这八人在学识见解上脱胎换骨，名声大噪于帝都，一时传为整个大靖的佳话。

闻得消息的各地王侯勋爵纷纷上呈奏折至华宇殿，希冀将自家优秀子弟送入崇文阁内学习。在这两年削世族之利让于民的施政措施后，帝梓元的崇文阁之举总算在世族中扳回了点人心。

帝烬言幼时师从崇文阁老学士，近日听多了他们闲谈时教弟子施展才华的比拼，一时技痒向帝梓元请求入崇文阁教学，帝梓元眼皮子一扫允了他，第二天便给他塞了第一个学生进来——韩云。

太子韩云年仅六岁，虽有右相启蒙，但学识明显够不上入崇文阁，不过这后门走得太强硬，让人无话可说。

摄政王的命令传到崇文阁后，这群个性高傲的大学士们愁了好几日，大靖太子历来在宫中由太子师教导，从未在幼时被送出宫学习过，如今堪堪六岁的小太子被摄政王粗蛮地送出了宫，他们到底是在底下伺候着好，还是在高堂上执鞭教导的好？是好好教导的好，还是把太子养废了好？摄政王的心思崇文阁院正周彦还真不敢猜。他心底转了个圈圈，默默把韩云入崇文阁第一堂课的导师安排成了帝烬言。

既然摄政王让靖安侯世子为太子师，那就看看靖安侯世子是怎么个教法吧。

韩云长到六岁，除了这两年被谨贵妃带到城郊别苑给嘉宁帝请安外从未出过皇宫，也没出过谨贵妃的保护圈儿。这次若不是帝梓元的强势，她说什么也不会把眼珠子送到崇文阁去。

韩云出宫进学这一日，谨贵妃牵着韩云入华宇殿拜访帝梓元，本想众目睽睽下亲自把韩云交到帝梓元手上，顺便正式拜会这个嚣张得逆了天的摄政王。

哪知在华宇殿外候了半晌，却只等到福海回了一句“摄政王早起出宫狩猎，夜晚才回”便被打发了回去。

纵使谨贵妃素来性子温和涵养好，听说从华宇殿出来的时候，脸色也是冷沉的。

谨贵妃立在崇阳阁上，可望见禁宫卫队护送着韩云朝崇文阁而去。

“帝梓元欺人太甚。”谨贵妃未回转头，对着身后立着的人沉声吩咐，“上次你对本宫说的事……”她转了转指上的扳指，微凛的面容竟有些肖似嘉宁帝，“就按你说的去办。”

“是，娘娘。”承恩立在她身后两步远，微微躬身，埋下的眼神染上了冰冷的笑意。

小太子的行辕从宫内浩浩荡荡而出，停在了崇文阁学士府前。崇文阁院正周彦领了一众大学士出府迎接，队伍中唯独少了靖安侯世子帝烬言。

虽然帝烬言被帝梓元命为太子师，但终究不是太子名正言顺拜的老师，太子头一日出宫便未接驾，足见帝家如今在朝堂上权势滔天。

满帝都的勋贵都猜着以摄政王的性子，一个不慎便有可能把江山夺了给亲弟来坐，还真说不好将来谁的身份更尊贵。

迎驾的众人暗暗咂舌，想着行辕里头的小太子究竟会如何做。

韩云掀开布帘，周彦领着众人上前行礼，他朝接驾的人群扫了一眼，瞧出传说中那位大靖最年轻的状元郎没有出现。

一旁跟来的侍卫是个没眼色的，见小太子立在车架上就要上前去抱，却被板着脸的小太子甩了个冷脸。侍卫默默退到一边，算是明白了宫里装得跟小猫似的小太子其实是个有脾气的。

"周大人，孤的老师呢？"韩云一双小手负在身后，瞅着周彦问得一板一眼。

周彦眼一眯，想着才六岁的小太子也不是个省事儿的主，众目睽睽之下回得不好，说不准明日朝会上便会有人参奏帝烬言藐视皇家。

周院正做了半辈子正正派派的崇文阁大学士，风范扎实得很，朝韩云躬了躬身，回："世子今日头一回入崇文阁执教，正在后阁为殿下授课做准备。殿下，请入阁。"

周彦回得不偏不倚，韩云到底才六岁，嫩得很，一不留神被周彦顺顺当当地拐进了崇文阁。

周彦和一众崇文阁大学士领着韩云朝授课的古今堂而去。古今堂位于崇文阁后院，和藏书阁比邻，一群人浩浩荡荡而来时，平日上课的子弟皆已落座。十六之数已至十五，正中间一位空置，正为韩云而留。

帝烬言手持书卷，一身绣竹晋服坐于案首，微风自窗中而过将他挽袖吹起。众人入堂之时他正抬首望来，温润一笑，真真应了当年温朔公子"温仁冠雅，朔朗星辰"的雅名。

走在众人前列的韩云愣愣立在门口，望着帝烬言出了神。

他认识帝烬言，或者说，他认识三年前的温朔。

不止韩云，瞧见韩云容貌的帝烬言明显一愣，温煦的眼底拂过几不可见却又极浓烈的情绪。

“世子，这是……”韩云已入古今堂，帝烬言仍未行礼，到底乱了礼法。周彦为帝烬言着想，出声提醒。

帝烬言回过神，敛了异色朝韩云看去，“十三殿下，臣帝烬言，忝为殿下授业之师。”

十三殿下？帝烬言这句称呼让满堂无声。韩云是嘉宁帝册封的太子，大靖名正言顺的储君，以韩云在皇家的排名相称，实大不敬。但所有人都明白帝烬言这句称呼并无存心藐视皇家和韩云之意。

大靖太子，对靖安侯世子而言，或许永远只会是那一位。

众人忐忑于韩云的反应，奇怪的是在崇文阁门口因帝烬言未到都要找茬的韩云这次却异常沉默。他垂下眼，竟朝帝烬言的方向遥遥行了学生礼，“韩云见过老师。”

帝烬言挑了挑眉，昨夜吉利遣人送信，说韩云是个有心气的，今日倒有些意外。他压下心底疑惑，道：“上课的时辰已到，进来吧。”

韩云颔首，入堂落座。周彦见两人会面这关险险通过，领了众人就要离去，未料跟着韩云前来的宫中禁卫牢牢守在古今堂门口，并无离开之意。

谨贵妃派来的禁卫皆是宫中高手，肃冷杀气扑面而来，让古今堂里的一群学子战战兢兢。

“崇文阁乃大学士府，无天子令，不得带刀而入。烬言以靖安侯府作保，在这崇文阁内，只要有我在，定保十三殿下万全。”

帝烬言朝门口的禁卫军扫去，淡然开口。他这一眼慑若千钧，带了战场上的杀伐之气出来。

“是，世子。”为首的禁卫额前冒出薄薄冷汗，神情为难，他见韩云未有反对之意，朝帝烬言行了一礼，领着禁卫和周彦众人退出了古今堂。

一番折腾后，古今堂里总算只剩下帝烬言和十六个进学的学子。

帝烬言是大靖历史上最年轻的三科状元，师从右相，由前太子韩烨教养长大，是当今摄政王帝梓元亲弟，如此曲折离奇的人生经历，也算是大靖开朝来头一份了。

韩帝两家数十年前一起建立大靖，几十年风雨沉浮恩怨交错，真正传承两家学识底蕴长大的唯有帝烬言。即便是如今朝堂上韩帝两家针锋相对，也未有一个皇室子弟表露过对帝烬言的不满。或许对皇家而言，如今的帝烬言仍然是那个由太子韩烨一手养大的温朔。

三年前一场科举帝烬言名满天下，曾被朝臣赞为云夏百年难遇的治国之才。自传出他教学的消息后，崇文阁学子翘首以盼的同时也带了点好奇，不过十八岁的靖安侯世子真对得起如此盛名？

众人都想瞧瞧，这一堂课帝烬言究竟要教什么，国策？儒学？民论？无论哪一样都是崇文阁大学士通晓之学，他来教又有什么不同？

"听说咱们崇文阁的老师有个规矩？"帝烬言放下手中书，朝满堂世族学子看去，笑道，"第一堂课老师给出题目，凡答对者都有彩头？"

帝烬言的模样是出了名的俊俏，笑起来格外温润，一下子让凝神屏息的学子放松下来，当下便有性子活脱的少年喊起来："世子，您说得没错，赵夫子和周院正都给咱们备过好东西！不知道世子您今天准备的是什么？"

堂中学子俱出身京城或封疆勋贵之家，不是嗣子便是嫡子，什么好东西没见过，能让他们兴奋，足见崇文阁的大学士们开堂授课时是真咬牙拿了些压箱底的好东西出来。

帝烬言摆手，一旁候着的下人抬上一方墨盒置于案首。

墨盒落下声若晨钟，足见盒中之物沉重非常。

堂中众人俱是有眼色的，见连藏物的墨盒都为南海沉木所造，一下子眼神发亮，伸长了脖子朝案首望来。

不愧是靖安侯世子，区区一堂开业课拿出来的东西就如此金贵。

就连韩云也张大眼望着帝烬言，他到底只是个六岁孩童，平日宫廷授课枯燥无味，又只有他一人，现在这授课方式和课堂氛围让他新奇不已，早忘了和帝家对立的傲骨志向。

墨盒被置于案首，帝烬言敛了玩笑之色，挺直身体，双手前倾推开墨盒上盖，他挽袖上的碧绿修竹随之而动，不过一推之间，晋士雅韵之风更甚传言。

因着帝烬言的慎重以待，堂中众人不自觉坐得笔直，眼底多了重视之意。

墨盒开封，里头安静地沉睡着一把通体玄黑的铁剑。

铁剑以龙头为柄，盘龙雕刻剑身，古朴大气，摄人心神。

“上龙剑!”铁剑落入众人眼中的一瞬，当即便有学子立起身来惊呼出口，脸上满是不可置信之色。

玄剑上龙，为三百年前云夏大剑师炙尧以玄铁锻造，重若千钧，可削山石，乃不世出的名剑。当年大靖开国时东骞送给太祖的国邦贺礼，传闻太祖后来赐给了当时的皇太孙，未想如今竟在靖安侯世子手中。

帝烬言朝唤出“上龙”之名的学子颔首，面带赞许，“此剑名为上龙，我十岁那年殿下送我的生辰礼物，跟着我在西北浴血沙场，是我随身之剑。”他朝堂下瞠目结舌的学子抬手，“今日谁能答对我出的题目，这把上龙，便归谁所有。”

太子韩烨亲赐之物！只这一句话，堂中众人的目光就比刚才炙热了十倍不止。

尽管已过去两年之久，提到大靖太子，满朝上下印在心底的仍只有那一位。

仁德谦和、济怀天下、御敌军于国门，护百姓之山河。以储君之身换三国战乱休止，纵身跳下云景山的太子韩烨成了大靖朝臣和百姓最沉重的遗憾和悲痛。

若能得他赐下的“上龙剑”……安静的古今堂内，一众学子的呼吸声都重了起来。

几乎没有人看到坐于前位的韩云眼底悄悄升腾的焰火和郑重紧绷的小脸，而这一切帝烬言尽收眼底。

第五十七章

“世子，您真舍得把殿下的上龙剑送给我们？”齐南侯府的幼子赵仁忍不住问出了口。他嫡兄赵岩乃当年的东宫第一谋士，和帝烬言情谊深厚，便大着胆子问了出来。帝烬言对太子的敬重满朝皆知，怎会舍得将太子遗物送出？

“当年殿下将此剑赠予我时，我亦问过相同的问题。”帝烬言眼底露出一抹追忆，“当时殿下说……古剑再有灵，无人去御便如同死物。我如今已另有随身佩剑，此剑留在我身边将难再见天日，不如赠予日后能陪伴它的人。”

能让帝烬言舍下上龙剑，也不知是什么绝世名器，众人心底疑惑，但见帝烬言不说，也不好打听，便将注意力全放在了上龙剑身上。

“世子，那您的题目是什么？！”

这群少年不再矜持冷静，全一副“磨刀霍霍”的模样盯着帝烬言。

“这是我所出题目的答案，答对者，得上龙剑。”帝烬言从袖中拿出一张纸放于墨盒里，那纸微微泛黄，看上去有些年月了。

他将墨盒重新盖起，坐得笔直，望向众人沉声开口。

“世人常说，家、国、天下，无家便无国，无国亦无家，今天我便问你们，于这天下而言，国与家什么更重要？”

帝烬言话音落定，所有人都皱起了眉头，这是一道无解的题。家国孰轻孰重，古来未有定论。若言国重于家，虽合于忠义，却不免凉薄；若答家重于国，虽合于人伦，却不免私心。

“我给你们一炷香时间，一炷香后，将答案呈上。”帝烬言朝桌案上的香炉虚指一抬，不再管他们，顾自执书看起来。

堂下学子面面相觑，对视了一眼纷纷执笔作答，唯有韩云始终未曾提笔。众人只觉他年龄尚小，放弃了争胜之心。

转瞬一炷香即过，堂外一声钟响，惊醒了答题的众人。

书童将答卷收回，放在帝烬言面前。他一页页翻看，神情始终波澜不惊，堂下的学子屏息盯着他的神态，伸长了脖子也没瞧出半点端倪。

半炷香后，帝烬言手停，朝众人望来。

“赵仁，你的答案是国更重？”

见点到自己，赵仁起身，朝帝烬言行弟子礼后才答：“是，世子，国不在家怎会安？无国便无家。”

“沈旭，你认为家更重？”

“是。”这道问题半数以上言国更重，景阳候嗣子沈旭是为数不多的回答家更重的人，“修身齐家治国平天下，连家都不能保住，如何有能力去护国？学生认为当先有护家之力，再谈为国效力。”

两人的回答针尖对麦芒，都底气十足。

帝烬言颔首，对两人的回答不置可否。

“世子，不知我二人谁回答的更对？”赵仁是个急性子，不落音便问了出来。

恰在此时帝烬言翻动答案的手顿住，眉微微皱起，忽而抬首问：“谁没有作答？”

十六个人，只有十五份答卷。

众人的目光落在韩云身上，眼神都有些飘忽，小太子也太实诚了，虽说年岁小尚不会回答这等题目，随便写上一两句也成，直接交了白卷，传出去也不怕成了帝都笑柄。

“学生没有作答。”韩云抬首，回。

“哦？怎么，你不知道怎么选？”

“不是。”韩云摇头，“学生的答案不在您所列，故没有作答。”

韩云此言一出，一堂学子皆摸着下巴叹了叹气。小太子另辟蹊径，也不知会说出什么荒唐无稽的话来。

帝烬言挑眉，目光头一次正儿八经落在韩云脸上，“不在我所列？那你的答案是什么？”

韩云起身，在帝烬言审视的目光下缓缓开口：“人。”

只一个字，帝烬言收了散漫之心，微微坐直身子，眼底一抹亮光划过。

“你继续说。”

“人亦百姓。老师您刚才问，于天下而言家和国谁更重要。学生认为无论家或国，都不及百姓重要。无人，不成家，无百姓，不成国。王朝会覆灭，家族有兴衰，唯有百姓是天下基石，得人心者才能保王朝氏族永续。”或许从来没有说过这么多话，韩云神情紧张，小手垂在身旁紧紧握起，在帝烬言的沉默中他深吸一口气，朝装着上龙剑的墨盒看去。

“老师您刚才说，当年皇兄赠您剑时曾说古剑再有灵无人去御便如同死物，天下也是，若云夏之上无人可得百姓之心，将永无家国，亦永无天下宁和。”

韩云话音落定，古今堂内只剩下落针可闻的安静，却没有人看到他望向帝烬言时眼底隐隐的期盼和紧张。

太子韩云其实在大靖王朝里是个很微妙的存在，微妙到他被册封为太子两年来，除了韩氏亲王，朝中的勋贵世族和帝家都对他选择了无视。无他尔，前太子韩烨光芒万丈，得尽民心臣心；现摄政王帝梓元功勋卓越，治世之才冠绝云夏。他这个捡了大便宜登上储君之位的小娃娃，实在无法让人信服和感兴趣。

恐怕没有人想得到韩云会如此回答这个问题。

无论这道题他答得是对是错，光是这番话，便足以让满朝大臣为他侧目。

仁德睿勇，此一番话，若其本心而答，几乎全占。

更何况，他只有六岁。

堂中众人惊奇讶异，帝烬言却是百般滋味。

韩云立在他五步之远，小小的孩童尚未长开，眉目间却依稀有了他兄长当年的样子。

这一幕太过相似，仿佛划过时间洪流，重叠在经年前的东宫高阁里。

“殿下，无论家或国，都比不上咱们的百姓！他们好了，咱们大靖才能长长久久，殿下才能继承大统，做咱们大靖的不世明君！您快说我答得对不对，若是说对了，这把上龙剑可就是我的啦！”

温朔弯着眼抓着韩烨的袖子一个劲地献宝。

“对，也不对。”韩烨朝东宫外的繁盛帝都望了一眼，“温朔，将来你会知道，什么才能保住天下宁和。”

他把藏有上龙剑的墨盒郑重递到温朔手中，摸了摸他的头，“这是你的生辰礼，答案在盒中，你自己去寻找答案吧。”

漫天烟霞，夕阳西下，东宫被染上了流金色泽，韩烨牵着他俯览帝都盛景眺望山河，眉眼间信任而温暖。

那时他不过是个半大少年，韩烨却已有济世之怀。

很多年后，帝烬言始终记得这一幕。

“老师，学生回答可对？”

八年后的古今堂内，韩云青涩稚嫩的声音把他从时间洪流中拉回。

一众学子眼巴巴望着帝烬言，都想听听他怎么回。即便有些丢人，他们也承认刚刚这题他们输给了韩云。

帝烬言收回思绪，望着案席下的孩童，缓缓开口：“对，也不对。”

这是什么答案？什么是对也不对？

众人一头雾水，韩云更是紧张地盯着帝烬言，生怕错过他一句话。

“韩云说得不错，人亦是百姓，不得民心者难得天下。”他望着堂中众人，“但百姓聚成家，家汇聚成国。无人何谈家？无家何有国？无国何争天下？对天下而言，百姓、家、国，缺一不可，同等重要。”

帝烬言说着起身，推开面前的墨盒，将尘封的纸拿出朝众人展开。

泛黄的宣纸上凌厉的笔力透过纸背，三个词跃然其上。

家、国、百姓！

“十三殿下，今日这题的头筹为你所拔，这把上龙剑归你所有。殿下聪慧仁德，烬言会竭尽所能教导殿下，只望殿下日后记得今日之言，让上龙剑归于良主，不掩锋芒!”帝烬言朝韩云看去，拂手一挥，宣纸入盒，盒盖收拢朝韩云面前飞去。

铿锵声响，墨盒稳稳落在韩云面前，犹可听见里面上龙剑被碰响的清越剑声。

这气魄，这胸襟！不愧是帝家世子！不愧是太子韩烨栽培数十年的大靖栋梁！

堂中一众学子被帝烬言一席话震得热血沸腾，满是崇敬。

韩云小脸通红，眼底光芒四溢，他抚上墨盒，朝帝烬言颔首，朗声道：“韩云定当记住今日所言，不负上龙剑浩然之名!”

夕阳染满帝都，崇文阁内犹回响着韩云这句话。

“哦？他真这么说?”

靖安侯府，帝梓元立在园内池塘边垂钓，听见帝烬言所言，颇为意外。

“是，这孩子有鸿鹄之志，也聪明得很，比我当年就差那么一点点。”帝烬言搬了个小板凳坐在帝梓元身边，眯着眼笑，一派少年模样，哪有白日在崇文阁教学时的稳重淡然。

帝梓元笑着摇头，在他头上敲了敲，“你倒大方，把上龙剑都送出去了，真舍得?”

“自然舍得。”帝烬言朝帝梓元腰间指了指，“姐，我没随身护剑了，把青庐送我吧。”

玄剑青庐，韩烨的随身佩剑，云景山一役韩烨跳崖身亡，这把剑却留了下来。

帝梓元一怔，“你在崇文阁说已有随身佩剑，打的就是青庐的主意?”

帝烬言嘿嘿一笑，“姐，青庐可不比我的上龙差，你就送给我吧。”

帝梓元摇头，半点不吃他这套，“不成，府里藏着不少好剑，让长青给你找一把出来。”

见撒泼耍赖都没用，帝烬言的目光在帝梓元半白的长发上划过，掩下眼底的感伤，腆着脸笑着问：“姐，你今年多大了?”

“二十一。”

“都二十一啦，是个大姑娘了。”帝烬言朝帝梓元身边靠了靠，戳了戳她的背，“姐，就算在咱晋南，二十一岁也是个老姑娘了，你就不考虑考虑那事?”

“什么事?”帝梓元打了个哈欠，觉着今天的帝烬言婆妈得不正常。

帝烬言舔了舔嘴唇，期期艾艾半天，小声道：“婚事啊！”

见帝梓元半点反应都没有，他一下提高了声音，一双眼瞪得浑圆，“姐，不是我说你，你是咱帝家的长女，咱帝家开枝散叶可都等着你呢。咱爹娘虽然走得早，但没关系，你还有你大兄弟我呢！姐你说吧，你看上谁了，我给过过眼，觉得成咱就早点把婚事给办了，也好让地底的爹娘了桩心事。”

“岭南白家的长子怎么样？我可打听过了，他学识渊博，为人厚道，人品是一等一的纯良。”帝烬言一边说着一边从袖里掏出个小册子，一页页翻着嘟囔，“江南柳家的世子也挺好的，一手丹青冠绝江南，是个有名的才子。景阳侯家的世子出身行伍，不拘小节，和老姐你肯定意气相投。”

帝烬言一抬头看见洛铭西远远走来，拍了下大腿道：“洛世兄也挺不错的，他可是咱们大靖出了名的美男子。姐，你随便挑一个，看上了谁，我就上门替你求亲去。”

帝烬言说得龙飞凤舞，突觉一阵冷意，回转身一看。

帝梓元双手负于身后，正眯着眼望着他。

第五十八章

聒噪的声音戛然而止，帝烬言小心翼翼朝后挪了两步，眼神飘忽起来。

“开枝散叶？了爹娘的心愿？”帝梓元好整以暇地看着幼弟，慢悠悠开口，“你倒是提醒我了，烬言，等翻过年，你就十九了吧。”

“整个帝都世族里，十九了还没娶上媳妇的，你是头一份儿吧。”帝梓元把腕上折起的袖子放下，施施然道，“我也听说赵将军府上的千金贤良淑德，周学士的幼女冰雪聪明，宁南侯的侄女容貌出挑，你又看上了哪一个？若是有喜欢的，姐姐亲自替你求娶，也好早日为我帝家开枝散叶，传递香火。”

帝梓元说这话的时候，眼底看好戏的调侃太明显，帝烬言打了个寒战，硬邦邦回转头，发现苑琴正端着一盅药膳俏生生立在洛铭西身后，面上波澜不惊。

“小姐，天凉了，您记得喝药。”苑琴把药膳放在一旁石桌上，给帝梓元披上大裘。

帝烬言期期艾艾站在一旁，小眼神直往苑琴身上放，可怜得紧。

“小姐，我明早去涪陵山给家主送些东西，就不陪您入宫了。”

帝梓元颔首，“嗯，你先去休息吧。”

苑琴应声退下，从头到尾半个眼神都没甩给帝烬言。

帝烬言眼巴巴瞅着苑琴离开的方向，一副坐立不安的样子。

“去吧，别站在这碍眼了。瞧你这点出息，什么时候娶得上媳妇儿。”帝梓元在幼弟背上一拍，朝苑琴的背影扬了扬下巴。

帝烬言摸了摸脑袋，一刻没落追上前去。

“哪有你这样做长姐的？也不怕弟媳妇飞走了，这丫头可聪慧得紧，烬言怕是降不住她。”洛铭西朝远去的两人看了一眼笑道。

“哪有什么降不降，互相喜欢逗着趣罢了，苑琴是我一手教大的，她要是不喜欢，烬言连近她的身都做不到。”帝梓元拿起桌上药膳饮下，“你今天怎么过来了？为了韩云的事？”

洛铭西摇头，“我还不至于为难一个六岁孩童，韩烨能替我们把烬言养大，韩云的事你做主便是。”

帝梓元为大靖立下的不世功勋岂是韩云的一点聪慧能撼动。外界传闻虽多，他却从未放入眼中。若对才六岁的韩云打压掣肘，洛帝两家和当初的嘉宁帝有何不同？

帝梓元低低应了声，肃冷的眼底染上暖意。

洛铭西从身后掏出一笼蒸盒递到帝梓元面前，“五柳街的兰花糕，掌柜是个地道人，家传的手艺，每天生意好得紧，我守了半个时辰才抢了两盒回来，刚出的，药苦，正好趁着热吃甜甜嘴。”

帝梓元一愣，抱过蒸盒眼一弯笑得格外灿烂，“世兄，你还记得我不爱吃药啊。”

帝梓元小时候长在帝北城，是个无法无天的性子，喜欢磕着碰着，十天半月里总要请大夫上门。帝北城的老大夫实诚得很，开的药能苦掉半边舌头，帝梓元性子倔，宁愿挨痛也不肯吃药，靖安侯愁得没办法。还是洛铭西每日风雨无阻地带着洛夫人的甜食上门给这个小祖宗就着药吃才解决难题。

说出来没人相信，性子刚硬得能顶起大靖半边天的摄政王竟也是个怕吃苦药的。这些年来她没有在人前再说过半句，不是她喜欢上了苦药的味道，只是人渐渐长大，已经习惯了这种苦涩，而当年会惯着她由她胡闹的人也早就不在了。

“还是比不上洛伯母的折云糕，要不是晋南地远，一路上舟车劳顿，还真想把洛伯母接进京里来。”帝梓元一口气吞了三个兰花糕，咂吧着嘴很是遗憾。

帝梓元这一声“世兄”很多年没唤过了。洛铭西眼眶涩然，拍拍她的头，“以后有机会让我娘做给你吃。今年年夜你还是上涪陵山陪帝家主过？”

帝梓元颔首，“难得这两年姑祖母肯待在涪陵山，咱们帝家就只剩我们三个了，今年早些上山，多陪她几日。”

“帝家主也是担心你的身体，你心脉受损，这两年多亏她替你调养，要不然每年寒冬内力乱窜，经脉疼痛难忍，有你的苦头吃。过几日银辉会来京城，这次我们陪你和烬言上涪陵山过年夜。”

帝梓元眼一挑，笑道：“洛小妹就要入京了？那感情好，今年涪陵山上肯定热闹得紧。洛伯父把她送进京，是想让你给她在京城里挑个好女婿吧。也是，她也到要嫁人的年纪了。”帝梓元神情感慨。

“她古灵精怪得很，选夫婿的事八成还得依着她的性子来。我就她这么一个妹子，只要她喜欢，王侯将相布衣百姓都随她挑。”洛铭西说着一顿，明白了刚才帝烬言一番心意。

烬言只有梓元一个姐姐，终究不愿她余生都在遗憾和后悔中度过，韩烨已亡，活着的人漫漫一生，总要好好活下去。

“银辉性子纯良，娶她的人可是大福气。夜凉了，回书房吧。世兄，给我把兰花糕端上，今日兴致好，陪我弈几盘棋再走。”帝梓元伸了个懒腰，对洛铭西眨眨眼朝书房走去。

洛铭西笑得无奈，端上兰花糕跟在她身后。

靖安侯府前堂的小书房里，苑琴正俯身在桌上画画，温润的烛光勾勒出少女静谧的侧颜。一旁帝烬言杵着下巴望着她，满眼温柔。

边关沙场浴血一年，有日殿下和他酒后畅谈，问他平生可有遗憾之事，那时他说。

没有认最亲的人，没有娶最惦记的姑娘，他这辈子遗憾大着呢！

搁笔声响，思绪被拉回，见苑琴画完，帝烬言巴巴端了温水上前让她净手，觍着脸笑：“苑琴，你和我说说话呗。我姐那是胡说，我真没有惦记别家的姑娘。”

苑琴斜斜看了他一眼，“赵将军府上的千金贤良淑德，周学士的幼女冰雪聪明，宁南侯的侄女容貌出挑……苑琴一个都比不上，哪里值得世子爷惦记。”

果然是他家媳妇儿！看看，这聪慧！老姐才说了一遍就记得一字不差。帝烬言觉着自个真是捡了宝，连忙摆手，“什么赵家千金周家幼女，我一个都不认识，我就心心念念娶你回家做我媳妇儿呢！你要是不相信，明日我就发帖子送到京城各家府上去，告诉他们我早已有了属意的姑娘，让他们别再上我帝家说亲了！”

帝烬言嚷嚷着，一卷袖子就要磨墨写帖子。苑琴见他伸手拿笔，一把抓住他的袖子，脸上泛红，眼底的笑意到底没藏住，“说什么胡话呢，你要真做了这荒唐事，我还不成了满京城的笑柄，别人都以为咱们靖安侯府里藏着母老虎呢！不准写！还有，谁是你媳妇儿？”

帝烬言见她展颜，心底舒坦得没边，一把握住她的手笑道：“好，好，你说不写就不写。你不是我媳妇儿谁是我媳妇儿，我帝烬言这辈子除了你，谁都不娶。”

帝烬言说这句的时候，敛了嬉笑玩闹的神色，一本正经看着苑琴。

苑琴一双耳朵烧得通红，脸色鲜艳欲滴，抽了两下手没抽出来，拿帝烬言实在没办法，没好气嗔道：“还不快把手放开，没殿下压着你，你如今胆子愈发大了……”

苑琴话没落音，意识到不妥，猛地收声担心地朝帝烬言看去。果不其然，刚刚还一脸笑意的帝烬言神情落寞下来，放开了苑琴的手。

“烬言，我……”

“没事，苑琴，殿下都走这么久了，没事。”帝烬言行到窗前，望向东宫的方向，“你说得对，我以前太依赖殿下了，总觉得有他在就什么都不用想。现在他不在了，姐姐、帝家、东宫我都要替他照顾好。”

“所以你才想为小姐说亲？”苑琴若有所思。

帝烬言颔首，“姐姐为了帝家能沉冤得雪忍辱负重了十几年，我不能让她这一生都为了帝家和大靖而活，殿下已经不在了，姐姐还年轻，她还有漫长的一生，她应该有个好好疼她爱她的人，有一群大胖小子喊她娘亲。这些总会过去，我希望她能放下一切重新开始。”

东宫烛火通明，矗立在京城依旧巍峨华贵。帝烬言看着东宫最高的楼阁，缓声道：“如果殿下还活着，他也一定希望姐姐能这样活下去。”

半晌，苑琴开口：“我们都希望小姐能放下殿下重新开始，但只要有一个人不愿意，我们谁都没办法。”

帝烬言朝苑琴看去。

“小姐她自己。”苑琴叹了口气，“烬言，再给小姐一点时间吧。”

帝烬言望向书房的方向，没有再开口。

两年前的云景山上，如果不是他死命相求，或许那一日姐姐已经跳下了云景山，一夜之间青丝半白，从此以后再不提殿下半句。姐姐待殿下是何种感情，根本无需再多言。

他其实是知道的，姐姐没办法放下。在被殿下那样浓烈而又倾尽所有地待过后，如何能放得下？

寒冬深夜，靖安侯府内响起深深的叹息。

转眼韩云入崇文阁进学已有半月，进学第一日帝烬言在古今堂出题授课之景在帝都被传得风生水起。京城勋贵赞许韩云聪慧的同时，更多却感慨于帝烬言赠剑的宽佑大度。

韩帝两家朝堂对垒，帝烬言仍对韩家太子尽心教导，这份胸襟常人难及。

对帝烬言尽是溢美之词的传言传进绮云殿的时候，谨贵妃尚能容忍，在看到韩云对上龙剑的爱不释手和悄悄对帝烬言表达崇敬后，她终于把韩云带到了皇室宗祠。

皇室宗祠里供奉着太祖遗像和韩家列祖列宗。

“跪下。”谨贵妃摒了宫奴，对着韩云冷声吩咐。

韩云抿着唇，一言不发跪在韩氏列祖的灵牌前。

“云儿，你可知道为什么母妃要带你来宗祠？”

“云儿知道。”

“母妃交代过你什么？”

“帝家是我韩氏宿敌，帝梓元不可尊，帝烬言不可信。”韩云一字一句回。

“既然都记得，那你是怎么做的！帝梓元在崇阳阁对你说过什么你对母妃只字不回，帝烬言送你一把破剑就被你稀罕成了宝贝！你父皇堂堂一国之君，因为帝梓元只能屈居西郊，连国祚都被迫让了出去。云儿，你是大靖的太子，韩家的储君，怎么能对这两个乱臣贼子生出亲近之心！你知不知错？”

谨贵妃凛声喝问，韩云却只垂着头。

见韩云不回答，谨贵妃手上的戒尺狠狠拍在他肩上，厉声喝：“韩云，你究竟知不知错！知不知错！”

韩云痛哼一声，咬着牙，小手死死拽在蒲团上，任凭谨贵妃敲在他背上，始终一声不吭。

谨贵妃未想到韩云如此倔强，既心疼儿子又气急，一把把戒尺摔在地上，硬声道："好！好！你现在有骨气了，若是不认错，你今夜就给本宫跪在这宗祠里！"

谨贵妃说完摔门而去，冰冷的祠堂里只剩下韩云孤独又弱小的身影。

月光透过天窗洒下，威严的灵牌一排排立在韩云面前，他抬起头，满脸是泪，却始终咬着唇不肯哭出声来。

他不知道自己有没有错，但他没办法恨帝烬言，他根本没有想过那个他一心念着要找的少年就是帝家世子，三年前的温朔。

第五十九章

三年前，正是帝梓元刚刚升任一品上将之时，太子被嘉宁帝看重，储君之位稳如泰山。九皇子韩昭尚只有十三，还未出宫另建王府，在宫里作威作福，算是一霸。

彼时谨昭仪毫无靠山，又是出了名的木讷怯弱，连累得韩云在宫内受尽轻视，虽身为嘉宁帝幼子，定云宫寒冬里却连一坛烧炭都没有。谨昭仪这个冬日受了寒，虽有御医诊治，但到底不尽心，一来二去就耽误了病情。离年节只有几日，宫里上下忙着准备太后寿宴和百官朝贺的宴会，根本无暇顾及定云宫。眼见着谨昭仪日染沉疴，韩云虽懂事，但到底还小，慌得没了办法，一个人悄悄出了定云宫凭着记忆去太医院请太医，却未想跑得太急，在御花园里撞着了逗鸟的九皇子韩昭，撞掉了他手里把玩的和田玉。

“不长眼的臭小子，哪个宫里的？好大的胆子，敢打破父皇送我的和田玉！”半年前嘉宁帝大寿，东骞送来和田玉为寿礼。韩昭喜玉石，求了半年才得了这块玉，正是心头好，却不想头一回拿出来把玩就被人撞碎在地。他一时大怒，就要提腿去踹已经倒在地上的韩云。

“九殿下！”亏得他身后的贴身小太监吴升是个眼尖的，认出了韩云的皇子服饰，忙拉住他喊道：“殿下不可，这是定云宫的十三殿下！”

韩昭生生被拽了回来，脸上余怒未消，他朝韩云扫了一眼，瞅见地上碎成两半的和田玉，冷声道：“原来是十三弟。”

韩云本急着去寻太医，却不想冲撞了韩昭，他知自己惹了祸，当即从地上捡起摔碎的和田玉，小心翼翼举着朝韩昭小声道："对不起九哥，我不是故意的。我母妃生病了，我急着去寻太医才不小心撞了你。我明日去匠房让师傅给你镶好，给你送到尚鸿殿去。"

韩昭一听，由着韩云举着和田玉不去接，轻蔑地哼一声："果然是寒门小户里出来的，什么好东西都不懂，这是东骞送给父皇的和田玉，价值连城，镶好了有什么用！韩云，你闯下大祸，今日我就禀了父皇，治你个损坏重宝之罪，连谨昭仪这个破落户也一并发落。"

韩昭出了名的不问是非又喜推脱责任，一番大道理压下来就要转身去寻嘉宁帝告状，骇得才三岁的韩云瑟瑟发抖，犹若天塌了一般。

"九殿下！等一等！"清越的少年声音在御花园门口响起，一个少年朝这边跑来。这少年身着骑装，容貌俊秀，腰别马鞭，英气勃发，让韩云看直了眼。

韩昭看见他眉一皱，阴阳怪气道："我道是谁，原来是皇兄身边的红人。怎么，你要给这小子说情？"

来的正是温朔，他和太子去西郊狩猎，太子携他一起去上书阁议事，先回华宇殿换衣。他在御花园等太子，正好瞧见了韩云撞碎和田玉的一幕。

"九殿下，十三殿下尚还年幼，不是故意冲撞九殿下，和田玉虽贵重，却比不上您和十三殿下的兄弟情谊，还请九殿下在回禀陛下时为十三殿下说说好话，从轻处罚十三殿下。再者……"温朔说着越过韩昭行到韩云面前，拿过他举得高高的和田玉，牵着他朝韩昭行了一礼面露恳求，"谨昭仪与此事无关，又生了重病，还请九殿下莫要迁怒于她。"

温朔这话说得堂堂正正，若是个明事理的就该斟酌再三再行事。偏生平日里还算知分寸的韩昭这次却不依不饶，当即哼了一声："年幼又如何？他打破了父皇的和田玉，本就该受到惩罚，你是何意？讽刺本王不顾兄弟情谊迫害幼弟！我今日就要看看，闹到父皇面前到底是谁占理。"

温朔眉头一皱，没想到九皇子性格如此蛮横。这事若闹到陛下面前，九皇子有齐妃和左相护着，伤不了分毫，可韩云打破了和田玉，必要受罚。

见韩昭抬步就要越过自己去乾元殿告状，温朔心一急，直直挡在他面前，"九殿下，十三殿下尚还年幼，请九殿下三思。”

“混账东西！你一个小小的士子，不要以为太子看重你，你就可以在本王面前张狂，我们皇家的事还轮不到你指手画脚，你是个什么东西，敢拦本王的路！吴升，把这二人押着，随我一起去见父皇！”

温朔本是一介平民，因受太子看重自小在东宫长大，连启蒙老师也是太子太傅，年纪轻轻赞誉满城，又得了帝都贵女的青睐。韩昭早就看他不顺眼，这次抓住把柄，自然要小题大做，对温朔不留半点余地。

吴升满脸为难，又不敢劝住暴怒的韩昭，动也不是不动也不是。

“还站在这干什么，狗奴才，押了这两人！”见吴升没动，韩昭喝道。

“父皇忙着祖母寿宴和百官朝会，怕是没时间理会九弟的请求。”威严持重的声音突然响起。众人回头，见太子一身盘龙朝服，正立在三人身后。

温朔眼带惊喜，长长舒了一口气，他捏了捏韩云的小手，朝他抛了个安心的眼神。

韩云悄悄回捏住温朔的手，软软靠在他身后。温朔一愣，眼底拂过爱惜。虽身为皇子，这孩子怕是在宫里半点安全感都没有。

“见过殿下。”温朔牵着韩云朝韩烨行礼。

韩烨颔首，朝两人扫了一眼，目光在温朔身上留得更多一些，见他无事面色才舒缓下来。

“见过皇兄。”韩昭朝韩烨见礼道，“皇兄，这回你可不准包庇韩云，他打碎了父皇的和田玉，犯了重罪。”

“韩云只有三岁，不过一块和田玉，值得你大动干戈大过年的在宫里头绑人？”韩烨双手负于身后，看着韩昭神情冷凝。

“皇兄，这可是东骞进贡的贡品，价值连城！”

“再贵重能比得过你十三弟？不过一块死物，摔碎了又能如何？”韩烨声音更重，带了训斥之意，“连寻常人家都知道爱护幼弟，你却不分青红皂白只管问罪。韩云刚才明明已经对你解释过因为谨昭仪身染重病，他急着寻太医才冲撞了你。你却还要问罪于谨昭仪，不恤幼弟，蔑视宫妃，齐妃娘娘就是这么教你的？”

一句话喝问下来，韩烨气场全开，韩昭气急，不愿在温朔和韩云面前落了下风，不顾吴升的眼色仍硬声着：“皇兄，国有国法，家有家规，难道年纪小犯了错就可以视而不见，以后咱们皇家还有什么礼法?”

“谁说韩云打碎了父皇的和田玉。”韩烨整了整袖摆，眯着眼看向韩昭，云淡风轻开口，“孤有急事禀告父皇，路过御花园撞了九弟，不慎打碎了这块和田玉。”

“皇兄！你!”韩昭脸色通红，“明明是韩云……”

“孤说是孤打破的，就是孤打破的。”韩烨的目光在御花园内众人脸上逡巡而过，加重了声音，“不过一块和田玉，打碎了又能如何，孤自会向父皇请罪。”

御花园内候着的宫奴皆垂下头，连被韩昭喊来的禁卫也默默立在一旁。韩昭脸色青白交加，气得青筋毕露，却无可奈何。作为嘉宁帝的儿子，他比谁都清楚嘉宁帝对太子的看重，别说一块和田玉，就算太子打破了玉玺，嘉宁帝怕也不会放在心里。

“吉利，把和田玉收起来，送到春满楼请师傅镶好。给孤把盘龙玉取出来，送到尚鸿殿齐妃娘娘处，就说孤不慎打破了父皇赠予九弟的和田玉，特以盘龙玉赔罪。”

盘龙玉乃太子二十岁生辰时嘉宁帝送的贺礼，论珍稀贵重远超和田玉。韩昭愣住，一时惊大于喜。他性子鲁莽易怒，但到底长在皇宫，心智远胜同年人，他若真敢拿太子的加冠礼，嘉宁帝必定震怒。

见太子身后的小太监吉利应声照吩咐就要离去，韩昭额上沁出薄薄冷汗，急忙唤住他，朝韩烨拱手，强颜笑道：“皇兄，那可是父皇送你的生辰礼，臣弟可不敢拿。皇兄说得对，不过是块玉石，怎比得过我和十三弟的兄弟情谊。臣会禀明父皇详情，十三弟年幼，父皇必不会怪罪。”

韩昭收了凌厉的爪牙，朝韩烨弯下脊背。

“九弟如此明事理，孤心甚慰。天色近晚，九弟早些回尚鸿殿请安吧，免得齐妃娘娘担心。”

“是，臣弟这就回去。”韩昭又朝韩烨行了一礼转身离去，留下韩云手中断成两截的和田玉和木梁上鸣叫的鹦鹉。

待韩昭走远，韩烨行到温朔和韩云面前。

“臭小子，孤放你一个人在宫里才半刻钟时间你就给孤惹出一堆麻烦来。”韩烨的声音清亮而温厚，和刚才对着韩昭时的冷冽威严完全不同。韩云抬起小脑袋偷看了他一眼，正好和韩烨的目光撞上，一惊又飞快低下头藏在温朔身后。

韩烨政务繁忙，又从未出入后宫，韩云长到三岁，还是头一次近距离看见韩烨。

“殿下，九殿下太过跋扈了，十三殿下才三岁呢。”温朔把身后的小萝卜头一把捞出来抱在怀里举高，拍拍韩云的腰，“十三殿下，这是你皇兄，快叫。”

他这一叫唤，一大一小两张相似的面孔默默对上，韩烨在韩云头上揉了揉，笑道：“小十三，我是你皇兄。”

韩云眼底泛起惊喜，糯糯喊了声：“皇兄。”

小孩儿拖长了的腔调格外惹人疼惜，韩烨眼底露出暖意，抱过韩云捏了捏才递到吉利手上，“十三弟听话，皇兄要去乾元殿和父皇议事，你先回定云宫。”

他替韩云拢好散开的衣襟，触手的小棉袄单薄湿冷，韩烨眉头一皱，抬眼朝吉利道：“把十三殿下送回定云宫，再送些衣物过去，把太医院院正请进宫为谨昭仪看病。告诉内务府，若是定云宫再短缺东西、延请太医不及时，孤定严惩他们。”

“是，殿下，奴才这就去请太医，免得耽误谨昭仪病情。”吉利是个拎得清轻重的，他抱着韩云点头，转身就走。

才走两步就听见太子的唤声，吉利回转头。

“和田玉镶好后送到定云宫。”韩烨朝韩云望来，笑道，“再过几日就是你三岁生辰吧，这方玉虽然碎了，但也是珍品，就当是孤送你的生辰贺礼。”

“哟，十三殿下，又要长一岁啦！”温朔闻言笑起来，贴在韩烨身后歪着脑袋大声道，“您就要长成男子汉了，以后可不能再躲在臣身后啦！”

少年的笑容纯粹又温暖，一直留在幼年韩云的记忆里。

那之后，有太子的照拂，定云宫再也没有受过宫人欺负，母妃有太医悉心诊治，身体渐渐安好。后来九皇子战死，太子远赴西北征战，他成了皇宫里唯一的皇子，受父皇看重，慢慢尊贵起来。

再后来，皇兄战亡在西北，他成了大靖太子。

他早该猜到，那个让兄长如此看重又温暖正义的少年，该是靖安侯世子，当年冠绝京城的温朔。

寒冷吹进，晚灯飘摇，膝盖早已酸疼难忍，韩云却始终跪得笔直。

他睁开眼，望着案台上韩氏列祖列宗的灵牌小脸上神情坚毅，摸着腰间三年不曾离身的和田玉，眼底始终清亮无垢。

有些事，无论开始如何，结束如何，正就是正，对就是对。

第六十章

年节这一日，朝官早早入宫参加晚宴，帝梓元主持守岁夜宴已有两年，驾轻就熟，她不比嘉宁帝好显君威，分封赏赐一顿热闹后让朝臣回府陪家人守岁。

半个时辰后朝臣从宫内散去，帝梓元和帝烬言从华宇殿而出，步行至重阳门侧门。一辆马车已等候多时，两人相携入车，洛铭西正半靠在车内看书，洛小妹托着下巴打瞌睡，她见帝梓元上车顺溜地唤了声“帝姐姐”滚到她怀里继续酣睡。自苑书留守邺城后，苑琴娴静温雅，帝梓元身边少了这样娇憨活泼的丫头，遂对洛银辉很是喜爱。

“小妹什么时候入京的，怎么也不带她进宫?”

“迟早是要见的，这几日你政事繁忙，我就让她自个儿在京城里遛了。这丫头野得很，前几年入京结交了不少手帕交，这几日连番着到各家府上参加贵女宴会，我都没见上几回。”洛铭西笑道，替帝梓元递了杯参茶。

帝梓元暖暖嗓子，身上寒气散了不少，把洛银辉额上散下的碎发拨到耳后，在她圆润的耳尖上捏了捏，“这丫头心宽，是个有福气的。”

“走吧，帝家主想必等久了。”洛铭西点头，眼底笑意弥漫，朝车外吩咐一声，马车载着众人朝涪陵山而去。

帝梓元怕帝盛天独个儿过年形单影只，一路马车飞驰，上山时更是连轻功都用上了，却未想涪陵寺里虽然张灯结彩，却连帝盛天半个影子都没瞅见，连清早上山的苑琴也不见人影。问了小沙弥才知帝盛天等得无聊，带着苑琴去梅林里下棋了。帝梓元想着自家姑祖母那一手臭棋，为苑琴叹了一声和洛铭西巴巴地寻老祖宗去了。

一行人堪堪行到梅林边缘，便被梅林前的奇景顿住了脚步。

漫山遍野，梅花飘散。花瓣自梅林中心处荡开，在空中循着球状飘散至梅林边缘，数千上万朵梅花始终留在半空飞舞，半片未曾沾地。漫天花瓣起起伏伏，万千花朵悬于空中延绵数里，此时的涪陵山，犹若梅海仙境。

除了帝梓元，众人眼中俱是惊叹，更对梅林中充满好奇。一行人循着花瓣踏入梅林，行至梅林中心空地处，方见林中之景。

林中，一亭一桌一盘棋，一酒一姝一把剑。

漫天梅花奇景皆因林中人舞剑而起，强大而温和的剑气卷起整座山巅的花瓣，创造了这几乎不可思议的一幕。

苑琴抱着纯黑的大裘俏生生立在石桌旁望着林中舞剑的人，满眼敬服向往，众人循着她的目光望去。

一把长剑，一身晋服，一头雪白长发。

淡漠而深邃的面容，悠远而睥睨万物的墨瞳。

世间千千万万人，唯有一个帝盛天端得起“百年传奇、云夏之巅”这八个字。

帝家何其有幸，得此人物。

数十年后，还能得见帝盛天风采的年轻一辈，即便是帝梓元，都忍不住心生赞叹。

剑停，风止，梅花落。

“你们几个来得晚，老人家百无聊赖，舞剑助兴，权当迎你们上山了。”帝盛天收剑，立在石桌旁，手中长剑卷起桌上温酒，一饮而尽。

“见过姑祖母。”

“见过帝前辈。”

一行人行到石桌旁对帝盛天见礼，就连素来不喜规矩的洛银辉也站得老老实实，一眨不眨地望着帝盛天。

“好了，都是自家人，今天过年，不需要多礼。来，苑琴煮了酒，都来陪老人家喝两杯，今年就在这山巅梅林守岁了。”帝盛天朝众人招手，坐在石椅上，眼带笑意。

帝盛天笑的时候，天生有股子慵懒亲和劲，众人得了她的允许，一哄而上围着这个帝家老祖宗聊起天来。洛银辉最是个得劲的，小时候在晋南听的戏本里十本有八本都是帝盛天的传奇史，这回见了真人，叽叽喳喳问个不停，直想把云夏早几十年的秘史问出个窟窿来。

梅林里热闹而温馨，其乐融融，帝梓元望着围坐了一圈的人，靠在石椅后凉亭的横栏上，连日来批阅奏折的疲惫身体缓缓松懈下来。

就是为了能在年岁这一夜喝上一杯普普通通的平安酒，这十几年，她才能这样一步一步坚持走下来吧。

所有她得到的，失去的，遗憾的，悲伤的，都只是为了她的家人和氏族能重新正大光明地屹立在这片国土上。

所有的一切，都是为了这一天。

山下，午夜的钟声敲响，皇城里焰火冲天，璀璨的花火染遍帝都的天空。

帝梓元手中温酒入口，她望着灯火鼎盛的帝都盛景，微微晃神。

那一年临溪河畔，青年曾笑着对她说。

任安乐，我这一世都会护着帝梓元，你要记住。

这么多年过去，她慢慢才明白，当年那个青年为了这句话，努力了半生。

韩烨，你不知道，失去你，是我帝梓元这一生最遗憾的事。

年岁渐长，我才明白，为一人倾尽天下是喜欢，为一人放弃天下是爱。

我以前一直想知道，姑祖母究竟有没有爱上过太祖。

这么多年，我从未开口的问题，终于在你死后的第三个年头，找到了答案。

“陛下，奴才已经安排贵妃娘娘和太子殿下回宫了。”

嘉宁帝只允了谨贵妃和韩云入西苑守岁，时间刚过，便让人送两人回了宫。

西苑书房内，嘉宁帝半躺在靠椅上，虽然房内烧着四五盆火炭，他身上仍然盖着厚厚的棉毯，面色青白，不见半点血色。

嘉宁帝点头，动了动手指头，没什么力气。

赵福见嘉宁帝朝他招手，忙贴近了他身边，“陛下?”

“西北境内，找得怎么样了?”

赵福顿了顿，才回：“暗卫回信了，这次他们往北秦内里又走了十城，还是没有殿下的消息。”

嘉宁帝眼底的亮光缓缓变暗，他张了张嘴，声音嘶哑干裂，“继续找。”

赵福点头，看得心酸，替嘉宁帝扶好被子，宽慰道：“陛下，奴才看了这么久，瞧着小殿下是个睿智聪明的，只要小殿下好好长大，咱们韩家的江山倒不了，您安下心好好养病，您得看着小殿下长大才成。”

“朕知道，韩云聪慧，日后足以担当大任。但是太子和他不一样……”嘉宁帝的声音断断续续，虽说他和帝梓元的立场截然相对，但有一点两人出奇的固执——由始至终，能让两人唤“太子”的只有韩烨。

“韩烨是朕亲手养大的嫡子，朕国祚的继承人，这么多年，朕就是要证明给太祖和帝盛天看，能传承天下的不止是帝永宁和帝家子嗣，朕亲手教出来的太子一样会是大靖的不世明主！”

他望向窗外涪陵山的方向，声音一点点散开，遗憾而悲鸣，“可惜朕一生筹谋，一生算计，背弃所有，却输在了亲手养大的儿子手里。”

大靖守岁的钟声延绵而悠远，仿佛跨过千万里国土，传到了北秦境内的怀城竹林里。

灵兆年少，喜好热闹，自个儿跑去怀城参加城内篝火晚会，回来时恰好看见韩烨坐在大树下，手中捧着一盆空空的花盆。他一时好奇，忍不住问：“公子，师父给您把种子带回来都两年了，您日日悉心照料着，却从没开过花，这花到底什么模样啊！”

韩烨摩挲着花盆边缘，低头，虽瞧不见，神情却格外柔和：“它原本长在大靖晋南的平原上，通体湛蓝，花开时香飘十里，是很美的花。”

“真的？通体湛蓝？公子，这是什么花啊，我可是头一次听说。”灵兆惊奇问。

韩烨一愣，眼底浮过一抹追忆，不知想到了什么，嘴角荡开淡淡的笑意。

“很多年前，有个小姑娘告诉我，这花是她们晋南的宝贝，叫长思。”

韩烨说这话的时候，两年来周身的肃冷冰峭化开，冰雪覆盖的北地竹林里恍若春风拂过，暖意丛生。

灵兆一时看直了眼，直到清亮的咳嗽声将他惊醒。灵兆抬头看去，见莫霜不知从何时起立在了院门口。她神情复杂，眉宇间比平时多了一抹决绝果断。灵兆心里头讶异，却没出声，只朝莫霜行礼，“见过公主。”

"去！把酒温了，再整两个下酒菜！"莫霜把手中的酒坛子抛向灵兆，径直走到韩烨对面坐下，"饿了吧，说好陪你守岁的，今日和城内百姓唱完祝酒歌才来，你别见怪。"

韩烨把桌上的花盘小心翼翼放在身旁脚下，笑道："你管着一城，一向俗事繁多，我怎会责怪。怎么？公主是把我当成了深闺蒙恩的妇人，还要行那捻酸吃醋之事不成？"

两人相处两年，寻常玩笑早已司空见惯，莫霜当即在他肩上拍去，一副夸张的惶恐模样，"别，别，我可不敢，殿下您身份尊贵，我若是这么做，怕是半个大靖的贵女都想生吃了我！"

韩烨被她的语气逗笑。灵兆收拾了两个菜上来，替两人温了酒小心地放好。

两人说说谈谈一会儿，怀城内的钟声传来，焰火在空中燃尽，年节过完，已至半夜。

寻常这个时候，莫霜早已告辞回城，今日却始终没有言走。灵兆觉着奇怪，但见韩烨神情淡然，也不便上前问询，只轻手轻脚收了杯盏，甫一靠近两人，宁静的声音已淡淡响起。

"韩烨，大靖帝都有些消息传来。"

这话一出，灵兆一愣，乖觉地退了两步。

"哦？何事？"虽然韩烨什么都瞧不见，但他仍望向了莫霜的方向。

莫霜是个聪明睿达的人，两年时间，她从不刻意在韩烨面前提起大靖的任何事。她若开口，绝非小事。

"虽然我在怀城，但皇兄有些事情没有瞒我。日前探子来报，说……"莫霜顿了顿，才道，"你父皇身体欠佳，怕是没有多少时间了。"

竹林内兀然沉默下来，年节的喜庆荡然无存。

"韩烨。"莫霜眼底划过不忍，却被更深的坚毅沉沉压下，"你若是不回去，恐怕见不到他最后一面了。"

这则消息她今日才知，本可不告诉韩烨，但她终究是北秦公主，净善国师的话时刻萦绕在耳，她纵使再不愿，也不能永远把韩烨留在怀城。

林内安静良久，才响起韩烨淡淡的声音："莫霜，我父皇做了几十年的帝王，区区一个北秦细作，还探不到他的生死。"

见韩烨言语中有她欺骗之意，莫霜一急，起身道："韩烨，我没有骗你，消息确实来自大靖帝都……”

韩烨摆摆手，“我知道，你没有说谎。我只是在告诉你，如果我父皇不愿意，这天下还无人能把这则消息传出来。”

莫霜愕然，“你是说……这是你父皇授意？怎么会？”

大靖朝内为帝家把持，韩氏皇权岌岌可危，若不是嘉宁帝尚在，余威犹存，帝家说不准早已夺了大靖江山。如此境况下嘉宁帝怎会让自己病危的消息被传出来？

“我知道了，你回去吧。”

未等莫霜想明白个中缘由，韩烨已起身朝房中走去。莫霜叹了口气，离开了竹林。

灵兆送了莫霜出林回来，恰见韩烨立在院中树下，他神情沉默，空茫的眼底无法掩饰的悲恸连当初他得知自己一身功法被废、双眼不能视物时，也不曾见过。

寒风过，韩烨低低咳嗽，树叶飘下，零星落在他掌间。叶枯萎，轻轻一握便能粉碎，恰如生命的单薄。

莫霜问为什么，只有他知道，大靖帝君病危的消息是为了他传出来的。

如你还活着，你当归来，见朕最后一面！

这是他那个枭雄一世的父亲临死之前对他的最后一道圣旨。

你竟已到了油尽灯枯的地步吗？

韩烨闭上眼，深深叹息。

三年前，他出兵西北，嘉宁帝对他只说了一句话。

朕纵使负尽天下人，唯独对你，耗尽心血。你若还有一点为人子的本分，就给朕活着从西北回来。

他终没有守诺，他辜负了嘉宁帝的殷殷期盼，把大靖江山和韩家的未来交到了帝梓元手里。

若你知我双眼已毁，功力尽散，再也不能撑起韩氏江山，你还会希望我回去吗？

父皇，这么多年，你等的究竟是大靖储君，还是你的儿子？

第六十一章

自帝梓元摄政后，谕令西北各城严守城池，不可懈怠。军献城作为大靖边关第一城，重新担负起拱卫大靖的重任。施诤言从东骞凯旋后，接过施元朗帅旗，继承施家百年来守护边疆的责任，统领三军，辖御西北。军献城在他的治理下民生安乐，却又多了三年前不曾有的森严悍勇。

军献城，君子楼。

如意推开二楼临街厢房，君玄正临窗疾书。

“小姐。”如意解下大裘，拍了拍身上的雪，开口，“施将军想见您一面。”

笔停，君玄抬头，“施诤言想见我？”

自军献城收复后，君玄以君家庞大的财力帮助施诤言重建军献城，更动用君家力量暗中打探北秦动向，以助施家拱卫西北。帝梓元摄政后，君家的实力悄然展现在施诤言面前，两家本是旧识，君玄和施诤言自小一起长大，情分非常，当年安宁、施诤言、秦景、君玄也曾把酒言欢。一场三国混战后，安宁战亡，秦景远走，偌大个军献城只剩施诤言和君玄默默守护。如今她二人一为西北统帅，一为君家掌舵人，当年种种早已不复。这两年君玄尽全力相助施诤言，却因秦景叛变毁城之因，始终未再见其一面。

如意上前递上一封信函，见君玄皱眉迟疑，她轻声道：“小姐，将军说这两年得小姐相助，甚是感激。过去种种并非小姐的错，还希望小姐能放下桎梏，见他一面。”

施诤言是个正直明事理的人，信中言辞恳切真诚。君玄却叹了口气，四年前军献城城破，施家年轻一辈全部战死沙场，施老元帅惨死城头，她有何面目再见施诤言？纵不是她错，可当年因果却是由她种下，如今尽力相助，也不过是弥补罢了。

君玄将信合上收好，摇头，“如意，我无面目再见他。”见如意迟疑，又道：“告诉施将军，让他记住当年靖安侯君在尧水城说过的话，城破家亡之痛总有讨回来的时候。到那时，君家上下一定万死不辞，君玄定披甲挥枪，和他并肩作战。”

如意颔首，想起刚收到的消息，面上划过一丝兴奋，“小姐，上回有在西北贩商的商人跟咱们说怀城内曾有人买过咱们大靖的梅子酒。我按照小姐您的吩咐让君叔带着一队商人特意去了一趟怀城，这次他们带的东西也多半都被人买走了。”

君玄来了精神，问：“哪些东西被人买走了？”

“咱们大靖上好的丝绸衣料，还有一些笔墨纸砚和梅子酒。”

“都是些富贵人家用的上好物件。”君玄扣了扣书桌，“可查出是什么人买走的？”

“来人隐藏了身份，我们费了些力才查出来，是怀城城主翎羽，当年北秦大公主莫霜的贴身侍女。”

君玄皱眉，“是翎羽？”

君玄早对怀城城主翎羽有所耳闻，此人出身北秦宫廷，代已故的莫霜掌管怀城，豪放公正，把怀城治理得井井有条，毫不逊于当年的莫霜。只是此人一直蒙面示人，很少现于人前，行事过于古怪。

君玄受帝梓元密令一直打探韩烨的下落，两年多来从未放弃。数月前有商人告知怀城有人秘密购买大靖之物，她便遣人入怀城一探究竟，却不想竟牵扯上了怀城城主。

“你们还查出了什么？”

“君叔在怀城留了几个月，也没发现怀城有什么异样，只是查探出翎羽这两年多来一直在秘密囤积珍稀药草，要不是这些药草有一部分是从咱们商铺里出来的，还真查不出来。君叔发觉不妥，悄悄遣人跟踪了翎羽几个月，发现她每隔上一段时间，总要去城外竹林里休憩，却从不留夜，都是待上一两个时辰便回城。”

大量的珍惜药草只会用来救重伤的人。君玄眼底露出喜色，忙问：“可潜入竹林一探究竟？”

如意摇头，“竹林外有翎羽手下的高手守林，君叔这回带的暗卫不及他们，不敢轻举妄动。”她顿了顿才道：“小姐，殿下有可能在怀城吗？云景山和怀城有千里之距，殿下重伤跳下悬崖，怎么会出现在怀城？再说翎羽是北秦王宫里出来的人，她为什么要救殿下?”

个中因由太过牵强，若不是韩烨生死实在过于重大，否则如意一定以为这是翎羽有意为之，想把北秦境内的大靖探子引来围诛。

君玄神情沉凝，如意都能想到的事她自然也明白。

“小姐，要不我和长青去怀城一趟?”两年前帝梓元回京，这次为了寻找韩烨，帝梓元把长青遣来帮助君玄。

君玄摇头，立起身，“两年多了，这是我们唯一寻到的线索，我们尚还不知殿下是否活着，如果活着又为何两年来屈居北秦怀城，也不知道翎羽打的什么主意，她若以殿下为质，必对大靖有所图谋。这件事太重要了，我要亲自去怀城一趟。如意，你和长青准备一下，明日我们便出发。记住，先不要把这件事告诉梓元……”君玄行到窗边，“免得她抱有希望，再失望一次。”

如意颔首，转身准备离去，想起一事，回转头：“小姐，北秦王城有消息传来……”见君玄身影一顿，她小声开口：“说是秦南侯前些时候能下床走动了。”

北秦上将军连澜清，两年前三国混战后重伤回京，被北秦王封为秦南侯。

“知道了。”窗边，只传来君玄这么淡淡的一句。如意看着君玄萧索单薄的背影，叹了一声退了出去。

有些人死了，还能尽力挂念，破镜重圆。

可有些人就算还活着，此生此世，也再难复还。

第二日一清早，一支商队从军献城出发，隐秘地朝北秦境内而去。

年节过，时间一转已是初春，三年一次的恩科春闱正式开始。大考之前各地考生入京，这次恩科乃右相魏谏和礼部尚书龚季柘主考，大考顺顺遂遂，风平浪静，让还记得三年前恩科事变的众人放下了一块大石。春闱结束后，等着放榜消息的士子们留在了京城，一时间帝都热闹纷繁，诗会不断，更多了几分江南的文士之风。自帝梓元执政后，气氛肃凝的帝都还是头一次有这样轻松的时候。

朝堂和帝都的氛围自然也感染了帝梓元，她心情好，特意邀了右相、龚季柘和一干文臣同游涪陵山。帝梓元不是个好喜乐的主，不似嘉宁帝在政时常有国宴，这等小宴着实精贵得很，收到随同消息的文臣受宠若惊，都知道帝梓元喜好晋人雅士之风，聚会前三日便开始在家翻着压箱底的晋士衣袍，打算在这稀罕的宴席上博几分风采。

老实说，大靖素出美男子，朝堂上的文臣虽年岁稍长些，打扮收拾后个个儿都是一枚中年帅大叔，更是比那些声名鹊起的年轻学子们多了一份内敛持重。这一成群地遛出来，杀伤力不可同日而语。

涪陵山聚会这一日，各家府门大开，马车布帘下一排排盛然的朝臣晋士风景着实壮观。就连聚贤楼举办诗会的学子们瞧见了，艳羡向往之余也忍不住说几句酸话。

到底是当今摄政王的聚会，内阁为宴，诸仕作陪，堪堪折了整个大靖朝的风流。

一辆辆马车抵达涪陵山脚，等着的帝梓元瞅着一个个从马车上下来的文臣时，头一次生出了自个朝堂上真真是百花齐放的感慨来。

“相爷，听说这次恩科有几个不错的士子，恭喜相爷，您又要得几个好门生了。”帝梓元想着文臣身子骨弱，平日里缺乏锻炼，便亲自领着一干臣子爬起了涪陵山，连老丞相魏谏也不例外。

魏谏摸了摸胡子，笑道：“殿下不要光顾着恭喜臣，据臣所知，这回赴考的士子里头可是有不少是倾慕龚大人的名号而来，老夫还要恭喜龚大人呢!”

龚季柘为两朝元老，掌管礼部十几年，风骨之名传天下。这尚是他头一次担任恩科主考，不少隐居桃源的学子为了做他的门生才赴京赶考。

龚季柘老脸一红，忙朝魏谏摆手，“老相爷，您可折煞下官了。下官哪比得上您桃李满天下。”

龚季柘出了名的持重，难得见他这红脸窘状，一时惹得众臣大笑。

帝梓元瞧得高兴，朝两人摆摆手，“两位大人别自谦，两位德高望重，品行受士子敬仰，是我大靖的福气。”她摸了摸下巴，接了一句，“到底还是我有眼光，选了两位做这次春闱的主考官。”

此言一出，帝梓元也不管众人反应，喜滋滋地转身朝山上走。她身后的一众大臣面面相觑，对视了一眼，摇着头笑着跟在她身后，暗道摄政王居然还有些少年心性，倒是难得。

这场聚会冲散了大靖政变来朝堂上派系之间的暗涌，缓和了群臣间剑拔弩张的气氛。帝梓元亲自选人主持恩科遴选天下有识之才，到底对帝家掌权起了些成效。

怀城，这一日落日余晖刚洒满怀城，莫霜如往常一般提了两瓶梅子酒策马去了城外竹林。

可这次直到她临近院子门口，也没看到忙前忙后的灵兆和那袭坐在树下的身影。

竹林里格外安静，莫霜脚步一顿，眼底万千情绪淌过，却始终不曾迈进去。直到一声飞鸟鸣叫，将她惊醒，她才解下面纱，提着酒走进了竹坊。

院内石桌上一尘不染，静静放着一封书信。她拿起展开，信上唯有一行字。

救命之恩，无以为报，他日但有所求，韩烨纵失所命，无不应允。

字字郑重，句句诚恳。

两年相伴，莫逆之交，今日终究到了头。莫霜眼底隐有湿意，她早知道这一日会来，不过是想尽力挽留，多相处些时日罢了。

“出来。”莫霜拍了拍手。

“殿下。”莫霜留下的守林护卫出现在院中。

“他们何时走的?”

“两日前曾见过灵兆小师傅的踪迹，之后林中那位公子和灵兆小师傅便不曾出现过了。殿下吩咐过不得入林打扰，属下不敢随意入林查探。”

莫霜摆手，喃喃道：“他要走，你们留不住的。”

“殿下，前些时候发现有人在林外查探，下次这些人前来，可要拦住他们?”

莫霜摇头，“不用了，他们要来便来吧，反正人都走了。我留出破绽让他们查到，却晚了一步。我早该想到以他的性子，是留是走，又岂会被旁人左右。”

莫霜叹了口气，重新带起面纱朝外走去。她行了几步，又回转身来，把手上的梅子酒放在树下石桌上。目光不期然看见树下的光景，微微一愣。

树下往日空空的花盆里开满了湛蓝的花朵，清香弥漫，朵朵剔透。莫霜伫立良久，掩下眼底的黯然，离开了竹林。

数日后，君玄一行抵达怀城。夜里她和长青、如意共探竹林，却只看到了一座冷冷清清毫无人烟的竹坊。

“小姐，君叔说过这里头住着有人，怎么会一个人都没有?”三人抱着期望而来，乍见这光景，俱都失望无比。

君玄走进竹坊，在房内转了一圈，又围着院子里看了一眼，她抹了抹院中石桌上的灰尘，道：“房内的生活器物衣饰皆是大靖之物，住在这里的的确是个大靖人。看这灰尘不过薄薄一层，那人离开这里最多半月。”

“呀，那不正好是咱们从军献城出来的时候。”如意满脸可惜，“小姐，这可怎么办，人不见了，咱们也不知道那人到底是不是太子殿下呀？”

君玄摇摇头，目光正好落在树下即将凋零的几盆花上，她轻咦一声，把花盆端起来看，“这是……”

长青一步跨过来，向来木讷的声音终于有了些起伏：“玄小姐，这是晋南的长思花！是咱们侯君最喜欢的。”

梓元最喜欢的长思花？君玄眼底泛起光亮，抱着花盆的手轻轻颤抖。

她望向大靖帝都的方向，长长出了一口气。

梓元，韩烨还活着，他回来见你了。

与此同时，三年不曾响过的青龙钟在这一日清晨被人在大靖帝都沉沉敲响。

钟声若鼎，声声震撼，惊醒了沉睡的帝都。

第六十二章

大靖历史上青龙钟只被敲响过两次，一次是嘉宁十四年为了科举舞弊案真相大白被黄浦领着大理寺上下官员敲响。第二次任谁都想不到，青龙钟竟是因为同一个原因被朝臣敲响。

春闱之后，大靖选贤任用，帝梓元三日前召了恩科前三甲殿前封赏。淮南士子梁以彬、江南儒林方家嫡子方勋、京城齐南侯次子赵仁分别位列状元、榜眼、探花之位。大靖朝历史上，平民、氏族、儒林同时出现在恩科三甲上尚是首次，说起来这几日也算京城街头巷闻的一段佳话。

哪知恩科三甲踏马游城琼林宴会刚结束的这一日深夜，青龙钟却被吏部左侍郎李定坤敲响。

青龙钟响，李定坤呈上御状，一告当今礼部尚书龚季柘徇私枉法，调换考生试卷；二告靖安侯世子泄露试题，为崇文阁弟子赵仁图谋三甲之位。

这道御状一出来震惊了整个朝野。龚季柘是谁，两朝元老，公正清廉之名天下所知；靖安侯世子又是谁，帝家继承人，说不准还是未来登高一呼的王侯将相！

一个是摄政王亲自选出来的恩科主考，一个是摄政王亲弟，敢递上这道御状的人，怕是把命悬在了刀尖上翻滚，不想活了吧。可偏偏，吏部左侍郎李定坤敲响了青龙钟，拿出了铁板钉钉的证据。

先说考场调换试卷一事，这次恩科考试里有个汝阳考生名唤江云修，算是大靖近几年来数得上名号的才子，来京城短短两月，其辩才之能响彻帝都，曾有人言以他之才必入三甲。春闱过后，不仅是三甲，他连末流也未能上，红榜刚揭的那几日，不少人扼腕叹息，叹其时运不济。江云修是个相信自个儿文采的人，性子又执拗，不信自己名落孙山，央了收藏考卷的崇文阁馆员替自己拿出考卷来瞧瞧两位主考如何评价自己，却不想拿出来的那份考卷虽署的是他的名，却根本不是他作答，亦不是他的字迹。

江云修拿到考卷的这一日，恰是琼林诗宴前夜，他深夜入吏部左侍郎李定坤府喊冤。春闱试卷从考试完毕到阅卷到崇文阁封存，一直由大理寺侍卫全程看管，且侍卫皆是八人同出同进同管，绝不可能出现侍卫掉包考卷的情况。除了看守的侍卫，唯一能接触到试卷的就只有两个人——右相魏谏、礼部尚书龚季柘。

李定坤深感此事重大，秘密向侍卫问询了阅卷的全过程，发现每日都是一同和右相进入崇文阁批阅考卷的龚季柘，在第二日阅卷时比右相早了半个时辰入卷阁。

这半个时辰，就是整个恩科阅卷过程唯一无法解释的漏洞。

巧合的是恩科之前，李定坤正好接了个案子，这案子不大不小，绝对上不了朝堂的台面，可偏偏却因缘际会牵出一些事来。

数日之前齐南侯府来报府中有窃贼出入，偷走了侯府内好些贵重的珠宝字画。齐南侯府的老侯爷德高望重，齐南侯世子亦是朝堂股肱，虽案子不大，李定坤亦慎重处理，即刻命人全力缉拿窃贼，不过七日便将那贼人捉住。好在侯府的珠宝字画贵重，贼人难以脱手，便全都寻了回来。李定坤慎重起见，亲自清点失窃的物品，却不想被偷的字画中掺杂着侯府小少爷赵仁平日里的功课，李定坤好奇翻起，竟发现靖安侯世子一个月前给赵仁布置的日常功课中竟涵盖了此次科考的试题。

一个月前尚未开考，靖安侯世子就已为弟子布下相似考题，不是泄题又是什么？

两件事合在一起，李定坤是个胆大的，拿着江云修被掉包的考卷和赵仁的功课敲响了青龙钟。

帝梓元才做了几日舒坦的摄政王，帝家权威刚刚在朝堂树立，帝烬言却被卷入了这等大案中，好不容易缓和下来的朝堂又陷入了一触即发的局势里。因为不管真相如何，任谁都瞧得出，这两桩案子是对着王座上摄政天下的帝梓元而来，而且还是最直接粗暴的侮辱方式。

四年前帝梓元在大靖声名鹊起，得了满朝文人钦佩，正是那桩得尽民心的科考舞弊案。当年她说过的话历历在目，全天下都等着看，如今科举舞弊案落到她亲自挑选的老臣和亲弟身上，她是否会如当初一般公正严明？

案子被告上御状的第一日，帝梓元便下令由大理寺卿黄浦彻查此案，并令龚季柘和帝烬言全力配合黄浦查案，言一个月内必给朝臣和天下学子一个结果。

礼部尚书和靖安侯世子是触犯王法？还是受人构陷？满朝上下，都在等大理寺最后的定案。

仍是春日，春雨延绵，上书阁外淅淅沥沥雨水滴落，上书阁内却是一片肃静。

“瑜安，这两件案子，你查得怎么样了？”

帝梓元坐于上首，下面坐着大理寺卿黄浦和右相魏谏。青龙钟七日前被敲响，黄浦花了七日时间梳理案情，今日进宫向帝梓元禀告。

“殿下。”黄浦神情郑重，徐徐道来，“这两件案子，很有些棘手。”

“哦？怎么说？”敢告到龚季柘和帝烬言身上来，对方自然是做好了十足的准备，黄浦精通典狱问讯，都说出了这种话，可见这两桩案子难办。

“臣先从龚老大人的案子着手，臣仔细查探过科考试卷从考场运出到阅卷至尘封的过程，这批试卷本是臣亲自派大理寺护卫看守，除了老相爷和龚大人，没有任何人接触过。老相爷每日和龚大人同进同出，自是没有嫌疑，确如李定坤所言，整个阅卷过程中，只有龚大人在第二日提前半个时辰入过卷阁。”

“龚卿如何解释的？”

“龚大人说他第一日阅卷回府，收到了老丞相的口信让他第二日早些去卷阁，他才会提早半个时辰到。第二日老丞相未早到，他只以为是老丞相忘了时辰，兼又无什大事，便忘了向老丞相提起。”

“可老夫并未传过口信给季柘。”右相摸着胡子道。

“那传话的人是谁？”帝梓元看向黄浦。

“龚大人说告诉他的是他府上的管家，龚拓。臣连夜审问龚拓，可那龚拓说不知相爷府上有人来传话，也未让龚大人提早半个时辰出府去卷阁。”黄浦顿了顿，才道，“臣让龚老大人和龚拓当堂对质，不管臣如何问，龚拓都咬定并不知情。老大人性子刚硬，一时悲愤交加，在堂上昏了过去。臣已请了太医院院正为老大人调理身体，殿下不用担心。”

"如此说来，龚卿是听了府上管家的禀告才提早入卷阁，但如今管家抵死不认，那这件案子就成了一笔死账，就算不能确定是否是龚卿调换了试卷，但他的嫌疑最大，我们也没办法证明龚卿的清白。况且今年的新科状元梁以彬本就是慕龚卿的清名才不远万里赴京赶考，这是满朝皆知的事，本是佳话，如今却成了老大人的欲加之罪。老大人一生耿直不阿，又被身边人算计，怕是打击过大，一时接受不了。"帝梓元沉声道。

黄浦点头，神情惭愧。

右相更是脸色难看，对方以他为借口简直下作至极。若不是深知他和龚季柘交情深厚，龚季柘也不会毫无确认便被人骗去了卷阁。

"笔迹可比对过了？那试卷确实不是江云修的？"帝梓元问。

"是。"黄浦点头，"臣让江云修当堂答题，然后和恩科中的试卷仔细比对，笔迹毫无相似之处，臣看那江云修的文采，确有三甲之才，若他的试卷被人掉包，实在是可惜了。"

"哦？连瑜安也觉得此人有三甲之才？看来坊间传闻不虚。"

"是。"右相在一旁摸了摸胡子，"老夫也曾听过，此次恩科有两人文采不分伯仲，淮南士子梁以彬和汝阳士子江云修。当时老臣未曾阅到他试卷，在三甲之外也未有此人之名，还以为是世人称赞过誉。"

"那照瑜安所言，江云修考卷被掉包一案陷入了僵局？"

黄浦连忙起身告罪，"殿下恕罪，臣暂时还寻不到为老大人洗清嫌疑的证据。臣虽不敢断言龚大人是清白之身，但十几年同朝为官，臣绝对相信老大人的人品。臣确信此事和世子的案子绝不简单。"

"哦？你为何会如此肯定？"

黄浦抬首回道："因为两桩案子都太巧合了。恩科考试囊括天下学子，人才济济，偶有落榜时运不济或是想法不合主考官的心意太过平常，臣当年也是落榜三次，才得中三甲。那江云修纵使再自负，也不敢当着天下学子的面妄言其必中三甲。他执意去调阅自己的试卷，若非此人自负得狂妄，便是他一早便知自己的试卷已经被掉包。"

黄浦此言一出，帝梓元眼底露出满意之色。当年她选中黄浦为大理寺卿确实没有看走眼。黄浦性子中正，从不参与朝中争斗，也无派系之分，又心细如发，往往能透过案件看清背后的本质，称得上是掌管京城刑狱的不二人选。

"臣想从江云修着手去查，看能否从他身上查出蛛丝马迹，找出那真正的掉包之人。”

“嗯。”帝梓元颔首，“你继续说，这件案子和烬言的又有什么关联？”

“没有关联。”黄浦道，“殿下，这两件案子其实毫无牵扯，只不过都牵涉科举舞弊，才会被李定坤同时上报。臣仔细推敲过世子和赵仁的泄题案，齐南侯府确实被盗，贼人被吏部所拿，赃物中有赵仁平日的功课，那功课是世子爷在科考前布置，说来此案顺顺当当，若是臣来查此案，也只会定世子爷泄露试题的罪名。但臣查出几个疑点，那潜入齐南侯府的窃贼乃是京城惯偷，一直未被官府捉拿归案，他既然能在守卫森严的侯府来去自如，又岂会如此简单被刑部捉住？李定坤身为刑部左侍郎，每日要处理的大案不计其数，即便齐南侯府位高权重，但不过区区一盗窃案，何必劳烦他亲自去查看丢失的物品，还细致到翻出了失物中赵仁平日里的功课，这就有些太过牵强了。而且京城朝官无数，江云修大可将掉包的试卷呈给刑部尚书和大理寺，可他却偏偏同样选择了李定坤。”

黄浦顿了顿，才望向帝梓元道：“殿下，臣以为这两桩案子若真是有心人算计的话，恐怕那人针对的不是龚老大人和世子，而是您和帝家。”

黄浦所言也正是朝臣百官的猜测，这两件案子过于巧合，可偏偏也只是猜测，毕竟李定坤的御状告得证据十足，若不是有心人算计，那犯了王法的龚季柘和帝烬言就该受大靖国法惩治。

黄浦办了十几年案子，还从未有一桩是如现在这般证据确凿，他却要为嫌疑人洗清罪名的。

“殿下，科考试题是由殿下您、老丞相和龚大人所定，臣想知道，世子是如何在恩科前便知道试题，从而布置给自己的弟子的？”

帝烬言数月前入崇文阁教学，不止是韩云，崇文阁的学子俱是他的子弟。但这次科考崇文阁中只有赵仁年岁稍长，参加了春闱。

见黄浦望向自己，帝梓元拍了拍手，“烬言，进来吧。”她朝黄浦看去，“本王知道你一直未让烬言过堂问案，为的就是今日本王和右相皆在时问个明白吧。”

黄浦颔首。上书阁侧边小门被打开，帝烬言从门外走进，他朝右相和黄浦拱了拱手才立在案桌下，一副老老实实被询问的模样。

“世子不必如此，这非过堂，世子坐下便好。”黄浦受宠若惊，忙朝帝烬言道。

“瑜安，这件事他身有嫌疑，站着答不无不可。”

见帝梓元如此说，黄浦只能作罢，这时帝烬言已开口：“黄大人，科考之前，我并不知道给赵仁布置的这几道试题是今年科考的题目。”

往年恩科考题都以治国为主，唯有此次恩科以“云夏一统”为题，云夏分裂数百年，向来诸国割据，尚未有一统之时，所以大靖十几年科考，亦从未出过类似考题。

黄浦皱眉，“怎会如此凑巧？世子您布置的功课正好是恩科的试题？”

“这个让本王来回答你。”帝梓元开口道，“恩科之前本王曾和右相及龚老大人探讨过这次考试的试题，试题一直悬而未决，月前本王和烬言聊天，聊到西北之战的经历，突发奇想让右相和龚老大人定了试题。说起来这次恩科考试的试题是本王从烬言处得来，但本王也未想过烬言正好出了相似的题目给赵仁，说起来，题目相似只是巧合。”

黄浦一愣，更加头疼了。

帝烬言给弟子出的考题和帝梓元定下的科考题目恰好相同，只能说两姐弟心有所想，都记挂着当年西北之战的惨烈，可这不能成为证明帝烬言清白的证据。反而若以此为解释，只会让朝臣和百姓认为是摄政王包庇亲弟，刻意为其说谎。

黄浦开口：“殿下，试题相似虽是巧合，但左侍郎李定坤把这件事作为考题泄露的御状上报却不是巧合。您不要忘了，齐南侯府的偷窃案在恩科之前，如果说真有人在背后筹谋，想要知道崇文阁内世子布置的功课并非难事，可那人是如何知晓恩科试题，进而提早布下齐南侯府的行窃案，将这一切嫁祸给世子的？若找不出幕后之人，那世子爷将百口莫辩，清白尽毁。”

第六十三章

上书阁内一时安静异常，尤其是帝烬言神情微动。帝梓元观在眼底，望向神情冷凝的黄浦和魏谏笑了笑摆手。

“事情倒也没严重到这个地步，错的对不了，假的真不了，不是还有大半个月吗？瑜安，本王相信你能查个水落石出，不过本王认为你与其去寻找幕后之人，不如从案子本身入手。”

见黄浦不解，帝梓元笑道：“若把这两桩案子从朝堂争斗中摘出来，回归这两件案子本身，本王想你应该会有所发现，只要是假的，就一定会有破绽，你不如从江云修和那窃贼处入手。幕后之人在恩科三甲落定、琼林宴后才揭露此事，中伤的不止是帝家，更是龚老大人和原本已位列朝堂的新科三甲。派系争斗皇位之争自古有之，本王敢坐在这个位子上，就做好了兵来将挡水来土掩的准备，攻讦本王可以，但龚老大人和新科三甲何错之有，要承受这种无妄之灾？”

帝梓元朝黄浦看去，“瑜安，这两桩案子，本王不是要证明有人在幕后构陷本王和帝家，本王要的是这两件案子大白于天下，还龚老大人和此次春闱所有上榜的考生一个公正之名，这是他们应得的！”

听得此言，黄浦长长吐出一口气，起身朝帝梓元躬身道：“臣必竭尽所能，不负殿下所托，查破两案，还龚老大人和恩科考生一个清白。”

黄浦和魏谏相携离开，上书阁内只剩下帝梓元和帝烬言姐弟二人。

帝梓元抿了口茶，朝帝烬言看去，“说吧，你有什么事瞒了我和瑜安，是不是和舞弊案有关？”

帝烬言连忙摇头，笑道：“姐，我哪有什么事敢瞒你，黄大人可说了这干系到我一世清名，要是我知道什么，一定对黄大人知无不言。”

“你这吊儿郎当的样子，瞧不出有什么挂心的。”帝梓元摆手，“下去吧，案子水落石出前就不要去崇文阁教书了，免得朝臣上本参你。但是韩云的功课不能断，你就每日进宫来为他讲课吧。”

帝烬言眼底闪了闪，点头，又和帝梓元打诨插科了两句才离开上书阁。

待他离开，帝梓元才抬头朝他背影看去，轻声道：“这孩子，倒是和韩烨一样心慈。”

一旁的吉利听不太懂，小声问：“殿下，您是说世子爷知道谁在构陷他？那世子爷怎么不说出来？”

帝梓元拿起笔批阅奏折，笑道：“他自己的事，他自己决定。孩子大了，由不得本王给他做主。”

青龙钟被敲响的几日前，一辆普通马车从怀城出发，经过半个月的长途跋涉，不急不缓地停在了军献城外。

“公子，咱们到了。”灵兆掀开了马车布帘，恭恭敬敬朝马车内的韩烨道。

西北自来便是艳阳高照，不似怀城竹林清冷湿润。布帘被掀开，阳光猛地照进，韩烨显然还不习惯这日头，眉皱了皱。

韩烨从马车上下来，不远处军献城的号角吹响，城头呐喊声传来，正是大靖的乡音。韩烨在北秦国土里待了两年，一时百感交集。

“公子，可要我送您入城？”灵兆立在一旁，小声道。

“不用了，你把我带到军献城，已经尽力。我还要谢谢你将我离开之事瞒住莫霜。”韩烨摇头。

“公子，师父说过，您和公主的命令，以您为重。”灵兆是净善国师的徒弟，两年来一直在韩烨身边照顾他。韩烨骤失武功和双眼，若不是有灵兆，怕是遭的罪不会少。

"已经到了军献城，我不会再有危险了。你是北秦人，能被人认出来，就不要随我进城了。"韩烨看向灵兆的方向，"灵兆，多谢你两年来照料之恩，韩烨铭感五内。"

"公子。"灵兆眼圈一红，声音哽咽起来。

韩烨摸索着拍在他的肩膀上，转身欲走。

"公子！"灵兆的声音在身后传来，"您一定要好好的，代替我师兄好好活下去！"

韩烨脚步一顿，点点头，朝军献城的方向走去。

科举舞弊案大理寺仍在查证中，帝烬言未再去崇文阁授课，而是听帝梓元的旨意每日进宫为韩云在皇城内上课。

这日授课完毕，时辰尚早，帝烬言来了兴致，让宫娥在崇阳阁上煮上温茶，并唤人去请帝梓元赏景，哪知帝梓元出宫狩猎，不在宫内。见帝烬言有些失望，本已走到门口的韩云折返身来，默默跟着帝烬言上了崇阳阁。

帝烬言瞧见了身后跟着的小萝卜头，眼弯了弯，没有出声。他刚上楼，跟在身后的韩云便咳嗽了一声，正儿八经地挥退了宫娥。待宫娥离去，韩云迈着短腿把阁上的椅子搬出来放好，小桌上的吃食给摆得端端正正，更是似模似样地开始为帝烬言煮茶。

帝烬言靠在木栏上，打量着忙得脚不沾地的韩云，眼眯了眯，突然开口："十三殿下，您是陛下亲封的储君，这些事，有失妥当了。"

两人这几个月来虽有师徒名分，但在崇文阁授课时都谨守师徒之礼，在众人眼中更是君臣有别，客气得很，像这样单独相处的时候极少。

韩云手一顿，没有回转身来，却扬了扬圆滚滚的下巴，"你和摄政王不是都没称我一声"太子"吗，我现在算哪门子的储君？"

哟！有点性格啊！帝烬言眉扬了扬，还没开口，傲娇完了的韩云转过头来，"再说了，你是我老师，这些事我做了也是应该。"

帝烬言一愣，看着韩云忙碌的身影，忽然有些感慨。当年韩烨也曾带着年岁不大的他在宫内行走，那时他跟在韩烨身边，满是孺慕，每天给他端茶倒水陪他看书都会忒高兴。

他走上前，端起韩云煮的茶抿了一口，笑道："手艺还不错，那就有劳十三殿下了。"

韩云眼底的惊喜一闪而过，小眼一弯，笑成了月牙，他顺溜地爬到椅子上坐好，自个儿倒了一杯舔了舔，得意地点点头，"我的手艺是长进了。"

帝烬言被他逗得大笑，眼底积聚的沉郁一扫而空。

韩云看着帝烬言，想起这几日想说的话，小声道："老师，前几日左侍郎李定坤奏你泄露恩科试题，那日你给赵师兄布置功课时我也在，要不我去大理寺走一趟，跟黄浦大人说科考试题相同全是巧合，若你有心泄露试题，也会隐秘行事，怎会容我在场。"

帝烬言一愣，看着小心翼翼藏着担心又故作成熟的韩云，心底叹了叹。

当时他布置试题时只有赵仁和韩云在场，如今赵仁的功课被有心人翻出，那幕后之人从何处得知，不言而喻。韩云只有六岁，却过早地陷入了宫廷争斗中。韩云虽然聪慧，但到底年少，他若入大理寺为证，以黄浦的心思和手段，又岂会猜不到一切缘由从何处起？若是在大理寺牵涉出了绮云殿，那韩云的遭遇和当年的安宁又有何异？

无论绮云殿里的那位做了什么或是想做什么，韩云终究是无辜的。

"没事，这件案子臣会处理，不用十三殿下去大理寺做证。"

"若是黄浦寻不到证据证明老师你的清白怎么办？"韩云有些着急，他今日执意跟着帝烬言来崇阳阁，便是为了单独相处时将此话相告，悄悄帮他去大理寺做证，哪知帝烬言对李定坤告御状之事浑不在意。

帝烬言在韩云头上摸了摸，笑道："我相信黄大人能还我清白，再说我一个靖安侯世子，就算匡上了泄露科考试题的罪又如何，顶多也就是削去继承侯爵的权力，再罚些银子罢了，日后再攒些军功起复就是，殿下不必在意。"

"老师您不在意名声吗？"韩云神情讶异。

"自是在意。"帝烬言的目光在面前肖似韩烨的小脸上一闪而过，唇角微抿，扬起弧度，"但有些东西比名声更重要。"

当年太子为了救他不惜身受重伤，这么多年来更是悉心教导。若非太子，他只是无名岗上一抔坟土，何来他帝烬言的今日？韩烨重恩于他，他又岂能眼睁睁看着年少的韩云深陷宫廷争斗之中？

帝烬言的笑容温暖澄澈，恰如三年前御花园里抱着他时一般，韩云鼻子一酸，低头轻轻道了声"哦"，压下了眼底的情绪。

崇阳阁上安稳祥和，一对师徒安静地品茶观景，倒也其乐融融。

傍晚回宫的帝梓元听了吉利禀告，笑着说了声"知道了"便不再过问，倒是绮云殿里的那位久等不到上课归来的韩云，听说了此事，摔坏了宫里的一对琉璃杯。

西北，军献城。

施诤言这日从军营练兵回来，刚入府回到书房，管家施俊便上前禀告。

“将军，今日早些时候有人入府拜访，说是将军旧识，望将军能相见一面。” 施俊是施家旁系子弟，两年前才被施诤言带回施家，故对施家一些故友并不熟悉。这两年上门拜访的施家故人不少，施俊皆守礼相待。

“来人可留了姓名？”施诤言在里屋换上常服，从屏风后走出，一只手仍在系衣带。

“不曾。”施俊摇头，递上一封信函，“来人只留了这封信函，说是将军见信便知。”施俊想起那张格外清俊尊贵却目不视物的面孔，不免有些遗憾。

“哦？”施诤言接过信函展开，眼一扫，然后目光凝滞，眸色怔住。

凌厉内敛的“烨”字使整封信函都滚烫起来。

施诤言脸上的神情太过震惊，握着信函的手甚至颤抖起来。施俊心底一骇，不知出了何事，小声开口：“将军，那拜访的是何人？”

“他在哪？”施诤言被惊醒，猛地开口，顿觉不妥，看向施俊又急急问了一句，“那位在哪？他有没有说过我要去何处见他？”

施俊连忙点头，“说过说过，那位公子说将军若是愿意见他，他在君子楼凤临厢房等将军……”

施俊话音未落，施诤言已经朝外冲去，他望着施诤言消失在书房外的背影不知所措。

也不知来人是谁，竟能让统御西北三军的将军失态成这个样子。

糟了，忘了告诉将军那人目不视物，也不知将军见着了，会不会觉得可惜。

第六十四章

十里长安景，琉璃夜光灯。

天下盛名负，东宫太子君。

韩烨年少的时候，帝都的百姓们便把他和帝都盛景、天下鳌首作比，大靖立国几十年，虽疆土辽阔国强民富，可最让百姓津津乐道的却是那个高居东宫俊美出尘的太子韩烨。

大靖储君的睿智仁德，放眼云夏三国，谁能比肩？

即使施诤言远在西北，少年时也是听着天下人对韩烨的赞言长大的。后成好友后更是心悦臣服，甘心为其执符效忠。

三年前在尧水城离别、东上抵御东骞时，他从未想过，他们君臣再见面时会是此般光景。

君子楼，凤临阁。

一袭青衣，临窗而立，那背影消瘦清俊，却熟悉得让人眼眶涩然。

施诤言拂手关门，一步步走进阁内，朝着窗边立着的人影缓缓跪下。

“臣，施诤言，见过殿下。”嘶哑哽咽之声在房内响起，施诤言半跪的身躯被人托住。

“诤言，不必如此，起来吧。”

清朗的声音一如往昔，多了当年不曾有过的平淡安宁。施诤言随着韩烨的手起身，抬首，却微微一愣。

韩烨虽然看着他，但目光空茫，眼睛似是不能视物。

“殿下……”施诤言猛地抓住韩烨的手腕，失声道，“您的眼睛?”

韩烨倒是平静得多，像是早就猜到了施诤言的反应，拍拍他的手，“两年前从云景山落下时受伤过重，孤内力尽散，这双眼也看不见了。”

施诤言一听，急急在韩烨脉门上探了探，果然如韩烨所说，他一身内力散得干净，施诤言一时酸涩不已。功力尽散，双眼俱毁，可见当初伤得有多重，也难怪殿下还活着，两年来却始终不曾出现。

“殿下，臣马上送您回京，让太医院院正诊治您的内力和眼睛……”

“不必了，诤言，我这条命是净善所救，他花了两年多时间都无法替我恢复内力、治好双眼，其他人怕是也不行。”

北秦国师净善道长乃云夏有名的医术大师，且早已臻宗师境界，他如果都没办法治好太子，那太子这双眼……

施诤言心底黯然，韩烨朝窗边走去，熙熙攘攘的人声在他耳边拂过。他的声音淡淡响起：“诤言，不必挂怀，内力散了，做个寻常人便是；双眼不能视物，习惯了就好。孤如今的身份，就算内力尽散不能看见东西也无大碍。”

听得此言，施诤言眼眶泛红，沉默下来。

两年前朝廷以为韩烨已亡，嘉宁帝册封韩云为太子，说起来如今大靖的储君是那个尚才六岁的十三殿下。

三年时间，大靖朝堂风起云涌，江山早已不复当年。

“殿下。”虽然知道韩烨看不见，但施诤言仍然对着韩烨的方向缓缓跪下，膝盖磕地的声音沉钝而郑重，他跪得笔直，一字一句开口。

“无论殿下变成什么样子，无论殿下愿不愿意再回东宫。臣施诤言一生追随的大靖储君，从来只有殿下，当初是，如今是，将来亦是。”

无论大靖是韩氏掌权抑或帝家当道，无论位居东宫之位的是你韩烨还是皇十三子韩云。只要你还活着，我施诤言这一生追随的君主，就只有你。

当年他只是施家少将，来不及对尚是储君的韩烨说出这句话。如今韩烨以平民之身归来，他愿以施家帅印西北三军拱卫他一生平安顺遂。

凡他令所指，皆是他剑锋所向。

凤临阁内一阵安静，韩烨回转身看向施净言的方向，清冷的眼底泛起同样酸涩而激动的情绪。他长长吐出口气，压下心底的感慨，朝施净言摸索而来抬起他的手将他扶起。

“净言，咱们三年多没见了，今日不言天下，给孤说说这三年发生的事儿吧。”

施净言颔首，分别了三年的君臣在君子楼内默默叙旧直到华灯初上。

知晓了韩烨这些年境遇的施净言也颇为感慨。

“北秦的莫霜公主居然还活着，当年三国之乱果然是北秦有意挑起。殿下，净善道长和莫霜暗中救下您却未禀告北秦王，您可知为何？”

“孤至今尚不知道他们所图为何，但他们对孤有救命之恩却是事实。”

施净言颔首，沉声问：“殿下，那您现在回来，可是愿意重回东宫？”

韩烨摇头，“如今朝堂尚还安稳，韩云已是储君，孤没有再回东宫的必要，况且孤双眼俱毁，如何再为大靖储君？当初在云景山上孤就已放下一切，净言，权势也好，天下也罢，孤如今都不再执着了。”

施净言默默点头，“殿下，那您是想……”

韩烨归隐两年后突然出现在军献城，总归是有想做的事。

“身为人子，只要还活着，有些事就必须要去做。安宁已经不在了，我总要代替她回皇城看一看。”韩烨望向窗外帝都的方向，沉声开口。

提及安宁，施净言眼底的沉痛一闪而过。他想起最近几个月京城里的传闻，神情不免一黯。陛下的身体，怕是真的不行了。

“殿下，您先休息一日，臣明日布好防卫后亲自护送您回京。”

“不用了，你是三军统帅，就留在军献城吧。”

“无妨，摄政王半月前召了臣回京述职，左右也就是这几日便要动身了。归西尚在西北，有他和苑书牵制北秦，不会出事。”

见韩烨点头，施净言踟蹰良久，终是忍不住开了口，“殿下，您平安的消息，是不是要给摄政王传个口信？”

从头到尾，太子都未提及摄政王半句，但这句话施净言却不能不问。

“这两年摄政王一直没有放弃找您，如果她知道您还活着……”

“孤知道，净言，不用告诉梓元。”韩烨沉默良久，缓缓开口，“孤回京城看过父皇后就会离去。韩帝两家的仇怨已经耗掉她半生时光，她如今是大靖的摄政王，以前的事过去了就过去吧。梓元她……”韩烨顿了顿，“应该有新的开始。”

无论他弥补多少，无论他为她做过多少，韩家欠帝家的都不会消失。既然此生无缘，又何必再耽误她？

这些年施净言把太子和帝梓元的因缘纠葛看在眼底，知道他们之间横着两家世仇，难以圆满。施净言叹了口气，想起京城前几日传来的消息，把青龙钟敲响一事告诉了韩烨。

“敲响青龙钟是因为恩科一事？”韩烨皱眉，他自是记得当年正是帝梓元大破科考舞弊案得了世人称赞。

“是，这两件案子过于巧合，臣猜着怕是有人故意针对摄政王而去。”

韩烨微一沉吟，从手上解下一只碧绿扳指放在桌上朝施净言的方向推去，“孤修书一封，你飞鸽将这只扳指和信函送到京城，他们自然会知道怎么做。”

“是，殿下。”

韩烨起身，行到凤临阁窗边。

“净言，孤回军献城的消息瞒不过君子楼。你留句话给君家家主，就说……当年孤留给她一个念想，如今孤回来之事，无需她君家插手，就当还孤当年一份仁义。”

两年多前韩烨和帝梓元被困军献城，施家老仆李忠临死前执刀所写的“秦”字韩烨早已参透，若不是君玄在五里亭亲自诛杀连澜清，他绝不会放任秦景活到现在。如今秦景已经死过一回，远离北秦兵权，再无染指大靖的可能，军献城和西北又深受君家大恩，他便不再过问连澜清的生死，算是给君玄一份念想。

施净言虽听得糊涂，但仍沉声应是，只是心里感慨，看来殿下是真的不打算让摄政王知道他还在人世了。

只是若殿下知道当年云景山巅摄政王一夜间青丝半白，可还能平静如斯？

不知道是不是冥冥中注定，殿下此生，再也看不见了。

第二日，西北统帅施净言回京述职，威仪的西北仪仗军里，一辆毫不起眼的马车默默跟随。

转眼科举舞弊案已过去大半个月，还有十日便是帝梓元定下的一月之期，但大理寺却始终未寻到有力证据来洗清龚季柘和靖安侯世子的罪名，摇摆不定的朝臣们也更相信李定坤御状内所告，毕竟以黄浦历来审案的手段，若是另有乾坤，怎么也不该毫无进展。

黄浦倒真的有苦说不出，这两桩案子巧合无数，一眼便能瞧出不妥，却偏偏寻不出半点对龚季柘和帝烬言有利的证据。

他细查了江云修，江云修只是一名普通的汝阳士子，从未来过京城，和朝堂各派亦毫无牵扯瓜葛，无论黄浦如何询问，他都言入卷阁调阅试卷只是心有不甘，不信自己名落孙山。将诉状呈上李定坤府也只是因为春闱前两人曾在聚贤楼有过一面之缘，才会托付于他。

至于闯进齐南侯府的窃贼更是直接，承认入侯府行窃之事，连之前京城失窃的案子也一块儿认了，但他在堂上嚷嚷着自己大字不识，偷盗时看见字画就抓，并不知道自己偷出了齐南侯府小侯爷的功课。

至于敲响青龙钟的李定坤，他本就是刑部左侍郎，兼只是将御状上呈之人，既非苦主，也非嫌犯，黄浦并无问讯他的权利。

黄浦在大理寺断案十几年，还从未处理过如此棘手的案子，倒不是这案子有多复杂，而是无论他怎么去查，所有线索和蹊跷的地方都在江云修和那窃贼身上戛然而止，江云修试卷被掉包一事，更是成了整桩科举舞弊案的死角，若寻不出那试卷究竟是何时被人调换，龚老大人的嫌疑便洗刷不清。

想着至今仍卧病在床的龚老大人，黄浦整日紧绷着脸，头发都白了几根。

这日，在大理寺磨了一整日毫无所获的黄浦刚一回府，管家黄安便跟着他进了书房。

“老爷，今日有人给您送了一封信函过来。”

“哦?”黄浦身居大理寺卿之位，掌帝都刑狱，对不明拜访一向很是谨慎，他眉头一皱，并未看信，“来者可留下府第名讳?”

黄安摇头，“来人并未多说，只言知晓大人您近日为科举舞弊案奔波，说他亦是汝阳士子，或许有些线索可帮大人破案。”

汝阳士子?那便是和江云修来自同一个地方。

黄浦神色一正急急摆手，“把信函拿过来。”

黄安把信函递上前，黄浦展开，在信函上一扫而过，紧皱的眉头松开，半晌长长舒了口气。

“原来如此，想不到这里头竟有这种乾坤。”

“老爷？来人说的线索可对破案有用？”

“有，自然是有！”黄浦摸了摸胡子，“想不到本官自诩断案如神，却看不穿这小小伎俩。只是……”

“只是什么？”

“只是这封信来得太及时了，那人要真是汝阳士子生了公义之心倒还好，若不是……”黄浦顿了顿，“那究竟又是何人在帮本官破案？那人又为何有如此能耐，短短数日内查出了连大理寺都查不出的东西？”

黄浦望向月色正浓的帝都，神情凝重，百思不得其解。

这一日夜，大理寺的奏折被隐秘地送进了华宇殿。

帝梓元翻看黄浦破案的进展，有几分欣慰，“黄浦是个有能耐的，果然找出了龚老大人这桩案子的破绽来。”

吉利一听喜笑颜开，“恭喜殿下，黄大人可在那窃贼身上寻出了疑点来？”

帝梓元摇头，“那贼子骨头硬得很，什么都不肯说。”

“殿下，奴才让暗卫仔细查过了，那窃贼在江湖中有些名声，轻功甚高，但他知道分寸，从不入勋贵世家行窃，平常所偷也不过是些金银珠宝，从未沾染字画等物。这次入侯府行窃，绝非偶然。”

帝梓元颔首，“还查到了什么？”

大理寺行事过于正统，有些事还是只有吉利手下的暗卫才能查出来。

“那贼子数月前曾入过少言庵，但时间过去得太久，奴才寻不到少言庵里的那位和窃贼接触的证据。”

少言庵里住着东宫唯一尚留京城的女眷，前太子孺人——帝承恩。

帝梓元神色一冷，“本王念在她东宫女眷的分上留她一命，对她前事不咎，她倒好，竟敢欺辱到烬言身上来！”

吉利知道摄政王对东宫有愧，回朝后虽不喜韩氏皇族，却格外厚待东宫女眷，就连帝承恩也网开一面，任其居住在少言庵，甚至入宫和谨贵妃为伴。

“殿下，您打算怎么处理世子的案子？跟着世子爷的贴身侍卫说那日在崇文阁内世子给齐南侯的小侯爷布置功课时，太子殿下也在场。”

如今龚老大人的案子有了眉目，但帝烬言泄露试题之事却寻不到半点证据。唯一的证据还是不能做证的人，以谨贵妃的手段，岂会让小太子为世子做证？这本就是件巧合的事，被有心人算计，自然难以辩白。

“烬言不想让韩云卷进朝堂争斗里来。”帝梓元叹了口气，“他是想到了安宁，不愿让韩云遭受同样的事。”

吉利见帝梓元咳嗽，知道又提及了她的伤心事，急忙转移话题，“殿下，那帝承恩……”

“帝承恩不足为惧，她身后的人才防不胜防。”帝梓元眸色深沉。

若不是帝承恩身后有嘉宁帝和谨贵妃，她又何敢构陷烬言和龚大人，在这两桩案子上做到不留痕迹？只是不知道嘉宁帝和谨贵妃在这件事上介入了多少。

想起韩云那张肖似韩烨的脸，帝梓元合上奏折，目光深沉难辨，露出一抹深思。

第六十五章

君玄从怀城赶回军献城时，施诤言已经启程回京述职。一行人刚回君府安顿下来，君家管家君祥便求见君玄。

君祥向来沉稳，还未有过这等慌忙之时。君玄心底讶异，让他在书房候着。

待听完了君祥的禀告，书房里陷入了长久的沉默。

“殿下只留了这么一句话?”半晌，君玄才揉着眉角问。她猜到韩烨尚在人世，却未想到韩烨竟先她一步回了军献城，还和施诤言一起回了京城。

当年她以为把连澜清的身份瞒得天衣无缝，却不想韩烨早已猜出，恐怕梓元也早就知道了吧，所以离去时才会在五里亭打昏莫天，为的就是她能亲手了断这段孽缘。

这两个人啊，一样的聪明绝顶，也一样的心慈，君玄叹了口气。

“是，小姐，施将军带殿下离开君子楼时，亲自对老奴说的。”

君玄听出了君祥话语中的重点，诧异问：“带？殿下怎么了？受伤了？”

君祥迟疑了一下才道：“殿下入楼时手持竹棍，已不能视物。”

君玄猛地起身，“你说什么，太子看不见了?”

见君祥沉默地点头，君玄神情凝重，喃喃道：“难怪太子不回大靖，而是隐居在北秦境内。”

“小姐，若是梓元小姐知道太子殿下的眼睛看不见了……”如意忧心忡忡。

“那也比他死在云景山上要好。人活着，比什么都重要。”

如意点头，“可是小姐，殿下说了不让您告诉梓元小姐他还活着，咱们要怎么办？长青还在君子楼里呢？咱们要把他留在西北吗？”

长青只知道太子有可能活着，并不知晓太子已随施诤言回了京城。如把长青留在军献城几日，等他赶回京城禀告帝梓元时，太子已经做完想做的事离开京城了。

君玄未答，她抬首望向窗外京城的方向，负于身后的手缓缓握紧，难以抉择。

皇城，绮云殿。

帝承恩一早入殿的时候，瞧见谨贵妃正神清气爽地在园内剪花，她上前请安，“娘娘好手艺，满京城就数咱们绮云殿的牡丹开得最盛，就没有哪宫哪府的能比得上。”

谨贵妃听得受用，笑起来，“你这张嘴啊就是甜，过来吧，帮本宫好好料理料理这些花。再过几日是琼华宴，本宫宫里的这些牡丹可是要摆满整个仁德殿的。”

大靖自立朝来皇室每年都会在宫内举办一次琼华宴，以示君臣和睦四海升平，历来此宴四品以上朝官皆会出席。前些年琼华宴是慧德太后操持，太后薨后大战连连，这两年朝局动荡，嘉宁帝养病于西郊别苑，谨贵妃在宫内谨小慎微，帝梓元亦是个不喜铺张浪费的，这琼华宴便停了两年。今年春闱刚过，谨贵妃不知怎的下了一道懿旨，要在仁德殿重开琼华宴。这场宴会不止百官出席，谨贵妃更谕令今年恩科所有上榜的考生和远在封地的八位亲王在列，声势之浩大可谓从未有过。

这是谨贵妃掌后宫大权后下的第一道懿旨，虽然只是一场琼华宴，却让整个帝都观望起来。科考舞弊案尚未查清，靖安侯世子尚是待罪嫌疑之身，帝家政权动乱时，作为太子生母的谨贵妃宴邀百官，其深意不言而喻。众臣都在猜测蛰伏了两年的皇室恐怕要顺势而起、大扬君威，以抗衡摄政王牢牢在握的监国之权。

“娘娘，您这琼华宴举办得真是时候。华宇殿里的那人最近焦头烂额，正是娘娘和太子殿下在百官面前立威之时。”帝承恩帮着谨贵妃修剪花叶，笑得踌躇满志。

谨贵妃漫不经心开口：“靖安侯世子的案子，不会横生枝节吧？”

“娘娘放心，我给了那窃贼一辈子都偷不来的财富，况且他一家老小都攥在我手里，如今他犯下的只是偷盗之罪，发配边疆几年也就过去了。如果他在堂上承认是有心盗出赵仁的功课，那可是构陷齐南侯府和当朝摄政王亲弟的重罪，孰轻孰重，他自有分寸。至于江云修那边……”

帝承恩朝谨贵妃望去，江云修是谨贵妃安排的人，她没有插手的资格。

谨贵妃摆手，“江云修那你不用管，本宫自有安排。”

“是，娘娘。”

“琼华宴没几日了，帝梓元自诩公正严明，本宫就等着看证据确凿下她如何为龚季柘和帝烬言脱罪！她敢让太子拜帝烬言为师，让皇家颜面扫地，本宫绝不放过帝烬言。”

谨贵妃轻轻用力，枯败的花朵应声而落，雪白的花瓣散了一地，碾落成泥。

当京城世族百官为这场琼华宴侧目时，华宇殿里的帝梓元却毫无所动，她除了将远在西北的三军统帅施诤言召回京述职，对于科举舞弊案并未多加问询，与三年前的重视态度大相径庭。眼见着一个月破案之期将至，大理寺仍未拿出有力证据为两人洗清嫌疑。朝廷上依附帝家的朝臣不在少数，自是忧心忡忡，帝烬言要是背上了泄露科考试题的罪名，虽动不了帝家的根基，但日后帝烬言想更进一步，少不得会被文官参诘。这些朝臣不敢猜测帝梓元的心思，只得日日去洛府叨扰洛铭西。洛铭西挂心案子的进展，再加上这场琼华宴声势浩大，明显针对帝家而来，担心之下入宫请安。

哪知帝梓元清早便去了御花园射箭，他扑了个空转头去了御花园。

御花园里，帝梓元一身火红劲服，长发束起，英姿飒爽。

洛铭西走近的时候，她正拉弓半圆，一箭射出，正中靶心。

好些时间没见到这样英气勃勃的帝梓元了，洛铭西忍不住拍手，笑道：“八王被谨贵妃召回了京城，正在来的路上，你还有闲情逸致在这射箭？”

“我是嘉宁帝正儿八经册封的摄政王，即未乱朝纲，也未挟天子，他们上京便是，我好酒好菜地供着，还怕他们不成？”帝梓元哼一声，满不在乎道。

洛铭西挑了挑眉，头一次见到脸皮如此之厚的，嘉宁帝都被挤兑到西郊养病去了，这还不算挟天子？

“倒不用你好酒好菜地供着，绮云殿里那位对八王翘首以盼，这几日忙得很呢。”

帝梓元眉一挑，“总归是她们老韩家的亲戚，她操心正好，免得浪费我国库里的粮食。”

“八王一同前来声势浩大，明显是为韩家小太子撑腰，若是他们再强势点，迎回了西苑的嘉宁帝……”洛铭西声音一沉，没有再说下去。

韩云年岁尚幼，谨贵妃不足为惧，帝承恩更是蚍蜉撼树，帝家唯一忌惮的是在两年前被帝梓元强逼出宫在西苑养病的嘉宁帝。他主宰大靖几十年，又是国君，若八王抓住帝家把柄，重新迎回嘉宁帝，那帝家这几年的苦心经营将会毁于一旦。

“离了封地，没了守军，八王不过是无牙的老虎，至于迎回嘉宁帝……”帝梓元手中动作未停，拉弓满怀，眼微眯，一箭射出，从靶心上穿心而过，“也要看我帝家答不答应!”

见帝梓元心底有数，洛铭西神色缓了缓，“那两桩科举舞弊案大理寺查得怎么样了?”

“洛大人的案子有了点眉目，倒是烬言的案子……”帝梓元搁下弓箭，眉头皱起，“科考试题和他给赵仁出的功课正好相似，这本就是巧合，黄浦寻不出证据来证明他的青白。”

御花园外，下了课回绮云殿的韩云恰巧路过，听见帝梓元提到帝烬言的名字，脚步停了下来。

“既然是布置功课，那自然有崇文阁的学子在堂，让黄浦将他们召唤过堂，一问便知。”

“我问过烬言了。”帝梓元弹了弹袖摆，坐下抿了口茶，“他说为赵仁布置功课时没有崇文阁学子在场，让黄浦不必召他们过堂问案。还说实在运气背就担个泄露试题的罪名好了，反正他军功在身，日后也可凭军功晋升。”

园外的韩云神情一愣，眼底露出诧异之色。

怎么会没有学子在场，他那日明明在。

“胡闹，他如今是靖安侯世子，不是一身轻的温朔，他的脸面就是帝家的脸面，他本就是状元出身，担上了这种污名，日后满朝文官谁会服他？再说就算他不为自己考虑，也要想想赵仁，他不洗清嫌疑，赵仁不就坐实了科考舞弊的罪名，探花保不住不说，他以后要如何见人？这件案子蹊跷得很，仔细想来崇文阁里知道烬言布下功课的人最有嫌疑，若不是提早知情，对方又怎么会提前布好局？只要细查崇文阁那日在馆的学子，定会查出蛛丝马迹。”洛铭西眉头皱起，声音不免重了几分，“烬言向来知道分寸，这回怎么如此任性?”

“他如今主意大着呢，我这个做姐姐的可管不住他。他一心担下罪名，我能有什么办法。”帝梓元叹了口气，摆摆手，“走吧，他这几日闲赋在府，我们出宫瞧瞧他。”

洛铭西颔首，两人相携离开了御花园。

御花园外，韩云靠着墙，小脸绷得老紧。

那日在崇文阁里知道帝烬言给赵仁布置试题的只有他，回宫后他心心念念着帝烬言布置的题目，自个在宫里还费力做了几日答案，母妃有一日问他埋在书房里做什么，他随口便将帝烬言出的功课说了出来，却错过了母妃那一瞬间的深思。

他早该想到的，虽母妃无权过问，但父皇休养在别苑，摄政王未免落于朝臣口实，恩科试题定案前曾将试题送往绮云殿过目，母妃是除了摄政王和两位主考外唯一知道科考试题的人。

韩云年纪虽小，但长于宫中，又深处朝堂旋涡，心思聪慧，几句话便推敲出了这桩案子的真相来。

他愤愤跑回绮云殿，欲寻谨贵妃问个明白，却在绮云殿外听到了帝承恩和谨贵妃的谈话。

“她敢让太子拜帝烬言为师，让皇家颜面扫地，本宫绝不放过帝烬言。”

谨贵妃的声音冷漠刚硬，让一腔热血跑回绮云殿的韩云愣在了殿外，再也难进半步。

那年母妃重病初愈，听说他冲撞九皇子差点被压到御前受罪，瑟瑟发抖地搂着他在定云宫一宿不敢入睡。那日之后，母妃再也没有了以前温婉柔和的模样，他被册封为太子后母妃更是日渐威仪，他知道，在这座吃人不吐骨头的皇宫里，母妃想护住他。

可母妃不知道，三年前如果没有帝烬言，他连在亲母身边长大的机会都没有。

帝烬言不让大理寺入崇文阁问案，恐怕是因为他早就猜到了设局构陷的人是母妃吧。

想起那日崇阳阁上青年温暖畅快的笑容，韩云缓缓靠在墙上，眼眶泛红难以抉择。

三日后，八王陆续入京，声势浩大的琼华宴让帝都氏族侧目。

五日后，久违帝都数年的西北三军统帅施诤言叩响了帝都的城门。

安静数年之久的帝都，重燃喧嚣，风云再起。

第六十六章

施净言回京的第二日，邀他出席琼华宴的懿旨就被绮云殿大总管亲自送上了施府。

施家数代戍守西北，手握重权，当年施元朗对皇室忠心耿耿，施净言却和帝梓元在沙场上有过命的交情，若是前太子韩烨还在，施家效忠的对象自是毋庸置疑，可如今谁也猜不透施净言到底是向着哪头的。

谨贵妃摸不准施净言的心思，只得重礼相待，尽力拉拢，不敢怠慢。

“殿下，西郊别苑守卫森严，臣的人半点消息都探不到。”

施净言从宫里述职后赶回府，一同把西郊别苑的消息带了回来。

韩烨却半点都不意外，西苑的守卫是当年的禁宫大总管赵福一手掌管，只要他还在父皇身边，别说刚回京的净言，恐怕就连梓元这两年也未必清楚父皇的身体到底是好是坏。

“没有父皇和赵福的允许，怕是没有人能进西苑，见到父皇。”韩烨立在窗前，淡淡开口。

“那臣这就去西苑见赵总管，他若是知道殿下回来了……”

“不妥。”韩烨摇头，“你如今权掌西北军权，满京城的耳目都放在你身上，你去了西郊别苑，怕是第二日满京城的人都知道了。谨贵妃就不只是邀你出席琼华宴这么简单了，怕是马上会宣你入绮云殿拜见韩云。”韩烨顿了顿，“如今八王已经入京，琼华宴在即，这个时候不止你保持中立重要，也不能让父皇提前知道孤回了京城，否则琼华宴必会再起波澜。”

嘉宁帝的几个亲兄弟当年在诸王之乱里死得干净，只剩下安王这么一个富贵兄长闲养在京，分封各地的八王是嘉宁帝的堂兄弟，算起来只是韩烨的堂叔伯。韩云尚小，若不是嘉宁帝犹在，余威尚存，再加上帝家如今风头盖过了皇室，这些韩氏亲王恐怕早已涌入京城要监国之权了。

说到底殿下是怕这个时候施家的介入和他的出现会给摄政王添乱，让朝臣动摇臣心吧。施诤言心底明白，暗暗感慨太子对帝梓元的用心。

“那殿下您打算如何入西郊见陛下？”

“琼华宴后第二日，孤会去西郊，会有合适的人替孤安排，你不用担心。”

施峥言颔首，“殿下，臣请了京城里的几位杏林高手来给您诊治眼睛，您这几日就安心在府里休养。”

见韩烨面色诧异，施峥言道：“殿下放心，这几人都不识殿下容貌，在殿下离京前，臣会把这几位老先生留在施府。臣想着……只要有一丝希望都不要放弃。”

施诤言不信韩烨的眼睛治不了，一入京就以自己旧疾复发的借口寻了好几位德高望重的大夫入府。

韩烨心底叹了口气，不愿拂了施诤言的好意，颔首应允。

琼华宴将至，韩家的几位亲王在京城里拜山头拉交情，闹得一阵热闹，一时帝家的权势被绮云殿和八王都分薄了几分。

韩烨在施府待了两日，施峥言请进府的大夫们问诊时“磨刀霍霍”，瞧过后都垂头丧气，韩烨倒是早有心理准备，到头来还要安慰大失所望的施诤言。

琼华宴前夜，军中同袍约了施诤言饮酒，韩烨便唤了两个施诤言的亲卫和他一起出了将军府。

“公子，您要去哪？”

施诤言身边的亲卫金泽和徐江知道韩烨的身份，不敢违背，出府后小心翼翼，生怕出了半点闪失。

“我好些年没回京城了，都不知道如今京城是什么模样。今晚只是出来随便走走，你们无需紧张，跟随在旁就是，到时辰了我自会回去。”

一别京城三年，虽然看不见了，韩烨却比任何人都想知道帝梓元治下的大靖究竟变成了什么模样。

“公子，您小心着点，我和徐江给您指路，往前走是长云街，今儿正好有灯会，前面热闹着呢。”

金泽和徐江站在韩烨身后两步远，低声为他指路，一路上描述京城街头的热闹景况。百姓吆喝声和街上的买卖声安乐而富足，传到韩烨耳里，他不免欣慰。

虽说是金泽和徐江指路，但走着走着两人发现，太子像是有意识地朝着城东而去。两人不敢过问，只得小心跟在韩烨身边，时刻警醒四周。

路越走越偏僻，城东街头只有零星的路人走过，不远处酒香飘来，醇厚诱人。两人都是军中出身，一下便被勾起了酒瘾，见太子的目光遥望酒坊，不由交了一个眼神。

不愧是殿下，果然是老京城，连这犄角旮旯里的老酒坊也寻得出。

“都好些年了，这酒坊居然还在。”韩烨的声音低低响起，透出一抹怀念。

那一年安宁回京，拉着帝梓元闹赌坊逛青楼遛大街，韩烨大怒之下动用东宫禁军封青楼，亲自出宫寻两人，最后便是在这个酒坊里找到了她们。

一晃多年过去，物是人非事事休。

“公子，原来您记挂着京城里的好酒呢，我这就……”金泽走近韩烨一步，低声开口，话还未完，不远处的酒坊里利落的女声突然响起。

“掌柜的，你今儿这酒可比前几日的醉人多了，感情儿你藏着这么好的酒，平日里一直忽悠着我呢！”

这声音慵懒里透了些许威仪，却又亲近温和，忍不住想让人瞧瞧声音的主人到底是何种模样。金泽却不敢再前一步，在韩烨听到这声音猛地顿住脚步身影陡然凛冽起来时，他和徐江聪明地低下了头，默然退后。

殿下这反应，十成十是碰见旧识了。

这里虽是皇城脚下，满地贵人，但能让太子殿下心绪大乱的，满帝都一只手都能数得过来。

单只听那声音做派，也能让人猜得八九不离十——大靖的摄政王，帝家家主帝梓元。

金泽和徐江低下了头，没有看见韩烨的神情。

韩烨远远地、一动不动地望着酒坊中声音传来的方向，努力地睁了睁眼。

但无论他怎么努力，眼里都只是灰蒙蒙空茫一片。

她近在咫尺，他却什么都看不见。

怎么会觉得双眼不能视物无所谓呢？哪怕只能再看你一眼，我再活一次才算没有遗憾。

“哎哟，任家大闺女，小老头的酒你都喝了好几年啦，哪有藏私的理儿！再过几日我那二丫头出嫁，这是她出生的时候我给她酿的女儿红，昨日全给挖了出来，今儿你来，小老头高兴，给你搬了一壶出来！”酒坊前忙前忙后的老掌柜咧着嘴朝帝梓元笑，一口大嗓门整条街的人都听得见。

帝梓元是他家酒馆的常客，每隔上十天半月的总能瞧见她一个人在深夜里坐在他的酒坊喝酒。这地儿偏僻，平时客人不多，夜半的时候大多只有帝梓元一个客人，唠嗑唠嗑着也就熟了。

“哦？你家的二丫头都要出嫁了？前几年我见她的时候才是个女娃娃呢！难怪今日这酒对我的脾性，原来是掌柜的你藏着的女儿红！”

笑声温和爽朗，酒壶倒酒的声音响起，“掌柜的，你家的女婿是做什么的？可要仔细着挑，让二丫头嫁个实诚人！”

“任家大闺女你放心，隔壁街笔墨房家的儿子，和咱们是老街坊了，这娃儿是咱们老两口看着长大的，心眼好，人老实，还能识字，咱们家二丫头嫁给他是福气。”

不远处的笑谈声传进耳里，韩烨握着青玉竹竿的手缓缓收紧，修长的指节透出青白交错的颜色来。

初春的风拂过，透着凉意，宽大的晋袍被卷起，吹过他单薄的身躯。

两年半前的云景山上，他跳下山崖时，从未想过有一日还能再听到她的声音。

我还活着，梓元，我还活着。

你呢，这些年，你可还好？

只要可以再见你一面，哪怕只有一面……

韩烨眼底的怀念追忆潮水般浮现，瞳中惊涛骇浪的情感涌来，仿佛千难万难，他身体微动，朝着帝梓元的方向走去。

“任家大闺女，今儿都这个时辰了，怎么还没瞧见你家那位来接你回去？”

小老头掌柜和帝梓元唠嗑，看着天色抽着烟嘴儿笑呵呵问。

酒坊阴影里坐着的帝梓元一愣，随即笑道：“掌柜的，你说我家那口子啊，他呀，打小身体就弱，这天寒地冷的，我舍不得让他出门！”

“哟，任家大闺女你和你们家相公也是青梅竹马啊！”

帝梓元本就长在晋南土匪窝里，和市井百姓谈笑也就随着性子不拘小节。

“我身子弱还能弱过你？每次不留个口信就跑出来，急坏了府里一群人。今天是不是没喝药就跑出来了？”儒雅清澈的声音在酒坊外响起，不知道什么时候出现的洛铭西抱着披风走过来，一脸无奈。

洛铭西的声音一响起，韩烨的脚步便是一顿。

洛铭西吗？他和梓元……？

韩烨望向酒坊的方向，眼底的无措甚至大过惊愕。

哪怕看不见，他也能听出两人之间的亲近和关心。

韩烨掩住了所有情绪，默默退后几步，把自己藏在街道拐角处的阴影里。

酒坊里的帝梓元起身，笑得一脸无赖，“这不是有你在，他们知道你一出来准能找着我。”

洛铭西替她系好披风，眼神宠溺。

“您来啦，洛公子。”老掌柜笑呵呵站起来，“今儿酒不错，给您也倒上两杯？”

“不用了掌柜，明日家中有事，今日要早些回去，我是过来接她的。”洛铭西掏出两片金叶子放在桌子上，“老掌柜，这是今日的酒钱。”

老掌柜一愣，连连摆手，“多了多啦，一坛子酒，哪值得了这么多？”

“多的是我们给二丫头的添妆钱。”帝梓元起身，朝老掌柜笑道，“二丫头是我们看着长大的，她嫁得良人，我们瞧着也高兴。老掌柜，咱们今日先走啦，改日再来喝你的女儿红。”

“好，好，您二位慢走，下次我还给您留上好的女儿红！”

笑声在酒坊前回荡，帝梓元和洛铭西相携离去，行了几步，帝梓元突然顿住脚朝酒坊的另一头拐角处望来。

那里一片黑暗，明明什么都瞧不见，可帝梓元偏偏觉得一股子揪心的疼痛从心底隐秘地划过，快得她抓都抓不住，却又真真实实地存在。

“梓元，怎么了?”

“没什么，走吧。”

帝梓元摇摇头，压下心底那微妙的感觉，离开了酒坊。

打更的声音从远处的街道传来，深夜的帝都格外清冷安静。

那个消瘦的身影一直在酒坊拐角处静静地立着，他身上染上的寂寥仿佛让他整个人都没了声息。

金泽和徐江不敢上前，只得沉默而担忧地立在韩烨身后，大气都不敢喘。

殿下千里回京，怕是怎么都没想到会遇见这一幕吧。

殿下如今瞧不见了，恐怕尚能心安些。

“殿下，时辰不早了，回府吧。”

空寂的街道里，几人身后，突然响起施诤言的声音，也不知道他从何时来，看到了多少，又陪了多久。

“回去吧。”干涩的声音响起，韩烨动了动，回转身，杵着青玉竹竿朝来路而去。

他的神情淡漠而疏离，所有的情绪再也不见踪影。

韩烨从未想过，他这一生，拔剑向前，从无退缩，唯一一次，却是在现在。

同样是这个时辰，帝梓元刚从酒坊离开，韩烨还未回到施府，西郊别苑里却是灯火通明。

嘉宁帝休憩的房间里，慌乱的宫娥端着热水进进出出，一脸仓皇，双手发抖，那盛着热水的铁盆里，漂着触目惊心的血红之色。

房间里，嘉宁帝半靠在躺椅上，大口大口的鲜血从他口中而出。

“陛下，陛下!”赵福半蹲在地上，一脸惨白，“您保重龙体，奴才这就去把苏太医带过来!”

他说完欲走，却被嘉宁帝死死拉住袖摆。

“给朕回来!”嘉宁帝的手青筋毕露，明明病入膏肓，这一拉却力气惊人。

“陛下。”赵福一个趔趄，连忙回转身跪下。

“朕的身体朕知道，不用再喊太医了，把这个送出去。”嘉宁帝伸出手，摸索着从一旁的暗格里掏出个东西递到赵福面前，“你亲自去，把这个东西送到她面前，就说……”嘉宁帝喘了口气，一字一句道，“就说朕有个问题十几年不得解，你告诉她，朕现在就要死了，朕在京城，候她一面！”

赵福看着递到面前的传国玉玺，脚步一软，惊惶难辨。

十几年了，陛下他，终于还是走到了这一天。

第六十七章

第二日初阳升起，皇城楼阁上的皇钟被敲响，正式迎来了琼华盛宴。

一大清早皇城里便热闹起来，宫人们忙里忙外布置，仁德殿外百花齐放，一派富贵之景。

绮云殿里谨贵妃一身浅红贵妃朝服，唇角带笑，清秀的面容含威，倒真有了点天家之象。

她替身前的韩云理了理太子朝服，小声叮嘱："太子，今日你那八位皇叔都会入宫，有他们在，帝梓元不敢再欺你辱你，帝烬言有失师德，母妃断不会再让他做你的老师。"

见韩云低着头不语，谨贵妃在他的衣襟上拂过，声音一重，"云儿，咱们皇家只剩下你了，你是韩家太子，母妃无论做什么，都是为了你好。别再让母妃失望了，知道吗?"

韩云点点头，唇角紧抿，到底没有出声应答。

谨贵妃只当他不舍帝烬言，在闹小孩子脾气，便未多说，牵着韩云乘御辇朝仁德殿而去。

"殿下，您说陛下从西郊别苑出来，已经入宫了?"

施府，正准备入宫赴宴的施诤言在书房门口顿住脚步，神情讶异。

韩烨本来决定琼华宴后入西郊别苑见嘉宁帝，却在琼华宴开始的一个时辰前收到了嘉宁帝秘密从西郊别苑出来回宫的消息。

韩烨颔首，神情微微凝重。

“陛下这个时候进宫，难道是想参加琼华宴？”

“尚不清楚父皇的打算，他今日出别苑，时间也太巧合了些。净言，我和你一同入宫。”

施净言一愣，“是，殿下。”

仁德殿外，八王位列左席，居于安王之下，右相魏谏和洛铭西领着内阁位居右席，与八王相对，在他们下首朝官依官阶落座。也不知是有心还是无心，今年的新科三甲居然坐到了一品朝官之下，算得上是格外靠前了。朝官之下，便是今年恩科榜上有名的士子，往年这个时候榜上士子都已经分封职位或下放到地方上为官，今年因为两桩科举舞弊的案子朝廷迟迟未有诏令，他们也就被耽误在了京城里。说起来，最希望科举舞弊案水落石出的便是这些人了。

沉木为桌，金玉为器，百花相映，歌舞升平。今年的琼华宴之盛十几载都不曾有，足见皇室的看重。

琼华宴申时开始，此时尚还差得片刻。谨贵妃和太子韩云踏上主台时，诸王肃穆百官起身，行礼请安之声响彻整个仁德殿外。

“众卿平身。”谨贵妃抬手，面目含威，踌躇满志，朗声问，“琼华宴将开，众卿可尽数入席？”

“回贵妃娘娘，施将军已入宫门，马上就到。”一旁的绮云殿总管上前回禀，却又面露迟疑之色，“只是……”

“只是什么？”

“只是摄政王昨日未在宫中休憩，奴才寻不到摄政王踪影，不知摄政王和靖安侯世子何时会到。”

谨贵妃朝一旁的空位看了看，漫不经心开口：“摄政王忧国忧民，政事繁忙，想必本宫举办的小小琼华宴，未能入得了摄政王的眼。”

仁德殿外有片刻的静默，皇亲贵胄满朝文武都在这，摄政王还哪里有朝事需要商讨，贵妃娘娘言下之意不过是讽刺帝家功高震主，藐视皇家罢了。

"贵妃娘娘说笑了，您举办的宴会，本王岂敢缺席。"

仁德殿宫门口，帝梓元一身绛红晋服，正踏步而来。她身后，跟着一身朝服的施净言和帝烬言。

帝梓元长发束起，眉目威仪，她踏上石阶一步步朝高台走来，凡她所过之处，百官皆起，躬身相迎。

这还是谨贵妃头一次正儿八经和帝梓元交锋，尽管早知帝梓元非常人，但唯此一面，谨贵妃心里便如惊涛骇浪。掌管后宫两年，谨贵妃阅人无数，却还只在面前的帝梓元身上瞧见了和嘉宁帝相似的帝王气蕴和杀伐之气。

难怪能逼得陛下退居西郊别苑，将整个大靖王朝牢牢攥在手里！看着石阶上站立相迎的文武百官，谨贵妃掩在袖摆中的手狠狠攥住，努力保持着矜贵的仪态。

"贵妃娘娘，本王入宫门时恰巧遇见了施元帅，便携他同来，本王没有来迟吧。"帝梓元唇角含笑，走上高台，施施然坐在和谨贵妃平齐的御椅上，朝她望去。

此时，皇宫上方钟声响，申时至。

谨贵妃恢复常态，笑道："琼华宴正要开始，摄政王和施元帅来得正好。"她朝高台下举起酒杯，"今日琼华盛宴恰逢八王回京、恩科初定，可谓喜事临朝。来，本宫敬诸位爱卿，愿我大靖得天庇佑，福祚连绵!"

"愿我大靖得天庇佑，福祚连绵!"百官一齐举杯，声势浩然。

谨贵妃挥手，丝竹管弦之乐骤响，宫廷舞姬登台而舞，一时间仁德殿外笑声连连，好不热闹。

帝梓元懒洋洋坐在御椅上，眯着眼欣赏歌舞，一副懒散模样。

谨贵妃朝她举了举杯，她也轻抬手中酒杯，唇角含笑一饮而尽。

论兄友弟恭装模作样的道行，帝梓元在朝堂摸爬滚打了这么多年，她敢在嘉宁帝之下认第二，还真没人敢放言越过她去。

"大靖历经战乱，陛下身体抱恙不能临朝，这两年多亏摄政王辅佐，才能朝政安稳。今年春闱初定，摄政王为大靖选贤任能，更是劳苦功高。"

谨贵妃的声音不轻不重，正好盖过舞乐之声，"来，摄政王，本宫代陛下敬你一杯。"

谨贵妃声音这么一抬，台阶上的朝官听了个十成十，俱都放下酒杯朝高台上望来。

帝梓元眼微眯，暗道谨贵妃倒也不是个藏着掖着的，刀光剑影明着就来了。但帝梓元是谁，连嘉宁帝在她面前都讨不了半点便宜，她又岂会容忍谨贵妃在朝臣面前夹枪带棒的讽刺之言。

“娘娘过誉了，恩科虽然已经结束，但尚有宵小之事未查清。娘娘这杯酒，本王不敢受。”帝梓元朝谨贵妃望来，缓缓开口。

谨贵妃唇角轻抿，挑了挑眉，收回手，“瞧本宫这记性，听说前段时间李大人敲响了青龙钟，说是有考生的考卷被礼部尚书龚季柘调换，还说什么靖安侯世子泄露考题……”谨贵妃朝石阶上的李定坤看去，“李大人，可有此事？”

谨贵妃身旁坐着的韩云猛地抬首，看向笑意吟吟的谨贵妃，他头一摆望向台下坐得一丝不苟的帝烬言，小脸骤然绷紧。

随着谨贵妃发问，仁德殿外安静下来，心底通透的大臣们俱都知道今日琼华宴的重头戏要来了，一个个正襟危坐静待事情发展。

“回贵妃娘娘，确有此事，是臣敲响了青龙钟，向摄政王呈上了这两桩案子。”李定坤从朝臣中而出，半跪于地回。

“李卿，那青龙钟岂是随便可敲响的？事关龚老大人和靖安侯世子的清誉，这可马虎不得！”

“娘娘，若无证据，臣就是有天大的胆子，也不敢敲响青龙钟，一个月前臣已将此案的证据移交给了大理寺。”

“哦？”谨贵妃一听，果然朝帝梓元看来，“摄政王，时间倒是过得快，这案子眼见着一月有余了吧。本宫听说摄政王给此案定了一月之期，算算时间也到了，不知道大理寺把这两桩案子查得怎么样了？听说因为这两桩案子，今年恩科的考生们还都耽误在京城呢，若是查清了，早日给龚老大人和世子还个清白，也好让考生们尽快奔赴各地上任才是正事。摄政王……你说本宫说得对不对？”

谨贵妃笑得宽厚，更是一副为龚季柘和帝烬言担忧不尽的面容。

帝梓元心底实在纳闷，明明当年都是些单纯善良的女子，怎么在后宫这地儿浸染了几年，就变成了这副样子。

“娘娘自是说得对，这两桩案子早些查清才好。今日正是本王给大理寺定下的一月之期……”帝梓元好整以暇地朝下首摆了摆手，“瑜安，一月已至，这两桩案子你是如何定案的?”

大理寺卿黄浦见帝梓元询问，起身上前禀告：“殿下，臣无能，尚未查清这两桩案子的案情。”

黄浦这话多少让石阶上的朝官有些意外，黄浦查案向来雷厉风行，且定案果敢，像这样拖拉行事从未有过。

不过牵涉靖安侯世子，他推脱着迟迟不定案也情有可原。毕竟摄政王当年对黄浦有知遇之恩，这些年更是将他依为股肱。

“黄大人！李大人刚才说这两桩案子证据确凿，你尚未查清……是没有查清案子的真相，还是没有查到可以洗清龚季柘和靖安侯世子嫌疑的证据？若是案情没有查清，本王倒还可以容忍，如若你只是想给龚季柘和帝世子洗清罪名……那本王倒是想问一问你，这大理寺难道是哪家哪府开的不成？证据确凿下也不能对触犯王法的人定罪!”

一旁八王之首的瑞王声若洪钟，开口便是不客气的诘问。

瑞王这话说得句句诛心，摆明了喝问黄浦徇私枉法，帝梓元包庇亲弟。

“瑞王爷，并非如此，这两桩案子看起来证据确凿，却内有蹊跷……”

黄浦抬头解释，瑞王却手一摆，朗声道：“有什么蹊跷的，不过是两桩证据确凿的科举舞弊案，有罪的拿了定罪就是。”他抬首朝帝梓元看去，沉声道：“摄政王该不是舍不得定帝世子的罪、才把这样一桩简单的案子拖到如今吧！摄政王狠不下心本王也不是不能谅解，到底是妇人之仁，难堪大任。不过若摄政王事事都是如此，日后如何决断国事，本王看还是将陛下从西苑请回，重新临朝吧!”

仁德殿下，回廊深处，随施诤言一同入宫、担忧琼华宴而来的韩烨听到此言，眉头不由得皱了起来。

第六十八章

晋北阁，位于皇城最北端，一条长长的回廊延伸而出，其阁凌空建于城墙之外，要真算起来，这皇城极北之处的晋北阁一角，是唯一在京城外的建筑。当年太祖建此阁赏景，便是为了帝家主能眺望故地。

嘉宁帝已经在这阁上等了许久，他躺在躺椅上，面色苍白，眉眼紧闭。

赵福立在他身后，半步也不敢离。他拿着嘉宁帝给的传国玉玺去了涪陵山，可帝家主只背着身冷冷听他说完请求，愣是连个正面都没给他。

到头来，不过一句“知道了”便踏林而去，不见踪影。他赶回西苑将嘉宁帝带入宫来了这晋北阁，等了许久，可帝家主始终未来。

“陛下，您不能再留在这了，还是宣太医快些入宫……”赵福轻声开口，嘉宁帝连眼都没睁，恰在这时，一阵风吹过，赵福心底一凛，抬首望去，一袭墨黑晋衣落入眼底。

嘉宁帝睁开眼，他摆了摆手，赵福躬身退出了晋北阁。

“朕，朕想着，你该来见朕一面。”低低的咳嗽声响起，嘉宁帝坐起来，半靠在躺椅上，望向那个墨黑色的身影，眼底闪着奇异的光芒。

“有什么好见的，不过是已经死了和快要死了的人。”淡淡的声音传来，清冷而慵懒，半点没把身后的国君放在眼底。

“世上谁能耐你何？”似是不忿帝盛天的淡漠无所谓，嘉宁帝猛地拔高了声音，“当年你功力散半，朕的十个准宗师都没在南海折了你的性命，你不屑与朕斗，给朕教出了一个旗鼓相争的娃娃出来。帝盛天，就算世人都以为你死了，可这世上谁能耐你何！”

“我孑然一生，早已出世，韩仲远，你要奈我何做什么？”良久，帝盛天开口，声音叹然，她回转头，“那一年我在苍城见到的你，不是如今这般。”

数十年前，帝盛天和太祖相遇于苍城，那时的嘉宁帝不过十来岁，帝盛天也曾对其喜爱有加，尽心栽培。

当年说起来，太祖喜帝永宁，帝盛天却更爱韩仲远的性子。

帝盛天回转头的瞬间，看着她毫无改变的容颜。嘉宁帝猛地一怔，手竟忍不住一抖。几十年过去，她竟还是当年的模样。

大靖沉浮，时光变迁，唯有帝盛天，仿佛仍旧活在那个铁血峥嵘的岁月。

“当年朕是如何的？”嘉宁帝声音嘶哑，问。

“如今再问，还有何意义。”

“你就不问我为何诛杀你于南海，为何逼得帝永宁自绝于帝北城，为何诛了你帝家满门？”嘉宁帝眼眶通红，哑声问。

“你得偿所愿了吗？”帝盛天不答，却问，“韩仲远，你做了这么多，到如今，你得偿所愿了吗？”

嘉宁帝瞳孔猛地一缩，死死握紧软榻的边沿，喘着粗气没有回答。他这一生耗尽所有，陷害挚友，屠戮帝氏满门，但到头却落个逼死嫡子长女，设计亲母，退居西苑的下场。帝盛天问他可曾得偿夙愿，真是笑话！

“不能怨朕，当年若不是你和太祖有意立帝永宁为储，朕又怎么会走到今天这一步！是你们，是你们逼得朕如此！”嘉宁帝吼道，埋于心中的怨愤和不甘心尽数而出，太祖早已死去，数十年后，他当年所受的委屈惶恐只能质问帝盛天。

“你知道当年的大靖是用多少尸骨建立起来的吗？”帝盛天看着他，突然开口，“你八岁随你父亲入战场，别人不知，你应该知。”

帝盛天声音渐重，“氏族分裂，中原混战十八年，大靖的建立耗掉了中原各族几十万条人命，累累白骨换得一个天下太平的大靖王朝。韩仲远，你觉得，我和韩子安要如何锻炼继承者？”

嘉宁帝一怔，心底陡然生出一个荒谬的念头。他缓缓摇头，“不可能，不可能，你是说当年父皇他……”

“你父亲戎马一生，为了统一中原竭尽全力，落得一身伤病，他自登基起便知自己时日无多，当年你年纪尚轻，踌躇满志，他却已经没有时间来教你如何为一国之君。大靖开国不过数年，根基未稳，无奈之下他只得在朝堂中锻炼你，让你迅速成长，当年有传他想立永宁为储，不过是为了看看你是否仁德宽厚善待天下。可惜你却过于隐忍，性情日益多疑，慢慢失了平和之心。”

“子安看出不妥，他才真正生了立永宁为储之心，但我和永宁都严词拒绝。后来那道永宁亦有为储资格的诏书，不过是你父亲为了警醒你而已。可惜你看不清他的苦心，执拗地认为我们将你视为弃子，反而在朝堂树立派系，拉拢群臣。”

“你胡说！如果他真的嘱意朕为储君，又为何在昭仁殿里为你留下遗旨，把废立国君的权力交到你的手中。朕半生战战兢兢，殚精竭虑，你现在才来告诉朕他是为了我，真是笑话！你以为朕会信？”

“废立国君的遗旨？”帝盛天眼微沉，“你居然以为韩子安最后交给我的是废立你的圣旨。”帝盛天从袖中掏出一道明黄的卷轴朝嘉宁帝扔去，声音凉凉，“韩仲远，我是大靖开国禅让天下的帝家之主，声势权威不在你父皇之下，登高一呼大靖便有换帝内乱之祸。韩子安死时，正是我声望如日中天之际，他一死，大靖已再无人能辖制于我。岁月悠久，谁又知道我有一日会不会改变主意，挑起内乱，重新拿回属于帝家的半壁江山，这一点就连我自己也不敢保证。我和他都知道大靖真正的内乱之祸是我，帝盛天。”

“韩仲远，你觉得，你父皇驾崩之际，最想做的是什么？我帝盛天最想做的又是什么？对我们而言，大靖日后的安宁才是我们所要的。”

嘉宁帝垂首，望向胸前展开的明黄卷轴，看见上面所书，他瞳孔一点点放大，眼底露出不可置信的神情。

“奉天承运，皇帝诏曰：自朕驾崩之日起，帝家家主帝盛天再不能踏足大靖帝都一步。”

太祖最后的遗旨，只有这么一句话，他弥留之际亲手交给了帝盛天，世人亦不得而知。

这道圣旨是太祖为整个大靖而留，而帝盛天，是唯一的允诺者。

所以这些年来无论帝家遭受了什么，帝盛天始终不入帝都诛杀嘉宁帝，不过是因为，当年太祖弥留之际，她亲手接下了这道圣旨，为大靖安宁立下了一生的承诺。

嘉宁帝抱着遗旨，整个人都颤抖起来，眼底的浑浊一点点散去，似有血色溢出，他一口血喷出，猛地抬首看向帝盛天，嘴唇动了动，却仓皇地说不出一句话来。

“陛下！”赵福听得动响，从阁内冲出，看见两人的情形，一时惶惶。

“韩仲远，无论当年发生过什么，至少你该相信，他最后选择了你，你就是他为大靖择下的储君。你不是问我，当年苍城里初见你时，是如何看你？”

帝盛天垂眼俯身，看着嘉宁帝，一字一句开口：“那年见你，你尚年少，如朗朗晴空，耀耀灼日，我心甚喜，念江山后继有人，日后我和子安可瞑目而去。”

“仲远，你曾是我和子安唯一寄予厚望的大靖储君。”

最后一句落在风里，待两人再回过神时，帝盛天已不见踪影。

嘉宁帝惶惶地看着她消失的地方，又是一口血喷出，睁着眼直直朝躺椅上倒去。

我曾是，你们唯一寄予厚望的大靖储君吗？

这句我求了一生执着了一生的话，何必还让我活着听到呢？

而这时的仁德殿外，韩烨的脚刚刚抬出一步，不远处高台上帝梓元淡然铿锵的声音已然响起。

“瑞王爷，你言重了。”帝梓元收起懒散的模样，声音一重，朝瑞王望去，眼中袭上不虞之色，“本王监国乃陛下旨意，若瑞王你质疑本王监国之权，不如亲入西郊求见陛下剥夺本王的摄政之权。只要本王一日还在摄政王位上，这大靖朝堂上的事，本王便还有做主的权力。”

瑞王被这眼神一望，心底一凛，到底是征战沙场的帝家女帅，不可轻视之。

石阶上的众臣亦观出帝梓元动了怒，帝家筹谋几十载才将大靖朝堂牢牢握于手，将嘉宁帝困于西郊别苑，如今又岂会将嘉宁帝轻易请回，八王这次是触了帝家霉头了！

“摄政王，你误会瑞王爷的意思了。”

一旁的谨贵妃见瑞王被帝梓元一句“嘉宁帝圣旨”的大帽子压得吹胡子瞪眼，适时地打断了凝滞的气氛，笑道：“王爷只是担心这两桩案子，这才说了几句冒犯摄政王的话。谁不知道摄政王公正严明，当年的科举舞弊案严惩了忠义侯世子和杜庭松，传为一时佳话，摄政王更是得天下士子赞颂。这次的舞弊案想必摄政王亦会秉公而断，瑞王爷，您实在是忧错心了。”

谨贵妃安抚了瑞王，转过头朝帝梓元看去，“本宫听说那被调换考卷的考生江云修在京城素有栋梁之名，这次科考却名落孙山，实在可惜，今日本宫特意将他召入宫中来见一见。摄政王，此等贤才，咱们大靖可不能错失了。”

谨贵妃说完，不慌不忙拍拍手，朝石阶最下端坐着的士子堆里看去：“江云修，上前来回话。”

谨贵妃这么一唤，众人一阵惊讶，难怪今日谨贵妃破格允许科考士子参加琼华宴，原来是为了这个江云修。若这个江云修真有大才，那摄政王脸上的耳光也甩得太响亮了些。

正想着，台阶下方士子群里一青年踏步而出，锦衣素靴，端得一副好相貌。

第六十九章

“学生江云修，见过贵妃娘娘、太子殿下、摄政王。”江云修半跪于地，朝高台的方向见礼。

“起来吧，你就是江云修？”

“是，娘娘。”

“都说你有大才，本宫想问问你，那原本的考卷上你是如何答题的？”

这是要当着文武百官考教江云修的文采了。若江云修能一鸣惊人，这琼华宴上定少不得他浓墨重彩的一笔，三甲进士都被他光彩所掩。江云修虽说试卷被掉包，却阴差阳错得了当朝贵妃青睐，日后入朝后定能平步青云，一时众人都有些羡慕他的好运道。

江云修望向高台，眼神清明，他看向帝梓元，问：“学生听市井所传，今年的恩科试题乃摄政王和两位大人共同拟定，殿下，不知是否？”

帝梓元挑了挑眉，道：“是。”

“云夏一统，云修入考场前，未想到今年的恩科试题会是如此。”

“哦？出乎你所料？”

“是，在学生意料之外，却又情理之中。”

“为何？”

“云夏数千年历史，王朝兴衰不知几何，上一次大统还是七百年前的大夏王朝。大夏末代，北秦蛮族和东羌两族崛起，分裂云夏，此后七百年云夏北部、中原、东部皆是三国鼎立之势。七百年间，我中原混战连连，诸侯分裂，历经数朝，直至二十二年前太祖才一统中原立我大靖朝。反观蛮族和羌族，他们日益强大，兵强马壮，早已不是当年的弱小氏族，如今我朝想灭两国，一统云夏，难于登天。故学生才言，初观此题，实在意料之外，颇有猝不及防之感。”

江云修神情淡定，毫不怯场，对着帝梓元侃侃而谈，不少对他心生疑窦的朝官十分意外，打量他的眼神多了一抹重视。

“那你的情理之中又是什么？” 帝梓元仿似来了兴致，温声问。

江云修停顿片息，才看向帝梓元。

“我大靖立国不过二十二载，已历经九场战乱，皆是北秦或东骞挑起。往近了数，三年前三国始乱，边关城池沦陷，施老元帅、安宁公主战死沙场，太子殿下护国而亡，将士、百姓亡于战场上的已十万之数，我大靖举国共殇。殿下拱卫边疆三载，亲眼目睹种种惨烈之景，想一统云夏结束战乱，所谓情理之中。”

这话一出，甭说是朝臣，连八王都有些佩服江云修的胆子了。不愧是传言有状元之才的人，竟能在帝梓元面前谈起三国之乱。

“这就是你的意料之外，情理之中？”

“是。”

“说得倒也透彻，确实如你所言，本王历经战乱，最是痛恨战争。”

帝梓元身子向前倾，再问：“那你觉得战或和？一统或分裂？大靖究竟在哪条道上走得通？”

这便是国策了，众臣见帝梓元对江云修满是肯定，心底想着摄政王出了名的爱才，怕是琼华宴后便会忍不住封赏，让其入朝了。

“学生认为，战不如和，一统或是将来天下大势，但绝非大靖今日所能为。”

江云修此言一出，连右相魏谏和洛铭西都忍不住朝他看来。内阁中曾探讨过对北秦东骞的国策，帝梓元主张兴兵而起，将北秦东骞两头猛虎彻底碾碎在卧榻。其他人却觉得大靖刚刚平稳两年，百姓正是休养生息之时，再起兵灾不利于国本。江云修这话正好和魏谏、洛铭西所想不谋而合。

“殿下，北秦、东骞虽在三年前的战乱里元气大伤，但其兵力强悍，仍不容小觑，我朝正是休养生息之时，贸然兴兵只会伤百姓乱国本，百害而无一利。”

江云修清亮的声音才在昭仁殿响起，他便朝帝梓元长鞠一躬，坦然无惧：“殿下，云修妄言，还请殿下恕罪。”

见右相忍不住点头，帝梓元似是被江云修的回答震得一声不吭。谨贵妃眼底闪过笑意，声音微抬，笑得格外慈和，“本宫不懂政事，听着江士子的话也觉着很有道理，你果真人才拔尖，真是不负你状元文采的名声！这段时日委屈你了，今日百官皆在，本宫定会在这案子上还你一个公道，只是可惜啊，恩科已过，三甲皆已选出，本宫纵使为咱们大靖惜才，怕也不能让你早日为父母官，造福一方。”

谨贵妃这话还未落下，一旁的瑞王已经开口：“娘娘，若这科举舞弊案是真的，那今年的三甲自然是做不得数的。本王建议重开恩科，再考一次，给大家一个公平的机会。”

瑞王此言一出，士子群里当即一阵哄闹，他们能恩科有榜心底自然有乾坤，谨贵妃拉拢和抬举的只有江云修一个，若是重考，他们未必能榜上有名！

朝官中坐着的新科三甲面上露出愤怒之色，其中尤以齐南侯幼子赵仁为甚。他年不过十五，在崇文阁一众子弟里文采拔尖，连院正和帝烬言也对其青睐有加，这次科考本能荣耀加身，一扫世族子弟纨绔无为的浊名。那科考试题和帝烬言所出功课相似时他也曾惊讶过，但亦想巧合而已未放在心中，仍以平常心作答，岂料竟被卷入舞弊案，不仅名誉扫地，更受人指指点点，若不是他心中坦荡，今日绝不会来这琼华宴受辱。

赵仁年纪尚轻，面色通红就要起身反驳，却有人比他早了一步。

“瑞王爷，大理寺的案子还没定呢，你凭什么说三甲定得有错。本侯的儿子本侯知道，绝不会行那宵小之事，本侯今日当着满朝文武以我齐南侯府的爵位作保，证明我儿绝非乱朝纲祸科举之人！”齐南侯一步踏出席位，怒目而视瑞王，朗声道。

齐南侯当年跟着太祖打天下，一身犟脾气谁都不敢惹，他最是宝贝他这个老来子，如今赵仁被冤枉，自是像个爆竹被点燃起来。他从军得早，又是跟着太祖的老功臣，算起来比瑞王还要高上一辈儿，也就只有他敢这么对着亲王咆哮了。赵仁被亲爹这么一护，眼一红，俊脸一板，顿时硬气起来。

瑞王被齐南侯这么一吼，面子上挂不住，瓮声瓮气道：“老侯爷，本王瞧着别人家的子弟也有状元之才，难道就只有你家的小子是个宝贝疙瘩？”见齐南侯又要发飙，瑞王又道：“再说除了你，谁能保证赵仁一定是清清白白的！”

“臣能。”朝官席上，突有声音响起。

众人闻声望去，三甲席上，新科状元梁以彬起身行于高台下，立于江云修三步之远处，朗声道："科举舞弊只能欺瞒一时，不能糊弄一世，文采学识亦是如此，臣与赵仁相交虽只有短短一月，但探花胸有乾坤，臣亦佩服，臣愿以头上这顶状元翎作保，证明赵仁确有实才，不负他探花之名。臣也相信这次科举是他真才实学考下，绝无弄虚作假。"

梁以彬和江云修同出自淮南，两人名声不分伯仲，即便今日琼华宴江云修出尽了风头，但当梁以彬以凛然之姿立于百官前朗声说出这句话时，也无人上前反驳。

梁以彬是大靖三年恩科才择出来的状元郎，学识人品满朝公认，他若说谁的学识好，那人便断不是纨绔草包之流。

"臣也能。"赵仁身旁坐着的榜眼方勋走到梁以彬身旁，声音朗朗，"臣和梁兄所想一样，探花年纪虽小，文采学识却让方勋敬服。还请殿下查清案情，还探花一个清名。"

赵仁眼眶泛红，肃然行到两人身边，少年的锐气收敛，这就么半日时间，整个人都成熟了几分，他望向帝梓元，年少的脸庞真诚而执拗。

"殿下，臣虽生于世族，长于武将之家，但从小受儒家之教，老师也是真诚相待，遵循朝廷礼法，这次考试老师从未私相授受，功课与科考试题相似只是巧合，还请殿下明鉴。"

赵仁不愧是崇文阁最出色的弟子，更无愧帝烬言和崇文阁座师倾囊相授，整场博弈中，他虽年轻，却一句说道了武将世族的心坎上。为什么科举舞弊案一出，人人都怀疑赵仁弄虚作假、帝烬言私相授受，还不是因为大靖立国后京城世族内出了些纨绔和废物连累了整个王朝世族的名声，他此话一出，一些作壁上观热的世族们猛地一下来了神，望着帝梓元的目光都热切了些。

新科三甲和江云修就这么如两军对垒一般立在石阶上，一旁的瑞王和齐南侯犹在吹胡子瞪眼，话都说到这份上了，就差个做主的人出来定案情论是非，但高台上却是长久的沉默，沉默到谨贵妃端着瓷杯的手都僵硬了起来。她抬眼朝左边望去，帝梓元声音已响。

"可惜了。"

只三个字，不轻不重，甚至带着些许遗憾。谁都没有想到，琼华宴上两派相争的关键时刻，摄政王会说出这样一句话。

可惜什么？又为谁可惜？

众臣朝高台上望，帝梓元已敛了懒散的神情，她的目光，堪堪落在江云修身上。

第七十章

“来人，上笔墨。”帝梓元抬手，声已响，“江士子好文采，刚才也未妄言，只是本王听得不太真切，还请江士子亲手为本王写下答案，让本王观上一观。”

众人被帝梓元突然的一出弄得摸不着头脑，刚才江云修的回答声声震耳，回音还响着呢，摄政王您老人家耳朵没毛病吧。

唯有谨贵妃和江云修眼底划过一抹慌乱。谨贵妃不自觉绷紧了身子，眼神沉了沉。

帝梓元话音刚落，吉利已端着盛放笔墨的方台走到江云修身旁，“江士子，请。”

江云修手抬起，还没碰着方台上的笔尖儿，帝梓元不容置喙的声音传来：“用左手。”

江云修右手猛地一顿，突兀地停在笔杆半寸之处，只这么简单三个字，让刚才还对着满朝文武大论国策的江云修一下变了脸色。

“江云修，本王让你用左手作答。”见江云修始终未动，帝梓元声音一重，“怎么？不敢？”

“你区区一介白身，敢调换科考试卷夜闯刑部左侍郎府喊冤，敢在文武百官面前谈论国策，敢对本王说天下大势，这些掉脑袋的事你都敢做，怎么现在连握起一支笔都不敢？你在怕什么？”

“学生、学生……”江云修声音干涩，一句话半天都未说完。

"大理寺耗一月时间层层审案，你以为真的毫无所得！江云修，能在重重守卫下掉包试卷的人除了龚老大人，还有你！"

此话一出，满殿皆惊，一时众人瞪大眼，等着听摄政王下文。

"学生，学生不知道殿下在说什么……"江云修顾自镇定，收回了停在半空的手，却始终止不住抖。

"不知道？怕是这仁德殿外，没有人比你更懂本王的话。江云修，本王说，你才是那个偷天换日藐视科考的人。"帝梓元在群臣错愕的神情下微微前倾，一字一句道，"哦，不对，本王说错了，应该说根本没有什么试卷被掉的荒唐事……"

帝梓元挥手，吉利从方台宣纸下拿出一张纸展开在众人面前。

"这就是那道被你亲手送进左侍郎府作为呈堂证供的科考试卷……"帝梓元从一旁侍卫手上接过一张卷轴朝高台下扔去，长达三尺的诗卷从石阶上滚落，呈现在众人面前。

"这幅诗卷是在你淮南旧宅中寻出，大理寺辗转找出你几个幼时好友，他们指出这幅诗卷乃你幼时左手所写，虽略有不同，但这幅诗卷的笔锋和科考试卷上的极为相似。所谓被掉包的考卷本就是你亲手所写，只不过京中无人知你左手亦练得一手好笔墨，更没有想到你会甘愿在恩科考试中自毁前程，才认为是你考卷被人所换，至于考卷内容文采低劣……你以为本王真的是要考教你，本王是想让满朝文武都看看你的学识，众人才会知，以你的能力答出一手草包文又有何难？"

仁德殿外，满场震惊，谁都没有料到这桩科举舞弊案竟会这样峰回路转。那大理寺卿黄浦果真是有些手段，连江云修淮南旧宅里的笔墨也寻了出来。摄政王早已知道真相，才会有今日琼华宴上这出闹剧。

到此时，众人才知，摄政王刚才一句"可惜了"究竟是为何所说。

可是江云修为什么会这么做？嫁祸朝臣、扰乱科举有什么用？殿下的哪个不是成了精的人物，心底一琢磨就看出了门道，这事儿怕是冲着摄政王和帝家来的……只是不知道幕后的究竟是哪一位，众人心里头琢磨，也不敢妄自猜测。

高台御座上，帝梓元目光灼灼，神情凛然，冷冷开口。

"说，江云修，你不惜自毁前程放弃恩科处心积虑诬告龚季柘，究竟是为了什么？"

这一句才算一锤砸下，敲打在所有人心上。一旁的谨贵妃唇角一僵，脊背不由得挺直了几分，她看向江云修，眼底深沉似海。

到底还年轻，不如嘉宁帝沉得住气，帝梓元轻飘飘扫了她一眼，似没看到一般。

韩云离两人最近，他默然看着谨贵妃僵硬的神情和眼底一闪而过的恐惧，心底轻轻一叹。

仁德殿上，众人都在等江云修的回话。半晌，等到所有人都不耐烦的时候他才动起来。他半跪于地，声音嘶哑。

“摄政王说得没错，考场试卷是我用左手所答，我谎称试卷被换，入侍郎府喊冤，是想报复龚大人。”

众人等了半天，只听到江云修这么一句话，自是觉得不尽兴，都皱起了眉头。

“是吗？龚大人和你往日无怨近日无仇，你为什么要诬告他？”帝梓元朝后一仰，问得漫不经心。

“科考前我曾到龚府投拜名帖，龚季柘却令人将我名帖送出，我好歹也算名声不浅，他如此侮辱于我，我心生不忿，故而如此。”

“就这么简单，你不惜放弃前途，就为了报复龚大人？”

“是。”江云修抬首，众人只觉得他望着的是帝梓元，可唯有帝梓元身边坐着的那人才知，他如深渊一般的目光，是放在她身上。

“我学识可比三甲，若是大理寺没有发现我左手能书的秘密，今日的琼华宴上，谁不为我叫屈，我虽不为状元，又有谁不赞我有状元之才？如此一来我名声定盖过三甲，更何况朝廷未尝不会破格录取于我，就算不通过科举，大靖朝堂上也该有我一席之位。今日被揭穿我左手的秘密是我时运不济，我犯了死罪，随摄政王处置，左右不过一死，死前我江云修之名传遍云夏，倒也不枉来世上走一遭。”

江云修回得几近张狂，让众人瞠目结舌。

这是什么荒唐的想法！

帝梓元目光凛然，丝毫不为江云修所动，看着他缓缓开口。

“江云修，你学识高又如何？纵有状元之才又如何？你瞒天过海，嫁祸朝臣，将整个大靖朝堂玩弄于鼓掌之中，随你妄言厥词又如何？你这样的品行，纵使文采学识再高出百倍，本王亦不稀罕，我大靖朝堂也不需要！”

"刚才本王还说"可惜"，现在本王看来，你不入我朝堂，才是本王和大靖之幸！本王要你一条命何用，本王就是要你活着看看本王选出来的三甲如何造福百姓、鼎立朝堂，将来受万民所仰，成国之柱石！"

帝梓元一声高过一声，如暮鼓晨钟直击人心。梁以彬三人满面通红，豪情万丈，望着帝梓元眼底放光，敬仰之情溢于言表。

江云修脸色惨白，刚才强撑的嚣张和无畏被击得粉碎。他是个读书人，满腹文采，也曾一心抱负立足朝堂为民请命，到最后却在这仁德殿下落得如此下场。

瑞王见不过一瞬局面被帝梓元立转，眼一沉朗声朝帝梓元开口："摄政王，江云修这桩案子是他心术不正、咎由自取，此等败类，有辱士子之名，理应重罚。"

瑞王全然忘了刚才为江云修说话时的义正言辞，脸皮之厚也是罕见，他一本正经，强硬道："可是赵仁的案子要撇开来，不能因为赵仁片面之词就认为帝世子没有私相授受的嫌疑。这种事，口说无凭，如果两句轻飘飘的话就轻易定了案，那以后不是满大靖的学子都只想拜在帝世子名下……"他朝帝烬言看去，眼底满是不怀好意的轻视，"毕竟不是谁都可以提前知道科考试题的。"

帝烬言目光一沉，却始终坐于其位，不辩驳，不动怒。

瑞王这话虽难听了些，却也不是没道理，若是大靖科考成了帝家私物，那平民子弟何以选才？

见群臣小声议论，谨贵妃轻舒一口气，这个瑞王倒也知道抓痛处，帝梓元最是宝贝她这个弟弟，肯定是要护下帝烬言的，那帝家势必失了声望，帝烬言也再没脸面为太子师。想到此处，她刚想开口，却被人打断。

"瑞王叔，孤能证明，老师为赵师兄布置的功课和科考试题相同只是巧合，并非私相授受。"

清亮认真的声音响起，还带着些微稚嫩，却掷地有声。

谨贵妃错愕地抬首，看着韩云从王座上走下，行到高台边。

整场琼华宴里一直不动如山的帝烬言神情一变，他抬首朝韩云看去，眼底隐有温热之意，轻轻一叹，到底是殿下的弟弟……

"太子殿下！科举舞弊干系重大，您年纪尚幼，不可因一时意气袒护你的老师！"瑞王神情一变，他怎么都没想到今日这琼华宴上竟是他韩家太子为帝烬言说话，一时又惊

又怒。

“孤早想入大理寺为老师和赵师兄做证，是老师不愿让我卷入此事，劝我不必开口。孤虽年幼，却也知道是非黑白，那日布置功课时孤亦在场，如果老师有意舞弊，何以会让孤知道，这不是落人口实？”韩云眉眼里尚有孩童的青涩，却已然袭上了皇家人的威仪，他的目光在八王和群臣身上扫过。一字一句开口，“众卿若是觉得三甲所言当不得数，那孤就以一国储君的身份为老师和师兄作保，这桩案子不过是欲加之罪，他们堂堂正正，绝无私相授受之疑。”

韩云立在高台边，谨贵妃失望恐惧的目光如针扎一般落在他身上，他小脸绷紧，藏起眼底的内疚，努力站直了身子。

第七十一章

韩云这话一出，群臣们面面相觑，没有人再蹦跶着跳出来指责帝烬言和赵仁科举舞弊，瑞王气得满脸通红，却不得不歇了气焰。说句实诚话，大理寺寻出一百个证据来证明帝烬言无罪，也比不上韩云当着满朝文武刚才说出的这句话。

韩家太子以储君的名誉为帝家世子作保，大靖上下，谁敢说一句不信?

若说今日有什么比江云修愚弄百官、祸乱朝堂更来得让人惊讶，便是太子韩云在百官面前选择维护帝烬言。

韩帝两家携手立于朝堂之景，自帝家满门殁于帝北城后，十四年来，这是第一次。一些历经几朝的老臣遥遥望着高台上的帝梓元和韩云，心底生出的竟是感慨酸涩之意。

兜兜转转、历经沉浮的大靖两大开国世家还能有今日这般局面，简直就是奇迹。

王座上，帝梓元望着韩云的目光悠久而绵长，她仿佛透过稚嫩幼小的韩云看到了当年那个耗尽数十年之功倾尽一生护下温朔和她的韩烨。

她长长叹下一口气，眼底浮现连自己都未察觉的释怀。

“众卿都听到了?”帝梓元缓缓起身，行到韩云身旁，望向石阶下，“江云修，你心术不正，汲汲营营，构陷朝臣，愚弄朝堂，万死不可恕。本王不杀你，但京城刑狱里永远有你一席之地，你这一生，都只能在牢狱中看着本王治下的大靖如何繁荣昌盛，却永

不可踏足一步！来人，带他下去，打入天牢！即便将来大靖大赦天下，此人亦永不可赦！”

帝梓元话音落定，一旁候着的侍卫把面如死灰目露绝望的江云修拖了下去。

谨贵妃早已没了刚开始的雍容淡定，她哪里想到帝梓元如此杀伐果断，竟在这琼华宴上就定了江云修的罪，还是如此刚烈霸道。看着被拖下去的江云修，谨贵妃一阵寒意涌上心头，到此时她才开始后悔，惹上帝家和帝梓元到底会给她和韩云带来什么后果。

“这两桩科举舞弊案已经水落石出，不过是宵小祸乱朝纲。龚老大人一身清白，为人构陷，待老大人身体好转，本王会亲请老大人重回朝堂，执掌礼部。”

她的目光落在梁以彬三人身上，“你三人学识卓然，是我大靖千挑万选出来的新科三甲。本王希望你们谨记今日踏入朝堂的初衷，为百姓谋福利，为大靖创盛世！”

“是，殿下！”梁以彬三人躬身行礼，声音郑重响亮，似是承诺。

“还有你们……”她抬眼朝石阶末座的学子看去，“今日之后，你们将各自奔赴大靖的每一处国土，记住本王的话，本王不需要你们聪明绝顶善诗赋懂谋略，本王只愿你们体恤百姓，尽人臣本分，做好一方父母官！本王在这皇城里等着你们，希望你们将来每一个重回皇城的人都堂堂正正，不辱没头上这方大靖赐予你们的乌纱！”

“谨遵殿下谕令，我等必竭尽全力，为民请命，造福百姓！”石阶下方的学子神情激动，齐皆起身拱手而答，所有人竟不约而同向帝梓元行了弟子之礼。

三年前的任安乐，三年后的帝梓元，两榜恩科，大靖未来二十年的柱石，皆为她一人胸襟情怀所折服。

帝梓元轻轻颔首，眼底亦有激荡之意。但她却没有回座，众臣心生感慨的同时，想着摄政王必是还有话要说，俱都不敢轻率。

帝梓元沉默许久，看着石阶上的朝臣突然开口：“这一次的科举舞弊案，本王对众卿很是失望。”石阶上的朝臣心底一颤，纷纷抬首。

“诸位，你们在朝为官数年，谁不历王朝起伏，谁不经朝堂祸乱。龚老大人为官二十二载，他是何秉性，你们难道不知？本王想问问你们，难道一个无名士子的中伤还比不上你们一起立在这乾元殿上二十几年的袍泽之情？这一次满朝上下有几人为龚老大人说一句公道话？”

众臣一愣，一些老臣面上泛红，不敢迎上帝梓元质问的目光。

"本王知道朝堂之上派系相争、为权构陷不过是平常事。但……"帝梓元声音一重，"本王要的是一个公正清明的朝堂，本王的朝堂只言天下，现在是，将来亦是！众卿，听见了吗？"

帝梓元声音一扬，如雷的喝问响彻在仁德殿外。

"臣等惭愧，日后必谨记殿下之言！"

百官肃穆，齐皆起身，拱手而答，声音直入云霄，回荡在皇城里外。

立于这仁德殿外的朝臣此时才真正知道，帝梓元和嘉宁帝是不一样的。

皇者之道，他们一个选择了权谋，一个却是心怀天下的阳谋。

韩氏宗亲们神情僵硬，八王更是面容冷沉，却毫无办法。

震天的气势朝高台上汹涌而来，谨贵妃望着不远处立着的身影，面上的愤怒张狂渐渐变成了苦涩胆寒。

这样毫不逊于一国之君的气势姿态，难怪陛下会退居西苑，甘愿让出天下大权，这样的帝梓元，如今大靖上下，谁能撼动其位，谁又能夺她光芒？

她分明，已有帝皇之姿！

谨贵妃闭上眼，沉沉又艰难地叹了口气，仿佛一瞬间苍老了下来。

仁德殿下，石廊后，韩烨望着高台的方向，早已收回了踏出去的脚步。

他明明空茫的眼底，溢满了无法忽视的骄傲和伤感。

这就是梓元，他为他的子民选择的皇者。

他从来没有怀疑过将天下交付于她手中的决定，他知道她会是大靖最好的帝皇，却未想到这一日来得这样早，他的梓元，已经足够强大。

强大到能牢牢守护这天下，强大到或许……早已不再需要他。

韩烨安静地立在回廊上，轻轻闭上了眼。

梓元，若是能亲眼看看现在的你，我，再无所求。

高台上，韩云仰着脸望着帝梓元，小手不知何时攥紧了她的衣袍，眼底情不自禁闪着敬服的神采。

帝梓元垂首朝他看去，韩云一愣，觉着丢脸，一个踉跄朝旁移了两步，却被一双修长的手稳稳抓住。帝梓元托着他的背，在他头上摸了摸，牵着他的手朝百官望去。

韩云怔住，温热的触感在手心摩挲，他眼眶一酸，挺直了背和帝梓元并立。

不少朝官看见这一幕，惊得不能言语，互相对视了一眼满是深思。

帝梓元朝百官开口："今日本王还有一事要宣布。"

百官抬首，静待帝梓元下言。

"本王回朝数载，觉独掌朝堂心力不济，今日将迎我大靖股肱归来，他将和右相铭西共同执掌内阁。"

帝梓元此话一出，众臣面面相觑，实不知摄政王究竟选了哪位封疆大吏回来，竟能让那人直入内阁！

"请晋王上殿。"帝梓元看向仁德殿下宫门的方向，朗声开口。

众臣一惊，俱都转头朝宫门看去。韩越一身皇子朝服，正拾阶而来。谨贵妃脸色大变，猛地从座上而起，死死朝殿门口看去。

晋王韩越？三年前和晋王妃游历江南后便再也没有归朝的晋王韩越？

朝臣们不知，她可是知道得清清楚楚，当年为了保帝梓元在西北战场上无忧，晋王被帝家虏进晋南威胁嘉宁帝，她根本没有想过帝家会把晋王从晋南放回来。两年前若是有韩越在，又岂会轮到尚才三岁的韩云来坐储君之位。

不过这么一息时间，韩越已经走到高台前，他朝帝梓元拱手一礼，神情淡淡，似也是颇为感慨。

"太子睿智，本王甚慰。"帝梓元朝韩越颔了颔首，在韩云肩上拍了拍，"以后晋王亦为太子师，将和烬言共同教导太子。诸位王爷……"未等众人回过神，帝梓元已朝八王看去，"你们难得入京，这次既然来了，不如在京城多留些时日，也好和京中的老大人们叙叙旧。"不顾八王陡然沉下来的脸色，帝梓元笑得温温和和，"晋王初回京城，半月之后本王将在乾元殿为晋王摆宴，到时候还请诸位王爷准时出席。"

帝梓元笑得格外纯良，群臣垂下眼，不敢看八王的脸色。就这么一句话把八王强行留在了京城，难怪谨贵妃诏八王入京时摄政王半点异议都没有，原来她自始至终打的是这个主意。

只是困八王在京，却迎回了晋王，摄政王究竟在想什么？别说是韩家一派的朝官，就连归于帝家麾下的朝臣们，如今也猜不透帝梓元的心思。

一顿好好的琼华宴跌宕起伏，折腾了许久，这时已是日落西山。帝梓元看了看天色。

“好了，想必今日的琼华宴众卿已然尽兴，众卿早些回府……”

她刚刚开口，殿下一个太监急急朝石阶上跑来。这太监眼生得很，神情明明仓皇到极致，却胆大又不怕死地闯进了帝梓元和谨贵妃所在的琼华宴。

“娘娘！贵妃娘娘！”这太监扑通跪在高台下，声音破碎得不成样子，却硬生生在所有人面前喊出了惊天动地的一句。

“陛下，陛下弥留，赵公公请贵妃娘娘和太子殿下速去昭仁宫！”

只这么一句话，整个世界安静了下来。

第七十二章

昭仁宫，太祖驾崩的地方。

从来没有人想过，嘉宁帝这一生最后选择的地方，会是这座宫殿。

嘉宁帝只召了谨贵妃、韩云和刚回京城的韩越进殿。

帝梓元领着群臣立在昭仁宫殿门外，不顾焦躁难安的韩家亲王，她沉默地望着殿门的方向，双眼黑漆漆的，看不清里面的情绪。

要死了吗？扛不下去吗？还没有等到看她治下的繁盛大靖，还没有把皇座从帝家手中夺回，你就已经迫不及待地要离开了吗？

帝梓元说不出心底是什么感觉，她这一生都是为了抗衡嘉宁帝而活，到如今他要死了，她却觉得心底空落落的。

帝烬言立在她身旁，拍了拍她的肩膀，只有他才会知道帝梓元对嘉宁帝是怎样复杂的感情，就像他一样。

没有人发现，从来不离帝梓元身边的内宫大总管吉利不在这昭仁殿外。

殿内，嘉宁帝躺在龙床上，眼睛微张，气若游丝。

谨贵妃领着韩云跪在龙榻前，她小声啜泣，一个劲地抹眼泪，惶恐不安。

嘉宁帝艰难地挪动手，在韩云头上摸了摸，眼底是罕见的慈爱。他朝谨贵妃望去，

“谨妃，不要怕，朕虽不在了，但摄政王和韩氏亲王相互制衡，他们暂时还不敢动云儿的太子之位。右相和一众世族都是韩家的臣子，他们臣服于帝家摄政之权，却不会篡位改姓，覆了大靖国姓。施诤言虽和帝家交好，却三代效忠皇室，不必怀疑他们的忠心。帝承恩手中的信物朕已经命赵福取回，以后皇城内的暗卫力量和皇城禁卫军就由你一人执掌了。”

谨贵妃哭着点头，有了些底气，仓皇的神情缓了缓。

他顿了顿，歇了片刻才重了重语气，“帝梓元是什么样的人，过了今天想必你也知道了，像今天这等愚蠢事，日后不要再做了。成大事，必须学会忍耐，大靖的江山不是这么容易坐的。”

谨贵妃一愣，面色青了又白。原来她和帝承恩策划的这些事都在嘉宁帝眼中，他早就知道她们会失败，不出手阻拦只是想让她看看帝梓元的能耐，日后才能学会蛰伏。

“陛下，谨儿知道了，谨儿会好好护着太子，护着咱们韩家的江山。”

嘉宁帝点点头，朝身旁的韩云看去。

“父皇！”韩云到底年少，忍不住带了哭腔，眼泪憋在眼眶里，一双眼通红。

嘉宁帝在幼子的头上摸了摸，满是欣慰，“太子，你很好，比朕想象得更好，不要负朕所望，将来要做个好皇帝。”

韩云点头，没有忍住眼泪流了满脸，但他笔直地跪在嘉宁帝身旁，一直没有哭泣。

韩越立在几步之外，看着嘉宁帝交代后事，神情中亦有悲戚之感。三年前他被帝家掳到晋南，没想到他回京的这一日竟是嘉宁帝离世之日。当年安宁亡于西北、太子被逼在云景山跳崖都和嘉宁帝有关，这些年他甘愿留在帝家，未必没有怨愤嘉宁帝的意思，但如今嘉宁帝弥留，身边年长的儿子，却只有他一个。

见嘉宁帝朝他看来，韩越湿了眼眶唤了声：“父皇。”

“好，好……”嘉宁帝喃喃开口，“回来就好，你十三弟，朕交给你了！”

韩越颔首，“父皇，你放心，儿臣会好好护着他。”

他不是帝皇之才，也明白嘉宁帝将江山交给韩云之心，或许父皇也觉得十三弟最像太子兄长吧，无论是长相还是才华。

不是没有失落，可韩越终究选择了释怀。

“你们都退下吧。”嘉宁帝朝三人摆摆手，在谨贵妃愕然的神情中开口，“让帝梓元

入殿。"

"陛下!"谨贵妃神情诧异,面色一变。嘉宁帝虽说把所有势力都交到了她手里,也允诺江山是留给韩云的,可却未下传位诏书,更何况他弥留之际,身边怎能留着帝梓元?

嘉宁帝不再开口,赵福行到谨贵妃身边,恭声道:"娘娘,您还是听陛下的吧。"

谨贵妃起身,咬着唇牵着韩云不甘不愿地朝殿外走去。

殿门开启,谨贵妃牵着韩云和韩越并行而出,焦急的八王见状就要往里冲,却被赵福拦在殿外。

"陛下有旨,请摄政王进殿。"

赵福这句话,让昭仁殿外立着的所有人齐刷刷地怔在了原地。

陛下这是疯魔了吧?摄政王逼得陛下放弃帝位退居西苑,如今陛下弥留之际,不把韩家亲王召进去吩咐如何拱卫下任帝君的皇位,却只唤帝梓元。若是下任帝王还来不及立,陛下就出了事,那大靖江山不是尽归帝家所有?

"赵福,你说什么混账话!陛下怎么会召她进殿?"瑞王一马当先朝赵福吼去,一脸暴怒神色。

"瑞王爷,这是陛下的旨意。"赵福沉声回道,仍挡在八王面前。

"胡闹,陛下糊涂了,你这奴才也跟着胡闹,这都什么时候了,本王要进殿面见陛下!"

瑞王嚷着就要朝殿里闯,赵福面色一冷,抬首一挥,强大的劲力袭来,一声闷响,八王齐齐被推得倒退几步,半倒在不远处的侍卫身上。

"瑞王爷,还请慎言!奴才说了,陛下有旨,请摄政王进殿。"暮鼓一般的声音在殿外响起,敲打在众人心上,赵福看着众人,神情冷沉。

赵福强大的武力震慑了八王,众人这才想起嘉宁帝身边这位大总管深不可测的身手,俱都胆寒,小心翼翼朝后退了两步。

赵福见众人不再胡闹,行到沉默的帝梓元面前,躬身行了一礼,"摄政王,陛下召您入殿。"

帝梓元沉沉看了赵福一眼,抬步朝昭仁殿内走去。

昭仁殿大门被重新打开,帝梓元入殿,随手一拂,殿门缓缓合住,掩住了里面所有光景。

嘉宁帝半坐在龙榻上，面上已经苍白得毫无血色，却仍是灼灼地看着一步步走来的帝梓元。

他弥留之际，面对谨贵妃和韩云时是嘉宁帝，现在，他是韩仲远。

他死后所有的一切都已经安排好，但他死之前，突然想见一见帝梓元。

这个本该嫁给他的嫡子，成为他儿媳的帝家女。

帝梓元停在他五步之远的地方。

她已经有两年多没有见过嘉宁帝了。他面容惨白，比两年前更虚弱无力。

她看得真切，嘉宁帝回光返照，已无力回天。

谁都想不到当年铁血悍勇的嘉宁帝会有这样一日，原来人到了死的时候，都是一样的。

“你来了。”

“为什么要见我？”

“朕死了，大靖的江山还需要人来守。”

“不怕我夺了你韩家的江山，改朝换代？”

“还不到时候。”嘉宁帝朝外看去，“外面那些人不会允许帝家现在称帝，无论是韩家的亲王，还是我韩家分封的勋贵。一朝天子一朝臣，只要大靖还姓韩，他们就不会被追随你帝家的新贵所替代。帝梓元，你心里头比朕更明白。”

帝家十几年前被嘉宁帝连根拔起，朝中交好的世族多被嘉宁帝贬谪，这些年帝家崛起，更多的是依赖新贵，大靖开国的那些世族自是不能容忍新贵崛起，分薄他们手中的权力。

“那怎么不把摄政权交到你韩家的亲王手里？”帝梓元眼底划过嘲讽，淡淡回道。

嘉宁帝看着帝梓元，苍老的声音响彻昭仁殿。

“朕不能把大靖的江山交到一群权欲熏心的虎狼手里。无论是朕赢或是你胜，大靖不可乱，江山不可颓。”

帝元负在身后的手握紧，她面上露出一抹奇异的表情，似嘲笑似不屑。

“陛下，十四年前，你灭我帝家的时候，怎么没想想大靖江山的安宁？”

嘉宁帝沉默，没有回。今日之前他尚能说他是大靖的帝王，有何不能为？晋北阁那席话之后，他无法再回答帝梓元。

帝梓元闭上眼，清冷的声音在殿中响起。

“那一年，我随父亲入京，父亲告诉我，将来我会嫁进皇家，为大靖太子妃，他让我谦良孝悌，好好辅佐太子，做韩家的好儿媳。我问他，我在晋南胡闹惯了，要嫁的人家可会喜欢我这种性子。他说……”帝梓元睁开眼，朝嘉宁帝看去，“他说，你看着我出生，我小时候为了瞧我，你一日三趟跑靖安侯府，最是喜欢我。”

帝梓元出生那一年，大靖刚刚立国不久，一切百废待兴，嘉宁帝和靖安侯在战场上是过命的交情，那时仍是情谊深厚。

嘉宁帝眼底拂过淡淡光芒，柔和下来，似是想起了当年的光景。

“我一直不知道父亲为什么会自绝在帝北城。”帝梓元的声音缓慢而悠长，“直到有一天我想起来他曾经告诉过我，他说你仁德宽厚，睿智英明，是咱们大靖最好的皇帝。我想起这句话那天才明白……”

帝梓元声音一顿，眼抬起，看着嘉宁帝，一字一句开口：“他到死都在向你证明他的忠诚，他到死都相信你还是那个仁德宽厚睿智英明的韩仲远。”

“十四年了，午夜梦回，你高坐在大靖帝位上，可曾想过，帝永宁一生愚忠，到底值不值得？”

帝梓元负在身后的手死死握紧，她眼眶泛红，质问之意汹涌而至。

嘉宁帝仍是没有回答，只沉默地望着她。

她长长的叹息声响起，悲恸到极致，到最后，只剩下一句话。

“韩仲远，我和安宁韩烨的这一生，不该是如今这番模样的。”

帝梓元说完，转身朝昭仁殿外走去，她身后始终只有沉默。

昭仁殿的殿门被重新打开，殿外八王和朝臣的询问声不绝于耳，嘉宁帝却仿佛听不见，他空茫地望着前方，手突然抬起朝帝梓元离去的方向抓去，却只能看见她的背影消失在逆光下。

嘉宁帝伸了伸手，却没有力气再唤出一句，他眼底现出一种绝望的后悔和窒息，却始终开口说不出一句，只能看着昭仁殿的大门重新闭紧。

已经到时候了啊，他没有时间了。这一生，到最后，他连最后一句话都没有机会再说出了。

嘉宁帝整个人朝龙榻下倒去，被一双手接住。

温热的身体熟悉而滚烫，嘉宁帝抬首，看着半伏在身前的人，眼底露出不可置信的神色，整个人无法抑制地颤抖起来。

他嘴唇张了张，像是回光返照一般，浑浊的眼底猛地爆发一种奇异的光芒。他死死抓住身前人的手，喃喃开口。

“还活着啊，还活着啊……”

被抓住的人看不见嘉宁帝的神情，只能望着他的方向，眼眶泛红，点了点头。

“儿臣不孝，回来迟了。”

嘉宁帝发现他眼睛的异常，眼底的悲恸更是明显。他一遍遍地摩挲着嫡子的掌心，一遍遍道：“活着就好，活着就好，活着就好……交给你了，以后都交给你了……”

他的声音一点比一点低，眼缓缓合上，手落在韩烨掌心，直到再也没有抬起，直到再无声息。

韩烨跪在龙榻旁，抱着嘉宁帝的遗体，悲恸难忍。

他的父皇，大靖的帝王，留在世上的最后一句话，是一声轻到极致的——

朕错了。

这句话，是对谁说，谁又来听。

无论是谁，十四年后，都已来不及。

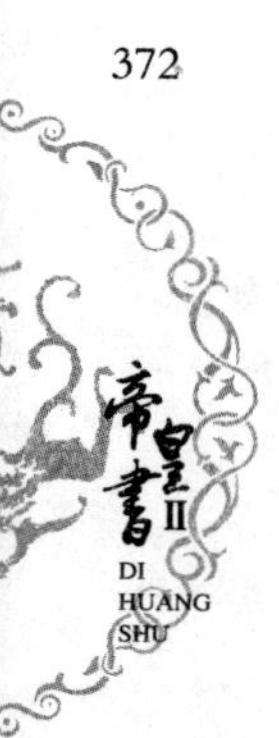

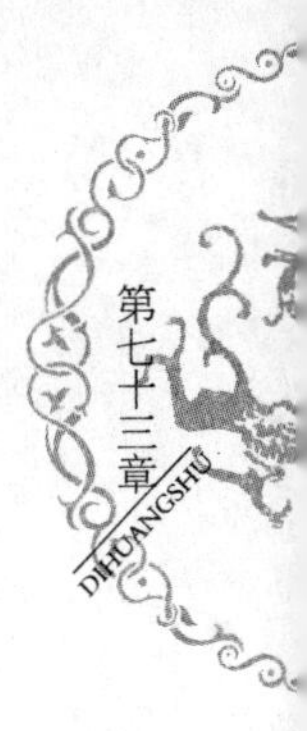

第七十三章

嘉宁二十一年，帝崩。

按嘉宁帝遗旨，将他和故去的孝仁皇后合葬于陵寝。

举国大丧，帝都白幡蔽天，明王带领皇室子弟和文武百官守丧。

帝梓元并未出现在嘉宁帝的国丧上，未有人置喙她半句，除了她如今位高权重万万人之上的地位外，还有一个理由。

她病了。嘉宁帝驾崩那一日，帝梓元昏迷于华宇殿，太医院的院正和一众太医们前半夜守完了弥留的嘉宁帝，下半夜便被召集到了华宇殿为帝梓元诊治。

这一下，除了韩家那几位亲王，整个朝堂都心急如焚。三国之乱刚刚平息，北秦东骞虎视眈眈，嘉宁帝已然驾崩，小太子堪堪六岁，除了帝梓元，谁能驾驭朝堂、震慑邻国？韩家的八位亲王戍守一方还够格，要让他们掌国权，显然威望和实力都不够。况且若是韩氏亲王掌权，那废了小太子不过是迟早的事儿，储君一派自是不会乐意。是以在哀恸嘉宁帝驾崩的同时，众臣也翘首以盼帝梓元能生龙活虎地重临朝堂。

甭管摄政王的身份现在合不合适，还是先安定了国家再说！

好在第二日太医院院正下了病因：帝骤逝，摄政王哀恸过度，身体抱恙，需静养。

也就是摄政王身体底子不太好，需要好好休养些时日，没伤着根本。这病因一出来，臣子们就放心了，安安心心为嘉宁帝守丧。

可守丧也是个劳累活儿，虽说大靖朝堂现在不会乱，可大家伙心里头没底儿啊！

嘉宁帝驾崩的这一年，初春刚过，太子韩云堪堪六岁。

帝崩那一日，昭仁殿外守满了大靖的亲王臣子，却没能等到那一旨传位诏书。是，嘉宁帝没有立下大靖下一任国君便崩于昭仁殿。

谁都猜不透嘉宁帝到底在想什么，他弥留之际有时间召见摄政王帝梓元，却没有替储君留下继位诏书。明明是大靖最正统继位人的太子韩云，在嘉宁帝死后却成为了最尴尬的存在。

嘉宁帝没立下传位诏书，帝梓元又没开口让小太子继位，大靖的下一任国君到底会是谁来坐？论正统，非韩云莫属，可论威望，如今皇室凋零的韩家又岂能及帝家？

一个月的大丧期尚未结束，摄政王也没从华宇殿里养好病出来，这大靖国君继位一事就这样诡异地给搁置了下来。

华宇殿，平日清爽的殿内满是药香，太医院院正孙太医和一众太医在偏殿里想尽方子熬药，个个折腾得只剩半条命。

帝烬言坐在床边守成了熊猫眼。他望着榻上沉睡的女子，眉头皱成了川字。

太医院对外宣称的没错，姐姐确实只是身体抱恙需静养，可百官不知，姐姐在华宇殿内吐血昏倒后便再也没有醒来过。明明不是性命攸关，可不论用什么办法，姐姐都无法被唤醒。如今已过半月，如嘉宁帝一月大丧期结束，姐姐还不能醒来临朝，那失去了帝君和摄政王的朝堂必会大乱。

“不用太担心，孙太医说了，梓元是心神耗损过度，好好养着就能恢复。”洛铭西不知何时入殿，在帝烬言身后叹了一声，宽慰他道。

“洛大哥，你说为什么姐姐还不醒？”帝烬言摇头，满是担心。

洛铭西未答，当年帝梓元为救韩烨散了一身内力，还是帝家主强行在泰山求了几粒丹药回来为她固本，可她身子没养好又去了西北战场，后来更是差点丧命在西北。这两年众人为她费劲养着身体，本以为大好了，结果还是出了事。

可他们明白，太医能帮着养身，却不能养心。

梓元醒不来，不是太医不尽心，而是……她自己不愿意醒。

回想过来，她这一生，太艰难了些。

梓元幼年丧亲，满门被诛，自此孤子一人，偌大的晋南和沉天的冤屈压在她一个人身上。她披荆斩棘十三年一步步走到今天，就是想堂堂正正地从嘉宁帝手中夺过大靖帝位，如今帝家和晋南的冤屈昭世，嘉宁帝已死，帝家已重新站在大靖顶峰，她十岁那年在靖安侯和帝家满门尸骨前许下的承诺已经做到了。

可这十几年漫长的岁月，她又失去了多少。

为了走到今天这一步，她失去了童年，失去了身份，十几年喋血沙场，她更是在西北几乎亲手埋葬了安宁和韩烨的性命。

她如何能否认，如果她没有重回帝都，如果她没有夺天下的复仇之心，安宁和韩烨就算这一生不能展颜，可至少能活着。

没有人比帝梓元更懂得，能活着比什么都好。

如今慧德太后、嘉宁帝、左相、忠义侯、安宁、韩烨……当年所有被卷进帝家惨案和与她有关联的人全都死了。那当年那个在帝家满门尸骨前许下诺言的帝梓元又有什么必要再存在下去呢？

她累了，不想争了，或者说，背负了一生宿命的帝梓元没有再想活下去的心了。

“洛大哥，如果姐姐一直不肯醒，她的身体很快就会油尽灯枯吧。”帝烬言看着帝梓元苍白的脸，低低的声音响起。

本就是费劲心血养着的身子，怎么经得起这么耗下去。

洛铭西冷静的脸庞上露出一抹无奈和担忧，他在帝烬言肩上拍了拍，“回府里休息吧，我来守着。”见帝烬言就要摇头，他语气重了重，“别胡闹，你也不想你姐姐一醒来你就倒下吧，况且你倒下了，帝家谁来担着？你难道还忍心梓元继续这么扛下去？”

“那洛大哥，姐姐就交给你了。”帝烬言眼底露出愧疚，点点头，退出了华宇殿。

帝烬言离去，洛铭西一直安静地立着，一阵风从窗外吹进，帝梓元额前的发丝被吹乱。他被惊醒，俯下身，想替帝梓元把头发拢好，却在触到她额头的瞬间停住了手。他重重地叹了口气，苦涩一笑，替她拢了拢被子，坐到了一旁的木椅上。

“你啊，永远都不让我省心，还以为你这些年性子好些了，还是跟小时候一样任性，你这么不管不顾地躺着，让我和烬言怎么办？我的身子我知道，还能帮他几年，他这么年轻，你真打算眼睁睁看着他扛起嘉宁帝和你留下的烂摊子？”

“别以为他死了你倒下了，大靖就安宁了，嘉宁帝那种人，怎么会眼睁睁看着大靖落在帝家人手里，你不好起来，大靖还是会乱。”

床上躺着的人始终没有动静，洛铭西停住声，他的目光落在腰间的玉佩上，眼底露出一抹追忆和感慨。

帝梓元出生那一日，靖安侯亲手把这枚玉佩抛到他手里，大笑着嚷着。

“铭西啊，梓元以后就是你媳妇儿啦，你可要替我好好照顾她。”

一晃二十二年过去，他陪在帝梓元身边二十二年，却从来没有开口告诉过她这句话。

他摸着玉佩，细细摩挲，很久很久，他抬头朝帝梓元看去，突然开口。

“梓元，我知道你累了，等你醒了，我们安定了朝堂，这里就交给烬言吧，我带你回晋南。我让我娘天天给你做你最爱吃的折云糕，把帝叔叔最喜欢的书房和伯母最喜欢的花园重新建起来，银辉爱吵爱闹，咱们把她接到身边来好好陪着你。”洛铭西伸手轻轻握起帝梓元苍白的手，眼眶泛红，仿佛了等待了一生，沉沉开口。

“梓元，所有的一切都过去了，我带你回家。”

华宇殿内落针可闻，内殿尽头的屏风后，静静立着一个身影。

他身后，吉利小心翼翼低着头，神情复杂，满脸错愕纠结，大气都不敢喘。

直到洛铭西离去，吉利才扶着韩烨悄然入了内殿尽头书阁后的密道。

华宇殿本是韩烨幼年居所，内殿书阁后有密道之事也只有他自己和嘉宁帝知晓。嘉宁帝驾崩后，韩烨本准备悄悄出宫离开京城，却不想帝梓元当夜就倒在了华宇殿，至今没有醒来。华宇殿偏殿内有太医问诊熬药，床前更有洛铭西、帝烬言和苑琴连番守着，整整半月，韩烨日日通过密道入华宇殿，但都只能止步于内殿屏风后，静静听着太医的诊断和帝烬言洛铭西的担忧关心。

密道尽头的石室里，吉利点燃火烛端到韩烨面前，突然想起他如今用不上，神情一黯又挪远了些。

“太医今日怎么说?”韩烨出口的声音有些冷沉。

“殿下，奴才今日问过太医了，像世子爷说的那样，侯君前两年损了身子，要是再醒不过来，怕是会油尽灯枯。”自韩烨回来，吉利便重新唤回了当初对帝梓元的叫法，要不唤一声“殿下”，都不知道在称呼谁。

吉利心底叹了叹，“殿下，您去见一见侯君吧。”见韩烨扣在石桌上的手猛地一顿，他的声音干涩起来，“殿下，侯君等了您三年了，这些年她一直没有放弃过找您，您是不知道当年您从云景山上跳下去后，侯君她……”一夜发白……

“吉利，你当她今日变成这个样子，不是我韩家害得？”韩烨淡淡呵斥，打断了吉利最后欲说出口的那四个字。

吉利收住声，知道自己逾越了，小心翼翼立在一旁不敢再言。半晌才听到韩烨叹着气的声音。

“寻个法子让御医回避，把洛铭西和烬言从宫里引开。明日我去见她。”

吉利猛地抬首，眼底的担忧散开了不少，连连点头，“是，殿下，奴才这就去安排，明日整个上午都给您把华宇殿空出来。”

他说完转身离去，临出石室门的时候还磕了一跤。

韩烨安静地坐着，轻轻的叹息声在石室里响起。

“况且，如今她身边，有比我更合适的人。”

那个人没有怨恨，没有猜忌，没有血海深仇，没有十几载的求而不得。

洛铭西比他，更合适留在她身边。

第二日一清早，施峥言拜访靖安侯府，并邀帝世子同入洛府商讨西北守军调遣一事。华宇殿偏殿守着的太医个个累得只剩半条命，大总管一早好心地让他们回府休息一日。守在华宇殿内半步不离的苑琴接到了涪陵山的一封密信后也匆匆离宫赶赴涪陵山。

半个月来守卫森严的华宇殿一下子空了下来，除了仍然沉睡的帝梓元。

“殿下，侯君就在床榻上。”华宇殿宫门紧闭，吉利引着韩烨从内殿出来后躬身行了一礼悄然退了出去。

空旷的华宇殿内，只剩下一殿距离的韩烨和帝梓元。

半晌，韩烨朝床榻的方向走去。他自小在这座宫殿长大，就算是闭着眼，他也知道梓元在哪里。

脚步声在殿内响起，一步一声，犹若砸在心底。万里之遥，整整三年，到如今，终于只剩这短短几步距离。

脚步声戛然而止，韩烨停在床榻边。他垂着眼，望着帝梓元的方向，眼底一片黑暗。

韩烨眼底毫无预兆地现出巨大的悲恸，寂寥悲哀到荒芜。

他俯下身半跪于床榻旁，摩挲着触到帝梓元的手，一点点从指间抚上，拂过她修长的指节，落在她掌心，然后一寸寸将她柔软的手覆住。

他望着帝梓元的方向，轻轻开口："梓元，我回来了。"

房间里似有风拂过，韩烨扬了扬唇角，空荡荡的眼睛看着帝梓元格外柔和，"你看……"他的声音嘶哑干涸得惊人，"就算我回来了，连看看你好不好都不行。"

他握着帝梓元的手缓缓收紧，仿佛要把心底的信念和意志一齐传递过去。

"可是，连我这个早就该死的人都活了下来，你又有什么理由不好好活下去。你这么躺着，我怎么安心地走。"

"听吉利说，东宫的长思开了，我在京城等了它们十年，它们始终没有开花，如今我看不见了，你代替我去看吧。"

"父皇已经不在了，梓元，你的执念是不是终于可以放下了……"韩烨闭上眼，唇角在帝梓元额头上触了触，低沉的叹声落在帝梓元耳边，"只可惜，我们之间终究太迟了些。"

床榻上的人影暧暧重叠，隐隐绰绰的床幔遮住了里面的光景。

韩烨没有发现，一直沉睡不醒的人眉角不自觉皱了皱，掩在被子里的左手细细颤抖起来。

晌午，吉利入华宇殿，韩烨已立在窗前出神。

"殿下，侯君她……？"

"她没有醒过来。"

吉利神情一黯，"那殿下您明日可还会再过来？"

韩烨摇头，"不必了，送孤回施府。等父皇的丧月过后，孤就会离开京城。"韩烨转过身，望向吉利的方向，"跟三年前一样，你留在她身边替孤好好照顾她，直到……"韩烨顿了顿，"她回晋南。"

"殿下？"吉利还欲多说，韩烨已然转身朝内殿走去。

帝烬言从洛府出来的时候已是华灯初上，一日没见到帝梓元他终归还是有些不放心，辞别施峥言他就要往宫里赶。分别时施峥言欲言又止，最终没有多说摆手让他走了。

帝烬言心底奇怪，没有多想，带着困惑回了宫。今日华宇殿的侍卫比平时少了许多，偏殿的太医也都一个个不见人影，问了宫娥才知吉利让太医们回府休息了。

帝烬言打着哈欠推开华宇殿的宫门，一步还没迈进腿便生生僵住。

月色下，窗前。

就在韩烨上午站过的地方，帝梓元一身白衣静静立着，她披着墨黑的大裘，长发散在她肩上，柔和的月光映出她难得柔和的侧颜。

她身后，立着离京两年一直在西北寻找韩烨未曾归来的长青。

帝烬言神情激动，眼眶一下便红了起来，还没等他喊出声，帝梓元已经转过头，朝他笑了笑，那笑容里带着说不尽的苍凉。

“烬言，你说，都这么多年了，我的执念是不是该放下了？”

第七十四章

帝梓元醒来的消息没有大张旗鼓地广而告之，京城里头却只花了一晚时间便都知道得透透的。

绮云殿里的夜灯亮了整晚，谨贵妃抱着嘉宁帝留下的扳指睁了一宿的眼。

第二日清早，还没等她歇下来，华宇殿召见的口信便被内宫大总管亲自送到了绮云殿。

谨贵妃沉默良久，对着屏风外候着的吉利回了句“本宫知道了”。

她的儿子还只是太子，她尚不是太后，亦用不得“哀家”二字。如今帝梓元想见她，甚至只需要派个太监总管来传口信。

谨贵妃望着手里的碧绿扳指出神，心里头千回百转，苦涩难言。

“谨贵妃有什么好见的，你的身体还没好，怎么不好好养着，迟几日她还能翻过天去，净让我担心。”华宇殿外的回廊里，帝烬言跟着帝梓元打转，不停地碎碎念，手上端着的药倒是半滴没泼出来。

“她是先帝的贵妃，又是太子生母，况且……”睡了半个月，筋骨疲软得很，帝梓元手里拿着奏折在回廊上散步，不时接过帝烬言手中的药抿上一口，这派头，一醒来就摆得十足。

帝梓元拖长的声音，嘴角微勾，“况且好歹算计了我一回，她也当得我一见。”

听见帝梓元这么一说，念及韩云那个小娃娃，帝烬言倒有些忧心了，他陪着笑脸央求道："姐，那好歹也是韩云的母妃，韩云那小子心肠还不错，看在他的分上，您等会可得手下留情，别把谨贵妃给吓住了。"

帝烬言自小跟着韩烨在宫中行走，对宫妃的手段了解得很清楚，这次科举事件后，他更是知道谨贵妃绝非胆小柔弱的人。只是他了解谨贵妃，更知道帝梓元是什么样的人。像他姐这样自小执掌一方浴血沙场的女子和那些生存在后宫的女人完全不一样。后宫的女人失了帝王的宠爱和庇护、外戚的拥戴根本一文不值，而他姐，天生的王侯将相，杀伐果断。

"怎么，你倒是做起我的主来了？"帝梓元轻飘飘瞥了他一眼。

"姐，我怎么敢，得，您想怎么着就怎么着吧。"帝烬言膝盖一软，当即服服帖帖地把药端到这位祖宗面前，小心翼翼服侍着不敢有半点怠慢。自他姐醒来后，帝烬言恨不得把帝梓元捧在手心里护着，万事都由着她。

这天头春日正盛，暖暖的阳光温煦可人。

谨贵妃被吉利引着进御花园时，远远瞧见帝梓元背对着她坐在藤椅上，帝梓元一身浅白晋袍，下摆上绣着的竹叶隐隐绰绰，说不出的随性。

谨贵妃端正了脸色矜贵地上前，正欲开口唤上一句，却望见帝梓元对面坐着的人影，她神情一变，顾不得什么仪态，冲到了帝梓元面前，挡在她对面正襟危坐的韩云面前，声音都颤抖起来。

"摄政王，你有何事要问，唤本宫就是，云儿还是个孩子，何必为难他？"韩云就是谨贵妃的命根子，她怎么都想不到嘉宁帝刚亡，帝梓元就敢打韩云的主意。可帝梓元这么个泼天的性子，她又有什么不敢的！

"母妃！"韩云见谨贵妃脸色青白，忙从藤椅上跳下来抓住她的手，急道，"母妃你别急，摄政王只是唤我前来，没有为难我。"

谨贵妃紧紧握住韩云的手，一脸防备地看着帝梓元，显然并不信他的话。

"吉利，请贵妃娘娘落座。"帝梓元慢悠悠抬头，端起一旁小几上的温茶抿了一口，扫了一眼面前剑拔弩张战战兢兢的谨贵妃，然后朝韩云挑了挑眉，"你也坐吧，小胳膊小腿的，慢着些蹦跳，小心着别折了。"

谨贵妃这时缓过了神来，也知道满朝上下还看着，帝梓元不可能在嘉宁帝尸骨未寒的时候对付她们母子，不等吉利招呼，牵着韩云坐了下来。

“摄政王，你要见本宫和云儿，究竟为了何事？”

帝梓元朝她看来，嘴唇一勾，“贵妃娘娘，你这话问得有意思，连平头白身自认为受了冤屈都知道敲响青龙钟喊冤，本王受了委屈难道就不能找找气出？”

谨贵妃脸色一白，“本宫听不懂摄政王在说些什么。”

帝梓元也不管谨贵妃装糊涂，反而朝头低低埋着的韩云看去，“十三殿下，本王有件事儿要问你。”

韩云抬头，望向帝梓元正襟危坐。

“那日在仁德殿外，你为什么要为烬言说话？他是帝家的世子，你可是韩家的太子。”帝梓元敛了散漫的神情，认真地看着韩云，连吉利都能感觉到她身上难得的郑重。

“朝堂无姓氏，老师没有私相授受，我只是说出实情。”韩云缓缓开口，小脸肃穆。

“朝堂无姓氏……”帝梓元细细品着这句话。

“还有呢？”她眼微眯，无声的威压自她身上而出朝韩云而去。

韩云面色轻轻一变，眼底现出几许挣扎羞愧。半晌，他从椅上跳下，朝帝梓元执手弯下腰。

“还有，我希望摄政王能看在我对老师的相护上原谅母妃。摄政王，您既然能查出江云修的底细，他为何如此作为您想必也已经知道了。”

谨贵妃神情错愕，她实在没有想到韩云竟然如此简单就坦白了一切。

“所以……？”帝梓元问。

“我知道，母妃做错了，可无论如何，母妃所为皆为护我，摄政王若心不能平，韩云愿意一力承担。”

谨贵妃心底一寒就要上前，却被吉利不露痕迹地拦在两人几步之外。

“如何承担？”帝梓元猛地向前，抬高韩云的下巴，灼灼看向他。

“只要摄政王能平息怒气，韩云愿意自废储君之位，只望摄政王能放过母妃。”

“云儿！”谨贵妃惊呼出声，眼底满是荒唐惊讶之色。

“你当真愿意交出储君之位？”帝梓元声音微抬。

“是。”

“韩家江山，你愿意拱手让出？”

“我从来没有想过我有一日会成为大靖的太子，但我知道这偌大的宫廷里，母妃只有我，我是她唯一的倚靠，储君的位子没有母妃对我重要。韩云愿意交出储君位，保母妃安。”

没有人想到韩云会这样回答，谨贵妃顿在原地，眼眶泛红，她捂住嘴，努力忍着才没让眼泪流出。

“云儿……”

她以为她拼尽全力为韩云筹谋，想把全天下最好的东西送到他面前，却没想到韩云竟然愿意拱手让出储君位，在帝梓元面前求她平安。

“韩云，除了保你母妃平安，坐在这个位子上，你还想过什么？”帝梓元沉声问。

韩云沉默许久，挺直了脊背，才回：“有一年秋狩，太子兄长手执长弓，一箭双雕，驭马而回，朝臣同贺。那日，我记得他在父皇面前说……”

“愿我大靖国运昌隆，百姓和睦，风调雨顺，国泰民安，不受外族欺凌，不因内臣而乱，举太平之世，创盛世基业！”

“摄政王，韩云曾想，兄长不在了，他想看到的大靖，我都会为他实现。”

御花园内因为韩云说出的话静默一片。

帝梓元看着韩云，目光悠长而温和，眼神深处拂过的情绪悄悄沉淀下去。

半晌，她越过韩云，第一次正儿八经地把目光落在一脸震惊的谨贵妃身上，“谨贵妃，你听见了。”

谨贵妃眼底神色复杂难辨，一双手因为情绪激荡死死握住。许久，她长长吐出一口气，迎上帝梓元的眼，艰涩地开口：“摄政王，你究竟要做什么？”

“你从来没有问过韩云，在这座宫殿里，他想要的是什么，想护下的又究竟是什么吧。今日，本王便让你好好听一听。”

不待谨贵妃答，帝梓元又道：“储君之位不是使些阴私之事便可以保得住，帝君更要能御大靖朝臣、世族、清贵，你以为你区区一后宫贵妃便可辖制朝堂？一个六岁的帝君就能定天下？所谓的少帝登位、后妃摄朝不过是让你们成为朝中权贵和韩家亲王的傀儡罢了！你守不住最重要的东西，本末倒置，简直愚蠢！”

谨贵妃被帝梓元的话气得直哆嗦，却知道她说的是实话，“那又如何，总比你帝家登上皇位，不给我和云儿留生路要好！”

“你怎么就知道我帝家要的是这天下至尊之位？”帝梓元声音一重，冷冷打断她，“帝位就那么重要？你当初也曾温婉纯良，为了身边的宫奴不惜得罪左相之女、当朝贵妃，惹得齐妃大怒，令宗人府断了你定云宫的供奉，你才落个恶疾缠身差点殒命的下场。如今不过三年，你却已醉心权势、心狠手辣、构陷老臣、玩弄朝堂，这个帝位就真的这么重要？”

自帝梓元有心让帝烬言教导韩云开始，她便差人仔细打听过谨贵妃的过往，这才知道如今这个不苟言笑仪态万千的谨贵妃当初曾是宫里出了名的木讷老好人。

“我是为了护云儿万全！他已经是大靖的太子，如果不能成为大靖的天子，这天下谁能容他？”谨贵妃猛地拔高声音，眼底俱是不屈之意，“本宫和云儿好好在定云宫度日，原本再过几年，他就可以出宫建府，本宫也可随他出去，晚年有依。可是西北一战，九皇子战死，太子身亡，五皇子下落不明，我的云儿成了宫里唯一的皇子。先帝要立他为储，本宫又能如何？他已成太子，命运已定，在这个皇宫里，他不为皇，将来如何还有活路？”

“只要能让他活，别说只是构陷朝臣玩弄朝堂，就是再不堪、再阴私的事，本宫一样可以做得出。”谨贵妃望着帝梓元，坐得笔直，眉宇间竟有凛然之气。

女为母则强，谨贵妃所做的一切，不过是为了在这座皇宫里护下韩云罢了。

“本王知道，所以本王才会让科举一案止步于江云修身上。若非看在十三殿下的分上，光你动烬言这一点，本王就容不下你。”帝梓元手上的杯盏落在一旁的小几上，碰出清脆的声音。

她的神情冷冽而肃杀，谨贵妃神情一白，她抿了抿唇，长长叹了口气开口：“摄政王，你究竟意欲如何？是死是活，给我们母子指条明路吧！”

嘉宁帝已亡，她手上虽然有嘉宁帝留下的势力，可如今朝堂的局面，若帝梓元不点头，在嘉宁帝未留继位遗旨的情况下让韩云登位，几乎是不可能的事。帝梓元若下定决心夺位，韩氏皇族只有一个下场。

“本王不想如何，本王今日只想让贵妃娘娘听一听，十三殿下想要的是什么。”帝梓元抬眼，目光灼灼，“谨贵妃，他想要的不是一个如傀儡一般的天子之位，不是一个靠阴谋之术控制的朝堂，他想堂堂正正做大靖的天子，为万民造福祉，为天下启盛世。你是他母亲，他如今年少，所有他不能做的，还做不了的，你都应该替他承担。”

谨贵妃一愣，眼底现出不可置信的神色，“你是说……你愿意让云儿成为……”

“本王什么都没有说，三年前本王对先帝说过，十年之内，帝家绝不还政于韩，一个六岁的天子如何担起大靖王朝。”帝梓元打断她，坦坦荡荡开口，“本王和大靖要的是一个盛世明君。”

帝梓元朝韩云看去，“能不能走到那一步，日后全凭你自己。右相、烬言、你五皇兄皆为你师，他们品行端正、才识过人，会把最好的本事和御国之术教给你，韩云，不要负本王所望，不要再成为第二个先帝。”

韩云愣愣望着帝梓元，他今日前来本一心想自废储君位保母妃性命，却没想到帝梓元竟会对他说出这样一番话。

“韩云谨遵摄政王教诲，必行正事，秉浩气，不负储君之位。”他朝帝梓元深深弯腰行下一礼，小小的身躯格外凛冽端正。

帝梓元起身，半蹲下来，晋衣拂在地面，勾勒一地涟漪。她抬起韩云的胳膊，目光和他平齐，一字一句开口。

“韩云，也不要负你皇兄所望，这盛世，是他为你所建。”

那人可以为她抛却性命，天下相赠。

她又为何不能拱手山河，亲手解开两人宿命中的死结。

韩烨，

君以天下待我，

我以盛世还君。

第七十五章

谨贵妃带着韩云从御花园离去，洛铭西和帝烬言从假山后的石亭里走出。洛铭西神情复杂，帝烬言倒是更坦然感慨一些。

“烬言，你可会失望？”帝梓元抬头，看向他道。

“姐，失望什么？失望我没坐上储君之位？还是将来做不成大靖的君王？”帝烬言笑了笑，一派坦然，他走到帝梓元面前，神情诚恳，“姐，当年我在东宫被殿下一手教养长大，毕生之愿就是成为他的贤臣，为他启太平盛世，当年所想仍是我今日所愿。”

帝烬言比谁都明白，韩烨对他的恩情重于泰山，如果没有韩烨，他三岁那年就死了，根本不会有日后的温朔和帝烬言。

当年韩烨待他之恩，便是如今他还韩云的情。

“当初你让韩云入崇文阁拜烬言为师，便是为了今日光景？”洛铭西坐在帝梓元对面，沉声问。

帝梓元颔首，眼底对洛铭西带了一抹歉意。

洛铭西明白，她的歉意是因为瞒了他，而不是对如今所做的决定抱有歉意。

帝梓元是真心想让韩云为皇。

“帝家九死一生、十几载蛰伏才重回今日的地位，人心难测，你就不怕当年嘉宁帝所做的事将来有一天在韩云身上重演？”

当年靖安侯和嘉宁帝这一对君臣也曾情深义厚，还不是落得飞鸟尽良弓藏的结局。

“当年是当年，现在是现在。当年韩家势大，嘉宁帝位高权重，他逼得父亲自尽，尚能安坐在帝位上执掌大靖十几年。可如今韩家子嗣单薄，八王离心，储君年幼，只能依靠帝家才能稳定朝堂，只要有我在，我就不会给韩家再反噬一口的机会。况且这十年内，我不会把大靖交还给韩家，当初我对嘉宁帝说过帝家要十年执政之权，就算他死了，我也会证明给他看，他当年做的是错的。韩云是我选择的，铭西，我相信自己的选择。”

见帝梓元已然下了决定，洛铭西长叹一声，道：“韩云确实和嘉宁帝不同，既然你选择了他，在他亲政前我会帮你和烬言好好稳定朝堂，让帝家将来无后顾之忧。”

“放心，铭西，我不会让帝家重蹈覆辙。”帝梓元抬手轻叩在藤椅上，眼微微眯起，“韩云是我择定的下任帝王，但他的继位者必须拥有我帝家血脉。”

洛铭西和帝烬言皆是一愣，明白了帝梓元话里的意思。和当年太祖做下的安排一样，韩云将来的中宫皇后必须为帝家女，而韩云的继位者必须有韩帝两家的血脉，这才是两家最稳固的联盟。

听见帝梓元有此安排，洛铭西才算真正松了口气。倒是帝烬言眉头皱起，颇有些不乐意，照如今帝家子嗣单薄的局面来看，将来八成嫁入皇室的是他的闺女了。

“姐，这可不能现在就下定论，将来我闺女可是要自己择女婿的，她要是没看上韩云那小子，可不能囫囵就把她推到后位上去。”

“怎么？”帝梓元觉得好笑，朝帝烬言看去，“你是瞧不上当朝宰辅和我教出来的帝君？”

“帝君又怎么样？不疼夫人半点用都没有。我去瞅苑琴去了，如今我连媳妇儿都没娶上，要有闺女还不得等到猴年马月？我看姐你还是在帝家属臣中挑一名贵女给韩云那小子养着吧。”帝烬言嘟嘟囔囔地表达了愤懑，朝帝梓元哼了哼出了御花园。

洛铭西对着帝烬言的背影笑着摇头，朝帝梓元宽慰道：“梓元，烬言只是说说，他明白的，这是保全韩帝两家最好的方法。”

“我知道，他知道轻重。这不是我们一家之危，帝家和韩家身后都有半个朝堂，这关乎大靖的将来。”

“起风了，你刚醒来，身体还没好，我送你回寝殿吧。”

“铭西……”

洛铭西拿起一旁的披风，打算披在她身上，却听到帝梓元开口唤他，他抬首朝她看去。

帝梓元静静地盯着面前小几上的杯盏，温热的杯面映着她清减的容颜和出神的眼。

“当年我以任安乐的身份从晋南入京时，一心想着把江山从嘉宁帝手中夺过来，狠狠踏在脚下，告诉他他错了。”

洛铭西安静地听她继续说下去。

“我曾经以为，我们帝家和韩家隔着满门血仇和帝家军的冤屈，这辈子永远都只能你死我活。是安宁和韩烨让我明白，这个世上只要足够努力，没有不能化解的结。当年韩烨可以把烬言一手教养长大，如今我也相信我亲手教出来的韩云不会是第二个嘉宁帝。”

“过去种种错不在我们，我们却为当年的事耗费了半生光阴，几乎失去一切。铭西，嘉宁帝和慧德太后都已经不在了，这么多年过去，我对韩家的执念该放下了。”

帝梓元起身，接过洛铭西手中的披风，转身朝华宇殿走去。

洛铭西望着她的背影，神情隐忍，他伸手欲牵住她，却终究只能拂过她披风的一角。

几日后，施府书房。

“殿下，您真的打算等先帝月丧过后就离开京城？”施诤言皱着眉，一脸不赞同，“您的眼睛还没好，还是留在京城一些时日，等寻到好大夫给您……”

“连北秦国师都治不好孤的眼睛，诤言，你还是放弃吧。”韩烨摆摆手，对不能视物的现状比以前更坦然一些，“给孤传口信给吉利，就说孤过几日就会离京，让他不用再贸然出宫见孤了。”

施诤言劝不了韩烨，只得点头，又道：“殿下，赵公公在府里等了您半日了，您是不是见上一见？”

嘉宁帝驾崩那一日，是吉利找上了赵福，韩烨才能在最后关头见上嘉宁帝。嘉宁帝驾崩后，赵福守灵十五日，便一心入施府求见韩烨。

韩烨叹了口气，摆摆手，“让他进来吧。”

施诤言把赵福引进书房后便退了出去。

赵福才看见韩烨的身影，眼眶便红了起来，他朝韩烨的方向走了几步，哽咽行礼，

"殿下!"

就算看不见，韩烨也知道这个在嘉宁帝身边服侍了一生的老人是何种心绪，他神情难得动容，朝赵福的方向抬了抬手，"赵福，孤现在已经是普通人了，不必再多礼。"

"殿下。"赵福当即便道，"您这是说的什么话，您回来了，大靖将来的帝君只会是您，大靖自然也是您的。陛下虽然把禁卫和皇家的势力交给了谨贵妃，可他生前曾经嘱托过老奴，若是您还在世，他留下的所有东西都是您的。"赵福朝韩烨连走两步，半跪于地，从怀中掏出两样东西郑重地递到韩烨面前。

"殿下，这是陛下留给您的传位诏书和玉玺。"

"传位诏书?"

他知道父皇驾崩后未曾给韩云留下继位诏书，却不想他不是没留下，而是把传位诏书留给了他。

"父皇他，什么时候立下的诏书?"

赵福头垂下，低声回："三年前您的死讯传来，陛下为了国祚安稳，立十三殿下为储的那一日，同时立下了这道传位诏书。"

韩烨愣住，眼底复杂震惊的情绪袭来，他沉默半晌，摸索着行到赵福面前，接过他手中重若千钧的传位诏书。

"赵福，诏书是父皇留给孤的，孤留在身边做个念想。玉玺你拿回去，交还给韩云。"

赵福愕然抬头，失声道："殿下？这可是先帝的遗愿!"他怎么都没想到，韩烨活着归来，却不愿再做大靖的帝君!

"赵福。"韩烨打断赵福的话，声带铿然，"父皇当年立旨时，并未想过孤会变成什么样子。孤如今双眼已毁，天下百姓和文武百官纵使再爱戴孤又如何？大靖不需要一个不能视物的帝王，你想让我大靖成为整个云夏的笑柄吗?"

赵福讷讷不能言，望着全然看不见的韩烨，念及等了三年的嘉宁帝，终是忍不住老泪纵横。

这一夜，吉利接到了施诤言传来的消息，皱着眉头回了上书阁。他入上书阁的时候，正好碰见大理寺卿黄浦从上书阁里出来。他没往心里去，从宫娥手里端了参茶放到帝梓元案头。

"殿下，都已经入更了，看完了这两本奏折就回华宇殿休息吧。奴才看刚才黄大人行色匆匆，该不会大理寺又出了什么大案子？”

帝梓元翻动奏折的手未停，“没什么，本王想起来一事，觉得有些蹊跷，便唤他入宫问上一问。”

“哦？殿下问他什么事？”吉利这两年待在帝梓元身边，是她最亲近的人，有时候也会少些忌讳，陪她聊些朝政。

“科举舞弊的案子他一直毫无进展，本王好奇他是如何突然查出谨贵妃和江云修的干系，还能在短短时日里千里远赴淮南拿到江云修幼时的笔墨。”帝梓元的声音淡了些，“本王的大理寺卿如今是愈发能干了，吉利，你说是不是？”

吉利替帝梓元搅动参茶的手顿住，眼垂了下来。

后妃和士子的干系岂是大理寺随意就可以查的出来的。科举舞弊案爆发后，他接到太子从西北传回来的讯息，动用了当年东宫在京城里暗藏的势力，这才查出谨贵妃是幕后之人，假托别人之口把证据送到了大理寺。

他如今是帝梓元的内廷大总管，无论出发点是好是坏，他有所隐瞒，终究是犯了上位者的忌讳。

“你从来不离本王身边左右，先帝驾崩的那一日，昭仁殿外，本王却找不到你的人影，你去了何处？”

帝梓元握笔批阅奏折的手未停，只淡淡地落下最后一句，“刚才本王听说，赵福去了施府，说来也奇怪，如今先帝驾崩了，他一个前内廷大总管，见本王的西北统帅做什么？”

帝梓元一句一句问来，吉利始终垂着头，未能回答半句。

她搁笔，合上奏折，静静开口。

“你留在本王身边三年，难道不知道这三年本王是如何过来的？”

帝梓元的身影映在微弱的灯光下，她的侧颜勾勒出影影绰绰的雾意来。

安静的上书阁内，吉利只听得到她空寂又带着薄怒的声音。

“吉利，故人归来，却不愿相见。你替本王问上他一问，既活着，何不归来？既归来，回到了这座城，他有什么资格不来见我？”

第七十六章

“既活着，何不归来？既归来，回到了这座城，他有什么资格不来见我？”

上书阁里，帝梓元的质问声连同毛笔搁在砚台上的碰击声一齐落在吉利耳边，他嘴唇轻轻哆嗦了一下，半晌，行下御桌，跪在帝梓元面前。

“侯君……”

一声侯君，足以让帝梓元知道韩烨还活着。她隐秘而又艰难地动了动因为过于用力握笔而早已僵硬的手，只肯露出冷沉的声音。

“说。”

“侯君，奴才没有法子，殿下说了，不能让侯君您知道他回来了。”

砰的一声脆响，御桌上的参茶被盛怒的帝梓元扫落在地，她眉宇冷冽，面容似冰峰一般，“混账，他有什么资格说这种话！他是大靖的太子，他是这个王朝的储君！什么时候他的命属于他自己了?!”

“侯君!”吉利一头磕到底，双眼通红，声嘶力竭，“殿下他看不见了。”

一句话若石破天惊，上书阁里陡然安静下来。

帝梓元闭上眼，心底一片冰凉。她昏迷的时候听到的没有错，韩烨他……看不见了。

“侯君，您别怪殿下，殿下看不见了，武功也没了，奴才自小跟在殿下身边，从来没见殿下遭过这种罪，奴才都不知道这三年殿下是怎么熬过来的。”吉利一句句哽咽而出，眼眶里有了湿意。

帝梓元唇角紧抿，睁开眼，深不可见的墨瞳里淌着不知名的情绪。半晌，她疲惫而释然的声音从御座上传来。

“吉利，带本王去见他。”

帝梓元知道韩烨还活着的消息这日深夜就被吉利传去了施府，收到消息的施诤言长长舒了口气，不知是宽慰还是心酸，他抚摸着腰间染着殷红血迹的长鞭，低低叹了一声。

“安宁，他们总归是比我们幸运，这样也好，这样也好。”

韩烨在怀城养伤的这几年，很是新添了一些习惯。以前他处理政事忙碌，日日不得懈怠，极少有闲下来的时候，现在却会每日清晨都在林中坐上一两个时辰，也不和人闲聊，就安安静静地坐着，听鸟鸣风过，一个人自得其乐。

施诤言知道他眼睛看不见了，这是唯一消遣的法子，也没阻了他这个爱好，只亲自挑选了几个伶俐的侍女服侍在他身旁。

知道帝梓元要来，施诤言一早便在书房里等着，直至晌午，仍是不见人影，差人去问，才知道摄政王的御车在施府后门停了半日，却始终不见人出来。

终归是近乡情怯，连帝梓元也不能免俗。他心底头明白，摆摆手去了书房。这是他们两个人的事，旁人插不了手。

昼夜交替，又是一日清晨。施府后门外的马车停了一日一夜，吉利也在车外守了一天一夜。他在一旁愁白了头，却不敢上前，待到第二日，怕帝梓元的身子吃不消，正欲上前询问，马车里的人走了出来。

“带路。”帝梓元脸色苍白，眼底却熠熠生辉，不见半点倦色。

“是，殿下。”吉利恭声应答，心底头踏实了些，利落地为帝梓元引路。

施府内早已撤走了侍卫，帝梓元一路畅通无阻，进后院，入梅林，不过短短半炷香的时间。行至梅林边缘，里头藏青的人影若隐若现，她朝身后的吉利摆摆手。

吉利躬身行了行礼，识趣地退了下去。

帝梓元朝里走，一步一步，那人的轮廓一点点在烟霞中现出，落在帝梓元眼中仿佛染上了绚烂而亘古的色彩。

他静静而坐，头微垂，眼轻轻阖着，容颜依旧，恍若三年生死相隔，从来不曾有过。

帝梓元就这么停了下来，在他十步之遥的地方。

她突然想起，三年前的西北潼关外，她和韩烨从军献城中逃出时她对韩烨说过的话。

“韩烨，如今只剩下云景城和军献城尚在北秦之手，你留在潼关。等军粮送到各城后由我去攻云景城，军献城交给你。大靖北秦停战之前，我们不必再见了。”

曾经她以为，她这辈子对他说的最后一句话便是这一句——不必再见了。

韩烨，过去种种历历在目，当年你在云景山上跳下，我以为老天对我永无厚德之日。

帝梓元掩在长袖下的手难以自持地颤抖起来，她几乎是本能地朝韩烨的方向抬起了脚。

或许是她的注视太过灼热，韩烨似有所觉，睁开眼朝帝梓元望来。

韩烨眉眼如墨，一双眼却空寂到毫无色彩。

帝梓元跨出的脚生生止住，眼底染上了殷红一片。

她知道他已经不能视物，可直到真正站在他面前，她才真真切切地感受到这个事实带来的震撼和无措。

那双望着她的无比空洞的眼睛，没办法让帝梓元再进一步。

那么骄傲的韩烨，看不见了。看不见她，看不见他的子民，看不见他的臣子，看不见这片原本属于他的山河。

那样在沙场上御敌于国门外，守护自己子民的大靖储君，如今，甚至不能再提起一把剑。

她突然明白为什么他活着，却不肯再见她。

那么骄傲的韩烨，怎么会愿意以这般模样站在她面前。

一日前的上书阁里，吉利带她来见韩烨时，只说了这么一句。

“侯君，殿下决定在先帝丧月满后离开京城。奴才不敢告诉您殿下回来了，是怕如果您出现在殿下面前，他连丧月也不会留完。”

“殿下的骄傲，全天下不会有人比您更明白。”

所以韩烨，你的决定，是明明生离，亦作死别吗？

“谁在那儿？”韩烨随手一扶，一旁桌上的瓷杯被他不小心扫落在地，碰出刺耳的声音。

韩烨看向地面，眉头微皱，却弯下腰摸索着去拾地上的碎片。

帝梓元回过神，眼底露出不忍和震惊，就要上前替他拾起。

“殿下！”不知何时起候在一旁的侍女凝香小跑到韩烨面前，“这些让奴婢来做就可以了。”

“谁在那儿？”韩烨却只是看着帝梓元的方向，沉沉地重复着问了一句。

凝香是施净言遣来照顾韩烨的，知道一些内情，她迟疑地看向帝梓元，见帝梓元摇了摇头，遂小心翼翼地对韩烨道：“殿下，元帅怕我一个人照顾您不妥当，又遣了一人过来。”

韩烨摇了摇头，“告诉净言，不必了，在西北的时候孤一个人生活惯了，身边不需要这么多服侍的人。”

这话一出，帝梓元眼底又平添了一抹黯沉。她朝凝香使了个眼色，转身朝林外走。

“殿下，好歹也是元帅的心意，您就应了吧。瞧，您这茶杯都碎了，奴婢重新给您沏一壶上来。”

凝香劝了韩烨两句，端着破碎的杯盏一路小跑跟上了帝梓元。

帝梓元一路径直朝内院走，凝香没和这位传说中的摄政王打过交道，忐忑道：“殿下，这不是出府的路。”

“谁说我要出府了？去茶房。”帝梓元的声音淡淡传来，“刚才你不是说本王是施元帅遣到太子身边的丫鬟，既然他的茶盅碎了，那自然该本王来沏。”

凝香一愣，瞪大眼看着帝梓元利落地朝茶房走去。

时刻关注着林中动静的施净言和吉利二人听闻帝梓元见着韩烨后一句没说去了茶房，亦是面面相觑摸不着头脑。

帝梓元端着一壶茶盅重新出现在梅林的时候，已是半炷香之后，这一回她在韩烨几步远的地方不过才停了片息便直直行到他身边替他摆好杯盏开始沏茶。

帝梓元从没服侍过人，行起事来不免粗狂一些。以韩烨如今的耳力，丝毫之差便能听得出来。

"是谁?"

帝梓元手顿了顿，却未停住。

一旁候着的凝香想起刚才帝梓元的吩咐，道："殿下，这是刚才那个侍婢，她是个哑巴，不能说话。"

韩烨本就目不能视，如今遣个哑巴来照顾他，岂不荒唐!

见韩烨眉头皱起，凝香又道："元帅说殿下的身份不宜让太多人知道，这才让她来照顾殿下。"

凝香回话间，帝梓元已经为韩烨沏好了茶。她静静立到一旁，目光落在韩烨皱起的眉上，不知怎的就想替他抚平。

"殿下，天凉，茶沏好了，您暖暖嗓子。"凝香因两人间压抑的气氛憋得慌，忙不迭地就要端起茶杯递到韩烨面前。

却见帝梓元毫不客气地摆了摆手，她端起茶杯，握起韩烨的一只手稳稳地放在了他手心。

触手温热，指间犹带薄茧。韩烨一怔，倏尔抬首。

他一双眼空洞洞的，只怔怔地望着面前。

两人呼吸隐有交错，不过一尺之距。

风吹过，树叶零落飘下，沙沙作响，打破了他的失神。

韩烨抬手轻轻一抿，温茶入口，他端着茶杯的手悄无声息地一顿，神色依旧平常。

"你们下去吧。"他垂下眼，掩住情绪，淡淡吩咐一声。

"是，殿下。"凝香朝帝梓元的方向看了看，见她颔首，朝韩烨行了行礼跟着她一齐朝外走。

"等等。"

两人行了几步，韩烨的声音传来。帝梓元回头，韩烨已望向梅林深处的方向，背对着她们。

"这个侍婢叫什么名字?"

凝香一怔，韩烨的声音又响："日后她来照顾我，我总要知道如何唤她。"

凝香朝帝梓元看去。帝梓元沉默不语，手一挥，卷起一截树枝朝地上写去。

待她写完，凝香方才恭恭敬敬朝韩烨道："殿下，她唤诺云。"

韩烨沉默片刻，终是淡淡挥了挥手，"孤知道了，你们下去吧。"

帝梓元朝韩烨的方向看了一眼，回转身朝梅林外走。

两人脚步声隐去，林中坐着的韩烨始终一动不动，他手中杯盏中的温茶早已凉透，可直至冰冷，他都没有放下。

第七十七章

帝梓元一路沉默地回宫，吉利自然知道了帝梓元见太子后发生的事，一路上欲言又止。

直到入了上书阁，他才忍不住问："侯君，殿下他……"

"他不知道是我。"帝梓元揉了揉眉角，"从明天起每日早朝后我都会去施府，宫里的事你打点好，若是铭西和烬言问起来，就说本王去了涪陵寺陪姑祖母。"

"是，侯君。"吉利明白帝梓元的无奈，他自小陪在太子身边，自是明白如果太子知道侯君已经知道了他现在的模样，恐怕会毫不忧虑地离开京城。

此后数日，凡下早朝，帝梓元必往施府。

韩烨却改了每日只在梅林休憩的习惯，施府每个旮旯地儿都被他杵着根竹竿跑了个遍儿。

跟在他身边伺候的，永远都是那个丝毫不细致半点不熨帖的哑巴丫鬟诺云。

"你这招围魏救赵，在孤这儿不顶用。"

施府后院石亭内，韩烨正在和施净言对弈，他摩挲着手里的棋子，朝施净言道。

施净言瞧见他眼底温润的笑意，笑着摇头："臣从来就没在殿下手里赢过，这么些年以为有了长进，哪知陪殿下您练练手，还是被杀得片甲不留。"

施诤言摸着石桌上沁凉的墨玉棋子，朝一旁杵着的假丫鬟看了看，心底头感慨。

那日从施府回宫，帝梓元便连夜召工部匠人入宫，吩咐他们在皇家墨棋上雕刻花纹以区分棋子，第二日就将这棋盘送了过来。太子不过在梅林待了半个日头，他平日在施府内所用的东西全被置换了一番，房内摆设皆去棱角，易磕碰的地方全用厚厚的棉布裹住。两位太医院太医专程入府为太子准备药膳，调理身体，今日就连太医院院正也跟着帝梓元一齐入了施府。

在帝家权势如日中天、帝位悬而未决的现在，帝梓元竟不忌讳让任何人知道韩烨的存在，或许……她唯一在意的是太子的不愿意。

这半个月，帝梓元每日下朝后便会来施府陪着太子，星辰而归，从未错过一日。但她亦从未开口和太子说过半句话，施诤言曾以为帝梓元这般的性子是决计忍耐不到这般地步的，可她却始终如此。

“殿下，臣今日又寻了一位大夫过来，等会下完棋让他给殿下您看看眼睛。”施诤言落完一子，报了棋子的方位，迟疑着朝韩烨道。

太子不愿意再看大夫，他是知道的。

哪知韩烨眉头挑了挑，只神色如常地答了一个字，“好。”

一旁立着的帝梓元听见韩烨的回答，轻舒了一口气，朝候着的凝香抬了抬下巴。

凝香这半月和帝梓元相处久了，灵泛得不得了，连忙点头，一路小跑着出去请太医院院正了。

韩烨像是没注意到凝香的离去，举手落下一子，朝施诤言淡淡道：“叫吃。”

施诤言一看棋盘，笑道：“还以为殿下您如今性子温和些了，埋汰起臣来还是半点不含糊，和臣弈棋比当年还要多赢两子。”

孙院正是被吉利悄悄着请进施府的，起初他还不知道是哪位贵人需要内廷大总管亲自来接，直至在施府内见着了摄政王，才知道今日要看诊的人是谁。

说实话，孙院正这一路被凝香引着入施府后院的时候，腿脚都是不利索的。他做了半辈子太医院院正，起伏跌宕了一生，就连先帝崩于昭仁殿时他恐怕都没这么紧张担忧过。

已经故去三年的太子殿下，居然还活着。可他们的殿下，竟已经不能视物了。

孙院正忧心忡忡地进了石亭，里头的几人倒是神色如常，他一眼就瞧见了坐着的韩烨，眼一红就要跪下行礼。

“孙大夫，你来了。”施诤言怕露了行迹，连忙唤了一声。

孙院正回过神，连连“哎”了几声，差点老泪纵横。

“公子，让孙大夫给您看看吧。”

见韩烨颔首，孙院正三步并作两步行到韩烨面前，虽然韩烨看不见，他还是行了臣礼才小心翼翼抬起韩烨的手诊脉。

帝梓元和施诤言几乎盯着孙院正的一举一动，等待他的诊断。孙院正医术高超，堪称大靖国手，或许他能有办法治好太子的眼睛。

时间一点点流逝，孙太医脸上的神情却愈加肃穆，半晌，他搁回韩烨的手，不无担忧道：“殿……”他顿了顿连忙改口：“公子的眼睛……”

“如何？”施诤言已经立起身朝孙院正看来。

孙院正摇摇头，朝韩烨道：“老夫可否问公子几个问题？”

“孙大夫想问什么，但说无妨。”韩烨颔首。

“公子几年前可是受过伤……”不等韩烨回答，孙院正又踌躇地补了一句，“如果老夫看得不错，应是经脉俱断、功力散尽的重伤，此等重伤老夫亦难救，不知公子可是有际遇？”

经脉俱断、功力散尽！帝梓元听见孙院正的话，猛地朝韩烨看去，瞳色重重一暗。

“是，几年前受过伤，后来被一个医术超绝的大夫所救，算是大难不死。”韩烨回得轻描淡写。

孙院正点头，沉声回：“公子体内的内劲使不出，并不是真正的功力散尽，而是体内真气乱窜入经脉，常人若如此早因真气岔体而亡，公子您能至今安稳，全是因为有人用浑厚的内力以人体穴位之法替您在身体内建了一道壁垒，将这些混乱的真气强行压制。只不过强行压制的后果就是当初受伤时的淤血尽数入脑，致使颅内血脉受损，才会让公子您的眼睛看不见。”

“孙大夫你是说公子的眼睛是真气压制的后果？还有希望治好？”施诤言一下子激动起来。

孙院正沉默，摇头，“救下公子的人医术在老夫之上，而且应是内力极其浑厚的宗师。当初封印公子的真气是唯一的方法，否则公子失去的不只是一双眼睛，而是性命，公子有机缘遇得此人真是大幸。”

孙院正退后两步，朝帝梓元的方向看去，弯下腰，满是愧疚自责，“老夫医术拙劣，治不好公子的眼睛，还请恕罪。”

石亭里陡然沉默下来，施诤言眼底的惊喜消失，帝梓元神情冷沉。

“无事，这些我早就知道了，当初救我的人也是像孙大夫这般告诉过我。”韩烨神色平和，望向施诤言的方向，“诤言，这次你总该放弃了。”

施诤言一愣，低低应了一声，可他总觉得太子这话不像是对他说的。

帝梓元朝孙院正摆了摆手，孙院正叹了口气，行礼退了下去。

“诺云，带孤去梅林走走。”孙院正脚步声远去，韩烨起身。

帝梓元连忙走到他身边，手正好抬到韩烨手边，韩烨握住她的手臂，被她引着朝石亭外走。

“诤言，你军务繁忙，孤就不留你了。”

这两个人，一个平日里温温润润现在指使人起来随性无边，一个桀骜不驯现在却服服帖帖半声不吭，倒真是一物降一物。

看着远去的两人，被落下的施诤言一脸憋屈，叹了口气。

梅林里，两人开始还一前一后，慢慢走着就成了并肩而行。

这些日子相处久了，两人便有了一些默契。

平日里都是韩烨在说，帝梓元听，今日也不例外。

“早几年的时候我受过一次伤，被北秦一位高人所救，他花了半年时间把我救活，醒来后我的功力散尽，眼睛也看不见了。”

帝梓元扶着韩烨的手一顿，安静地听韩烨说下去。

“你大概也知道了，我原本是大靖的太子，从小在宫里长大，养尊处优惯了。起初醒来的时候有些日子我很难接受这样的自己，后来慢慢也就习惯了。毕竟人还活着，有些事总归会习惯，然后去接受，就像孙大夫说的，能保住性命就是大幸。”

功力散尽，不能视物，跳下悬崖时身中的三箭更是直入筋骨。

受了这么大的罪，你却只告诉我，你还活着就是幸事吗？

帝梓元眼底一片暗红，似在泣血。

“这几年我明白了一些道理，有些事既然已经发生了，就不必再介怀，世事岂能尽得圆满。诺云，你说对不对？”

帝梓元没有回答，也无法回答。

韩烨停住脚步，轻轻开口：“回去吧，花期已过，梅花想必都凋落了。你的眼睛看得见，可以去看遍大靖的山河，陪着我在这里看枯树残叶，可惜了。”

韩烨说完，把扶着自己的手轻轻放下，回转身，慢慢而坚定地朝来处的路走去。

孑然一身，踽踽独行。

帝梓元看着他远去的身影，负手于身后，沉默地垂下了眼。

守在一旁的吉利许是听见了韩烨刚才说的话，行到她身旁小心翼翼问：“侯君，殿下是不是已经知道了您的身份？再过三日，先帝的丧期就结束了，施元帅刚刚告诉奴才，说是殿下昨日已经让他安排出城的车马……”

“备马。”帝梓元神色冷沉，打断了他的话，“本王要去涪陵山。”

涪陵山顶，帝盛天正抱着一团佛经躺在院子里晒日头。

帝梓元说明来意的时候，她眼都没睁，只轻飘飘道了一声：“韩烨那小子让你知道他回来了？”

“姑祖母您早就知道了？”帝梓元倏地抬头，面上带了气愤之意。

“不比你早上几日，凶什么凶。”帝盛天把一本佛经扔到帝梓元头上，没好气道。

“姑祖母，他的内力被封印在体内，眼睛也看不见了，孙院正说他没办法治好。姑祖母，如果是净玄大师出关，他有没有办法治好韩烨的眼睛，平复他体内乱窜的内力？”

帝盛天沉默，叹了口气，“三年前救韩烨的是净善。”

帝梓元神情讶异，“北秦国师，居然是他。”

帝盛天颔首，“梓元，论武力我和净玄都在净善之上，但论医术，云夏大陆上还没有人能强过净善。要救韩烨，除非是武力和医术都臻至顶峰，我和净玄有强横的内力，但不精通医理，亦无法替韩烨疏通经脉，化解他当年受伤后阻于体内的内劲。若是妄动，反而会适得其反，让他性命受损。如今只有等到净善武至大宗师，才会有一线希望。”

武至大宗师？云夏数百年历史，也不过才出了那么几位而已，谈何容易。

听见帝盛天的话，帝梓元眼底抱着的最后一丝希望破灭，神情颓然。

“梓元，不要太执着了，韩烨他能活着回来，已经是上天厚德。”帝盛天难得看帝梓元这副样子，劝慰道。

“我知道，姑祖母，我不介意他如今变成什么样子，只要他还活着……就好。”帝梓元垂下眼，唇角带了苦涩之意，“当年我年轻气盛，一心入京颠覆韩氏，逼得安宁远走西北，战亡在青南城，我虽不觉得我做错，可他父皇终究也是因为我才落个孤家寡人的下场。他一身内力被毁，双眼不能视物也是当年为了在西北救下我。姑祖母，我这一生，欠他太多，他如今不愿意再见我，我竟连一句都不能留。”

“姑祖母，我和韩烨这一生，到底缘深缘浅？孰对孰错？”

她望向山下京城的方向，半白的长发在风中被卷起，一双疲惫的眼里写满了苍凉。

“也许，我真的该放手了。”

第七十八章

绮云殿书房，谨贵妃正在练字，芍药来报帝承恩求见。

自嘉宁帝驾崩后，帝承恩屡入绮云殿求见谨贵妃，皆被挡了回去。

“娘娘，她在殿外候了半个时辰了。”

“让她进来吧。”谨贵妃沉默片刻道，神情倒是从容。

帝承恩被芍药引着进入书房，一进书房她小心打量着谨贵妃，见她神态间虽憔悴疲惫，却未有慌乱，不由暗暗纳闷。

先帝驾崩，未给小太子留下传位诏书，如今朝堂被帝氏把控，谨贵妃怎会如此沉得住气。莫不是她以为拿了自己手中的暗卫力量，自此便可高枕无忧？

“见过娘娘。”帝承恩行礼，一副温顺而忐忑的模样。不待谨贵妃开口眼眶便红了起来，“娘娘，陛下骤然崩逝，您还有小殿下要匡扶，可万万得保住凤体。”

谨贵妃练笔的手未停，连眼皮子都没抬一下。帝承恩眼底泛出几许尴尬愤恨，知道谨贵妃是因为科举舞弊的案子败露迁怒于她。如今嘉宁帝已死，她手中的力量尽数归于绮云殿，除了依附绮云殿，她在京中已无立足之处。

“娘娘。”帝承恩跪倒在地，“是承恩办事不利，差点连累娘娘和殿下，承恩罪该万死，还请娘娘看在这几年承恩陪伴在侧的情分，让承恩将功补过……”

"将功补过?"谨贵妃淡淡打断她，抬起头朝跪在地上的帝承恩看去，"陛下已经不在了，你手中的力量已尽归我绮云殿所有，你拿什么来为本宫将功补过?"

帝承恩声音一滞，脸色青白交错，顿时涨得通红。她自小虽被关在泰山，却是以帝家女的身份被抚养长大，这些年在京中有嘉宁帝庇佑，一般的贵妇皆给她三分薄面，还从未有人如谨贵妃一般当面给她难堪。

天家难测，人情凉薄，她如今算是了解得通通透透。

"娘娘，陛下虽逝，可娘娘万金之躯，很多事情娘娘不必亲手去做。如今朝堂震荡，小殿下储位不稳，各府女眷亦是京中一股至关重要的力量，承恩不才，愿为娘娘招揽各府命妇，在娘娘驾前效犬马之劳。"帝承恩伏倒在地，神情诚恳。

谨贵妃眼底划过一抹异色，帝承恩在她面前素来有些心气，想不到如今竟放得下身段，甘心折伏在她脚下。这个以帝家女身份养大的女子若不是际遇太差，也不至仰他人鼻息而活。

"承恩，这次科举舞弊案和陛下驾崩，本宫明白了一件事儿。"谨贵妃搁下笔，端坐在案桌前朝帝承恩看来。

帝承恩抬首，见谨贵妃稍显肃穆的神情，怔了怔。

"本宫一直以为只要稳坐后宫主位，前朝亦会为后宫所左右。这次之后本宫明白，这天下永远只有朝堂能主宰后宫，庙堂之高绝非区区后宫的力量所能比拟。若无在朝堂上的一诺千钧，所谓的天家宫苑只不过是一座华丽的宫殿。"谨贵妃声音沉沉，话语中藏着千般透彻。

以前她一直以为依附嘉宁帝便能护住韩云的储君之位，嘉宁帝驾崩后她才明白后妃在世族和朝堂面前的势微。若不是韩家几位德高望重的老王爷和旧臣坚定地护佑东宫，恐怕朝堂早已是帝家天下。

"依理而思，庙堂之争也不是区区后苑能够左右的。本宫要的不是各府贵妇的阿谀讨好，我绮云殿要的是朝堂的力量。承恩，经此一事，本宫方才明白为何帝梓元入宫三年，和本宫比邻而居，本宫贵为太子亲母，她竟连绮云殿的宫门都没有进过。"

谨贵妃想起昭仁殿外指点江山引领群臣的帝梓元，声音重重落下："因为对她而言，本宫不过是这后宫群妃中的一位，她眼里看到的是大靖的锦绣山河，后宫之地从未入过她眼。我们汲汲营营费心筹谋的计策，对她来说根本不值一提。"

“承恩，本宫要的不是各府贵妇的阿谀讨好，我绮云殿要的是朝堂的力量。阴私算计虽是争位之路上必不可少的助力，但如果要打败像帝梓元那样的人，只能用阳谋。”

而且是要以天下为局，朝堂为盘，百官为子的阳谋。

看着仿似脱胎换骨了一般的谨贵妃，帝承恩面上的震惊难以掩饰。

“娘娘，您……”

“怎么？惊讶？本宫短短数月经历先帝驾崩朝堂动荡，若还如当初一般肤浅无知，日后怎么辅佐太子坐稳储君之位荣登大宝。”

十年如此漫长，就算如今帝梓元不登皇位，有意培养太子，可将来的事谁又说得准。她不在朝堂上建立真正属于自己的力量，将来的天下未必会为韩云所有。

尽管她不信帝梓元，可有一句话帝梓元说得对。

她的皇儿想要的不是一个如傀儡一般的天子之位，不是一个靠阴谋之术控制的朝堂，他想堂堂正正地做大靖的天子，为万民造福祉，为天下启盛世。身为他的母亲，所有他不能做的，还做不了的，她都会替他承担，亦会替他做到。

“娘娘，顺安来报，说明王和安王两位老王爷已经入了宫门，再过片刻就要到绮云殿了。”

谨贵妃话音刚落，芍药小声禀告的声音已在殿外响起。

明王乃韩氏宗族的族长，是太祖唯一在世的兄弟，安王乃先帝长兄，两人在朝堂上握有实权，威望更是在八王之上，不少朝中老臣和开国世族皆和两人交好，乃如今皇室的柱石。现在两人相携入绮云殿，显然是谨贵妃有意召见。

这就是谨贵妃说的朝堂之力，运筹阳谋。帝承恩神情黯然，一时心灰意冷，也未再说求情之话。

谨贵妃扫了她一眼，知道今日的威慑已经足够，帝承恩虽不若以前重要，但作为先太子韩烨唯一在京的遗孀，还是有些用处。她诡谲果敢，和帝家势不两立，又只能依附于绮云殿。有很多事情谨贵妃不会再去做，但身边却需要帝承恩这样的人。

“好了，起来吧。天凉，跪着伤身。科考舞弊案帝家既然止步于江云修身上，自然也就不会再找你的麻烦。要留在本宫身边，你以后要更加谨言慎行。”

帝承恩本以为自己必成弃子，突闻谨贵妃之话，不由生出了几分希望来，眼中多了一抹感激和震撼。震撼于如今的谨贵妃脱胎换骨，御人和权谋之术已非当初可比。嘉宁帝的驾崩、帝梓元的威慑让后宫这个唯一手握大权的宫妃终于成长起来，或许选择依附于绮云殿会是最好的选择。

“谢娘娘怜惜，承恩当谨记娘娘之言，尽心尽力侍奉在娘娘身边。”帝承恩又朝谨贵妃深深行了一礼方才起身。

“好，你的忠心本宫知道了。朝中韩氏旧臣居多，但大都还惦念着先太子的恩德，如今拜入我绮云殿的尚是少数。云儿如今是名正言顺的东宫储君，又是先太子疼爱的幼弟。你是先太子的遗孀，不妨以追忆先太子的名头约上几位旧臣府上的夫人聚一聚。”

这是要借先太子的名头聚拢朝中曾得过他恩惠的旧臣新贵。韩烨为储十数年，仁德兼备，得尽朝堂拥护，如果谨贵妃以他的名号招揽行事，必有一部分朝臣会看在先太子的情分上归于绮云殿麾下。

念及韩烨，帝承恩心底酸楚怅然，却恭敬地点头，“是，娘娘，承恩这就去办。”

谨贵妃含笑颔首，面上有了满意之色，摆手道：“下去吧。”

“芍药，替本宫更衣，本宫要亲自去迎两位王爷。”

帝承恩退到一旁，恭送谨贵妃远去，心底幽怨而凄楚。

若是太子仍在，如今的大靖朝堂岂有谨贵妃母子之位。

她闭上眼，长长叹息一声。

如果十四年前那个染病重症的少女亡在帝北城，哪来如今种种，太子和她也必不是今日这般结局。

帝梓元从涪陵山而回后在上书阁处理了一宿政务，吉利不敢劝她，只得炖了药膳替她补身子。

第二日早朝完，帝梓元如往常一般换装出宫。

吉利替她系上玉佩，脸上有些意外，“侯君今日还去帅府？”

昨日太子梅林中虽说得含蓄，但已有推拒之意，以侯君平时的脾性，必不会再登帅府大门。

帝梓元抚弄挽袖的手一顿，漫不经心瞥了吉利一眼。

吉利面上讪讪，忙低声道：“奴才这就去安排。”

韩烨的眼睛看不见，也没有人会特意告诉她诺云每日是否前来伺候跟前。但今日他没像之前半个月一般在帅府里乱逛，反而在搁着棋盘的石亭里闲坐出神。

有温茶递到手中，韩烨正好口渴，握杯轻抿，茶香入口，他神情一怔，眼底淌过复杂的情绪。

以她过往的性格，昨日他虽说得婉转，但今日也不该再来才对。

怕是内疚之意太深，连她平日里的脾性也一并按捺下了。

“今日天凉，可曾着了厚衣?”韩烨轻轻叹息，温声问。

石亭里响起一声轻叩，算是应答。

两人相处半月，一个目不能视，一个口不能言，自是要想些办法交流。平日里帝梓元敲一声算“是”，敲两声算“不是”。

“春日已过，再过些日子就要入夏，平日听你偶有咳嗽，想必身子也不算太好，等天气暖和了，你也更能养着身体些。”韩烨放下杯盏，语气仍是温温和和，他朝面前的棋盘指了指，“既是出身帅府，应能对弈一二，陪孤弈一局。”

帝梓元扫了韩烨一眼，轻叩一声，随即坐到了石桌旁。

“孤爱棋亦善棋道，最不喜对手因孤的身份有意相让，你且拿出你的实力，与孤堂堂正正弈一局。”

韩烨落下一子，看向帝梓元的方向坦坦荡荡开口。

帝梓元眉角轻挑，观韩烨情绪盎然，也来了兴致，紧落一子相随。

韩烨执黑，帝梓元执白，两方入局厮杀，仿若当年西北之时沙盘演练之景，帝梓元心生怀念，神情全然放松，沉浸于棋局之中。

半个时辰过去，吉利替两人换了两盅茶，这局棋才算落定。

黑子守成持重，步步为营；白子霸道凌厉，兵行险招，最后以三子取胜。

帝梓元已数年不得如此酣畅淋漓的棋局，面上疲态尽除，她摩挲着手中棋子，朝韩烨望去，却发现不知从何时起韩烨正静静地凝视着她。

“杀伐果断、威慑天成，执棋如人，这几年立于高位，你弈棋之道更甚三年之前。”

韩烨兀然开口，这一句猝不及防，又仿佛准备许久。

帝梓元未言，心情激荡，千般话语藏于心，等他开口。

"孤如今弈棋温和保守，心性淡然，已不若当年。"

韩烨语气虽是温和，但话语中的铿锵之感却丝毫未散。

帝梓元她神情一怔，生出一股子不安的感觉来。

"如为大局所想，今日我们两人所处之位，对天下朝堂最是恰当不过。"

当年两人一为东宫储君，一为治世良臣。如今一为摄政权王，一为布衣百姓，人生际遇在他们身上当真应了沉沉浮浮世事难料这句话。

"如若……"帝梓元的声音干涩疲累却又铮铮入耳，她握着棋子的手不自觉收紧，缓缓开口，"如若不为大局所想，权当只为故人，你是否……"愿意留下？

最后四个字终是来不及说出，韩烨已开口截断了她的话。

"既是故人，便早该故去。"韩烨坐得笔直而冷然，"人生过长，故人旧事，不若早早放下。"

帝梓元一生桀骜不驯，即便是当年背负血仇一身孑然入京时也从未低过头。不顾韩烨昨日推拒，她今日重入帅府，甘愿低头再问这一句，便是为了将他留下。

可未想到，如今的韩烨却连一句恳求的机会都不愿再给她。

韩烨空洞的眼底似是沉下一抹极深的情绪。他缓缓起身，隔着棋盘看向帝梓元的方向。

"我归来，全为一尽孝道，不至让老父含恨而终。当年一劫，尚能存活于世全是际遇，如今我已远离朝堂数载，早无意京中生活，更不会再插手两家之争帝位之主的抉择。我已是一介布衣，于天下、百姓都不再重要，更无意卷入朝堂之争，还请摄政王看在当年之义上……"韩烨朝帝梓元重重行下一礼，声声更重，句句诚恳，"准我离去。"

经年之后，君行臣礼，竟是此般境况，实在唏嘘。

石亭里死一般的静默。一旁候着的吉利心惊胆战，朝帝梓元看去，果然，她脸上苍白得不成样子，眼底更是升腾出一股子滔天的火焰来。

但如今目不能视的太子却什么都看不见，帝梓元眼底的怒火只得一点点压下，直至完全沉寂。

她深深看了韩烨一眼，瞳中的悲凉失望让吉利都不忍去看。

“何必如此，你心已决，天下疆土，你愿去哪里，便去哪里。此后，本王再不过问。”

帝梓元起身朝石亭外走，行了两步又停下。

“前路漫漫，你……保重。”

她抬步前行，终是没有再回头。

孤孑的身影在庭院尽头消失，吉利看了太子一眼，叹了口气追上了前。

石亭里，韩烨始终是行礼之态，直至那满是怒意的脚步消失，直至亭中茶水冰凉，直至春雨陡然降下，落一地涟漪，他才缓缓直起身。

他背对着帝梓元离去的方向，沉默着笔直地立着。

无声无言，他双眼缓缓合住，遮住了满眼枯寂苍凉。

韩家毁你半生，我如今唯一能做的，是将下半辈子清清白白无忧无垢还于你手。

梓元，珍重。

第七十九章

帝梓元一人独骑从施府而出，吉利匆匆跟出来早没了她的人影。差人去寻了半日，才知帝梓元没回华宇殿休憩，也没入上书阁批阅奏折，内阁六部皆不见其人影。吉利这才着急起来，心念一转去了洛府。这两年，侯君遇着点什么事，也就只有洛大人能解决了。

洛府。

已是春日，洛铭西仍披着薄薄的裘衣，他半靠在书房的木椅上，手里端着温茶，听明吉利的来意，他眼微微眯起，透着一股子萧索，不慌不乱地开口。

“怎么，你们家的太子要走了？”

吉利一怔，猛地抬首，露出一抹警觉。

洛铭西面容淡淡，嗤笑一声，“韩烨大张旗鼓地出入皇宫，又常住施府，你和施净言瞒几日还可以，这么长的日子，我若连他回京都觉察不到，还怎么统御帝家在京城的暗势力？”

“公子……”吉利神情讪讪，有些尴尬。洛铭西对摄政王的情意摄政王察觉不出，这两年他可是看得清清楚楚，他帮着自家旧主挖墙脚，实在有些对不住面前这个日日相陪相护在摄政王身边的人。

“好了。”洛铭西摆摆手，微一沉默才道，“是不是梓元没能留住他？”

梓元醒来后虽行迹隐蔽，但每日去施府的事瞒不过洛铭西，早在数日前他便知道韩烨活着回来了。

吉利颔首，“殿下后日就走，侯君她怕是不能接受，从帅府出来后就不见人影了。公子，您也知道当年在云景山上要不是世子爷拦着，侯君早就……奴才是担心……”

洛铭西眉宇一冷，朝吉利看去，“担心什么？担心她再跳一次崖？荒唐，你主子身上有什么担子她心里头明白，不需要你来置喙！”

洛铭西素来性子温和，极少发怒，吉利明白自己刚才这话犯了他的忌讳，一时也是后悔，忙弯腰行礼，“公子息怒，奴才关心则乱，说错了话，公子不要往心里去，只是侯君她昨儿个一宿没睡，奴才怕她身子扛不住……”

洛铭西眉头微皱，“知道了，你先回宫，这件事我自有主张。”

“是，公子。”知道洛铭西素来对待摄政王有办法，吉利得了他的允诺，稍稍安心，行了一礼退了出去。

待吉利离去，洛铭西揉了揉眉角，面上现出几许疲惫，神情有几分出神。

这几日他避不出府，原也是因为韩烨归来。

他想过一万种将来会如何，但全然未想到韩烨还活在世上。

哪怕韩烨功力全无，目不能视，但只要韩烨还活着……

洛铭西长长叹了一口气，嘴角露出一抹苦涩自嘲。

“公子。”低唤声响起，一素衣丫鬟提着玲珑盒进来，她小心打量了洛铭西的表情才道，“方云斋送来的折云糕，这是您半个月前定的。”

这丫鬟正是心雨，当年洛铭西送进泰山陪在帝承恩身边的丫头。心雨颇善医理，且性子温和严谨，洛铭西感念她多年被束在帝承恩身边的不易，召她回来后就一直放在身边。

洛铭西抬眼朝心雨手中的玲珑盒看去，沉默半晌，他猛地一下从木椅上立起来，身上披着的薄裘落在地上。

“公子？”心雨愣住，惊呼一声。

“或许……”洛铭西喃喃道，“或许她不再执着了呢？这么些年过去，或许她改变心意了呢……不试一试我怎么甘心，备马！”

洛铭西扬声朝外吩咐，接过心雨手中的玲珑盒就朝外走。

“公子，您要去哪？”心雨忙不迭地拾起地上的薄裘，追着洛铭西朝外跑，一脸担心。

“靖安侯府!”

靖安侯府三年前重新修葺，但后院老书房等一应地方帝梓元一直只遣人打扫，未曾翻新。这里平时除了帝梓元和帝烬言，少有人来，仍是十多年前的模样，留着斑驳老旧的痕迹。

洛铭西提着折云糕走进后院的时候，远远看见帝梓元正抱着膝盖坐在归元阁下的石阶上发呆。

她脸色苍白，透着一抹倦意。

洛铭西紧了紧手中的玲珑盒，轻轻吐了口气，难得有些紧张。

他走上前，还未开口，帝梓元已经朝他看来。

“你来啦?”帝梓元笑了笑，难得露出一抹年少人才有的稚气来，“我刚刚还在想着你呢。”

洛铭西一愣。

“咱们几个小时候老在这院里玩耍，你看，那老槐树的树身上还有我当年划下的刀痕。”帝梓元朝院里一角的老槐树指去，“转眼这都十几年啦。”

洛铭西坐到她身旁，替她拿出折云糕摆好，朝老槐树看了看，眼底露出几分怀念，“是啊，都十几年了，当年你最喜欢在归元阁里玩耍，有一次还在这磕了脚，不愿在人前喊疼，回了房就一个人半夜悄悄地抹眼泪。”

帝梓元一怔，颇有些尴尬，“铭西，原来你知道……”

“是啊，我在房外干着急……”守了半宿。洛铭西拍拍帝梓元的头，后面四个字还没说完，帝梓元低低的声音传来。

“我不是不疼，我只是不想让他觉得我们帝家的女儿娇贵做作，吃不得苦。”

洛铭西愣住，朝帝梓元看去。

帝梓元抱着膝盖杵着下巴，有些出神，声音带着一抹回忆。

“那年我进京，心不甘情不愿的，觉得自己受了天大的委屈，还在父亲面前哀求了半个月捎带着把你拐进了京给我撑腰。进京后几乎京里数得上名号的世族小姐们都到我面前走了一遭，说些酸话也就罢了，还挨个折腾着给我使小绊子……我这才知道咱们那位太子殿下是京城里的香馍馍，谁都想咬上一口。”帝梓元弯弯眼，朝洛铭西抬了抬下巴，“这些你不知道吧，不过你放心，我是谁啊，她们一个都没讨到好，全都灰溜溜被我整治回去了。”

“哦？那么多世家小姐，琴棋书画诗词歌赋总有特别出挑的，你怎么整治的？”洛铭西听着她说，笑着问。

“既然是因为我东宫太子妃的身份来的，那我也不能让她们白来啊。”帝梓元撑了撑懒腰，朝洛铭西眨眨眼，“我从帝北城出来的时候，把宗祠里供着的太祖遗旨偷了出来，每日里就让秦嬷嬷抱在盒子里跟着我走，来一个让秦嬷嬷把圣旨拿出来念一遍……”

“你想啊，她们见我一次就得跪一次，鬼还敢再惹我。”

当年梓元入京，人生地不熟，嘉宁帝派了宫中掌事的秦嬷嬷到她身边侍奉。秦嬷嬷入宫得早，又素来威严，十来岁的官宦小姐们受了这种闷声气，哪里还敢惹她。

“难怪你刚入京的时候成日的世族小姐来拜访，过了一个月侯府里连个麻雀都没有，原来是这个原因。”

“有一次我整治建安侯府的嫡女，正好被他碰上了。等那小姑娘走了，他才慢慢腾腾出来对我说了一句话……”

洛铭西没有出声，听着帝梓元继续说下去。

“他说……”帝梓元声音有些悠远，“帝家的小丫头，感情你在晋南一哭二闹三上吊地闹着不入孤的东宫净是唬人的，你天天拿着太祖的赐婚圣旨满京城嚷嚷，指不定对孤怎么满意呢！”

“我当时还小，脸皮哪有如今厚，被他捉了现场，臊得当场就要跑，却被他提着领子逮住了。”

“他说……”帝梓元顿了顿，“不过孤就喜欢你这种霸道又不做作的丫头。”

帝梓元回转头，看向洛铭西，瞳中带着经年后的透彻，“铭西，过了这么些年我才知道，这么多年，他始终是不同的。”

“我回到这里，才想起来，原来我们也曾经有过那么无忧无虑的时候。”

帝梓元抬头看向身后的归元阁，久远的记忆在眼中复苏，却又一点点归于沉寂。

“可当年那么骄傲的大靖太子，如今却什么都看不见了。”

“你说，我们怎么就走到今天这一步了呢？”

帝梓元问完，起身，朝院外走去。

“放心吧，铭西，我这就回宫，不会让你们担心。”

洛铭西看着她走出院门，帝梓元的背影在他眼中渐渐模糊。

地上摆着的折云糕变得冰冷，洛铭西拿起一块塞进嘴里，一口口咽下。

冰冷僵硬的糕点入喉，凉气入体，重重的咳嗽声响起，一声比一声更急促。洛铭西整个蜷缩在石阶上，掩住了面不停地咳嗽。

一旁的心雨担心得紧，急忙跑过来扶住他替他顺气，却被洛铭西摆手推开。

急促的喘气声渐渐平复，垂下头的人静默良久，再抬首时，仍是一副淡漠沉然温润如玉的样子。

“回府。”

洛铭西的身影亦在归元阁外远去，唯留下一声深深的叹息。

夜，洛府书房。

心雨按惯例来禀每日京里发生的事。

“你说帝承恩以追忆先太子的名义邀了各府女眷相聚？”

“是，公子。受邀的多是京中皇室府第和一些东宫旧部的夫人。帝承恩打点了东宫的副管事，明日想去东宫取些东西出来。”

“什么东西？”

“一些东宫旧物，听说是一些先太子的笔墨。她想随席赠予各府女眷带回去，想必是想让那些宗亲和旧臣时刻记起先太子的恩德，好拥护绮云殿里的那位。公子，要不要阻了帝承恩入东宫？”

心雨低声问，未等到洛铭西回应，抬首看去。

洛铭西正端详着腰间那块从不离身的玉佩，半晌，他从腰间解下，递给心雨，在她愕然的眼神中淡淡开口。

“收起来吧，以后这块玉佩不必再日日佩戴了。”

有时候，迟了一步就是一生。

她待他始终如兄，这一世足以桎梏他所有情意。

第八十章

帝梓元在华宇殿里长长睡了一觉，第二日的早朝依例而循，并没有错过。

她依旧是大靖王朝最坚忍的摄政王，没有人知道她发生过什么，也没有人知道她只能眼睁睁地看着等了三年的人归来又离去。

帝烬言下了早朝直奔上书阁，撺掇着帝梓元去西郊挽弓猎马。

春日艳阳，日头正好。帝梓元不愿拂了他的兴致，正好也想去散散心，便搁了政事随他同行。

两人回靖安侯府拿惯用的弓箭，老管家在库房里寻了半晌才摸着头恍然大悟言了句“世子的弓前几日断了弦送去匠师处了还没拿回来”。

帝烬言以前长居东宫，从小到大攒着的好东西全留在了那，他又习惯着用自个儿的长弓，没辙，两人只得调转马头去东宫取弓箭。

怕是满大靖也只有帝烬言能让帝梓元这么陪着折腾了。

至东宫，帝梓元在马车里候着还不算，帝烬言拉了她一起入宫内挑选弓箭，嚷嚷着让她瞅瞅他的藏宝阁，也送她几件好行头。帝梓元拗不过他，只得耐着性子陪同。

这几日东宫总管林双正巧回了老家休养，两人来得突然，副管事苏海接到消息从藤木椅上跳起来的时候脸色都是白的，手里把玩着的通体透白的鼻烟壶一时烫得溜手。

帝承恩昨儿个托人捎了句话，说是想入东宫取几件先太子的笔墨。怎么着也是先太子遗孀，取几件遗物全个念想并不为过，况且总管又正巧回了老家。苏海笑眯眯收了鼻烟壶，今儿个一早给帝承恩行了方便之门，让人领她从侧门入了东宫。

先太子的书房在东宫右侧，靖安侯世子当年的休憩之所在北边，偌大个东宫，应是碰不到。苏海苦着脸匆匆去了宫门迎接两位大佛，心里头一个劲地宽慰自己，求菩萨开眼。

“姐，我的藏宝阁里可是有不少好东西，你别来得不甘愿，等会瞅上中意的可别眼红。”

“眼红一个太子侍读藏着的宝贝，你当你姐没见过世面？”

帝烬言少时居于东宫时说白了就是个侍读的身份，哪能留下什么珍品。

“哟，姐，你可别说大话，当年我的生辰可是京里数得上名号的盛事，殿下一年都没落下，年年都给我举办寿宴，送我的礼物那是一年赛一年的稀罕。我现在骑着的赤炎就是十二岁那年他送的，那可是漠北草原上的马王，当年入京的时候眼红了不少世家公子。等会你好好挑挑，咱们两姐弟一家人不说两家话，只要你把青庐借我使几天，看中了什么你拿走就是。”帝烬言一路哼哼囔囔，使着劲儿显摆自个儿当年的事迹，始终不放弃打青庐的主意。

帝梓元这两日最不喜别人在她面前提及韩烨，偏生帝烬言在耳边聒噪了半日，心里头压着的火一下没忍住冒了出来。

她扫了帝烬言一眼，步履未停淡淡开口：“烬言，你打理帝家也有两年了，可曾入过账房？”

“还没有，林叔管得挺好的，我寻思着不需要我插手。”帝烬言摆手，一副用人不疑能躲就躲的模样。

“那也就是还没看过咱们帝家的家当？”

“是啊，咋了？”

帝梓元脚步微停，朝一旁的亲弟看了看，不紧不慢开口：“当年韩帝两家打天下建帝都的时候，是咱们姑祖母先入的城……”

帝烬言脸上写着明晃晃的疑惑。

“听姑祖母说她懒得很，不愿搬重的东西，就领着亲卫在城里逛了一遍，随便拿了些不碍事的小物什回来。”

“姑祖母拿的啥？”那可是夺宝物的好机会，帝烬言一脸可惜，恨不得重回几十年前替帝盛天跑腿抢地盘儿。

“也没什么，就是一些地契。”帝梓元轻飘飘落下几个字，在帝烬言目瞪口呆的眼神中敲下轻轻的一锤，“帝都一大半的地契。”

回廊里静了有那么一会儿，帝烬言吞了口口水，抬着手画了个圈，“姐，你是说咱家账房里有大半个帝都的地契……”以如今京城的地价，拥有大半个京城的地契可以算得上富可敌国了。

帝梓元慢条斯理地卷了卷袖子，“哦，我忘了告诉你，当年东宫所建之处就在那些地契范围之内，别说是你那区区一隅的藏宝阁……”她抬了抬下巴，说不出的霸道，“便是这座东宫，也从来都是我的。”

她说完朝回廊外走去，留下目瞪口呆被噎得半死的帝烬言。

帝烬言少时的书房在东宫北处，出入此处能远远瞧见北阙阁。

帝梓元上次来东宫，还是为了北阙阁后的长思花，一晃又是三年过去。

她以前不觉得时间易逝，这几年年岁渐长，埋首政事，越发觉得时间过得快，有些事容易忘记。

北阙阁隐隐可见，不知怎的帝梓元心念一转，在小径分岔路上拐了个弯儿绕道朝北阙阁走去。长思花在北地难活，也不知今年的花开得如何了。

远远跟在她后面的帝烬言眯着眼，嘴角带着笑，也不吭声默默跟着她走。

未近北阙阁，不高不低的争执声已隔着院墙落入帝梓元耳里。她脚步顿住，眉头皱起，朝不远处望去。

北阙阁外，帝承恩一身素衣，正沉着脸不耐烦地看着殿门前拦着的侍卫。她身后立着几个侍婢，侍婢手里合着的盒子里想必是从韩烨书房里取的字画。

“混账东西，太子虽然不在了，可这东宫也是他在世时的居所，我不过是进去拿几件先太子的遗物缅怀，你竟敢拦我？”帝承恩这话占着道理，守阁的侍卫面有难色。

“承恩居士。”一年岁尚轻的太监从阁旁匆匆走出，看到北阙阁外的闹剧，一步挡在侍卫前朝帝承恩行了一礼，不卑不亢回，“您该知道，此乃北阙阁。”

这话一出，帝承恩脸色陡然沉下，守阁的侍卫挺直了腰板子，精气神都硬朗了起来。

这太监名唤辰非，平日里专职司守北阙阁。也不知当年韩烨是怎么想的，一座小小的楼阁，还使了一队亲卫和一个太监专门守着。

众人皆知，北阙阁自建成之日起，太子禁令任何人出入，曾言非主不能进。

直白了说，即便当年太子另娶太子妃，那北阙阁的主人，也从来只是那位十几年前的帝家小姐，后来的靖安侯君。

帝承恩脸色数变，但终是按捺下来，她吐出一口浊气，冷声道："辰非公公，我非是一定要入这北阙阁，既然你是东宫老人，就该知道当年我从泰山回来时随行带了不少物品，这些东西我初回京时置入了北阙阁里。今日我来只是为了拿回我自己的东西。辰非公公，太子已故，你难道连未亡人这点念想也要束于高阁?"

当初帝承恩以帝氏小姐的身份回京，她自然想当然地认为这座北阙阁归她所有，从泰山上带回来的东西便全运了进来，后来宫廷动荡朝堂变幻，她的身份大白于天下，便将这些物品遗忘在了北阙阁。

今日她入东宫本只想取些太子的笔墨遗物，被宫娥领着行走时无意间瞧见了北阙阁，想起当年居于泰山时韩烨每三月所赠的礼物和生辰礼，不由心生惦念，想一并拿回。

辰非神情一滞，有些难办。作为东宫旧人，他自然知道当年太子最喜搜寻奇珍异宝上品孤本这些玩意每隔三月送上泰山，为被囚禁的帝小姐解闷。

虽太子所赠是真正的帝家小姐，可那些年收礼物的确是帝承恩。

"这……承恩居士，当初您从泰山上带回来的东西，皆是太子殿下所赠……"

"那又如何，你也知道是殿下赠予我所有，那自然便是我的东西。"

不远处，帝烬言摇摇晃晃终于赶上了帝梓元的脚步，听得北阙阁外的争论，双手抱于胸前，啧啧道："姐，你刚才还说这东宫都是你的呢，瞧瞧，话还没说完，就有人上门要东西来了……"

"我不入这北阙阁便是，我只拿回自己的东西，太子已经不在了，这东宫我日后也不会再踏进半步。"

见辰非不语，帝承恩声音更重，她朝身后的侍婢摆摆手，"你们跟着辰非公公入殿，替我把东西搬出来。"

帝承恩身后的侍婢轻"喏"一声，搁下手中木盒朝辰非走来，看这架势大有强入北阙阁的意思。

辰非面色难看，却又不好阻拦，正是踟蹰之际。

"你的东西？"侍婢闯殿之际，一声清冷的问询在北阙阁外响起。

众人回首看去，帝梓元一身鱼白劲服，正缓步而来。

帝承恩神情一滞，怎么都没想到帝梓元居然会在这个时候出现在东宫北阙阁。

帝承恩拾阶而上，停在北阙阁外。

辰非和守阁的将士朝帝梓元行礼，副管事苏海从内院匆匆赶来正巧撞见了这一幕，骇得差点晕厥过去。

帝梓元的目光落在帝承恩身上，又问了一遍。

"你刚才说，这北阙阁里的是你的东西？"

帝承恩脸色通红，这话别人来问她自然不屑，可偏生是帝梓元问出。

"摄政王殿下，这是我当年从泰山带回……"

"那又如何？不是你的便不是你的。"帝梓元淡淡开口，"人从来就不是你的，念想也不是你的。"

"帝梓元！"帝承恩被戳中了深埋心底的痛处，一时口不择而言，"别忘了，是我代你在泰山受十年囚禁之苦，是我保住了你的命，如果不是我……"

"所以………"帝梓元重重打断她的话，目光变得冷沉，声带凛冽，"本王还留你一命。否则，你以为你当初种种，如今之恶，本王还能忍你至今？"

帝梓元眼底的杀意迎面而来，帝承恩心底猛地惊颤，被压得喘不过气来。

"刚才你既已说不再踏进东宫，日后就不要再来了。来人，送承恩居士出宫。"

帝梓元转过身，不再看帝承恩。

北阙阁前守着的侍卫行到帝承恩身边，就要挟她离去。

帝承恩到底还要脸面，恨恨转身就要走，却被帝梓元唤住。

"慢着。"帝梓元的声音自石阶上传来，"本王欠你的十年囚禁之苦，这些年的容忍已全部还清，下次你若再敢搅乱朝局，介入后宫，本王必不容你。帝承恩，你好自为之。”

帝梓元负手而立，未再出声。帝承恩脸色惨白，狼狈离去。

侍卫挟着帝承恩的脚步声远去，北阙阁外又恢复了往常的宁静。

帝梓元朝紧闭的阁门看了一眼，眼底一黯，转身就欲离开。

“殿下！”低唤声响起，辰非急急两步侧拦在帝梓元身旁。

帝梓元有些意外，却也欣赏刚才此人护阁之举，耐下性子问了一句：“你是何人？”

“殿下，奴才辰非，十四年前奉先太子之命，看守北阙阁。”辰非跪倒在地，朝帝梓元行下一礼。

十四年前正是韩烨修建北阙阁之时。

“殿下故去后，奴才依着殿下每年的吩咐栽种长思花，幸好三年前花开，没有辱没太子殿下临走时的交代。”辰非声音哽咽。

“难为你了，起来吧。你忠诚有加，北阙阁交给你守着，本王倒也心安。”

帝梓元眼神微动，不免感慨。

“殿下，刚才承恩居士想要的是太子殿下早些年送到泰山上的东西，奴才知道您三年前入阁时只在阁内看了长思花海，这第二层阁楼，您还从来没有进去过。”

帝梓元沉默，半晌才道：“你到底想说什么？”

辰非小心翼翼看了帝梓元一眼，深深行下一礼：“殿下，十四年冬寒秋暑，奴才在这里守了十几年，只是想着，如果您有一日能进这北阙阁看看，这十几年也守得值了。殿下，如今太子殿下已经不在了，您既然来了，不妨进去看看真正的北阙阁吧。”

第八十一章

当年北阙阁建成之日，曾有人感慨。

帝都之尊在乾坤，帝都之贵在北阙。

可见当年韩帝两家的联姻于整个大靖而言是何等佳话，竟能让太子妃宫宇和帝王之殿相比拟。

许多年后，帝氏成为大靖和帝王的禁忌，帝家被掩埋忘却，这座殿宇也湮没在历史长河中，只为太子韩烨一人所惦念。

长思花海只是这座殿宇的点缀。真正的北阙阁二楼，帝梓元从未踏足。

“真正的北阙阁？如今看与不看又有何用？”帝梓元立在这座空置了十四年的殿宇前，喃喃自语。

“纵太子已逝，然这些年太子如何待殿下，奴才守在北阙阁看得清清楚楚，总是希望不留遗憾才是。”

辰非说完，推开北阙阁大门，朝帝梓元躬身行下一礼，朗声而呼。

“北阙阁总管太监辰非，守阁十四载，恭迎殿下入阁。”

他身后，守阁的将士执戟行礼，仿佛等待许久。

紧闭数年的北阙阁被重新开启，逆光下更添庄重古旧。

帝梓元眼底隐有湿润，沉默许久，终是抬步朝阁内走去。

帝烬言在她身后，凝视着北阙阁大门缓缓关上，轻轻叹了口气。

十四年恩恩怨怨，两族纠葛，这些不该让姐姐一个人担下来。

洛府，洛铭西独坐高楼，一壶浊酒，一张古琴，琴声缭绕，隐有清冷孤寂之感。

心雨走进，低声回禀：“公子，殿下已入北阙阁。”

抚琴的手停，未有言答，只抬手倒满一杯酒，一饮而尽。

北阙阁内，帝梓元抚过南海红木上的凤凰浮雕，踏着西域进贡的琳琅厚毯，走过旋转木阶上的琉璃灯，拾阶而上，站在了北阙阁第二层的入阁处。

可这里，是和第一层截然不同的世界。

北阙阁第二层，是极致的简单。

楼阁中心置着一方木桌，桌后一排书架，书架上除了野史古书，便是些小孩子的玩具。一方窗前置着茶具，晋南雨前龙井的清香飘来。一方窗前摆着棋盘，白玉的棋子散落在棋盘上。

屏风后一张不大的床，铺着浅白的床单，床单上绣着咧着嘴大笑的娃娃，竟有几分斑驳老旧，像是小孩儿旧时用过一般。

这里和帝梓元幼时居于靖安侯府时的闺房一般无二，就连房间里摆设物具也是当年之物。

当年帝家被冤谋逆，靖安侯府被下旨抄家，早被毁损得面目全非。可韩烨竟将她幼时的记忆和居所完全保留了下来，默默藏于这北阙阁中。

无比漫长的十年，纵韩帝两家决裂至此，他亦从未想过这北阙阁有易主之日。

“殿下，这房间里所有东西都是太子殿下亲手布置的。太子曾经吩咐过，阁内的茶水不能冷，茶叶要常年备着，窗子要日日通风，不能让您小时候藏着的古书发霉受损。当初承恩居士从泰山而回时带来的东西也是殿下亲自遣人送进来放在这书架下的。那里头是殿下十年来给您搜罗的奇珍古玩，每三月送往泰山一次，十年来从未间断。”跟着帝梓元进来的辰非在一旁小声开口，他朝书架右侧指了指，“那里有一口楠木箱子，是殿下三年前命人从军中送回来的。”

帝梓元眉眼微动，终于开口：“三年前？军中？他什么时候遣人送回的？”

“云景城大战前。”辰非声音顿了顿，才回，“太子殿下的亲卫亲自把这口箱子送到奴才手上，说是殿下吩咐箱子里的东西从此尘封于北阙阁，不必再启。”

帝梓元眼中瞳色几变，终于抬步走进房间。

辰非在她身后默默行了一礼，悄然退去。

木桌后，书架左侧前，安静地放着十来个年代久远的箱子，里头是韩烨当年送到泰山之物。

木箱虽是陈旧，却很干净，显然平时让人打理得很好。

帝梓元沉默许久，抬手一个个打开了箱子。

箱子里整整齐齐放置着很多东西。

古玩、孤本、棋谱、匕首、纸灯笼……

什么都有，却没有一样重复。里头的很多东西像是被人把玩过的，如果帝梓元猜得没差，这些应该是韩烨贴身所用或是平日里游历时寻到的小玩意或孤品。

帝梓元的手在这些物品上一一抚过，那十年韩烨独自努力的场景仿若历历在目。

这些年她居于晋南，从来不知道这些东西的存在。

她只知帝承恩代替她在泰山上被囚禁十年，却从来不知道那十年的韩烨是在如何待她的。

他知道她性子飞扬跳脱，他只是想让泰山上被囚禁的她活得快活些，好好地活到他接她下山的那一日。

帝梓元的手停在最后一个打开的箱子上，最上头静静合着一张泛黄的纸，显然是送往泰山的最后一份礼物。

帝梓元心底微动，翻开宣纸，神色一怔。

纸上的字虽然笔锋锐气，却透着几分幼稚。

归元阁。

竟是她七岁那年在他面前亲手写下的归元阁。

帝梓元拿起宣纸，眼底泛起十几年前的回忆。

“帝家丫头，你府里真寒酸，书房连个名字都没有。”

那一年她初入京城，被韩烨打趣，她性子执拗，当即为书房取了名字就要贴上，却从凳子上摔下来，脚踝磨了一大块皮。韩烨抱着她手足无措，一个劲地道歉喊大夫。那还是她第一次看见韩烨如此慌乱。这么多年过去了，她成了大靖的摄政王，当年那个抱着她的少年太子又何尝不是被消磨得早已不在了。

当初她以任安乐的身份入京复仇，帝承恩亦从泰山归来，自此三月一次的礼物便断了。帝梓元突然想知道，韩烨察觉她身份的那一日，知道这十年被她欺骗，默默相待的另有其人时，可会有悲寂之感？

这些年帝梓元行走在对韩家复仇夺权的路上，对一切视若不见时，始终忘了问当年那个温和无垢的少年一句……

你护我半生，到头来落得如此结局，可悔可叹？

帝梓元目光轻移，落在书房右侧的楠木箱子上。

她猛地行几步，移到右侧，打开了三年前韩烨从西北送回来的最后一口木箱。

木箱里，放着十来张合着的画卷，帝梓元掀开，手轻轻一顿，眼底露出意外之色。

所有的画卷里，只有她一人。

闲坐书房，沙盘演练，策马练军，树下饮酒，回廊赏梅，墓前独立……

那一年安宁祭日，她守在青南城，韩烨来祭曾在城中小住。那时因安宁的死，她以为韩烨难以原谅她，半月时间两人虽朝夕相处，却几乎在青南将府里毫无交流。

她日夜练兵，每日回府时都看见韩烨在回廊休憩，她只当他写写画画只是情趣，却从来不知道，他日夜所画，皆为她。

那个时候，他便知道嘉宁帝遣十位准宗师入西北要取她性命了吧，云景城之战，也早已在他构画之中……

一封信从画卷中掉出，落在帝梓元脚边。

她一怔，弯腰拾起，帝梓元握着书信，却不知为何不敢打开。

许久，她轻叹一声，展开书信，目光落在信上。

信中字迹苍劲有力，熟悉无比。

梓元，若有一日你见此信，怕是你我此生已无再见之期。

只此一句，帝梓元眼眶通红，已有湿意。

对不起。

十一年了，从帝北城那一日起我便一直想对你说这句话。

可我是韩家的太子，我不能说。

我知道云景山一战后我怕是回不来了。

有此一战，为了大靖，为了你，也许是我最好的宿命。

我突然明白安宁执意要守在青南城的原因，这是我们韩家欠帝家的。

不是欠你，是欠帝家和晋南百姓的。

一百二十三口帝家族人，八万晋南帝家军。梓元，我们有血有肉有心，欠下了血债，日夜不能寐。

若我以韩氏太子的身份死在西北，这一世，至少作为大靖太子，我能在死的那一刻无愧。黄泉路上，再见你帝家族人和那八万冤死的将士，我至少能坦然面对他们。

这一生大靖、朝堂、百姓我都不负。

唯有你，我放不下。

可我们却从最初便是死结，世间可笑莫过于此。

梓元，我死后，唯愿你放下过往，此后余生，能够展颜。

不为帝家女，不为靖安侯，不为天下主宰，只作为帝梓元而展颜。

这一句后，信上是整页的空白，只是突兀地在最后一角落下几行字，许是匆匆而写，透着点点苍凉，点点欢喜，点点悲寂，点点深情。

帝梓元，吾此生之年，中意于你。

吾不许来生之诺，今生得见，是吾百世修来。

吾一生求而不得、藏于心间之人，是你，帝梓元。

韩烨绝笔。

第八十二章

韩烨绝笔。

这四个字犹若惊涛骇浪重击于心，直入灵魂，再无可逃可避之处。

三年前留下的绝笔，那人早已做好此生死别的准备。

将之束之高阁，更是不愿让最后这点心意为人所知。

韩烨，这些年，我竟把你逼到了这一步，

三年前死别，三年后生离。

泪水毫无预兆落在这封绝笔信上，帝梓元的手细细颤抖，早已哽咽难语。

当年那个为护她周全在朝堂上步步为营的少年，殚精竭虑在西北为她踏入死地和如今一身病骨目不能视的青年在她眼底交错出现。

他半生心血耗尽皆只为她，可纵使嘉宁帝千错万错，他有什么错？

数月前的昭仁殿里，她曾对嘉宁帝说她和韩烨的这一生本不该是这样的，可她和韩烨的人生会变得如何，为何要去问嘉宁帝？

这一生他们不负天下、朝堂、百姓，却各自相负，不得善果。

他们半生耗于此，凭什么只得这般结局？

帝梓元合上绝笔信，闭上眼长长叹了一声。

半晌，她睁开眼，瞳中光华璀璨，一扫三年来的颓散冷漠，和进阁之前判若两人，竟有凛然不可直视之感。

她将归元阁的名条和韩烨的绝笔信重新放入木箱中，重重凝视一眼后转身离开，再也没有回头看过。

北阙阁的殿门被重新打开，一直候在殿门外的帝烬言心里头着急，见她出来就要迎上前，却在看见帝梓元的那一瞬怔住。

纵模样如初，帝烬言却在帝梓元眼中见到了当初任安乐入京时才有的张扬生机和凛冽霸道。

“姐姐!”帝烬言迎上前，声带宽慰欣喜。

帝梓元停下脚步，目光落在他脸上，只问：“你知道了?”

帝烬言一愣，朝当年韩烨居于东宫时的殿宇看了一眼，重重颔首，眼底隐有泪光闪动，“我知道了。”

他这一声说不出的释然和喜悦，仿佛三年来少年的暮气老沉一日间尽数散去，胸中亦有浊气涤荡之感。

帝梓元看得心酸，在他肩上拍了拍，抬步欲走。

帝烬言唤住她：“姐姐，你可是要去施元帅府上?”

帝梓元摇头，“不必再去了。”

帝烬言一急，“可是殿下后日便要走了，他这一走，天下之大，以后怕是不会再回来了。”

“烬言，以他的性子，决定的事，我再去亦无用。”

“那怎么办……”帝烬言心里着急，他今日特意带帝梓元入北阙阁，可不是想让他们就此错过。

帝梓元沉默着望向施府的方向。

“我从不听天命，只尽人事。”

她重重落下一句，转身朝东宫外走去。

这一日夜，帝梓元先入洛府，后隐秘地宣帝氏一派的几位朝臣入上书阁议事。灯燃了半宿，直至半夜几位大臣才悄然离去。

苑琴这两年一直留在帝府打理事务，这一日吉利特意唤了她入宫，说是摄政王想念她的手艺。几位大臣从上书阁离去后，苑琴这才把做好的桂花酿端进去给帝梓元。

“小姐，您要是念着我的手艺，我便留在宫里，日日给您做就是了，何必还让吉利公公专程跑一趟接我过来。”苑琴虽说秦家小姐的身份早已大白于天下，这几年却一直未曾回秦府，而是留在帝梓元身边，替她筹谋解忧，兼帮帝烬言那个毫无整治家宅手段的世子打理帝府。

帝梓元端着温热的桂花酿抿了几口，笑道：“你如今执掌着靖安侯府的内务，事情繁杂，怎可日日陪我留在宫里……”她微微拖长了声音，“况且，即便是我想，烬言那个小子也不会答应吧。”

苑琴脸上一红，素来沉静的脸上难得有几分赧然。

帝梓元看得感慨，“一晃你跟着我进京都有好几年了。这几年苑书在漠北，归西也陪着她一起戍守，你一个人守着偌大的靖安侯府，晋南那边的事务也多是你在打理，难为你了。”

苑琴替帝梓元揉着肩膀，摇头，“小姐说的哪里话，当年若不是小姐救下我，哪有我秦家沉冤昭雪的一日，能留在小姐身边为您解忧，苑琴甘之如饴。”

帝梓元拍拍她的手，轻轻叹了一声，合上眼，低语了一句。

“苑琴，你到底是秦家大小姐，荆州秦氏唯一的嫡系血脉，秦氏一门风骨，不该就此断绝。”

苑琴揉肩的手微顿，眼眶渐红，到底没有再回绝帝梓元此言。

第二日清早，帝梓元下朝后微服出宫，亲自去了右相魏谏的府上。

这一日夜，原本备好车马准备第二日离京的韩烨收到了一封来自涪陵山的信函。

“殿下，帝家主说您既已决意离去，还请您隔几日在涪陵山一聚，也好全个念想。”

施诤言得了韩烨的允许，替他看信。

帝盛天是韩烨的启蒙之师，又是大靖的开国者，在韩烨心底的分量一向很重。她的会面邀请，韩烨如论如何也不会推辞。

“帝家主定的什么时候？”

“十日之后。”施诤言回，见韩烨面露疑惑，他又道，“帝家主信上有说，这几日在武途上有些进展，要闭关数日，遂约殿下十日后小聚。”

韩烨颔首，回道：“你亲自去回话，说既是她老人家相约，十日后我必定前往涪陵山一聚，诤言，离京的行程便推迟十日吧。”

“是，殿下。”

第三日正是嘉宁帝丧月结束之期，帝梓元身体已大好，正式复朝。

先帝驾崩前虽未留下继位诏书，可大靖是有太子的。但如今帝氏一门手握重权，帝梓元亦是先帝亲封的摄政王，天子之位落于韩、帝谁家，如今看来却是未知之数。

但国不可一日无君，大靖亦有北秦东骞两国虎视眈眈，稳定朝堂为上。嘉宁帝丧月过后，这件事头一份儿就要摆到明面上来。况且近段时间绮云殿频繁召见韩氏亲王和先太子旧臣，拥立储君继位的心思不言而喻。不过才七岁大的小太子，若没有在帝家的认可下登位，无异于动荡朝堂。

今日早朝，朝臣们已经做好了金銮殿上争论不休火药十足的准备，个个头一宿养精蓄锐吃饱了才上的殿。哪知还不待韩氏皇族太子一派跳出来嚷着“国不可一日无君”“太子继位大统名正言顺”这样的漂亮话，两朝元老内阁首辅魏谏头一个站了出来，当着满朝文武朝王座上的摄政王和太子行了叩拜之礼。

以他位极人臣德高望重的身份，帝梓元和太子都还未登位，这礼行得稍微重了些。可他头一个站出来言立君之事，却在所有人意料之外。

魏谏乃两朝宰辅，亦做过两位太子太傅，兼之大靖立朝来十之八九的科考皆为他主考，说是天下文人的座师也不为过。但他秉承了百年魏家的文人风骨，在朝二十四年，从不介入党争，这次韩帝两家对垒，他闭门不出，早已称病在府，复朝后尚是他数月来头一次登上金銮殿。

没有人想到他会第一个站出来，但如果是他选择的帝君，等于得到了整个大靖朝文人的支持。

是以当他以两朝元老的身份向帝梓元和韩云行下大礼时，所有人都屏息等待他开口。

无论是太子一派或帝氏一派的朝臣都显得有些紧张。

“臣魏谏有本要奏。”魏谏叩首于地，朝着帝梓元和韩云朗声而呼。

这尚是韩云头一次上朝，宰辅的朝奏他自然只能听着。

“老丞相不必行如此大礼，今日复朝，诸事可议。老丞相所奏何事，不妨道来。”帝梓元一派沉然，挥袖而道。

诸事可议，摄政王这话说得有点儿意思。她此话一出，太子一派的人顿时有些紧张，若不是对魏谏的奏本胸有成竹，帝梓元当不会说出这句话来。

“我大靖朝自四年前始，历经三国之乱、兵革之灾、储君战亡、帝君驾崩，诸事皆为国难国丧，实在不吉，如今我朝新君册立在即，此乃我大靖立朝之本，未免冲撞立君的大事，老臣奏请新君册立之前，先在朝内举行国婚，为我朝新君册立先添黄道之喜，还请摄政王和太子殿下准老臣所奏，先行国婚！”

七十上下的老丞相在金銮殿里中气十足地喊出这番话时，满殿朝臣足足愣了半晌。

举行国婚？为新君册立撞喜？这是啥？

但朝臣们瞅着王座上眯着眼一副满意神态的帝梓元时，回过了味来。

他们的这位在朝摄政王、帝家的靖安侯君，到如今可都是待字闺中云英未嫁。若不是魏谏在金銮殿里这般郑重地提出来，几乎所有人都要忘了这个事实。

或许是因为帝梓元已握天下重权，实在寻不出男儿匹配于她；或许是因为当年那封太祖留下的赐婚圣旨太过深入人心，以至于在先太子故去三年后，亦从未有人提过堂堂一国摄政王君的婚事。

但如今众人回过味儿来，看来摄政王为了帝家能登上至尊之位，终于愿意成婚了。

为何这么说，因为这些年随着帝家势大，一道二十三年前的圣旨重新被大靖朝臣记了起来。

太祖建国的二年，感念帝家禅让天下之德，曾经下过一道圣旨。

上面所书：靖安侯和储君拥有同等的皇位继承权。

这道圣旨稀罕就稀罕在这句话上，上面说的是靖安侯，而不是靖安侯帝永宁，如今虽已历经两朝，但帝家若是搬出了这道圣旨，那如今的靖安侯亦有登位的正统权力。

可现在在位的靖安侯却是个女子，北秦蛮族多出女帝，大靖虽民风开放，政务通和，女子继承家业位极人臣的未必没有，但女帝登基却从未有过。帝梓元若在此时将侯位让给帝烬言，让他有继位之权，实在有些落于下乘，必会受天下士子的攻讦之言，但她若是在新君册立前出嫁，冠以夫姓，那她自然便要让出帝家侯君主位，帝家世子帝烬言便可名正言顺地承袭侯爵之位。

届时，有帝氏在朝堂的力量支撑，帝烬言绝对有和太子韩云一争帝位的能力。

能上书这道奏本，看来他们这位历经两朝德高权重的老宰辅已然选择了帝家。

想通了其中关键的太子一派和几位亲王当即便变了脸色，安王眉头紧皱，就要上前

谏言，却比不上朝中帝家朝臣的灵泛劲儿。

几乎是在魏谏落下声不久，帝家大臣们附议的声音便在金銮殿上此起彼伏地响起来。

“好了，众卿静一静。”王座上，帝梓元微一抬手，朗声道，“老丞相所奏有些道理，咱们大靖这几年的确多灾多难，先办场喜事了再立新君倒也不迟，那就依卿……”

帝梓元话音未完，终于忍不住了的安王上前一步开了口：“摄政王，先帝驾崩，朝堂应以新帝册立为先，这国婚之事是不是可以先缓一缓？”

“哦？”安王到底是嘉宁帝的弟弟，素来有些威望，帝梓元自然不能无视他的进言。她笑着道，“安王爷，看来是本王这几年做得还不够好，竟然迟个月把再立新君咱们大靖朝堂就要乱了。”

帝梓元摄政三年，大靖吏治清明，政通人和，稳固得很，别说个把月，就算是十来个月也没半点问题。安王实在不好意思睁着眼说瞎话，有些脸红。

见安王不言，帝梓元又道：“抑或是安王爷觉得本王举行国婚于国体有碍？有损朝廷威严？”

婚姻嫁娶乃天经地义之事，更何况先太子已亡数载，帝梓元年岁渐长，这些年为了大靖出入沙场，埋首政事，如今想择个夫婿，实在是情理之中，安王呐呐了半晌，硬是说不出半句反对的话来。

“新君要立，国婚也要行，本是双喜临门之事，不过一前一后而已。本王觉得……”帝梓元微微拖长了腔调，凛然的目光在殿中朝臣身上逡巡而过，“先行国婚并无大碍，诸位爱卿可还有异议？”

金銮殿上一片沉默，再无人胆敢有半句异议。

“既然诸位爱卿亦觉可行，那十日后国婚将在昭仁殿举行。”

古往今来，还没有哪一位君主会在金銮殿上一脸霸气地对着自己的臣子说：“老子想出嫁，老子就是要出嫁，你们敢拦着老子试试看的………”

如今王位上坐着的摄政王带上了当年入京时的痞气和蛮横，这句话一出，先行国婚的事便在金銮殿上定了下来。

下朝的时候，倒是老韩家的明王管事，唤住了就要离去的摄政王，问了一句至关重要却几乎被所有人无意识忽略了的问题。

“敢问摄政王，那十日后行国婚的人是……”

这话问出，已经散开的朝臣们一下子全都转回了头，齐刷刷朝帝梓元看去。

看看，虽说两家争帝位才是国婚的真正目的，可谁都想知道，摄政王到底给自个儿挑了个什么样的夫婿。

先太子亡后，谁有资格立在她身侧享这大靖半壁江山？

可惜，王座上的帝梓元并没有回答，只落下一句“人选本王早已择定，众卿不必忧心”后便离朝了。

但她说这句话时，目光却分明在入朝三载如今已身在内阁的洛铭西身上停了停。

只这么一眼，所有人都明白了摄政王挑中的国婚人选。

虽情理之外，却意料之中，如今的大靖朝堂，能入摄政王眼的恐怕亦只有这位了。

是以，这日早朝后。

摄政王帝梓元于十日后在昭仁殿和当朝内阁大臣洛铭西举行国婚的消息传到了京城的每一个角落，包括施家帅府。

第八十三章

国婚的消息传到施府书房的时候，韩烨正抱着一壶茶盅静坐。

初春的天气微凉，施诤言进来的时候带了一丝淡淡的寒意。施诤言声音落定的时候，瞧见太子脸上明显一愣，似是朝自己的方向望了望，但是极快地，他又回转头望向窗外，像是这一怔从来不曾有过。

施诤言瞧在眼底，有些不忍。

"孤知道了。"

终归，韩烨只落下这么一句，他垂下眼抱着已渐渐冰冷的茶盅，再也没有言语。

施诤言眼底满是失望，却不知如何劝慰，只得轻叹口气出了书房。

只是他踏出院门时，到底听见了书房里压抑得惊心的咳嗽声。那沉钝低哑的声音，直让人心底发酸。

从这一日起，施府上下都发现归来后目不能视原本就有些寡言的太子更加安静了，安静得仿佛寻不到一丝活气儿。

于此同时的北秦王宫，英武殿内一阵惊心的咳嗽声响起，久久未有停歇。

莫天脸色苍白，半躺于龙榻上，才不过三年，他形容枯槁，已是一副油尽灯枯的模样。净善立于他床前。

莫天挥退左右，朝净善招了招手。

“陛下。”

“国师，朕还有多久？”莫天低声问，重重喘息。

净善眼底一黯，“臣还能护您三个月心脉不断。”

北秦莫氏一族寿命不长几乎是云夏大陆共知的秘密，历来莫氏子弟多难活过五十岁，但像莫天这般只三十五元寿就走到尽头的却也不多。莫氏族人男性天生心脉就有缺陷，到了一定年岁就有油尽灯枯之兆，无一人能够幸免。是以每任国师在位时都会为主君炼制护心丹药，只可惜净善耗十来年之功为莫天准备的丹药三年前被他用在了连澜清身上。半年前莫天心脉紊乱之征初现，没有护心丹药，纵净善耗尽一身本事，也只能勉强延缓他大半年的寿命。

莫天到底是帝王，心性不比常人，虽不甘就此逝去，但他死之前还有太多事要做。他三年前迎娶西家女为皇后，两人的嫡子才一岁半。虽西家重兵在握，但有德王虎视眈眈，年幼的嫡子想顺利继位，亦是艰难无比。

“国师，送朕的亲笔信去怀城，让莫霜回来。”

“陛下？”净善眉头皱起，明白了莫天的想法。北秦国风开放，女子地位素来不弱于男子，亦多有女帝。莫霜于军中长大，威名赫赫，看如今莫天的打算，是准备把北秦交到莫霜手上。但三年前莫霜就已经死在大靖帝都的那场火灾里，对世人来说早已是个死人了。

“长公主如今的身份……”

“无事，朕早就安排好了。朕死后，会向北秦朝臣和百姓颁下罪己诏，言当初莫霜亡于北秦是朕一意孤行所安排，这三年长公主被朕软禁于宫中，对外间发生的一切毫不知情。”

“陛下！”净善声音一重，“那您的名声……”

“国师。”莫天摆摆手，虽面如枯槁，眼神却仍旧睿智通透，“这三年帝梓元摄政大靖，她清吏治，兴商农，重科举，砺雄兵，大靖国力已非三年前嘉宁帝掌权时可比，反观我北秦，内斗汹涌，武将霸朝，商林士族凋敝，已是外强中干之态。如今嘉宁帝驾崩，帝梓元再无顾虑，她掌权于我北秦没有半分益处。往远了数，帝家当年和我北秦有坑杀八万帝家军的血仇，三年前朕发军南下，破大靖数座城池，大靖安宁公主和施家满门皆殁于我北秦之手，以帝梓元的脾性，她定有挥师北上的一日。只有莫霜回来掌权才让王城安宁，无论如何北秦也不能陷入内乱之中，否则恐有灭国之危，朕的名声比起北秦的存亡又算得了什么。”

莫天忆起三年前军献城里帝梓元的音容风采，一时有些晃神，眼底不知是敬服还是可惜。

当年帝家军被坑杀在青南山果然是嘉宁帝和老北秦王暗中交易的结果。十几年前大靖金銮殿上历数帝家之罪，其中一条就是勾结北秦，叛国叛民，如不是北秦王涉于其中，只要说一句从未和帝家有任何暗中来往，就足以让当时的大靖朝堂陷入内乱。只不过忌于帝盛天的倾世威名，即便是当时帝家已满门被诛，老北秦王仍不敢走漏半点风声，言北秦牵涉其中。

净善在一旁听得感慨不已，连连摇头，见莫天已下定决心，遂拱手道：“陛下，臣这就去怀城，带长公主回王都。”

见莫天面上满是倦色，已是虚弱得睁不开眼，净善踟蹰半晌，终是开了口：“陛下，臣已经给您炼制了三个月续命的丹药，带回长公主后，臣就要离开王城了。”

净善虽是北秦国师，供奉于皇室，但来去从不受君王所掣。不过这个时候有他在宫中，无异于一道强有力的威慑，更能镇住朝中那些魑魅魍魉。他在这个时候要离去，确实出乎莫天意料之外。

莫天睁眼，灼灼看着他，见净善一脸坦然，眼底平静无波，终是轻轻叹了口气：“老师看着朕长大，辅佐朕多年，要去何处，无需对朕说。纵使朕死，朕亦能保证，朝内无人敢掣肘老师半步。”

净善是莫天的授业之师，但自莫天登位后，便再也没有这么称呼过净善。

净善古井一般的眼底终于现出点点温情，他伸手替莫天把薄毯提了提，替他盖住肩部，垂下身，低声开口。

“陛下，您安心休息吧，您放心，无论付出什么代价，我都会替您保住北秦。”

净善掩下苍老的眼，瞳中拂过悲凉之色。

纵使那人有一统云夏的帝皇命格，我也会倾尽所有，护下北秦莫氏一族的血脉。

大靖帝都。

不论施府里那位是什么态度，国婚都在有条不紊地准备着。宫里好些年没遇上这么隆重的喜庆事儿了，摄政王的婚事是钦天监监正择的吉时，礼部龚老尚书备的仪程，各侯各府的主事人更是亲自从自家的宝库里寻了好些压箱底的奇珍来作为贺礼。

无论国婚后继位的帝君是谁，有帝梓元这个帝家柱石在，未来十年内大靖朝堂必是帝家主宰无疑。

她的婚礼，对现在的大靖朝而言隆重堪比新君继位。

韩烨听到国婚后未有半句言语的态度被吉利犹犹豫豫送至上书阁的时候，帝梓元批阅奏折的笔尖明显地顿了顿，半晌才理了理挽袖，眯着眼问："信送到涪陵山去了？"

吉利点头："是，侯君您的信是奴才亲自送到帝家主手上的。"

吉利不知道帝梓元在信中写了什么，只知道连帝位之争都不过问的帝家主竟会连夜修书一封送到施府，留下了太子。

见帝梓元不再开口，吉利壮着胆子问："侯君，您说帝家主能留住殿下吗？"

吉利这些年陪在韩烨身边，最是知道韩烨对帝梓元的感情，若是连帝梓元亲自开口都不能留下他，难道帝家主就可以？

"我原本就不是要姑祖母留下他。"帝梓元望向窗外盛开的桃花，目光悠远绵长，"只是有些话姑祖母比我更适合告诉他。"

帝梓元话音落下不久，洛铭西在外求见的声音便传了进来。

帝梓元搁笔，亲自下座相迎，这次国婚她最要感谢的是洛铭西，最对不住的也是他。为了助帝家重回朝堂，洛铭西殚精竭虑，到如今都未娶妻，这两年入主内阁后更是兼顾朝堂分心乏术，眼见着婚事就给耽误了下来，这次他被满京城认定是她的婚配者，日后议亲想必更难。当时她入洛府以实话相告求于他时，并未想到他一句都未多言便应承下来。

帝梓元心里想着当日恳切相求之景，洛铭西已经近在眼前。他手里抱着厚厚一摞折子，眉角带着倦意，显是忙于政事多时。

帝梓元亲手替他调了温茶放到他手里，看他倦意稍缓才安下心来和他商量事务。洛铭西是为了这次恩科举子的任职和下放而来，这些人是举国选出来的贤才，将来必成朝堂肱骨，每个人的才华施展和去向，以及将来的晋升都需要两人细心商讨。两人商议了两个时辰，对这些人的安置大抵有了底，俱都松了口气。

天已渐黑，吉利摆了吃食给两人用膳。帝梓元瞧着洛铭西越发疲倦的脸，皱起了眉，有些怒意，"太医院没有尽心给你调理身体？我怎么瞧着你的身子比过年的时候还差一些。"

都到了春日，洛铭西还是薄裘裹身，显是更畏寒了。

“不是太医院不尽心，只是我这病根好些年了，畏寒又不是今年才有的，你担什么心？可别为了我斥责孙院正，他这两年只差住在我府上了。”洛铭西回得云淡风轻，替帝梓元挑了一筷鱼肉放到她碗里。

帝梓元狐疑地望了他两眼，见他一片坦然，稍稍心安。畏寒是洛铭西打娘胎里带来的病根，这些年虽未痊愈，但也未碍及性命，这些年他一直用好药养着，虽是身体差了些，却也安安生生的，没出什么事儿。

两人和和气气地吃饭，从小到大两人用膳时洛铭西都是紧着她的口味来，这些年也都习惯了。是以这顿饭快吃完了帝梓元才发现一顿饭下来洛铭西没吃上几口，全给自己挑鱼肉了，一时有些不好意思，忙给他夹菜，“你老是给我夹菜做什么，我自己来，你多吃点。”

洛铭西眼底仍是温温润润的，他笑着吃下帝梓元手忙脚乱给他夹的菜，掩下眼底的怅然，“照顾你吃饭的习惯一晃也有二十几年了，以后怕是难有这样的机会了。”

帝梓元已明心意，若韩烨留下，以后自然会有韩烨陪在她身边。他不适合再以这样的身份为她做这些事。

帝梓元何等聪明，自是明白洛铭西话中含义，她素来视洛铭西为兄，并未听出他话中的深意，只是有些抱歉，她微一沉默才搁下筷子问：“铭西，我如此胡闹，你由得我？”

她如今所做的，对帝家和一心辅佐她的洛铭西而言，确实是任性至极。

洛铭西抬眼朝帝梓元看去，浅灰的瞳中雾染一片，竟连帝梓元一时都瞧不出里头的深意。

许久他端起小碗，替帝梓元盛汤，笑道：“我这几日老是想起你出生的时候……”

帝梓元一愣，洛铭西把盛好的汤放到她面前，“那一日说来也巧，我随我爹去侯府走动，正巧碰上帝伯母生你，侯爷等在外面焦头烂额，见我和我爹来了，死命拉着我们陪他一起等，这一等就是一个晚上。你落地的时候侯爷对我说过以后你就交给我护着了……”洛铭西顿了顿，他抬眼朝帝梓元看去，所有情意深埋眼底，只能瞧得出关爱之意，他一字一句缓缓开口：“你是我看着出生、看着长大的，梓元，你是我最重要的人，没有什么比你过得平安喜乐更重要。”

哪怕是我自己一世求而不得，情意深埋，亦比不上你重要。

第八十四章

大婚三日前，夜，涪陵山顶。

帝盛天一身纯白晋衣，抱着本棋谱在梅树下小憩。一阵风刮过，她睁眼，抬首朝梅林外走来的人看去。

来人立在她十步之远的地方，朝她拱手，算是半礼。即便帝盛天如今位列大宗师，以来人的身份，半礼已是足够。

“阁下久不出北秦，今日怎么有兴致来我大靖帝都游玩?”帝盛天起身，一派温和的眼底带着淡淡的探询。

“帝家主位登大宗师，亦是一桩盛事，既是老友，当有此行。”净善一身道袍，长须冉冉，手握拂尘。

帝梓元挑了挑眉，虚空朝一旁的石桌指了指，“坐吧，当年苍山论剑一别，我们也有二十几年没见了。”

二十四年前韩帝两家一统中原，欲立大靖王朝，北秦东骞两国蠢蠢欲动，帝盛天和泰山净玄大师邀约各国宗师于苍山论剑。当年净玄已臻大宗师之列，帝盛天更是整个云夏最年轻的宗师，两人联手震慑各国高手于苍山，方有大靖的安然立国。

净善上前坐到石桌旁，他朝帝盛天手里的棋谱看了一眼，笑道：“帝家主果然还如当年一般喜好钻研棋艺，只是不知道这些年你的棋道可有进益?”

帝盛天天纵英才，却不善弈棋在云夏老一辈的宗师里不是什么秘密。早些年苍山论剑的时候，不少打不过帝盛天的老宗师都喜欢和她比拼棋道，找点儿场子回来。

帝盛天眉头难得皱了皱，摇着头颇为无奈，“还是老样子，我钻研了几十年，还是没折腾出什么名堂来。不过我的棋艺未长，道长您的医术却是日渐精深，就是道长不来，于情于理，我都该去北秦王城一趟。”帝盛天说着，亲自倒了一杯清茶置于净善面前，“无论缘由为何，道长相救家中晚辈之义，盛天感激不尽。”

净善一怔，随即有些叹然。不愧是当年冠绝云夏的倾世人物，单帝盛天这份胸襟气度，世上万人弗及。嘉宁帝和慧德太后十几年前灭帝家满门，诛晋南八万铁骑，韩烨为其子其孙，帝盛天却能将之分别相待，仍记得当年对韩烨的舔犊之情，护其于羽翼之下，确实难得。

不过，也正是因为了解帝盛天的为人，净善才会来大靖帝都见她。

“我不若帝家主一般大义。”净善摇摇头，脸上颇有几分赧然，“我为何相救韩烨，想必帝家主也猜到了。”他长叹口气，“帝家主这些年虽然棋道未长，却教出了一个能一统云夏的帝皇之才来。帝家主的本事，老道才是真正万般不及。”

帝盛天端起茶杯抿了一口，“道长既出此言，便应该知道，她既拥有帝皇之格，亦有了如今的成就，便没有什么能让她停下脚步。更何况……”帝盛天眼微眯，素凉的声音里已有铿锵之感，“当年青南山一役，三年前的国破城亡……北秦两代帝王总归要为他们做下的事付出代价。”

见净善尴尬沉默，面上隐有愧疚，帝盛天搁茶杯于石桌上，碰出清脆之响，“不过救了便是救了，无论缘由为何，我韩帝两家总归欠你一条命。道长今日前来，所想到底为何?”

见帝盛天问出了这句话，净善长叹一口气，“国君嗜武，确有损国运，我北秦穷兵黩武，也算尝到了因果轮回的业报。老道无力回天，只是想凭微薄之力护得我北秦皇室一点嫡系血脉……”他起身，朝帝盛天弯腰行下大礼，“还望帝家主仁德，成全老道一点遗愿。”

帝盛天平静的眼底拂过一抹动容，净善的医术神鬼莫测、冠绝云夏，又位列宗师，即便北秦灭国他仍可逍遥自在，无人敢寻他半点麻烦。但他却能为了北秦皇室甘愿放下一代宗师的尊严求于她手，一身忠骨可鉴日月。

从净善出现开始，帝盛天便知道他是为了韩烨而来。

韩烨当年跳下云景山，本再无生机，是净善远赴云景救了他一条性命。只可惜终归伤得太重，命虽保住，却自此目不能视，功力被封于体内，宛若武功尽废。

可帝盛天是什么人，她自是知道净善既然能在那种境况下保住韩烨的内力不散，将其封于体内，那自然也会有破解之法，让他恢复内力和眼睛。三年前他没有那么做只不过是因为要付出的代价太大和时机并不恰当罢了。

帝盛天叹了口气，起身扶起净善，沉声问："道长可是已经决定了？"

"是。"净善颔首，眼底一片坦然，已有赴死之志。

"那好，道长的心愿，盛天必为道长完成。"

净善得了帝盛天的承诺，眼底现出感激，终是松了口气。

两人相谈片刻，净善便被寺中的小沙弥领着回涪陵寺休憩去了。

净善远走，帝盛天仍是坐于梅树下。

春日已过，年节时盛开的梅花早已凋零，平添几分惆怅萧索。

风吹过，卷起帝盛天面前的棋谱，里面藏着的信函被吹开。

那是帝梓元送来的亲笔信，里面只有简短的一句话。

——姑祖母，唯愿您当年之憾，不在我们身上重演。

帝盛天护在帝梓元身边十年，这是她养大的帝君唯一一次求她。

"当年之憾啊……"帝盛天低低的叹息声响起，"子安，我能为他们做的也只有这么多了。"

第二日清晨，涪陵山的小沙弥亲登施家帅府，说是故人相邀，请贵人上山。

此时，距昭仁殿的国婚，正好还有三日。

韩烨随着小沙弥入涪陵寺书房见帝盛天时，帝盛天着一身红衣曲裾，长发束起，正坐在窗边和一位老道长弈棋。

韩烨目不能视，瞧不见。施诤言见得书房中此景，颇有些意外。

"来了，坐吧。"帝盛天远远朝韩烨打了声招呼，又朝施诤言道，"韩烨留下叙旧就成，施家的小娃娃，你且和外面的小道士混个熟络，先出去吧。"

施诤言虽是狐疑，但未敢置喙帝盛天的话，行了一礼便出去了。院外净善的弟子灵兆正候着，看见施诤言出来，屈身上前对着施诤言说了几句。

施诤言眼底露出狂喜，一把抓住灵兆的手腕，“小师傅说的可是真的？”

灵兆颔首，“我师父入大靖，就是为了殿下而来。师父要用的药草我都已经准备好了，只不过帝家主说涪陵山乃京郊重寺，平日里上来诵经拜佛的达官贵人不在少数，她的身份不便强令闭寺，还请施元帅施以援手，这几日守住涪陵山，莫再让人进来。”

以内力医治韩烨凶险无比，自是越清净越好。

施诤言连连点头，“你放心，我现在就修书去京城各府，说这几日我在涪陵山为施家先辈祈福，暂闭寺门，请诸家府上的妇孺这几日不必再上山。至于京中百姓，风声传出来后自是不会再来。”

施诤言转身离去，一路风风火火，满身上下说不出的快意高兴，却是没有发现灵兆眼中毫无喜悦，只有一抹不易察觉的伤感。

书房中，帝盛天只管和净善弈棋，连杯茶水也没给韩烨倒上，让他这个客人冷火炊烟的，没半点受待见的样儿。

书房里也是安静，只有棋盘上棋子搁下的声音，帝盛天未回头，冷不丁开口问了一句：“做好决定了？”

像是丝毫未在意书房中的另外一人，韩烨朝帝盛天的方向点头，“是。”

帝盛天的声音扬了扬，显然有些不悦，“不会改变？”

“是。”韩烨再回。

帝盛天哼了一声，嘟囔了一句：“和你祖父一模一样，是个死脑筋。”

这一句不痛不痒的埋怨一字不落地传进了韩烨耳里。他笑了笑，望向两人的方向，避开了这个话题，“按现在的棋路，想必是净善道长快赢了吧。”

帝盛天轻咦出声，眉毛挑了挑，“你这眼睛都瞎了，怎么知道是净善在此？”

帝盛天素来狷狂，从不避讳，埋汰起韩烨来半分不软。

“三年前得净善道长相救才捡回了一条命。净善道长居于我养伤的竹坊时，曾经常和莫霜对弈，听落子声音便可辨出是道长来了。”韩烨起身，遥遥向净善行了半礼，算是当着家中长辈向净善谢救命之恩。

只是他却未坐下，而是对净善一礼朝下，更深一揖，道：“道长从不出北秦国境，这次来大靖帝也不知是否是为了韩烨而来，若道长要韩烨报救命之恩，凡韩烨能做，必竭尽全力绝不推脱。但韩烨如今已是一介布衣，凡涉大靖国运之重事，不能随意允诺，还请道长见谅。”

不愧是韩帝两家曾报以厚望的大靖储君，如此气度原则，确实可贵。净善叹了口气，终知大靖有帝梓元和韩烨在，将来一统已是必然。

“殿下不必如此，今日我来涪陵山，一是为了和帝家主一叙故人之旧，二也确实是为殿下前来。只不过不是为了要殿下报恩，老道这半年钻研古书，寻出了能治好殿下眼睛的办法，老道和殿下在怀城相交两年，也算有些旧谊，故才跑这一趟，为殿下重治眼睛，还殿下光明。”

以韩烨的性格，除了不愿受净善之恩将来让帝梓元难做外，他若知道自己的一双眼睛要用净善的命来换，恐怕也不会答应。

果然，饶是以韩烨的心性定力，在知道自己眼睛能治后也神情动容，眼底现出明显的高兴惊讶之意。

“道长真的寻出了能治我眼睛的方法？”

“臭小子，净善道长德高望重，向来言出必践，他说能治你的眼睛就一定能治好你。”帝盛天在一旁凉凉开口，“道长为你治眼睛的药草和厢房都已经准备好了，这几日施诤言会守在涪陵寺，你安心治病就是。只不过……”帝盛天顿了顿，又问了一遍：“你若是治好了眼睛，决定还是未变？”

韩烨沉默许久，才朝帝盛天的方向回答：“老师，她身边已经有了更适合的人陪伴，这是我和梓元最好的结果。”

第八十五章

韩烨此言一出，帝盛天眼眯了眯，也未再多言。韩烨已然认定的事，她现在说再多亦是无益。

她转头朝净善拱了拱手，“道长，韩烨的眼睛就拜托你了。”

净善颔首，朝帝盛天还礼，领着韩烨朝后厢房而去。

施诤言封涪陵寺祭拜施家先人的事不过半日便传遍了京城，众府得了他的手书，自是不会触这个权握三军的统帅霉头，更何况对他们而言，近在眼前的摄政王国婚更为重要，如此小事确实无足挂齿。

唯有华宇殿里的帝梓元听到这个消息的时候，眉头皱了起来。

“姑祖母没有传信过来说发生了何事？”施诤言不会无缘无故封寺，下这道命令的必定是姑祖母，只是她要劝韩烨留下，何需大动干戈到封寺？

一旁的吉利摇头，“奴才一收到消息便亲自去了一趟涪陵山，帝家主没有见奴才，只传了一道口信出来，说侯君您所托之事她会尽力替您完成。”

帝梓元向来知道她这个姑祖母行事狷狂，不容人置喙，只得叹了口气，“但愿姑祖母有办法，能留得住他。”

“国婚准备得怎么样了？”帝梓元这几日除了处理政事，便是一门心思扑在国婚的准备上。帝家几十年才得了这么一桩喜事，她自然要亲力亲为，事无巨细一一准备。

“尚衣司的喜服早上便送到了，一对新人都试过了，甚是合适。尤其是咱们的世子爷，那是一个丰神俊朗，俏着呢！”

这场国婚虽是为了留下韩烨，但却是帝梓元为帝烬言和苑琴而准备的。

说到国婚，吉利也是一阵兴奋，他和帝烬言一起在东宫长大，情分非常，为他操办国婚自是尽心尽力。

“当年殿下一直记挂着世子的婚事，挑了满京城的贵女都觉得配不上世子。若是世子大婚殿下能亲眼看到就好了。”谈及帝烬言大婚，吉利想起当年东宫的往事，一时唏嘘不已，很是感慨。说完了才觉失言，一时懊恼，闭着嘴不再开口多话了。

“烬言是他一手养大，烬言的大婚，我不会让他错过。”帝梓元立在窗前，正眺望着涪陵山的方向，闻言，落下此句。

一晃三日过去，转眼便到了国婚之日。皇城早已张灯结彩，红绸蔽天。每一座宫殿都打扫得干干净净，昭仁殿一日前就被布置妥当，只等第二日的国婚大典在此举行。这一日皇城早早便热闹了起来，京城显贵的车马一清早便入了宫，朝中大臣、勋贵清侯携着夫人静候在昭仁殿偏殿里等候吉时。

不过稀奇的是摄政王大婚，本该忙前忙后的靖安侯世子却始终不见人影。朝臣们心底狐疑，却也不敢问到帝梓元面前去，毕竟不到吉时，新娘子还候在华宇殿里。

宫里几日前便通过礼部告知诸府，国婚之时，新郎自皇宫主门重阳门而进，新娘自华宇殿而出。

倒是也有一群尴尬的人，嘉宁帝虽然驾崩，但新君未立，他的妃子们都还住在宫里。朝里举办国婚，却又不是皇族人，她们来了尴尬，不来……住在一个宫里，这隔壁邻里的举朝同贺的喜事，总不能不来吧。好在帝梓元也算体恤，大婚前一日，亲手写了请帖命吉利送到了宫里有位份的娘娘手里，并在昭仁殿为他们备下了合适的位席，毕竟是喜事，没有无端难为的必要。

华宇殿里，宫娥正在为苑琴梳妆，她一身大红嫁衣，头戴新娘冠珠，长发成髻，粉黛略施，一扫平日的低调内敛，已有了端庄贵气的模样。

帝梓元身着绛红曲裾，裙摆下方盘龙腾天欲起，她长发高挽，腰间系着一块从未见过的通体白净的蟠龙玉佩。

她面上带笑，今日亦格外精神，立在苑琴身旁，眼底带着欣慰。

当年雪地里无意救起的女童，今日竟成了她嫡亲的弟媳，有时候命运真是奇妙。

“本王来吧。”帝梓元接过宫娥手里最后一只金钗，亲手插进了苑琴发间。她抬首望去，镜中的少女姿容绝丽，已有大家之风。

“苑琴，委屈你了，今日是你大婚，我却不能提早告之众人。苑书和归西远在西北，也没能提前让他们回来。”

“小姐说什么呢，他们戍守边疆责任重大，怎么能为了我的婚事回来。”苑琴摇头，眼中喜悦和羞涩并有，却依然温柔娴静，“况且能为小姐完成心愿，是苑琴的福气。”她顿了顿，抚上肩上帝梓元的手，缓缓开口：“能成为小姐的亲人，更是苑琴的福气。”

帝梓元眼中一怔，笑道：“你这丫头啊，就算不入我帝家府门，陪在我身边这些年，你也早就是我的亲人了。”

帝梓元拍了拍苑琴的手，“苑琴，我把烬言交给你了。”她顿了顿，看向镜中的少女，“从今天起，你不再是苑琴，而是秦家大小姐，秦涵瑜，更是我靖安侯府一品侯爵的掌府夫人。”

与此同时，紧闭了三日的涪陵寺后厢房终于打开了门。候在外面的施诤言和灵兆转忧为喜，眼巴巴地望着房门等着里面的人出来。

净善道长率先而出，他神情疲累，慈和的面容上现出了清晰可见的老迈之色，眼底更是隐有浑浊之意。施诤言一愣，想着救下太子果非易事，以净善道长宗师的内力修为亦耗损到这个地步，难怪一旁的灵兆苦着脸在院子里寸步不离地守了三天。

净善才出门口，灵兆已经一个健步冲上前扶起了净善的胳膊，一脸担忧地望着他，“师父，您……”

净善朝施诤言看了一眼，拍了拍灵兆的手，“为师无事，回去休养一段时间便好了。”

灵兆扁着嘴，本就是半大的孩子，差点哭了出来。

“多谢道长。”施诤言朝净善重重行下一礼，期期艾艾朝门口望了望才问：“道长，我家殿下呢？他的眼睛……”

施诤言话音未落，脚步声已从房中传来，他抬首望去，微微一怔。

韩烨仍是进去时的一身浅蓝常服，可那一双眼熠熠生辉，内蕴深藏，早已不复三日前的空洞无神。他看着施诤言，眼底露出清晰可见的笑意和劫后重生的朝气。

“殿下！”施诤言惊呼，眼睛一酸，丈高的三军元帅差点泪洒这座小小的别苑。

“道长，多谢您的数次相救之恩，大恩大德，韩烨铭记于心。”韩烨朝施诤言安抚地点了点头，转身朝净善深深一鞠，神情诚恳郑重。

“殿下无需如此，和殿下相交一场亦是有缘，老道也只是尽人事听天命，还好不负帝家主所望，能让殿下重见光明。”净善抬起韩烨的手，慈和的神情一如既往，只是带了一抹微不可见的恳切，“老道并无所求，只望殿下日后能记得怀城两年相交之谊，便也算圆满了。”

韩烨一怔，见净善神情虚弱，生出一股不安，“道长，您的身体……”

“无事无事。”净善摆手，笑道，“殿下不必担心，老道只是年纪大了，越发喜欢回忆以前了。殿下，替您疗伤耗损内力太多，老道有些疲乏，便不陪殿下，先回去休息了。”

“道长，您多保重身体，灵兆，带你师父回厢房休息。”韩烨颔首，朝灵兆吩咐。灵兆在怀城照顾他两年，两人亦仆亦友，自是有一份情分在。

灵兆点点头，朝韩烨看了一眼，扶着净善出了院子。

待净善远去，施诤言才凑到韩烨身边，在他面前晃了晃手指头，“殿下，臣这是几跟手指头？”

韩烨瞥了他一眼，没有回答。

“殿下，这是几这是几啊？您回答回答，让臣心底也好有个底儿！”施诤言围在韩烨身旁一步不让，大有他不回答决不罢休的架势。

“诤言。”韩烨叹了口气，明白挚友的心情，“我回来了。”

他回来了，完完整整平安健全地回来了，而不是那个囫囫囵囵只剩半条命的韩烨。

施诤言一怔，眼眶泛红，收回手交叉握了握，“回来就好，回来就好。”他说着仍是忍不住锤了韩烨的肩膀两下，“你这个说话不算话的，当年在潼关分别的时候你不是说等我凯旋了一醉方休，我在东骞打了胜仗回来，你却……”施诤言声音哽咽，四年来所有的担忧愤慨甚至连失去安宁的悲凉终于在完好的韩烨面前宣泄出来。

韩烨眼底亦有湿意，拍了拍老友的肩膀，算是安慰。

好在施诤言心性坚毅，虽一时失态，也极快恢复了冷静。他想起一事，朝韩烨道：

“殿下，帝家主吩咐了，让您出来后去见她。”

韩烨颔首，知道和帝盛天终有一谈。他朝院外走，突然脚步一顿，淡淡开口问：“诤言，今天是哪一日了?”

净善为他疗伤时他几乎是昏迷之态，并不知晓过了多久，只知应该过了些时日。

施诤言挑眉，回得意有所指，“从殿下上山至今，正好三日，现在已是辰时。”

国婚巳时开始，没有多少时间了。

韩烨听在耳里，却未有任何应答，抬步出了院子。

第八十六章

净善和韩烨在涪陵寺实打实地遭了几天罪，帝盛天倒是半点没受干扰，仍旧舒舒坦坦地过自己的小日子，悠闲舒服得不得了。

韩烨来寻她的时候，她正在自个儿的小院子里抱着棋谱十年如一日地钻研，一旁的石桌上茶香袅袅，放着几幅合着的画卷，温热的阳光散在她身上，竟格外静谧安详。

韩烨一时有些怔然，亦带着淡淡的羡慕。帝盛天出身显贵世族，一生命运波澜起伏，建过最壮丽的山河，也下过最幽冥的地狱，可这么多年过去她却依旧能保持本心淡然于世，确是世间奇人。无怪乎当年太祖对她一世钟情，只可惜……

可惜什么？不知是为太祖和帝盛天可惜，还是为数十年后的他和帝梓元可惜。韩烨压下心底那微不可见的愁绪，上前几步朝帝盛天见礼唤道："老师。"

帝盛天抬了抬眼，见韩烨已是大好，到底松了口气。

她朝对面的石椅指了指，"坐吧，茶是刚煮的，自己倒。"

韩烨坐下，乖觉地自己倒茶，他看了帝盛天一眼，缓缓开口："老师，今日时辰不早了，可否打扰老师一日，留我在涪陵山叙旧，明日诤言会安排好离京的一应事宜。"

韩烨入涪陵山前以为只是帝盛天相邀叙旧，有些事便还没有安排妥当，不过一日时间也足够了。

这天刚刚儿亮，早着呢，哪里来的什么时辰不早，今日国婚，帝都想必喜乐满城，红绸蔽天，他怕是不愿看见，想在涪陵山躲过这一日吧。

帝盛天眯着眼，对韩烨的一点儿心思明白得紧。

“老师?”见帝盛天不语，韩烨唤她。帝梓元却朝他摆摆手，又道：“还是先喝口茶吧。”

这是帝盛天第二次让他喝桌上的温茶，韩烨端起杯盏抿了一口，神情一愣。

入口微苦，却清凉透心，是那人一贯泡茶的手法。他猛地转头朝院中看去，却见小院内安安静静，并无那人半点痕迹。

也是，今日她大婚，又怎么会出现在这涪陵山顶?可这茶……却分明只有她才能泡得出。

“老师。”韩烨声音涩然，朝帝盛天看去。

帝盛天知他所想，却并未回答，只是顾自给自己续上温茶。

“那年我遇上子安的时候，你父亲都还只是个孩子，一晃几十年就这么过去了。”帝盛天朝韩烨看了看，笑，“你也眼一眨就长大了。我知道，这些年你一直有话想问我，现在给你个机会，问吧，或许这个问题你是世间唯一一个问我的人。”

这世上凡知当年那段风云的人，几乎都想问大靖开国太祖和帝家主帝盛天一个问题，但他们两个一个早已崩逝，一个缥缈世间，世人对两人的故事传颂猜测居多，却始终没有人有机会对他们问出口。

而作为韩家人，韩烨心底更是一直藏着这个疑问。

韩烨沉默许久，终是开口。

“老师，您当年将帝家一半江山相让，是为了天下百姓?还是因为……心系皇爷爷?”

百年世家，千载风云，成皇为帝的机会拱手相让，帝盛天当年到底是哪般心思?

“若无情谊，何来十四载相扶相持。愿百姓安泰天下少战是真，相让半壁江山却是假。”

韩烨一怔。

“那一年我在苍城遇见子安，知其心在天下，后相交莫逆，便决心助他。”帝盛天目光坦然，一如当年随性世间，“那半壁江山原本就是我为他打下来的，我既从未想过拥有，又何来相让一说。”

此话一出，韩烨神情动容，眼底震撼莫名，只需一句，他便明白了帝盛天话里的深意。

帝家雄踞晋南数百年，历代家主都是风华绝代的人物，却始终偏安一隅，从不踏足中原。唯到帝盛天这一代，群雄割据之际她发兵北上，以其神鬼莫测的兵法韬略和宗师的武力一统二十八座城池，短短十年，中原以南皆为其所有，和韩家相持以对。

天下只以为帝家有意争雄，意指天下，却从未想过当年帝盛天十年征伐只是为了替那人创造一个前所未有的乾坤盛世。

虽遇君已晚，终生成憾，但你所想要的天下，纵耗我一生之功，也会奉于你手。

为一人倾尽天下是喜欢，为一人放弃天下是爱。

这大抵就是当年帝盛天最想对韩子安说的话。

即便数十年已过，韩烨在明白了这番心意时仍不能不动容，他看向帝盛天，声中已有哽咽之意。

“老师，这些话，您对皇爷爷说过吗？”

帝盛天难得沉默，许久，她笑了笑，“我说了，你是唯一一个问我的人。我这一生跳出世俗，为所欲为，凡我所想皆能有，凡我所愿必能达。唯有他，终我一生无法再进半步，可我帝盛天这辈子，从不后悔遇见韩子安。”

“韩烨，我和子安从一开始便已错过，终生只能为友，可你和梓元不一样，不要轻易放弃这世上最能让你无憾的人，也不要重演我和子安当年的遗憾。”

韩烨眼中现出一抹挣扎和痛苦，他握着茶杯的手收紧，极艰难才开口：“老师，太迟了，我回来得太迟了……”

“太迟？韩烨，你凭什么会觉得太迟。”未等他说完，帝盛天已然开口，“你十年都能坚持下来，何惧如今区区三年分别？你十年相等，十年相护，甚至不惜为她差点殒命于西北……这桩桩件件，她又何曾不知？”

“你目不能视、武功全失便不敢再回她身边，你又可曾想过她的感受？今日国婚，你既喝得出这是她亲手泡的茶，难道还不知道她的心意？韩烨，你眼睛瞎了，心也瞎了吗？你当我帝家女儿没心没肺，不知情之所钟吗？”

帝盛天冷声叱喝，手一挥，石桌上的画卷被拂开。

画卷上冰天雪地之景跃然而现，苍茫山巅，尸骨遍野，鲜血成河，炙火直冲天际，那孤孑而立的身影更是萧索悲凉，这画分明是三年前云景山上那惊天一战后之景。

但纵风雪冰凉，战火烈烈，身影孑然，都不若那一头半白之发让人触目惊心。

不待帝盛天开口，韩烨已经伸手拿过画卷，他徐徐展开，墨瞳中惊涛骇浪，似是不敢置信。

“三年前的云景山上，如果不是烬言表明身份拦住了她，恐怕那时候她就随你一起跳下山崖了。”帝盛天的声音淡淡传来，“她不过才双十年华，却一夜之间青丝半白，韩烨，你一心赴死的时候，有没有想过被你留下来的帝梓元会变成什么样子？”

帝盛天起身，背对着韩烨，透过涪陵山，眺望山下宫里昭仁殿的方向，“这世上，活比死难，留下的人比逝去的人更痛苦。不要等到真正失去了才来后悔，你能活着回来是老天对你们的馈赠。”

“涪陵山不会留你，你下山吧。”帝盛天说完，转身离开了小院。

院内石桌前，韩烨仍然静静望着手上画卷中的人影，仿佛已经忘却了时间。

他从未想过，再睁眼看世间，最先见到的竟然是三年前的云景山巅之景。

一幅画卷，薄薄纤纸，寥寥数笔，仿佛跨过三年的时间洪流，把他带到了那冰雪蔽天的一日。

他的梓元，就这么在他死去的地方，孤孑一人，一夜之间，青丝半白。

韩烨握住画卷的手细细颤抖，无法言喻的悲恸沉入眼底。

似是不能承受如此沉重的情感，他缓缓闭上眼，脑海中拂过那日施府里帝梓元没有问完的话。

“如若不为大局所想，权当只为故人，你是否愿意留下？”

那日，她再入施府，放下尊严和骄傲，只是为了问他这句话，可他却连问出这句话的机会都不曾给过她。

何其愚蠢？何其自私？何其凉薄？

梓元，我到现在才知，我竟是这世上最后一个知道你心意的人……

握着画卷的手猛地收紧，韩烨睁开眼，所有的愧疚和踟蹰尽数深埋，他把画卷合上，朝天色看去。

巳时将近，国婚快开始了。

“诤言！”韩烨突然一唤，端是利落无比，清澈如金石。

“臣在。”院外，候着的施诤言似是早已猜到韩烨会唤他，一眨眼便出现了。

“备马，孤要下山。”

“殿下？”施诤言精神一震，随即露出一抹迟疑，“可您如今的身份……”

太子三年前亡于云景山满朝皆知，连衣冠冢都在皇陵里立了一座，贸然回宫……

“父皇可曾对孤下了废东宫的圣旨？”韩烨声音微沉，看向施峥言。

“陛下不曾。”

“那孤便仍是大靖名正言顺的储君，东宫的太子。”韩烨神情微敛，一扫三年来的隐忍之意，灼灼风华一如当年。

“诤言，随孤回宫，孤要看看，在孤的王朝里，谁敢娶太祖为孤钦赐的太子妃！”

第八十七章

皇宫，昭仁殿。

殿内数十楠木雕琢的木桌从御台两边延伸至殿门外的石阶上，延绵数丈，桌上用来宴客的金石器皿皆为奇珍，器皿里酒香醉人香醇，一闻便是上好的女儿红。大红的喜毯从殿外石阶一直铺陈至殿内高台，高台上往日放着的御座被两把鎏金镶着的太师椅所替代，显然是为主婚人备着的。

众人都说今儿个这场国婚，两朝阁老魏谏左右跑不过这主婚的大差事，至于另外一人，猜来猜去便放在了太祖的兄弟明王身上。这不，连皇贵妃和太子都在左手席上候着了，右相和明王到现在都还未到，显然是身负重任，要踩着压箱底儿的工夫才隆重登场。

巳时将近，偏殿的朝臣勋爵们早早地被宫娥们请了出来，舒舒服服地落座在昭仁殿内的位席上。今儿个大喜，一应大臣们少了平日里朝上的拘束，个个儿眉飞色舞地谈论着这次国婚。殿外的内侍们听着宫门口的消息，来回在殿内给诸位贵戚传着宫城外的热闹景儿。

听说新郎官儿打从顺天街里出来，一路上绕了半个帝都，红红火火的喜乐蔽天，让皇城的百姓们瞧得满足。听说那迎亲的仪仗是剑戟开道、武官抬奁，清一水儿的先锋官们身披蔚红盔甲个个儿英武俊朗，迎亲队行过之处折了满城风流。听说十年难出一次钦天监的老监正领着徒子徒孙守在重阳门亲自为新郎祈福加佑。

消息一个接着一个，这场国婚阵仗之大让昭仁殿里候着的皇亲贵戚们好一阵咂舌，都道洛家公子好手笔。

不过也是，能娶得权倾天下手握半壁江山的帝梓元为妻，这番手笔不备下又岂对得住那累累盛名。只是有些念旧的老臣皇亲们一边听着一边叹息，想着他们温润冠雅的太子等了十年的帝家女，终归还是没能全了太祖皇帝那道曾经羡绝云夏的倾世赐婚。

若是他们的太子还在，今日这场婚宴才真正称得上是国之庆典。可惜，可惜了……虽说是喜庆的日子，终归有人忍不住叹出了声，心下感慨。

恢宏的喜乐在宫墙内已隐约可闻，一路入重阳门、中和阁、朝华宇殿而去，显然是去迎新娘子了。听了小半日消息的朝臣们眼见着时辰已到，回了各自的席位等着一对新人前来。还未坐稳，只见迟迟而来的相爷和明王相携悠悠闲闲地进了殿，被宫娥引着坐在了高台下右手边的前两个席位上，和谨贵妃太子遥遥相对。

朝臣们见这一出，顿时便讶异了，连明王和右相都位列下座，满朝上下摄政王难道还能寻得出比他们更有资格主婚的人？当即有些离得近又好奇的朝臣们就要下席位来问两人，只是还未起身，殿外的喜乐声突然大作，热热闹闹地朝着昭仁殿而来——听这声音，想是新人快进殿了！

众人一边伸长脖子翘首以盼，一边心里头纳闷着那主婚人究竟是谁。恰在此时，殿内右侧门被缓缓推开，内宫大总管吉利的声音在殿内响起。

“主婚人到，众臣相迎。”

此令一出，满座哗然。谨贵妃、太子、皇室亲王、两朝阁老皆在座，谁敢让殿内满朝朝臣相迎，即便是隐世的大家宗师，也过于托大了，这可是大靖的朝殿上！

可吉利是内宫大总管，他的话便是摄政王的谕令，纵使心中百般不满诧异，除了谨贵妃、太子和两位老亲王，殿上的勋贵朝臣齐皆起身，低头相迎。

一道绛红的身影自右侧门而入，来人脚步沉然，利落飒爽。低头相迎的朝臣还未抬首，便听到了端坐的谨贵妃藏不住的惊诧声。

这场国婚的主婚人究竟是谁，竟能让皇贵妃如此失态？埋着头的朝臣们心底犹若上百只虱子挠着，好奇得紧。好在那人也是体谅，终于开口说了话。

“今儿个大婚，众卿不必拘礼，都起来落座吧！”

这声音怎么会在高台上！金銮殿上足足听了三年，殿上垂首行礼的朝臣们齐刷刷抬首朝抬高台上看去。

高台鎏金凤椅前，帝梓元一身绛红曲裾，长发高挽，腰间凤凰锦带相扣，裙摆下方五爪盘龙腾天欲起，和凤凰交相辉映，她就这么贵气无比凤眼微挑地立着，端是昭容无双。

众臣当即便有点儿晃神，他们从未见过如此盛容出现的摄政王，即便是她当年入主内阁被封摄政王时也未有过今日之容。

可即便再贵意无双，她今儿个也不该在那里站着啊，她不是应该和洛铭西成双成对地从主殿而入，她站在主婚人的台上，那今天的新嫁娘又是谁？

大靖的朝臣们也着实有些可怜，老不容易一场震惊朝野的国婚，到了这个时候连举行婚礼的人都还没捣腾清楚。

好在殿内还有个把敢质问帝梓元的人，未等众臣相疑，谨贵妃已经从席位上站起，皱着眉满是怒意朝帝梓元望去，“摄政王！这究竟是怎么回事？你怎么会是主婚人，那举行国婚的又是谁，你戏弄我们不成？”

这场国婚举朝皆知，到头来成亲的不是帝梓元，这不是把一众朝臣勋贵视为掌中玩物，随意戏弄又是什么！

“贵妃娘娘，本王何时说过今日在昭仁殿举办婚礼的是本王？今日在昭仁殿举办婚礼的是我帝家子嗣，非是本王。”帝梓元一点不在意谨贵妃的质问，她微微垂眼，目有戏谑。

帝家子嗣，不是帝梓元，便只剩一个帝烬言。

“十日后国婚将在昭仁殿举行。”

——十日前，帝梓元在金銮殿金口玉言的只是这么一句，从头到尾她都没有亲口说过今日举办婚礼的是她自己。只不过当丞相奏请，摄政王亲口允下要举办国婚时，没有人想过今日在这昭仁殿上举行婚礼的是靖安侯世子。

谨贵妃被问得一滞，顿时哑口无言。她愤愤朝对首的明王使了个眼色。但平日里都还颇为跟随她意愿的老亲王今日不知道怎么回事，竟半句口都不开，只一个劲地朝殿外望，仿佛在期许着什么又一副不敢置信的惶惶模样。

谨贵妃无法，只得自个儿开口："摄政王，你功在社稷，你成婚尚可算国婚，可帝世子毕竟只是一介朝臣，他怎么能在这昭仁殿上以国婚的名义举办婚礼？我大靖国婚之名在摄政王你眼底就如此儿戏？"

这算是当殿质问了。不过今日谨贵妃倒不算无的放矢，如帝梓元不能好好给朝臣一个说法，帝家少不得会落个专权跋扈、行为轻狂的名声。

"国婚？"帝梓元的声音悠悠然响起，又兀然一重，"贵妃娘娘也说了这是国婚，只是不知贵妃娘娘是否还记得大靖是如何建立的？"

"当然是太祖戎马征战打下江山……"谨贵妃的声音戛然而止，看着帝梓元墨沉的眼睛，神情一变，没有再说下去。

帝梓元问了一个几乎被大靖朝臣和子民遗忘了将近二十年的问题。

大靖是如何建立的？

是太祖征战数十年穷极一生所建不假，但二十四年前太祖和帝盛天称霸中原，各辖数十城池，成双雄之势，是帝盛天感万民战乱之苦，将半壁江山拱手相让，这才有大靖的顺利建国。

无太祖，便无大靖，可无帝盛天，同样亦无大靖，是韩帝两家共同建立了这盛世王朝，这才是用血铸成的铁铮铮的事实。

"我帝家也曾开国裂土，为大靖建国耗尽心力。我姑祖母一生征战禅让天下，我父亲亲御帅令三入六王之乱，我帝家八万铁血尽埋青南，我一生殚精竭虑尽付大靖朝堂。如今帝家只存我帝梓元和帝烬言两人，他大婚之日便是他承爵之日。贵妃娘娘、诸位亲王、众卿……"帝梓元立得笔直，她的目光在昭仁殿上逡巡而过落在所有人身上，然后缓慢又格外郑重地落下一句，"我帝家的靖安侯君，他的婚礼，难道担不得朝臣相贺，担不得百姓相迎，担不得一场国婚之礼？"

此一问，不仅朝臣，即便是当年染过战血上过沙场的几位老亲王都隐隐动容。

帝家自大靖建国便是特殊的存在，帝家几代人皆功在社稷，本该位极人臣，但细细数来，却全都未落得个实心实意的好下场。当年开国的帝家主杳无踪迹，没得过一天尊崇的地位，帝永宁被冤死在帝北城自尽而亡，八万帝家军被坑杀青南城，帝梓元被皇家下令困于泰山只得化名任安乐做了十年的女土匪，帝家唯一的继承人帝烬言为了活下来更是被当成孤儿在东宫无名无分地养大。

桩桩件件，哪一件听下来不是悲屈无奈，但帝梓元还朝后却能放下旧怨，在三国之乱时亲御十万帝家军挂帅出征，九死一生保住了大靖边疆，她虽夺权，但在位掌权的三年却励精图治，整治国祚，振兴大靖，实为一代贤王。

如此世家，如此传人，如今帝烬言以靖安侯君的身份在昭仁殿举办国婚，实不为过。

这是大靖和韩氏皇族应给帝家的歉意和尊重。

一直未曾开口的明王自席上缓缓起身，罕见地朝帝梓元的方向行下臣礼，老迈的声音异常庄重，若仔细听来，竟还带着一抹难以察觉的歉疚。

“帝家仁德，历代靖安侯更是功在社稷，靖安侯自然担得起这场国婚。摄政王，请一对新人入殿吧！”

随着明王声音落下，昭仁殿上的朝臣一个个起身，此起彼伏的声音在昭仁殿内响起。

“臣请靖安侯入殿成婚。”

“臣请靖安侯入殿成婚。”

“臣请靖安侯入殿成婚。”

……

看着殿上的朝臣，帝梓元眼神微动，终是划过深深的感慨和释怀。

所有帝家的过去和篇章，所有的不忿和伤害，在帝烬言以大靖靖安侯的身份在昭仁殿成婚的这一日，都应该放下了。

“请靖安侯入殿！”吉利上前一步，朗声朝外喊去。

与此同时，一辆马车突兀地出现在宫外的官道上，急速朝重阳门而来。

第八十八章

重阳门统领陈羽出身御林军，五年前被调动至皇城重阳门守宫门。

今儿个国婚，送走了迎亲队，琢磨了一会儿，一旁守着的侍卫兄弟们忍不住还是嘟囔起来。

“大人，不是说今日成婚的是摄政王，要嫁的是洛大人，怎么那新郎官儿成了靖安侯府的世子爷啊？”

陈羽也是纳闷，但他亦知帝家的事不是他能置喙，便挥了挥胳膊喝退众人，“好了，甭管谁成婚，咱们守好宫门就是。”

他话音还没落，已经有侍卫指着不远处的官道惊呼起来。

“大人，您快看！”

重阳门外的官道上，一辆马车向宫门驶来，马车身侧只携一侍卫。其实这本没什么好惊讶的，每日进宫的朝臣众多，各家府上华贵招摇的马车守宫门的侍卫们见了不知凡几，他们之所以惊讶，是因为这辆马车显然和寻常见到的太不一样了。

红木为架，玄铁为轴，四马领头，明黄帘帷挂于车前。

这马车只这么一望，便已是亲王规格。

诸王已入宫门，帝都里谁如此大胆，居然擅用亲王行辕？

陈羽皱着眉眺望缓缓驶近的马车，待看到马车上迎风而展的旌旗时，不由得倒吸一口凉气。

赤红的旌旗上，黑底镶金的“韩”字迎风而展，霸道而尊贵。

大靖以韩为国姓，历来只有国君和太子出行时能以“韩”为名号，连亲王都不敢至此。

先帝已崩，太子尚在宫墙内，这马车上究竟是何人，居然敢行如此忤逆之事！

此时马车距重阳门已不足十丈，马车旁跟着的侍卫亦能看得清容貌。这时不仅是陈羽，其他守宫门的侍卫亦惊呼起来，因为那一路守卫在马车旁的护卫，赫然便是如今的三军统帅施净言！

国姓为帜，统帅为卫，那马车里的人究竟是谁？

望着越来越近的马车，陈羽心底陡然生出一个荒谬到极致的念头来，他怔怔看着马车停在重阳门前，一时竟忘了上前喝问。

“施元帅，皇宫重地，不得驾车而入，请车中大人下马入宫。”

到底还是有些愣头青，在陈羽都不敢贸然相问来人的时候，一个十七八岁的侍卫朝马车旁的施诤言朗声而喝。

施诤言挑了挑眉，显然是没想到会被一个侍卫喝问，他并未回答，目光落在陈羽身上，只沉沉说出一句话。

“陈统领，本帅要入宫。”

陈羽压沉了呼吸，朝马车的方向看了一眼，才抱拳朝施诤言道：“施元帅，非本官阻拦，只是皇城重地，历来都有规定，百官须下马入宫，就算您是三军统帅，本官也不敢放行。”

陈羽虽然这么说着，眼神却一直放在几步外的马车上，他有一个伍人天生的直觉和判断，只是却终归不敢相信。

那猜想太荒谬太震惊，但却让人热血上涌，压抑不住期盼的念头。

“诤言，陈统领说得没错，大靖有律，百官入宫，须下马解刃。”

马车内，清冷温润的声音骤然响起，一只修长的手掀开马车帘帷，车里的人从马车上走下，现于众人眼前。

明黄云冠于顶，四爪绛红龙袍袭身，腰间蟠龙玉佩轻摇。

只此一身，唯大靖太子有此资格。

来人立于重阳门前，嘴角噙笑，望着守城五年的陈羽，淡淡开口。

“只是不知，孤入宫门，是否亦如百官，也须如此？”

“殿，殿下。”

陈羽怔怔望着面前立着的人，喃喃开口，丈高的汉子，顿时眼眶通红，他的目光和韩烨相遇，像是突然回过了神倒退两步，他半跪于地，望向韩烨，肃朗的声音在重阳门前响起。

“臣重阳门统领陈羽，恭迎殿下回宫。”

陈羽郑重的声音犹带哽咽，一旁已经认出了韩烨的侍卫们这才回过神，几乎是一瞬间，重阳门前的守宫侍卫收刀行礼，半跪于地。

“恭迎殿下回宫！”

“恭迎殿下回宫！”

“恭迎殿下回宫！”

……

群卫相迎的声音在重阳门前回响，韩烨眼底划过一抹暖意。

“起来吧，陈统领。”

陈羽却未如他吩咐的一般起身，而是半转身形，仍然半跪于地。

“请殿下入宫！”

他身后，所有的侍卫均如他一般跪地半转身形，分列重阳门两侧，为韩烨让出了一条直入宫门的道路。

重阳门前禁宫守卫跪地相迎，大靖历史上，只有帝王有过如此荣耀。

韩烨归来得守将如此相待，与他大靖太子的地位无关，而是他过往十数年的仁德深入人心，亦是他在云景山上以身护国太过惨烈，方有今日之景。

韩烨的目光在重阳门前跪着的侍卫身上重重扫过，然后抬步朝宫门内走去。

守宫将领跪地相迎，他不会上马而过，这也是他对他们的尊重。

“殿下！”

行过陈羽身边时，陈羽突然唤住了韩烨。

韩烨脚步一顿，低头朝他看去，却见他仍然双目视地，并未抬头。

“殿下，臣当年送您挂帅出征，到如今已是四个年头。”陈羽的声音顿了顿，以头磕

地，但终究是把最后一句话哽咽着说了出来。

“得天庇佑，臣有生之年，能得见殿下平安还朝。”

重阳门前一阵安静，韩烨看着半跪于地的陈羽，目中亦划过动容，他伸手在陈羽肩上拍了拍。

“得统领挂念，孤，回来了。”

轻轻落下一句，韩烨终是领着施诤言朝重阳门内而去。

他身后，初阳已升，正照耀整座皇宫，落下万丈光辉。

与此同时，昭仁殿内，帝烬言和苑琴已经站定在高台上。婚礼举行之前帝梓元将正式把靖安侯府的爵位传给帝烬言。

“帝氏百年，得太祖之诏位封靖安，今帝氏有子烬言，奉公之典，外德以修，奉旨继承爵位。授爵！”

吉利高扬的声音在昭仁殿上回响。

众臣瞩目下，帝梓元从凤椅上起身行到帝烬言身前，她解下腰间的蟠龙玉佩，亲手系在帝烬言腰上。

恰在此时，殿外一声流星火信号响起，夹杂在恢宏热闹的喜乐中，并未被其他人听见，但却精准无比地落在了帝梓元耳里。

她系玉佩的手轻轻一抖，眼底万般情绪排山倒海般涌过，但终究化为不动如山的平静。

这一天，她足足等了三年，终于来了。

宫内，韩烨和施诤言一路朝昭仁殿走来。两人步履很快，见到他的人几乎和重阳门外的守将一模一样的反应，没有人拦住他们，也没有人记得通传昭仁殿里齐聚的皇亲和朝臣，凡韩烨所过之处，惶恐而惊喜地跪了满地的禁宫宫奴和侍卫。

两人遥遥可望宣武门后的昭仁殿，热闹的喜乐未停，巳时早已经过了，韩烨眼底现出几分沉郁，加快脚步朝昭仁殿走去，却在跨过宣武门的一瞬面上露出了一抹诧异，猛地停住了脚步。

“你怎么……”看着立在不远处的人，韩烨眉头微皱。

“我怎么在这里？”宣武门下，洛铭西一身内阁朝服，面容沉静，默然而立。

“里面的国婚？”

“成婚的不是梓元，而是烬言，今日是他和苑琴的婚礼。”

韩烨眼底露出猝不及防的复杂之色，却只一瞬便听懂了洛铭西话里的深意。

“她……”韩烨猛地抬首朝昭仁殿看去，心底升腾而起的热流滚烫灼热，让他不知如何再说下去。

举朝国婚，瞒尽天下人，只为了让他心甘情愿再回这座皇宫。

“去吧，韩烨。”洛铭西让开身，朝昭仁殿的方向望去，沉沉落下一句，“她在这座宫殿，已经等了你三年。”

洛铭西声音里有着难以言喻的落寞和遗憾，但更重的是成全和祝愿。

韩烨朝洛铭西看去，眼底的动容和歉意一点点被坚毅所取代，他重重朝洛铭西颔首，抬步朝昭仁殿而去。

一步一步，石阶在他脚下化成时间的洪流，终于让他跨越不知岁月的生离死别，重新站在帝梓元面前。

昭仁殿内，帝梓元的声音缓缓传来。

“望你以后持身以重，仁德贤达，护国为民，不负我们所望。”

帝梓元的声音不低，清晰地落在殿中朝臣的耳边。一句“我们”，道尽帝烬言成长的不易和当年护他那人的殷殷期盼，想起当年一手将帝烬言教养长大的太子，不少人心下叹息，颇为感慨。

“是，烬言必当谨记，不辱帝氏之名。”帝烬言颔首，沉声回答。

帝梓元眼底露出一抹欣慰和感慨，退后一步，重新坐回凤椅之上。

“礼成！”吉利手一挥，高声而呼。他转身把一旁候着的苑琴扶到帝烬言身旁，将喜绸放在两人手中。

“侯爷，夫人，马上就要行成婚礼了。”吉利悄声嘱咐，退至一旁。

“秦氏涵瑜，温良恭婉，蕙质贤德，今起恢复岭南秦氏之名，承袭祖制，配予帝烬言为妻。”

帝梓元的声音在殿内徐徐响起，虽然早已猜出了新娘的身份，但帝梓元选择在礼成前为苑琴正名，也算是对当年的秦阁老最好的尊重。

只是不知为何，授爵完成，新娘名讳已正，本该进行的成婚仪式，竟就这么在帝梓元收声后突然悄无声息地停了下来。

说来也奇怪，高台上龙凤双椅齐备，本该有两位主婚人才是，只是到此时都只有摄政王坐于凤椅前，也不知是不是出了什么差错儿？

殿外喜乐一直未停，殿内高台上却不再有动静。群臣等了一会儿面面相觑，已有胆大的朝臣起身朝帝梓元开口。

“殿下，既然世子已然承爵，秦小姐亦已正名，那这成婚仪式是不是要继续了，看这天头已然不早了，要是再耽误下去，怕是会错过吉时，请殿下尽快为侯爷主婚。”

今儿是靖安侯大婚，帝梓元自是不会愿意错过吉时，在这位大臣心底，这谏言自然是说得有底气的。

果不其然，帝梓元目光轻抬，落在了一对新人身上。

众人正襟危坐，个顶个精神百倍地等着帝梓元进行今日国婚最后也是最重要的一个步骤。

“今日，靖安侯的大婚仪式，不是本王来主。”

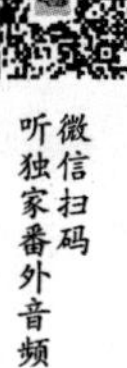

第八十九章

帝梓元的话清晰地在昭仁殿内响起，落在所有人耳中，众臣忍不住诧异，愕然朝帝梓元看去，就连谨贵妃眼底也有惊讶之意。

靖安侯只有帝梓元一个亲人，如母如姐，她不为靖安侯主婚，谁替他主？

帝梓元从凤椅上缓缓站起。

“本王虽为他嫡姐，是他唯一的亲人，可这些年我并未教养他长大，为他主婚实之有愧。靖安侯长于至今，卓然俊才，仁德宽厚，我心甚慰。但十四年前他的命，不是本王所救；他三科状元之才，不是本王所教；他沙场御敌之能，不是本王所给。”

帝梓元一声比一声更重，众臣听在耳里，只觉感慨莫名。谁不知摄政王说的那人，谁心底又不明白那人在情感上更为适合，可世上唯一仅有的那位三年前已经惨烈地亡在了云景山上，连尸骨都没落下。

如今想来，仍是闻之可泣，悲恸难已。

殿外熟悉的身影隐隐绰绰，帝梓元长吸一口气，将众臣的追忆纳入眼底，她的目光从帝烬言和朝臣中逡巡而过，最终重重落在昭仁殿外：“所以今日，靖安侯的大婚，应该由更适合的人来主。”

或是帝梓元说这句话时太多笃定认真，又或是她眼底奇异的光芒感染了众人。满殿朝臣跟着她的目光朝殿门的方向看去，只这么一眼，所有人瞪大眼睛神情怔住，眼底露出了不可置信的神色。

他们已亡三年的太子殿下，他们冠绝天下的东宫储君。

就这么着一身绛红盘龙朝服，活生生地立在了昭仁殿前。

对，活生生的。

所有人心底，恍恍惚惚拂过的只有这么无比心酸又震撼的四个字。

“太子哥哥！”一团火红的身影从左手次席上冲出，一把抱住殿门口立着的韩烨，孩童的声音里带着无法言喻的喜悦和失而复得的惶恐。

所有人都没料到昭仁殿里头一个唤出韩烨身份的会是韩云，但他的称呼如石破天惊一般提醒了殿中所有人韩烨的身份。

这是他们的殿下，他们的储君啊！

“臣韩通拜见太子殿下。”右手首席上，明王缓缓起身走出，前倾而拜，行下臣礼。

他是太祖胞弟，这一拜，几乎代表了整个韩氏皇族的意愿。

“臣魏谏拜见太子殿下。”明王声音刚落，魏谏一拂袖摆，凛然而出，立于他身侧朝韩烨俯首行礼。

“臣韩越拜见太子殿下。”

“臣龚季柘拜见太子殿下。”

“臣钱广进拜见太子殿下。”

……

满殿朝臣，自明王而起，皇室宗亲、内阁阁老、六部尚书、统军武将、勋贵侯爵一个个自席上而出，朝韩烨的方向行下臣礼。

恢宏的喜乐声都压不住满殿朝臣相迎的肺腑激荡之声！

没有人开口问韩烨为何死而复生，为何三年未归。他还活着，他重新回到这座宫殿，比所有都要重要。

也正是这个时候所有人才真真切切地发现，原来这个一身仁德满心为民的大靖储君早已比他的父亲更深入臣心，更得人拥护。

大殿之上，唯有谨贵妃神色茫茫，看着韩烨眼底俱是惶然。她能应付宫廷朝堂里所有发生的一切，唯有韩烨的归来，她几乎是无措的。

那是大靖最名正言顺的储君，也是当年救下她和韩云性命的恩人。

“臣帝烬言拜见太子殿下，恭迎殿下回宫！”

高台之上，一身大红喜服的帝烬言朝韩烨拱手相执，行下臣礼。他目中隐隐含泪，握拳的手却稳而有力，早已不是当年纨绔轻佻的模样。

“众卿起来吧！”

韩烨被这一声相唤，目光才从群臣身上移开，肃声吩咐了一句。

群臣起身，却未敢再言，高台上毕竟还有帝梓元在，她不出声，谁都弄不清她心底的意思。

韩烨朝帝烬言轻轻一颔首，目露欣慰，最后和他身边的人目光在空中相迎。

三载岁月，唯此一眼，恍若不复。

犹记那年冰天雪地，西北疆场，烈马狂奔。

可现在，那人一身红装，容貌盛然如昔，却藏不住半白华发，一身病骨。

梓元，值得吗？所有的这一切，值得吗？

韩烨，当年你在云景山上一跃而下，将一切拱手于我的时候，怎么不问一句，值得吗？

帝梓元目光沉沉，眼底千万般情绪拂过，最后只剩下淡淡的欢喜。

值得，为了你，纵覆天下如何，纵倾天下如何，纵拱手天下又如何？

有生之年，你正大光明以大靖储君的身份回到这座皇城，才是我不悔之事，才是我该为之事！

纵一句未言，但三年来想说的话两人都已明白。

三载离别，生生死死过后，知帝梓元莫若韩烨，知韩烨莫若帝梓元。

“太子三年前在云景山上跳下，后被人所救，一直重伤昏迷，隐于民间养伤。本王也是近日才知太子安好的消息。”

高台上，帝梓元的声音缓缓响起，她在所有人的注目中朝大殿的方向行了两步，虽未行臣礼，却是拱手相邀之仪，“本王受先帝令摄政于朝，今恭迎太子回朝，与本王共

辖朝堂，同治大靖。”

此一言出，等于帝家承认了韩烨统御朝堂问鼎帝位的资格！昭仁殿上，群臣相视，几乎是一瞬就明白了殿上的景况。

太子还朝是摄政王乐于所见，回想起这场国婚和摄政王刚才的一席话，说不定太子能回朝亦是摄政王所为！这个想法立时便被群臣认可了，他们几乎是欣喜地猜到了这种可能，只是不知太子回来能否改变现在韩帝两家帝位相争的胶着现状。

“殿下！吉时快过了，请您为靖安侯爷主婚！”高台上的吉利适时地喊出了声。

韩烨眉一挑，牵着韩云朝殿内走去，待将他交到了谨贵妃身边才大踏步利落地朝高台上走。

“吉时到了也给孤候着，烬言的婚事，除了孤还有谁能来主。”

韩烨清冷霸道的声音一路在众人耳边回响，瞅着足下生风的太子爷，众臣这才想起一桩旧事，当年温小公子刚刚束发名动京城时，一众朝臣勋贵们府里有适龄闺女的个个都想挖走这块宝，没成想太子殿下是个十成十的亲娘，一听才十五岁的娃娃被人觊觎，就算是皇家亲王他也甩过脸子，惹得温朔公子佳名万般传，却无人再敢入东宫问亲。

如今一想，也有好些年了，温朔公子终究是到了成婚的这一日，好在殿下亦等到了为他主婚的这一天。

众人晃神间，韩烨已行上高台，他站定在一对新人前，和帝梓元比肩。

“愿你夫妻相扶相持，执子之手，白头偕老。”

没有承爵时的谆谆教诲，唯有最浅薄的祝福和期盼。韩烨取下腰中的蟠龙玉佩，挂在了帝烬言腰间右侧，和刚才帝梓元为他挂上的玉佩交相辉映。

几位亲王和阁老看见这一幕，暗自交换了一个眼神，难掩眼底的震惊。这两块玉佩他们都识得，帝梓元那一块是当年太祖为帝家封爵时所赐，而太子身上的那块是历代东宫权柄的象征。

“太子受礼成！新人行礼！”

“一拜天地！”帝烬言和苑琴遥遥朝天地而拜。

“二拜高堂！”两人回转身，朝帝梓元和韩烨而拜。

“夫妻对拜！”结发夫妻，白首不离。两人握住喜绸，轻轻一拜。

“礼成！”吉利一声高呼，殿外礼炮齐鸣，殿内抚掌叫好，一派热闹。

帝梓元望着面前之景，纵素来性子冷肃惯了，脸上亦忍不住露出笑意和欣慰。她转头朝韩烨看去，一双眼沉沉浅浅，深情未敛，竟一眼观之如底。

韩烨一怔，万般情绪拂过，终只淡淡划过一声。

“你啊，孤这一辈子，遇上你也算是……”

他最后两个字太轻，被淹没在漫天的祝贺和喜乐声中，帝梓元未听得真切，眉角一挑正要问，却见韩烨已经抬手利落地朝殿内摆了摆。

他正是万众瞩目的焦点，几乎只是一挥一抬间，昭仁殿便安静了下来。

“孤今日回宫，原是有一件事要向众卿宣布。”他声音微肃，说不出的郑重。

群臣面面相觑，一时有些惶然，太子这才刚回宫，不至于在这昭仁殿上的喜堂商讨国事吧。

“诤言，把孤的东西拿进来。”

韩烨朝殿门的方向招了招手，众人循着他的手势看去，这才发现三军统帅施诤言不知从何时起悄无声息地立在了殿门口。

施诤言朝韩烨的方向颔首，行了一礼，持着手中木盒朝殿内走来。

木盒上古老的篆文雕刻其上，以珍珠为扣，鎏金相嵌，观之便珍贵无比。

只是不知那里面有什么，竟能让太子连昭仁殿都不出便要迫不及待地宣布。

难道……群臣神色一凛，想起当初先帝驾崩时未给韩云留下继位遗嘱，难道是留给了太子不成!?

帝梓元眼底亦是疑惑，向韩烨投下淡淡的问询之色，却未得到他半点回应。

殿内唯有明王、安王、魏谏并几位两朝元老瞧着这方木盒的眼神有些诧异，他们似是瞧着有些眼熟，却一时又想不起在哪见过。

群臣猜疑间，施诤言已登上高台，他郑重地将手中木盒双手呈于韩烨面前。

“殿下。”

韩烨颔首，手微抬，轻轻一推，珍珠转动，咔嚓一声，木盒应声而启。

珍珠相阖的声音终于唤醒了那几位老臣的记忆，明王神情一变，失声惊呼，“那是……太祖……”

只是终究只来得及说出两个字，高台上的韩烨已将木盒中的东西取出，举于群臣面前。

众人抬眼一看，皆神情震惊，那承于韩烨手中之物赫然便是一明黄卷轴，若未猜错，该是一道圣旨！

“奉天承运，皇帝诏曰！”

韩烨肃朗之声响彻昭仁殿。

群臣面面相觑，高台之上，高台之下，齐皆下跪。

“臣等聆听圣谕！”

帝梓元不知韩烨究竟欲何，但她到底是大靖臣子，圣旨一出，她亦只能下跪。她眉一扬，便要屈膝，却被韩烨握住了手。

帝梓元眼底拂过讶异之色，朝韩烨看去。但韩烨只望着殿中众人，然后松开帝梓元双手展开了圣旨。

“忠王仁德宽厚，运抚盈成，业承熙洽，有兢业之怀，着继朕位，承朕先志，革故鼎新。册忠王嫡子烨为东宫太子。今帝家有女梓元，上承于天，斯得重任，荣封太子之妃。钦此！”

朗朗之声响彻昭仁殿，这是二十一年前太祖颁下的圣旨，既是嘉宁帝的继位诏书，亦是韩帝两家的婚约之书！

这道圣旨嘉宁帝继位时供于太庙，即便是当年帝家被判谋逆举族被斩时也未有人敢将这道圣旨从太庙中拿出。

这些年朝堂起伏沉落，唯有这道赐婚圣旨像是冥冥中注定一般完好无损地在皇室宗祠里保存了二十一年。

直到二十一年后，大靖太子韩烨将这道被所有人遗忘的圣旨，在他的太子妃和大靖朝臣面前重新开启。

昭仁殿内一片静默，所有人都陷入震惊之中，没有半句声响。

“钦此！”韩烨合上圣旨，重重地又重复了一声。

“臣等谨遵圣谕，万岁万岁万万岁！”

“臣等谨遵圣谕，万岁万岁万万岁！”

“臣等谨遵圣谕，万岁万岁万万岁！”

……

群臣叩首，山呼万岁。太祖的圣旨，无论过了多少年，只要还是大靖臣子，便没有不遵的道理。

这么多年过去，太子对帝家女的执着依旧如初。如今更是当着满朝文武重宣下这道圣旨，迎娶摄政王的心意不言而喻！

满殿的万岁声落下，众人这时倒是有些好奇摄政王的表情，瞧刚才太子的举动，摄政王显然是不知情的。众臣悄悄抬头，朝两人瞅去，恰好看见太子回转头正望向摄政王。

太子唇角带笑，神采飞扬，戏谑的笑意已传众人耳中。

“怎么？瞧摄政王这模样，是不想遵太祖遗旨？想当年摄政王以三万水军求嫁孤，孤今日不过全摄政王的拳拳心意。”

想起当年之事的朝臣俱都善意地笑了起来。

帝梓元眉角一扬，眼底淌过不知名的情绪，竟未回答。

旁人只猜摄政王这是发怒的前兆，唯有韩烨知道他这位万事冷静生死不忧的摄政王是无措腼腆了。

她这一生纵遇事无数，却终究没有遇到过这样一个韩烨。

十数年纠葛，到如今他仍能举天下之约，践先辈之诺。

一生死结，昭仁殿上，百官之间，骤然而解。

韩烨淡然一笑，他握住帝梓元的手，朝昭仁殿下的大靖朝臣看去。

他眼底一片盛然，带着储君的矜傲和霸道，似是盛起璀璨华光。

他的声音响彻在这座宫殿，响彻在帝都，响彻在整个大靖。

“孤将谨遵太祖圣谕，不日与摄政王大婚！”

他回转头，浅笑。

“帝梓元，这一世，你该是孤的东宫太子妃。”

第九十章

距离国婚那一日已有半个月，已经亡故的大靖太子韩烨回朝并宣布不日和摄政王大婚的消息在半月内传遍了云夏，一时北秦东骞朝堂大震，亦现自危之景。三年来帝梓元摄政大靖，大靖政通人和，国库充裕，兵强马壮，成中兴之盛，早惹得北秦东骞如临大敌。两国本以为韩帝两家储位之争会使大靖朝堂内乱，至少可得数年休养时间，哪知韩烨不仅活着回朝，还要迎娶帝家女，一举消弭了大靖的朝堂之争。得闻消息后，北秦东骞朝堂紧绷，半月未到，修好的国书便遣使送来。

倒是大靖朝臣们这些年经的事多，心脏锤炼得忒结实，上了年岁的朝臣们没在国婚那日被自个的摄政王和储君折腾出毛病来，一个个的吃好睡好，乐呵呵在朝中奉职，一副坐等太子和摄政王大婚的万事足模样。若说唯一有啥事让他们挂心且不得解的，便只有小太子韩云不尴不尬的储君身份了。

三年前太子亡于云景山，为稳定韩氏皇权，先帝册封皇十三子为储君，因当时太子只有三岁，且先太子刚刚亡故，韩云虽有册封之名，却一直未进过太庙受礼，亦未入主过东宫。说起来比起当年韩烨受封时的大典及荣耀，韩云这太子之位确实有些不够实在，可无论怎么说，他也是先帝正儿八经下旨册封的储君。这是即便韩烨如今荣耀还朝都不能否定的事实，遂如何妥善地安置韩云，便成了当今朝堂的第一要务。

韩烨在这个节骨眼上还朝，又要迎娶摄政王，荣登帝位几乎成了顺理成章的事。日后他和摄政王的嫡子自然便是名正言顺的大靖正统继承人。当年太祖给帝家的皇位继承权一直是韩氏皇族的一块心病，这点满朝皆知，将来太子和摄政王有后，由韩帝两家的血脉继承大统，那大靖开国时的这点儿隐患便再也不存，说起来这实在是近几年愁白了头发的皇室宗族翘首以盼的福音，更是云夏上足以流传百年的真正佳话。

以帝梓元和韩烨如今的权势民心，如何安置韩云倒真的不是一桩难事。小太子堪堪六岁，尚未有跟随的派系，也未有入主朝堂的权心，荣封一个一等亲王，此生富贵无忧，唯一有些麻烦的是绮云殿主位谨贵妃。

嘉宁帝在位的最后三年，后宫权柄皆由谨贵妃把持，嘉宁帝驾崩后，禁军护卫之权也握于她手，若是韩云继位，她将是正儿八经的太后。即便韩烨登基，也不能薄待于她，如今如何兵不血刃地从这位贵妃手中拿回京畿拱卫重权，也是最棘手的事儿。

故国婚之后，摄政王谕令百官休沐半月，暂不提太子储位和帝位之事，倒也情有可原。只是眼见着半月即至，朝会将启，最后宫内权柄花落谁家，到底要有个答案和章法。

太子回朝后，仍是居于东宫。当年侍奉的宫人，在他回宫后不过三日便被摄政王召回十之八九。如今的东宫喜气洋洋，一派热闹升腾之景。

东宫深处，有一幽静小院。当年韩烨便喜此处，这次他回宫后的休养之所依旧在此。

正是清晨，初阳都还没现出影儿。

韩烨是被吉利一扣三响的敲门声折腾醒的。

“殿下？殿下？”这呼唤声忒有讲究，低声又温柔，但偏偏如魔声灌耳，绕之不散。

房门被不客气地推开，韩烨着一身素白中衣，披着件薄衫靠在门上，眯着眼瞧着如今的禁宫大总管，声音似是牙缝里吐出来的，“孤还好好在呢，叫什么！当年你在孤身边的时候，可没有打扰孤睡觉的胆子。”

吉利身子抖了抖，低眉顺眼垂着头，轻声回：“殿下，这时辰都不早了呢！”他小幅度地朝后摆了摆手，立马三个太监抱着三个托盘上来。“奴才瞧着今儿的比昨日的还多，要是不早点儿给殿下您送过来，怕是今日到丑时了您都歇息不了。”

吉利一副我是个忠仆我一心为你你可不能埋怨我的委屈模样，声音温顺得不得了。

韩烨瞥了托盘一眼，眼又眯了眯。

托盘上码着满满的奏折，沉甸甸的看着瘆人。别人只道太子荣耀还朝，昭仁殿上拿着太祖爷钦赐的圣旨意气风发地给自己圈了个全天下最有权势的媳妇儿，定是温香软玉日日在怀，却不知国婚之后太子殿下连摄政王的一片儿衣袖也没捞到就被扫回了自个的东宫日日处理堆积已久的政事，每日里从清晨到日落，那是一日也没歇过。

“她今日还在靖安侯府？”

太子问得低沉，旁人或许都听不懂这没前没后的一句，咱们的禁宫大总管已经麻利地精神一振，开始念快板儿似的回答。

“是，殿下，摄政王还在侯府里头。摄政王昨儿早上吃了一笼城西的小笼包，配的是侯爷夫人亲手做的酒酿丸子。中午是魏老丞相在郊外湖里钓上的全鱼宴，黄浦大人正巧入府拜访，就陪着一块儿吃了。晚上御厨烧了红烧蹄髈，摄政王吃得可香呢，还顺手赏了奴才一块儿。摄政王昨晚亥时便入睡了，临睡前饮了点梅子酒，一觉睡得踏实着，到现在还没醒。”

自从帝烬言承爵后，侯君的称呼也不再适合帝梓元，吉利在韩烨面前只得称呼帝梓元“摄政王”来分辨两人。每日太子都会这么意味不明地问上一句，吉利老老实实地回答，准能让太子心甘情愿地接下他送来的所有东西。

韩烨一句句听着，眼底的神情便一点点柔和下来，到最后晨醒的不耐消失得丁点儿不剩，他哼了哼，朝托盘抬了抬下巴，“都没醒呢，那这些是怎么回事，怎么，是你自个儿做的主？”

听见韩烨声音一扬，吉利立马摇摇头，忙不迭表忠心：“殿下，奴才哪敢，这是摄政王昨晚入睡前吩咐的。”

“这都半个月了，怎么一点儿都不见少。”韩烨闲散了三年，回来后没有歇息过半日，以他的勤奋，都难得埋怨了半句，足见每日需处理的政事之多。

“殿下，摄政王说了，若是您问起政事怎么这么折腾人，就让奴才回……”难得的，吉利听见这话没有温温柔柔客客气气，而是一本正经抬了头，模仿着帝梓元语气，“三年时间，纵只积沙亦能成丘，遑论国事。本王日日都是这么过来的，若太子不耐御笔亲批，让他重新再回西北便是。”

“殿下……”吉利飞速地念完这句话，顺溜得气都不喘，“这是摄政王让奴才回的！”

吉利是韩烨身边养大的，惯来情分不比常人，但纵是他的身份，这辈子如此埋汰韩烨的话，这辈子恐怕就这么一次。

果然，韩烨眼眯了眯，却半点脾气都发不出，反而沉沉看了堆得满满的奏折一眼，轻声叹了口气，披着薄衫便朝书房走去。

“拿过来吧。”

这一顿奏折批的，转眼又是一日，好在韩烨熟悉了半月朝事，今日快上许多，才刚入夜便阅完了。

韩烨搁笔，摆手吩咐，“送到上书阁去。”

他说完起身，朝外走去。

“殿下，您要出宫？”候在一旁的福禄小声问。吉利早上送了奏折便回靖安侯府伺候帝梓元去了，如今伺候在韩烨身边的是当年跟着吉利的小公公福禄。

韩烨颔首，“备马。”

备马？福禄一愣，京城就这么大，殿下去哪也不过半炷香时辰，还需要备马？见太子已经走出了书房，他急忙回神，一边小跑着一边吩咐着宫人备马。

太子没有直接出宫门，而是绕道去了北阙阁一趟。待福禄寻着宫门口的太子，瞧见他手里抱着的长思时才明白过来。

也只有那位才能让殿下在京城夜马疾奔吧。

韩烨刚至宫门，便有小太监上前来报。

“殿下，绮云殿的赵公公遣人来报，说是贵妃娘娘正在来的路上，想见一见殿下。”

东宫右街道不远处，一辆马车徐徐驶来。虽不显山露水，但车身周围的护卫一眼看去便知是高手。

韩烨脚步一顿，眼底露出一抹了然。明日便是复朝之日，他回来后尚未入过绮云殿，想必谨贵妃是坐不住了。

“她若愿意等，便让她等着。”韩烨连片刻的犹疑都没有，径直上马离去，留下面面相觑的一众东宫宫人。

殿下，那好歹也是当今贵妃，您就不能赏赏薄面儿，这是上赶着去哪啊！

福禄跟着太子绕过几条小道，灯火通明的靖安侯府远远可见。不过片息，两人已进到侯府大门前。门前侍卫来不及呵斥，瞧见韩烨便要行礼。

“殿下！”

韩烨从马上跃下，将马鞭扔到侍卫手里，“免了，不用通报，孤知道路。”

忙不迭接过马鞭的侍卫堪堪听到最后个字抬首，只来得及瞧见韩烨的一片衣袂。

这……算是擅闯吧，好歹也是堂堂靖安侯府的府邸，就算是东宫来了，也是要通报的好吗，殿下！

守门的侍卫内心一阵哀号，但到底也只是拿紧马鞭目光坚毅一丝不苟地守在侯府门前，十分乖顺地把太子那声不用通报听到了心坎里头去。

笑话，这可是他们日后的主君，作为大靖最聪慧的守卫，他们怎么能不识相。

韩烨入侯府一路前行，遇着的侍女瞧着惊呼纷纷行礼，但他亦只摆摆手，径直朝侯府后院而去。

吉利每日说的话他记得清楚，她用过晚膳总会在那里看上一会书。

侯府书房里，帝烬言听见下人来禀太子驾到，露出一抹了然和笑意，只吩咐了一句“不必打扰”，便赶着回房瞅自个儿的新夫人去了。

韩烨在侯府一处庭院门口停住了脚步。他望着庭院里的人，目光悠久绵长。

归元阁下的回廊里吊着一盏晶莹剔透的夜明灯。

帝梓元躺在回廊摇椅上，手上抱着一本书，双眼轻阖。摇摇晃晃的灯光在她身上投下温和的柔光，格外静谧。

似乎所有的记忆，都是从这座府邸、这处归元阁开始。

韩烨立在院门口，目光几乎沉溺在浅睡的帝梓元身上。

那日国婚大殿里太匆忙，似乎直到现在，他才有时间好好看看她。

韩烨的目光终是凝在帝梓元那一头半白的头发上，他唇角抿了抿，接过早已候到一旁的吉利手上的薄毯，抬步朝归元阁下走去。

“都下去吧。”

太子的声音淡淡传来，吉利并院门口候着的侍女们不敢出声，侧身行礼算是应答，默默退了下去。

一步一步，韩烨的脚步几乎轻不可闻，他停在摇椅旁，拿下帝梓元手里的书，为她盖上薄毯。

她似是浅眠，却睡得极为安沉。连他这样出现在身边也没有醒来，这在三年前几乎是不可能的事。当年的西北之战，她落得一身伤病回京，三年来独掌朝政，个中辛酸又岂是外人能知。

韩烨握住帝梓元的手，就这么屈下身坐在她身旁。帝梓元半白的发丝被风吹起，缠绕在两人交握的手上。

韩烨眼底的疼惜愧疚深深浅浅，一览无余。

她到底蹉跎了半生年华。

归元阁下，就这么一睡一坐，静谧长情。

直到帝梓元从这长长的一觉里醒来，已是圆月高悬。

掌心的温度炙热而温暖，帝梓元睁眼，映入眼帘的便是侧身而坐捧着书的韩烨和他身旁的长思。

夜明灯光在他身上落下柔和的剪影，映着他俊美的侧颜。他鼻梁很挺，唇角抿着时似薄，带着北方公子的倜傥和多情。帝梓元静静看着，突然想起数年前她一纸婚书求嫁他时曾戏称“大靖太子容冠中原，心向往之”。

如今想来，当年戏言却是一语成真。

“醒了？”

韩烨回过头，唇角轻勾，满目温柔，眼底尽盛帝梓元。

“区区陋颜，可还能入摄政王的眼？”

他这么淡淡一笑，如春风拂柳，暖了整个归元阁。

“殿下之容若皎月，怕是拙妇难入殿下的眼才是。”帝梓元颔首，回得一本正经。

“也是，边塞的水土养人，我如今这容貌是越发清俊了。”韩烨丝毫不在意帝梓元的埋汰，似模似样摸了摸鼻子，朝她挑了挑下巴，“不过看在你这么中意我的分上，纵你这容貌是不大如我，我也勉强接受了。”

瞧着韩烨一副轻佻公子哥的模样，帝梓元到底没忍住笑了起来，打趣道：“怎么？有时间在这贫嘴，奏折都批完了？”

“已经送到上书阁去了，你明儿回宫里了便能瞧见。”

让她回上书阁，这是让她依旧执掌朝堂的意思，帝梓元到底有些好奇韩烨的安排，“你这是不打算入主皇宫了？”

韩烨摇头，“你在便好，我凑什么趣儿。”

帝梓元眉目一凝，露出一抹认真，“当真？”

韩烨不比韩云，尽得朝臣拥戴，以他名正言顺大靖储君的身份，若想登位，连她也不能阻止。

况且如韩烨要为帝，她亦不会阻止。她明白，韩烨会是个好皇帝。

“睡久了饿了吧，这是苑琴刚刚送来的桃花羹，来，喝一点。”韩烨松开她的手，把一旁小几上的瓷碗端起递到帝梓元面前，他笑了笑，眉眼清澈，声落若玉石。

“梓元，你与皇位，三年前我便已有抉择。”

他眼深如墨，一派坦然，“所有你和帝家想做的，我都会在你身边，陪你走完。”

他在昭仁殿上拿出太祖的赐婚圣旨，是想告诉整个云夏，帝梓元必是他的妻子。

但他心里明白，梓元只能是他的妻子，而不能成为大靖的皇后。

大靖铁律，后宫不得干政。从他继承皇位登帝那一刻开始，梓元便注定要成为后宫之主，虽享母仪天下之荣，但却永远不能再踏足朝堂一步。

这个世上没有人比他更明白帝梓元想要什么。她背负着帝家的冤屈和那八万条性命蛰伏十年，一步步走到现在，不只是为了向天下证明帝家的忠良，更是为了向先帝证明他的为皇之路是错的，她要以自己的方式告诉先帝、大靖朝堂和整个天下，真正的帝王该是什么模样，真正的帝王能创建什么样的王朝。

朝堂无垢，天下清明，万邦来朝，大靖中兴，是帝梓元毕生所愿。

也是他所愿。

况且，当年的西北之战，那些惨死在战乱里的人，是他和梓元一生抹不掉的责任。

英灵之血未逝，她如何放下这一切，去做皇宫后苑里的一只金丝雀？

“韩烨。”帝梓元神情微怔，眼底露出一抹震撼，摇头，“你不必为我做到这一步，这条路太长了。”

“不长。”韩烨伸手，在帝梓元长长的头发上拂过，一直落到她雪白的发尾，他拿起一旁的长思，放到帝梓元手里。

“梓元，你看，连长思也开花了。放心，我有一生，能陪你走下去。”

第九十一章

“韩烨，我们一起临朝吧。”

归元阁下，帝梓元对着韩烨，终是笑着回了这么一句。

“梓元，你……”韩烨眼底难掩震惊。帝氏代韩，几乎是帝梓元毕生夙愿，所以他当年才会一心赴死在云景山。

“两王临朝虽然从未有过，但不代表我们不可以。”帝梓元起身，薄毯滑落在地，她望向皇城的方向，眼底露出一抹桀骜之色，“我偏要给世人看看，就算终我一生不登皇位，也可以创造一个朗朗乾坤的盛世王朝。”

她抬首朝韩烨看去，茶色的眼底映出斑驳闪耀的深情和承诺。

“韩烨，我亦有一生，可以陪你走下去……”

大靖摄政王深情霸道的表白还来不及豪气干云地收尾，就被大靖太子毫不客气地吞咽在了深深浅浅的亲吻中。

归元阁下绮丽缠绵，圆月亦隐在云下。

许久过后，安静的靖安侯府后院终是响起一声恼羞成怒的咆哮。

“韩烨，我就知道那年年节涪陵山上的人是你！说，你打昏我之后还做了什么？”

这一声实在算不得轻柔，堪堪落在半个侯府下人的耳里，但这一夜侯府众人乖顺地敛了忠诚之心，即便是他们的主子忒没仪态地叫嚣了半宿，也没人靠近归元阁半步。

韩烨回东宫时已是深夜，东宫总管林双仍候在宫门前。

“殿下。”林双迎上前，替他掌马，瞧见太子眉目间的畅意，忍不住笑了起来，“殿下见着摄政王殿下了？”

“见着了。”韩烨笑得意气风发，疲态全扫，连带着提起谨贵妃时也不似出宫时一般不耐，“她还在等着？”

“是。贵妃娘娘还在书房等着殿下。奴才劝过了，但娘娘坚持等殿下回来。”

“是吗？”韩烨整了整衣袖，跨过宫门，“那孤便去见一见这位谨贵妃。”

嘉宁帝一生只有一位皇后，便是太子生母孝仁皇后。但皇后早逝，当年为保东宫之位稳若泰山，纵齐妃受宠，左相势大，嘉宁帝亦从未生出立后之心。谨贵妃的贵妃之位还是在韩烨死讯传来后母凭子贵而得。

韩烨回京的这半月，足以让他了解这位谨贵妃的行事做派。

韩烨走进书房院门的时候，看见谨贵妃带来的侍卫立在院外，眼底露出一抹深意。

“殿下，贵妃娘娘入东宫前让随行的侍卫都解了兵刃。”林双岂能不知韩烨所想，低声补了一句。

东宫书房灯火通明，房门外候着一排的侍女。韩烨走进书房时，谨贵妃正襟危坐在书桌下，正望着房内的烛火出神。

一连的请安声惊醒了谨贵妃，待她回过神，韩烨已经坐在了她对面。

“贵妃娘娘，这时候入孤的东宫，可有要事？”韩烨淡淡开口，并未行礼。

两人年岁虽相差无几，但依制谨贵妃为先帝遗孀，韩烨应当行礼。但他并未如此，算是对谨贵妃先前所为之事的不满。

谨贵妃并未动怒，相反，和面对帝梓元时不同，她在韩烨面前很平静，平静到几乎是温和的。她缓缓起身，朝韩烨的方向行下半礼。

韩烨挑眉，“贵妃娘娘何以如此，孤难受娘娘大礼。”

谨贵妃并未抬首，仍垂下头，“此一礼，王瑾谢过殿下当年救命之恩。”

当年韩烨从九皇子手中救下韩云，并谕令太医为性命垂危的谨贵妃诊治，方能有谨贵妃和韩云的今日。

“不过举手之劳，韩云是孤的幼弟，救他是孤应为之事，贵妃娘娘不必放在心上。娘娘安坐吧，以娘娘如今的身份，纵是要谢孤，亦不必如此。”

韩烨仍是神情淡淡。

谨贵妃起身，却未落座，瞧见韩烨脸上的冷淡和疏离，她轻声叹了口气。

“本宫知道殿下和摄政王情意深厚，更对靖安侯视若亲弟。本宫先前做的一些事瞒不了殿下，也没打算能瞒过殿下，只希望殿下能听本宫一言。”谨贵妃温声开口。

“三年前殿下亡于云景山的消息传来时，五皇子陷于晋南，先帝身边除了三岁的云儿，已经没有一个可以继承大统的子嗣。先帝为保韩氏皇权，立云儿为太子。彼时帝家位高权重，先帝亦退守西苑，只将本宫和云儿留在宫内。殿下，非我和云儿觊觎殿下东宫之位，只是当时情势所逼、先帝圣命，本宫和云儿别无选择。”

谨贵妃娓娓道来，倒也说得平实。她所言不假，在当时的境况下韩云被立为太子是势在必行之事，也非谨贵妃和韩云所能左右。

“当年孤在云景山出事，父皇立十三弟为储，不是贵妃之过，贵妃无需为此事向孤解释。”

谨贵妃点头，“殿下明白事理，不需本宫多言。殿下，帝家势大，连先皇也只能退居西苑，云儿被立为储君后绮云殿如履薄冰，本宫并非心思阴诡，只是本宫出身寒微，上无外戚可倚靠，下无股肱之臣相拥，要保住云儿的储君之位，有些事纵使不堪，却不得不为。”

韩烨朝她看去，“以摄政王的性子，就算有一日执掌皇权，也会保你和十三弟的万全，这些事你根本无需去做。”

谨贵妃叹了口气，面上露出一抹苦涩，“太子殿下，您和摄政王情意深厚，自是相信她。可本宫是韩氏贵妃，云儿是韩家的太子。若是帝家登位，就算摄政王愿意放过本宫和云儿，那些跟随帝家的朝臣会吗？将来帝家的继位者呢？人心难测，您相信摄政王是不错，可将来谁又能保证？云儿才六岁，本宫不能让他一世都活在当权者的猜疑和忌讳里，惶惶一生不得安宁。”

韩烨未答，他无法反驳谨贵妃的话，在权位倾轧上，先帝就是活生生的例子。

“殿下，以当时的境况，云儿成了太子，如果他不能成为皇帝，下场可想而知。本宫不恋权位，只想在这朝堂深宫里护着他，本宫所为确非坦荡磊落，甚至阴诡不堪，但身为他的母妃，本宫没有选择，还请殿下怜本宫之心，恕本宫所为。”谨贵妃缓缓道来，诚恳而郑重。

“孤长于皇家，知道后宫是个什么地方，你是十三弟的生母，看在他的分上，孤不会再追究过往。”韩烨抬眼朝谨贵妃看去，并无不耐，只带着一抹深意，“只是贵妃今日来，怕不只是为了向孤说这番话吧?”

王瑾虽本性淳厚，但这几年为了护韩云的储君之位心性已非当年，她今日前来，绝非只为请罪如此简单。

谨贵妃微一沉顿，从袖中掏出一方墨盒，看向韩烨道：“殿下，本宫用尽手段，只是为了护云儿平安，殿下已经还朝，他日大位必是殿下所得。本宫不信帝家，也不信摄政王，但本宫信你。这是禁宫和京畿重地的驻军兵符，本宫愿意交还殿下，自请废黜云儿的储君之位，只恳请太子殿下念在兄弟之情上，赐云儿一处封地，让本宫和他一起离开，只要能让云儿平安离京，本宫向殿下承诺，我们母子二人有生之年绝不再踏足京城。”

谨贵妃所言铿锵凛然，她朝韩烨的方向重重行下一礼，比刚才更加郑重，“此第二礼，王瑾恳请太子殿下允诺。”

自古皇权争斗血腥难免，古往今来像韩云这般身份的从来都不得善终。自韩烨还朝后，谨贵妃自知韩云东宫储位难保，但她却想赌一赌太子的仁厚，为韩云求得一线生机。如今除了恳求韩烨念兄弟之情外，她已经别无出路。

韩烨看着躬身行礼将京畿兵符献于面前的谨贵妃，一抹叹然从眼底浮现。若非当年他在云景山为护梓元一意求死，或许不会把一个本性纯良的宫妃逼到如今这个地步，说到底她所做的一切只是为了十三弟的平安罢了。

“贵妃娘娘不必如此。”谨贵妃深躬的手被人抬起，她抬首，韩烨已经行到她面前。

“这一诺，孤不会允。”

谨贵妃神情一变，露出一抹惶然，猛地抓紧韩云的手，“殿下，云儿他还小，求殿下……”

“贵妃娘娘。”韩烨打断谨贵妃的话，抽出手，沉声道，“孤的意思是不会废黜十三弟的东宫之位。”在谨贵妃愕然的神情中，他淡淡开口，“孤和梓元都不会称帝，大靖需要储君，十三弟现在是最合适的人选。孤无法向你承诺他日他能登上帝位，但无论将来谁为帝，都没有人能伤他一分一毫。”

他退后一步，将装着兵符的墨盒重新推到谨贵妃面前，“这便是孤，现在能为贵妃所做的承诺。”

若要二王临朝，韩烨和帝梓元现在就不可能成婚，也无法有子嗣，但大靖却不能没有储君，韩云尚年幼，是最合适的储君人选。

“殿下。”谨贵妃听懂了韩烨话里的深意，难掩震撼，“您和摄政王都愿意放弃……”见韩烨颔首，她忍不住问：“为何？您继位后摄政王便是大靖的皇后，她只会更尊荣，你们为何要放弃帝位？”

王瑾这些年日渐聪慧，对朝堂动向更是观察入微，但即使是她，一时也无法理解韩烨和帝梓元所做的决定。

有什么会比君临天下、绵延子孙更加重要？

“我们都还有太多事要做。”韩烨神情坦然，“贵妃不必多问，只需记住孤今日之诺便是。”

谨贵妃未再问，朝韩烨颔首，“本宫谨记殿下今日之言，日后必谨言慎行，不再给殿下和摄政王添麻烦。”她顿了顿，眼底终是露出一抹释然和祝愿，“也希望殿下和摄政王所愿会有达成的一日。”

她说完，转身朝书房外走去，亦再未多言一句。

半晌，林双从房外走进，将刚才谨贵妃手中的墨盒呈到韩烨面前。

“殿下，这是贵妃娘娘留下的，说是谢过殿下当年对她和十三殿下的救命之恩。”

韩烨望向书房外谨贵妃消失的方向，终是伸手接过了装着京畿兵符的墨盒。

第二日，举朝哗然中，三年后重返大靖朝堂的太子韩烨自封为暄王，与摄政王帝梓元比肩，韩云东宫太子之位仍不动如山。

至此，大靖两王临朝的时代正式到来。

半月之后，太子生母谨贵妃自请入皇陵，为先帝守墓三年。

与此同时，三军统帅施诤言携靖安侯秘密返回西北。

三个月后，施诤言在军献城率数十万军民祭天，向云夏百姓昭告四年前北秦栽赃、三国始乱的真相，一时云夏之上群情激愤，北秦风声鹤唳。

在大靖国内朝堂百姓主战之声达至顶峰之时，施诤言和帝烬言敲响战鼓，各自统御二十万大靖铁骑，叩响了北秦边塞最重要的两座城池，与此同时晋南老将洛川率晋南八

万水师，绕过大半个国境，在烽火点燃北秦边疆的同时，重兵震慑东骞海域。

大靖师出有名，又有水师重兵震慑。遥遥对望的东骞未免被卷入大靖的复仇之战中，在这场来势汹汹的两国战乱里尴尬而不安地保持了沉默。

除三年前留在西北的十万晋南大军外，帝家此一战中再出兵十八万，晋南帝氏十四年蛰伏的可怕实力正式在整个云夏面前揭开。

至此，两国兵戈兴起，云夏在平静了四年之后，重燃战火。

第九十二章

“殿下，捷报，施元帅五日前拿下怀城，已经入了北秦腹地了。”

上书阁内，帝梓元和内阁六部正在议事，吉利端着军报从外面一阵风地走进，脸上扬着喜意。

帝梓元闻言扬眉，轻“哦”了一声，脸上露出一分满意和赞赏，“诤言军神之名，再过两年怕是要盖过当年的施老元帅了。”

施诤言统御大军征战北秦，在帝烬言和苑书的合纵连横下，北秦三方受敌，步步溃退，不过区区半年，大靖就已拿下北秦十二座城池。整个北秦南境，尽归大靖所有。

本来以北秦的战力，不至如此不堪一击，可惜北秦王莫天半年前病亡，他死前将胞妹莫霜迎回王城，并将皇位交给莫霜。莫霜在他驾崩后没有继位，执意拥三岁的皇太子为王，只肯摄政朝堂。奈何莫霜虽得民心和武将拥戴，可惜却不若她皇兄一般能威慑朝堂，她远离朝廷数年，根基不若当年深厚。奇怪的是北秦国师净善在北秦王驾崩的同时宣布支持莫霜掌权，但却自此入关，再也没有出现过。北秦朝堂皆传国师恸于先帝驾崩，早已不在人世，追随先帝而去，是以太子继位两个月后德王一派便在王城发动兵变，带兵闯进欲诛杀她和新帝自立为王。还好秦景侯连澜清临危相助，斩杀德王于宫门内，才保住了新帝和莫霜的性命。此事过后北秦朝堂大乱，德王一派的将领人心惶惶，纷纷逃离王都，造成南境边防溃乱。施诤言抓住机会，半年之内连取数城，以至短短数月便深入北秦腹地，一场边防之战竟成了北秦亡国之始。

半个月前北秦朗城蛰伏数年的老将西鸿率军出征，原本还以为施诤言会遭受阻拦，看当前传来的战报，怀城亦入大靖之手，想来如今的北秦境内人心溃散。念及当年战亡在青南城下的安宁，帝梓元心生感慨，也是明白施诤言这些年背负家族和爱人的血仇隐忍至今，怕是一腔热血之下，北秦再无人可拦他的脚步。

“施元帅素有威名，果然不负两位殿下的期待，如果施老元帅泉下有知，也算是瞑目了。不过若是摄政王殿下和太子殿下同去，怕是不需要半年，定是三个月前就打到怀城了。”刑部尚书摸着胡子笑道，既赞颂了施诤言的帅才，又直白地给帝梓元和韩烨戴了一顶高帽。

“哪里，没有靖安侯爷的帮衬，怕是也难得把北秦啃下来，侯爷亦是功不可没。”

刑部尚书开了头，除了内阁里的右相和洛铭西尚能不动如山，六部尚书一个劲儿地夸北地战场里的将领，给足了帝梓元脸面。浑然忘记了半年前帝梓元和韩烨要和北秦开战时的阻拦。

毕竟大靖四年前遭逢大乱，再加上战争劳民伤财，当年一战兵力大损，又有东骞虎视眈眈，朝臣们心有余悸，纷纷上书谏言，哪知帝梓元一言不发，扣下了所有折子。直到数日后洛川率领八万水师陈兵东骞国境时，满殿朝臣这才想起他们的这位摄政王除了是帝家掌权人，还是当年称霸大靖南方边界的安乐寨寨主，当年的数万水师历经多年变迁，在洛川的统御下已经成了不可忽视的庞然大物。

谋划数年，当今两位殿下破北秦之心，可见一斑。

打了胜仗心情好，帝梓元也实在为幼弟和好友骄傲，遂愉悦地点了点头，“烬言确实越发长进了。吉利，去，快马加鞭，把这道军报送到江南。”

吉利闻言行礼颔首，笑得意味深长，“是，殿下，奴才这就去。”

战乱横生，为了安抚民心，太子率着朝官巡视江南，离京亦有数月。

太子和摄政王虽聚少离多，但情意深厚倒是有目共睹。如今大靖朝堂一派祥和，也和两人默契主政分不开干系。

只是，还是有人忍不住瞅了瞅洛铭西的脸色，见他一派坦然，倒也失了看好戏的意思。看来传闻洛大人和摄政王之间乃手足之情，倒也不虚。

一旁的帝梓元将众人的表情落在眼底，微不可见地皱了皱眉。

吉利出去前让一旁的宫奴端上了莲子百合羹。

"殿下，靖安侯夫人一早便入宫了，说是您和几位大人忧心国事，特意给你们准备的。"

苑琴的手艺几位大人得幸尝过，一听眼都亮了，忍不住巴巴朝宫奴手中的羹盒看去，就连右相也倾了倾身，笑了起来。

帝梓元也有一个来月没见苑琴了，一边听着高兴一边忍不住埋怨，"都跟你吩咐过几次了，她如今身子重，让她在侯府休养，没事进宫整这些做什么？"

帝烬言远赴边疆两个月后，苑琴才知道怀有身孕，帝家人丁单薄，这可是件泼天的大事，帝梓元如今对苑琴身体的看重不亚于瞬息万变的北境战场。

"还不是夫人挂念您，奴才问过太医，说是夫人身子好，多出来走动走动也是好事。"吉利笑着回。

帝梓元神情稍霁，算是放了心，见宫奴为众臣端上甜羹，她抿了一口，眉一皱，眼落在洛铭西身旁的宫奴上，"洛大人那碗拿出去，热一热再端上来。"

帝梓元这话带了几分威势，一旁的宫人冷不丁一颤，忙不迭地端出去热甜羹了。

当初太子还朝后，很是有些人想看这位年纪轻轻便才干超世的内阁才子的笑话，哪知摄政王和太子对他的尊重更胜往昔，便没人敢浮于表面，但一些无伤大雅的笑话总是免不了的。

一旁的六部尚书此时听见帝梓元随口之言后面面相觑，还真没看见袒护人袒护得这么直白的，心惊于摄政王对洛铭西的看重，纷纷想着日后对这位洛大人怕是要更看重三分。

"殿下，昨日东骞送来国书，说是愿意助大靖一臂之力，出兵北秦东境。直言打败北秦后只取东境五城，不知殿下欲如何处理此事？"

北秦东境和东骞相连，东骞观战半年，见北秦溃败之势明显，自然想分一杯羹。东骞四年前被北秦煽动欲吞并大靖，如今又想蚕食北秦，可见当权者反复无常，不能轻信。

对于东骞的国书，几位重臣虽是不屑，但都抱赞成的态度，毕竟若东骞出兵，北秦腹背受敌，况且胜后只取五城，于大靖百利而无一害。

帝梓元却摇头，"他们打的好算盘。东境的五城埋着北秦的矿脉，一直便是重兵守城，割让五城无异于养虎为患，本王绝不会将一城让给东骞，北秦国土更不会让他们染指。"

兵部尚书听见这话，不由谏言，"殿下，东骞国君的这封国书本有修好之意，若我们直接回拒……”

大靖和北秦正当战时，东骞的态度便很重要，若是他们反过来相帮北秦，便是大靖左右受掣了。

帝梓元眉一冷，道：“修好？不过是打着蚕食北秦的主意罢了。东骞泾阳太后掌权多年，这几年年事已高，她儿子不甘心受制，这才想出兵为自己争些威望，好早日把兵权从他母后手中抢回来，泾阳太后自是不会允许。有洛川水师震慑，东骞国内纷争不暇，他们没有胆子在这个时候和大靖交恶。本王当初让诤言在军献城誓师时没有牵扯出东骞，他们就真的以为本王好骗不成，当年一战泾阳太后亦知内幕，莫霜既然没有死在那场大火里，东骞三皇子自然也是早就被救走了。本王何需要他们如今假惺惺地发兵北秦，做些锦上添花的事。当年一战，大靖差点国破，北秦本王不会放过，他东骞亦然。”

这还是帝梓元头一次向众臣袒露她志在云夏的野心和雄图霸业，上书阁里的内阁大臣和六部尚书听得一愣，除了洛铭西，众人脸上露出毫不掩饰的震惊。

还是右相魏谏起身朝帝梓元行了一礼，恭声开口：“两位殿下意在云夏，臣等必以两位殿下之志马首是瞻，创不世功勋。”

有内阁宰辅领头，上书阁里众臣纷纷表明心迹。今日帝梓元召众臣入宫的用意也达了个十成十。

又是小半年，西北战局稳定，施诤言和帝烬言步步进兵北秦中枢地域。巡查江南各省的韩烨即将回京，为了迎他回朝，朝内和宫内忙得脚不沾地。唯有帝梓元日日守在靖安侯府，等着苑琴生产。

京城下了几日的雪，院内大雪压枝头。靖安侯府产房内隐忍的抽气呼痛声一直未停，半个太医院的太医都守在木廊下。

帝梓元在院内走来走去，不停地朝着里头喊：“让她声音叫大些，这是生孩子，忍什么忍，声音这么低，没力气没意识了怎么办？人参呢？再拿几根百年人参出来！”

她喊着就要往里冲，被吉利和帝府的总管拦住。

“哎哟，我的殿下，人参早就给夫人备了满满一盒了，产房里头大凶，您可不能进去！”

“费什么话，什么地方能凶得过本王，本王有什么好忌讳的！”帝梓元怒急道。

“殿下，你再有能耐也不会生孩子啊！稳婆都说了，夫人这股子疼痛是正常的……”

帝梓元长这么大，还是第一次被人这么埋汰，偏生又一句都反驳不得，恼羞成怒，一巴掌朝吉利脑仁拍去，“说什么呢你，这么埋汰本王！就是你家主子在这也不敢拦我！”

甩出去的手被人极有分寸地握住，清冷温润的声音无奈地从身侧响起，“他说得对，你又不会生孩子，进去了也帮不上忙，指不定怎么添乱。好了，稳婆和太医都在，你就安心在外面等着，苑琴和孩子都不会有事。”

这句话奇迹般地让接近暴走的摄政王安静下来，帝梓元转过头，韩烨一身朝服，风尘仆仆，肩上还带着雪花，显然是刚回京，连东宫都没回就直接来靖安侯府了。

“真的？”

见韩烨颔首，帝梓元舒了口气，朝严阵以待的太医们扫了一圈，终于放弃了闯产房的打算。一旁的吉利吹胡子瞪眼，心里哀号真是待遇不同，明明一样的话，太子殿下说出来就是金玉良言，他在一旁吼了半天，摄政王耳都不过。

“寒气这么重，也不知道回宫休整了再过来。吉利，让厨房给太子殿下煮碗姜茶。”韩烨一出现，帝梓元就倍儿正常了，一板一眼吩咐。

韩烨见她仍是忍不住紧张地朝产房里头望，拉着她朝树下的桌椅走。

“坐会儿吧，也陪我喝碗姜茶。”他握住帝梓元的手捏了捏，有些不满，“怎么不让吉利端个火炉子过来，手比我还冷，身体怎么养得好？虽然我母后不在了，宫里也还有些老娘娘，到时候必定是要进宫请安的，她们最喜欢白白胖胖的媳妇，不把身体养扎实了，怕是你以后比苑琴吃得苦还多……”

太子殿下碎碎念的声音在本就安静的院子里回响，一众太医和下人个个眼观鼻鼻观心，但若仔细些瞧，便能发现他们的耳朵伸得格外长，嘴角更是笑得意味深长。

帝梓元被韩烨念得一愣一愣的，待反应过来，脸难得涨得通红，正欲发作，产房内一声痛苦的高喊伴着婴儿的啼哭声传来！

“生啦，生啦！”稳婆从产房里冲出来，朝愣住的帝梓元报喜，“恭喜两位殿下，侯爷夫人生了个白白嫩嫩的千金。”

这一年深冬，靖安侯府在沉寂了二十四年后，终于迎来了新一代的子嗣。

靖安侯帝烬言得嫡长女，由当今暄王亲自赐名——帝安乐。

唯愿一生，平安喜乐。

她的降生，带着两个氏族几十年来最浅薄也是寓意最深远的希望。

第九十三章

一年后。

北秦王宫，已入夜。

新帝莫凌方四岁，先王驾崩后，新帝很是依赖生母。新帝生母乃朗城西家嫡女西云焕，如今被宫内尊称西太后。西太后在新宇殿哄了莫凌入睡后去了上书阁。

西太后入上书阁的时候，莫霜正在看前线送来的战报。

“凌儿睡了？”莫霜抬眼，揉了揉额角，眼底现出一抹乌青的倦意。

西太后颔首，瞧见莫霜的神色，担心问：“战报又送来了？”她顿了顿，“是不是爹又失了城池了？”

她出身武将世家，不若一般的妃嫔胆小懦弱，一语中的。

当年一战，北秦不世名将鲜于焕败亡云景城，连澜清又重伤而归，再不能领军出战，如今对着施净言尚有一战之力的只剩下西鸿了，但饶是他，也难以阻挡施净言和帝烬言的联手夹击，这一年多来步步溃败，战局对北秦而言越发艰难。

“三日前锦城和莫城相继被攻下，西元帅退守漠河之后。王城之外，只剩下五座城池了。”莫霜合上战报，沉声道。

西太后一声惊呼，失了血色，露出震惊之色，“父亲已退到漠河之后了？”

北秦莫氏一族源起于漠河一带，世代盘踞于此，数百年前崛起南下扩张，花百年之功建北秦王朝，自王朝建立后上下历经百战，还从未有过一战能逼得莫氏退居漠河之后。

这是北秦最后的五座重城了，一旦被攻破，北秦已然亡国。

莫霜颔首，“明日西元帅退居漠河的消息就会传遍朝堂。”

到时必定更是臣心涣散，这一年多朝堂上休战的谏声不绝于耳，并非北秦不愿求和，半年前莫霜便将休战求和的国书送到了大靖，称愿意割北秦十城，称臣于靖，年年朝贡。可帝梓元一句“卧榻之侧岂容他人鼾睡”的谕令极不客气地被施峥言当着三军宣读而出，自此北秦更是士气低迷。

“公主，如果这五城也落入大靖之手，王城被围之前，你带着凌儿回雪山里吧。”莫氏起源漠河一代，祖宗根源却是在云夏大陆的极北万里雪山中，那里人迹罕至，气温远低于大陆上的任何一处，只有北秦人才能在那里生存。西太后这么说，是存了保住北秦最后一支嫡系皇族血脉的心愿。

若非帝梓元生了灭秦之心，西太后也不至于有这种想法。

莫霜摇头，“太后，如今已不是百年前了，北秦子民习惯了温热的气候，再回雪山，怕是不用大靖军队绞杀，我们自己就会先死在冰山雪地里头。”

“那如何才好？”西太后忧心忡忡，朝新宇殿的方向望了一眼，目露坚毅，“哀家一条命无足挂齿，自当与王城和北秦共存亡，可凌儿才四岁，先王只有他这么一个子嗣，如果连他也保不住，那咱们北秦皇室……”

西太后声音悲恸，念及幼子生死，再也说不下去。

“公主殿下！”

恰在此时，房外侍卫长肖恒提声禀告。

莫霜来了精神，一下子坐直身子抬头望去，“快进来，秦景侯如何答复的？”

战报送到后她便遣肖恒入侯府去请连澜清，意在请他领兵出战。

新帝年幼，莫霜要留在王城主持大局，如今唯有用兵神鬼莫测的连澜清有希望拦住大靖的虎狼之师。

瞧见莫霜希冀的眼神，肖恒有些踟蹰：“殿下，秦景侯说四年前一战后他已功力全无，实不能再领兵作战，请公主和陛下恕罪。侯爷还说……”

“说什么？”

肖恒忐忑回道：“说他欠先帝的一条命，德王作乱时，已经还给公主和陛下了。而老先王当年的恩情，他有生之年，亦不敢忘。”

连澜清说的老先王，指的是先帝莫天的父皇。

连澜清知道当年连氏族人被灭的真相了！

莫霜心底重重一沉，最后一丝希望也破灭了。莫天临死前把连氏一族被灭的真相告诉了莫霜，并嘱咐她永远也不要对连澜清提及。可惜人算不如天算，当年父皇的一番算计，终是让北秦皇族十几年后尝到了苦果。

“公主，连秦景侯也不愿领兵出战，我们北秦难道真的只有国破家亡这一条路了？”西太后哀声问。

莫霜比她顾忌得更深更远。当年北秦铁骑南下大破大靖潼关，坑杀大靖百姓无数，安宁和施元朗皆亡于北秦之手。如今北秦皇权覆没在即，北秦亡国后谁能护得住那十万北秦子民？血仇累累下，帝梓元又怎会给北秦皇室和百姓一条活路？

莫霜朝王椅上靠去，一阵疲惫感袭来，两年执政，北秦风雨飘摇，她掌北秦王权，早已独木难支。

“肖恒，去崇善殿内一趟，请灵兆师父过来。”

北秦国师净善两年前闭关，崇善殿交由他的入室弟子灵兆执掌。朝内关于净善离世的消息纷纷乱乱传了数年，但只要北秦皇室一天不公布，便无人敢断他生死。

“公主，国师已经……”西太后收住声，朝房外扫了一眼才道，“只是一个灵兆又有何用？”

“太后，国师善观星象，数年前便观出我北秦有灭国之祸。”

西太后顿时来了精神，“那国师可是留了解祸之法？”

莫霜半晌未言，她抬首望向南方，目光悠久而绵长，透着不知名的企盼和希冀。

“但愿当年之言，他愿意允诺。”

这日深夜，崇善殿掌殿灵兆领着一队侍卫从王城而出，趁着夜色朝漠河的方向而去。

两日后，大靖帅帐中。

一身布衣的青年望着目光沉然的施净言，微微弯腰。

“施元帅，涪陵山一别数年，元帅可还安好？我为旧诺而来，还请元帅看在当年师尊舍命相救之情上，准我入大靖帝都，面见贵国暄王。”

除了北境战局牵动着大靖朝堂的一举一动外，这几年大靖朝上平稳得紧，连带着京城里也少了许多热闹。但临近年关，还是有件事破格让安安稳稳的京城热闹了起来——靖安侯府的嫡小姐帝安乐，即将周岁了。

她的生辰日还未至，日日等着送进侯府的礼物就已源源不断而来。摄政王和暄王本欲在昭仁殿为她举办盛大的周岁礼，可惜被靖安侯夫人以战乱未休的理由婉拒，两位殿下尊重靖安侯夫人的意见，将周岁宴挪到了帝府举行，亦只延请亲近之人参宴。

周岁宴前几日，韩烨循例入涪陵山看望帝盛天。这几个月韩烨发现帝盛天的性子越发疲懒了，以前她还愿意指点梓元和自己几句朝政上的事，如今却是除了下棋看书赏梅品酒，半分涉山下人烟气的话都懒得说了。韩烨倒也没觉得不好，这位帝家老祖宗沉浮跌宕了一生，如今能在涪陵山逍遥度日，也是一桩美事，怕是太祖泉下有知，也会安心吧。

韩烨从涪陵山而下，马车走了没几步，便有侍卫在一旁禀告。

"殿下，那位今日又来了。"侍卫望着不远处桃树下立着的人影，禀告得有些迟疑。他本不欲传话的，奈何当年在东宫时也算受了那位一点小恩惠，如今那位恳求到面前来，便这么微不足道地提了一句。

马车里的韩烨掀开马车布帘朝外看去。

不远处的桃树下，帝承恩一身白衣，单薄地立着。

他每隔半月都会上涪陵山看望帝盛天，外间只当他虔诚佛道，不疑有他。自他巡守回京一年来，凡来此处，下山时必有帝承恩遥遥相望。

她不避讳，不上前，只这么安安静静守在涪陵山下的这条路上。

往日韩烨御车而过，从不停留，这次马车停的时间比往常多了一会儿，帝承恩眼底生出一抹希冀，直到那藏青修长的人影从马车上走下，她才猛地反应过来。

韩烨挥退侍卫，独自朝帝承恩而来，不过片刻便立在她身前。

"殿下！"单只韩烨这么立在帝承恩面前，她便已眼中含泪。韩烨还朝后她并无资格觐见，自当年韩烨从东宫出征，五六年光景已过，如今再见，恍若隔世。

"承恩以为，以为再也见不到殿下了！"她盈盈下拜，终是忍不住留下了泪，倒也情真意切。

无论这些年她经历过多少，改变多少，她当年从泰山而下为韩烨之心，经年未改。

韩烨没有阻她相拜，直到帝承恩起身，他方才开口。

“本王离京数年，多谢挂念。”这么多年帝承恩心系于他，从未移志，韩烨这一句，确实实在。

帝承恩想不到会从向来清冷的韩烨口中听到这句话，一时有些愣神，“殿下……”

“此次相见，本王有件事想与你道歉。”不待帝承恩开口，韩烨又道，“当年本王以为泰山上所囚是梓元，十年照拂，让你错生情意，后你下山怒你冒充梓元身份，如今想来你入泰山是帝洛两家一手安排，当时亦不过区区幼童，并无主宰的自由，下山后为求自保不愿言明身份，也是情理之中。本王未给你半句辩驳的机会，自此极尽冷言，是本王的错。”

帝烬言原本以为韩烨即便愿意见她，以他对帝梓元和帝烬言的看重，也会呵斥她这些年暗中所做的事，却不想竟听到了这番话。

“过去种种，都已过去，你做的事本王不再追究，也希望你能放下帝承恩的身份，离开京城，重新开始。”

帝承恩眼中隐有凄苦，“殿下肯纡尊降贵来见承恩，只是想让承恩离开京城，不再碍殿下和摄政王的眼吧？”

韩烨沉默，并未否认，“梓元当年在西北征战的时候伤了身子，太医言她要静心休养，凡劳心累心的事都不必让她沾染。你总归带着太多前朝旧事，不必再出现在她面前。”

涪陵山是帝梓元常来之处，帝承恩既然能正大光明堵韩烨，哪一天想不通了跑来硌硬帝梓元也不是不可能的。

“原来如此，既是殿下之命，承恩岂敢不从。承恩见殿下也不过是为了了一桩心愿，如今心愿已了，是该离去了。”

帝承恩垂首，不再多言。

韩烨转身离去，行了几步，帝承恩的声音传来。

“殿下，我做了那么多大逆不道的事，您有一百种办法可以惩戒我，也可以让我不声不响地永远不能出现在摄政王面前，为什么，为什么您愿意饶恕我？”

终究是执着了一生的人，帝承恩到最后仍然抱有一丝期待。若是这些年，韩烨曾有一分真心待过她，那她此生亦是无憾。

韩烨停步，沉默许久，终于开口。

“无论一切伊始如何，当年泰山十年囚禁之苦，你代梓元所受，本王一生铭谢。”

这亦是他和梓元终究放过帝承恩一条性命的原因。

韩烨的声音从风中传来，他抬步离去，身影再不可见。

桃树下，帝承恩垂眼而立。直到马车的声音在她耳边远去，她都没有抬首。

许久，一滴眼泪伴着飘零的花瓣一同落在地上，转瞬消逝不见。

她作为帝承恩的这一生，从十七年前在帝北城遇见洛铭西那一日开始，在十七年后韩烨的这句话之前终止。

第九十四章

安乐周岁宴这一日，恰巧是帝梓元代替帝烬言在崇文阁讲学的日子，她未因安乐生辰提早离阁，循惯例上完了课才从崇文阁而回。

回帝府的时候尚早，韩烨的行辕和侍卫明晃晃在府门外杵着。

“暄王来了？”帝梓元把马鞭交到府门前候着的管家手里。

“是，小姐，殿下晌午便来了，正和安乐小姐在后院玩耍呢。”老管家对帝梓元一直是当年的称呼，这么些年都没改变，帝梓元便也就随老人家的喜好了。

“他又去逗安乐了？”帝梓元挑眉，没有回书房，径直朝后院而去。

孩童清脆的笑声银铃般传来，帝梓元一路走来，眼底泛起淡淡的笑意。

安乐虽然只有一岁，但实打实是个野性子，半分女娃娃的矜持都没有，明明在皇城根下长大，却和在帝北城长大的帝梓元幼时浑似一个模子里刻出来的，韩烨格外喜欢她，疼得跟眼珠子似的，连苑琴有时候都感慨着若是不知道的，还以为安乐是暄王的闺女。

安乐堪堪能爬的时候，韩烨就亲手给她在归元阁里搭了个秋千，他没事就爱抱着奶娃娃在秋千上晃荡，连安乐学走路都是韩烨手把手教的。还真别说，两人政务繁忙，韩烨这小半年陪着安乐的时间，比陪着自己还多。

帝梓元心里腹诽着，脚步不自觉一顿，为自己忒不成器的想法难得尴尬了一回。这么想着走着便到了归元阁，挥手让一旁的侍女免了行礼，帝梓元抬首，朝院里望去。

归元阁外的小院里，韩烨一身月白常服，正在秋千上晃荡。安乐抱着韩烨的头坐在他肩上伸长脖子朝院外望，小小的布鞋在韩烨肩上胸前踩了不少小脚印，韩烨浑不在意，只带着笑稳稳地托着奶娃娃。

安乐白嫩的小手使劲挥着，不时在韩烨头上亲亲撒撒娇，圆鼓鼓的眼笑得眯成了一条缝。

“伯！飞！飞！飞啦！”安乐学会说话没几天，却格外熟悉这个字，每天不这么疯上一回，整天都蔫得没劲儿。有时候帝梓元耐不过她，半夜里头都要陪着她耍上一会儿。也是奇怪，但凡有韩烨在的时候，这种抱着她玩耍的施恩，安乐从来不给别人。

帝梓元朝一大一小的身影看去，目光在韩烨带着笑意的脸上顿住。

他神情柔和，眼底温煦似海，看着安乐时的欢喜和珍视甚至不需要掩饰。

难怪都说，当今靖安侯嫡女是个有福的。没有人说安乐如她当年一般贵不可言，可比肩皇室公主，所有人只是说，她是个有福的。

望着眼前这一幕，帝梓元突然明白过来。

那十几年暗沉无尽的岁月，是真真正正地过去了。

帝梓元没有入院，她笑了笑，眉眼微展，悄然离开。

安乐的生辰宴在靖安侯府热热闹闹办完，席间只出了一件无伤大雅的小趣事。东宫太子韩云带重礼给帝安乐过生辰，哪知平日可劲能折腾的小寿星席上却在小太子身上睡着了，偏生好巧不巧的一双白白嫩嫩的小手缠上了太子腰上别着的那块和田玉上的线穗。靖安侯夫人本欲叫醒小娃娃取玉，哪知太子却将线穗剪断，将那方玉一同当作生辰礼送给了帝安乐。

一桩小事，无足挂齿，说出去也只是太子仁厚爱臣的美谈。但若是太子身边照拂他长大的人，便知道东宫对这个侯府的嫡小姐是何等喜爱。

那块和田玉是当今暄王所赠，自三岁起，太子从未离过身边。

当然这是后话，亦是另一个故事和际遇。

安乐生辰的第二日，涪陵山的小沙弥送了一封信函和一方木盒到侯府。

信到帝梓元手中后，她就这么伴着冬日暖阳在归元阁坐了一下午。

帝梓元的异样没什么阻碍便传到了暄王的案头，太阳剩下最后一抹余晖的时候，韩

烨立在了归元阁外。

帝梓元一身薄袄，坐在归元阁的回廊里发呆。她望着涪陵山的方向，脸上带着一抹彷徨和无措。

这是极难见的，哪怕是当年昭仁殿上她凭一己之力对抗整个皇朝为帝家沉冤昭雪、或是西北绝境上重兵压境时，都不曾出现过这种神情。

他还没有走近，帝梓元已经转过头来。

“韩烨。”帝梓元顿了顿，声音有些低，“姑祖母她走了。”

帝盛天离开涪陵山了，想必小沙弥送来的是离别信。帝盛天这样的人物，闲云野鹤惯了，上天入海遨游天下从不会做交代，当年一别数年亦是，这次会遣人送来信函，那便意味着……她此生，怕是再也不会出现了。

从帝盛天那一年突然出现在涪陵山，一晃已经七年过去。这些年她在涪陵山上安静度日，几乎从不离开，时间久了，所有人便也觉得这位帝家的老祖宗会一直留在这京城近郊，守着帝家。

她离去的这一日，让所有人猝不及防，包括帝梓元。

帝梓元身旁的木桌上放着帝盛天送来的信函，信函半展，上面飘逸利落的笔锋只落下了一句话。

——帝家百年之幸，得女帝梓元。

短短数字，没有谆谆教诲，亦没有留恋不舍，只这么一句，却重若千钧。

帝盛天生逢乱世，一手创建大靖王朝，一生尘世浮荡，阅人无数，当她此言者，天下屈指可数。如今多了一个她亲手教养长大的帝梓元，个中欣慰骄傲，只有她自己知晓。

“我知道。”韩烨立在帝梓元面前，手从她长发上拂过，落在她膝上紧紧相握的手上，他半蹲在她身旁，一点点把她的手展开包拢在他掌间，散去她指间的寒冷。他笑了笑，眼底煦暖如初，“老师是终于对我们放心了，她坎坷跌宕了半生，这些年肯定累了。京城和天下都留不住她，她要做的能做的都已经做完了，或许离去才是她的归宿。梓元，我们应该谅解她。”

帝梓元垂下眼，看了一眼身旁木桌上木盒里置着的竹剑。当年在九华山上跟着帝盛天习武，她所用的每一把竹剑都是帝盛天亲手为她做的。帝梓元眼眶一下便红了起来。

“我知道，我只是，只是不知道当有一天我做到足够好，完成她所有期冀的时候，该去哪里告诉她，她又会不会看得到。”

帝盛天对帝梓元而言是不同的，在她背着帝家冤屈和血仇蛰伏在晋南的那十年，帝盛天几乎囊括了她人生的所有角色，血亲、老师，长辈，还有唯一的永远不会背弃她的依靠。

如果没有帝盛天，世上哪来帝梓元。

她一路前行，披荆斩棘从不退后，是因为她知道，她身后有一个帝盛天。

“她看得到，万里国土，天下山河，你的抱负和愿景，她都能看得到。”韩烨静静凝视着帝梓元，开口，“梓元，我会陪着你，一起创造老师和太祖当年所期待的大靖。我会一直在你身边，陪你走下去。”

天空尽头最后一抹夕阳被黑夜吞并，帝梓元却在这一刻，突然开口问：“韩烨，为什么你自封的王号是“暄”?”

她撞进了一双世上最胜若朝阳的黑眸。

那个有着这双眸子的人笑着开口。

“暄，“朝”也，世上最光明者莫过旭日朝阳，你希冀的乾坤盛世，大靖之上的这轮朝阳会为你涤荡所有，拱手而献。”

他侧起身，在帝梓元怔松的神情里在她耳边轻轻落下一吻，温暖的笑意透过她耳边传到了她心底。

“梓元，你没听错，我的王号是我的承诺。或者……”他含了含帝梓元的耳垂，愉悦的笑意一点点散开，“你可以理解成，是本王在对你表白……”

谁说当年的东宫储君如今的昭王殿下清冷出尘，矜傲于世，永远不解风情如天边皎月。

不不不，只不过他暖的不是你罢了。

要说这世上能说出最霸道尊荣的情话的人，过了今夜，他认第二，整个云夏大陆上，不会再有人够格谋那第一之位。

只可惜，两人的脉脉温情和朝堂的安稳没过几日。

五日后，北秦崇善殿掌殿亲至京城，送来了北秦愿自弃帝号，降封为王，率北秦子

民归降大靖的国书。

此一国书而出，意味着统御云夏北地数百年的北秦帝国的正式瓦解，更是云夏历史上北夷蛮族首次对中原汉族称臣。

这是大靖建朝以来最大也是最酣畅淋漓的一场战争，不战而屈人之兵，兵不血刃拿下最后五城亦可免了大靖军士的死伤，几乎没有人会反对这道北秦送来的最后的国书。

可是，满殿朝臣，上至宰辅勋贵，下至清流谏臣，却没有一个人敢在金銮殿上合手接下这道求和国书。

只因为，那国书之中，除了赦免北秦子民和将士，留住整个北秦皇室的血脉外，还有一个要求——

北秦摄政王莫霜，自请嫁入大靖，为暄王妻。

当然，她不谋正妃之位，只求侧妃之席。

但只是这么一条在历朝历代里都几乎无关痛痒的降国请求，却成了整个大靖朝堂难以解决的困题，包括那一位再次被求嫁的暄王殿下。

第九十五章

两王临朝后，韩云居于东宫，韩烨搬回了他当年在宫内的居所华宇殿，帝梓元回靖安侯府居住。

这次北秦使臣入京，韩烨安排在上书阁召见他们。

灵兆一路随着吉利入宫，见这位传闻中的禁宫大总管待他和和气气，便知定是暄王吩咐过的。

上书阁里，韩烨高坐龙椅之上，远远望去丰神俊朗，逸雅高贵，远不是当年蛰居怀城时的样子。

吉利领他进来后便安静地候在一旁。

灵兆心情复杂感慨，朝韩烨行礼，“北秦崇善殿掌殿灵兆见过暄王殿下。”

韩烨放下奏折，抬首朝他看来，温声道：“灵兆，你我数年不见，在本王面前，你不必如此拘谨。”

当年韩烨只剩一口气被净善救回怀城，是灵兆日夜照顾，陪伴三年，说起来两人情分颇为深厚。

灵兆眼底露出一抹复杂之意，他遵从师命照料韩烨三年，名为主仆，其实相处时更似朋友。本来两人情谊不菲，可净善和灵枢皆为救韩烨而死，如今大靖攻入北秦，北秦亡国在即，他实在不知道该以何种情感来面对韩烨。

灵兆叹了口气，摇摇头，“当年我照料殿下乃遵师命而为，殿下不必记在心上。”

物是人非，到底回不到过去了。韩烨心底感慨，问：“当年涪陵山上匆匆一别，净善道长和你回了北秦，这几年本王听说道长一直在闭关，如今道长身体可好？”

涪陵山上净善用一条命换了韩烨一双眼睛和一身内力，只有帝盛天和灵兆知道。

若是别人打听净善，灵兆肯定不会吐露只言片语。但此时，他带着些许沉痛，回：“殿下，师父一年多前就过世了。”

韩烨一愣，面上露出意外。净善已武至宗师，虽年事已高，但再活个十年绝对不是问题，怎么会突然离世？他心底隐隐生出一个想法，朝灵兆看去，目光不免一沉。

“灵兆，你实话告诉本王，当初在涪陵山上，道长救本王的代价是什么？”

灵兆垂首，回：“殿下身染沉疴，经脉俱损，师父一身内力，为了殿下尽数耗尽。”

龙椅之上的呼吸顿了顿，然后是长久的沉默，半晌，上座叹息的声音传来。

“原来如此，难怪当年道长救本王后便归秦远去，连告别都没有，原来是怕被本王瞧出端倪，怕本王不受他的恩情。”

如果当年韩烨知道自己的眼睛和内力要净善的性命来换，身为大靖储君的他必不会接受北秦国师这份难以还清的恩情。

“灵兆，本王心底一直有个疑问，如今已经没有机会再问道长，你是他最亲近的人，替本王解惑吧。”

“殿下想问什么？”

“当年在云景山下本王本来必死无疑，净善道长身为北秦国师，到底为何会不惜一切救下本王的性命，数年之后甚至愿意拿自己的命来换本王一双眼睛？”

灵兆眼底露出些许挣扎，抬首撞见韩烨清明睿智的眼，拱手回：“殿下，世人只知师父医术冠绝云夏，但却不知道北秦历代钦天监都是由国师代掌，师父星宿观测之术乃历代崇善殿顶峰。数年前殿下在云景山上被困，师父观出北秦、大靖王城的两颗帝星同时黯淡，有陨落之势，而西北军献城帝星升空，那颗帝星拥有一统云夏灭绝两国的大统命格。”他顿了顿，定声道：“而殿下的星位命格是这颗帝星的唯一牵制。”

军献城帝星升空，便只有梓元符合当时的光景。

灵兆朝韩烨一辑到底，声音恳切，“殿下，师父当年救您确实是有私心，既然将来有一日北秦灭国已经无可避免，他希望他所做的这一切，能护下北秦子民和北秦皇室一条血脉。还请殿下看在师父和师兄相救的分上，给北秦最后一抹传承下去的希望。”

灵兆话语落音，韩烨深深吐出一口气，揉了揉额角。原来如此，当年一切不合理的事都有了答案，净善当初相救并不是为了眼前之利，而是为北秦覆灭的这一日早作安排，不愧是和老师同一个时代的人物，居然用自己的性命生生扼住了大靖几十万铁骑的去路。灵兆能带着国书一路畅通无阻来到大靖帝都，想必是诤言知道了实情，无法在他和梓元做决定前继续出兵。

上书阁内许久无声，高坐上韩烨的声音传来。

"本王知道了，你下去吧，本王和摄政王会尽快对贵国的国书作出答复。"

灵兆颔首，却未离去，他从怀中掏出一封信函，"殿下，我出王城前，莫霜公主交代我一定要将此信送到殿下手中。"

吉利上前接过灵兆手中的信呈到韩烨案前。

泛黄的信笺带着陈旧的气息，韩烨微怔，心底明了。当年他离开怀城回大靖时，曾给莫霜留下过一道承诺——

救命之恩，无以为报，他日但有所求，韩烨纵失所命，无不应允。

她是要用当年的救命之恩来换北秦皇室的一条活路和大靖暄王的侧妃之位。

无论是为了什么，莫霜和净善当年救他一命，这是不争的事实。

"公主的用意本王知道了，你先下去吧。"韩烨淡淡挥手。

这次灵兆没有再多话，行礼后被吉利引了出去。

吉利客客气气送了灵兆出宫，回来时看见韩烨正立在窗前远眺，他双手负于身后，手里拿着刚才灵兆呈上来的信函。吉利眼尖，把信函上的话飞快扫了一遍，然后默默出宫去了靖安侯府。

靖安侯府归元阁，帝梓元立在院里的秋千旁，抱着睡着的安乐听吉利禀告。

"殿下，这就是奴才知道的全部了，当年在云景山下净善国师救了殿下的性命，后来在涪陵山又治好了殿下的眼睛，莫霜公主对殿下有三年照拂之义，以殿下重情重义绝不失信于人的性子，这回怕是……"吉利忧心忡忡，一脸无奈。摄政王和暄王历经了这么多磨难，好不容易如今守得云开见月明，连一众大靖朝臣都不忍心在朝堂上嚷着让暄王娶回北秦莫霜公主，更何况是他这个一直守在两人身边的人了。

这是个什么事儿啊，尽是幺蛾子！好不容易走了个帝承恩，如今又来了个更难缠的莫霜。

"那个北秦使臣说这些的时候没有避着你吧。"帝梓元替酣睡的安乐擦了擦口水，淡然开口。

吉利一愣，回忆了一下，老实点头，“北秦来的使臣是净善国师的嫡传弟子灵兆，新上任崇善殿掌殿，当年是他在怀城照顾了殿下三年。”

“以他和韩烨的情分，这些请求的话独自对着韩烨去说要更有效果，你在场，他面见的就是大靖暄王，而不是当初在怀城被他照料的落难储君。”

“殿下的意思是……”

“今日上书阁里的这些话，他原本就不只是为了告诉韩烨。”

吉利神情一变，“他是想借奴才的口告诉殿下您？”

他一说完脸上便带了怒气。暄王未回朝时他做了帝梓元三年的禁宫总管，旁人自是知晓他对帝梓元亦忠心耿耿，在知道了当年隐情后必会第一时间告诉帝梓元。而以摄政王对殿下的情意，在知道了真相后还怎么去拒绝北秦这道国书和莫霜公主的请求？

“殿下，是奴才着急，被人利用了……”吉利满脸自责。

“不必请罪，就算不是你，他们想让本王知道，自然也会有其他方法。”帝梓元淡淡拂手。

“那殿下您对北秦的请求……作何打算？”

帝梓元没有回，反而问起另一件事，“本王听说帝承恩三日前离京了？”

“是，殿下。前些时日她在涪陵山下拦住了暄王殿下，也不知暄王殿下对她说了什么，几日后她只带了两个侍女便离京了。殿下，可是要奴才遣人随身跟着？”

“不必了，她既然已经离开，往后再和京城、帝家没有半分干系。天高海阔，随她去吧。”帝梓元捏捏安乐粉嫩嫩的耳朵，“你回去吧，这件事本王自有主张，你不必再过问了。”

摄政王都这么说了，忧心忡忡的禁宫大总管只得顶着张苦哈哈的俊脸回了皇宫。

又是一日，韩烨和帝梓元依然没有对北秦送来的国书有任何回应。朝堂的一干大臣却坐不住了，西北军情紧急，每耽搁一日就会瞬息万变，无论如何也该给北秦和前线的将士一个答复才是。

上书阁里，韩烨处理完政事，沉着眼看着案首上满满的请求尽快答复北秦国书的奏折，让守在门外的吉利去取玉玺。

吉利一惊，老老实实去取玉玺。

这一日夜，帝梓元轻车简从，先后入了右相魏谏、皇室族长明王，以及手握军权的三家勋贵侯爵的府上。

她从祁阳侯府出来时，已是月朗星稀。一旁的长青看了看她略显疲惫的脸，低声请示："小姐，可是要回侯府？"

"不用。"帝梓元摇头，上了马车，"入宫，去上书阁。"

自北秦国书送到京城后，这几日韩烨长留上书阁，没有出宫，亦没有来靖安侯府。今日朝中大臣对此事的议论已达至顶峰，她若是再不进宫，以韩烨的秉性，必会有最坏的情况出现。

那个人啊，从很多年前到现在，只要是遇上和她有关的事，似乎从来没有过第二种抉择。

此时的上书阁，吉利听着韩烨口中说出的话，握着御笔的手颤抖，大滴的浓墨溅在明黄的圣旨上，一脸呆滞看着韩烨，一副被吓住了的模样。

"殿下，您，您要……"

"发什么呆，本王让你写就写。"韩烨神情淡淡，立于窗前，"不过是一封罪己诏，罢黜本王为庶民，永不得入大靖朝堂罢了，又不是要本王的命，你这么婆婆妈妈做什么。"

他知道殿下不会娶莫霜公主，可吉利怎么都没想到韩烨最后会做出这样的决定来。自贬为庶民，那殿下就永远都没有再入朝堂手握山河的机会了！

"殿下！"吉利不知哪里来的勇气，猛地放下御笔，跪在地上，"您三思啊！就算是不为了先皇一辈子的期冀，如果您放弃了皇族的身份，您一身抱负怎么办？您将来和摄政王又怎么办？"

他自小跟在韩烨身边，知道他亦是满腔抱负，想做个不世明君。更何况帝梓元已经是大靖位高权重的摄政王，如韩烨自贬为庶民，就算摄政王不介意，可大靖朝堂和北秦东骞的闲话又岂会少？

"当初如果本王命丧云景山，一抔黄土，一具枯骨，又何来的今日？抱负也好，梓元也好，本王都无力回天。灵枢和净善两条人命，是本王欠下的，既然欠下了，就应该还。吉利，去拟旨吧，明日早朝，本王自会宣布这道圣旨，解北秦国书之困，打破西北的战事僵局。"

韩烨的吩咐声响起，虽无可奈何，却掷地有声。吉利无力辩驳，只得怏怏起身去拟旨。

“欠下了，是要还。但这不是你一个人欠下的，岂能让你一个人来还。她要求嫁的是本王的夫君，答不答应，自然要问过本王的意思。”

上书阁的门被人推开，帝梓元一身大红曲裾，披着雪白的薄裘立在上书阁门前，她朝着里头的韩烨微扬下巴，一双灿若星辉的眸子满是桀骜的色彩。

第九十六章

吉利看着就这么霸气威武地出现在上书阁门口的帝梓元，差点眼泪逆流成河。

“梓元。”韩烨先是一愣，继而缓缓摇了摇头，“这件事你别插手，当初欠净善一条命的是我，为了安宁和施老元帅，你和诤言准备了这些年，如今诤言的军队都打到北秦王城前了，我不能因为我一个人欠下的……”

帝梓元挥手打断他，不客气地走进房内，“你说什么呢，什么叫你一个人欠下的，当初要不是为了我，你会把自己一条命差点丢在云景山上？韩烨我告诉你，云景山那种事我忍一次可以，但这辈子你别给我整出第二次来了。”帝梓元眼眯了眯，朝案桌上才提了几个字的空白圣旨和玉玺看了一眼，露出几分煞气来，“你打算干什么？下罪己诏，把大靖亲王的身份自己给免了？我性子不怎么好，当年的火都还憋着，你别鼓捣着我全给发作出来了。”

吉利暗中挑了挑眉，心道还是摄政王最了解暄王殿下。

都好些年没看见这般不讲理的帝梓元了，韩烨叹了口气，皱眉，“梓元，我是不会让莫霜做我的侧妃的。”

“废话，我的夫婿，也是她能肖想的。”帝梓元哼了哼，眼底露出一抹满意，半晌恨铁不成钢道，“你平时这么聪明，怎么一下就被净善和莫霜的救命之恩蒙了心智。她身为一国公主，又有摄政之权，在两国交战的时候要嫁给你，难道你以为她真的只为了自己的心意和喜恶？”

“我自然知道。”韩烨颔首，“如今大靖皇室里手握重权的成年皇族只有我一个，她嫁入暄王府，为的不是私情，只是想要一个两国皇室联姻的名分，为北秦皇室将来的存活多一份筹码。”

“你倒还不算笨。”帝梓元解下薄裘，递给一旁狗腿的吉利，施施然坐在一旁的椅上，给自己倒了杯温茶，“说到底，她是不信任大靖，也不信任我。”

韩烨眉头皱了皱，帝梓元的声音已经传来，“你对净善和她始终有一份还恩之心，又相处三年，她知道你是个仁德谦厚的性子。所以只要大靖接受了北秦的求和国书，她并不担心你日后会反悔。但问题出在……”帝梓元迎上韩烨黑白分明的眼，“你也知道不是吗？问题就在于你虽然位高权重，但只是大靖的亲王，并不是大靖的帝君，你的仁心虽然让她可信，但她不相信你能主宰整个朝堂……”帝梓元顿了顿，终于说出了口，“还有我。”

韩烨没有出声，安静地立在窗下听帝梓元说。一旁的吉利早已一阵手脚冰凉，不敢发出一点声响。

两王临朝，说出来是桩美谈，但又何尝不是当时韩帝两家各不相让实力相持的结果，这两方势力也不是韩烨和帝梓元能完全不顾及的。帝梓元选择两王临朝，是因为对现在的她而言，整合国力发兵西北为当年一战比做皇帝更为重要迫切，对韩烨而言亦然。但一个强盛的王朝没有能一言定天下的君主本身就是荒唐的，两王临朝虽然暂时缓和了朝廷争斗，但势必不能长久。恰如这次，莫霜的请求虽然突然，但其实对旁人来说无关痛痒，不过是一个摆在明面上的侧妃罢了，既能堵住天下悠悠众口，还能让人赞一声大靖皇室的仁德，左右将来的大靖国君绝不会出自北秦血脉。若不是顾忌帝梓元的威势，韩氏一派的朝官早就上奏韩烨接受这封对大靖百利而无一害的国书了，但就是因为帝家权势滔天，才让整个朝堂蔫了吧唧地噤了声。

最早发现不妥的必定是处在朝堂中心的韩烨，所以他才会快速决定颁下罪己诏。明面上是为了解决莫霜的请求，实际上却是为了更长远做打算。

毕竟，一个冉冉上升的王朝，迫切需要有一个英明睿智将整个朝堂能握于手中的帝王。

“梓元。”韩烨叹了口气，进到帝梓元身前，在她头上拍了拍，“老师把你教得太好了。我想做的事，半点都瞒不过你。”

帝梓元一身火气在韩烨的顺毛下瞬间就消散得没边儿了。她舒服地哼了哼，“跟你说过了上次云景山上你做的那些蠢事是最后一次，以后出了事我们一起解决，我又不是哪家贵府里养出来的小白花儿，经不得一点折腾。怎么，在你眼里我就这么不经事?”

“不是。”韩烨哭笑不得，只好笨拙地在帝梓元头上又顺了顺毛。

“况且……”帝梓元眼一眯，露出明晃晃的狡黠，“你以为那道要嫁给你为侧妃的国书真的是给你看的?”她扬了扬眉，迎上韩烨略显疑惑的眼，“北秦的摄政公主可是聪明得紧，她知道如今的大靖不是你一个人能做主，她这封国书明面上是送到你跟前来讨还救命之恩的不假，实际上是要告诉本王……”

帝梓元拖长了腔调，看向韩烨那张俊俊的脸，“本王看得跟眼珠子一般的夫君是被她和净善所救，本王欠她和净善一份天大的人情。如果想还这份人情，又想兵不血刃地拿下北秦，就让本王拿出该有的诚意来。”

韩烨神情一怔，头一回觉着自己怕是不太了解这些姑娘们突破天际的诡异思路，但看梓元这副理所当然的模样，又实在不能说她猜得不对。

“那莫霜到底想做什么?”

“她不信大靖的朝臣，也不信我。”帝梓元在一旁的桌上轻叩，木桌发出沉顿的声音，她长长吐出一口浊气，“那我就必须做些什么，让她全然相信北秦归顺大靖后能子民得保，北秦皇室能平安延绵留下血脉。”帝梓元抬眼，眼底睿智清澈，“这才是北秦摄政公主真真正正想要的。”

韩烨听见她这一论定音的话，才算明白过来。想来也是，若不是根本不信任如今的大靖朝堂和帝梓元，以莫霜的性情，又怎么会在国书里呈上这条根本不可能做到又伤情面的请求。

当年的救命之恩，与其说净善是为了向韩烨而要，还不如说从一开始，他们就没有忽略梓元的存在。当年净善的占星之术，竟也不是无的放矢，他确实成了梓元这颗帝星的唯一牵制。

韩烨心底默默叹了一声。想着他和梓元这些年因缘纠葛，竟在天命上也殊途同归，又各自约束。

“她无非是想保住北秦百姓和皇室的活路，她想要诚意，我给她诚意不就是了。”

韩烨挑眉，听梓元这说法显然已经有了决定。

“只要北秦降我大靖，交出最后五城和王城的统辖权，北秦境内的所有士兵和百姓我一个都不会杀。”

韩烨神情一怔，有些意外。当年北秦三十万铁骑入境，大破军献城，又攻破潼关，被坑杀的大靖百姓和将士上十万计，施家上下和安宁一起战死，这是一笔根本抹杀不了的血仇。这次施净言发兵北秦，虽没有坑杀北秦的百姓，但对北秦的士兵却没有手软，颁下军令不招降，一路杀到了漠北以南。这几乎是整个大靖的复仇，所以韩烨和帝梓元亦保持了沉默。更何况他们比常人更清楚，一个国家只要还有军队和皇族在，便有着复朝的隐患。将北秦铁骑尽数诛杀，才是真真正正的灭亡北秦。

如今北秦百姓尚有数十万，将士亦有五万之众，莫霜想保住的，就是这些人的命。

“至于北秦皇族，我会给他们王侯的封号和一道丹书铁券，爵位世袭罔替，只要大靖不亡，他们也没有犯下叛国谋逆的死罪，以后的帝君便不可随意诛杀他们。”

韩烨皱眉，这对求降的北秦而言太优渥了，同时留下皇族和士兵，难保数年之后北秦遗族不会揭竿而起，重新立朝。莫霜都不敢在国书里提出这些条件，便是知道大靖朝堂众臣不会答应这么荒谬的恳求。

“梓元，朝臣不会答应的。”韩烨摇头。

“我当然知道他们不会答应，下午我去了右相和老明王府上，几位握着兵权的勋贵那也走了一遭，你听我说完。”帝梓元施施然抿了口温茶，眸中乾坤在握，“北秦的百姓我不会诛杀，但是所有北秦子民从此以后必须去国姓，融入我大靖的百姓中，他们不能再留在故土。我会让户部清点北秦氏族和人口，严令他们在一年之内举族分散搬迁至大靖的三十六郡。至于北秦的将士，兵部会拟出章程，将他们调入和东骞相邻的边塞军和晋南的守军里，这些将士必须分散于军中，不能结众驻扎，有生之年他们都不能再调回西北驻守。至于北秦皇室，必须全部留在京城或者靠近京城的四城中，年年贺岁都必须来帝都对我大靖帝君觐见，以示臣服。”

韩烨听见帝梓元格外轻的声音，“当年安宁和施家的战亡我可以放下，枉死的大靖百姓和将士我用覆灭北秦来安慰。我给了莫霜足够的诚意来保住她的子民、将士和皇室数十万的命，她也必须让我和整个大靖朝堂来看看……”帝梓元声音一重，杀伐之气立显，“她北秦是不是真的愿意永去国号，归降大靖。”

韩烨听完帝梓元的话，许久没有出声，半晌，他抚上帝梓元的头，声音有些艰涩，“梓元，这条路会很漫长，也会很难走。”

帝梓元说得轻巧，但其实这是拿下北秦最漫长也最艰难的方法。只要将北秦士兵和皇族诛杀，最多不过十年，失了主心骨和精神寄托的北秦子民便会慢慢融入大靖之中，成为真正的大靖人。但是一旦留下这五万军队和北秦皇室，这种融合就会变得无比的漫长。况且将整个北秦的子民和将士迁入大靖国土和军队中，必然要动用到整个王朝的力量，这是一件旷日持久，而且一不小心就会引火而焚的事。

“没关系，我做得到。”帝梓元的声音和神情都认真无比，“韩烨，这些年我明白一些道理，世间的任何事都是要还的。当年帝家和帝家军冤枉赴死，十几年后我从你祖母和父皇那讨回了公道。北秦入侵时坑杀咱们大靖的子民和将士，现在他们用亡国来还。当初净善和莫霜救了你的性命……”帝梓元起身，握住韩烨的手，和他十指交缠，安静而笃定地开口，“即便是要用上我一生时间来还这个恩情，我都甘之如饴。”

帝梓元霸道而温柔、深情而清澈的声音在上书阁里响起。

“对我来说，你活着回来，重于一切。”

这是韩烨活了三十来年听过的最动听也是最直白的情话。他想，这个人，无论发生什么，他都不舍得再放弃。

第二日朝会，摄政王和暄王正式召见北秦使臣，郑重表示愿接受北秦来降国书，但暄王和摄政王早有婚约，两人完婚时间尚未定下，未免耽误莫霜公主婚嫁，不便迎莫霜公主入宫。但大靖为表招降诚意，承诺将不伤北秦子民和将士一民一卒，除迎北秦皇室入大靖帝都外，更以亲王之位封赏，可赐丹书铁券，世代罔替。

这对投降的北秦而言实在过于宽厚了，几乎是韩烨的诏书一宣布，金銮殿上便乱成了一团。好在帝梓元随之公布了北秦子民和将士必须迁入大靖三十六郡和边疆守军的谕令，而内阁宰辅、兵部户部尚书，以及手握边境军权的几位侯爷都没有反对，众臣便知招降北秦的条件恐怕只能这样定下了。

大靖的诚意已经足够优渥，剩下的便是等万里之外的北秦皇室的消息。

十日之后，北秦正式投降的国书和玉玺一齐被送到了大靖帝都，莫霜让西鸿退回王城，北秦开城投降。施诤言的军队兵不血刃地拿下了最后五座城池，而北秦皇室在莫霜的带领下亦徐徐朝大靖帝都的方向而来。

至此，北秦灭亡，其二十五座城池被大靖收入国中，成为其远辖的另外十二郡。

北秦国书和玉玺被送到京城这一日，韩烨正在靖安侯府里的秋千下哄安乐睡觉。他忽而想起一事，朝回廊下躺着晒太阳的帝梓元看去，突然开口问：“梓元，让北秦百姓和将士入三十六郡的事，你是怎么说服右相和那些手握兵权的勋贵的?”

韩烨后知后觉地察觉出了不妥，右相还好，但那几个手握军权的老勋爵是太祖当年一手带出来的，一直是坚定拥皇党，这次怎么会这么简单就被梓元说服？

帝梓元眨眨眼，一副没听懂的模样，打了个哈欠，朝他摆摆手，回得忒不诚心。

“你都不知道，如今你媳妇简直人见人爱花见花开，走在街上那都是王霸之气立显，我亲自上门讲事实摆道理，他们哪有不同意的道理。”

帝梓元朝他扬了扬下巴，把手上的书盖在脸上无赖地打起瞌睡来，留下满脸沉思的韩烨和一个呼呼大睡的胖娃娃。

这一日，不知怎么，帝梓元脸上的惬意温和伴着暖暖的初阳让韩烨记得格外长久。

第九十七章

转眼正月十六，这一日帝府上下从清早喜鹊叫便喜气洋洋。苑琴起了个大早，亲自去帝梓元的房里服侍她起床。自从她嫁给帝烬言为妻，做了名正言顺的侯府夫人后帝梓元便严令禁止她来服侍她的生活起居。

但这一日却没人阻了苑琴，帝梓元被苑琴温和叫起，拖到早膳的桌上睡眼蒙眬看着眼巴巴等她的帝安乐抱着肉肉的小爪给她鞠躬含糊地嚷着“姑，姑，姑生辰快乐”的时候，才恍惚想起来她的生辰又到了。

这些年经的事多，年幼时最期待的日子长大后反而自己却记不起来了。帝梓元感慨之余啼笑皆非地从袖里掏出一大把金叶子放在帝安乐胖乎乎的小手上，笑得格外慈眉善目，“来，大侄女，拿着，姑给你的糖钱，等会让管家爷爷带你出去买糖吃!”

安乐人小，却格外听得懂话，顿时呼啦啦抱着金叶子笑得眯弯了眼，跌跌撞撞跑出厅堂去找管家爷爷了。

“安乐的性子皮得很，小姐您还惯着她!”苑琴端着碗长寿面进来，正好碰见这一幕，笑道。

“她还小嘛，再说安乐性子淳朴，不必拘着她的性子来，养成京城里那些大门不出二门不迈娇娇弱弱无病呻吟的闺女做什么!”帝梓元满不在乎摆摆手。

“好，小姐，都听你的，咱可说好了，她若是长大了我和她爹管不住她，您可得亲自来。”苑琴本就跟着帝梓元在安乐寨长大，自是不愿意安乐的性子小家子气，本也就是这么一说，听见帝梓元的话也跟着笑了。

“嗯啦，我管就我管，当年姑祖母可是给我留了不少好功课，等她再长几岁，我要好好教她。”

苑琴看着帝梓元笑眯眯的样子，一阵冷意自后背袭来，突然给自己憨憨肉肉的小闺女暗中叫了声“菩萨保佑”，自此看着帝安乐都是一副“你好造孽千万别长大”的慈母模样。

“小姐，暄王殿下早上就让吉利来传话了，说是今日北秦皇室入京，他会在昭仁殿召见，怕是要晚一些才能来侯府给您庆生。”

苑琴小心翼翼扫了扫帝梓元的脸色，哪知她满不在乎摆摆手，优哉游哉吃着长寿面，“给他传个话，就说北秦皇室初次入京，想必惶恐得很，让他安抚好了再来侯府，别事没办完就火烧火燎跑来了，生辰年年都过，又不是今年才有，不必大动干戈。”

苑琴应了声，见帝梓元神情和缓，放下了心底的担忧，笑着让人去给暄王传话，才走了几步，帝梓元的吩咐传来。

“去请个善理仪容的嬷嬷过来。”

苑琴听着眉眼一弯，想着自家小姐总算开了窍，知道在暄王面前拾掇自个儿了，连迭声地应着好出去了。

以帝梓元如今的地位，她的生辰算是京城的一件大事，虽然她早早传话各府，这日她不会操办，但整日送进府里的贺礼还是源源不断，直到夜幕降临才少了些，然而韩烨却一直没有出现。

一府的人翘首以盼了半日，俱都不敢在帝梓元面前露了失望，唯有帝梓元一清早唤了仪容嬷嬷入归元阁后便窝在里头看书，许是早上吃得太饱，连午膳都在酣睡中度过了。

在老管家和苑琴第七次遣人去门口张望后，暄王府上的马车终于停在了靖安侯府门口，两人正准备起身去迎，哪知来传话的侍卫却恭谨地禀告他只是来接摄政王出府，暄王殿下未一同前来。

看来暄王是要单独给小姐过生辰了，苑琴和老管家对视了一眼，笑着准备去唤帝梓元，门口清冷的声音已经传来。

“暄王让你来接本王？”

厅中众人抬首朝门口望去，俱是一怔。

帝梓元披着一件雪白的斗篷，遮住了大半容貌，只能隐隐瞧见她清丽的容颜，但只这么惊鸿一瞥，今日的她便带了平时不轻易显露的出尘贵雅。

帝梓元以女土匪和摄政王的身份斡旋朝堂沙场舔血，便也让人忘记了她原本长于大靖最古老的世族，是整个王朝曾经最尊贵的贵女。

“小姐？”苑琴怔怔看着帝梓元，忍不住唤了一声，这才惊醒了一旁发愣的侍卫。

“见过殿下，暄王殿下让属下来接殿下出府。”

帝梓元朝苑琴笑着颔首，朝厅中传话的侍卫扬扬下巴，“走吧，带路。”

帝梓元跟着侍卫出府，府门外韩烨的马车不远不近停着。她有些讶异，走了几步正欲上马车，却被马车旁立着的人一把抓住手腕，帝梓元还未回过神，已被这人抓着飞快地隐入了人群里。

“你做什么呢？”人群里，帝梓元无奈地看着顶着鹿皮帽藏着样子的韩烨，仰头问。

“你府上那一老一小紧张你得很，若是知道我一个人把你带出来，少不得要聒噪我几日。”韩烨脸上神采奕奕，没有半分接待了一整日使臣的疲倦。待瞧清帝梓元的脸，他微微一怔，眼底露出毫不掩饰的惊艳。见帝梓元欲解下斗篷，他想也不想就拦了下来，帝梓元挑眉，眼底露出一抹疑惑。

“街上人多，免得有朝臣出来闲逛瞧着了，还是披着吧。”韩烨把鹿皮帽揭下，露出俊美的脸，朝帝梓元眨眨眼，“走，梓元，我带你逛逛咱们的皇城。”

帝梓元有些晃神，记忆中少年青涩的脸庞和刚才眨着眼的青年重叠，有多少年没有看到韩烨这么孩子气的一面了。帝梓元心底感慨，待她回过神，已经被韩烨拉着手挤入了拥挤的人群中。十指交握的手心传来格外熨帖的暖意，她勾勾嘴角，眼底带着淡淡的笑意。

尚是正月，兼又招降北秦，这个年大靖的百姓们过得吐气扬眉，格外热闹，皇城脚下更是如此。街上人群熙熙攘攘，吆喝叫卖声不断，韩烨拉着帝梓元的手一路闲逛，路上遇到一个少年举着纸灯叫卖，韩烨停了脚步给帝梓元挑了两只玉兔灯笼不动声色放到她手里，然后继续带着她在京城街头闲逛。

“我记得小时候，有一次我生辰你也给我买过两只兔子纸灯笼。”帝梓元抓着纸灯笼一晃一晃，头微点，眼底罕见地带着一抹俏皮，“那一次你也是悄悄甩了东宫和侯府的侍卫，把父亲吓得差点带着府兵出来找我们。”

帝梓元八岁时以东宫太子妃的身份入京，那一年，她的生辰也是韩烨带着她在灯火鼎盛的皇城街头过完的，一晃十七年过去了。

韩烨眼底露出一抹笑意，却佯装动怒，脸一板，“当年也不知道是谁说不记得了？”

“我记得呀。”帝梓元用纸灯笼戳了戳韩烨的腰，眨眨眼，“但那时候我天天恨不得踩你几脚才舒坦，怎么会承认。”见韩烨不为所动，帝梓元脸一垮，干脆直接用手戳韩烨的腰，“哎，哎，你好歹也是一朝亲王，别这么小气。”

帝梓元漫长的生命里几乎没有哄过人，这是谁都知道的事，是以被哄的青年一转瞬便破了功，韩烨好笑地抓住帝梓元胡乱在他腰上乱戳的手，无奈道：“知道了知道了，今天你是寿星，你说什么就是什么。”

说着不由分说重新抓过她的手，带着她继续朝热闹的街头走去。

韩烨倒是真的说到做到，一句“带你看看咱们的皇城”，他便牵着帝梓元的手走过了大半个京城。两人从显月台走到五柳街，东门走到北门，最后绕过摘星阁，停在了南门的城墙下。

“上去吧。”

帝梓元跟着韩烨，立在了南门城头，偌大的京城夜景在两人面前展现。

“这就是我们大靖的帝都。”帝梓元许久没有这样俯览过整座城池，她靠在城墙边，遥望城中盛景，眉眼都柔和下来。她转头看向韩烨，晃了晃手里的兔子灯笼，又朝城里扬了扬下巴，道：“韩烨，这是我收到的最好的生辰礼。”

歌舞升平、繁盛和乐的大靖帝都，就是韩烨为帝梓元准备的生辰礼。

这是他亲手为她奉上的大靖天下。

韩烨笑着拿过两只兔灯笼在手上把玩，耳朵罕见地红了红，他低低咳嗽一声，含糊道：“你喜欢就好。过些时日烬言就回来了，明年你生辰的时候朝堂想必更稳定些了，到时候我带你去鹿山别宫看雪景。”

韩烨眼底带着暖暖的希冀和愉悦的愿景，说这些话的时候，他嘴角弯成了新月的弧度。

“嗯，好啊。韩烨，你还记得那一年我们去江南赈灾吗？”帝梓元望着城墙下的皇城，突然开口。

“当然记得，安乐债主大显神威，聪慧睿智，把整个江南河道的贪官污吏全都砍了脑袋，从此江南水患得解。去年我去江南巡查，还有百姓的家里摆着你的长生位，日日为你祈福呢！”

帝梓元听得高兴，却道：“那你可还记得你曾经允诺过我将来会为我做一件事？”

韩烨一怔，想起来是有这么个事儿。当年在江南赈灾，多亏帝梓元拿出了账簿和名册，才找到涉案的官员，肃清了江南河道。这么些年过去，在两人惊心动魄的生离死别里，这件事微小得几乎化成了尘埃，若不是帝梓元今天提起，韩烨都不记得当年曾经给帝梓元许下过这个承诺。

“你想让我做什么？”韩烨笑着问。这两年两人私下相处时她的性子越发和幼时刚入京城的张扬霸道相似，也不知道她留了这么个愿景这些年，今年生辰要怎么用？

帝梓元却没有马上回答她，她以一种格外温和的目光在皇城顶端逡巡而过，而后转头看向韩烨，缓缓地解开了一直披在身上的雪白斗篷。

“韩烨，你为帝吧。”

不长，帝梓元的请求，只有六个字。

可韩烨却在这句话入耳的瞬间猛地怔住，然后不可思议地抬首朝帝梓元看去。只这么一眼，他眼底却拂过难以掩饰的震撼。

雪白的斗篷落在地上，帝梓元一身大红晋衣，眉眼瑰丽，她就这么柔软地望着他，一头半白的及腰长发，肩以下，已尽数断去。

身体发肤授之父母，她居然将一头长发就这么剪断了。

微风在帝梓元身上拂过，卷起乌黑而柔软的短发，挑起了这些年他在她身上从来没有看到过的朝气和希望。

“为什么？”韩烨伸手，似乎想触一触她的头发，却又停在半空，声音里带着自己都未察觉的动容。

他在问她为何剪去一头长发，这在云夏大陆，几乎是悖逆父母大逆不道的事。

“我还是个年轻的大姑娘呢，成日里活得滋滋润润的，没事顶头白发做什么，往后吓着我们家小安乐了可怎么办。放心，我父亲和母亲惯来疼我，将来去见他们了，顶多骂我两句，不妨事儿。”

“我若为帝，你会被圈在那个小小的皇宫里，你也愿意？”

“规矩是死的，人是活的。后宫不得干政的旨意是太祖定下的，如今他老人家都驾崩这么些年了，你继位后改一改不就是了。难道还真有朝臣敢拿这些芝麻大点的事不要脑袋了来为难咱们？”

“为什么？”韩烨再开口，却发现自己的声音干涩得惊人。

他在问她为什么让他为帝。其实两个人心底明白，所有的这些都不过是些冠冕堂皇的托词，韩烨这些年一直沉在心间不敢去问的其实是这一句。

梓元，你还想让帝家称帝吗？若是有一日天下和我必须做出抉择，你会选择我吗？

“梓元，你在晋南蛰伏努力了十年，这七年以整个帝家之力打造了一个乾坤盛世，没有你，没有帝家，就没有现在的大靖。让帝家称帝是你所有的梦想和期许，为什么要放弃？”他的声音很轻，“你知道的，帝位和你，我选择的是你。”

帝梓元沉默下来，在韩烨的相问下，她的眼神依旧清澈而坚定。许久，她转眼望向璀璨的城中灯火，静静开口。

“曾经是。”她的神情像是陷入了一种极其遥远的追忆中，“我八岁之前不知世事，是大靖最尊贵的世族小姐，所有人都说总有一天我会成为东宫太子妃、未来的国母。我讨厌我的命运一出生就注定，却又无法摆脱因为出身而背负的责任，所以我从小就忤逆父亲，他想让我学的我全都不愿，反而自小跟着铭西出入军营。那时候我想，若是京城的皇帝知道我是个不学无术的粗鄙小姐，是不是我就不会嫁入东宫了。很可笑，是不是，我根本不知道皇室要娶的不是帝梓元，而是帝家的权势和威望，还有父亲手中的兵权。直到八岁那年我被先帝召入京城，那时我才真正明白除非我死，或是帝家倾颓，否则我永远只能是皇家的太子妃。”

“但是我从来没有想过，原来这种事真的会发生。”帝梓元的声音顿了顿，“原来帝家真的会倒，甚至不需要经年累月，百年氏族几乎是在一夜之间就这么悄无声息地灭绝了。我这个帝家最不学无术的小姐，成了帝家唯一活着的人。那个时候我是惶恐又绝望，因为我什么都不会，什么都做不了，什么都扛不下，我从来没有那么憎恨过自己的弱小和不堪。那一刻我恨不得自己已经死了。人死了就什么都不会想了。可我活着……”她顿了顿，以一种格外悠长的神情又重复了一遍，“可我还活着。”

“我活着，帝家就活着。我活着，帝家和帝家军的冤屈就要明明白白地大白于天下。我活着，韩家就必须拿帝位来平息整个晋南的怒火。韩烨，这曾经是我活着的所有意义。所以我做大靖最令人闻风丧胆的女土匪，我入主朝堂，我花了十年时间一步步揭开了当年帝家蒙冤的真相，只差最后一步……”帝梓元闭上眼，“只要从嘉宁帝手中把帝位夺回来，我就做到了所有对自己的承诺。我以为，这就是我毕生所愿，是我一生必须要完成的事。”

帝梓元的声音忽而沉寂下来，她仍然闭着眼，唯有呼啸而过的细风伴着她被卷起的断发。

“可是你在云景山上跳下去那一日，我突然问我自己，如果有重来一次的机会，我是会选择那个一世让人苍凉而孤寂的帝位，还是会选择让你活着。”

韩烨的眼睛亮得吓人，他紧紧地盯着帝梓元。

“云景山一役前我不知道答案。”帝梓元突然睁开眼，她转头朝韩烨看去，墨色的瞳孔里盛出海一样深情，“云景山一役之后我才知道，帝位是我一个人想要活下去的执念，而不是帝家和晋南的执着。真正的帝皇并不是要坐在那把世间至高的龙椅上俯览众生，而是像你一样，愿意为苍生和百姓舍去所有，你一直在说你做的一切都是为了我。”帝梓元轻轻摇头，目光睿智而欣然，“其实不止是因为我，你也是为了大靖百姓的安宁。从你愿意放弃皇位、止住战乱在云景山上跳下去的那一刻开始，你才是这个王朝真正的皇者。”

“韩烨，此生有你为伴，是我帝梓元大幸。”

“仇怨和宽恕，天下和所爱，我都选择你。”

“我帝梓元八岁那年曾经喜欢过青涩而懵懂的大靖太子，但我这一世，都会爱着那个名唤韩烨的大靖帝王。这一句，你永远都要记住。”

帝梓元一句落音，恰在此时皇城内焰火齐燃，点亮了整个夜空，像是璀璨而瑰丽的天幕在天阶尽头苏醒。

这才是韩烨真正为帝梓元准备的生辰礼。

帝梓元盛然的笑容和漫天的焰火一起落在韩烨眼底。

十七年纷繁而交错的时光像是化入了银河的尘埃里，在他们身上再也不复。

“我听见了，梓元。”

第九十八章

自出了正月，帝都春雨不断，倒和冬日一般寒冷。

深夜，帝府书房，正中燃起的炭炉内星星火光，照得室内格外暖和。

帝梓元坐在案桌前，正在翻看西北送来的密折。北秦虽然已经归顺大靖称臣，但皇室宗亲北秦子民的安置，军队编入大靖各郡的繁琐问题不知凡几，尚需数年之功。不过能让无数百姓和两国将士免于这场战乱，亦是大靖和北秦之幸。

帝梓元揉了揉眉头，舒缓眉间的倦意。

就这么一点点松懈的空隙，一旁候着的吉利利索又小心地把帝梓元面前的奏折移了移，呈上了温着的燕窝盅，笑道："殿下，累了吧，进点甜食润润嗓子养养胃，这天啊倒春寒，冷着呢！"

帝梓元瞧着被推开的密折和递到眼皮子下的甜盅，挑了挑眉，"你这个大内总管，见天着往我这靖安侯府跑什么？"

帝梓元为了北秦归顺一事殚精竭虑，韩烨怕她伤了身子，每日下朝后便遣吉利入帝府照料她。帝梓元起初十足不耐，但韩烨事事顺她，偏生这件事上半点回旋的余地都没有，抗争无效，摄政王只得默默接受这个每日准点出现在帝府的编外人士。

"瞧殿下这话儿说的，伺候殿下您也就是伺候暄王殿下。奴才对宫内和靖安侯府的心那是一样的。"吉利可不傻，虽说如今韩烨称帝已是定局，但心里倍儿清楚帝梓元和韩烨同等重要，忙不迭表忠心，话儿一套套的，简直酸得帝梓元牙疼。

“行了行了，明日让御厨把这盅里的冰糖多放两颗……”不耐再听吉利公公的酸话，帝梓元嫌弃似的端起小盅，尝了一口刚准备埋汰两句，回廊外急促的脚步声传来。

帝梓元抬眼看去，一蓝衣儒服的中年人在老管家的陪同下急急行到了门边，帝梓元一眼瞧出来人是洛府管事洛平，她几乎立时便皱起了眉头。

洛平向来持重老沉，他深夜入府，该不会是铭西出什么事了？

“小姐！”洛平连礼仪都顾不得了，一步踏进书房。他和帝家老管家一样，一直沿袭着以前在帝北城时对帝梓元的称呼。

“平叔，出什么事了？”帝梓元起身。

“少爷昏倒了。”

“什么！”帝梓元手中的小盅重重放在书桌上，燕窝溅到了袖袍上也顾不得。

“可请了御医？”

“请了，但……”

见洛平语焉不详，帝梓元接过吉利递来的披风，肃眉，“去洛府，路上再说。”

书房外寒风凛冽，春雨冻人，帝梓元猛地踏出，一阵冷风迎面扑来。她深吸一口气，看着夜沉沉的夜空，心底涌出一股久违的不安。

半夜的帝都被黑暗笼罩，洛府内却是灯火通明。一路上洛平并未多说，只道洛铭西旧疾复发。

帝梓元进了洛府，直去洛铭西昏迷的书房。书房外立着几个神情凝重的太医，见帝梓元沉着脸出现，皆骇得战战兢兢。

自右相魏谏擢升为左相后，洛铭西入内阁接了魏谏的班，可谓大靖开国以来最年轻的丞相。他如今贵为国相，又是帝梓元的左膀右臂，他要是出了事儿，这位杀伐果断的摄政王怕是会迁怒于太医院。

可这洛相爷……天生顽疾，能活到如今已经是个奇迹了。

新任太医院院正还没想好措辞来安抚摄政王，帝梓元已经略过一众愁眉苦脸的御医，进了书房。

书房内，洛铭西紧闭着眼躺在榻上，脸色苍白得不成样子。他的侍女心雨跪在榻旁不断用热毛巾给他擦拭额上的冷汗。

帝梓元解下披风递给吉利，一言不发坐在洛铭西榻边替他把脉。她师从帝盛天，自然也是会医道的。

心雨见帝梓元出现，担忧的眼底燃起了一抹希冀。

过了一会儿，帝梓元的手从洛铭西腕间松开，许久未言。

寒症入心，若不是洛家的稀有药材吊着，洛铭西早就活不了了。

“殿下，公子他……”心雨小心翼翼问。

“铭西病成这个样子了，为什么没有早点来报？”帝梓元声音冷沉，任谁都听得出她强自压抑的怒气。

心雨低下头，“殿下，公子不让说。他说殿下忙于北秦归顺的政事，怕扰了殿下……”

“他的身体是这一日两日坏的吗？分明是久染沉疴！他瞒着我想干什么，他就这么不想活！”帝梓元猛地起身，“都给本王进来！”

书房外战战兢兢候着的御医们听到这一声冷喝，忙不迭地小跑进来，见帝梓元一脸冰霜，皆不敢言。

“说，左相到底怎么样了？还有没有办法？”

一众老御医你看我我看你，都不敢上前，还是太医院刘院正叹了口气，上前一步向帝梓元禀道：“殿下，洛相爷这是自胎里带来的寒症，没办法根治，平日里也只能用好药养着，如今相爷寒气入心，怕是……”刘院正顿了顿，把‘回天乏术’四个字吞回了肚子里，长长一躬道：“臣等医术浅薄，对相爷的病束手无策，还请殿下息怒。”

刘院正身后，十来个老太医沉默请罪，不敢出声。他们已经是大靖最好的大夫，他们想不到办法救洛铭西，世上又有何人来救。

“可有办法延些时候？”许久，帝梓元疲惫的声音响起。

刘院正连忙点头道：“那倒是有，宫里有珍藏的千年人参，每日分片给相爷服下，可续命一个月。”

他没有说一个月后如何，可见这一个月都已经是极限了。

帝梓元看向榻上昏迷着的洛铭西，一旁的吉利已经顺溜地行了个礼，“殿下，您别急，我这就去宫里取人参来。相爷吉人自有天相，咱们还有时间，一定会有办法的。”

帝梓元点了点头，吉利小跑着出去回宫取人参了。他关心的不止是洛铭西的命，上个月韩烨才在朝堂上定下了和摄政王的婚事，下个月两人国婚后帝梓元便要入主后宫成为皇后母仪天下了。洛铭西突然出事，万一让两位殿下的婚事延期便麻烦了。吉利心里琢磨着这事儿，一双腿跑得飞快，连马车都不乘了，快马加鞭入了宫内，一边遣人送千年人参去洛府，一边亲自去了韩烨批阅奏折的上书阁。

上书阁内，韩烨听见吉利的禀告，亦是许久无言。

“知道了，下去吧。”

“殿下，摄政王殿下还守在洛府呢，奴才怕洛相爷的身体会影响下个月……”吉利心底不安，小声道。

“洛铭西对她和帝家意义不同，洛铭西的事，孤插手不得。”韩烨摆手，正色道。

“奴才明白了。”吉利不再多言，躬身退出了上书阁。

待吉利的脚步声走远，韩烨才搁了御笔，起身行到窗边，望向了洛府的方向。

他眼底浮现十几岁的洛铭西守着帝梓元入京时的意气风发，那时的晋南少年便已有经世之才，若不是为了帝家，他又何至于蛰伏十年，屈居在小小的帝北城。洛铭西有经天纬地之才，是不世贤臣，有他辅佐，大靖朝堂可保三十年安稳，可惜了，天妒英才。如今却……

上书阁内一声叹息响起，带着沉沉的遗憾。

韩烨这一声叹息，既有对洛铭西才华的惋惜，亦是对那个足以和他比肩的少年的追忆，更有对帝梓元的担心。帝家自当年冤案后人丁单薄，洛铭西对帝梓元而言如兄长一般，他如今病重，梓元怕是心里最难受。

这边洛府，宫里的千年人参不过半盏茶便送到了，足见吉利的用心。

心雨小心地为洛铭西服下参片，见他面色慢慢红润起来，稍稍安了心。她悄悄看了帝梓元一眼，见她只沉默地望着洛铭西发呆，心底酸涩得不行。

她的公子默默守候了十几年，却只有到这弥留之际，心爱的人才来到身边，而摄政王殿下却从来什么都不知道……

两个人就这么各怀心思地在洛铭西的书房里守了一整晚，直到天际泛白，洛铭西也没有醒来。

帝梓元看了一眼天色，朝心雨吩咐，“你守了一整夜了，下去休息吧，换个稳当的来守着，本王上了早朝再来。”

她说着朝书房外走去。回廊下吉利拿着披风亦守了一夜，见帝梓元出来，打起精神准备过来迎，一阵脚步声却突然响起。

“殿下！”略显焦急的女声响起，帝梓元停下脚步，回头看见心雨踉跄地从书房里追来，见是一直伺候洛铭西的人，她耐心道：“何事？”

心雨张了张嘴，却没有说话，满脸的迟疑和焦急。帝梓元眉头一皱就要进书房，“可是铭西病情反复了？”

心雨见她要进书房，连忙摇头。“不是，公子服了参片，气色好多了。”

帝梓元神色一沉，道：“那到底何事？”

见帝梓元神情微怒，心雨猛地跪在地上，“小姐！”

只有在晋南帝北城跟随帝家的老人们才会这么称呼帝梓元，一听心雨的称呼，帝梓元的神色便缓了缓，道：“有什么事你只管说，铭西虽然病了，但有本王在，谁都欺不到洛家的头上来。”

“奴婢心雨，幼时被公子挑中随帝承恩入泰山，帝家沉冤得雪后，奴才便回到公子身边，照顾公子起居，保护公子的安全。”

帝梓元轻咦一声，仔细打量了心雨一眼。她当初在帝承恩身边是见过心雨几面的。只是数年过去，心雨长居洛府，又换了身打扮，她一时倒没瞧出来。心雨是洛府出生，去帝承恩身边也是洛铭西一手安排，起初帝梓元并不知道，后来知晓时倒也感慨这丫头忠肝义胆。

念及此她神色更缓，温声道：“这么多年倒是难为你了，起来说话吧。”

心雨摇头，似是下定了决心，她长吐一口气，从袖中掏出一方玉佩递到帝梓元眼前，“不知小姐可识得这方玉佩？”

帝梓元定眼看去，颔首道：“这是铭西一直配在腰间的，这段时间倒是没见他带在身上了。怎么？这玉佩有什么古怪？”

心雨又道：“那小姐，可知道这玉佩的来历？”

帝梓元一愣，心雨是洛铭西的贴身侍女，她有此一问，这玉佩自然非寻常来历。

帝梓元行到心雨面前，接过她递过头顶的玉佩，仔细一看，神情微微一怔。

这玉佩碧绿通透，龙凤首尾相衔，确实是奇珍，但真正让她诧异的，却是龙凤相衔处那个小小的‘帝’字，这字嵌于环中，若不仔细观看难以察觉，也难怪洛铭西带在身边这么多年，她竟不知这方玉佩出自帝家。

“这是帝家的东西。”帝梓元摩挲着手中的玉佩，望向跪着的心雨。她既然拦下她呈上了这方玉佩，自然是有话要说。

“是，这是帝家的玉佩，乃当年靖安侯爷所赠。”心雨说的靖安侯，自然是帝梓元的父亲帝永宁。

心雨抬头，终于鼓足了勇气开口：“小姐，这是当年老侯爷传给我家公子的，只是这方玉佩不是赠礼……”她长长地停顿了一下，而后望着帝梓元，一字一句道，“而是定亲之礼。”

帝梓元手中，那方被洛铭西佩戴了十数年之久的龙凤玉佩散着柔柔碧光。

回廊外，拿着披风的吉利张大了嘴，倒吸了一口凉气。

第九十九章

定亲之礼？还是老靖安侯亲自定下的！

心雨一句话，莫说吉利惊掉了下巴，连帝梓元亦是一愣。

这天下谁不知道帝梓元两岁那年就被太祖择为韩烨正妃立在了遗旨里，是御命钦定的太子妃。

靖安侯怎么会罔顾太祖御命，为帝梓元定下洛家的亲事？靖安侯要真这么做了，别说帝家，就连洛家也可以被治个欺君罔上的罪名！

这根本就说不通。想明白了个中缘由的吉利收回下巴，狐疑地看着跪着的心雨，眼底露出浓浓的疑惑。

帝梓元朝吉利看了一眼，吉利连忙将书房外的洛府下人遣散，亲自守在了书房小院门外，他一双耳朵却竖得老高，听着里面的谈话。

"这到底是怎么回事？"帝梓元负手在身后，看向心雨，"起来回话。"

见涉及帝洛两家，帝梓元声音里带了一抹肃然和威严，心雨心底一抖，立起了身。

"小姐，我和公子同龄，在跟随帝承恩入泰山前，我就是公子的贴身丫鬟了。奴才还记得小姐出生那日，老爷和公子捧着这块玉佩回府，正好遇到夫人。问玉佩的来历。公子便说这是靖安侯爷赐给他的，说侯爷要把女儿嫁给他做媳妇儿，这是定亲信物。夫人听了高兴，但又觉得这是侯爷的随口一言，怕做不得准，想等小姐年岁大些了再提这桩亲事。”

“公子虽然年岁小，却把侯爷的话当了真，日日在府里念叨着希望您快些长大，好让他娶回家做媳妇儿。可是没想到，小姐两岁那年太祖驾崩，竟立了小姐您为太子妃，甚至把婚事写进了遗诏里。太祖的遗诏传到晋南后，我就再没听到老爷和夫人提过这桩亲事了，就连公子也被老爷严令不准再提一个字。遗旨传来没过几日，侯爷便亲自上门见老爷，想来侯爷当年虽是一时戏言，但却是记得那句承诺的。”

“我跟着少爷躲在书房外听侯爷和老爷谈话，侯爷尚未开口说婚事，老爷便说当年侯爷赠下玉佩是爱护晚辈之举，两家定亲之事更是一时戏言，既无三媒六聘，也无媒妁之言，是决计做不得准的。老爷一句话便把这桩婚事给否了，侯爷叹了口气，说帝家身在朝堂身不由己，只能委屈洛家和公子了。”

“当晚老爷便要把这块龙凤玉佩悄悄送还帝家，要不是公子死命留着，就连这唯一的念想都没有了。这块玉佩公子一直留在身边，直到，直到一年前暄王殿下还朝，公子才把这块玉佩收起来。”

心雨缓缓道来，眼底很是有些追忆酸涩。这些往事被深埋在帝北城的过往里，除了这个曾经伴着洛铭西长大的侍女，再也没有人知道了。

帝梓元默默听着，长叹了一口气，她并未怀疑心雨的话。除了这方龙凤玉佩为证外，她一直明白父亲其实并不愿意她嫁入皇室。深宫诡谲，帝王薄情，若非当年太祖临终赐婚，父亲恐怕这一生都不会允许她踏进帝都，或许她早就遵从两家婚约，嫁给洛铭西为妻了。难怪洛伯母自小见她，神情中便总是有些遗憾，原来如此。

只可惜世间事从来难以预料，帝家一夕间大厦倾颓，到如今十多年过去，她既不是洛铭西的妻子，也未嫁给韩烨为后。

见帝梓元沉默不语，心雨颤声道：“小姐，奴婢今日提起此事，不是让小姐您为难，只是这些事公子从来不让小姐知道，其实公子的身体一年前就扛不住了，这一年他一直让刘院正悄悄给他用药，就是想多熬一些时候在朝堂上为小姐分担，如今暄王殿下回来了，公子没了牵挂……”她哽咽着：“要是公子这次真的，真的走了……”心雨眼底的眼泪决堤而出，叩首在地，“小姐，公子一直默默守候在您身边，从不要求什么，连他的心意都不敢让您知道。奴婢实在不忍，只求小姐您能在公子最后这段时间里好好陪在他身边，别让公子走得太孤独了。”

心雨叩首在青石的地面上，才两三下额头便红了一大片，触目惊心。

一双手扶住了她的肩，她泪眼悲凉地抬头，迎上了帝梓元墨黑深沉的眼。

“别哭了，这些事铭西不说，你也该告诉我。”帝梓元把她扶起来，声音温和，“本王知道该如何做了，下去休息吧，让平叔挑两个得力的侍女来帮你，如今铭西身边缺不得人。”

心雨愣愣地点头，不敢再多言，一步三回头地进了书房。

帝梓元走出小院，吉利守在院门口低垂着眼，见她出来大气都不敢出，替她披上了披肩。

帝梓元望了一眼天色，“时辰到了，先去大殿早朝。”

“是，殿下。”吉利应声跟在帝梓元身后。

洛铭西是国相，他缺席早朝自然会让朝臣疑惑，帝梓元早已吩咐太医院禁口，只让洛府递了折子入宫告病在府修养。

朝臣见暄王和摄政王都一脸冷静随和，自是猜不到洛铭西重病濒危。早朝无风无浪地结束，帝梓元下朝后直入上书阁，韩烨果然在等着她。

两人相顾无言，半晌还是韩烨先开的口：“昨晚守了一夜，你身子骨也差，我让御厨炖了参汤和小米粥，你先吃点东西暖暖胃。”

帝梓元亦觉得疲倦，点了点头。

韩烨话音还未落，伶俐的吉利已经让人端了吃食进来。

进了食帝梓元脸色才红润了些，韩烨松了口气，心底稍稍宽慰了些许。

“昨晚我召了太医院院正入宫，他说铭西……”

“他那病是从娘胎里带出来的，当年姑祖母也束手无策，只说不可费神，要多休养，否则会有早夭之相。”帝梓元放下羹勺，摆了摆手，吉利麻溜地撤下了食盒。

帝梓元神情肃穆，韩烨亦认真地看向她。他知道梓元下朝后直入上书阁，而不是回洛府照料洛铭西，定是有话要说，亦或者……她已经做了决定。

“我一直知道他的身体不好，但是那些年，帝家只剩下我一个人，帝家缺不了他，我也缺不了他。他就像我的兄长，有他在，我就像有主心骨一样。”

“当年是他冒着杀头的危险让帝承恩换了我入泰山，这十年也是他替我召集帝家旧部、选才任贤，他在我身后做了所有我不能做的事，让我毫无后顾之忧地重回帝都。你失踪的三年，我摄政于朝，内忧外患，若没有他费尽心神地帮我，朝堂未必会安稳，更何谈威慑两国。”

“如果没有洛铭西，就没有当年的任安乐，没有他，也没有现在的摄政王帝梓元。洛家和铭西对我们帝家和我，都恩重于泰山。”帝梓元缓缓回忆，背挺得笔直，袖中的手缓缓握紧。

直到今日她见到那方龙凤玉佩的时候才知道，她这一生，最爱的是韩烨，可最负的，却是用一辈子守在她身边临到死了都没有开过一句口的洛铭西。

“那三年我以为你战死在北秦，日夜操劳政事麻痹自己，却没有察觉到他的身体早就耗到了油尽灯枯的地步。” 帝梓元的声音沉重而悔恨，“要不是他这次突然昏倒，我就连……”他的心思也从来不知道。

帝梓元收了声，长长吐出一口气，眼底露出一抹脆弱。也只有在韩烨面前她才会表露出自己真实的情绪，洛铭西是她最亲最重的兄长，他若是因为她早逝，她这辈子如何坦然嫁给韩烨，又怎么可能毫无愧疚地踩着洛家的牺牲位极天下。

“梓元，铭西向来性子隐忍，他不想让你知道他的身体状况，是怕你担心。”

“我知道，从小到大，他做的一切都是为了我。韩烨……”帝梓元突然唤了韩烨一声。

韩烨心底一紧，看向帝梓元。

“下个月……”帝梓元顿了顿，终于还是开了口，“我们的大婚，不能如期举行了。”

上书阁内因为帝梓元的这句话一阵安静。守在书房外的吉利打了个哆嗦，不敢望上书阁里韩烨的脸色。

哪怕韩烨明白帝梓元的决定是因为洛铭西病重，但他心底仍旧生出了无法言喻的失望和遗憾。

不是因为嫉妒洛铭西，而是……足足十七年，他等了十七年，下个月他终于可以让梓元成为他的皇后，为两家十数年的纠葛画下最完满的一笔，可这一切却要在毕生心愿即将达到时又戛然而止。

可那是洛铭西，一个为了梓元为了帝家更甚于他的人。

他无法抹杀，也不能抹杀那个人为梓元所做的一切。

韩烨长叹一口气，缓缓开口："你与铭西自幼一起长大，情谊深厚，延迟婚事，也是应当。梓元，我尊重你的决定。宫里的千年人参只能保他一个月的命，你打算怎么办?"

梓元既然提出延迟婚事，就自然不会留在京中陪洛铭西耗尽最后一个月的时间和希望。

"入宫之前我已经让人给帝府传信，让帝家暗卫把铭西病危的消息传给姑祖母了，明日等我处理好帝府的事，就带铭西去泰山见师父。希望姑祖母和师父能有办法救他。"

天下大宗师只剩下泰山国寺的净玄大师和帝盛天两人，若是北秦的净善国师还活着，洛铭西或许活下来的机会会更大，可惜净善当初为了北秦用自己的命换了韩烨一条命，三国圣手自此陨落。

"净善国师有个弟子叫灵兆，他虽然医术不及其师，但却尽承净善的救人秘法，他曾在北秦照料我三年，秉性纯厚，不会顾虑铭西大靖相爷的身份。但北秦归顺后他便云游天下去了，我立刻让人去寻他，让他入泰山为铭西诊治。"

"嗯。"帝梓元颔首，"烬言马上就从西北回来了，有他在，北秦皇室和军队安置的事你也可以省些心。"

"朝堂的事你就不必担心了，有魏相和五皇弟帮我，出不了事。明日我便颁下圣旨，言北秦刚刚归顺，正值多事之秋，你授天之命巡视西北，婚事一应延迟。"

"好。"

帝梓元点头，她是韩烨昭告天下的后宫之主，铭西是大靖国相，哪怕两人并无私情，也不能让朝臣和百姓知道她推迟国婚远离京城是为了给铭西治病。

她虽心怀坦荡，可亦要顾及皇族和韩烨的颜面。

"我回帝府准备，明日便启程去泰山。"帝梓元起身，朝上书阁外走去。

"梓元!"

她行到门边时，韩烨的声音响起，帝梓元顿住了脚步，却没有回头。

"你何时回来?"

由始至终，帝梓元都没有对韩烨许下回来的承诺，因为尽管他们做了所有安排和努力，两个人却明白有一件事是他们不知道能不能做到的，那就是保住洛铭西的性命。

吉利早就把洛府那个侍女的话传回了宫，韩烨一直明白洛铭西对梓元并不是兄长之情，但洛铭西君子仁风，从不越雷池一步，就连韩烨对他所做的一切都心生敬意和感激，更遑论和他一起长大的帝梓元。

他们在晋南相依为命走过的十年岁月，亦是韩烨永远抹不去的存在。

洛铭西若活着，帝梓元尚有归期。可洛铭西若是死了，在知道了洛铭西对她付出的一切和心意后，帝梓元还会回帝都嫁给他做韩家的皇后吗？

她不会。所以韩烨终究还是忍不住问出了口。

他们这一生，已是如此艰难，到最后，还是胜不了天意吗？

“韩烨，我从来不信天命。”帝梓元沉默许久，突然开口。

她望向帝都的天空，春雨渐息，朗朗晴空，彩虹当空。

“曾经不信，将来也不信。”

她说完，走出了上书阁，却由始至终，没有回头。

帝梓元的身影在韩烨眼中远去，伴着这座古老而空寂的皇宫里响起的钟声一点点消失，直至再也不见。

第一百章

第二日，天尚未破晓，韩烨立在城墙上，沉默地看着那辆没有任何标志的黑色马车载着帝梓元和昏迷的洛铭西消失在第一抹晨曦里。

也是奇怪，帝梓元离开京城的这一日，连绵了数月的春雨终于停了。

“看来涪陵山的春狩，梓元是参加不了了。”

韩烨略带遗憾的声音响起，一旁的吉利露出疑惑的神色，想了想突然回过神来，感慨道：“是啊，又到涪陵山春狩的时候了，奴才还记得摄政王入京的第一年被韶华公主激得在春狩上大显身手，一箭三雕献给了殿下您呢！”吉利啧啧了两声，“那风姿，满京城的世家儿郎，可没有一个比得上的。”

韩烨眼底拂过一抹追忆，他望着已经空荡荡的官道，目光悠长，再未多言。

第二日，摄政王帝梓元代天巡视西北的诏书颁下，待朝臣们回过神时，京城早没了摄政王的影儿。帝梓元向来行事出人意表，朝臣们早已习惯，只是巡视西北没个半年回不来，下个月都要国婚了，摄政王能赶上？有疑问的朝臣们心里头琢磨了一下，瞅了瞅御座上神色难辨的暄王殿下，没敢肥着胆子问出来。

洛铭西昏昏沉沉了数日，这日夜里终于在泰山下的淮安城里醒了过来。心雨一脸惊喜，急忙禀告了隔壁马车里翻阅医书的帝梓元。一行人本来是准备直接上山的，听见洛铭西醒了，帝梓元摆摆手，让车队停了下来。

马车内的洛铭西睁开眼，手碰到腰间系着的玉佩，他凝眼一看，本有些模糊的意识顿时清醒了过来。

心雨不敢给他系上这枚玉佩，梓元知道了。

那个本来要被他带到地底的秘密突然被那个人知晓，洛铭西心底也不知是惊慌还是解脱，怔怔地望着腰上的玉佩发呆。

“醒了？”利落的女声突然响起，帝梓元一把掀开幕帘，瞅着发呆的洛铭西挑了挑眉，“醒了就好，让心雨服侍你换身衣服，咱们下去逛逛。”

说完帝梓元又干脆利落地退了出去。洛铭西被她这么一打岔，也不发呆也不伤怀了，笑着摇了摇头。看来无论什么时候，他们帝家的这位摄政王都是一样大大咧咧的性子。

他掀开车帘，看着马车外的街道，手一顿。

淮安城？他一觉睡醒，竟然已经从京城的相府到了泰山脚下。

稍一收拾，洛铭西便是翩翩浊世佳公子的模样，脸上那一抹病态的苍白丝毫无损其气韵，走在淮安城里，引了不知多少小姑娘的青眼。

“一国之相下朝野，你就不知道收敛一点儿，我可是让人在京城装模作样扮着你呢。要是让那些老顽固知道你在淮安城出现，还不知道要怎么弹劾你。”

洛铭西虽然看着和气，却是个手腕铁血的相爷。他年纪轻轻入住内阁，势必有人眼红，再者这几年他为了稳住帝梓元的王权把帝都内的世族几乎得罪了个遍儿，若不是帝梓元强势护短，早就不知道被弹劾多少次了。

“我这模样，天下甚少有人能出其二，华服锦袍和素衣麻布穿在身上没什么区别，又何必多此一举。”洛铭西摇了摇扇子，浑然未入朝堂前那副吊儿郎当世家公子的模样。

帝梓元哼了一声，“在朝堂上待了几年，你这脸皮如今厚得都没边儿了。咱们晋南的姑娘可要另择佳婿咯……”

帝梓元声音一顿，面上罕见地现出一抹歉疚来。她待洛铭西一直为兄，向来开惯了玩笑，以往倒不觉得有什么，如今一时说错了话却全是尴尬无措。

反而洛铭西一如常态，像是没瞧出帝梓元的神色，折扇一摇便敲在了她的额上，“偏就你话多，凭你兄长的姿色，天下女子熙来攘往，还能娶不上媳妇儿？”

他的坦然更让帝梓元歉疚，帝梓元敛了眼底的尴尬和内疚，恢复了常色，“啧啧，堂堂一国之相，凭模样娶媳妇儿，这话儿传出去，你也不怕洛老将军打断你的腿。”

“你还有本事说我，连烬言都有闺女了，你还不和韩烨成婚，在我家老头儿倒腾我之前，为兄还能先看一看帝家主打断你的腿。”

心雨跟在两人身后，听着洛铭西吊儿郎当的话心里酸涩。

帝梓元脚步一顿，看向洛铭西，认真开口：“等你的病治好了，我再回去。”

洛铭西脸上的笑容一滞，眼底露出几分无奈来，“梓元……”

他天生寒症，药石无医，如今也不过是强拖着日子罢了。

“好了好了，这江南风景好，可比京城连天着春雨强多了。”

他们走着走着，便行到了淮安城最热闹的沅桥下。淮安城在泰山脚底，一向民风淳朴。此时时辰尚早，沅桥边灯火通明，行人如织，河边摆满了民间玩意儿，叫卖声不断，很是热闹。

看着这场景，像是回忆起了什么一般，帝梓元感慨道：“小时候我第一次来这淮安城，还是你陪着我来的。这沅桥，咱们也来过一次。”

十七年前帝家满门被斩，帝梓元在帝家宗祠前跪了三天三夜，打击之下重病难医。那时候洛铭西也不过是个半大的少年，他一路艰辛，悄悄带着帝梓元入泰山叩请净玄国师出关救人。净玄感念帝家冤屈，不仅救了帝梓元的命，将把她收为入室弟子，还将一身心法武艺倾囊相传。

“是啊。”洛铭西也想起了十几年前的事儿，笑道，“那时候你病得床都下不了，我急得不行，一心只想带你上山治病，你却闹着要吃糖葫芦，还要自己去买。我拗不过你，只得背着你在这淮安城里到处去寻卖糖葫芦的人。”

“我不是想吃糖葫芦。”帝梓元笑了笑，声音有些低，洛铭西朝她看去。

“我是怕我会死在泰山上，再也回不了帝北城。才想去看看这淮安城是个什么模样，再尝一尝糖葫芦的味道，要死也要做个饱死鬼嘛……”帝梓元望着街上匆匆来去的百姓，“要不是你一直在我身边，可能我八岁那年就活不了了。”

“说什么胡话!”洛铭西毫不客气地在帝梓元头上又敲了一响指，皱着眉，“你现在不是活得顺顺遂遂康康健健的，别说这些晦气话!”

“那你也是。”帝梓元看向洛铭西，目光灼灼，眼底似有一团火焰，“铭西，当年你在老天爷面前保住了我的命，这次我也一定会找到治好你的方法，你一定不能放弃。”

帝梓元一生刚毅果断，极少有求人的时候，可现在她只希望洛铭西能活下来，平平安安地活下来。她望着洛铭西，执拗地要一个承诺。

洛铭西终于在她的目光下叹了口气，“你是长大了，都学会教育起兄长来了。梓元，生老病死，谁都免不了，你不要太执着了。”

帝梓元眼底的光亮一点点暗下去。

洛铭西轻笑出声，终于收起了他那副玩笑世间的模样，看着帝梓元认真道：“但是我答应你，也一定不轻易放弃我这条命。”

“走吧，我们上山。”不待帝梓元再言，洛铭西伸了个懒腰，朝一旁桥下船上羞羞怯怯望着他的小娘子们抛了个眼神，朝泰山的方向走去，“趁着时辰尚早把老和尚从洞里给闹出来。他年纪也大了，太晚了怕他老人家会火得跟咱们跳脚。”

“他敢？”帝梓元嘟囔着跟上洛铭西的脚步，“要是他没办法，看我不揪光他的胡子！”

泰山后崖，满是垂针的松树下。穿着一身旧袍子的老和尚正盘腿坐在山石上，他抱着酒坛舍不得撒手，饮得不亦乐乎。

任谁都想不到这个邋里邋遢不修边幅嗜酒如命的老和尚，就是天佑大陆百年来武道的第一人，泰山国寺的净玄国师。

“我还以为你们帝家的事了了，你也就浪迹四海去了，想不到老和尚有生之年还能再瞧见你这个女娃娃啊！”

净玄左边不远处，帝盛天一身白衣靠在松树下，手里握着个酒壶。

净玄已经一百岁了，当年帝盛天初入泰山和净玄切磋武道时不过才十八岁，在净玄面前，帝盛天这个世人眼中的开国元勋武道宗师确实只是个女娃娃。

“帝家的冤是了了，帝家的恩还没有报。景东宋家藏了二十年的女儿红，老和尚，接着！”帝盛天把手中的酒壶朝净玄扔来，净玄忙不迭接着，生怕撒掉了一滴。

要不是帝盛天身上的这坛子酒酒味甚是勾人，他又怎会如此轻易地就被引出了闭关的山洞来。

“叫唤谁呢？跟你家那小丫头一样不尊重老人家！”净玄轻手轻脚放下怀里的酒坛，把帝盛天扔来的女儿红放在鼻下闻了闻，一脸享受，眼都眯成了一条缝，“不过也就只有你们两个最合老和尚我的心意，每次见老和尚我都带酒来。”

净玄笑眯眯的，“说吧，连你都来了，这回又是什么事儿？”

“晋南洛家长子铭西，自小便有寒症，前日梓元遣人送信，怕是他已经熬到了大限之时。”

净玄一愣，“是他啊……”他摇了摇头，念念不舍地把酒坛放下，“老和尚怕是无福享用你这坛女儿红咯！”

“大师！”帝盛天难得端正了神色，“此子于我帝家有大恩，还望大师……”

“我知道。”净玄摆手道，“十七年前就是这小子送你家丫头来泰山求的医拜的师。这孩子性子执拗，在寺外抱着帝丫头跪了三天三夜才被松石带到后山来见我……”

见帝盛天皱起眉，净玄连忙道：“你可别给我脸色，老和尚我到底也有一百来岁了，天天也就是在这山洞里熬日子，总不能来个人求医，松石就给带到我的洞里来吧。你家那女娃娃只是风寒入体，修养大半个月便活蹦乱跳了，我见她天资聪颖，帝家又只剩她这么一根独苗，便收了她做弟子，也算是还了当年你送我那些好酒的情谊了。只是那洛家的小子……”

净玄脸上很是有些遗憾，“当初我便瞧出他身有寒症，你家丫头在泰山习武的那些日子，我帮他调理过身体，本来是有些起色的，只要他在泰山待满三年，静心修行我的混元心法，这寒症未必没有治好的可能。可惜啊……”净玄看向帝梓元，“才一个月他就执意下山，不肯留在泰山治病。那时我便告诫过他，若是少年之时他身上的病不断根，以后想要再治便麻烦了，一旦寒气入心便无药可医，就只能熬日子了。这些年我听闻他入了大靖朝堂，更是官拜宰相，怕是耗损心力更甚，这身体……”

净玄没有再说下去，帝盛天沉着眼，瞳中难得有些波动。

当年她重伤隐迹在海外修养，帝家满门被屠，梓元又只是个八岁的孩子，若不是洛家和洛铭西暗地里护住帝家的势力，又何来帝梓元十年后的成王之师。洛铭西当年执意下山，亦是为了帝家。

“老和尚，你就一点办法也没有？”

净玄摇摇头，“哎，时也命也，我毕竟只是修武道，而非医道。当年他或许还有一丝生机，如今太迟了，就算是我，能续三个月命也已经是极限了。”

国寺钟声响起，山巅突然狂风大作，惊得飞禽跃空。两人望着山中石阶上缓缓走上来的一行人，悄然叹了口气。

“如果北秦的那个老顽固还在，或许洛家小子还有一线希望，可惜……”净玄摸了摸胡子，难得有些伤怀。

世间武道能和他比肩的，不过净善和帝盛天两人，帝盛天出世得晚，他和北秦的那个臭鼻子老道年轻时谁也不服谁，互怼了几十年。想不到最后他一个北秦国师竟然用命换了大靖太子的一双眼睛，还真是造化弄人。

“他那一身医术旷古烁今，要是失传了，也是可惜。”净玄喃喃了两句，默不作声撕开了帝盛天带来的女儿红，灌了一口进嘴里，“反正你带也带来了，老和尚我救得活救不活，有你们这一老一小两个帝家女娃娃在，三个月的命肯定是要给这小子续的，又要浪费我好不容易存起来的真力。哎，你们年轻人啊，就是喜欢欺负我这个老人家，这女儿红啊，我不喝白不喝。”

净玄碎碎念的声音消逝在泰山之顶，并没有随着风传到石阶上一步一步往上走的帝梓元和洛铭西耳里。

帝梓元望了一眼不远处尚有光亮的山顶，替洛铭西提了提披风，“铭西，就快到了。”

洛铭西点点头，抬头望了一眼山顶。黑夜里，帝梓元没有瞧见他脸上的神色和一瞬间的晃神。

“你若是不留下养病，最多不过三十便会寒气入心暴病而亡。小子，你可要想清楚了！”

十七年前，净玄蹲在泰山之巅抱着酒坛子警告他。

他记得他只回了一句话。

“帝家的冤屈和梓元，比我的命更重。多谢前辈，就此告辞。”

他起身而去，此后十七年，再未回过头。

如今他回来，不过是因为他这一生，纵死，亦再无憾。

帝梓元的背影在他眼前缓缓化成了当年的那个小小女童。

那一年，他抱着尚是稚童的帝梓元攀爬在这泰山的石阶上，为的也是一场活命。

兜兜转转，十七载岁月，仿若一个轮回。

第一百零一章

“他们半个月前就离开泰山了？”上书阁里，韩烨批阅奏折的手一顿，一滴浓墨落在奏折上，晕开糊涂的一笔，他却丝毫不觉。

“是，殿下。”吉利小心翼翼回，“那边的暗卫传来消息，说是半个月前摄政王带着洛相爷上泰山求医，净玄国师和帝家主束手无策，国师耗费了十年真元之力勉强为洛相爷续了三个月命。此后摄政王和洛相爷就留在泰山修养，前几日暗卫再入国寺探访，才发现摄政王和洛相爷早就不在寺内了。”

吉利瞅了瞅韩烨的脸色，继续道：“殿下，泰山毕竟是国寺，摄政王身边又一直跟着帝家的侍卫，咱们的暗卫只敢在寺外守候……”

韩烨摆摆手，“无需请罪，有国师和帝家主在，大内的暗卫一入泰山只怕就露了行迹，你们本就是保护，他们也不会为难你们。”

吉利连连点头，“是，是，咱们的暗卫久不见摄政王和洛相爷出寺，按捺不住入寺探访，寺里的小沙弥拦下了他们，说摄政王带着洛相爷早已离寺，让他们也不必日日在山上守着，早些离去便是。”

“梓元身边可带了侍卫？”

“那小沙弥说摄政王和洛相爷走的时候就带了一个叫心雨的丫鬟，一个侍卫也没带。”

见韩烨眉头皱起，吉利又问：“殿下，可要暗卫继续去寻摄政王……”

"不必了。"韩烨搁下御笔，"她既然悄悄下山，怕是也不愿再有人跟着。御令各郡府好生管着辖内，别让江湖盗匪恣意妄为，扰了百姓。"

"是。殿下，还有……"吉利应下，想到一事，却不敢开口。

"还有何事？"

"殿下，礼部那边一直在准备您登基和国婚的事儿呢，昨日龚尚书又来问了……"

国不可一日无君，大靖朝堂已稳，韩烨无需再屈居于一王之位，朝臣们早些时候多番上书叩请他即位，是以冬至之时韩烨便在朝上定下了他登基和国婚的日子，恰都在下个月。

韩烨登基事关国祚，定是延期不得，可摄政王突然代天巡视西北，没了皇后，这国婚可如何是好？礼部尚书龚季柘摸不清这一皇一后到底是个什么打算，又不敢提着脑袋来问韩烨，只得在吉利那儿打听消息。

"告诉龚季柘，孤登基之日不改，即位之后国婚延迟。"韩烨神色不改，淡淡吩咐，却难掩眉间疲倦。

吉利又应了一声，低着头问："殿下，这延迟的时间……"

国婚非寻常人家嫁娶，皇帝登基后充盈后宫乃必为之事，朝堂上下多少双眼睛盯着呢，虽说摄政王权势通天，但天子的后宫总不能只有一人。退一万步，皇后之位就算暂悬，四妃总要立一立吧，若不然偌大个后宫，谁来管？韩烨正当盛年，后宫无人，岂不笑话？

帝梓元在京城时尚可压制这些勋贵，她一离京，又正值韩烨登基的微妙时候，蠢蠢欲动的世家们便多了起来。吉利作为御前大内总管，虽说曾服侍帝梓元三年，可如今韩烨回来了，在朝臣眼里，一朝天子一朝臣，吉利自然是归在皇权这一边儿的，是以近来向他打听口风的人便有些络绎不绝了。

韩烨看了吉利一眼，眼神有些玩味。吉利被他这么一瞧腿便软了，连忙跪下道："殿下，奴才可没有二心，那些侯爷大臣们想着法子从我这儿套问摄政王的归期，都被奴才给搪塞了，奴才也是担心……"

"后宫之事，孤自有主张。"韩烨一拂袖摆，神情颇有些冷沉，"才安稳几年，这些人的心思便大了起来。"

从龙之功皇权更迭的争夺是代代皇朝都无可避免的事，韩烨如今万民归心，和帝梓元又龙凤眷侣，可有些氏族和勋贵看得更远，自是要为后一辈儿打算。

"起来吧，替孤拟诏。"韩烨略一沉吟，重新拿起了御笔，眼底露出一抹深思。

梓元归期不定，不敲打敲打这些勋贵，难以在登基后堵住这些人的口。

吉利连忙爬起来为韩烨磨墨。

韩烨笔尖微动，一应朝臣的升降外遣内调便落在了圣旨上。吉利瞅见圣旨上的安排，更是叹然。殿下为了摄政王不受朝臣口诛笔伐，可谓事事尽全了。

待韩烨落笔时，已是三更，连一旁候着的吉利亦觉得有些难熬。他瞧着韩烨眉带倦色，正欲开口劝他回宫休息，韩烨却起身朝窗边走去。

夜深人静，更声传来，偌大的皇宫安静异常，韩烨独立窗边，那背影瞧上去说不出的孤寂。

吉利心底暗暗叹了口气，摇了摇头。

也不知殿下和摄政王前辈子是遭了什么劫，这辈子的姻缘竟如此艰难。

风拂过，仿若低吟。韩烨望着帝梓元当初离京远走的方向，眼深如墨。

他做好了一切帝梓元回来的准备，却不知道，她还有没有归期。

军献城自被大靖收复后，守城一责便落在了施诤言身上，城内再度恢复了宁静，但城池的修复远非一日之功。施诤言领军北伐的这一年里，君玄一直倾君家财力修建城池，襄助城内无家可归的百姓们重新安居乐业。

秦景当年带来的背叛阴影也在君家一日日的努力下渐渐消弭，如今军献城百姓们待君子楼早已恢复了曾经的善意。在君玄的不懈努力下，君家在西北的百年善名总算得以挽回。

君家家大业大，君玄又贤名远扬，北秦归顺后上君府提亲的人络绎不绝，君玄皆让老管家礼貌地回绝了。回绝之言尤为恳切，道君玄早已受父命婚配，婚配之人虽叛国叛家，一身罪责无可饶恕，但他亦已亡于战乱。人虽死婚约在，她此生亦无意再婚配他人。至于君家家业，日后自会从旁支中挑选子嗣来继承。

这番言辞自君家流出后，西北氏族莫不感慨君家小姐跌宕的命运和性子的刚烈，再无人提起入君家提亲之事。

又是半月，西北军献城，君子楼。

“不愧是西北第一楼，果然是好茶。”

君子楼二楼窗边的位置，坐着一桌客人。俊俏的江南公子、英武非凡的世族小姐，旁边还立着个娇娇俏俏的小丫鬟。此时品着茶啧啧称赞的，便是那瞧上去有些孱弱清瘦的公子。

“入口性苦，回味却微甘，确实值得我们走这一遭。”

君玄走上二楼之时，听到的便是洛铭西络绎不绝的称赞。

“偏远小城，当不得公子如此夸赞。”君玄笑道，利落地走到两人身旁，朝帝梓元颌了颌首才朝洛铭西看去。

“想不到洛公子竟是如此风流不羁的人物。”君玄眯着眼打量了洛铭西一番，坐下很是有些感慨道。

她和洛铭西一居西北，一居晋南，十多年间书信往返共谋大业辅佐帝梓元，今日却是两人头一次相见。

“得见君家主，洛某更是无憾了。大漠风光西北人情，在我看来，都不及家主这一杯温茶的情谊。”洛铭西举起茶杯朝君玄抬了抬，眼底亦是老友的神交与感慨。

君玄端杯相碰，两人以茶代酒，皆饮尽杯中之物，随之相视大笑，才不过一会儿，两人就一口一个“阿玄”、一口一个“铭西”的唤上了。

帝梓元在一旁瞧得有趣，连连摇头。

“让你准备的东西准备得怎么样了？”眼见天色已晚，帝梓元打断了这对难兄难妹的叙旧，朝君玄问道。

“都准备妥当了。”君玄从袖中拿出一方文书，递给帝梓元，“这是军献城和漠北十八郡的通关文书，拿着这个，哪座城的守卫都不敢拦你们。”

漠北十八郡是北秦归顺后划分的十八城郡，这些地方曾为北秦多年，如今由大靖管辖，为防原北秦子民暴乱，两国百姓出入这十八郡都需要官府开出的验明身份的文书才行。

帝梓元不能以摄政王的身份行走西北，便让君玄为他们三人准备了出入漠北各郡的文书，以行方便。

“好了，时辰也不早了，铭西，我们走吧。”帝梓元接过文书道。

君玄怒道：“都这个时辰了，也不休息一晚再走？我和铭西相见恨晚，要聊上个三天三夜才够呢！铭西，你说是不是？”

洛铭西眨着丹凤眼连连点头，“是啊，梓元，这么着急做什么，这君子楼我还是头一次来，多待几日也无妨。”

“若不是你们聊到停不下来，我们哪里会耽误到这个时辰。”帝梓元飞了君玄一横眼，“我们要在五日内赶到怀城，时间耽误不得。心雨，服侍你家公子上马车，他要是不肯走，你就给我把他抱下去，我赦你无罪。”

“是，小姐。”

这连月奔波，心雨早就背了主，对帝梓元的话唯命是从。帝梓元话音刚落，她便走上前一副要把洛铭西抱下楼的做派。

洛铭西骇得一跳，连忙从椅子上弹起来，风一般地朝楼下走去，临下楼了还不忘朝君玄招招手，“阿玄，下次再来君子楼，你可得给我备上几坛好酒，咱们可要秉烛夜谈啊！”

“好！保管是咱们西北最劲道的好酒！”君玄大笑，见心雨追着洛铭西跑下楼后，脸上才露出一抹伤感来。

“他真的只有两个月时间了？”君玄看向帝梓元，“连净玄大师和家主也没有办法？”

一个月前帝梓元带着洛铭西从泰山下来后便一直微服民间，除了游山玩水，便是御令帝家各部到处寻找一个叫灵兆的小道士。

这小道士曾是北秦国师净善的徒弟，长居北秦皇城，北秦归降后他便离开皇城游历山水去了，天下之大要寻一个刻意隐藏身份的人何其之难。君玄动用君家所有暗线，也不过才查到他曾经出现在北秦大公主莫霜的属城怀城过。

帝梓元嗯了一声，眼底的郁色亦是沉重。她平时在洛铭西面前不显，可随着时间一天天过去，灵兆遍寻不到，她又如何不忧心如焚。

见帝梓元就要下楼，君玄望了楼下已经上了马车的主仆二人一眼，突然开口：“梓元！”

帝梓元停住脚步。

“再过五日，便是暄王殿下的登基大典，你若是现在回去……”

韩烨早已昭告四海，五日后登基称帝，为大靖国君。

“我知道。”帝梓元打断君玄的话，“他为帝，万民归心，是我大靖之福，我也能安心了。阿玄，怀城路远，铭西身子不济，我要走了。”

她朝君玄笑了笑，转身下楼，她步履坚定，神情间没有丝毫迟疑。

君玄却从帝梓元那一转身的脸上，瞧见了一闪而逝的歉疚和遗憾，那是为那个五日后即将称帝的人留下的。

君玄立在窗边，看着帝梓元走上马车，布帘放下，遮住了里面所有光景。马车轻动，如来时一般悄然无声地消失在去往塞北十八郡的官道上。

她轻轻叹了口气，望了京城一眼，无奈地摇摇头。

或许皇城里的帝王这一生最大的荣耀与希冀，是他登基之时，身边伴着的是此生挚爱。

可惜，造化弄人，这场盛典虽荣耀贵极，却注定是遗憾收场。

五日后，大靖晅王韩烨于帝都上告于天，即位登基，号宣宇帝，宣宇元年启。

也是同一日，漠北怀城郊外的竹林小坊里，帝梓元看着满天焰火，遥望新帝登基的盛景。

她身后，竹林里几株长思花静静摇曳，散着幽蓝的光泽，仿若迎接一个等待许久的主人。

长思虽在，可圆遗憾，可惜这方竹林却积灰已久，灵兆不曾回来过。

第一百零二章

自战乱结束后，君玄除了君子楼外极少离府，近来时局稳定漠北安宁，她连君子楼也甚少亲自出面看顾，但每月十五，有一处，她一定会亲自前往，那便是军献城东郊的施家陵墓。

这里不仅埋着施家先人，五年前军献城破，施家战至最后一人，君玄亲手把施家的三十二口尸骨埋在此墓。

纵时过境迁战乱休止，她仍然每月抱着施元朗生前最喜欢的君山银针来此，在老将军的墓前一站便是一整天。

送走帝梓元和洛铭西后，未过几日又是十五，君玄抱着亲自温好的茶去祭奠施氏族人。

但这一次，还未走到施元朗的墓前，她便停住了脚步。

只因那墓前，立着一个青色长衫的男子。

即便只是一个背影，君玄也知道，那是谁。

那是她青梅竹马生死相许的未婚夫婿秦景，也是杀人如麻战功彪炳的北秦统帅连澜清。

可无论他是谁，当初一剑，生死恩怨已两清。

北秦归降后，连澜清辞了大靖封赏，愿为平民，自此长居北秦王城。

君玄以为她这一生都不会再见到他了。

“清香悠长，是你亲自煮的君山银针吧。”墓前，连澜清的声音突然响起，他转过身望着君玄，眼底没了当初战场上的凌厉冰冷，只剩下温和。

君玄点头，走上前把温茶拿出来摆在老将军碑前，揭开壶盖，茶香四溢，沁满墓园。

“老将军生前最喜欢喝你煮的茶。”

他唤施元朗老将军，而非师父。君玄拨弄茶叶的手一顿，眼底拂过伤怀。

恩恩怨怨两代人，到如今哪还说得清是非对错。

君玄放好茶壶，朝施元朗的碑拜了三拜，转身朝墓园外走去，由始至终，她的目光都没有落在连澜清身上过。

他们之间恩怨情仇是两清了，可此生也永无可能。再见何为？

“当年五里亭一战，连羽带着我回到北秦帅营，先王把国师为他炼制的护身丹药给我服下，救了我一条命。”

连澜清突然开口，君玄离去的脚步一顿。作为帝家在西北隐藏的一支，她一直关注连澜清的生死，自是知道当初莫天对连澜清的倾力救治。若非莫天，连澜清当年已经死在她的剑下了。

“我重伤卧病，先王准我回北秦王城修养，连家尚有老母小妹，既然捡回了一条命，便该侍奉老母，尽人子之孝。”

连澜清静静说着，也不管君玄有没有在听。

“我这一生，先为秦人，再为大靖守将，后叛城归秦，手握北秦帅旗连下大靖八城，诛杀大靖将士数万，血债满身，却从未后悔过。只因我本为秦人，我所做的，不过是将北秦子民和连氏族人当年所受的，尽诸还于施家和大靖。”

数十年两国交战，皆是家破人亡。非我族类，战起而诛，死在君玄手中的北秦将士数都数不清，连澜清一生执着其父和连氏族人的死，说到底不过是受战乱之苦和北秦先王的利用。她又何必将当年连氏族人惨死的真相告诉他，再让他生不如死一次呢？

君玄垂下眸，藏起了眼底的叹息。

“如果我没有见到连氏宗族的那一方族印，或许我的余生，都活得这般可笑糊涂。”

连澜清的话如一声惊雷，君玄猛地抬头朝他看去，却发现连澜清不知何时望向了施老将军的石碑。

那双历经了生死和战争的眼底，仍旧温和，却写着难以言喻的痛楚。

“你知道了？”君玄艰难地开口，声音暗哑而不忍。

“我回王城之后，始终对当初帝梓元潜入军献城一事心存疑虑，以先王的智谋，他如何会被帝梓元欺瞒得半点疑心都不起便将她轻易带进了帅府。所以我便让人着手去查，却没想到这一查却查到当初帝梓元是因我连氏族印才取得了先王的信任。连家族人当年在无名谷惨死在施家军之手，按理说这方族印应该在施家，军献城破时我把施家翻了个底朝天也没找到此印。它出现在朗城西家，而且是帝梓元以西云焕的身份交给先王的，我自然会怀疑当年连氏族人的惨死并不简单。我费了一年之久，顺藤摸瓜才找到了当年鼎天城守将肖荣身边已经隐姓埋名的副将郑坤，他见我持印而来，惊慌失措，我几番威逼之下他才说……”连澜清垂在腰间的手握紧，平静的眼底隐有血红之色，“当年我连氏老幼妇孺是惨死在无名谷的盗匪之下，而非施家军。老先王隐瞒了连家族人惨死的真相，把这滔天罪责安在了施家身上。”

说完这句话，连澜清仿佛用尽所有力气，他闭起眼，嘴角露出一抹苦笑：“枉我连澜清一生刚愎自负，自诩为国为族，却不知道屠戮我亲族的仇家另有其人，也不知道我一心效忠的君王对我只是欺瞒利用。”

“阿玄，我这半生，笑话一场！”

君玄心底亦是难受，却一句安慰的话都说不出口。

施家满门已殁，如今知道了真相还有什么意义呢？只会让活着的人生不如死罢了。

连澜清看着面前的墓碑，在君玄诧异的目光中缓缓跪下。

他的头磕在碑前，重重三声。

“弟子秦景，多谢老师十年栽培之恩。若来生有幸，与老师再逢战场，定堂堂正正与老师一战，绝不做背家国、弃恩义之人！”

连澜清的声音响彻在施家陵园，一只雄鹰绕墓而鸣，声声哀意，仿若施元朗的应答。

君玄别过头，不忍再看，却终究因连澜清这句迟了五年的话红了眼眶。

施老将军待秦景如子，当年带着对秦景的悲愤和失望战死，如今听了这席话，也不知能不能泉下有知，原谅连澜清。

“所有事都过去了，好的也罢坏的也罢，都过去了，这些话老将军听见了，你走吧，好好回王城照料连老夫人吧。”君玄叹了口气，转身欲走。

“阿玄。”连澜清的声音从她身后传来，带着莫名的沉痛，“秦景已死，你我婚约已尽，我耽误了你半生，寻个好人家，嫁了吧。”

他来军献城，除了在施元朗墓前说出当年隐情，便是为了对君玄说这句话。

墓园里因为连澜清的这句话陡然安静下来，君玄回过头看向墓前的青年，不知为何，望着那双眼，她突然有些晃神，想起了很多事来。

十来岁的两小无猜，少年时的并肩作战，情窦初开的终生相许，叛国叛家的怨愤仇恨，相还一命的生离死别。

她这一生，所有喜怒哀乐，全是面前这个人给予。

“说完了吗？”君玄突然看向连澜清开口道。

连澜清瞧见她眼底的怒意，不再出声。

君玄走到碑前，弯下身重新拿起了茶壶，她把给施元朗带来的温茶分了三杯出来，一杯递到施元朗碑前，一杯执手推向连澜清的方向，一杯握在了自己手里。

这一幕，恍若当年施家帅府，老元帅教导两人兵法时的情景。

“你欠我的，当年五里亭一剑已经还了。今日在这里，没有北秦统帅连澜清，也没有君家家主。”君玄望了一眼石碑，又看向连澜清，“你是秦景，我是君玄。”

连澜清眼底现出复杂之色，却终是接过了她手中的茶杯。

“秦景，今日有一桩事我要问你，你如实作答即可。”见连澜清接了杯，君玄正色道。

连澜清神色一怔，还未回过神，君玄的声音已经响起。

“秦景，我们当初许下婚约，时至今日，你可还愿意对我践行当日在施老将军和我父亲面前许下的承诺。”

连澜清猛地抬头，眼底露出不可置信的神情。

“阿玄！”

君玄对连澜清的震惊恍若未见，仍沉声开口。

“我君家儿女，从不行婆妈之事，我当年恨你叛国叛家、一心杀你是真，今日要嫁你为妻也是真。秦景，我这辈子就问你这么一次。”君玄看向连澜清，眼神真挚坚定，没有一丝动摇。

“我十五岁和你定下白头之约，今日，你可愿意在施老将军墓前履行承诺娶我为妻，如果你愿意，饮下这杯茶，我君玄便是你秦景的妻子。”

君玄墨黑的瞳中宛若生出一团烈火，连澜清看着她，发现自己哽咽难言到一句话都说不出来。这一世他连死都经历过了，还有什么好怕的呢?

许久，他嘶哑的声音才在墓园里响起。

“当年五里亭里，我濒死之际，唯觉此生遗憾便是未能正式娶你为妻。阿玄，能遇你知你爱你，是我秦景这辈子最大的福分!”

他话音落定，一口饮尽杯中茶，把君玄抱在了怀里。八尺男儿，铁血统帅，竟红了眼眶，就连抱住君玄的手都在微微颤抖。

君玄颤抖着把手中的茶饮尽，她望着施老将军的墓碑，泪如雨下。

老将军，我和秦景这一生永远都做不到当年您期许的琴瑟和鸣白头到老了，但能在您墓前结为夫妇，也算是圆了此生之诺。

君玄缓缓推开连澜清，把拇指上的扳指拿下来放在连澜清掌间。

“这是我君家印信，算是我的嫁妆，你收着，留个念想，等将来时候到了，送还君家吧。”

连澜清明白君玄话里的深意，他从挽袖中拿出一把铁匕首递到君玄面前，“阿玄，这不是连家的东西，是我当年在军献城的时候自己打造的。”

君玄点了点头，接过铁匕首。她看了连澜清一眼，后退一步。

“我们之间，所有的事都了了。”

“是。”连澜清握紧掌心的扳指，“所有的事都了了。”

恩怨情仇，爱恨纠葛，全都了了。

“你双手沾满了这座城的鲜血，今日之后，别再来了。”

“我们这辈子，不必再见了。”

“我会好好的，你保重。”

君玄转身，一步步往墓园外走。

“如果有来生……”她脚步微顿，似是回望连澜清的方向，又似是望向更遥远的地方，“我愿为你之妻，你记得早些找到我。”

君玄的声音消散在园中，却永远留在了连澜清心底。

他望着君玄的背影，看着她一点点消失在眼前。

那是他们此生，最后一次相见。

第一百零三章

连澜清来军献城的消息没有刻意隐瞒，他拜祭施家陵墓是件不大不小的事儿。虽北秦归降，到底曾是敌国统帅，手下的侍卫仍然尽忠职守地把消息送进了将军府。

施诤言听到侍卫来报时，神情很是有些恍惚。许久，才淡淡道了一句："知道了。"

作为施家仅剩的人，他到底知不知道北秦统帅连澜清就是他曾经的兄弟秦景，又知不知道当年施家和连家那一桩桩可悲的往事，再也没有人猜得到了。

他没有阻止连澜清拜祭施元朗，也没有阻拦他离城，此后许多年，亦没有在君玄面前提过连澜清或是秦景一句。

这一年冬雪飞舞的时候，他抱着一坛子烈酒，去了青南城。

距离当年那场沉默的屠杀已经过去很多年了，就连五年前那场大战的痕迹亦慢慢被岁月冲淡，城里的百姓们脸上洋溢着安宁和恬淡，一切都在时光中褪色，这座城池唯一没有改变的，是城外不远处那座巨大的坟冢和那一座铁血的孤坟。

白雪皑皑，天地一片寂寥。这是安宁战死后，施诤言第一次来这里。

他腰间别着一根染血的长鞭，冰天雪地里，尚带着人的余温。

"不是我不来，我只是不知道，该和你说什么。"施诤言坐在碑前，把墓碑上的积雪拂开，看着安宁的名字一点点露出来。

施诤言眼底露出一抹追忆，他看着墓碑："现在我来了，你一定知道，我有很多话要告诉你。”

他把酒坛拍开，香醇的酒味在冰雪中尤为浓烈。

一双修长素白的手接过酒坛，施元朗循着那手看去，整个人都愣住了。

那人把酒坛放在鼻尖闻了闻，挑了挑眉，爽朗地笑起来：“这是咱们十六岁的时候埋在山南城的那几坛酒吧。我自个酿的，一闻一个准。”

她仰头灌了一大口，烈酒溅落在衣袍上亦不顾，只畅快地道一声“好酒”，后一把把酒坛递到施诤言面前，“给你，免得我一口喝完了你又埋汰我！”

“安，安宁。”施诤言只是喊出这个名字，胸腔内便是一阵灼热的疼痛。

“哎，是我。”酒坛又被往前递了几分，安宁眨了眨眼，“你还喝不喝了，不喝我一个人全喝了啊。”

“喝，喝！”施诤言接过酒坛，大口入喉，饶是他的酒力，都被这坛子烈酒灌红了眼。

见施诤言被呛得差点冒了眼泪，安宁啧啧两声，又接过他手里的酒坛：“施小将军，你这酒量怎么不增反落，这点能耐可不像个沙场征战的大将军啊！”

“当年也就是你有胆子灌我的酒，这些年战乱不休，军中禁酒，我很久没这么喝过了。”一口酒下肚，施诤言绷紧的身体整个人都松了下来，他看向安宁笑道。

“那倒也是。”安宁挑了挑眉，往碑上一靠，懒懒散散的，抱着酒坛子说不出的惬意，“咱们这么久没见了，施小将军，你升官儿没有？俸禄长没长啊？”

“这还用说，当然升了。”施诤言的眉高高扬起，“我如今可是西北第一统帅，怎么样，给你长脸吧，将军。”

安宁一身混元功力得尽净玄国师真传，十三岁入伍，迎战北秦悍将数十场而不败，是大靖历史上最年轻的将军，比她皇兄还要早上几岁。当年施诤言虽比她大上两岁，军功却实打实的不如她，还在她帐下做过一年副将。施诤言哪里肯落这个面子，后来逢战必上，攒了一年的军功才和安宁平级。当年他晋升为将的圣旨传来时，不善饮酒的施少帅宴请军献城所有将领大醉三天三夜，还一时被传为佳话。

“长脸长脸，瞧把你给嘚瑟的，要是我啊，早八百年就成三军统帅了。本将军不在，倒让你小子捡了个漏，混成这出息模样了！”安宁在施诤言肩上砸了两拳，“来，大元帅，喝一口，今儿个本将军给你庆贺庆贺！”

施诤言一口饮下，半点不含糊，“自然要喝，我掌了帅印还没和人庆贺过呢，就等着和你喝这第一杯！”他见安宁又要接酒坛，手一缩不给她，突然有些贼兮兮的模样瞧着她。

“怎么，舍不得给我喝了？”安宁脸一板，凤眼一瞪，很是有些威严的样子。

“倒不是舍不得给你喝，我怎么记得当年有人答应过我一桩事呢。”

“什么事？”见施诤言笑而不语，安宁怒道，“有话快说，有屁快放，婆婆妈妈的像个娘们！”

“将军，咱能不能雅致一点儿。”施诤言像是被安宁这话给噎着了，“你好歹还是个公主呢。”

“公主又怎么样，能当饭吃，能当酒喝？”安宁不耐烦地摆摆手，“快说，过了这个村没这个店，现在不说你就一辈子都别说了。”

“哎哎，我说我说。”施诤言一听就急了，抱着酒坛子一下蹭到安宁面前，“你还记得咱们在牛邙山和北秦大战的那一次吗？咱们躲在山洞里逃命的时候，打过一个赌，你还记不记得？”

那一年安宁十六，施诤言十八。冬日漠北寒冷缺粮。北秦的一股盗匪突袭了山南城外牛邙山下的一个村落，抢走了村里所有粮食。施诤言刚升了将军，踌躇满志，他恰好去山南城换防，听闻此讯后热血地领着一支轻骑便追出了城。岂料抢劫村落的根本不是盗匪，而是北秦的正规骑兵，他们乔装打扮抢掠就是为了引山南城守将出城诛杀，求个战功。安宁本是为了贺他晋升，才特意从其他守城来此一聚，哪知途径城外牛邙山听闻山上两军交战，她直觉不对劲，急匆匆地领着近身护卫便上了山。一上山遇到重伤的大靖将士才知道是施诤言被困在了山里，她当机立断让贴身侍卫回城求援，自己一个人苦战了半日才找到重伤的施诤言。北秦铁骑围山死剿，势要活捉两人，安宁护着施诤言辗转小半日才找到一个隐蔽的山洞藏着，等着城里的副将增援。

那时候施诤言重伤，怕他熬不住，安宁一直和他说话打气，那个荒唐的赌约便是那时候立下的，哪知道这么多年了，施诤言竟然还记得，还是在这个地方这个时候提起来。

施诤言问起这个赌约的时候，眼睛晶亮亮的，瞧着这样的他，安宁突然笑了起来，“我自然记得。”

“你记得啊！”施诤言一下就腼腆起来，像是回到了那年少年时一般，眼底有说不出的高兴，“那时候我们两个打赌，我要是比你先当上西北统帅，执了帅印，你就嫁给我做我的媳妇儿……”他像是不敢确定一般，又问了一遍，“安宁，你当年说的，还算不算数啊？”

十七岁的少时赌约只是生死之时的一时激言，两个人心底其实都明白。所以从牛邙山活着下山后，这么多年从西北到皇城，从皇城到漠北，他们从来没有提起过这件往事。

“安宁，你当年说的，还算不算数啊？”

七年后，施诤言成了西北统帅，他在安宁墓前，问出了这句话。

安宁弯着眼看着青年统帅，她的眼望进了施诤言那双执着的瞳中，笑着回：“算数。”

苍山飞雪，寂寥无痕，整个世界只剩下安宁这句回答。

施诤言瞳中的颜色陡然化成了火焰，绚烂至极，他从袖中掏出帅印，放在安宁手里笑呵呵道：“安宁，给，拿着，我的聘礼，我带着呢，就等着问你咱们当年打的赌还算不算数。”

安宁望着手里帅印哭笑不得，立马便是当朝公主一品上将的模样：“你就这么把帅印给兜出来了，胡闹！”她摩挲着手中的帅印，弯着头看着笑得合不拢嘴的施诤言，突然轻声道：“万一我要是不记得了呢？你怎么办？再兜回去？”

“没事儿，我记得。”施诤言小心翼翼地把落在她发上的枯叶拂去，替她理好额间的碎发，认认真真回道，“你不作数了也没关系，我不娶你，我到你的公主府做驸马也成。”

施诤言的目光温柔宁和，安宁握着酒坛的手缓缓收紧，她一口烈酒饮进口中，把帅印放进怀里，“施元帅，你的聘礼我收了，赶明儿你跟朝廷说帅印丢了，让他们再给你铸一个送来。”

施诤言笑着点头，眼底说不出的高兴，“收了这帅印，你就是我媳妇儿了啊。哎哎哎，这酒我就带了这么一坛，给我留一口，好歹也算是交杯酒啊！”

安宁把酒坛扔给耍宝的施诤言，斜瞥了他一眼，懒洋洋问：“对了，你这元帅是谁封的啊？我那老父皇，还是……”

“先帝一年前驾崩，太子殿下已经登基继承大靖国祚了。”施诤言轻声回，看向安宁道。

安宁一怔，许久，叹了口气：“父皇他，去了啊。”她说这句话的时候望向帝都的方向，眼底拂过无数复杂的情绪，不甘，怨愤，孺慕，最后化为淡淡的思念。

“我小时候，他其实很疼我的。”她喃喃道，“他执着一世，希望他走的时候，一切都放下了。”

“先皇走的时候，是陛下守在先皇榻前，想必先王所执着的，也已经放下了。”

安宁点点头，忽而问道：“皇兄继承了皇位，帝家呢？梓元呢？他们如何了？”

“帝小姐寻到了亲弟温朔，她把靖安侯之位传给了他。陛下登基后已经颁下圣旨，欲立帝小姐为皇后。”施诤言耐心地开口，把安宁关心的所有事一桩桩地告诉她。

“温朔就是烬言啊，梓元她要做皇后了吗？太好了。”安宁眼底隐有泪光，却带着满满的笑意，“真的太好了。”

她又饮了一口，怀中酒坛已空，她看向施诤言，“酒喝完啦，我要走了。”

施诤言没有说话，却轻轻地点了点头。

“咱们那一年在山南城酿了不少酒吧？”

“嗯。”

“下次来看我，再给我带一坛吧。”

“我知道你喜欢喝，我又酿了很多，下次我带给你。”

“我知道你肯来见我，一定是所有事都圆满了。皇兄和梓元过得好，我就放心了。”

“我知道，我知道你一直在等我来。”

“诤言，这辈子能遇上你，真好。”

“我也是。”

醉意袭来，施诤言缓缓闭上眼，他眼底，安宁笑着望着他，穿着一身银白的战甲。

那是五年前，在临关分别的时候，安宁穿的那身战甲。

世界渐渐安静下来，墓碑前，酒坛落地，醇香的烈酒洒了满地。

许久，施诤言重新睁开眼，飞鸟绝迹，这石碑前，仍旧只有他一人。

那方帅印安静地放在刻着安宁之名的墓前，仿佛镌着大靖公主最明媚的笑颜。

施诤言起身，朝来时路而去。

他想，他这辈子遇到安宁，不悔无怨。

如此一生，足矣。

第一百零四章

大漠孤烟，漠北冰雪，江南烟雨，帝梓元陪着洛铭西几乎走遍了大靖的国土。他们少时为帝家，入朝堂后为百姓，细数下来，两人虽尊临天下，却从未像现在这般去看过他们脚下的一方国土。

前两个月洛铭西还能和帝梓元邀山赏月品茶论琴，到最后半个月时，每日里他有一半时间都在昏迷，醒来时也只能虚弱地躺在马车上透过车窗看窗外的风景。

他醒着的时候每一次睁眼，身边都是帝梓元。他昏迷的时候，却没瞧见帝梓元越来越黯淡的眼。

直到有一天，他按住帝梓元为他服参片的手，虚弱却坚定地开口："梓元，放弃吧。"

帝梓元的手一顿，眼垂下，却没有出声。

"天下这么大，找不到那位灵兆师父或许就是我的天命。"他在帝梓元肩上拍了拍，就像小时候每一次她受了委屈安抚她时一样，洛铭西眼底有着坦然面对死亡的释怀，"我们回晋南吧，我想再尝一尝母亲做的折云糕。"

洛铭西如今的精神，即便是说这样简单的几句话也耗尽了心力。他的手从帝梓元肩上落下，在半空中被帝梓元稳稳握住。

"好。"她拽紧洛铭西的手，迎上他缓缓合上的眼，低声答应了他，"铭西，我带你回晋南"。

这一日后，洛铭西便一直昏迷着，极少有醒来的时候。帝梓元沉默地守在他身边，给他念一些杂书古籍，没人知道昏迷的洛铭西听不听得见，但帝梓元日夜守在他身旁，片刻也不敢离去。

一路舟车劳顿，马车驶进帝北城时洛铭西竟然清醒过来，他看着巍峨的城墙，眼底露出怀念。

这一日，离净玄为他们许下的三月之期，只剩一日。

洛老将军夫妇和洛银辉早早便得了消息，在洛府大门口翘首以盼，见马车抵达，洛铭西才露了个脸，洛银辉就已经沉不住气地跑到车辕边握住了他的手。

"大哥！"洛银辉才唤了一声，大颗的泪珠就积聚在眼眶里要掉下来。

洛铭西在她头上拍了拍，笑道："都是大姑娘了，还跟个小丫头一样。"他就着洛银辉的手下了马车，走到洛府门前，对着久候的父母拜下。

"见过父亲、母亲。"洛老夫人一把扶起他，红了眼眶，嘴唇抖了抖说不出话来。

帝梓元跟着洛铭西从马车上下来，沉默地立在一旁，她看着洛家老小悲切的模样，愧疚得不知该说什么。

为了帝家，洛铭西离家入京一走六载，洛家一门对帝家忠心耿耿，却因为帝家落个白发人送黑发人的光景，帝梓元如何不愧对洛老将军和洛老夫人。

"回来就好。"见妻女这般模样，洛老将军哑着声开了口，他朝帝梓元弯腰行礼，"老臣见过摄政王。"

洛老将军的腰还未弯下，便被帝梓元扶起，"老将军，不可，梓元受不起。"

见她眼底满是愧疚，洛老将军敛了眼底的哀意，朝一旁的洛铭西看去："回来了就好，你娘给你做了一大桌子菜，进去吧。"他说着拍了拍帝梓元的手，笑道："丫头，你洛伯母一清早起来给你蒸了你最爱吃的折云糕，一起进来吧。"

"是，父亲。"洛铭西点点头，看向帝梓元。

帝梓元颔首，走到他身旁和他一起扶着洛老夫人进了洛府。

阖家团圆的时间总是过得特别快，好像只是一眨眼的工夫，月亮就升上了帝北城。

洛铭西晌午的时候便有些昏昏沉沉了，洛老夫人看得悲切，眼泪止不住地流，被洛老将军搀扶着回了后院。洛银辉一直守在洛铭西身旁，握着他的手叽叽喳喳地说着话，生怕她兄长闭上了眼就不再醒来。帝梓元守在洛铭西身旁发呆，一只手始终探着他的脉门。

“梓元。”洛铭西不知什么时候睁开了眼，唤了一声帝梓元。

帝梓元见他脸色突然恢复了红润，脉门处探着却比之前更虚弱，陡然明白了什么。

洛铭西回光返照，大限将至。

她轻轻吸了一口气，不让自己的情绪显露出来，把耳朵凑近了洛铭西嘴边，“铭西，我在。”

“还记得帝家老宅后的那片长思花海吗？”

“记得。”

“你喜欢长思花，帝伯母花了好长时间才栽了那一片出来。你小时候，我总是带着你和烬言在那里玩。”

“我记得。”

“咱们再去看看长思花……”洛铭西说还没说完，眼就缓缓合上，手失了力气朝地上落去。

帝梓元一把握住他的手，眼底的悲意再也忍不住。

“好，我带你去，铭西，你坚持住，我带你去看长思花。”

她把洛铭西背在背上，什么都顾不得交代，凌空而起朝帝府而去。

洛银辉见洛铭西虚弱成这样，担心得起身就要追，却被一直远远守在洛铭西身旁的心雨拉住了。

“二小姐，让公子去吧。”她眼底满是泪水，“能在小姐身边走，是公子唯一的念想了。”

洛银辉听懂了心雨话里的深意，少女的眼猛地睁大，怔怔看着洛铭西和帝梓元消失的方向，像是明白了什么一般蹲在地上号啕大哭起来。

帝家旧宅自十七年前那一场屠杀后就再也没有人住过了。这么多年，空寂代替了繁华，岁月洗净了荣耀，年年岁岁的荒芜下，只有帝府后院那一片长思花海，始终盛开着。

“铭西，你看，娘亲栽的长思花，它们还在呢，跟咱们小时候一模一样。”

帝梓元坐在帝家后院的长廊下，洛铭西坐在她身旁，脸上还是在洛府时那副红润的样子，他看着眼前的长思花海，嘴角微微扬起。

“是啊，还是咱们小时候的样子呢。这么多年过去了一点都没变呢。梓元……”

“嗯?”

洛铭西从腰上解下那方龙凤玉佩放在帝梓元手里，“这是当年老侯爷送给我的，我一直带在身边，我把你和银辉一样当妹妹疼。我没什么念想留给你，这方玉佩你拿着，以后要是想我了，就拿出来看看。”

“铭西……”帝梓元声音哽咽，说不出话来。

洛铭西替她收拢握着玉佩的手，一点点朝她肩上靠去。

“长思花海，真好看啊。”他抬头望向长思花海的方向，缓缓闭上了眼，“要是我们能一直在这里长大，该有多好。”

洛铭西的声音一点点低下去，直至终不可闻。

帝梓元握着他的手，一直没有松开。

他们手心交握的地方，放着那块帝永宁二十五年前交到洛铭西手中的龙凤玉佩。

“洛家小子，以后梓元就交给你啦，你可要好好保护她，记住了吗?”

靖安侯帝永宁不知道，他的一句无心之语，晋南洛家的那个少年，记了二十五年。

草长莺飞，烟花三月，又是一年。大靖宣宇帝继位登基一晃就到了第二个年头。

韩烨是个比他父亲嘉宁帝更勤勉的皇帝，他自登基以来勤于朝政，内整朝纲选贤任能，外用柔和之政善待北秦归顺的十八郡，妥善安排北秦皇室、安抚北秦子民，又布重兵于东骞国界，震慑他国。自嘉宁一朝后，大靖的国威在宣宇帝手中几乎达到了和太祖比肩的程度。

嘉宁帝耗费一生培养的嫡子，确实是大靖的中兴之主。

宣宇帝的仁德贤政同样泽被晋南的子民。这一年，当朝天子的政绩佳谈如雪花一般有意无意地飘进了帝北城，可得到的回音总是一片沉寂。

京城的暗探来了一波又一波，却从来没有寻到他们需要的消息。

帝都皇城里的那一位，也在这一日日的等待里孤寂而过。

转眼又是涪陵山春狩的日子，当今天子少时便喜狩猎，登基后亦每年亲临涪陵山春宴。为了能在春狩上崭露头角，夺得天子青睐，京城各府的少年郎们个个卯足了劲儿准备，三个月前京城里好的狩猎师傅就已经千金难求。不过除了这些志气如鸿的少年们，各府各族待嫁的贵女们心思也不浅。

摄政王离京巡视西北已经一年之久，虽然天子和靖安侯府都一副岿然不动的模样，可后宫至今空悬，偌大个朝堂自然会有耐不住的人。摄政王迟迟未归，诸多猜测虽不敢摆在明面儿上，可私底下的流言蜚语却是禁不了，更有甚者传摄政王早些年领兵伤了身体，这一年出京是去养病去了，连皇后之位都弃之不顾，怕是摄政王不久于人世或是早就辞世了。

流言传得多了，三人成虎，大靖的氏族朝臣们自然就有了想法，即便做不了皇后，天子正当壮年，只要能入后宫先诞下个一儿半女，将来必贵不可言。抱着这么个心思，这次天子参加的春狩，就成了各族各府贵女们眼中一跃龙门的好机会。毫不夸张地说，这次涪陵山春狩，大靖百官氏族三品以上府中正当年的女郎们，尽皆参宴，甚至民间还有赌坊开出了盘口，赌哪家贵女能被天子看中成为后宫第一个后妃。民间百姓对待天子大婚的热情，丝毫不亚于数年前的太子择妃。

当吉利绘声绘色地在练武场把帝都的这些传言禀告韩烨的时候，小心翼翼地问了句："陛下，流言日渐不成体统，靖安侯着奴才来问问，可要禁一禁？"

天子手持弯弓，拉至满月，眯眼望向十步外的靶心，手都没停，"不用。"

得到了和心中完全不一样的答案，吉利一愣，但还是迅速恭顺地点头，"是。陛下，刚刚内务府张大人来报，说明日参宴的女眷实在太多，求问陛下是不是能适当改一改参宴的规矩，让二品以上朝臣的女眷参宴。"

韩烨拉弓的手一顿，瞥向一旁的大内总管，"怎么，朕的涪陵山摆不下这些女眷？"

"能，涪陵山千里沃野，自然能摆的下各府贵女。"吉利被韩烨这么一望，冷汗都冒了出来。

陛下临朝才一年，这威严是越发重了。满朝文武，也就左相和靖安侯能在陛下面前谈笑如常。

"三品朝臣的家眷参宴是太祖定下的规矩，何必为朕改了规矩。"韩烨重新瞄准靶心。

"陛下，张大人还问了……"吉利想着那一张老脸愁成了菊花的内务府总管，视死如归地开了口，"有好几家侯府的品阶一样，几位老侯爷为了把自家的贵女安排在最靠近陛下御台的大帐，都快打起来了，他一个都不敢得罪，让奴才来问问怎么安排才妥当？"

"怎么安排才妥当？这么点小事也值得你来问朕？还是连你也以为朕会看中哪家贵

女，迎进宫中为妃，这才帮那群老家伙上赶着来套朕的口风？”

韩烨话音落定，一箭射出，直中靶心。

“陛下，奴才不敢！奴才冤枉啊！就算借奴才一百个胆子，奴才也不敢替别人撬摄政王殿下的墙脚啊！”吉利骇得脸色一变，急忙跪下请罪。

四周侍卫瞧得韩烨这一箭射得精彩，一阵喝彩声响起。他们看到大内总管突然脸色发白地跪下，不敢再喝彩，纷纷低头假装什么都没瞧见。

吉利有口难辩，换自个儿一张脸皱成菊花了。要不是内务府总管自小对他有些恩情，他吃饱了撑着来多嘴问陛下这几句，谁不知道这一年只要有人在陛下面前问起摄政王何时归朝，那人两三个月的冷板凳定是少不了的。

“起来吧。”韩烨把弯弓朝吉利扔去，“在朕面前做什么戏，朕知道你和张晋有些交情，传朕的话，既然他这个内务府总管不知道怎么安排，这差事也别领了，明日的春狩，交给靖安侯府去操办。”

韩烨弹了弹袖摆，回上书阁批阅奏折去了，留下抱着弯弓心情十分凌乱的大内总管。

我的陛下哟，你到底想些什么？

不禁止那些对摄政王的流言蜚语，也不减少入涪陵山的各府贵女，却偏偏把这次春狩交给靖安侯爷来操办，您这不是硌硬侯爷呢您？

第二日，春光明媚，光照万里。春狩在涪陵山如期举行，因今年参加春狩的贵女格外多，御台下的大帐排了半里之远。昨日天子把春狩的操办事宜交给靖安侯府后，为了自家贵女的位置闹腾了半个月的诸侯大臣们终于歇了下来，满京城的人都等着今日靖安侯会怎么安排各家府上那些娇娇俏俏的贵女们。

靖安侯爷也真是个妙人，他请了宫里几位公主出席，让公主按年岁大小各占一帐，抄录了出生一品世家的贵女名册一份，让各位公主挑选相熟的玩伴相伴，这样一来出生一品氏族的贵女们便伴在几位公主身旁，虽说谁都占不了头筹，但谁也没吃了亏。按照惯例，百官贵女所待的大帐是一直要拉着纱帘的，公主因身份高贵，可以启帐观看春狩，这样一来公主帐里的贵女们自然能在天子眼底落个眼缘。讲真，若不是靖安侯爷至今还带着一顶有些虚的国舅爷帽子，这些把贵女送进春狩宴的一品公侯世家们简直是欠了他一份大人情。

艳阳高照，春狩宴已经如火如荼地开始了，各家儿郎们早早入了围场狩猎。春狩宴历来都是年轻朝臣出席，鲜少有老臣参加，这次也不知怎的，魏相爷竟邀了礼部和户部两位尚书一起来踏春，魏相德高望重，龚季柘和钱广进自是欣然应邀而来。

此时韩烨高坐御台，身旁一左一右便坐着魏相和帝烬言，龚季柘和钱广进略居其下。

望着各家少年子弟踏马挽弓绝尘而去，钱广进感慨一声，道："臣还记得侯爷当年尚未到束发年岁，便能在这春狩宴上独占鳌头，不愧是陛下和魏相亲手教出来的高徒，咱们大靖哪家府上的子弟能赶上侯爷您当年的风采！"

钱广进堪堪四十便稳居户部尚书不是没有理由的，他这一句就把御台上三个人都夸得熨熨帖帖的。龚季柘当了一辈子老学究，和钱广进这个钱篓子，倒颇有几分忘年交的情谊。

"钱大人过奖了，我看今日来的都是各家优秀子弟，狩猎结束时未必会比本侯当年差。"帝烬言笑道，他这几年在沙场和朝堂中历练，养成了一副内敛谦和的性子，早非当年张牙舞爪闹腾得满京城热闹的温朔公子了。

"你这皮猴子，倒学会谦虚了。"韩烨朝帝烬言似笑非笑看了一眼，发自肺腑地感慨了一句。他一手把帝烬言教养长大，自是知道温朔年少时是何等心气，恨不得天老大他老二，地都要被他踩在地上跺几脚才甘心。

"陛下，人总是要长进的，您都从东宫挪到皇宫成为天下之主了，我若还是当年那副样子，岂不是一辈子只能做个东宫侍读啊。"

"侯爷！不可妄言！"龚季柘一听这话，眉头皱起就要长篇累牍地说教。

韩烨却大笑出声，摆摆手道："刚刚还说你消停了，一句话就露了馅。龚卿，无妨，他平时在朝堂上憋坏了，今日春狩宴，百无禁忌。"

韩烨一句话，龚季柘就闭了口。钱广进朝他挤挤眼，做了个闭上嘴的搞怪表情，气得老学究吹胡子瞪眼。

"少年人就是好啊，有朝气。"魏相在一旁摸着胡子笑道。正在这时号角吹响，远处一阵马蹄奔腾声传来，春狩的少年们提着猎物踏马而归，朝气蓬勃。老相爷感慨道："不错不错，个个精神气儿都好，这可都是咱们大靖未来的栋梁！"

少年们一个接一个回到御台前的空地上，在马上向天子行礼后才把猎物扔到一旁的鉴官手中，御台前鉴官响亮的声音传遍大帐四周。

“昭伯侯府郑显公子，鹰一只、兔两只、狐三只！”

“镇东侯府王德公子，兔一只、野猪两只、狐一只！”

……

“好！”随着鉴官一句句落下，周围的侍卫少年们一阵阵叫好，连御台上的魏相等人也是连连点头。

御台上天子爽朗的笑声不时传到公主的大帐里来，为首的大帐自然是韶华公主所有。这位公主年少时极爱举办皇家宴席，也是个笑傲皇城的主儿，几年前先帝重病后摄政王临朝，她便收了棱角安安分分待在皇宫里。一年前太子登基后她招了临远侯府的三公子为驸马，出宫建了公主府，这一年已经很少出来走动了，也不知怎的靖安侯爷竟能请动她出来参加春狩宴。

其他几位公主早就启了纱帐，里面的光景一览无余，各家的贵女们坐得娇娇俏俏的，独一道风景，唯有最邻近御台的韶华公主的大帐还遮得严严实实。她帐里的贵女们急得不行，却又不敢逆了公主的意。

“公主，您看，他们都狩猎回来了呢，咱们打开纱帐瞧瞧呗，看看是哪家府上的少爷拔了头筹。”景阳公的幼女到底没能沉住气，娇羞地开了口。

她一开了头，剩下几个贵女也纷纷搭腔。

韶华看着身旁这几个眼底满是期盼的小贵女，无声叹了口气。

年轻就是好啊，不仅一腔情思，还无知无畏。

“碧灵，启帐。”韶华摆摆手，终于开了口。

纱帐打开，这顶最靠近御台的公主帐内顿时一览无余，能在韶华帐里的小贵女们都是一品公侯府里出来的，自然都不是笨人，虽然娇羞，但更知道这时候越是镇定自若，越能得了天子青睐。

“公主，刚刚听那鉴官报来，各府的公子们都是满载而归，看来是难以挑选那第一之人了。”赵家小姐笑道，倒是个爽朗的性子。

韶华点点头，瞧了一眼帐外空地上的少年子弟，感慨道：“他们虽也优秀，但到底不及当年的温朔，当年春狩宴连续三年的头筹都是他拿下的，那时候他尚不足十五岁。”

温朔这个名字放在几年前能让整个京城的贵女们趋之若鹜，放在如今几个小贵女们想了想才反应过来韶华口中的温朔，便是如今的靖安侯。

一个年岁尚小的贵女天真浪漫，脱口便出：“臣女想起来了，靖安侯爷拔得头筹的最后一年春狩上，摄政王殿下也参加了呢，听说她一箭三雕，技惊四座，还把那猎物送给陛下了！”

这小贵女一声娇答，倒让公主帐里一下安静下来。众人没瞧到公主身旁立着的侍女碧灵似是想起了什么，生生打了个抖。

见韶华淡了神情，钟家小姐听说过韶华曾和帝梓元有些过节，笑着讨好道：“哪里那么夸张呢，一箭三雕怕是咱们大靖最好的弓箭手都难做到吧，想必是以讹传讹，把摄政王传得离奇罢了。”

这帐中小姐都不过十四五岁，帝梓元七年前入京，这些小贵女们还是些小娃娃，自是把帝梓元的事儿当成了奇闻异事来听，觉得钟家小姐说得合理。

“她没有说错，当年春狩宴上，帝梓元的确一箭三雕，技惊四座。”韶华缓缓开口，扫了帐内的小贵女们一眼，“皇兄也确实受了她的礼。那番景象至今想来，本宫都觉得颇为传奇。”

帐内的贵女们都是抱着别样的心思来参加春狩宴的，韶华公主这么一句话，让听出了其中深意的贵女们脸色变了变，不敢再提帝梓元的事儿。

本以为摄政王远走帝都这么久，早已淡了声望，想不到就连脾气如此硬的韶华公主都这般感叹其风华，那个让当今陛下空悬后位至今的帝梓元，究竟是个什么样的人物?

帐外鉴官的声音收了尾，朝韩烨行礼后退至一旁。

魏相有些犯愁道：“陛下，这安平侯府家的小公子和宋尚书府上的二公子箭术马术都是一等，狩的猎物老臣看也差不多，您要如何择出第一啊?”

涪陵山春狩宴的头名历来都可得到天子的御笔和御赐之酒，是莫大的荣耀，更可以在韩烨面前混个脸熟，自是人人都想得。

一听魏谏这话，空地上的少年们俱把目光落在安平侯府家的小公子梁正和宋尚书的二公子宋竹身上，两位少年神色紧张，屏住呼吸望着御台上的天子。

“你二人都很不错。”韩烨朝两人看去笑道。

两人立马上前一步下跪同声回道：“多谢陛下赞赏。”

韩烨摆了摆手，一旁的吉利捧着托盘走上前来，盘上置着一卷纸和一壶酒。

韩烨起身，走到御台前，拿起盘中御酒，扬声道：“今日的春狩宴让朕很欣慰，你们虽居帝都高府，但个个武技精湛，说明你们并没有耽于享乐，荒废技艺，我大靖有诸多良才，是朕之幸。还望你们日后亦能时刻保持勤勉，将来入朝参政，报效国家！”

“是，陛下！”御台下的少年们听得热血沸腾，个个恨不得立马投身朝廷报效家国，做一番功业出来。

微信扫码
听独家番外音频

大帐内各府的贵女们遥遥望着韩烨君临天下又俊美无俦的模样，一个个昂头望着心生向往脸面泛红，只望天子能垂一垂眼瞧一瞧她们。

“宋竹、梁正，你二人技艺相当，朕的朝堂绝非容不下两人魁首的朝堂，今天你二人皆是这春狩宴的第一名，朕的御酒，你们二人都有资格喝！”

“谢陛下隆恩！”宋竹梁正听见韩烨的话，脸上俱是闪过惊喜，两相对望眼底都生出了惺惺相惜的之感来，两人起身之时还互相扶了对方一把，这一动作落在韩烨和魏相等人眼底，对这两人的品性更是赞赏。

“你二人上前来！”

韩烨一摆手，一旁的小侍立马举着托盘端着两个杯子走过来，韩烨拿起酒壶，正要倒酒入杯，恰在此时，一道长啸响起。

那长啸清丽蔚然，一声连着一声，韩烨倒酒的手顿住，眼陡然深沉下来。

他身后的帝烬言猛地起身连走两三步望向长啸声传来的方向，脸上露出了难以置信的惊喜之色。

“陛下，那是，那是……”他喃喃开口，却始终不敢确定。

众人循着韩烨和帝烬言的目光望去，只见一匹骏马正从围场之外奔来，握着缰绳绝尘而来的，是一个红衣女子。

那女子一身晋衣，遥遥相望，便极尽风流雅贵之态。

御台上的魏相和龚季柘望见来人脸上露出惊喜和意外之色，钱广进咧着嘴笑得合不拢嘴。

韩烨抬首望去，从没有人在他脸上看见过那样的神情，期盼、喜悦、意外，甚至眼神深处还带了一抹不易察觉的惊惶。

韶华公主帐内，侍女碧灵惊呼一声，不敢相信地捂住了嘴。韶华望着来人坐直了身子，慵懒的神态不在，轻轻叹了口气。

终于回来了啊。

围场入口的侍卫看到有人闯进，刚举着长矛要拦，便被一旁的侍卫长一剑挥下，侍卫长连拉带踹，在侍卫们惊讶的目光里为来人清了一条极宽阔的路来。

骏马越过入口，疾奔数步后晋衣女子猛拉缰绳，在众人讶异的目光中停在了离御台数十步之遥的地方。马蹄踏飞，卷起一片尘土。

那女子望向御台的方向，微微勾起了唇角，却突然挽起身后弓箭，转身朝围场外奔去。

恰此时，空中雁过鸣叫，马上女子连奔百步，头微扬拉弓成满月，一箭射向天际，长箭裘着如虹气势穿透三只大雁落向地面。

围场之内看到如此神乎其技的射技连声惊呼，不少少年郎想起当年帝都春狩宴的那场传奇，突然明白这晋衣女子是谁，脸上俱都露出激动和崇敬之意来。

晋衣女子伸手接住垂落的大雁，提缰回身重向围场而来。

她越过入口，越过坐满贵女的大帐，越过齐齐为她让开路的百家少年郎，停在了御台之前。

灼日下，如火的晋衣衬得她眉宇傲然，睥睨之间，仿若君临天下。

恰在此时，她身下烈马嘶鸣，她微动缰绳，踏马又前两步，停在天子身前，与他同高。

她随手一挥，将手中的一箭三雕扔在一旁鉴官怀里。

“给本王点!”

鉴官自然识的来人是谁，怔了一下喊道：“摄政王殿下，一箭三雕!”

“可能拔得头筹?”晋衣女子扬了扬眉，声音若有慵懒。她这一声问时，看向的是面前半尺之距的天子。

“能。”嘶哑暗沉的声音在御台上响起，韩烨堪堪说出这一个字，眼底浓烈的情绪几欲溢目而出。

晋衣女子取过韩烨手中酒壶，头微扬饮下一口，“好酒！不愧是陛下亲自赐的！”

她手持酒壶微微抱拳，朝着韩烨的方向行下臣礼。

帝梓元迎上韩烨如墨的眼，笑意焕然。

逆光下，她这一笑，仿若盛世之颜。

“晋南帝梓元，见过陛下。”

半个月后，大靖天子国婚，宣宇帝遵太祖遗旨，迎晋南帝家女梓元为大靖皇后。

上承于天，斯得重任。

二十三年前太祖那一句评断，道尽了帝梓元波澜壮阔的一生。

—— 正文完 ——

微信扫码
听独家番外音频

图书在版编目(CIP)数据
帝皇书. Ⅱ：全二册 / 星零著.
—武汉：长江出版社，2017.5
ISBN 978-7-5492-5125-4
Ⅰ. ①帝… Ⅱ. ①星… Ⅲ. ①长篇小说—中国—当代 Ⅳ. ①I247.5
中国版本图书馆 CIP 数据核字(2017)第 132375 号

帝皇书. Ⅱ：全二册 / 星零 著

出　　版	长江出版社 （武汉市解放大道 1863 号　邮政编码：430010）
选题策划	长江出版社青春动漫编辑室
市场发行	长江出版社发行部
网　　址	http://www.cjpress.com.cn
责任编辑	陈　辉
装帧设计	汪　雪　李　婕
封面题字	刘　锋
封面绘画	鹿　菏
印　　刷	中印南方印刷有限公司
版　　次	2017 年 5 月第 1 版
印　　次	2017 年 8 月第 1 次印刷
开　　本	710mm×1000mm　1/16
印　　张	36.25
字　　数	720 千字
书　　号	ISBN 978-7-5492-5125-4
定　　价	68.00 元（全二册）

星零 著

长江出版社

韩烨和帝梓元大婚的那一日，帝盛天提着几坛子桃花酒去了苍山。

苍山之下，一千二百三十一阶石梯，这一次帝盛天是一步一步走上去的。

苍山顶峰，枫林遍染，开国帝王的陵墓依然桀骜而孤寂。

她走到墓旁坐下，靠着韩子安的墓碑，揭开了桃花酒的酒封。

她饮了一口，把酒坛在碑上碰了碰，“我去年酿的，比以前的都好喝，你尝尝。”

帝盛天说着，把酒洒在墓前。

“子安，梓元和韩烨今日成婚了。”她顾自说着，眼底带着欣慰，“你当年那道圣旨，还真是把两个孩子凑成了一对儿，就是太曲折了。”她一边说着一边摇头感慨，“这都多少年了，我还记得那年在苍城遇到你……”

帝盛天望向晋南中原分界的方向，眼底现出一抹追忆。

她和韩子安的故事，要从三十多年前说起。

三十五年前。

云夏之上群雄逐鹿，英雄辈出，以北方世族之首韩家韩子安为甚，隐有一统北方广袤之地的大势。天下一众豪杰

中，十五岁之龄三退水寇守护南疆安宁的晋南帝家世女帝盛天横空出世，短短三载，名闻天下。

因群雄混战中原，尚无一家能驱兵晋南，虽帝盛天名传天下，却无人得见此女之容。

只是有人笑言，能担此名者，天下少有，想来定是不凡。

苍城地处晋南中原交界之地，古来便是兵家必争之地。自云夏大乱后，庄家霸占此城已有十来年。此城为缓冲之处，南北群雄轻易不犯，是以保得安宁。

三日后是庄家三少成亲的吉日，这位嫡出的小少爷庄锦是老城主庄湖五十上下才得的幼子，平日里疼得如珠如宝，年十七，今日的婚礼隆重而热闹，老城主广邀南北群雄，大摆筵席三日。

新娘子叶诗澜出自苍城寒户叶家，门第虽不富贵，在附近几城里却有些名声。这姑娘刚满十五，生得清雅秀丽，懂些文墨，隐有几首诗画流出，得了不少赞赏。听说新娘子的兄长叶丛和庄锦有些交情，一次庄锦登门拜访，偶见叶诗澜，一见钟情，不顾门第之别，硬是闹着上门求娶。庄湖老来得子，见叶诗澜出身还将就得去，便无奈答应了这门婚事。叶家从天而降一门贵亲，自此飞黄腾达，自然没有不应的理。

三月时间，定亲下聘成婚一气呵成，转眼便近了大婚之日。庄湖早发请帖，因苍城地势得利，不少雄踞一方的豪杰少不得要走上一遭，是以这几日城中热闹非凡，敢横着走路的生面孔更是不少，连带着城里头的客栈也人满为患，千金难求。

海蜃居是苍城头号客栈，相较于其他客栈的鱼龙混杂，此楼位于城南，格外清幽雅静。无数搬着银子举着世家旗号的马车在门前车水马龙，都只被一句“早在月前就被人定下了”的话给打发了。不少人费了老大气力也寻不出哪家如此阔绰，便一日日等着那摆阔的大爷出现，哪知临近大婚，却无人出现在大门处，让人好生失望。

韩子安在院子里练了半个时辰的剑后去了二楼临窗处小憩。

他如今权握北方近半之地，一个苍城幼子的婚事无需他亲临，只是苍城这一城生生将南北两方隔绝百年，他对中原以南之处有些好奇。近来无兵事，他便易装前来，以他如今的身份，终究有些冒险，他便混在了送礼的队伍里，并未告知庄家。

此处是海蜃居后堂二楼，不比闹市，临的只一僻静小街，街上青松直挺，景致不错，颇为怡人。韩子安本不是个附庸风雅的人，坐在此处也生了抿茶闲坐之心。

一个二十多岁身材清瘦面容阴柔的青年立在韩子安身后，见他神情缓和，悄悄吐了口气，眼底有些喜色。

这是他头一次为主子办事，幸得未坏了夫人的好意。

他名唤赵福，云夏大乱后自前朝宫中流亡而出，被韩家主母救下，安排在大少爷身边为奴。因他谨小慎微，在宫中耳濡目染，善外事，主母对他高看一眼，便逐渐将各府迎来送往之事交他安排。这次本是寻常送礼，哪知一直驻守将营的主子竟生了来苍城的心思，才让这次差事变得烫手又重要起来。

这是一次机会，若得了主子青睐，日后前途不可限量。赵福虽是个阉人，却也有些壮志。

他暗自心喜之际，窗外陡然响起一阵怒骂，在宁静的街道上格外刺耳。赵福端着茶壶的手一抖，忙不迭朝下望去。

小巷尽头一户人家的门从里头打开，一个少年被家丁强行推搡出来，摔倒在地。家丁们盯着少年的眼底满是不屑，面上有些嘲讽。少年几次想从地上站起来，皆被家丁踹倒在地。

一个二十几岁的年轻人从门里大模大样走出来，身着锦缎，瞧上去斯文，面容却是十足的傲慢。他看着地上的少年，手中折扇一合，倨傲道："宁子谦，你别给脸不要脸，也不看看自己的德性，居然还敢登我叶家的门。"

叶丛手一挥，一旁的下人忙不迭递上一个布包，他往地上扔去。布包散开，几个银踝子滚到少年身边。

"这些银子够你再娶一门亲了，也免得你砸锅卖铁去讨媳妇。若再敢生非分之想，别怪我不念往日之情。"叶丛说着一拂袖摆就要进门，却被人突地唤住。

"叶丛，何为非分之想！半年前我已向你叶府递了婚书，你叶府也应了我和诗澜的婚事，如今怎能将她另行婚配！"少年清越的声音在叶府门前响起，虽是气急，却也有理有据。

海蜃居上的韩子安原本只是一场看戏的心，此时倒有点意外。偌大个苍城，这几日有婚事又姓叶，倒也只有一家，想来便是庄家定下的姻亲。

但比起叶家，那有着清越儒雅之声的少年更惹得他好奇。

赵福见韩子安眼底来了兴致，心底一宽，上前添了热茶，立在一旁也看起好戏来。

叶丛显是被抓住痛脚，他朝大门四下看了一眼，见空荡荡的无人，眉头紧皱朝那少年喝去："什么婚书，只是你这小儿随便写的一纸书信罢了！"他说着从袖中掏出一张薄纸，

夹在指间晃悠，“虽是写了几句议亲的话，你当初连姓也不曾写上，只留了个名讳，我父亲不过是受你诓骗，随意应了几句，谈何定亲！”

叶丛说着拿出个火折子将手中的信函点燃，少年刚要朝前扑，便被家丁拦住了。

待那信函被烧得只剩片缕，叶丛才洋洋得意朝少年一指，“如今你肯死心了？快些拿着银子走人……”

“我要见诗澜。”少年抬首朝叶丛望去，声音格外坚定，“叶家和庄家的婚事是叶伯父定的，诗澜定不会答应。”

叶丛瞅了少年一会儿，笑得格外高深莫测，展开扇子摇了摇，“宁子谦，你一介无亲无故的寒门子弟，凭什么和庄家嫡子争婚？诗澜就是眼睛瞎了，也知道该怎么选。如今可是乱世，难道她要跟着你落魄一生？原先我爹看你有几分才华，收留你在叶家，哪晓得过了半年你回来还是这么一副寒碜模样。实话告诉你，这门婚事是诗澜自己应下的，你早早离去，莫再上门自讨无趣！”

少年身子一僵，出口的声音不可置信：“不可能，诗澜怎么会嫁给庄锦，她亲口告诉我会等我回来……”

叶丛叱一声，眼底露出几许轻蔑，懒得再理这少年，挥手：“把他架走，免得在这撒泼，败坏我叶家名声！”

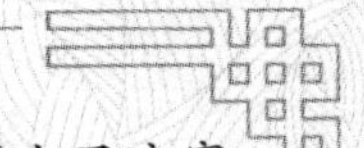

叶家其实在苍城不过一小门小户，若不是攀上了庄家，还真没几个人识得。如今倒也讲究起名声来了，真是有趣儿。

少年显然是个死脑筋，全然不肯相信心上人背弃，顾自往里冲。他年纪尚轻，虽会点拳脚，却敌不过膀宽腰粗的家丁，不过片息就被摔倒在地，受了一顿饱揍。

但他显然是个有骨气的，即使被围在墙角群殴，却只咬牙受着，不肯哀求半声。片刻后，隐有行人从小巷而过，听得这里的声响，慢慢围拢过来。

门口立着的叶丛面色一变，将家丁挥退，喝一声："宁子谦，今日我放过你，他日你再出现在我面前，休怪我不念旧情！"

说完叶府大门一闭，一众人全退了进去。只剩墙角伤痕累累孤零零躺着的少年。

围拢的百姓看没了热闹，也不想得罪叶家，观望了一阵便离去了。

海蜃居二楼，韩子安抿了口茶，说出的话颇有几分意味深长："庄家这回结下的亲家倒是有些意思。"

赵福耳朵一动，添了点热茶，凑上脸说了两句："主子，听说叶家的小姐娴雅温顺，素有才名。庄城主这才没有

计较门庭，允了这桩婚事。”

“是吗？”韩子安转了转手上的青瓷杯，不置可否。

“如今看这架势叶家小姐早有婚配，倒是可惜这小哥了。”赵福叹了一句，难得韩子安不动如山地坐着观了整场戏，他心底度了度，小心翼翼地问，“主子可是要插手？”

“不必。这少年丢了这门婚事，未必不是件好事。既是看见了，你拿些伤药下去。”韩子安淡淡摆手，话到一半却收了声，目光一凝朝楼下望去。

那缩在墙角的少年不知何时站了起来，他满身是伤，行到叶府大门前，盯着那堆被烧掉的纸屑。他蹲下身将灰烬拨开，那封薄薄的信函只剩下一角，少年沉默半晌，将碎角拾起，捏在了手里。

他立起转身，身形有些踉跄，扶在门口的青石墙上。

这还是韩子安和赵福初见少年的容貌，一时皆有些惊讶。

这少年生得着实俊逸非凡，且带着一股子清冽之气。韩子安诧异的是少年脸上的一双眼，尽管刚才受尽欺凌，眼底虽有不忿伤感，却格外温和，不带半点暴戾怨愤之意。

韩子安自问以他如今的心性若遇此等事，怕也难做到如此。

这少年着实有趣，他挥挥手，不容置喙地吩咐：“把他带上来，去请个大夫。”

赵福一愣，低声应是立马下了楼。

茶盅里尚留热气，袅袅飘散在窗边。韩子安此时尚不知，他这一句话，改变了云夏此后三十年的命途。

有些事，果然是注定的。

少年蹒跚着朝巷外走，被赵福拦在了小巷中间。韩子安看着少年沉默半晌跟着赵福上了楼。

片刻后，脚步声在身后木梯处响起。

少年清越的声音传来：“多谢世兄赠药，但无功不受禄，子谦拜谢。”

一旁的赵福心底一怵，暗道不好：他家主子一看便是出身不凡，且年长十几岁，这少年的一声“世兄”着实胆大！

韩子安眉一扬，回转头，嘴角的弧度挑得更高。

温润沉淀，翩翩少年。一身布衣，却掩不住灼华之态，难怪叶家半年前有意将叶诗澜许配于他。凭他这身神态举止，细细雕琢，他日必成大器。

只可惜，即便再如何人才风流、出类拔萃，一己之身终究比不过雄踞一城的庄家这块金字招牌顶用，叶家大抵便是如此想，才会将这少年毫不犹疑地舍弃。

“看你衣衫遍尘，想必是得闻消息匆匆而来。现在一身是伤，又不肯受叶家的银子，难道要拼着这股硬气损了身体？身体发肤，受之父母。若家中长辈得知，岂会安心？”

韩子安是什么人，二十岁执掌三军，久居上位，气势慑人，兼之这一番说辞又合情合理，谁听了都受用。

宁子谦见了韩子安的气度，亦是一怔，意外后不慌不忙行了半礼，道：“世兄说得是，多谢世兄赠药。”

宁子谦这时候也知道称呼韩子安略微不妥，这人浑身上下的气势一点不比他家里几位长辈弱，可他向来在族中辈分大，刚才只望得背影，一时误了口，此时倒不好换了。

韩子安一摆手，赵福低眉顺眼地下去请大夫了。

宁子谦满身尘土脚印，脸上犹带着青紫之色，站在韩子安面前却不卑不亢。

韩子安暗自点头，见他背脊僵硬，知道刚才定是受了伤，朝对面一指，“我没这么多规矩，你年纪虽轻，叫我一声世兄我也能受，坐吧！”

几句熟络的话一出，韩子安自疆场里的不拘便带了出来。宁子谦也不尴尬，坐了下来。他正好朝窗外一望，见斜对着叶家大门，便知刚才一幕被人尽收眼底，面上不免带了

些许讪讪，有些发红。

韩子安见他望着叶府的院落发愣，抿了口茶，开口：“小兄弟还想入叶府一问究竟？”

宁子谦回转头，颔首：“就算叶家悔婚，只要诗澜不是自愿，我就不会放弃当初于她的承诺。”

韩子安难得纡尊降贵给他倒了一杯温水，道：“你既然和叶家有婚约，只需拿出婚书，请来立婚的媒人到庄家走一遭，庄锦就算不愿，庄家执掌一城，也落不下强占他人新娘子的口实，以庄城主的为人，必会退了这门婚事。”

宁子谦苦笑：“世兄有所不知，半年前我途径苍城，身上盘缠用完，正好瞧见叶家延请西席，便在叶家为几位启蒙的小公子当了三个月老师。”

韩子安心底微微一动。宁子谦看上去不过十四五岁，本就是个半大的小子，叶家就算是小门小户，好歹有几分薄名。他们肯心甘情愿花银子将宁子谦请入府，说明宁子谦是真的有本事。

“诗澜好学，我在叶家授课时教过她几堂诗词……”宁子谦顿了顿，挠挠头，眼底有些少年人隐秘的羞涩，“她性子温婉，恭谨顺良，我倾心于她，三个月后离开叶府时主动向叶家提亲，叶家老爷和叶丛俱答应了。”

他们自然会答应，像宁子谦这样的少年才俊，若韩子安有闺女，也愿意交付于面前的少年。

宁子谦眼底的喜悦期待渐渐褪去，垂下眼，清瘦的面容微沉，“当初我只是匆忙留下一封简单的婚书，并未请媒人。他们若是不认，我也无他法。这门婚事是我私自定下，并未问过家中长辈，这半年我归家劝说长辈允下婚事，哪知……”他叹了口气，“还未劝下长辈，诗澜要嫁进庄家的消息就传到了老家，长辈震怒之下，更是不许，我便……”

“你便独自一人匆忙赶赴苍城，想问个明白。谁料叶家翻脸不认，将你驱逐出府，肆意伤人，还烧毁了婚书？”韩子安抿了口茶，慢悠悠接道。

宁子谦停住声，沉默地颔首，并未因为自己丢人的事被韩子安尽收眼底而羞愤，只是眼底隐隐的不甘钝痛却浮了出来。

到底年少，热血当头，又是头一个想娶回家的女子，这种事放在任何人身上都忍不下来。

“你打算如何做？看来你是不准备放弃这桩婚事。”

宁子谦倏地抬头，眉头紧皱，“叶丛和叶老爷是允下了婚事，但诗澜一娇弱女子，不能违逆父兄之意，我会见到她，若是这桩婚事并非她自愿……”宁子谦长吸一口气，一双眼格外坚定，“我会带她离开。”

韩子安挑挑眉，并未阻了少年见心上人的一腔豪情。

此时，楼梯口脚步声响起，赵福带着大夫匆匆而入。

“主子，大夫请来了。”赵福先向韩子安行了一礼，然后将大夫领到宁子谦面前，“宁公子，后面有厢房，请跟我来。”

宁子谦身上被踢出了不少瘀伤，自是不能在大庭广众下就医，点点头跟着赵福去了。

半刻钟后，赵福快步返回，见窗边坐着的韩子安没露不快，舒了口气，替他又添了杯茶，低眉顺眼道：“主子，大夫说宁公子伤了背上的筋骨，不是轻伤，好在没伤到肺腑，养上个把月就痊愈了。”

韩子安眉头一皱，难怪刚才宁子谦身形行动缓慢，想来是倔强，不想让他瞧出伤势来。他朝叶府里望了一眼，“这个叶丛手段倒是不轻，出手如此辛辣，想必是想阻了后患，怕三日后的婚宴横生枝节。”

“奴才看宁公子性子倔强，怕是不肯放弃这门婚事，主子打算帮他?”韩子安从不做多余的事，既然收留了宁子谦，自然不会置之不理。

出乎赵福意料，韩子安端起茶杯，摇头，“不用我出手。”

赵福一怔，有些不明。

“赵福，你看这少年如何?”

韩子安突然发问，赵福略一迟疑，回：“主子，奴才看宁公子谈吐不俗，不像是寒门小户，怕是有些家底。”

韩子安笑笑，伸手轻叩在桌上，“他刚才进门，随口之下唤的是‘世兄’，南方大族里子弟之间多喜如此相称，一窥之下，他的府上何止是有些家底。虽着布衣，却端方普华，半点不掩其瑜。年纪轻轻遇此不公还能耐下心来徐徐图之，这份内敛更是难得，此子非大族不能教出。”

韩子安鲜少夸赞于人，对这少年竟如此褒奖。赵福心底一动，问：“主子，可是想将这少年招揽在身边?”既然是大族之后，对韩家自会裨益不浅，这也是份好机缘。

韩子安眯起眼，不置可否，“仲远比他年幼两岁，性子不甚沉稳，若宁子谦能陪在他身边辅佐，将来两人必会相得益彰。”

韩子安十八岁成婚，如今仅有嫡妻所出的长子韩仲远，年十三。

赵福忙不迭道：“主子说得是，奴才看宁公子也非寻常人。也不知道他为何会独自一人落魄地出现在苍城。”

“我听说南方颇为久远的世族都有个规矩，子弟即将成年时需外出历练一年，宁子谦想必也是如此。”

赵福了然点头，如今可是乱世，有这个魄力把族中子弟单独撂在外的可不多。他顿了顿，笑道：“叶家这回看走了眼，将来怕是有得后悔。”

韩子安嘴角一勾，若不是叶家嫌贫爱富，攀附权贵，未必不能成就一场佳话。他突然转头朝赵福看去，“前两日你不是说叶家小姐才情甚佳，诗词出众，才得庄湖允下婚事？”

赵福点头，“叶小姐的诗词这半年传出来不少，颇得大家赞赏，众人言其虽笔锋尚稚，却有丘壑胸怀，难得有之。”

“哦？”刚才宁子谦对叶诗澜的赞赏却是“性子温婉，恭谨顺良”，两人相处三月，又谈婚论嫁，宁子谦一心倾慕，岂会不说出她的优点，除非……

“你刚才说叶诗澜的诗词是这半年才传出来的？”

“是，主子。”

韩子安嗤笑一声，正好瞥见桌沿下一角碎片，这是方才宁子谦在叶府门前拾起的。看来少年的心境也没他表现的那般淡然从容，否则也不会落了这样东西。

韩子安弯腰捡起，瞥见上面的落款“宁子谦”，这几字笔锋虽稚，却凌厉与内敛并重，倒是真正应了那句“丘壑胸怀，难得有之”。他心底一动，明了几分。

傍晚，海蜃居后院咚咚的声音响起。

韩子安休息够了，踱步到院门口，朝院内瞥了瞥。宁子谦脱了上衣，腰上和背部缠满纱布，拿着木剑敲击在一棵槐树上。

这一看倒是出乎韩子安意外，宁子谦虽饱读诗书，却不善武功，拿着木剑砍在树上摇摇晃晃，气喘吁吁，才一会脸便憋得通红，眼底浮起筋骨被拉伤的钝痛。

“临阵磨枪，难道你还指望三日时间就能脱胎换骨，上庄府抢走新娘?”韩子安走进院里，扬声打断宁子谦的动作。

宁子谦收了剑，沉默立在树旁。

“如今云夏大族里子弟尽皆习武，你家中既有本事将你教得诗书皆通，怎不让你习武?”

宁子谦握着木剑的手颓然放下，“祖宅在南地，本崇尚武艺，只是我不喜习武，所以自小违逆长辈，并未练过。”

“为何不愿，吃不得苦?”

韩子安是个气势浩然的主，这一句问来，即便并不熟识，宁子谦却未生敷衍之心。“若习武，遇事不遂人意，少不得会生暴戾之心，必以武伤人，不如不学。”

韩子安扬眉，手一挥，剑气扫过树干，一截树枝凌空落在他手中。他一手负于身后，一手持树枝，身形一动，朝宁子谦而来。

这一势凌厉至极，且满含煞气。宁子谦挥剑挡去，哪知树枝轻松破过木剑，直直朝他刺去。宁子谦脸色一变，气息停滞，剑势之下，竟被制得动弹不得。

千钧一发之际，木剑停在宁子谦胸前一寸处。瞬息间，煞气散去，院里恢复宁静。

宁子谦面色泛白。韩子安随手将树枝扔下，“今日叶府家丁不过略通拳脚，你已毫无还手之力。若遇我一般想取你性命之人，你能如何？昂首待戮？”

“武人如何，文人又如何？太平年代文人手握笔杆，若心术不正，位居朝堂，寥寥数句亦能断人生死。如今云夏大乱，群雄混战，不习武何以自保？你空有满腹经纶，活不到太平盛世的一日，学来何用？力量从无正邪，能区分的唯有掌控之人，人心正，手握之力必正！”

他一字一句，掷地有声，眉峰微扬，立在不远处，隐隐间已有放眼天下的霸主之气。

宁子谦望他良久，最后眼落在手中断成半截的木剑上，长吸一口气，将木剑掷于地上，朝韩子安深深一鞠，“永宁受教，请世兄……”

他话音未落，长鞭破空声猛地响起，殷红的长鞭从空中落下，卷起凌厉的气势朝弯腰的宁子谦而去。

这一击，竟是丝毫不比刚才韩子安的剑势弱。韩子安面色一微变，猛地将宁子谦拉至一旁。

韩子安心底暗惊，以他的身手，这一鞭竟也躲得甚是狼狈。

一道墨黑的人影凌空落下，立在两人不远处。

韩子安抬头望去，倏地怔住。

黑发锦颜，盛贵无双。

除此八字，无言再誉。

看着面前的女子，韩子安足足愣了片息之久。

此后经年，他再也不曾如此时一般惊讶过。因为在属于他的时代，除了她，他再也不能遇到能与他比肩之人。

这句诳之盖天下，却是事实。

“过来。”小院内，突然出现的女子漫不经心瞥向韩子安身后的少年，轻轻吐出两个字。

明明刚刚才使出了火气十足的鞭子，可她此时的声音却分外慵懒随意，兼又带了一抹不容置疑的威严。韩子安被这

一声惊醒，见宁子谦默默行到两人之间的空地朝着女子跪下，眉一挑猜怕是这少年家中之人到了。

如此骇人的内力和气势，也不知是南方哪家显贵?

“姑姑。”宁子谦低声一唤又沉默下来。

“永宁，你今年多大年岁了?”

听见墨衣女子一声问，立在一旁的韩子安眼中精光微闪，骤然明了。

以他的身份，就算从不过问他族晚辈之事，也知道晋南帝家当家人唯一的子侄恰好名为永宁。

这女子，竟是雄踞一方盛誉满溢的帝家家主帝盛天。

意料之中，这般风姿，实在舍她其谁。

“再过一个月就满十五了。”

“十五岁了……”帝盛天垂眼，将手中长鞭卷起朝腰中一插，冷冷道：“擅自逃离宗祠，一言未留离家千里，让家中长辈担忧，就是你长到如今的出息?”

不轻不重一句喝问，帝永宁面色发白，垂在膝旁的手握紧，“姑姑，太爷爷将我锁在宗祠内不得离开，我若不来，诗澜定会被家中长辈逼压嫁与他人，我对她有诺在先，又已立下婚书……”

“这算理由？”帝盛天冷冷一瞥，怒道，“不过一个认识三个月的女子，就值得你忤逆长辈、私立婚约，将自己糟蹋成这副德行？”

见帝永宁抬首要反驳，帝盛天眉一扬，“怎么？我说的难道有错？你千里而来，以为你是布衣之身的叶家可有动容惭愧，履行和你定下的婚事？你心心念念的叶家小姐可曾出现，给你半句交代？”

帝盛天的话不可谓不重，帝永宁眼眶泛红，犯了倔，不肯接受自己满怀诚意忤逆长辈奔波而来只换得这么个下场，一时激愤开口：“如果我表明身份，这桩婚事叶家定不会毁……”

“你当初化名立婚，不过就是为了求一场真心。以帝家名声换回一场婚事……”帝盛天一哼，“永宁，你不嫌硌硬得慌？”

有些人天生有一种本事，嫌弃人嫌弃得理所当然，且毫不违和，譬如帝盛天。

帝永宁和韩子安俱被这句话噎得一呛，未等帝永宁辩驳，帝盛天复又开口：“叶家在苍城不过有点小虚名，半年前想必是爱你之才，指望你将来出息了福荫叶家，才将叶诗澜许配于你。如今他们攀上高枝，便视你如猛兽，弃之羞之，如此见风使舵阴险下作的做派，何能与我帝家结亲？至于那个你珍之爱之的叶诗澜……”帝盛天唇角一勾，声音更重，“你亲自上叶府讨要说法，众目睽睽之下于门口受辱，这是小事不成？她是叶家小姐，是个主子，即便被父兄辖制，岂会毫无所知，她连一个交代都懒得做出，又如何值得你做到这一步？”

不愧是帝家的掌权者，她一身风尘，才刚到苍城就已将帝永宁遭遇的事查得清清楚楚。

帝永宁脸色通红，想为叶诗澜辩驳几句，却被这席话臊得半句话都说不出。

帝盛天说完，不再管帝永宁，朝韩子安抬首望来，琥珀色的眼底通透睿智。她敛了刚才教训帝永宁的长者之盛，微一抬手，“晋南帝盛天。”

战乱年代，凡朋友之间相交时，必会详细报上家族发源之地，以便旁人知晓。有勇气如此自我介绍，天下少有，但巧的是，这个院子里就占了两个。

不知何时起候在一旁的赵福脸色一变，飞快瞥了帝盛天一眼低下了头。

北方仍在混战，南方却稳如磐石，此时的晋南帝家，算得上云夏第一世族。想不到他家主子不经意救下的少年，竟是帝家的小公子！

韩子安面上没有半分意外，拱手相应，“在下韩子安。”

韩家乃北方巨擘，他如此应，足矣。

帝永宁虽知今日救他之人非比寻常，却未料到竟是威震中原的韩家掌权者韩子安，一时颇有几分愕然。

“永宁鲁莽冲动，这次得韩将军相救，这个情，他日帝某必会相报。”帝盛天认真道。

是帝盛天承他的情，而非帝家。不愧是帝家家主，一句话滴水不露。若不是她的身份天下无人敢冒，韩子安真不敢相信面前的女子不过比跪着的少年大了四岁而已。

“帝家主言重，区区小事，不过是见之不平，无需挂怀。”韩子安朝跪着的帝永宁看了一眼，道，“帝家主此来苍城，可会留几日？”

帝永宁耳朵一竖，小心翼翼朝帝盛天瞅了一眼。

帝盛天意有所指回道：“久不出晋南，难得出来，自是该多留几日。”

“帝家主若不弃，海蜃居是个好住处，我正巧带了几坛好酒出来，闻家主善酒，可愿一试？”韩子安笑道，抬手朝前院引客。

以帝家护短的做派和帝盛天刚强霸道的名声，这回帝家的眼珠子受了这么大的委屈，帝盛天肯悄无声息地回晋南才怪！

帝盛天不是扭捏的性子，颔首道一声："韩将军盛情，帝某叨扰了。"她行了两步，朝院中跪着的帝永宁轻飘飘丢了一句"跪一夜再起"后便随着韩子安去了外楼品酒。

内院里一时安静下来，夕阳渐落。自帝盛天到后，帝永宁少年的盛气被磨了几分，他垂头跪在小院里，冷风吹过颇有几分凄凉。赵福这般的韩家下人哪里敢看帝家小公子的笑话，早就退了下去。

"哎，帝永宁，你家姑姑当真狠心，你还真准备这么跪一夜啊?"

万籁俱静之时，少年青涩的声音突然在上空响起，颇有几分伶俐嚣张之感。

帝永宁皱眉抬头，微微一怔。

院中高树上，不知从何时起挂了一个小少年，年龄虽比他小两三岁，眉目间却暗蕴锋芒，如一把出鞘的利剑。

海蜃居乃韩家家主所居之处，帝永宁还真不相信除了他的姑姑，还有谁敢闯进来。这少年穿着考究精致，且模样和韩子安有几分神似，帝永宁一猜便得出了少年的来历。听闻韩子安有一子，年十二，想必就是他。

帝永宁虽说在帝盛天面前短了气势，可从不示弱于旁人。他眉峰微皱，瞥了少年一眼，淡淡回："中原韩家，高门士族，偷听如此末流之事，岂是待客之道？”

少年在小院外躲了半个时辰，看了整场戏，自以为帝永宁软弱好欺，此时被他一句话噎得不能反驳，眉一挑从树上跃下。他落地轻盈，未沾尘土，倒是一身好功夫。

“哟，不错啊，一下子就瞧出小爷来历了！刚才对着你那姑姑，这一身硬气怎么就找不着了？”少年一哼，蹲在帝永宁面前嘲笑。

“韩将军之令，你可有不从之时？”帝永宁抬眼，对着面前少年正色问。

少年被问得一怔，半晌爽利一笑：“我老爹一身臭脾气，我自然不敢。交个朋友吧，帝永宁，我叫韩仲远。”他说着，一只手递到帝永宁面前。

韩仲远虽只有十二岁，却也有了中原韩家的气势和锐利，他笑得坦荡，眼底犹带几分稚气。

帝永宁瞧他半晌，终于伸出手。哪知刚一握上，便被一股大力直直拉起来。他本就受了伤，这一拉踉跄几步差点摔倒，好在拉他的人将他扶住。

“韩仲远！”被韩仲远摆了一道，坏了姑姑的吩咐，帝永宁的好脾气被磨了个干净，头一次动了怒。

韩仲远掏掏耳朵，放开帝永宁，嬉笑道：“我看你姑姑的脾气，准是明日就要押你回晋南。你定婚的媳妇儿三日后就要嫁给别人了，你连一个究竟都不去问？”

这话一针见血，直戳心窝。韩仲远见他沉默，看了看天色插腰道：“小爷一身功夫，叶府和海蜃居只一街之隔，等过会儿入了夜，我带你偷偷潜进去。若叶家小姐真是被父兄所逼，你干脆亮出身份，保证叶家不敢再阻拦。”

堂堂晋南帝家独子，若是上门求娶，乃天下世家所求，何况区区一叶家？

这个理，谁都知道。闹到这个地步，不去问个清楚明白，帝永宁这一世都不会甘心，他对挑着眉毛的韩仲远微不可见地颔首。

韩仲远见他愁大苦深的模样，一乐，推着他朝房里走，“去去，瞧你一身尘土满身药味，哪里能夺回佳人芳心？进去沐浴更衣，换身好袍子。那叶家的小姐只要不瞎，总不会撇了你去跟一个纨绔小子！”

韩仲远一身力奇大无比，帝永宁毫无反抗地被推进了房里。院里一时只听得见韩仲远急急嚷嚷的催促声。

小院外，小心守了半晌听见两人对话的赵福轻吐一口气，放下心来悄悄离去。

帝家家主这个级别的人物，只有自家主人才能结交。但是小少爷若能和帝家公子有份交情，对韩家百利而无一弊。

叶家和庄家，看模样要成两家交好的垫脚石了。

海蜃居二楼，韩子安选了临街的位置，而不是下午靠近叶府的僻静之处。

暮色骤临，因着城主府将有喜事，街上熙熙攘攘，彩灯林立。

帝盛天望向窗外，眉眼清冷淡漠。

韩子安替帝盛天满上一杯酒，突然开口：“看来帝家并不喜叶家小姐，否则……庄家怕是连入叶府提亲的机会也不会有。小儿鲁莽，性子跳脱，若坏了家主安排，韩某先在此为他陪罪。”

他说着，将酒杯亲手递到帝盛天面前，眼底睿智清明，一如波澜不惊的帝盛天。

帝盛天这才把目光从街外施施然拉回，落在韩子安身上。她笑了笑，端起酒杯饮了一口，算是应了韩子安之话。

“和帝某相见不过才半个时辰，韩将军何以猜出我所想？”

“永宁是帝家唯一的继承者，他的婚事牵一发而动全身，干系整个世族，他在外私下定立婚约，你族中长辈不可能毫无所知。如果帝家承认了这门婚事，岂有庄家三日后的婚礼?”

帝盛天狭长的凤眼一眯，朝韩子安的方向抬抬下巴，示意他继续说下去。

以韩子安的脾性，竟也不觉得她这样做失礼。他摸摸鼻子，给自己倒了杯酒，“只不过家主你虽不欢喜这门婚事，却也没拦着永宁独自从晋南远赴于此，想必是想让他栽个跟头，经点事。不知家主原本是如何打算的，犬子惯来喜欢胡闹，怕是会撺掇永宁生些事出来。”

以他们的身手，岂会察觉不出院外藏的韩仲远。帝盛天见韩子安不点破，自然也就猜出所藏之人是韩家子嗣。

帝盛天略一勾唇，冷漠的面容霎时如清风拂面，“韩将军何须自谦，听闻韩公子十岁即随你奔赴疆场，人人都道韩家一门双杰，后继有人。如今云夏战乱，永宁自小长于帝家，幼时虽经磨难，性子却过于温厚，他不见见晋南之外的山河，不多些历练，如何撑起帝家？至于我的打算……只要叶家之事能让他心甘情愿再拾武艺，便值得我来苍城一遭。”

韩子安有些诧异，原来帝永宁手无缚鸡之力并非帝家长辈所愿，像是他自己执拗不肯学武，遂奇道：“现今乱世，他小小年纪，你们做长辈的怎不相劝？”他倒是真喜欢帝永宁，遗憾他根骨奇佳却未学武，否则刚才在内院里也不会对

他动之以情晓之以理。

见帝盛天眉头轻皱，韩子安知道自己不经意窥探了帝家私事，刚欲解释几句，帝盛天已缓缓道来。

“永宁根骨奇佳，长兄在他六岁时送他入泰山习武，四年内功力便有小成。十岁时他下山探亲……”帝盛天顿了顿，声音里有抹微不可见的干涩，“那一年南海水寇成灾，我长嫂和长兄一同入南海剿水寇，后来都没能活着回来。”

晋南帝氏一家独大，享受荣耀和尊贵，自然也要肩负起守护百姓的重责。帝盛天如此一说，韩子安猛地想起五年前南海水寇齐攻晋南一事。当时帝家继承人帝南风携妻御敌，力抗水寇于南海外，保一方平安，却在最后一战中和妻子战亡，夫妻两人只留下一个十岁的幼童。帝家向来注重嫡系，少有庶子庶女出现，在帝南风这一代只有一子一女，帝南风早逝，帝氏重责自然便落在了帝盛天肩上。帝家骤变时，不少北方氏族曾想借机攻入晋南，拿下帝家固守百年的十五座城池，哪知帝家易主，初登家主之位的帝盛天雷霆之势更甚其兄，半年内将晋南各势力整治得服服帖帖，还灭了企图进攻晋南的江南钟家和晋东苗家，一夕间威慑天下群雄。

“永宁经此事后就不再习武？这么说他体内有内力？”韩

子安颇为惊奇，以他的功力竟没看出帝永宁曾习过武。

见韩子安面色奇怪，帝盛天垂眼："我大嫂出身晋南武将世家，好习武，平日里和我兄长共赴沙场，已是寻常事。五年前她出征南海时，我们……都不知道她肚子里已怀了长兄的骨肉。他们夫妻的尸骨被抬回宗祠的那一日，正是永宁从泰山回来。他在祠堂里跪了三天三夜，后来一个人重回泰山，求净玄大师将他全身大穴封住，内力藏于体内，永不再习武。"

帝盛天复又望向窗外，一向凛然的面容上拂过几许叹息，"永宁一直认为若是他母亲不习武，就不会卷入战乱，也不会随他父亲一起亡于南海，母亲肚子里的弟妹也不会胎死腹中，他也不会父母同丧。所以他不再习武，更是打心底里不愿接近将门世家的女子，随着他年岁渐长，反而更喜文雅贤淑的闺阁小姐。他是要继承帝家门庭的人，如此性格，如何交付？"

帝永宁性格倔强，族中用尽办法也不能让他甘愿解开穴道，重新习武。刚才在内院中，他却被韩子安一席话说动，若非如此，她也不会将帝家秘事道出。

力量从无正邪，能区分的唯有掌控之人，人心正，手握

之力必正！

帝盛天眯眼，有胸襟说出这番话，北方大局已定。

“看来帝家主为永宁寻了一块不错的试炼石。”韩子安笑笑。叶家和庄家，以及那位叶家小姐，不过是帝盛天股掌之物。

“先前我并未想过要将叶家置于试炼之地，如果他们当初能拒绝庄家提亲，坚持招永宁为婿，只要永宁喜欢，我未必会阻拦。永宁若有真心心属之人，或许同样能放下往事。不过叶家既然不是诚心定婚，那被我借来一用……”

说话间，脚步声在楼梯口响起，打断了帝盛天的话。

赵福小心走进，行到沉香木桌三步远之处，朝二人行礼后从袖中拿出几张卷纸放在桌子上，低眉顺眼道：“主子，这是您让我找的东西。”说完便退到一旁，等着韩子安的吩咐。

韩子安从赵福脸上的神色看出自己所猜不假，将厚厚一叠卷纸推到帝盛天面前，“家主先看看。”

“这是何物？”

帝盛天抬手去翻，韩子安的声音在对面响起：“苍城皆传叶府小姐诗词画卷高洁峻雅，丘壑胸怀难得有之，这是我让赵福寻来的叶小姐所作的诗词画卷……”

“哦？韩将军是想为叶诗澜说话……”帝盛天的声音戛然而止，她的手漫不经心划过卷轴上所作之画和一叠诗词，指尖落在右下角的印章落款上，眸色头一次沉下来。

画乃苍城一座楼阁，笔锋沉着；诗赋万里山河，及眼天下百态。好画，好诗，若不是那画风诗意和家中书房里所挂的如出一辙，帝盛天定会如旁人一般对这个叶诗澜刮目相看赞赏几句。

原以为是个不谙世事胆小懦弱的闺阁小姐，如今看来，倒是小瞧了她的心思。帝永宁是帝盛天一手教大，他的画风帝盛天自然熟悉，桌上的画作诗词明明都是帝永宁所作，可是诗词却不是帝永宁的笔迹，甚至落款也是叶诗澜。唯有画风无法抄袭，才让帝梓元一眼瞧出问题。

如果不是自己心甘情愿，就算叶家众人逼迫，叶诗澜也绝不会在永宁留下的画卷上落款。更何况这些画卷已在苍城流传数月，绝非一夕之事。

从一开始叶家就未想过和永宁定婚，不过是借着定婚亲近于他，好将他留下的东西变成叶诗澜所有。就算有一日永宁重回苍城对所有人说出一切表明身份，也会被众人认为是遭弃婚后的激愤之言。

晋南帝家，必会成为云夏的笑话。

“一日之内连欠将军两个人情，韩将军饮下此杯，以后就是我帝盛天的朋友。”帝盛天亲执酒瓶，斟满韩子安面前的酒杯，举杯而起，诚意十足。

韩子安眼底不知深浅，意味深长一笑，抬首举杯一饮而尽，笑道：“有幸交帝家主为友，乃韩某之幸。”

晋南虽帝氏一家独大，但南海水寇成灾，穷凶极恶，牵制帝家兵力，否则帝家也不会百余年来未入天下战局，仅偏安一隅。帝盛天纵使天纵奇才，到底年轻，南方近年来屡有大族挑衅，隐患暗成。至于韩家，北方局势混乱，更需盟友，帝家暂时和韩家无利益冲突。两家交好，百利而无一弊。

杯酒交盟，一句便隐晦定下了北韩南帝两家盟约。有此魄力者，天下唯这两人矣。

城主府，庄湖刚从妾侍的温香软玉里回了书房，等候已久的总管庄泉步履匆忙迎上了前。

“出了何事？”庄泉负责接待这次婚宴的来宾，庄湖对他的出现立刻提起了神。

庄泉靠近庄湖耳边，小声耳语几句后退到一旁。

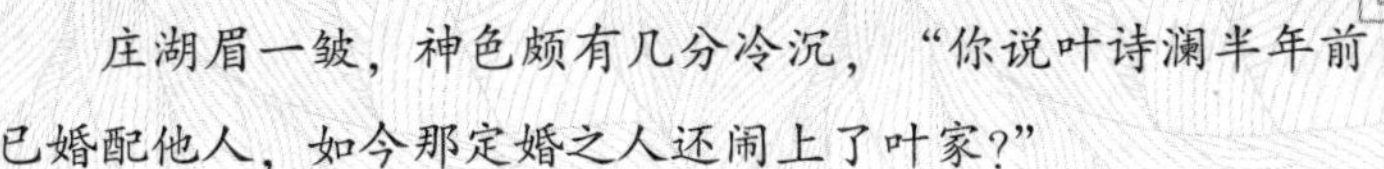

庄湖眉一皱，神色颇有几分冷沉，“你说叶诗澜半年前已婚配他人，如今那定婚之人还闹上了叶家？”

庄湖虽宠爱几个娇滴滴的小妾，可却极看重几个和发妻所生的嫡子，尽管庄锦整个一纨绔，他还是待得如珠如宝，否则也不会答应让寒门女子入门，更为其婚宴广邀宾客。叶家素有贤名，怎么会做出如此落人口实的事来？

“是，老爷，刚才叶老爷亲自来府里解说了此事。”

“哦？是叶海鸣自己来说的？”庄湖脸色缓了些许，问，“那婚配之人出自何处？”

“那人名唤宁子谦，是南地小门小户的孤儿，听说有几分文采，叶老爷半年前招他入叶家为西席，后爱其才，将叶小姐许配于他。哪知他远走晋南后就没了音信，如今这战乱年代，叶老爷以为他早已亡于他地，就将这件婚事给搁置了。哪知这几日临到婚期，那宁子谦却突然回了苍城。”

庄泉走进一步，低声道：“老爷，咱们府上和叶家一定婚，这半年不见踪影的人就冒出来了，依小的看，这人八成是个无赖，见城里各大世族云集，想借着咱们两家的名声，讹上一大笔银子！”

庄湖看了庄泉一眼，也未应声，只端起桌上浓茶抿了一口。

叶海鸣是个聪明人，宁子谦大闹叶府之事虽能瞒过别

人，却瞒不过庄家。他早一步入府陈情，不管个中曲折是否真如他所说，到底也算是给了庄家一个交代。三日后就是大婚之日，天下宾客满至苍城，现在决不能悔婚，否则庄家颜面必会扫地，况且叶诗澜如今的才名誉满苍城……

也罢，不过是个不起眼的孤儿，让庄泉打发了便是。庄湖定下心，朝庄泉吩咐几句，做下了决定。

此时，夜色渐深，街上的喧闹还未染至海蜃居后面的小巷。

隐隐绰绰的月色里，一个略矮的身影托着一个清瘦的人影越过安静的街道，跳进了静谧的叶府中。

因下午帝永宁上门闹过，且临近婚期，叶府怕此事传出，特意从庄家借了不少守卫回府。即便如此，也拦不住一身是胆的韩小爷和思人心切的帝公子。

韩仲远将战场上练出的功夫使了十成十，在帝永宁指路下成功摸到了叶诗澜居住的汀澜小居。这时节，梨花开了满院，依稀透出几点灯火。

帝永宁停在小院门口，望着月色下探出枝头的梨花微微出神。

“诗澜，等梨花开的时候，我就回来娶你。”

“嗯，我在苍城等你。”

巧笑嫣然的少女期盼的眼神犹在脑海里浮现，不过半年，物是人非。

“怎么不进去了？不会临到头不敢去见叶家小姐了吧？”韩仲远戳戳帝永宁的肩膀，取笑道。

“半年前我走的时候，对诗澜说等满园梨花开的时候，我就回来娶她。”

帝永宁希冀又叹然的声音让正要推他入院的韩仲远手顿了顿，以他的年岁，还不到感伤爱情的时候，但也听出了帝永宁话中的感慨。他挠挠头，又摸摸下巴：“帝世兄，你要真这么中意叶家小姐，实在不成，亮出身份抢回家，庄家还没有本事敢拦你。”

帝永宁笑了笑，在张牙舞爪的小霸王头上一拍，从跃出院外的枝丫上折了一枝梨花，推开院门抬脚走了进去。

韩仲远被帝永宁这一拍捣腾得一愣，尴尬地抖了抖身子，猫着腰跟着遛了进去。

汀澜小居灯火依稀，人影微有攒动。两人悄然临近回廊，离正房不过几步之遥。许是有些气闷，正房的纸窗突然被推开，房内光景透了出来。

隐隐瞧见窗后软榻上靠着的熟悉身影，帝永宁眼底飞快划过一抹惊喜，大跨一步就要走进，却因正房里突然响起的话语顿住了脚步。

“小姐，这是庄少爷入夜前差人送来的，都是些好东西，您快来瞧瞧！”房内，一绿衣丫鬟从内室走出，指挥两个小丫头将数个锦盒端出，放置在叶诗澜面前的桌子上。她的手在锦盒上划过，脸上喜气洋洋眉飞色舞，“小姐，这是百绣坊刚织出的新样式，可是用价值千金的流云锦织出来的。还有，庄少爷把金喜楼上好的金银玉石全给您送来了，任您在大婚那日挑着戴呢！”

绿衣丫鬟挥手让小丫头退下，走到叶诗澜身后替她揉肩，她看着锦盒里金光闪闪的首饰，满眼艳羡。

窗外的帝永宁唇角微抿，将身子隐在回廊后，隔着梨花的间隙望着房内的少女。

柳叶眉，瓜子脸，叶诗澜生得一副好相貌，再配上柔弱温雅的气质，端是个惹人怜爱从画中走出来的书卷女子。

她从软榻上坐起，漫不经心扫过锦盒，“他倒是有心了。”虽未如丫鬟一般激动，眼底却也很是满意。

“小姐，庄少爷什么好东西都往您这送，等您过门了，还不定怎么疼您呢。哪像那个宁书生，日日就会写些诗词画些画送给小姐您，也不嫌寒酸！”

“绿莲！”叶诗澜眉一凝，纤柔的面容冷沉下来，直直看向绿莲，眼底露出一抹凌厉。

月影里藏着的韩仲远听见了里头的对话，看着面前僵硬的身影，心底隐约有些后悔。他一心撺掇帝永宁抢妻，却未想到叶家竟是这般不堪的人家，连个丫鬟也能置喙主子的事。

“小姐。”绿莲脸色一白，朝叶诗澜看了一眼，小心翼翼讨好道，“奴婢也是担心您。前门的人下午来回，说是宁子谦闹上门了，您一直也没个话。老爷傍晚的时候去了庄家，庄老爷派了几个护卫一同回府，奴婢只是怕……”

绿莲话里话外事事为主，叶诗澜未再怪罪她，只眉一皱道：“怕什么，他自然乱不了，庄家在苍城一手遮天，一个文弱书生如何能撼得动参天大树？”话到一半，叶诗澜微一沉默，声音里有些叹然：“我原本以为他会更聪明些……”

“小姐？”绿莲头一垂，看向叶诗澜，眼底满是疑惑。

“既知是蒲草移磐石，无力相抗，又何必回来。”

都说叶家小姐温婉柔弱，可就这冷冷淡淡几句话，便知其绝非是传闻中的性子。宁子谦寻上门的事，她不仅知，还看得颇为透彻。

回廊外，清瘦的人影埋在月色里，观不到他垂下的面容，只能悄悄瞥见他手中的梨花因握得过紧而一瓣瓣散落在地。

“小姐，若是婚礼那日宁子谦闹上了城主府，可如何是好？”在绿莲看来，宁子谦若执着一时意气，未必不会做下如此蠢事。

“婚礼在即，宾客已至苍城，听说连中原韩家都遣了礼来，如此盛事，庄家自会将隐患摈除，他们丢不起这个脸，此事不用叶家插手。”

“可是……”绿莲声音一低，隐有几分担心，“小姐，虽然您自己誊写了一遍，可流传出去的字画都是宁子谦当初赠与您的。他长留苍城，若是机缘巧合知晓了此事，奴婢怕他不会善罢甘休。”

“住口！”叶诗澜声音一冷，斥道，“我早就告诉过你，这件事给我咽进肚子里！”

绿莲被骇得一跳，腿一软差点跪下来，只喏喏唤了一声“小姐”，呐呐不敢再语。

窗外的韩仲远几乎是在听到这几句话的同时就愤怒地抬步朝内房走去，却在跨过帝永宁的时候被一只手拉住。腕上之手如铁坚硬，如血灼热，一时间竟制得他不能动弹，韩仲远一惊，抬首看去。

帝永宁面上毫无表情，他的手扼住韩仲远，眼却望向房内灯盏下摇曳生姿的女子，眼底划过震惊、荒谬、失望、痛苦……最后只剩死水一般的宁静。

手无缚鸡之力的书生也能爆发如此蛮力？韩仲远在帝永宁眼底寻到了原因。若非失望痛心到极致，他也不会如此。

看来这位才名远扬、让叶府破格低娶的叶诗澜不过是个弄虚作假玩弄心机的女子，流传出去的字画皆出自帝永宁手笔。叶诗澜的名声半年前于苍城鹊起，算起来正是帝永宁离开叶府的时候，或许帝永宁从一开始就只是这位叶家小姐嫁入庄家的一枚棋子。

这回他聪明反被聪明误，本以为帮上帝永宁一把能拉近韩帝两家交情，哪知倒连累他成了助纣为虐的恶人。若非他坚持带帝永宁入叶府，也不会让帝永宁受这种屈辱。

韩仲远张了张嘴不知该如何宽慰，只得将满心愤怒撒在叶诗澜身上，对窗户里的女子横眉怒视。

帝永宁仍然只是安静而沉默地看着屋内，仿似石化了一般。

“小姐，奴婢只是怕那宁子谦再生事端……”

屋内，绿莲忐忑的声音又起，却被叶诗澜冷冷打断："此事已过，去告诉父亲，把他阻于城外，别让他出现在苍城内，以后这个人休得再提。"

"是，小姐。"绿莲应了声，忙不迭朝外走，却又被叶诗澜唤住。

"拦住即是，别伤他性命。"叶诗澜神色依旧冷淡，只是在不经意间回眼望向窗外瞥见满园梨花时，突然道了这么一句。

绿莲一愣，点点头退了下去，眼底不免有些感慨。即便当初小姐只是因为宁子谦的才气将其算计，可几月相处，未必没有一分真心。只可惜宁子谦太过落魄，比起苍城之主的庄家，低若尘埃。

叶诗澜行到窗边，从里间将窗户合上，不一会房内烛火熄灭，不闻风声。

回廊里安静异常，在韩仲远差点被这阵沉默憋得窒息时，他身旁的人挪动脚步，转身朝院外走去。

僵硬的身影出了院门，韩仲远低头看了一眼地上一片狼藉的梨花花瓣，突然觉得那个为了叶诗澜不惜跪在地上和帝家家主倔强相争的帝永宁和他身上那股子固守的坚持已然消失了。

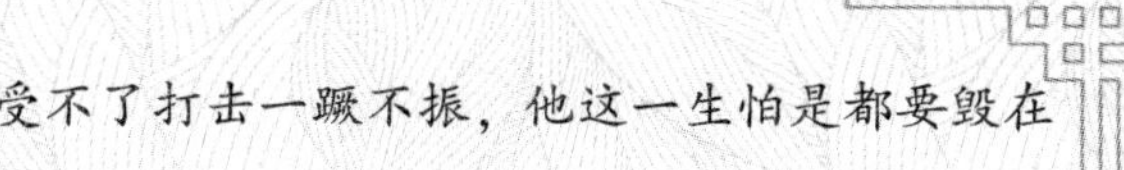

若帝永宁受不了打击一蹶不振，他这一生怕是都要毁在这个女人身上。

韩仲远还来不及感慨，突然想起帝永宁身手平平，跺跺脚就要越过院墙追去。

“我在这里。”院墙内，嘶哑的声音骤然响起，半空中的韩仲远兀地一惊，强行扭了身落在院墙内。

帝永宁笔直立在门外，脸色苍白。韩仲远挠挠头，什么都没说，抓住帝永宁的手腕跃向半空，匆匆离了叶府。

已近天亮，海蜃居二楼，韩子安早已离开回了后院，只帝盛天一人独坐。

一灰衣人悄无声息出现在她身后，半跪于地，将在汀澜小居听到的话低声重复了一遍。

“永宁如何了？”半晌，帝盛天眉目冰冷，沉声问。

“少爷出了叶府一路朝城外走去了，韩公子一直跟在少爷身边。”

帝盛天眼一挑，“怎么，当初千里迢迢来寻个说法，谁都拦不住，如今知晓了真相，倒是甘心回晋南了？”

灰衣人听出帝盛天话里的怒气，谨慎道：“主子，可要把少爷带回来？”

帝盛天挥手，起身朝楼下走去，大步之间，未有丝毫犹

豫，“他若是连回海蜃居面对我的勇气都没有，何敢姓帝！”

后院，得知帝盛天反应的韩子安眼底露出哭笑不得的神色，“何敢姓帝？何敢姓帝？帝盛天，怕是天底下，只有你敢说出这般狂妄之语！”

虽是一句感慨，可不远处立着的赵福却听出了这话里淡淡的欣赏。赵福眼底划过一抹担心，却终究觉得自己的想法太过荒唐，将此事暗暗埋下。

以韩仲远桀骜跳脱的性子，能如此耐心跟在别人身后留神照顾，是个极罕见的事儿，若不是摊上的是帝家世子，怕贸然回去被自家老子教训一顿，他还真没这个时间。打了个哈欠，他望了一眼泛白的天色，又瞅一眼前面不远处默默走着的帝永宁，被磨得半点脾气都不剩。

堂堂帝家子弟，放眼天下望去，谁家贵女不是趋之若鹜，竟被苍城一个小小寒门女子玩弄于股掌之间，真是荒唐！韩仲远虽仅十二岁，但自小长于高门士族，历经疆场祸乱，心性比之帝永宁只怕更坚决果断些，自是不耐他的小情小爱。

眼见着帝永宁一直朝城外的方向走，韩仲远总算急起来。若他真想不开顾自回了晋南，自己身上一顿板子是少不了了。韩仲远微一犹疑，连走几步拉住帝永宁的袖子，“帝世兄，这眼看着都要出城了，你是要去哪啊？”

帝永宁身影一顿，垂头丧气吐出干瘪的两个字，“晋南。”

想到那个气势惊人的帝家家主，韩仲远心底一抖，急了，忙劝：“这怎么成？你姑姑还在海蜃居呢，你就是要回也不能抛下你姑姑一个人回晋南啊！”

帝永宁听见帝盛天的名字，脸色更白，就要挣开韩仲远的手离开。

正在这时，人群熙攘声自不远处传来，喧嚣至极。韩仲远心底犯疑，这时辰够早，城门处嚷成这样也太奇怪了。帝永宁还没发现异样，两人拉扯着走了几步，转过街道，城门处的情景突兀呈现在他们面前，让两人顿住了脚步。

城门处，一群百姓被庄家的护卫队推搡着朝城外走，这群人老弱妇孺尽有，皆衣衫褴褛，面色蜡黄，身形瘦弱，一眼望去便知是乞丐流民。护卫队立在城门口，衣甲光鲜，眼神傲慢，和百姓形成鲜明对比。他们不时将冰冷的长戟敲在流民身上，怒喝着让他们尽快离城。孩童和老人的哭泣求饶声交织在一处，让城门处喧闹不堪。

帝永宁和韩仲远立在不远处，眉头微皱，显是不明白庄

家为何如此大动干戈？

就在两人踌躇之际，一个麻衣老丈被人群挤压得摔倒在两人面前，他年老体衰，被汹涌的人流践踏，挣扎着难以起身。

帝永宁不忍，急忙将老丈扶到一旁的石阶上坐下。韩仲远朝不远处开着的店面跑去，替老丈寻了一碗水来。

“多谢两位公子。”老丈缓过神才打量身旁两个忙前忙后的少年郎，瞧见他们的穿着，颇为受宠若惊。此时，远处护卫队的驱赶咆哮声传来，老丈被骇得一抖，随即惶恐不安地喘着粗气就要起身，“老朽还是早些走，庄家的护卫跟豺狼一样，免得连累了两位公子！”

帝永宁拍拍他的手，将老丈肩膀按住，安抚道：“老人家别急，到底出了何事，护卫队要驱赶你们离城？”

老丈满头白发，不停叹气，浑浊的眼底犹有惊弓之鸟之意，悲凉道：“公子不知啊，现今北方各阀混战，老朽的两个儿子年初的时候被晋北李家当壮丁拉进了军营，一个都没活着回来。我家孙子开年就十三岁了，迟早也得被李家盯上。咱们老唐家就剩下这么一根独苗，晋北实在待不下去了，半个月前我带着孙子一路逃难到苍城，原本以为可以喘口气，哪知庄家因为两日后的大婚，就要把我们这些流民全赶出城。如今天寒地冷，在荒郊野外里无蔽身之处，哪里还有活头啊！”

唐老丈说着说着，眼眶一红，哽咽之音实在凄凉。即便帝永宁和韩仲远出自武将世家，见惯战场生离死别，心里也难免凄凄。

“老丈不必太过忧心，苍城南下三百里就是吴城，此乃晋南帝家所辖之处，应能庇佑老丈安稳，我这有些银两……”帝永宁说着就要从袖里掏银子出来，手一伸才发现袖子里空空如也，就连一身袍子也是韩家赠予的。正尴尬之时，韩仲远飞快地塞了两片金叶子在他手里，回转头假装没事人一样。

帝永宁看了韩仲远一眼，眼底露出温和之意，也没多说，将金叶子放到唐老丈手里，“老人家您拿着，快带着孙子继续南下吧。”

老丈还是摇头：“两位公子，我这把老骨头都带着孙子跑了几千里，哪里还怕这三百里，只是我家的小子一进城就生了风寒，动也不能动。这几日我们藏在城南的破庙，今日我想去药房里讨副药，哪知被护卫队发现了，这才被驱逐到城门附近来，可怜我那孙子……”

唐老丈正说着，不远处的护卫队发现了此处异常，凶神恶煞提戟而来，骇得唐老丈一句话没说完就抖了起来。

"老丈，走，咱们先去城南。"

在苍城庄家就是土皇帝，韩帝两家做客而来，不宜直接起冲突，两人都不傻，帝永宁朝气势汹汹的护卫队看了一眼，朝韩仲远微一颔首，扶着唐老丈匆匆离去。两人到底少年心性，颇有些义气，既然碰上了，便是缘分，总不能放任这一老一小自生自灭不是。

海蜃居内，得知两人去向的韩子安和帝盛天居然都只向来禀之人留"知道了"三字，便顾自行事去也。

庄府，隔了一夜才从管家口里得知帝永宁存在的庄锦，沉脸吩咐"将人拿住好好关押"后，也未有过多反应。毕竟对他这个苍城少主而言，小小一个落魄书生，实在无需放入眼中。

城南的寺庙破檐漏瓦，冷风不时灌进，可就这么个破烂之处，却藏了十几个乞儿在里头。帝永宁和韩仲远跟着唐老丈回到此处，看见破旧的大堂里蜷缩的孩童时，都被惊得不浅。

他们脸色蜡黄，身上零星搭着几块发臭的破布，大多一脸脓包或咳嗽声不断，这些乞儿见到陌生人时惊惶恐惧的眼神让人不敢肆意走进。他们紧紧护住身前生锈的铁盘，一脸警惕，里面盛着剩菜剩饭，有几个盘中甚至有蛆虫爬来爬去。

帝永宁和韩仲远即便生在乱世，却从不知道人命如草芥到这般地步。

良久，帝永宁才沉声对韩仲远道："我去给他们抓药，仲远你守在这里，别让庄家的护卫将他们驱逐出城。他们这样出去，活不了几日。"

韩仲远不自觉颔首，瞥见帝永宁微愠的面容，微微一惊。刚才一瞬，帝永宁竟像极了海蜃居里威势逼人的帝盛天。

不愧是帝家世子，他心底一动，结交之意更甚，默不作声退到院内木栏外。

转眼便过一日，日头渐落，昏暗破旧的院落让人昏昏欲睡。

靠在满是蛛网的木栏下打盹的韩仲远被冷风吹醒，一睁眼，瞅见眼睛鼻子蹭满灰从庙外跑进的帝永宁，耷拉着眼皮子唤住他，"哎，永宁兄！"两人共患难一日，交情突飞猛进，称呼也随意起来。

帝永宁顿住脚步，把怀里堆满的药一挪，露出疲惫的面容，"何事？"

"你何时回晋南啊？我可没多少时间守在这了。"韩仲远起身伸展了一下腿脚，嚷道："后日庄家的婚事，我家老头子没准备出席，原定着是我登门送礼，咱们时间可不多了。”他像是没看到帝永宁突然凝住的脸色一般，朝灰头土脸的自己一指，“庄家也是一城之主，你总不能让我这模样去参加婚宴吧?”

帝永宁沉默不语，半晌才道：“等唐老丈的孙子退了烧，我们就走。”他说完又匆匆入了堂内。

要是不下点猛药，这个书呆子怕是会找借口藏在破庙里等婚礼完成，然后灰溜溜跑回晋南。韩仲远随手摘了一根草叶叼在嘴里，眯眼朝木栏上一靠。这模样神情，一点不似个才十二岁的孩童。

第二日下午，海蜃居二楼。

大堂内不知何时起布了一方沙盘，韩子安将手中军旗插在晋北一处山顶，对着窗边饮茶的帝盛天道：“此处如何?”

帝盛天望一眼，碰了碰杯盖，“只要拿下这座和北秦相邻的景帝山，李家腹背受敌，必败。”

韩子安眼底露出满意之色，“说得不错，和我所想不谋而合。”

这两日他和帝盛天于沙盘之上演算天下局势，两人出兵谋略竟十分相似，更让韩子安对帝盛天刮目相看。此时他已隐隐觉察到面前这个才十八岁的帝家家主恐是他将来一统天下最强劲的对手。但好在如今两人一南一北，暂无交兵之时。

“你就不担心永宁救了城南的乞儿后径直回晋南?”见帝盛天一派淡然，半句不提在城南奔波的帝永宁，韩子安忍不住开口询问。饶是他，也不敢把家中独子韩仲远如此放养着来教，更何况帝永宁现今面对的并非一般难题，若受不住打击，怕是下半辈子注定碌碌无为，怯懦怕事。

虽说是长辈，可到底也太年轻了些，韩子安饮着茶偷偷朝帝盛天瞥了一眼，这个帝家的小姑娘，真的会养孩子吗?

“担心。”帝盛天朝后一靠，指尖落于膝上轻点，“我自然会担心他过不了这个坎，但就算我是他姑姑，是他血脉最亲之人，也没办法替他做任何决定，我会老会死，不能护他一世。他若是不能从当年父母双亡的打击里走出来，这辈子都站不起来。”

“不过……”帝盛天微微眯眼，藏起琥珀色的深眸，看向窗外城南方向，声音幽幽，“他失了父母，我也失了兄长大嫂，我不过长他四岁，我能扛起帝家门庭，守住晋南，等他长大，他又为何不能?就凭他身上扛着帝永宁这三个字，五年时间也足够了。”

她的声音笃定无比，像是从不怀疑后日庄家大婚前帝永宁会回到海蜃居一般。

看着逆光下面容凛冽的女子，韩子安有些晃神，端着茶杯的手竟有些发紧。半晌，他发现自己的失态，垂下眼。

好像太迟了些。他轻轻一叹，嘴角勾出一抹苦涩的笑意，他遇上帝盛天，太迟了些。

又是一日，城主府书房。

庄湖正在和即将大婚的幼子对弈，管家庄泉走进小声禀告了两句。

庄湖放下手中的棋子，皱眉道："宁子谦还没有找到？"

"爹，那个穷书生明日不会闹上府里来吧？"庄锦神色一急，起身道，"不行，泉叔，让城里的护卫队去找，必须在婚礼前把这小子抓回来。"

"坐下！"庄湖瞪了庄锦一眼，怒道，"现在城里皆是各方贵客，一点风吹草动就会闹得满城风雨，你让护卫队大张旗鼓去找人，难道还嫌知道这件事的人不多！"

庄锦涨红了脸就要反驳，又实在寻不出话来，闷闷将手里棋子一丢，"爹，您说怎么办？总不能让那个宁子谦毁了明日的婚礼，这个脸您不是一样丢不起！"

"急什么。"庄湖沉声道，"一个文弱书生，谅他也不敢来庄家闹事，就算他敢来……庄泉，明日加派人手，严禁闲杂人等入府，决不能让宁子谦混入府内。只要婚礼一过，宾客离城，我庄家还怕一个书生不成。”

他说完朝庄锦看去，“你明日只管好好完礼，旁的事少插手，不准私自派人去寻宁子谦，更不准对此人不利。听到没有，下去吧。”

庄锦心底不乐意，却不敢反对，应了声是退了下去。

“老爷，这个宁子谦……”庄泉小声开口，面上微有疑虑。

“我知道，此事就这么定了。”庄湖摆手，让庄泉退下，脸色有些沉。庄家在苍城只手遮天，却寻不出一个宁子谦的下落，这也太奇怪了。他不愿庄锦下狠手，就是为了给庄家留了一条退路。

但愿那个叫宁子谦的书生，只是一个落魄无依的孤儿，不要节外生枝。

城南破庙，韩仲远带出来的金叶子被帝永宁全换了药材回来，好在舍得花重金，破庙内染病的乞儿身上浮肿和脓疮渐消，唐老丈的孙子也终于退了烧，保住了性命。

算是做了一桩好事，尽管两人累得双脚打颤，也生生忍了下来。

已过晌午，韩仲远在院子里巡视了两圈，眼睛困得睁不开，悄悄藏在木栏后打瞌睡。他一身锦衣灰尘扑扑，早已磨

损得破烂。

待他酣睡醒来，太阳西下，已至傍晚。流金的红霞在破庙上空浮现，冬日里头，罕见的温暖瑰丽。

细碎的脚步声从大堂中传来，他半眯着眼装睡，见两个小乞儿踮着脚走出，停在他身旁，个头矮的乞儿从身后拿出一匹洗得发白却很是干净的蓝布，小心翼翼盖在他身上。随后两人跑向院中立着的帝永宁，个高的那个从怀里掏出两个白净的馒头，拉拉帝永宁的袖子，递到他面前。

韩仲远睁开眼，摸着身上盖着的棉布，看着院中眼底惊讶却含笑接过馒头的帝永宁，一向坚硬的心底竟有些涩然。

乱世之中，人命如草芥。他们救之以道义，乞儿回之以恩义。

院中，帝永宁拍拍两个乞儿的脑袋，笑着让他们回了大堂里休息，复又立在枯树下，一动不动。

半晌，韩仲远伸着懒腰爬起来，他想了想，把身上的棉布小心折好，放在木栏上后朝帝永宁走去。

“仲远，我们走吧。”未等他靠近，帝永宁的声音淡淡传来。

韩仲远停在他三步远的地方，眉梢微带笑意，“去哪，你的晋南，还是我的海蜃居？”明明已经知道帝永宁的选择，但他却偏偏要问一句。

帝永宁回转身，盯着他，一字一句回：“海蜃居。”

少年眼底的沉郁钝痛不知何时起悄然消散，只剩下安稳淡然，宛若破茧重生。

韩仲远惊讶于他一夕间的蜕变，笑着问：“哟，主意变得挺快的，前两天还要死要活，像是没有叶诗澜就活不下去。怎么想通的?”

帝永宁没有在意韩仲远的揶揄，只是道：“仲远，太不值了。”

韩仲远挑眉，不解其意。

帝永宁继续道：“这种乱世，人命什么的都太不值了。我们若不心存恻隐，这破庙里的人一个都活不了，可是天下皆乱，谁又会在乎他们的性命？这种世道，死了谁都没有区别。”

未等韩仲远反应过来，他抬眼望向头顶的枯树，缓缓道：“五年前，我父亲入南海剿灭水寇，母亲追随他而去，都没能活着回来。”

韩仲远一怔，安静地听下去。

“从那时起，我以为只要自己不习武，不卷入纷争，不喜欢上和母亲一样出身武将世家的女子，就可以避免他们的惨剧，哪怕再无用，也可以安然一世。所以我离开晋南，以

孤子之身远游四方，喜欢上了叶诗澜。但是我忘记了，这是乱世，我父母亡于乱世，我却希冀于乱世苟存，真是笑话。”

“我见过这么多城池，走过那么多路，却一直对现在的世道视而不见。我迈不过的坎不是叶诗澜，是五年前那场早就过去的战役，是我父母的惨死。我逃避成为帝家嫡子，逃避担起责任，其实我明白，我最不能选择的是我出身帝家的事实。但是我姓帝，得父母血脉，受晋南百姓的供养，我是帝家嫡子，晋南这一方土地上百姓将来的庇佑者。我迈不过当年的坎，帝家必亡于我之手，天下乱世，晋南更无苟安之时。晋南不安，天下不安，如我一般丧尽血亲者，必不会少。”

“仲远，过去五年，我让宁子谦取代了帝永宁的存在。”

风吹过，枯叶盘旋落下，飘在帝永宁掌心。他捏紧枯叶，重新摊开手掌，枯叶化成碎末，随风吹散。

帝永宁垂手，看向一直沉默的韩仲远，轻声道：“世上从来没有宁子谦，姑姑等我很久了，帝家也等我很久了。仲远，我该回去了。”

少年清瘦的身影被夕阳拉得斜长，映在破旧的小院中。

韩仲远却从几步之遥外的帝永宁眼底，瞧见了从未有过的认真和坚毅。

帝家世子，当如是。

他前行几步，立在帝永宁面前，立下前半世铮铮铁血的诺言。

“帝永宁，天下安宁之路，我韩仲远，舍命当陪！”

月上柳梢，帝盛天不知从何时起立在海蜃居二楼窗边。

她静静望着城南的官路，神情里有抹连她自己都未察觉出来的紧张。

直到两个少年的身影伴着月色在街道尽头出现，她眼底才浮出极浅的笑意。

五年了，那个在帝家宗祠对着父母灵牌逃走的永宁，终于回来了。

第二日，庄府大婚。

庄湖甚疼幼子，庄锦一场婚事，他几乎宴请了大半个天下的世家权贵。府第高于庄家的，自是只会遣子弟来贺；和庄家齐平的，家主尽到。

以帝家和韩家的地位，遣个子弟或是管家来已经是给足了庄家面子了，数日之前两府的拜帖就已经送到了庄家，可直到今日大婚的吉时将至，两府的客人都还未登门。庄湖最是在意韩帝两家的态度，自是心里一直留意着两家的来客，奈何宾客太多，叶府小姐入门的鞭炮声已经响起，他分身乏术，不得不暂时将此事压在心底。

新嫁娘在一阵热热闹闹的鞭炮声中进了庄府大门，吉时将至，宾客满座，庄湖看着喜不自胜的幼子，眼底亦是老怀大慰。他的目光落在一身新嫁衣的叶诗澜身上，微微凝了凝。

罢了，虽是寒门，但此女也算是有才，能为庄家添些名声，也算是能勉强配得上锦儿了。庄湖收回了眼底的利芒，又是一副慈眉善目的表情。

庄锦牵着绣团引着叶诗澜一路在宾客的恭喜声中走到了正堂，见叶诗澜站定在庄家二老面前，他满面笑容，朝身旁小声唤了唤："诗澜。"

盖头下的叶诗澜微微红了红脸，拉了拉手中的红绸以示回应。庄锦心底甜蜜，脸上笑意更甚。

吉时至，一声锣鼓敲响，一旁的喜官顿时高呼。

"吉时——"那"到"字尚未出口，大门前更响亮的声音却在此时正好传来。

"韩家家主、帝家家主到！"

这一声盖过了漫天的鞭炮声，清晰无比地传到了大堂宾客和庄家众人的耳里。庄湖神色一愣，还以为自己听错，见众人一副不可思议的神情，他瞬间回过神，看了一眼尚在惊怔的幼子，略一迟疑后起身亲自朝门口迎去。

错了吉时自然不妥，可韩子安和帝盛天亲临，整个天下，又有哪个世家有此荣光？

宾客齐皆起身去迎贵客，一旁的喜官到底没把那最后一字落下声来。

到底是自己大婚的吉时错过了，盖头下的叶诗澜心急，悄悄拉了拉红绸。

庄锦虽然无奈，却知道韩帝两家得罪不得，连忙安抚道："诗澜，是韩帝两家的家主到了，父亲亲自去迎贵客了，你且等一等。"

叶诗澜低低"嗯"了一声，却不知为何，心底有些不安。

庄府大门前，帝盛天和韩子安尚只走下马车，庄湖的身影便出现了。

他快步上前，还未开口，韩子安就拱了拱手笑道："恭喜庄城主，子安遇事耽误，略微迟了些，还请城主勿怪。"

"哪里哪里，两位家主亲临苍城，乃是我庄家的荣光。"庄湖先朝韩子安见礼，再抬眼朝他身旁的女子望去。

这女子一身玄衣，虽慵懒淡漠，看着年岁极轻，却气势惊人，不在韩子安之下。

庄湖压下眼底的惊诧，笑道："这位想来就是帝家主了，果然年少绝世，庄某久闻帝家主盛名，仍是不如今日一见啊。”

庄湖这句话倒真是说得实心实意。韩子安三十出头才将韩家经营成北方巨擘，帝盛天比他小了足足一轮，又是个女子，她才接掌帝家三年，帝家的权势就已不在韩家之下。

帝盛天颔首，承了庄湖的夸赞，笑道：“我在路上正巧碰到韩将军，恰巧韩将军也是来贵府祝贺，便絮叨了几句一起前来了。”

庄府一对新人明明就因他们误了吉时，两人却绝口不提，只轻轻将此时才到的事儿不经意揭过。

不过他们两人亲至庄府已是给足了庄家脸面，庄湖哪里还会管他们是不是迟到片刻。他满脸笑容，连连拱手：“无妨无妨……”

庄湖和帝盛天寒暄着，正好瞧见她身后长身如玉的少年，愣了愣道：“这位是……”

以庄湖一城之主的身份，除了韩子安和帝盛天两人，其他人倒不至于让他纡尊相问，只是帝盛天身后立着的少年太过出挑了些，容颜俊美尚不提，一身温润清贵的气韵，实在难得。

“噢，这是我那侄儿。”帝盛天摆了摆手，“永宁，过来见过庄城主。”

帝永宁一身晋衣，剑眉星目，端贵俊雅，他行上前，朝庄湖微一拱手，“永宁见过庄城主。”

“原来是帝小公子。”庄湖连忙扶起帝永宁，神色间难掩感慨。

帝盛天的能力已是这般绝世，帝家下一辈又如此出色，怕是南方往后数三十年，都是帝家一家独大了。

庄湖顾自感慨着帝永宁的优秀，全然没瞧见他身后跟着的管家庄泉一脸惊恐的表情。庄泉在瞧见帝永宁模样的一瞬就欲去拉扯自家主子的衣袖，却在帝盛天似笑非笑的目光中全然不敢动弹。

身后来和韩子安、帝盛天见礼的宾客越来越多，眼见着吉时过了，庄湖招呼着韩子安和帝盛天入庄府，他身后的管家几度欲凑近他身后说话，都被一路陪着韩子安帝盛天说话的庄湖不耐烦地推开了。

庄锦为了安抚叶诗澜，一直在正堂内陪着，瞧见父亲带着韩帝两家家主入堂后宾客眼底的艳羡，全然没了刚才吉时被误的不耐，反而脸上红光满面，一副甚有荣光的模样。毕竟他的婚事能让这两家家主亲至，传出去能让半个天下侧目。

庄湖请韩子安和帝盛天上座于堂中一左一右的首位。

“这是小儿庄锦。”

庄湖朝一身新郎服的庄锦指了指，庄锦立马神情激动地朝两人见礼，待他拜了帝盛天抬首目光扫过她身后立着的少年时，庄锦神情一愣，似是想到了什么，面上露出一抹惊怔和不敢置信。

他的目光凝在了帝永宁身上，“你，你……”

“那是帝家的小公子。”庄湖见儿子一副见了鬼的表情，神色一沉连忙道。

庄湖很是丢脸，即便帝永宁不凡，自家儿子这副表情也太没出息了些。

“帝贤弟？”在庄湖的呵斥下，庄锦总算恢复了一些常态，他试探着朝帝永宁的方向拱拱手，带着不易察觉的讨好和恐惧。

帝永宁仿佛没有瞧见他的失态，温和地点了点头，手微抬回礼，礼仪十分到位。

见帝永宁这么一副云淡风轻的模样，庄锦心底稍稍安了心。

这倒不怪庄锦失态，这个帝家少主帝永宁，竟和那个与诗澜有婚约的宁子谦长得如此相似，他自然会恐慌。他虽没有见过宁子谦，但此人的画像他是见过的。

不过一定是他杞人忧天，落魄书生宁子谦和帝家少主帝永宁一个贵不可言一个若地底之泥，怎么可能是同一个人呢？一定只是长得像罢了。他稳了稳心神，朝帝永宁尴尬地笑了笑，回转了身。

不止是庄锦，一旁送亲的叶丛在帝永宁进大堂的那一瞬便惨白了脸色，他不比庄锦从未和宁子谦见过，他在叶家曾和宁子谦同处过三个月，在看到帝永宁之时他便知道面前这少年就是宁子谦。

叶丛眼底露出不可置信的惊讶，随之便是巨大的恐惧和懊悔。

想起叶家不仅因为庄家弃了帝家的婚事，还曾在叶府前毒打于他，密密麻麻的冷汗爬上了叶丛的额头。

红盖头下的叶诗澜似是察觉到一丝不寻常，轻轻拉了拉红绸，庄锦回过神，看着面前的心上人，咬了咬牙，暗想一定是自己猜错了。今日宾客满至，无论如何，这婚礼还是要继续下去。

庄湖能固守苍城多年，自然城府不比常人，庄锦和叶丛的神色骗不过他。一看这二人的表情他便知道他们怕是认识帝家少主，不仅认识，这副神色显然还有过节。庄湖脸色一沉，凝着目光在叶丛、庄锦和帝永宁身上拂过，心底陡然生

出一个极为荒唐的念头。

不可能吧，正当他犹疑之时，终于寻着空隙凑到他身边的庄泉颤抖地在他耳边说了一句。

不知庄泉说了什么，庄湖眼底神色几变，猛地抬头朝帝永宁望去，却撞上了一双似笑非笑又清冷淡漠的墨瞳。

难怪帝家家主会亲临苍城，难怪她道贺而来却又误了吉时，帝永宁竟然就是和叶诗澜定亲的那个落魄书生宁子谦！

刚才他还感慨帝家家主堪堪少年便权势通天，如今这权势落在庄家身上，他一时之间犹若千钧压身。

他怎么会想到自个儿子随便瞧上的寒门小户之女，竟然牵扯出了帝家的少主！

宁子谦上叶家门讨公道被打他是知道的，叶家烧毁婚书他也是知道的，同意庄锦动用庄家人手搜寻宁子谦他也是知道的。

庄湖脸色异常难看，以帝盛天的能耐，庄家和叶家对宁子谦做过的这些事，她岂有不知道之理？

那她今日来庄家，到底意欲为何？更重要的事，她是和韩子安一起来的庄家。庄家随便惹上一家都是以卵击石，若是这两家同时对庄家生了嫌隙……

庄湖简直坐立难安，一旁的喜官小声地提醒了两句“吉时”到，却被庄湖的脸色骇住，不敢再说话。

堂中的宾客似是也察觉到了异样，他们的目光在庄湖和韩帝两家家主身上扫过，眼底露出狐疑之色来。

两方不知为何都一时静了声，他们倒也不好开口。

“爹！”庄锦一声不安又惶恐的呼声终于让庄湖回过了神，他望着惴惴不安脸色苍白的幼子，叹了口气，起身离开上座，行到了帝盛天面前。

“帝家主。”庄湖沉声开口，一揖到底，“犬子无知，闯下大祸，还望帝家主大人大量，不和竖子一般计较。”

庄湖是一城之主，又比帝盛天年长几十岁，他这一礼不可谓不重。堂中宾客见到这情景面上俱是惊讶，但瞧着韩子安一副安之若素的模样，心想难怪帝盛天亲临，原来是庄家小公子得罪人了。只是帝盛天远在晋南，庄家一个末流的幼子，又是如何能得罪上这个南方巨擘？

庄锦看着父亲向帝盛天折节请罪，母亲又一副惊恐的模样，顿时脸色便红了，也不知是羞的还是吓的。他想伸手把父亲拉回，却又不敢自己对上帝家，还是缩回了手。

盖头下的叶诗澜不知道发生了何事，几次想掀开盖头，到底怕不吉利，没敢这么做。

帝永宁立在帝盛天身后，看着庄锦胆小不堪的模样，他的目光在战战兢兢的叶诗澜身上落了落，终于敛了眼底最后一丝情绪。

帝盛天始终没有出声，她淡淡地抿了一口茶，似是没看到面前弯腰请求的庄湖一般。

“庄城主，我和姑姑今日只是为三公子贺婚而来，并无他意。”帝盛天身后立着的少年走出来，一把抬起庄湖的手，温声道。

帝永宁的声音在正堂响起的一瞬，立在庄锦旁的叶诗澜猛地一抖，惊惶地扯落了头上的红盖头，朝帝永宁的方向望去。

少年如玉，端方贵雅，一身晋衣，翩翩浊世，哪里还是当初那个落魄学子的模样。

叶诗澜满眼的不可置信，娇俏的面容血色全无，握着红盖头的手一抖，整个人身体一软差点跌落在地，还好庄锦在她身侧拉了她一把。

叶诗澜迎上庄锦复杂又隐约愤怒的目光，心底一哆嗦避了过去。

到底只是寒门小户出生的女子，即便有几分聪慧，在这种场面下也是无措而惊惶。

瞧见新娘和新郎的反应，堂中宾客哪还有不明白的道理，纷纷猜测这新娘子只怕是和帝家的少主有几分不浅的旧谊，只是叶家小姐弃帝家择庄家，这也太没道理了些。

“永宁，既然是道贺，那贺礼你可备下了？”恰在这时，帝盛天不轻不重的声音响起。

帝永宁颔首，刚欲开口。韩仲远不知从哪儿一个蹿身抱着两个锦盒跑了出来，他笑眯眯的，露出两个虎牙，“备了备了，帝家主，我和永宁早就把贺礼备好了。”

韩仲远生得极像韩子安，又穿得一身富贵，众人自然猜出了他的身份。

他跑到帝永宁身旁，两个锦盒在他手中转了转，甚是灵巧。

韩仲远朝着庄锦和叶诗澜的方向打开第一个锦盒，“新郎官，这是咱们的第一份贺礼。”

锦盒打开，一张被烧得只剩小半的宣纸静静躺在里面。

虽然其中的内容都已瞧不清，但偏偏纸上婚书二字和宁子谦的落款尚在。

帝家少主帝永宁，字子谦，这在天下豪门中，并不是个秘密。

一场婚约，当初是帝永宁亲自所求，如今也是他在天下人面前亲自退回。

堂中宾客瞧了那婚书上的落款，对望几眼后猜出了这桩事的来龙去脉。看来帝家少主曾经隐去身份和这叶家小姐定了亲，可叶家不识龙珠，在攀上庄家后将原本和宁子谦的婚事给毁了。

瞧帝家主今日的气势，怕是庄家和叶家在悔婚之时很是用了些不入流的法子。

庄锦和叶诗澜瞧见盒中的东西，脸色更是难堪，却又不敢言。那叶诗澜望着帝永宁，惶恐中透着几分凄苦和楚楚可怜。

韩仲远可是在叶家闺楼下见识过这叶家小姐嫌贫爱富的本事的，见她露出这副样子，不屑地哼了一声，“这第二份礼物嘛，听说叶小姐爱诗词歌赋，我们家永宁也喜欢，今日来得匆忙，只备了永宁几首诗赋，权当贺礼了。”

韩仲远声音刚起，叶诗澜脸色便白了。为了嫁入庄家，她把帝永宁留在叶府的诗词全都据为己有，自己抄录了遣人悄悄流传出去，博了个才名才让庄湖同意两家的婚事。如果庄家知道这些，庄湖绝对不会允许庄锦娶自己。欺辱了帝家，如今再得罪庄家，她和叶家就只有死路一条了！

她紧紧盯着那少年的手，见那第二个锦盒在他手中缓缓

打开，叶诗澜整个人都忍不住颤抖起来。

突然，一双手伸出，将韩仲远手中半开的锦盒合住。

“拙作浅薄，赠予一对新人做贺礼便是，不必拿出观赏了。”帝永宁温声道。

韩仲远一愣，朝帝永宁看去，却见少年眼底通达而温和。他撇了撇嘴，点点头，没有继续为难那已经快吓得晕过去的新娘子。

“好吧。”韩仲远朝庄湖伸了伸手里的锦盒，“庄城主，这贺礼……”

“还不快收下小公子的贵礼。”庄湖朝一旁的管家招手，庄泉连忙上前接过。

“好了，贺礼也送了，不耽误你们的吉时了。”帝盛天笑了笑，看向庄湖，“庄城主，还是尽快让两位新人完礼吧。”

庄湖神色一顿，经历了这么一场荒唐事，他哪里还愿意让叶诗澜进庄家的大门。他宁愿今日弃了这桩婚事，也不想让天下人知道他庄家得罪了帝家，可帝盛天分明是不肯给他这个求和的机会。

庄湖叹了口气，回到上座，无力地摆摆手，“行礼吧。”

锣鼓声重新响起，一对新人在喜官的呼声中完礼，大堂内却不见欢声笑语，整个过程只有尴尬的沉默。

由始至终，帝永宁再也未将目光放在叶诗澜身上过。

年少时的一腔情意，终于成了一场往事。

苍城外的官道上，韩帝两家的车队离了苍城已有数里。

韩仲远坐在马上，嘴里衔着跟野草，晃晃悠悠地瞅着一旁的帝永宁。

“那第二份贺礼，你为什么不让我打开啊，叶家的那个小丫头偷了你的诗词和名声，你真能咽得下这口气?”

帝永宁拍了拍韩仲远的额头，笑了笑，“这些东西对我来说本来就不重要。”

他目光悠远，长长叹了口气，“况且那日，她亦对我手下留了情，我又何必将事做绝，置她于死地呢?”

两人当初在叶家闺楼下，叶诗澜虽然毁了婚事，但到底没有对宁子谦做绝。

韩仲远哼了哼，摆摆手，“你呀，一副菩萨心肠，将来掌了帝家可怎么办哟!”

“不是有你吗?”帝永宁伸出手，隔着马一把拢上韩仲远的肩，“有你这个兄弟在，天下谁还敢欺我?”

“那是!”韩仲远意气风发，眼底亮得快冒出光来，“有我在，谁也欺负不到你！将来这天下就是咱们两兄弟的！对了，以后咱们可要结儿女亲家啊，最好我有个儿子，你有个女儿，将来把你们帝家整个儿当嫁妆带过来，哈哈哈哈哈！”

少年们的声音神采飞扬，穿透长长的车队落在了队尾的韩子安和帝盛天耳里。

他们望着远处的子侄，极有默契地对望一眼笑了起来。

“千里送君，终须一别。我们一居南，一定北，该道别了。”帝盛天朝韩子安抱了抱拳，笑道。

韩子安眼底不无遗憾，却也是洒脱，“此去晋南路途遥远，帝家主保重。”

“盛天。”帝盛天突然开口，朝两个少年的方向挑挑眉，“他们俩都成了兄弟，韩将军就不用如此见外了。”

韩子安一愣，随即大笑，“好，盛天如此洒脱，为兄也就不见外了。日后有机会，定再与盛天切磋武艺，品茶论天下！”

帝盛天颔首，一提缰绳，“就此告辞，子安兄保重！”

她身下骏马长嘶，毫不扭捏地转身朝南方而去。

帝永宁见帝盛天离去，亦急急地朝韩仲远打了个招呼，跟着帝盛天离去了。

韩仲远飞扬的声音念念不舍地响起。

“永宁！明年上元节，你可要来北安城看我啊！我等着

你！”

夕阳下，帝永宁用力地挥着手回答。

谁都不知道将来会发生的事，可少年们这时候的情谊，是真的。

这一幕定格在岁月里，几十年后还能拿来怀念的，却只剩下帝盛天一人。

苍山之巅，韩子安墓前的酒坛洒了一地，帝盛天收回遥远而追忆的目光，突然抽出腰间长剑拔地而起。

一场剑舞，满山枫叶尽起。

大宗师之剑，世间极致。

却唯有那座清冷的墓碑看得见。

最后一剑，山峦尽裂，百兽争鸣。整个苍山之顶被一剑斩开，朝着山涧中的峡谷落去。

轰然巨响，碎石脱落，山顶不断沉下，帝盛天却神态自若，她收回长剑重新回到韩子安墓旁靠着，拾起尚未喝完的最后一坛酒，轻笑。

“所有的事，我都做完了。子安，我可以来见你了。”

恍惚中，大靖太祖一身晋衣向她走来，仿若曾是当年苍城里一眼相望的模样。